DROEMER

Von Jennifer Haigh ist bereits folgender Titel erschienen:
Auftauchen

Über die Autorin:
Jennifer Haigh, 1968 in einer Kleinstadt in Pennsylvania geboren, studierte Englisch und Französisch und arbeitete als Journalistin. Für ihre Romane wurde die Autorin mit dem PEN/Hemingway Award sowie dem PEN/L.L. Winship Award ausgezeichnet. Vor *Licht und Glut* erschien bei Droemer mit großem Erfolg ihr Familienroman *Auftauchen.* Jennifer Haigh lebt und arbeitet in Boston.

JENNIFER HAIGH

LICHT UND GLUT

Roman

Aus dem Amerikanischen
von Juliane Gräbener-Müller

DROEMER

Die amerikanische Originalausgabe erschien 2016 unter dem Titel
»Heat & Light« bei Ecco/HarperCollins, New York.

*Die Übersetzerin dankt dem Freundeskreis Literaturübersetzer e.V.
für ein Arbeitsstipendium, das vom Ministerium für Wissenschaft, Forschung
und Kunst Baden-Württemberg ermöglicht wurde.*

*Besuchen Sie uns im Internet:
www.droemer.de*

FSC
www.fsc.org
MIX
Papier aus verantwortungsvollen Quellen
FSC® C083411

Vollständige Taschenbuchausgabe Juli 2018
Droemer Taschenbuch

Redaktion: Bärbel Brands
Covergestaltung: NETWORK! Werbeagentur, München
Coverabbildung: Getty Images / Kurt Miller Photography;
Shutterstock / Narongsak Nagadhana
Satz: Adobe InDesign im Verlag
Druck und Bindung: CPI books GmbH, Leck
ISBN 978-3-426-30594-2

2 4 5 3 1

Für Rob Arnold

Unsere Entscheidung in der Energiepolitik wird den Charakter des amerikanischen Volkes und die Fähigkeit des Präsidenten wie auch des Kongresses, diese Nation zu regieren, auf den Prüfstand stellen. Ein solch heikles Unterfangen wird das moralische Äquivalent zum Krieg sein.

Präsident Jimmy Carter
18. April 1977

Gemurmel aus der Erde dieses Landes, aus den Höhlen und Kratern, aus der Schale der Dunkelheit. Wasserläufe unserer Drachenkindheit dort hinab, wo wir barfuß liefen.

Muriel Rukeyser

Mittlerweile sind diese Ereignisse vergessen. Niemand ist alt genug, um sie selbst miterlebt zu haben. Laut Ada Thibodeaux, der einzigen Hundertjährigen im Saxon Manor, wurde die Geschichte in den Jahren vor der Elektrifizierung des Countys bei Kerzenschein in den gerade neu eingerichteten Bergarbeitersiedlungen erzählt.

Ada hörte sie als Kind von ihrer Großmutter, die, wie alle Frauen aus dieser Sippe, bekanntlich ein hohes Alter erreichte. Ihr Bericht stammt also aus einer Zeit vor fast zweihundert Jahren, sogar noch vor den Baker-Brüdern, die die erste Kohlegrube im Tal erschlossen und eine ganze Stadt nach sich benannten.

Adas Leute kamen aus dem übernächsten County, einem Land, das den Seneca gehört hatte – zumindest war es Chief Cornplanter für ein paar Jahre vom Commonwealth of Pennsylvania überlassen worden, bis sich der Staat anders besann und es zurücknahm. Die weißen Siedler waren Holzfäller franko-kanadischer und schottisch-irischer Herkunft. Sie bauten Kirchen und ein Sägewerk. Aus der Nähe betrachtet machte ihre Gemischtwarenhandlung nebst Postamt einen windschiefen, provisorischen Eindruck, so als bestünde sie aus Kulissen, die man nach dem Ende der Holzfällerarbeiten leicht auseinandernehmen und woanders wieder aufbauen könnte.

Es war eine Kleinstadt, eine Stadt ohne Bedeutung, bis der Colonel auftauchte.

Er traf in der Postkutsche ein, die zweimal pro Woche aus Pittsburgh kam – ein großer Fremder in Stadtkleidung, nicht jung. Er nahm sich ein Zimmer über der Gemischtwarenhandlung und fuhr in einem gemieteten Pferdewagen hinaus zum Pine Creek, um einem Farmer, der dort lebte, einen Besuch abzustatten. Später soll er auf den Knien im Flussbett herumgestochert und verschließbare Gläser mit Wasser gefüllt haben, wie der Kutscher berichtete, selbst für ein paar Tage eine Art Berühmtheit in dieser Stadt, in der nichts passierte und die niemand besuchte, einer bis auf ihren Geruch vollkommen unauffälligen Stadt.

Der Geruch schien vom Pine Creek auszugehen – ein Brandgeruch oder, um genauer zu sein, ein Geruch nach etwas vor langer Zeit Verbranntem.

Mehr als die meisten Gegenden ist Pennsylvania das, was darunter liegt.

Steinöl galt damals als ein Ärgernis in der Region, eine stinkende schwarze Schmiere, die wie ein Gerücht den Bach hinabfloss und dabei alles verdreckte, was sie berührte: die Latzhose eines Farmers, die Haut einer Kuh, die Schuhe eines Kindes. Findige Bürger dachten sich irgendeine Verwendung für sie aus. Im Sägewerk diente sie als Schmiermittel. Der städtische Arzt maß ihr medizinische Bedeutung bei. Was sie heilte, war allerdings nicht bekannt.

Am Ufer des Pine Creek nahm Colonel Drake den Betrieb auf. Ein hölzerner Turm wurde gebaut. Der von Drake angeheuerte, nur als Onkel Billy bekannte Mann wurde beim Kauf von Werkzeugen und Seil in der Gemischtwarenhandlung gesichtet.

Der Turm hatte Ähnlichkeit mit einem Galgen. Ein einheimischer Witzbold nannte ihn Drakes Hirngespinst, und der Name blieb haften. Die Verrücktheit des Colonels war allgemeiner Gesprächsgegenstand, so wie der Holzpreis oder das Wetter – etwas, worüber sich alle einig waren, bis in seinem Bohrloch Öl aufstieg.

Über Nacht veränderte sich die kleine Stadt bis zur Unkenntlichkeit. Fremde in erschreckender Zahl tauchten auf, Städter, die immer in Eile waren. Hölzerne Bohrtürme schossen wie Pilze aus dem Boden. Steinöl zu finden wurde zur lokalen Besessenheit. In der Hoffnung, einen Hauch davon zu erhaschen, krochen berufsmäßige Riecher über den Boden. Wünschelruten wackelten bedeutungsschwer. Séancen wurden abgehalten.

Entlang des Oil Creek, wie er nun hieß, entstanden explosionsartig chaotische Ölboom-Städte. Vermögen wurden gemacht und verloren, gemacht und verloren, die Schicksalsmaschine pumpte wie ein Blasebalg, ein nicht menschliches Herz. Männer kamen in wilder Hoffnung und gingen im Zorn oder im Wahnsinn. Auch John Wilkes Booth kam, bevor er den Präsidenten erschoss, nach Petrolia und trieb eine Fehlbohrung in den Grund. Er war nicht der Erste.

Die Männer kamen hungrig und durstig. Die örtlichen Händler beeilten sich, ihre Bedürfnisse zu befriedigen. Saloons wurden gebaut, Spielhallen, ein Varieté-Theater. Die Franklin Silver Cornet Band lernte den »Petroleum Gallop«, den »Coal Oil Tommy« und die »Colonel Drake's Polka«. Geschminkte Frauen tauchten auf, heiter und überraschend wie Narzissen.

Die Städte wurden Pithole, Petroleum Center und Antwerp City genannt – Namen, die die Alten vergessen und die Jungen noch nie gehört haben, Geisterstädte, die einst aufblühten, als eine Ölquelle sprudelte, dann ihren Niedergang erlebten und für den Rest ihrer Tage darin verharrten. Turkey City, Parker City, Rouseville, Oleantum. Womöglich gab es auch noch andere.

Nicht einmal Ada Thibodeaux kann sich an deren Namen erinnern.

DER DYNAMISCHE PUNKT

2010

Im Frühjahr kommt der erste Pick-up, ein funkelnagelneuer Dodge Ram mit texanischem Kennzeichen. Er fährt die zum Stadtgebiet gehörenden Straßen im Norden von Bakerton ab, schmale Sträßchen, befestigt mit scharfkantigem, orangerot verbranntem Geröll, schlammverkrustete Wege, die auf keiner Landkarte auftauchen. Aus unerfindlichen Gründen senken und winden sich die Straßen, ehemalige Grubenpfade, vernarbt und verengt wie die Arterien Hochbetagter. Der Fahrer, Bobby Frame, ist so jung, wie er aussieht, knapp dreißig, ein großer, kräftiger Bursche, der auf der Highschool Football gespielt haben könnte. Die Dutch Road rauf und runter wird er freundlich empfangen – bei den Fettersons, den Nortons, den Kiplers, bei Marlys Beale.

Sind Sie eine Art Vertreter?, wird er auf Friend-Lea Acres, der Mackey-Milchfarm, gefragt.

Nein, Ma'am. Genau das Gegenteil, sagt Bobby.

An Cob Krugs Wohnwagen bleibt sein Klopfen ohne Reaktion. Als er noch einmal anklopft, erscheint Cob, mit einer Schrotflinte fuchtelnd, in seinem Rollstuhl an der Tür. Ein zweites Mal geht Bobby nicht hin.

Er hat sich im Days Inn am Colonel Drake Highway einquartiert, Zimmer 211, die Fenster nach Osten raus, damit er früh in die Gänge kommt. Frisch rasiert, die Haare noch feucht vom Duschen, steht er morgens pünktlich zu Dienstbeginn vor dem Katasteramt. Mit der Sachbearbeiterin, einer Frau mittleren Alters, die ihn bemuttert und umschmeichelt, kann er gut. Bobby gibt ihr eine ausgedruckte Liste und wartet, dass sie ihm die Akten bringt, in denen offiziell verzeichnet ist, wem was gehört.

Seine Vorgehensweise ist immer dieselbe. *Schön, wie Sie hier wohnen.* (Dabei nimmt er die Sonnenbrille ab, die Augen im hellen Morgenlicht wasserblau und ernst.) Bis auf Cob Krug hören die Leute ihm aus Höflichkeit zu, nachdem er ihnen seine Visitenkarte gezeigt und erklärt hat, warum er da ist.

Seine Erklärung dauert genau zwei Minuten. Der Schiefer liegt eine Meile unter der Erdoberfläche, hat schon da gelegen, bevor es Pennsylvania gab, bevor überhaupt ein Mensch auf der Erde lebte. Älter als Kohle, sogar älter als diese Berge. Er trägt einen imposanten Namen: Marcellus. Tief im Grundgebirge des Saxon County warten riesige Lagerstätten darauf, erschlossen zu werden.

Erdgas? Das Wort zögerlich wiederholt, noch ungewohnt auf der Zunge. Die erste Lektion in einer Fremdsprache. Wer die überlieferten Geschichten kennt, stellt sofort eine Verbindung her. Es gibt eine Gebirgsquelle, geheim, aber berühmt, die ohne ersichtlichen Grund blubbert. In den Wäldern nördlich des Deer Run treten an einer Stelle, die man die Huffs nennt, berauschende Dämpfe aus dem Gestein aus. Die Huffs sind bekannt für Trinkgelage Minderjähriger. Dort dröhnen sich Teenager angeblich oder auch tatsächlich mit diesen Dämpfen zu.

Vergrabene Schätze, sagt Bobby mit einem Gespür für Poesie. Der Marcellus-Schiefer ist der Panzerschrank der Natur, in dem ihre Schätze weggeschlossen sind, als Versicherung für die Zukunft. Amerikanischer Erfindergeist hat nun endlich den Schlüssel dazu gefunden.

Wir bohren eine halbe Meile senkrecht nach unten. Dann machen wir in horizontaler Richtung weiter. So können wir meilenweit bohren, direkt unter Ihrem Grundstück. Und weil wir so weit unten sind, werden Sie gar nichts davon merken.

Wollen Sie mein Land kaufen?, fragen die Farmer, völlig perplex, als hätte Bobby nach einem Lungenflügel oder einer Niere gefragt, einem Teil von ihnen, den Gott nicht ersetzen kann.

Nicht kaufen. Nur pachten. Sie können weiter wie gewohnt Ihr Land bewirtschaften. Schon im Voraus erhalten Sie einen Bonus, fünfundzwanzig

(später *einhundert*
fünfhundert
tausend)

pro Morgen. Und wenn wir mit den Bohrungen anfangen, bekommen Sie ein Prozent.

Wieder und wieder dieselbe Reaktion: *Was muss ich tun?* Was ihn jedes Mal daran erinnert, dass sie Farmer sind – ein Leben in Knechtschaft, in unaufhörlicher Anstrengung.

Sie brauchen nichts zu tun, sagt er mit einem enkelhaften Lächeln. *Nur die Papiere unterzeichnen und auf den Scheck warten.*

Das ländliche Pennsylvania übt keine besondere Faszination auf die Welt aus, normalerweise. In zyklischen Abständen sind jedoch seine Innereien von Interesse. Dann wird es angebohrt, ausgeräumt, angezündet, ein Brandopfer für das kollektive Bedürfnis.

Dafür hat Bakerton ein intuitives Gespür – diese Stadt, die nach einem Bergbauunternehmen, Baker Brothers, benannt wurde, und nicht umgekehrt. Chester und Elias Baker machten den ersten Spatenstich, kauften das Ackerland und warben die Männer an – Polen, Italiener, Ungarn, Kroaten –, die in großer Zahl im Planwagen oder Zug ankamen. Die Arbeiter wohnten in Lagern und später in Siedlungen mit einfachen Holzhäusern. Ihre Frauen wuschen schwarze Overalls, bekamen Babys, kauften Lebensmittel auf Berechtigungsschein. Die Babys wuchsen heran, arbeiteten, heirateten, wurden eingezogen. Die Glücklichen unter ihnen kehrten zurück, um im Kohlebergbau zu arbeiten. Tariflöhne bedeuteten Fords und Chryslers, zweigeschossige Häuser mit versetzten Ebenen. Auf der Susquehanna Avenue machten Geschäfte auf. Die neue Highschool hatte ein Schwimmbecken von olympischen Ausmaßen.

Mit dem Niedergang des Kohlebergbaus kehrte sich die Entwicklung um, wie ein Film, der rückwärts läuft. ZU VERKAUFEN-Schilder säumten die Straßen. Eine Ladenfront nach der anderen blieb dunkel. Auch die Bergleute wurden ausgelöscht, Staublunge oder Herzinfarkt oder einfach Altersschwäche – das spielt jetzt keine Rolle mehr, tot sind sie alle. Die Kinder und Enkel zogen fort, vergaßen alles. Nur die Witwen bleiben. Bereitwillig zeigen sie einem die alten Grubenpfade, die Lichtungen, wo einmal Zechenanlagen standen: Baker Eins, Baker Vier, Baker Sieben, Baker Zwölf.

Für Bobby Frame ist diese Vergangenheit uninteressant, auch wenn er ihr seinen Erfolg verdankt – der vagen Erinnerung an Zeiten wirtschaftlicher Blüte, dem Geist des Wohlstands, der noch immer in der Stadt spürbar ist. Großen Versprechungen begegnet man hier ohne Skepsis. Die Grundbesitzer sind Kirchgänger, gläubige Menschen. Die Agnostiker – von denen es ein paar gibt – brauchen nur einen Blick in die Geschichte zu werfen: Bakerton wurde schon einmal begünstigt, vom Zauberstab der Industrie berührt.

Er führt ein Nomadenleben, was gewiss nicht jedermanns Sache ist. Vier Gasfelder in sechs Jahren: Barnett, Haynesville, Fayetteville, Marcellus. Bei Dark Elephant Energy ist er ein Star. Zweimal pro Jahr fliegt das Unternehmen ihn in Houston ein und lässt ihn auf die Teilnehmer einer Schulung los. *Das könnten eines Tages Sie sein*, sagt man den Neulingen, die eifrig mitschreiben.

Wenn er auf seinem Weg Opfer gebracht hat – Freundinnen, die ihn in die Wüste geschickt haben, der Hochschulabschluss, den er nicht gemacht hat und heute nicht braucht; wenn er sein Highschool-Klassentreffen, Familiengeburtstage und -urlaube, Hochzeiten und Beerdigungen von geliebten Menschen versäumt hat; wenn Bedauern ihn wie ein Blitz aus heiterem Himmel treffen kann, während er wach liegt und Hotelgeräuschen wie dem Fernseher im Nachbarzimmer oder der Eismaschine unten in der Lobby lauscht; wenn all das zutrifft, nun, sei's drum. Bei Tagesanbruch lösen sich die Phantome in Luft auf. Den Kopf wieder frei für seinen Auftrag, steht er um Punkt halb neun vor dem Katasteramt.

Schön, wie Sie hier wohnen.

Die Neulinge schreiben eifrig mit.

An diesem Montagmorgen begleitet ihn ein Trainee, Josh Wilkie aus Boulder, Colorado. Bobby hat schon zuvor Trainees gehabt und schätzt die Gesellschaft. Zwar hat er sich daran gewöhnt, allein zu essen, aber gerne tut er es nach wie vor nicht.

Sie treffen sich in der Lobby des Days Inn und begutachten das Frühstücksbuffet, das im Übernachtungspreis inbegriffen ist. Bobby entscheidet sich für eine Minipackung Cornflakes, einen Becher Joghurt von der Größe eines Schnapsglases, vier hart gekochte Eier, eine Pappschale und einen Plastiklöffel.

»Ein Abschluss beim ersten Besuch ist das Ideal. Beim zweiten ist es auch noch okay. Damit kann man leben. Der dritte Besuch ist Zeitverschwendung. Innen drin noch gefroren.« Er reißt eine Packung mit einem tiefgefrorenen Bagel auf, den er flach auf den Toaster legt. »Immer. Man muss ihn immer zweimal durchlaufen lassen.«

Die beiden Männer sehen zu, wie der Bagel auf einer Art Transportband durch den waagerechten Toaster befördert wird. Ein helles Kratzen, als er unten aus dem Gerät herausschießt. Heiß in seinen Händen, als er ihn noch einmal auf den Durchlauftoaster legt.

Später Vormittag sei am besten, erklärt Bobby, nach den morgendlichen Verrichtungen. »Manchmal triffst du auf eine Ehefrau und musst später noch mal wiederkommen, um mit ihrem Mann zu sprechen. Es ist gar nicht schlecht, die Frau allein zu haben.«

Josh Wilkie grinst anzüglich.

»Lach nicht. Oft sind sie diejenigen, die entscheiden. Hol sie mit ins Boot, und du hast es geschafft.« Er denkt an Mrs. Mackey, die sture kleine Frau, die ihn von ihrer Veranda vertrieb, als verscheuchte sie eine Fliege. *Sind Sie eine Art Vertreter?*

»Reingehen. Rausgehen. So einfach ist das.« Es ist das Geheimnis seines eigenen Erfolgs: An einem guten Tag kann er bis zum Mittagessen drei Pachtverträge abschließen. Fünf sind sein persönlicher Rekord. »Beiß dich nicht an Details fest. Diesen Leuten sind zwei Dinge wichtig: was für sie dabei rausspringt und wann's losgeht.«

Als sie sich auf den Weg zum Katasteramt machen, sitzt Josh auf dem Beifahrersitz, ein junger, lockiger Bursche, dem eine Rasur guttäte. An einem Handgelenk trägt er selbst geknüpfte bunte Freundschaftsbändchen. »Dreiundzwanzig«, sagt er, als Bobby fragt. »Hab letztes Jahr meinen Abschluss gemacht.« In Schwachsinn, nach Bobbys felsenfester Überzeugung. Auch Sport- und Freizeitmanagement genannt.

»Ferienzentren«, erklärt Josh. »Fitnessklubs, so was.«

Schwachsinn.

»Mal im Ernst. Wie bist du denn darauf gekommen?«

»Ich fahre gern Ski, wissen Sie. Ich bin ein Superskifahrer. Ich fahre Ski, seit ich laufen kann.« Strotzend vor Selbstzufriedenheit rechnet er mit einem Lob.

Wie beeindruckend, denkt Bobby. Aber Spaß beiseite, Mann: Im Öl- und Gasgeschäft wird das Skifahren deine Geheimwaffe sein. Wenn man es recht bedenkt, fast schon ein unfairer Vorteil.

»Im Ernst«, sagt er noch einmal.

Das Katasteramt von Saxon County steht mitten in der Stadt, drei Stockwerke hoch und weitläufig, mit hohen Säulen an der Vorderseite. Für einen Provinzbezirk ist das ein imposantes Bauwerk – entstanden vor hundert Jahren, zu Beginn des Kohle-Booms. Heute ist ein Drittel davon ungenutzt.

Bobby führt Josh Wilkie durch den Metalldetektor und eine knarrende Treppe hinauf – dunkles Holz, die Stufen mit geädertem Linoleum bedeckt, das wie Marmor wirken soll. Am Ende des Korridors befindet sich das Landregister. Das Licht ist an, die Tür mit einem Keil offen gehalten. Die Seth-Thomas-Uhr über der Theke zeigt 8.40 Uhr. Die Sachbearbeiterin ist nicht an ihrem Schreibtisch.

Einen Moment lang ist Bobby verwirrt. Dann sieht er den gut gekleideten Mann, der wartend auf der Bank sitzt. Plötzlich saust es in seinen Ohren, wie ein entferntes Alarmsignal.

Der schick Angezogene steht auf. »Scheint, als wär ich dir zuvorgekommen.«

Bobby wird ein bisschen flau im Magen. Er setzt sein Verkäuferlächeln auf. »Darling!«, sagt er, atemlos wie die junge Naive in einem alten Film.

Das ist eine kleine Nummer, die nie langweilig wird, jedenfalls für Bobby. Diesmal gilt sie Josh Wilkie, der die Männer stirnrunzelnd anstarrt.

»Seit wann bist du da?«, fragt Bobby.

»Seit gestern Abend erst. Rex Darling.« Er streckt Josh Wilkie die Hand hin.

Das Gesicht des jungen Mannes verzieht sich zu einem dümmlichen Grinsen. »Ach, Sie beide kennen sich.«

Bobby ignoriert ihn. Er hat die Nase voll von diesem Jungen, den er für ihren Nachteil verantwortlich macht. Sie haben wertvolle Minuten verloren, während sie im Days Inn auf Joshs Kaffee warteten. Die Kaffeemaschine war leer, und die Bedienung nahm sich mit dem Kochen einer neuen Kanne viel Zeit. Da er selbst keine Laster hat, ist Bobby streng mit denen anderer Leute – Kaffee, Zigaretten, dem Gläschen zum Entspannen. Bedürfnisse, die den Menschen beherrschen und ihm die Struktur seines Tages diktieren.

Er hat in seinem ganzen Leben noch nie auf Skiern gestanden.

Darling klopft Bobby auf die Schulter. »Mit diesem Witzbold hatte ich im Haynesville zu tun.« Im *Haynesville*, nicht in *Louisiana*, diesem Staat, dessen einziger Reiz in seinem Gasfeld besteht. Ihrer beider Unternehmen hatten sich dort ein Gefecht geliefert – und einen kleinen Kuhhandel mit Pachtverträgen, die sie sich hin- und herschoben.

»Bitte sehr!« Ein neuer Sachbearbeiter, ein Mann, händigt Darling eine Akte aus. Bobby versucht einen Blick auf deren Rücken zu erhaschen.

»Also dann«, sagt Darling. »Ich wünsch euch einen schönen Tag.«

Er nimmt die Akte mit zu einem Tisch in der Ecke und fängt an, sich Notizen zu machen.

Der Sachbearbeiter wendet sich Bobby zu und mustert ihn ausdruckslos als den Fremden, der er ist.

Langsam fahren sie die Number Nine Road entlang, einen alten Grubenpfad, der die Dutch Road kreuzt.

»Wie oft rasierst du dich?«, fragt Bobby.

Josh reibt sich das Kinn. »Zweimal die Woche.«

»Jetzt nicht mehr. Ab sofort jeden Tag.« Bobby könnte noch mehr sagen – *Werd endlich erwachsen. Das ist ein Zeichen des Respekts, du Trottel* –, aber er hält den Mund.

Sie biegen in die Dutch Road ein, vorbei an Jim Nortons Tannenwald. Carl Neugebauers südliches Weideland liegt oben auf dem Hügel. Für beide Grundstücke hat Bobby in der Woche zuvor die Pachtverträge unterschrieben. »Mit Kipler im Osten macht das zusammen hundert Morgen«, erzählt er Josh.

»Wahnsinn. Das ist ja toll.« Der junge Mann studiert die topografische Karte, die auf seinem Schoß ausgebreitet ist, und sucht mit dem Finger die Grundstücke. »Kipler, Norton und – Neugebauer. Aber was liegt denn dazwischen? Das ist ein großes Stück. Parzelle eins-zwölf.«

Es folgt betretenes Schweigen.

»Das ist Mackey. Milchbetrieb. Sie brauchen noch Bedenkzeit.« Bobby starrt unverwandt auf die Straße. Beide Male sah Mrs. Mackey ihn kommen und wimmelte ihn schon auf der Veranda ab. Bis jetzt hat er es noch nicht ins Haus geschafft.

Schnell wechselt er das Thema. Richard Devlin jr. gehören sechzig Morgen, auf denen er, allem Anschein nach, einfach nur sitzt. Bobby fährt langsam am südlichen Rand des Grundstücks entlang. Man sieht ein ziemlich neues einstöckiges Vorstadthaus – Fertigbauweise, wie es scheint – und dahinter ein Stück ordentlich gemähten Rasen. Jenseits davon erstrecken sich mehrere Morgen Laubwald, ein Bach, der dringend geschlämmt werden muss, eine sanft ansteigende, von Kudzu überwucherte Wiese.

Sie fahren in die gekieste Einfahrt. Von Nahem sieht das Haus nackt aus, drum herum nicht ein Busch oder Baum, als wäre es gerade von Himmel gefallen. Keine Veranda, nicht einmal ein Fußweg, nur ein Schuhkarton mit Aluminiumverkleidung. Bobby klopft und wartet. Von drinnen hört er Stimmen, Fernsehgeräusche. Als die Tür aufgeht, steht da eine junge Frau in einem gesteppten pinkfarbenen Bademantel.

»Kann ich Ihnen helfen?« Sie sieht jünger aus als Bobby und älter als Josh Wilkie, aber nur ein bisschen – das blonde Haar im Pferdeschwanz, eine Brille, die ihr die Nase hinunterrutscht.

»Mrs. Devlin?« Bobby stellt erst sich vor und dann Josh, den er *meinen Mitarbeiter* nennt. »Es tut mir leid, Sie so früh zu stören.«

Dabei ist es schon zehn Uhr, die Sonne brennt vom Himmel. Mrs. Devlin steht nicht mit den Hühnern auf. Sie blinzelt ins helle Licht. »Oh, das macht nichts. Kommen Sie nur rein.«

Das Zimmer ist auf eine Art, die Bobby schon kennt, spärlich möbliert, die seltsame Armut von Paaren mit kleinen Kindern. Es gibt eine Couch, einen Riesenfernseher und nicht viel mehr. In einer Ecke steht ein Plastikwäschekorb voller Plastikspielsachen. Mrs. Devlin führt sie in die Küche. Hinter ihrem Rücken gibt Josh Bobby ein Zeichen. Der kann sich mühelos vorstellen, ihm eine Ohrfeige zu verpassen, die sein stoppeliges Gesicht rot werden lässt. Bobby hört förmlich schon die schäbige Art und Weise, wie Josh die Situation wiedergeben wird – *Gerade aus der Dusche gestiegen. Sie kam im Bademantel an die Tür* – und ist im Voraus verärgert.

Die Küche ist sonnig und stickig und riecht nach Frühstück – Toastkrümel auf der Theke, fettiges Geschirr in der Spüle. Am Tisch isst ein drei- oder vierjähriges Mädchen Salzcracker von einem Plastikteller.

»Ich bin heute nicht in der Schule«, verkündet sie.

Bobby setzt sich neben sie. Obwohl es schon Ende August ist, liegt eine Wachstuchdecke auf dem Tisch, die mit ihrem Stars-and-Stripes-Motiv eher zum Unabhängigkeitstag passt.

»Du siehst noch zu klein für die Schule aus.«

Darauf reagiert das Kind eingeschnappt. »Ich bin im *Kinnergarten*«, lallt sie wie eine kleine streitlustige Alkoholikerin.

»Sie ist klein für ihr Alter. Geht's nur mir so, oder ist es hier drin kalt?« Mrs. Devlin zieht sich den Bademantel fester um den Körper.

»Es ist angenehm«, sagt Bobby, der in seinem Hemd bereits schwitzt.

Ohne zu fragen, gießt sie ihnen Gläser mit Orangensaft ein. »Rich hatte eine Doppelschicht. Er müsste jeden Moment hier sein.«

»Wo arbeitet er?«, fragt Bobby und trinkt dankbar.

»Im Gefängnis draußen.« Mrs. Devlin runzelt die Stirn, als fragte sie sich erst jetzt, was diese Fremden in ihrem Haus tun. »Ich dachte, Sie wären Freunde von ihm.« Ihr Bademantel ist bodenlang, bauschig wie eine Daunendecke. Darunter hat sie wahrscheinlich einen Körper. Bobby muss an die Frauen in arabischen Ländern denken, die von Kopf bis Fuß verhüllt sind.

»Nein, Ma'am, aber ich freue mich darauf, ihn kennenzulernen. Ihr Nachbar Carl Neugebauer meinte, Rich wäre vielleicht an einem kleinen Geschäft interessiert.« Dann beginnt er, seinen üblichen Spruch abzuspulen, auch wenn es eindeutig verlorene Mühe ist. Wenn der Ehemann heimkommt, wird er noch mal von vorne anfangen müssen.

Als er fertig ist, blickt Mrs. Devlin völlig entgeistert drein. »Auf *unserem* Land? Sind Sie sicher?«

Unter dem Bademantel könnte sie anorektisch oder im sechsten Monat schwanger, eine Meerjungfrau oder zweifach amputiert sein.

»Ja, Ma'am. Die Geologen haben das ganze Gebiet schon kartiert. Natürlich müssten wir noch ein paar zusätzliche Untersuchungen durchführen. Die beste Stelle zum Bohren ausfindig machen.«

Schließlich hört er draußen ein Motorengeräusch, dazu das Aufspritzen von Kies. Bald darauf schlägt eine Fliegengittertür zu. Bobby springt genau in dem Moment auf, als Rich Devlin in die Küche stürzt. Er ist so groß wie Bobby, ein kräftiger blonder Mann in einer grünen Uniform. Sein Blick geht von Bobby über Josh zu seiner Frau im Bademantel. »Wer zum Teufel sind Sie?«

»Schön, wie Sie hier wohnen«, sagt Bobby.

Am Abend im Days Inn holt er Unterlagen aus dem Safe: Pachtverträge mit und ohne Unterschrift, topografische Karten, interne Memos, Ingenieursberichte. Er sortiert sie auf dem freien Bett und richtet sich für den Abend ein. Der Fernseher läuft ununterbrochen, ohne Ton. Was da über den Bildschirm flimmert, spürt Bobby eher, als dass er es sieht. Das wechselnde Licht hat etwas Lebendiges. Es wärmt ihn wie ein flackerndes Kaminfeuer.

Im Laufe von sechs Jahren in Motelzimmern entwickelt man ein System für sein Leben. Bobby ist der geborene Reisende, Nachfahre von Pilgern, mit einem Ururgroßvater, der auf dem großen Marsch der Mormonen gen Westen zur Welt kam. Er braucht nichts anderes als die Annehmlichkeiten, die das Days Inn bietet und die er gerne nutzt: den Vergrößerungsspiegel zum Rasieren, die Kaffeemaschine, um Wasser für seine Instantnudeln heiß zu machen, den Plastikeiskühler für seine Sprite, die er jederzeit aus dem Automaten am Ende des Korridors ziehen kann. Vor Jahren im Haynesville hatte er einmal in einem Comfort Inn außerhalb von Baton Rouge gewohnt und den Wert eines Zimmersafes schätzen gelernt. In diesem Haus wimmelte es nur so von Gasfirmenleuten – seinen Konkurrenten von Logistix, Diamond Energy und Creek. Er sah ihre Gesichter jeden Tag beim Frühstück und später beim Katasteramt, ein halbes Dutzend Gegner, die ihn verfolgten. Damals wurde er immer wieder vom selben Albtraum geplagt: seine Tür vom Zimmermädchen beim Staubsaugen offen gelassen, auf dem Bett für jeden sichtbar seine Pachtverträge und Landkarten.

Es ist dumm, sich über Rex Darlings Ankunft im Tal zu wundern. Dessen Firma, Energy Logistix, war im Fayetteville Elephants Hauptkonkurrent und schlug sich im Barnett wacker. Nun hat Bobby fast einen Monat lang seinen Vorsprung im Marcellus genutzt und mehr Verträge für weniger Geld abgeschlossen als irgendjemand sonst in der Geschichte des Unternehmens. Ehe irgendein anderer Gasfirmenmitarbeiter auch nur den Fuß ins Saxon County setzte, gehörte die ganze Dutch Road bereits Bobby Frame.

Und trotzdem ist Darling ihm gegenüber an diesem Morgen im Vorteil. Wieder denkt Bobby an Josh Wilkies Kaffee, den Reisebecher, der ihm den Pick-up verpestet hat. Der Geruch widert ihn an, ein ererbter Ekel, das winzige Quäntchen Mormonentum, das noch in ihm steckt. Der Rest seiner Sippe hat es offenbar vollständig abgelegt – seine verwahrlosenden Schwestern, sein Vater, der das Priestertum abstreift wie einen alten Pullover. Abtrünnige, Mormonen per Abstammung. Das ist kaum zu glauben. Bobbys Vater hatte die ganze Kindheit seines Sohnes verpasst – immer war er mit irgendwelchen ziemlich vagen Aufgaben in der Gemeinde beschäftigt gewesen.

Aus seinem Aktenkoffer nimmt er einen unterzeichneten Vertrag. Rich Devlin hatte nur wenige Fragen gestellt. Und mit der linken Hand sorgfältig unterschrieben. Bedächtig hatte er die Buchstaben gezogen, wie ein Schuljunge, der weiß, dass seine Handschrift zu wünschen übrig lässt. Es schien ihn zu überraschen, dass auch die Unterschrift seiner Frau erforderlich war.

Shelby Devlin, hatte sie in einer kleinen, runden Schrift geschrieben.

Bobby wirft einen flüchtigen Blick auf den Fernsehbildschirm. Ein Schauspieler in der Rolle eines Pathologen steht über einer Leiche. Er legt ein Organ auf eine Hängewaage, wie man sie in Supermärkten benutzt. Solche Sendungen laufen von morgens bis abends auf mehreren Kanälen. Und sind unverständlicherweise beliebt. Die Leute lassen sich wohl gerne anekeln.

Er faltet die topografische Karte auseinander und breitet sie auf dem Bett aus, über zweihundertfünfzig Quadratkilometer von Saxon Valley. Im oberen linken Viertel – Sektor 1, wo die Dutch Road eine Kurve nach Westen beschreibt – sind die meisten Grundstücke bereits blau schraffiert. Bobby nimmt einen blauen Leuchtstift und färbt auch das mit DEVLIN beschriftete Viereck blau ein. Das Grundstück grenzt im Süden an Neugebauer. Beide können, falls die geologischen Gegebenheiten es erlauben, vom selben Förderplatz aus abgebohrt werden.

Blau bedeutet, dass ein Pachtvertrag unterzeichnet, das Grundstück aber noch nicht erschlossen wurde. Sektor 1 zeigt im Moment zwei massive, aber voneinander getrennte Blöcke Blau: im

Süden Fetterson, Norton und Yahner, im Norden Devlin, Kipler und Neugebauer. Um sie herum und dazwischen liegen ein paar einzelne Parzellen, grell weiß und unregelmäßig geformt, wie Teile eines Puzzles. Das sind Bobbys Misserfolge, die Niederlagen, die ihm zu schaffen machen – Mackey, Rouse und Krug. Rouse und Krug hätte er voraussagen können: knappe Einsilber, Namen für Sturköpfe. Das hat Bobby immer wieder festgestellt. Die Einsilber sind von einer unerschütterlichen Überzeugung, ein Zustand, den er nur allzu gut kennt. Schließlich heißt er Frame.

Er legt Devlins unterzeichneten Vertrag in den Safe.

Eine Horizontalbohrung kann sich über gut drei Kilometer unter mehreren Grundstücken erstrecken. Das Bohren erfordert aneinander angrenzende Parzellen, deren Eigentümer allesamt schriftlich ihre Zustimmung dazu gegeben haben. Arvis Kipler unterzeichnete sofort; seine dreihundert Morgen sind das Herzstück. Fetterson und Norton weiter im Süden unterzeichneten am selben Morgen, einem sonnigen Montag. Hochzufrieden hielt Bobby als Nächstes an Cob Krugs Wohnwagen an.

Er war zuvor schon bedroht worden, aber nie von einem Mann im Rollstuhl.

Die Kamera vergrößert das Fleisch, ein menschliches Herz mit sichtbaren Öffnungen. Bobby fallen Begriffe aus dem Biologieunterricht auf der Highschool ein: Vorhof, Herzkammer, Hohlvene, Aorta. Wörter, die er mit den ordentlichen Zeichnungen in seinem Schulbuch, nicht aber mit diesem abstoßenden Stück Fleisch verbindet.

Der alte Kauz verscheuchte ihn mit einer Schrotflinte, Kaliber 12. Die Erinnerung daran kränkt ihn noch, die Grobheit. Bobby war dazu erzogen worden, den Wert kleiner Höflichkeiten wie *Bitte* und *Danke* und *Einen schönen Tag noch!* zu schätzen.

Aufs Ganze gesehen spielt Cob Krug allerdings keine Rolle. Wie Rouse, der Sojabohnenfarmer, ist Krug ein Anhängsel. An den äußeren Enden des Gebiets gelegen, stellt keins der beiden Grundstücke ein Vertragshindernis dar. Das eigentliche Problem ist Mackey. Mackey liegt ganz genau in der Mitte. Da führt kein Weg dran vorbei: Er muss Mackey kriegen.

Die topografische Karte ist seine tägliche Buchführung. Ihre Begleiterin, die Projektkarte, stellt das kommende Reich dar. Sie zeigt die Dutch Road aufgeteilt in Parzellen, die durch eine gestrichelte Linie verbunden sind. Diese Linie ist eine Umschreibung für Luftschlösser, das Wunschdenken des Unternehmens, die ausgeklügelte Vorstellung eines Ingenieursteams. Das – intern Autobahn genannte – Projekt wird Saxon County mit dem großen neuronalen Netzwerk Bundesstaaten übergreifender Pipelines verbinden: der berühmten Continental, der mächtigen Tennessee. Diese Namen sind eine Beschwörungsformel, ihre Autorität ist geradezu biblisch. Bedeutendere Köpfe als Bobby haben die Verbindungen und Abzweigungen der Autobahn, ihren endgültigen Verlauf durch die Kernstaaten der USA geplant. Doch nur Bobby kann sie verwirklichen. Dein Reich komme.

Die Mackey-Farm stellt die Verknüpfung zwischen Kipler und Devlin/Neugebauer her. Mackey macht alle Dinge möglich.

Der dritte Besuch ist Zeitverschwendung.

In unruhigen Nächten, allein in seinem Motelzimmer, wird er gelegentlich von seinen Sehnsüchten überwältigt. Das ist Bobbys Version der Trunkenheit beziehungsweise dessen, was er sich darunter vorstellt. Dann sieht er ein riesiges Gebiet, so groß wie Texas, vor sich: Rouse, Kipler, Mackey, Devlin, Neugebauer, Krug, Fetterson, Norton, Yahner, Beale. Die ganze nördliche Hälfte von Carbon Township, die darauf wartet, erschlossen zu werden.

Im ersten Stock des Days Inn sitzt Rex Darling in einem identischen Zimmer und studiert seine eigene Karte.

Möge es seinen Anfang nehmen.

An einem schwülen Tag im August treffen sich die Aktionäre ohne viel Tamtam in einem vorstädtisch geprägten Marriott, rund fünfzehn Kilometer außerhalb der Innenstadt von Houston – eine Veränderung, die auf Quentin Tanner, den neuen Leiter der Abteilung Unternehmenskommunikation, zurückgeht. Der frühere Veranstaltungsort, ein riesiges, ans Konferenzzentrum angeschlossenes Hyatt, begrüßte jede Gruppe mit großem Trara: Ankündigungen, die über einen Newsticker in der Lobby liefen, heitere Begrüßungen (»WILLKOMMEN ZURÜCK, DARK-ELEPHANT-AKTIONÄRE!«) auf dem Schriftdisplay außen. Den Aktionären gefiel das Tamtam. Sie sind ein geselliger Haufen, eher freundlich gesinnt. In ihrer Jugend traten sie Verbindungen bei und betrieben Mannschaftssportarten. Sie sind Geschäftsleute in einem sonnigen Klima, wo neben Gott und Land auch das Geschäft verehrt wird, die guten, großen Dinge, die alle vernünftigen Menschen schätzen. Sie sind stolz auf ihre Beziehung zu Dark Elephant, deren Geschäften sie ohne jede Ambivalenz gegenüberstehen. Quartalsgewinne werden mit Schulterklopfen und breitem texanischem Grinsen begrüßt, ein männliches und unkompliziertes Vergnügen.

In einem sonnigen Klima Geschäfte machen. Das ist fremdes Terrain für Tanner, einen New-Hampshire-Yankee in zehnter Generation, von Haus aus schweigsam und diskret bis in die Haarspitzen; Feinschliff seiner angeborenen Talente über zwölf Jahre in Washington, Spiel in der höchsten Liga: Big Tobacco, die Waffenlobby NRA. Vor sechs Monaten lockte ein verlogener Headhunter ihn nach Houston – reizlos, baumlos, ein feuchtes Dreckloch mit städtischen Ambitionen. Eine riesige Einöde aus Beton und schmelzendem Asphalt, der in der Hitze flimmert.

Eine Stunde vor der Versammlung bebt der Alamo Ballroom vor emsiger Aktivität. Hotelangestellte rollen Kaffeespender herein, dazu eingeschweißte Gebäckplatten, so groß wie Hula-Hoop-Reifen. Tanner nimmt eine winzige Veränderung am Podium vor. Auf dem Tisch am Eingang legt er die Mappen mit den Teilnehmerunterlagen und, ordentlich aufgereiht, gedruckte Namensschilder aus, dann tritt er zur Seite und beobachtet mit verschränkten Armen, wie die Aktionäre hereintröpfeln. Er zählt weiße Männer in drei Varianten: mittelalt, alt, sehr alt. Einige von ihnen tragen ohne einen Hauch von Ironie eine Cowboykrawatte. Auch ein paar Cowboystiefel fallen ihm auf, und hier und da ein Westernhut.

Die Namensschilder sind, wie sich herausstellt, überflüssig. Während die Männer sich am Buffettisch mit Kaffee und Gebäck versorgen, begrüßen sie sich lauthals wie alte Freunde. *Hey, Kumpel. Alles klar bei dir?* In Texas ist das die Standardbegrüßung, die sich gleichermaßen für Kollegen und Rivalen, für Vorgesetzte und Untergebene eignet. Kellner sind Kumpel, aber ebenso Mechaniker, Postboten, Barkeeper, entfernte Cousins. (Zu Hausmeistern oder dem jungen Burschen, der einem den Rasen mäht, könnte man auch *Amigo* sagen.) Mit *Kumpel* trifft man grundsätzlich den richtigen Ton – maskulin, lässig – und entledigt sich der Notwendigkeit, sich Namen zu merken.

Tanner setzt sich an den Anmeldetisch. Über ihm ragen die Aktionäre auf. Selbst wenn man Hüte und Stiefel abzieht, sind sie hochgewachsene Leute. Er ist eins sechsundachtzig, früher im Osten nicht gerade klein. In diesem Raum hier ist das höchstens Durchschnitt. Es gibt ja bereits Studien über den Zusammenhang zwischen Körpergröße und Einkommen. In Texas ist das Ergebnis, wie alles andere, übertrieben.

In seiner Tasche klingelt das Handy: seine Assistentin, die leicht panisch klingt. »Quintin, ich bin im Hotel, aber ich kann partout diesen Raum nicht finden. Hier gibt's kein einziges Hinweisschild.«

»Hervorragend«, sagt Tanner.

Er dirigiert sie zu einem Aufzug ganz hinten in der Lobby. »Wir sind auf Ebene B, am Ende des Gangs. Wenn Sie uns dann immer noch nicht gefunden haben, rufen Sie noch mal an.«

Er blickt kurz auf die Uhr, zählt rasch durch, inspiziert eine der Mappen mit den Unterlagen: der Tagesordnung, den Zahlen des zweiten Quartals, einem Bündel fotokopierter Zeitschriftenartikel aus *Forbes* und *Petroleum Week*. Auf sein Drängen hat Polly einen anspruchsvollen, sehr fachspezifischen Artikel von Dr. Amy Rubin beigelegt, der vergangenen Herbst in der wissenschaftlichen Zeitschrift *Structural Geology* erschienen ist.

Ich weiß ja nicht, Quintin. Ob die das wirklich lesen werden?

Ich bezweifle, dass sie es lesen können. *Darauf kommt es aber auch gar nicht an.*

Worauf es ankam, war, Amy Rubin zu schmeicheln, die das Hauptreferat halten würde.

Über Tanners Kopf, hoch oben, Händeschütteln und Schulterklopfen unter den Aktionären. Natürliche Auslese? Rinderwachstumshormon?

Hey, Kumpel. Was macht das Geschäft? Das hat in Texas einen universellen Wert, genau wie das Mitfiebern mit dem Heimteam. Hier sind sogar Hausmeister und Landschaftsgärtner wirtschaftsfreundlich.

Vor zwei Jahren hatten die Aktionäre von Amy Rubin, einer Geologieprofessorin an der fernen State University of New York, noch nichts gehört. Selbst jetzt würden nur wenige sich an ihren Namen erinnern. Und doch hatte das Erscheinen ihres Artikels in der *Structural Geology* für großen Wirbel gesorgt. Mit einem trockenen, schwer verständlichen Text hatte Amy Rubin die Geschicke jedes Mannes hier im Raum verändert.

Jedenfalls ist in Texas niemand gegen die Wirtschaft. So wie es unvorstellbar ist, gegen Jesus zu sein.

Kurz darauf stürzt Polly mit einem Pappkarton durch eine Seitentür herein. Tanner betrachtet sie von Weitem, ein großes, gesundes Mädchen von dreiundzwanzig Jahren, das leichte Ähnlichkeit mit einem von Präsident Bushs Zwillingen hat – heute auf charmante Weise unbeholfen, in ihren Pumps und ihrem Damenkostüm. Im Laufe der Jahre hat er zahllose Assistentinnen gehabt, alle intelligenter und ehrgeiziger als Polly Granger, aber keine so beherzt und gutmütig wie sie. Eingestellt hat er sie, weil sie so etwas tochterhaft Hübsches, Gesundes und Rotbäckiges hat; dazu das breite Lächeln, das einen Großteil ihrer Jugendzeit hindurch auf den Stadtbussen von Fort Worth zu sehen gewesen war, wo ihr Kieferorthopäden-Vater Werbefläche angemietet hatte. Tanner hat ihre Wirkung auf die Aktionäre beobachtet, diese alten Böcke, die wie schlitzohrige Onkel flirten, die Art von harmlosem Geplänkel, die ihm so auf die Nerven geht. Er vermutet – ja, hofft geradezu –, dass sich dahinter ein dunklerer Impuls verbirgt, irgendeine körperliche Faszination, die ihm völlig unbegreiflich ist. Für ihn ist Polly so unerotisch wie ein Plüschtier. Einfach zu entzückend zum Vögeln.

Sie stakst auf ihn zu. »Ich schwöre, dass ich hier nie im Leben mehr rausfinde. Dieses Ding hier schleppe ich schon eine halbe Stunde mit mir rum.« Sie stellt die Schachtel auf den Tisch und gräbt eine neue Ausgabe der *Businessweek* aus. »Die kommt erst am Mittwoch raus, aber uns haben sie wenigstens über Nacht schon mal ein Exemplar geliefert. Ich hab zweihundert Kopien davon gemacht.«

Beim Anblick der Überschrift – DIE NEUEN COWBOYS – zuckt Tanner zusammen. Das Titelbild dagegen hat zweifellos Symbolcharakter: Kip »The Whip« Oliphant, der extravagante Chef von Dark Elephant, von Kopf bis Fuß in abgetragenem Jeansstoff auf einem sandfarbenen Pferd. Die Fotoaufnahmen hatte Tanner selbst arrangiert, indem er ein Fotografenteam zur Promised Land Ranch, Oliphants Tausend-Morgen-Anwesen unten im Süden, schickte.

»Ich kapier's nicht«, sagt Polly. »Warum verstecken wir uns hier im Keller?«

»Reine Vorsichtsmaßnahme. Es gibt gewisse Randerscheinungen, Polly. Nicht jeder ist mit dem einverstanden, was dieses Unternehmen tut.«

Ein ausdrucksloser Blick begegnet ihm. Ihren Abschluss an der Sam Houston State hat sie in Kommunikationswissenschaft gemacht. Er sieht kein Anzeichen dafür, dass sie in den letzten sechs

Monaten – oder überhaupt schon mal in ihrem Leben – eine Zeitung gelesen hat.

»Umweltgruppen zum Beispiel. Es hat gewisse Kontroversen gegeben. Organisierter Protest ist das Letzte, was wir brauchen können.«

»Gegen eine Ölfirma«, sagt Polly, sichtlich bemüht, zu verstehen.

»Soll jedenfalls schon vorgekommen sein.«

»In Texas«, wiederholt sie, um ganz sicherzugehen.

Tanner kommt sich mit einem Mal lächerlich vor. »Na ja, vielleicht nicht. Aber allgemein gilt: Wozu das Risiko eingehen? Zumal es uns absolut nichts bringt, unser Blatt aufzudecken. Wie ist der Artikel?«, fragt er, das Thema wechselnd. »Und sagen Sie nicht, Sie haben ihn nicht gelesen.«

»Ich hab mir die Zwischenüberschriften angeguckt. Ich bin kein Schnellleser, Quintin. Und ich hatte gerade mal eine halbe Stunde Zeit, diese Kopien zu machen und hierher zu hetzen.«

Tanner blättert bis zu dem Artikel und liest.

Die neue Grenze

Vor zehn Jahren galt die Erschließung von Erdgasvorkommen in Schiefergestein noch als zu teuer. Mit dem Aufkommen der **Fracking**-Technologie (Abbildung) hat eine neue Generation von Titanen eine umstrittene Grenze der Energiegewinnung geöffnet. Federführend ist dabei Clifford »Kip« Oliphant, Gründer und Vorstandsvorsitzender von Dark Elephant Energy.

Polly, die nach Pfefferminzkaugummi und Fruchtshampoo riecht, liest über seine Schulter hinweg. »*Clifford?* Heißt er so?«

»Du lieber Himmel, Mädchen. Seit wann arbeiten Sie jetzt hier?«

»Ich weiß, ich sollte mich schämen. Aber so nennt ihn keiner.«

»Ach so, verstehe.« Du süßes Ding, denkt er. Du Golden Retriever von einem Mädchen. »Aber Polly, ganz im Ernst: Was dachten Sie denn, welcher Name in seiner Geburtsurkunde steht? Kip? *Whip?*«

»Darüber hab ich wohl nie nachgedacht. Sie haben doch alle Spitznamen.« Sie überfliegt die Reihen mit Namensschildern. »Macho Rowe. Wuff McClure. Schoko Winans. Sagen Sie Bescheid, wenn Sie einen richtigen Vornamen hören.«

Tanner lässt seinen Blick durch den Ballsaal des Hotels schweifen, zweihundert Alphamännchen, die Kaffeetassen und gefrorenes Gebäck jonglieren. Der Lärmpegel ist gestiegen. Es ist ein bisschen wie Meeresrauschen, das rhythmische Purzeln herzlicher Begrüßungen, das leise Gebraus männlicher Prahlerei und typisch amerikanischer guter Laune.

Ein Mann, der einen Spitznamen für einen Spitznamen braucht. Für Gelegenheiten, in denen *Kip* spießig wirkt, übermäßig formell.

Hey, Kumpel. Was macht das Geschäft?

Es bedarf schon einer ziemlichen Kühnheit, in der modernen Welt einen Cowboyhut zu tragen. Für Tanners Empfinden ein selbstbewusster Aufzug.

Wir stehen kurz vor einem neuen Wendepunkt.

Oben in der Lone Star Suite strotzt The Whip – die Peitsche – vor Energie, erst recht nach diesem erfolgreichen Morgen: Schwimmen im Hotelpool, dann zwanzig Minuten Qigong, die Selbstbestätigungsformeln und Atemübungen, eine Kanne starker grüner Tee. Das Aktionärsbuffet meidet er wie Superman das Kryptonit. Sein Körper ist eine hochentwickelte Maschine, perfekt geeicht, an ihren exklusiven Kraftstoff gewöhnt. Der Beweis ist im Spiegel zu sehen. Sein sonnengebräuntes Gesicht sieht aus wie fünfunddreißig, nicht fünfzig. Sein Körperfett liegt stabil bei elf Prozent.

Es ist an der Zeit, unseren Vorteil als Pionierunternehmen auszunutzen, sagt er zu seinem Spiegelbild. *Und strategische Investitionen quer durch die Wertschöpfungskette der unkonventionellen Erdgasförderung zu tätigen.*

The Whip ist ein methodischer Mensch. Die vergangenen zwölf Stunden hat er sich in dieses Hotelzimmer zurückgezogen, um sich auf den Kampf vorzubereiten. Seine Frau wurde angewiesen, ihn nicht zu stören. »Egal, aus welchem Grund«, hatte er mit Nachdruck hinzugefügt – gestern Nachmittag, auf dem Weg zur Tür.

»*Egal*, aus welchem Grund?« Gretchen schaute sich gerade im Fernsehen ein Tennismatch an, während sie energisch ihren alten StairMaster traktierte. Der Motor lief mit hoher Drehzahl und surrte wie verrückt. Ihr Blick wirkte angespannt, panisch. »Und wenn Allie entführt wird? Wenn im Haus Feuer ausbricht?«

»Ruf Pig an«, sagte The Whip.

Seinen Anwalt Piggy Bunch erreicht er per Schnellwahl. Bei jeder denkbaren Katastrophe ist das die einzige Nummer, die ihm einfällt.

Er hat es ihr schon mehrfach erklärt, mit einfachen Worten. Das Leben ist ein Haus mit vielen Zimmern, von denen er immer nur eins bewohnt; wie sollte er es auch anders machen? Und wenn er das Zimmer verlässt, knipst er das Licht aus. Seine Anforderungen formuliert er sehr präzise, eine Eigenschaft, die Gretchen auf die Nerven geht; dennoch versucht sie sie in der Öffentlichkeit positiv darzustellen: *Kip ist sehr konzentriert*. Das stimmt sicher auch, ist aber nur ein Teil der Wahrheit. Die Monomanie ihres Mannes hat schon etwas Geheimnisvolles. Für ihn ist die Welt ein feststehendes Bild, auf dem sich zu jedem beliebigen Zeitpunkt ein einziges Element, ein isolierter dynamischer Punkt, bewegt. Auf diesen Punkt richtet Kip seine ganze Aufmerksamkeit. Mit etwas Übung ist es wie bei einem Sing-Along: Man folgt dem hüpfenden Ball.

Seine Kleidertasche enthält einen perfekt geschnittenen schlichten grauen Anzug, noch in der Verpackung befindliche frische Socken und Unterwäsche sowie zwei identische weiße Hemden. Er probiert und verwirft das erste davon. Für sein Empfinden sind die Ärmel einen halben Zentimeter zu lang.

Es gibt keine unwichtigen Entscheidungen.

In diesem Moment liegt der dynamische Punkt sechs Stockwerke unter ihm und prallt wie ein Squashball von den Wänden des Alamo Ballroom ab, wo sich gerade Hunderte wohlhabende Männer mit Pfirsichplunder vollstopfen. Kips eigenes außergewöhnliches Leben – seine hundert engen Freunde und tausend Bekannten; sein von dem Architekten Milo Gabanis entworfenes einzigartiges Haus in einem Vorort von Houston; die Ranch in Hidalgo County, die seine vier Hunde und elf seiner besten Pferde beherbergt – existiert in diesem Moment nicht. Selbst seine Frau und seine Tochter sind in die Ferne gerückt, sind zurückgewichen wie eine ferne Küstenlinie. Das erfolgreiche Leben ist eine Solo-Reise, die entsprechende Navigation ganz einfach. The Whip richtet sein Fernrohr auf den dynamischen Punkt, der am Nachthimmel funkelt.

Der nächste Big Play steht an.

Häuser in Umbrien und Aspen; eigene Golfplätze in Arizona und Schottland. Das Profi-Footballteam, das ihm zu zwanzig Prozent gehört. Ein auf achthundert Millionen geschätzter privater Hedgefonds; diverse Geschäftsinteressen in und um Houston: das Weinlokal, das Steakhouse der Extraklasse, die Rennbahn, die er finanziert und mit entworfen hat und auf der eins seiner eigenen Pferde, Count Your Blessings, seinen ersten Titel gewonnen hat.

Der Firmenname, Dark Elephant, ist Kips eigene Wortschöpfung – zugleich ein Wortspiel mit seinem eigenen Namen, eine Anspielung auf den Mutterkonzern, Darco Energy, und ein deutlicher Hinweis auf die Unternehmenspolitik. Die Rennbahn, die Restaurants und der Hedgefonds sind Eigentum von Whipsmart Ventures, seiner eigenen personenbezogenen Holdinggesellschaft. Achtzehn Angestellte – Buchhalter, Juristen, Assistenten und deren Assistenten – verwalten seine Geschäfte.

Wie er hierher kam, ist ganz und gar kein Geheimnis – eine Geschichte, die so oft und von so vielen Leuten erzählt wurde, dass es nicht mehr seine eigene ist. Wie eine neue Religion gehört sie der ganzen Welt. Vor zwölf Jahren stieg ein Exzentriker aus Texarkana namens Wade Dobie in Kips Ingenieursteam ein und überzeugte ihn vom Horizontalbohren. Logistix habe es bereits gemacht, habe seitwärts durch Grundgestein gebohrt, um die letzten Tropfen aus ein paar erschöpften Ölfeldern zu pressen. Dieselbe Technik lasse sich auch bei den Erdgas-Lagerstätten anwenden.

Und nicht mal genau seitwärts. Ein Winkel von fünfundsechzig Grad würde schon ausreichen, behauptete Wade Dobie.

Ein vorsichtiger Mensch hätte diese Idee sofort verworfen. The Whip verfügte jedoch damals über Land – tausend Pachtverträge entlang der Grenze zu Louisiana, in einer Kalksteinformation namens Austin Chalk. Als niemand sonst es tat, wettete er mit hohem Einsatz auf Land, das kein vernünftiger Mensch sich ein zweites Mal angeschaut hätte, und auf eine Technologie, die eigentlich nie hätte funktionieren dürfen. Einige Anstrengungen waren vonnöten, ein paar missmutige Bohrtrupps mussten angeheuert und wieder gefeuert werden, aber da die Industrie daniederlag, waren Arbeitskräfte billig, und er hatte immer (immer) Land an der Hand.

Mit dem Winkel hatte Dobie sich geirrt, alles andere entsprach jedoch der Wahrheit. Der Austin Chalk war eine Goldgrube. Während die übrige Industrie zusammenbrach, schwamm Kip auf einer Welle des Erfolgs, und Darco notierte mit achtzig. (Und das im Hochsommer, wo jeder Hochofen auf der Nordhalbkugel Staub ansetzte.) Im tiefsten Louisiana erwarben seine Außendienstler Bohrrechte. Verträge wurden unterzeichnet, Bohrplätze vorbereitet, Bohrtürme auf den Weg geschickt. Um das Vorhaben zu finanzieren, bettelte und borgte er. Sein Stiefvater klagte über die gewaltigen Schulden, allerdings ohne Überzeugung. Kips Strategie – leihen und kaufen, leihen und kaufen – hatte zuvor auf spektakuläre Weise funktioniert. Dar hatte gelernt, sich im Hintergrund zu halten.

Texas, Louisiana, Arkansas, Dakota. Wo immer The Whip bohrte, folgte eine ganze Branche: Logistix. Diamond Energy. Creek. Er gewann, indem er ihnen davonlief.

Es ist an der Zeit, unseren Vorteil als Pionierunternehmen auszunutzen.

An diesem Morgen wird er eine größere Expansion vorschlagen, einen aggressiven Vorstoß nach West Virginia und Pennsylvania, in den mächtigen Marcellus hinein. (Später, so Gott und der Gouverneur wollen, ist New York an der Reihe. Aber darüber unterhalten wir uns ein andermal.) Monatelang haben seine Außendienstmitarbeiter Pachtverträge abgeschlossen. Der nächste Big Play steht an.

Wir stehen kurz vor einem neuen Wendepunkt. Mit geschlossenen Augen stellt The Whip sich vor, wie er unter dem frenetischen Beifall der Menge, ja, unter stehenden Ovationen zum Podium schreitet. Die besten Plätze sind immer für die Mitglieder seines Vorstands reserviert. Drei von ihnen, für The Whip nur kollektiv die »Alten Knaben«, sind langjährige Spezis seines Stiefvaters, Freunde der Familie. Mit ihrer eindeutigen Loyalität stimmen sie als Block ab. Wenn er einen Bohrturm auf den Mars schicken wollte, würden die »Alten Knaben« dem Start beiwohnen. Die übrigen Vorstandsmitglieder auf seine Seite zu ziehen, ist Glückssache. Wuff McClure lässt sich zuweilen einschüchtern, Schoko Winans mit Geld dazu bewegen, sich zu fügen. Die übrigen befinden sich jedoch außerhalb seines Einflussbereichs. Floyd Whitty, der Vorsitzende, war vom ersten Tag an eine Plage – nach einer überstürzten Entscheidung zur Besetzung eines unerwartet frei gewordenen Postens (der ehemalige Vorsitzende hatte nach einer ungewöhnlich harten Steuerprüfung zur Unzeit einen Nervenzusammenbruch erlitten). Nach einem ganzen Jahr auf seinem Posten hat Floyd Kips Führungsstil immer noch nicht begriffen. Ab und zu lässt er sich etwas sagen, aber nicht immer. Bei Floyd kann man sich nie sicher sein.

In Pennsylvania eine Horizontalbohrung durchzuführen kostet drei Millionen Dollar.

Der letzten Zählung durch seine Ingenieure zufolge warten sechstausend Brunnen darauf, gebohrt zu werden.

Er fährt sich mit einem Kamm durch das feuchte Haar – ein Whip-Markenzeichen, blond und ständig windzerzaust, als käme er gerade von einer Regatta zurück. In einem von Bürstenhaarschnitten – Bankern und Ranchern, ehemaligen Militärs, Südstaaten-Baptisten – beherrschten Industriezweig ist das ein unorthodoxes Aussehen. Doch wie jedes Detail seines Erscheinungsbilds ist es auf Wirkung ausgelegt.

Wir befinden uns kurz vor einem neuen Wendepunkt.

Er wird den dynamischen Punkt direkt ansprechen – der sich vorne mittig, in der Nähe von Floyds Leistengegend, befindet.

Auf Strümpfen durchmisst The Whip den Raum. Er lässt eine SMS an Quentin Tanner, seinen neuen Kommunikationsmanager, los: geladen und entsichert!!!

In Texas mit seinem guten Wetter und den wohlwollenden Aufsichtsbehörden, seinen nicht organisierten Arbeitnehmern und wirtschaftsfreundlichen Steuergesetzen würde dieselbe Bohrung zwei Millionen kosten.

Wie immer antwortet Tanner prompt. Er ist ein komischer Vogel, präzise, gewissenhaft. Selbst seine SMS klingen formell: Ihr verehrungsvolles Publikum wartet. Für die Aktionäre ist er eine Null, ein leise sprechender Pedant, eine blasse Bohnenstange im dunklen Anzug. *Dieser schwule Kerl*, wie die »Alten Knaben« ihn nennen.

The Whip protestiert – *Ach was, Quint ist in Ordnung* –, doch im Innern ist er sich selbst nicht sicher. Tanner hat nie von einer Freundin gesprochen. Aber auch nie Eltern oder Geschwister, Freunde, Nachbarn, eine Lieblingsmannschaft, eine Kirche oder einen Hund erwähnt. So normale Dinge; warum ein Geheimnis daraus machen? Warum nicht ein Mensch wie jeder andere sein wollen? Diese betonte Rätselhaftigkeit erscheint The Whip unnatürlich, auch wenn sie in Connecticut oder Massachusetts, woher Tanner kommt, normal sein mag. Die kleinen Bundesstaaten mit den vielen Hochschulen. Das Land der Pilgerväter und des Drittliga-Footballs, das die Hälfte des Jahres unter einer Schneedecke liegt.

In seinen klassischen dunklen Anzügen scheint er einem Gemälde entstiegen zu sein, irgendein längst verstorbener Holländer, der seinen Hut verloren hat.

Bei seinem nächsten Meeting in gerade mal drei Wochen wird der Vorstand über die vorgeschlagene Expansion abstimmen. Selbst mit den Alten Knaben und vermutlich auch Schoko Winans auf seiner Seite nimmt The Whip nichts als gegeben hin. Der Schlüssel liegt in Floyd Whittys Unterstützung.

Der dynamische Punkt fällt immer mit Kips eigenen Interessen zusammen – ein Muster, das im Laufe der Jahre von einigen seiner Ehefrauen und Freundinnen oder von deren Therapeuten beobachtet wurde.

The Whip schreibt zurück: Uhrenvergleich??? Immer noch amüsiert über diese neue Art der Kommunikation, die er von seiner vorpubertären Tochter gelernt hat. Die Unmittelbarkeit gefällt ihm, eine schwindelerregende Rückkehr zu den Walkie-Talkies seiner Jugend.

Tanners Antwort folgt umgehend. Showtime in zehn.

The Whip runzelt die Stirn. Das Wort *Showtime* stört ihn. Vielleicht haben die Alten Knaben ja recht, und Tanner ist wirklich schwul. Obwohl, in Connecticut oder Massachusetts, woher soll man das wissen?

Er antwortet: verstanden – Waffe im Anschlag!!! Seine Vorliebe für Militärjargon ist ein weiteres Markenzeichen. Wenngleich selbst kein Veteran, betrachtet er ihn doch als sein Geburtsrecht, das einzige Vermächtnis seines richtigen Vaters.

Es fällt ihm schwer zu erkennen, wer homosexuell ist. Film- und Fernsehschauspieler kommen ihm alle schwul vor.

Neue Socken und Unterwäsche sind die billigste Art der Erneuerung. Ein frisches Paar Socken bringt Schwung in seinen Schritt.

»Das muss ich Ihnen lassen, Whip. Ganz schön viel Wind.«

Um diese Zeit ist es in der Hotelbar ruhig, der Arbeitstag ist zu Ende, die Aktionäre stürmen in alle Richtungen davon, einem wie auch immer gearteten Zuhause entgegen: Ehefrau und Kinder, Geliebte, andere Bars. Kurz gesagt, genau der richtige Moment, um Floyd Whitty einen Drink einzuflößen, bei einer längst fälligen Unterhaltung. The Whip hat seine Hausaufgaben gemacht. Er weiß, was es über Floyds Vermögen und Schulden, seine Ex-Frauen und Kinder, seine Gewohnheiten und Loyalitäten zu wissen gibt; über seine Vorlieben bei Alkohol, Frauen und Zigarren.

Kip wartet, bis der Barkeeper ihnen ihre Drinks bringt. Heute ist Floyds Taufe, Zeit für ihn, sich seinem persönlichen Herrn und Retter hinzugeben. Zeit, zu Jesus zu kommen.

»Ich brauche Ihre Unterstützung, Floyd. Jetzt heißt es Nägel mit Köpfen machen.«

Floyd kippt seinen mit stillem Wasser gestreckten Whisky, das halbe Glas auf einmal. »Schwach«, sagt er. »Hören Sie zu, ich weiß, Sie müssen Geld ausgeben, um Geld zu verdienen. Mein Problem ist die Gangart. Bevor Sie uns kopfüber reinstürzen, sollten wir vielleicht erst mal einen Zeh reinstecken.«

Kip nickt ernst. »Ich verstehe Ihren Standpunkt.« Diesen Teil beherrscht er hervorragend – Zugeständnisse, die dem Ego schmeicheln, die Pose der Vernünftigkeit. »Nur sind diese Bohrrechte bereits gekauft und bezahlt. Wir haben sie billig gekriegt, aber umsonst waren sie auch nicht. Und wir verdienen erst was damit, wenn wir anfangen zu bohren.«

»Ich weiß.« Floyd seufzt hörbar, die traurige Musik väterlicher Enttäuschung, ein Klang, der Kip mit Verzweiflung erfüllt. »Nur hätten Sie daran denken können, bevor Sie wie wild Verträge abschlossen. Wenn ich das so sagen darf.«

Das bringt Kip in Rage. »Natürlich hätte ich auch warten können, bis Logistix oder Creek auf dieselbe Idee kommen. Dann allerdings bye-bye zu fünfundzwanzig pro Morgen.« Er nimmt einen kräftigen Schluck. »Das können Sie mir glauben, Floyd. Im Haynesville waren Sie noch nicht dabei.«

»Nee. Hab aber davon gehört.« Die Unternehmung in Louisiana war zu einer Art Viehauktion geworden; während die cleveren Grundbesitzer die Preise verglichen und jeder auf besseren Bedingungen bestand, lag das Projekt jahrelang brach. »Und dennoch. Drei Millionen für einen Brunnen ist ein ganz schöner Batzen. Wohin geht denn das ganze Geld?«

Mit finsterer Miene lehnt sich Floyd zurück, während Kip ihm darlegt, was Pennsylvania von Texas unterscheidet. In den Frostmonaten ist das Brunnenbohren schwierig. Kurvenreiche Bergstraßen sind schlecht für den LKW-Verkehr; Gott weiß, wie viele verbreitert oder neu asphaltiert werden müssen. In den Kuhdörfern gibt es so gut wie keine Motelzimmer oder Apartments. Tausende Bohrarbeiter werden eine Unterkunft brauchen.

Der alte Geizhals verschluckt sich fast an seinem Drink. »Wollen Sie mir erzählen, dass wir dafür auch zahlen?«

»Logistix hat das oben in Dakota gemacht. Vorgefertigte Schlafbaracken, zweihundert Betten pro Stück.«

»Das ist doch nicht Ihr Ernst? Sind wir jetzt auch noch im Immobiliengeschäft?«

»In New Jersey gibt es eine Firma, die sie auf Lastwagen befördert. Eine Woche für den Transport, zehn Tage für den Aufbau. Innerhalb eines Monats haben Sie Ihre Schlafbaracke. Das ist schon sehenswert.« Er könnte noch mehr, viel mehr darüber sagen, denn dieses Wunder hat er mit eigenen Augen gesehen – die Sattelschlepper, die riesige Wand- und Dachteile transportierten, den zwanzigköpfigen Trupp, der die Teile vor Ort zusammenbaute: Fundament, Unterboden, Sanitäreinrichtung, Elektrik, eine Geometrie von einer Kompliziertheit, die ein menschliches Gehirn sich nicht hätte erträumen können. Bei diesem Anblick waren Kip Tränen in die Augen gestiegen. Das Schauspiel berührte ihn in einer Art und Weise, für die er keine Worte fand. Er pries das neue Jahrhundert mit seinen Wundern als einen der seltenen Augenblicke in der Geschichte, wie der Bau der Pyramiden oder die Gründung von Texas – eine Ära des Risikos und der Chance, ein Zeitalter, in dem Menschen Götter sind.

Floyds Augen verengen sich. »Und das alles ist im Preis enthalten? In diesen drei Millionen pro Brunnen?«

»Die Arbeiterunterkunft geht extra. Aber denken Sie an das, was wir gespart haben –«

»An diesen Bohrrechten. Das habe ich mittlerweile verstanden.« Floyd steht auf. »Also gut. Sie haben Ihren Standpunkt dargelegt, Whip. Den werde ich mir jetzt mal näher anschauen.«

Er trinkt sein Glas leer und setzt den Hut auf.

Nachdem Floyd weg ist, verschiebt sich schlagartig die Schwerkraft. Kip nimmt seine Umgebung wieder wahr, den dynamischen Punkt, der durch den Raum schießt. Wann ist Amy Rubin in die Bar gekommen? Womöglich war sie schon die ganze Zeit da und hat an einem Tisch in der Ecke, neben sich ein Highballglas und auf dem Stuhl gegenüber gleichsam als Ersatz für ein Date eine riesige Lederhandtasche, das *Time Magazine* gelesen. Sie ist klein und dunkelhaarig mit den runden, feinen Gesichtszügen eines Stummfilmstars, jener archaischen Form von Schönheit, die Frauen nicht mehr anstreben: Porzellanteint, kleiner Kirschmund. Kip beobachtet, wie sie eine Seite umblättert und auf Armeslänge vor sich hält, und spürt einen jähen Schmerz des Wiedererkennens. Obwohl seine Frau ihm ständig in den Ohren liegt, fühlt er sich schon von der Vorstellung einer Lesebrille beleidigt. Sie auch nur zu Hause zu tragen, käme einer Kapitulation gleich. Restaurantspeisekarten studiert er immer schon vorher im Internet, um Peinlichkeiten in der Öffentlichkeit zu vermeiden. Jetzt fragt er sich, ob sich überhaupt jemand täuschen lässt.

Kip schlendert auf ihren Tisch zu. Sein halbes Leben lang hat er mit Geologen zusammengearbeitet – Männern mit zerzausten Haaren und Stoppelbärten, die sich in feiner Gesellschaft spürbar unwohl fühlen, so wie Nutztiere im Wohnhaus. Entsprechend müsste die weibliche Version eigentlich potthässlich sein. Doch Amy Rubin ist attraktiv, für ihr Alter jedenfalls. Mit einer Frau, die alt genug für eine Lesebrille ist, war er noch nicht zusammen oder verheiratet.

»Alles in Ordnung hier? Sie sehen aus, als hätten Sie ein Gespenst gesehen.«

Sie legt die Zeitschrift hin und starrt ihn an, als könnte sie ihn nicht recht zuordnen. Jetzt machen Sie aber mal einen Punkt, Lady, denkt er. Das ist meine Firma. Sie sind auf meine Rechnung hier.

Er streckt die Hand aus. »Kip Oliphant. Freut mich, Sie kennenzulernen, Miss Rubin. Ist Miss richtig?«

»Doktor. Oder Amy, geht beides.«

Alte Jungfer, vermutet er und ist nicht glücklich darüber. »Ich möchte Ihnen dafür danken, Amy, dass Sie extra hier runtergekommen sind. Sie waren uns eine große Hilfe.«

In Wirklichkeit hatte das Hauptreferat länger gedauert als nötig. Die Tatsache, dass der Raum für ihre Power-Point-Präsentation abgedunkelt war, hatte manch einer der Aktionäre für ein kleines Schläfchen genutzt. Kip hatte seine ganze Selbstbeherrschung aufbieten müssen, um nicht loszubrüllen: *Aufgewacht, Jungs! Sie kommt zum Wesentlichen.* Und tatsächlich weckte die Zahl sie am Ende auf. Sie hätte eine Leiche zum Leben erweckt. Die Zahl war so unglaublich groß, dass der Raum hörbar nach Luft rang. Rubin hatte ihre Prognose erhöht. Der Marcellus-Schiefer enthielt mehr Gas, als irgendjemand sich bisher vorgestellt hatte: ihren Berechnungen nach atemberaubende *1,4 Billionen Kubikmeter*.

Jetzt funkelt sie Kip an, als hätte er sie beleidigt. »Ich bin Wissenschaftlerin. Ich spreche immer gerne über meine Forschung.«

»Ich würde Sie gerne zu einem Drink einladen. Das ist das Mindeste, was ich tun kann.« Er grinst. »In ein oder zwei Jahren werden Sie mir eine weitere Ranch eingebracht haben.«

Sie zuckt zusammen, als hätte er sie geohrfeigt.

»Danke, aber ich kann nicht.« Sie steht auf, stopft das *Time Magazine* in ihre riesige Handtasche. »Ich muss mein Flugzeug erwischen.«

WILLKOMMEN IM NIRGENDWO

FRÜHJAHR 2012

1.

Die Stadt ist nach ihren Kohlebergwerken benannt. Der Gefängniswärter nach seinem Vater. Beide spüren das Gewicht ihrer Namensgebung, die ererbte Last: Geburtsfehler, Hoffnungen aus zweiter Hand. Wie alle Namensvetter dazu verurteilt, die Geschichte eines anderen zu tragen, seine Missgeschicke und Fehltritte, das unerfüllte Versprechen. Die Zugeständnisse ans Alter, seine bitteren Kapitulationen; die seltenen und flüchtigen Momente der Gnade.

Im Deer-Run-Gefängnis geht an einem Freitagmorgen im Mai Richard Devlin jr. auf seiner Runde durch Block F.

»Ein Mann braucht Privatsphäre«, sagt Hops von hinter dem Laken. »Das hab ich doch schon erklärt.«

Das nach Bleichmittel riechende, vom Waschen dünn gewordene Laken ist quer über die vorderen Gitterstäbe seiner Zelle gespannt. Diese Nummer hat er schon einmal gebracht, allerdings nicht in Devlins Schicht.

Devlin wartet, die Arme verschränkt. Von irgendwoher hinter ihm hallt ein merkwürdiges Geräusch – ein metallisches Klirren, wie das Klopfen eines Eispickels – durch den Gang wider.

»Ich spreche von einem Menschenrecht. Einem Grundbedürfnis wie Essen und ein Dach überm Kopf. Allmählich nervt es mich.«

Das Gefängnis hat seinen Namen von der Straße, an der es liegt – vor Jahren eine kurvige Landstraße, die mit orangerotem Geröll befestigt, von Wald gesäumt und vor allem in der Jagdsaison befahren war. Inzwischen glatt asphaltiert und verbreitert, eine vierspurige Schnellstraße, die die Justizvollzugsbeamten die Wildunfallstrecke nennen.

Devlin sagt: »Ich mache die Regeln nicht.«

Hops tritt näher an das Laken und spricht mit leiser Stimme. »Sagen Sie mir eins: Haben Sie zu Hause eine Tür am Schlafzimmer? Am Bad?«

»Hier geht's nicht um mich.« Auch Devlin senkt die Stimme. Durch das Laken hindurchzusprechen, erzeugt eine gewisse Vertrautheit. Sie fühlen sich durch sein Vorhandensein ermutigt, wie ein chassidisches Paar beim Geschlechtsverkehr.

Was zum Teufel ist dieses Geräusch?

»Haben Sie eine Frau, Boss? Lassen Sie sie zugucken, wenn Sie auf dem Scheißhaus sitzen?«

Im Abbiegen solcher Fragen hat Devlin Übung. In seinen zehn Jahren im Deer Run hat er nie von Shelby oder den Kindern gesprochen, nicht ein einziges Mal. »Tut mir leid, Hops. Wusste nicht, dass Sie eine Ehefrau da drin haben.«

Aus der nächsten Zelle kommt ein unterdrücktes Lachen. »Gib auf, Mann«, ruft jemand.

»Na gut, Sie haben gewonnen, Boss.« Mit einer ausladenden Geste zieht Hops das Laken herunter. Er ist älter als Devlin, womöglich um Jahrzehnte. Vielleicht aber auch nicht: Seine braune Haut ist faltenlos, seine geflochtenen Zöpfe sind eher schwarz als grau. Seine Wangenknochen sind übersät mit Sommersprossen, die aufgemalt aussehen, rund wie die Spitze eines Radierstifts und fast so groß.

Das Klirren wird lauter, so als wäre irgendwo in dem Zellenblock eine geheime Operation – Salzabbau, das Schnitzen weihnachtlicher Eisfiguren – im Gange.

»Danke, Hops. Ich weiß das zu schätzen.« Das ist eine Lektion, die Devlin schon vor langer Zeit gelernt hat: Wie jeder andere Mensch reagieren die Insassen auf simple Höflichkeit. Und dennoch halten sich von den Gefängniswärtern nur wenige mit *Bitte* und *Danke* auf. Die Wirklichkeit ist, wie er erst allmählich begriffen hat, dass nicht jeder Frieden will. Manche Burschen – die meisten vielleicht – suchen hier vor allem den Streit.

Ohne auf seinen Ischias zu achten – ebenfalls geerbt, ein weiteres Geschenk seines Vaters –, setzt er seine Runde fort. Am Ende der Zellenreihe findet er die Quelle des Geräuschs: Charles Polley, Cholley genannt, der sich die Fußnägel schneidet. Offill, sein Zellennachbar, zupft träge auf einer Gitarre herum.

»Devlin? Ich dachte, heut hätte Schrey Dienst.« Missmutig beäugt Offill die herumfliegenden Zehennagelsplitter.

»Heute Abend. Ich werd ihm sagen, dass Sie ihn vermisst haben.«

Phil Schrey ist erst vor Kurzem eingestellt worden. Wie die meisten neuen Vollzugsbeamten kam er mit großspurigem Gehabe daher, eine Pose, die die Männer sofort durchschauten. Natürlich ignorierten sie ihn, worauf er nur noch stärker auftrug. Das ist ein häufig begangener Fehler, den der aufgeweckte Neuling jedoch irgendwann bemerkt. Schrey ist nicht aufgeweckt.

Cholley macht mit seinem linken Fuß weiter, eine wohlkalkulierte Attacke auf seinen großen Zeh. Ein Nagelsplitter schießt quer durch den Raum.

Offill schnippt ihn weg. »Scheiße, Mann. Wie viele Zehen hast du denn?«

Devlin macht weiter mit seiner Runde. In der nächsten Zelle liegt Weems auf seiner Pritsche und liest ein Taschenbuch mit Eselsohren. Weems liest ununterbrochen. Nachmittags arbeitet er in der Gefängnisbibliothek und kommt mit einem Arm voller Bücher zurück.

Was liest du gerade?, würde Devlin jeden anderen fragen; Weems jedoch hat für Unterhaltungen nichts übrig. Er ist einer aus der Gegend, womöglich der schweigsamste Insasse, dem Devlin je begegnet ist. Man kann sich ihn nur schwer bei irgendetwas von dem vorstellen, was in seiner Akte steht, alles in Zusammenhang mit Meth. Das Deer Run scheint zunehmend von Meth-Junkies überrannt zu werden, hageren, ausgemergelten Männern mit Zahnstummeln wie Halloweenkürbisse. Weems sieht besser aus als die meisten von ihnen; er sieht völlig normal aus. Ein Typ, der einem auf der Straße nicht besonders auffallen würde.

Block F ist schwarz, weiß, hispanisch. Bis auf Weems sind es Kriminelle aus der Stadt, aus Pittsburgh und Philadelphia; Männer, die noch nie von Saxon County gehört hatten, bis die Gefängnisbehörde sie dorthin schickte. Gewaltverbrecher, Junkies,

Mitglieder von Straßenbanden, Blitzeinbrecher: Hier kann so gut wie jeder landen, aus so gut wie jedem Grund. Auch ohne jeden Grund, wenn ein Richter es so bestimmt.

Nebenan sitzt Wanda auf ihrer Pritsche und schmiert sich die Füße mit Lotion ein. Sie trägt dieselbe blaue Gefängniskleidung wie alle anderen, allerdings mit kleinen Abwandlungen: mit über dem Nabel verknoteten Hemdzipfeln und einem bis zu den Hüften heruntergerollten Hosenbund. Ihre Augen sind mit schwarzem Kajal umrandet, die Lippen puderrosa geschminkt.

»Hi, Schätzchen«, ruft sie. Es ist unmöglich, sich an sie heranzuschleichen; sie ist mit einer übermenschlichen Hör- und Sehfähigkeit ausgestattet.

»Sie haben mich kommen hören.«

»Ich höre sie alle kommen, Schätzchen.« Ihre andere übernatürliche Kraft ist die Fähigkeit, alles erotisch klingen zu lassen. Was die Vollzugsbeamten beunruhigend finden. Allein ihre Anwesenheit provoziert sie, ihre verführerischen Bewegungen, ihre seltsame Fistelstimme. Trotz des kräftigen Make-ups und der dünn gezupften, bogenartig gewölbten Augenbrauen kann man insgesamt doch allzu leicht erkennen, wie sie als Mann aussah: das gespaltene Kinn, der kräftige Kiefer. Manche – darunter auch Schrey – nennen sie nach wie vor Juan. *Hat doch immer noch seinen Schwanz, oder?* Das ist eine Frage, die Devlin nicht beantworten kann und auch nicht würde; etwas, worüber er lieber nicht nachdenken möchte.

Sie plaudern ein paar Minuten lang, über die Niederlage der Pittsburgh Pirates gegen die Cleveland Indians, das sommerliche Wetter. Es gehört zu den grundlegenden Lektionen seines Jobs, dass alles normal werden kann. Verglichen mit manchen anderen von ihnen ist Wanda eine Freude – keine Nörgelei, keine Attitüden.

»Haben Sie von dem Jungen in dem Ballon gehört? Irgendwo im Westen. In der Küche hatten sie das Radio an.« Wanda arbeitet in der Frühschicht, in der das Frühstück vorbereitet wird. Devlin kann die schwache rote Linie sehen, die das Haarnetz quer über ihrer Stirn hinterlassen hat.

»Er war mit seinen Eltern auf irgendeiner Flugschau und hat sich heimlich in einem Heißluftballon versteckt. Da fliegt er nun ganz allein.«

»Immer noch?«, sagt Devlin.

»Was ist das für eine Mutter, frag ich mich.«

»Man kann sie nicht ständig im Auge behalten.«

»Das stimmt natürlich.« Die gewölbten Augenbrauen verleihen ihr einen erstaunten Ausdruck, so als hätte sie alles gesehen und aus Gründen der Effizienz beschlossen, die Überraschung beizubehalten.

Nach gängigen Maßstäben ist sie keine attraktive Frau. Eigentlich ja gar keine; und dennoch freut sich Devlin jeden Morgen darauf, sie zu sehen, eine Erkenntnis, die ihn erst einmal verunsichert hat. Ihr freundliches Gesicht ist eine Abwechslung von der trostlosen Funktionalität des Gefängnisses, seiner gnadenlosen Männlichkeit. Auch wenn sie eigentlich keine Frau ist, hat sie doch etwas Weibliches; und er schaut nun mal lieber Frauen als Männer an.

Sie reibt sich die Hände und Ellbogen mit der Lotion ein. »Die Spülmaschine ist kaputt. Eine geschlagene Stunde lang haben wir Töpfe geschrubbt. Ohne Scheiß.« Sie zeigt ihm ihre Fingernägel, von denen an manchen Stellen der rote Lack abgesplittert ist.

Man weiß nicht genau, wer ihr das Make-up hereinschmuggelt. Alle paar Monate kommt ihre Schwester aus Philadelphia zu Besuch. Obwohl Kosmetikartikel streng genommen verboten sind, ist Devlin bereit, ein Auge zuzudrücken. Für einen anderen Vollzugsbeamten könnte das Grund genug sein, ihre Zelle zu filzen. Wanda ist eine Art Rohrschachtest für die Beamten. Die netten unter ihnen behandeln sie freundlich. Für die gemeinen – Schrey, Ianello, Poblocki an einem schlechten Tag – ist sie ein leichtes Ziel.

Später am Tag sieht man aus einem bestimmten Winkel Schatten in ihrem Gesicht, dann machen sich Oberlippenbart und Koteletten bemerkbar.

»Okay, Wanda, ich muss weiter. Denken Sie dran, später gibt's eine Feueralarmübung.«

»Moment noch.« Sie kommt näher an die Gitterstäbe. »Ich muss Ihnen eine Frage stellen, Boss.«

»Schießen Sie los.«

»Es ist eine heikle Angelegenheit. Kommen Sie her, ich beiße nicht.« Sie lächelt und zeigt ihren Goldzahn. »Außer, Sie mögen so was.«

Devlin nähert sich dem Gitter.

»Officer Devlin, Sie haben mich immer mit Respekt behandelt. Dafür bin ich Ihnen dankbar. Die anderen, hören Sie mir mit denen bloß auf.« Wanda senkt die Stimme. »Ich stecke in der Bredouille. Jemand hat meine Pillen geklaut.«

Er bekommt einen Hauch vom Vanilleduft ihrer Lotion mit, derselben, die auch seine Frau benutzt. »Sie stehen nicht auf der Arzneiliste.«

»Sie wissen, was ich meine.«

Das stimmt, leider. Es ist allgemein bekannt, dass Mulraney Wanda mit Antibabypillen versorgt, um die mysteriösen hormonellen Bedürfnisse eines Mannes zu befriedigen, der eine Frau sein möchte. Über das, was er im Gegenzug von Wanda bekommt, gibt es Mutmaßungen, aber nichts Sicheres.

»Ich bin mitten in meinem Zyklus. Da kann ich keine Pillen auslassen. Das hätte Folgen.« Intelligenz in ihren Augen, eine grundlegende Erkenntnis: Wanda, ein Mann mit Lippenstift und falschen Wimpern, ist geistig gesünder als die meisten.

Devlin spricht mit leiser Stimme. »Seit wann sind sie denn nicht mehr da?« Schon die Frage beweist einen Mangel an Urteilsvermögen. Indem er einräumt, dass die Pillen existieren, hat er sich schon kompromittiert.

»Seit gestern. Jemand ist reingekommen, als ich auf der Arbeit war.« Auf diese Entfernung wirkt sie trotz des Make-ups weder männlich noch weiblich. Aus der Nähe betrachtet, findet Devlin, ist jeder einfach nur ein Mensch.

»Und Sie sind sicher, dass sie weg sind? Sie könnten sie nicht irgendwohin verlegt haben?«

Wanda lässt einen bedeutungsvollen Blick durch die Zelle wandern, rund drei Meter im Quadrat. Mit einem Stuhl, einem Tisch, einer Toilette, einem Bett.

»Ich werd sehen, was ich machen kann«, sagt Devlin.

Der Rest des Rundgangs verläuft ereignislos – niemand vermisst, niemand erhängt. Beides hat er schon erlebt und wird es sicher wieder erleben, ein Gedanke, gegen den er jeden Morgen ankämpft, wenn er den Schleusenbereich zu dem flachen Bunker durchquert – einem überhitzten, neonbeleuchteten Gebäude, das nach seinen Fußböden riecht.

Die Männer sprechen ihre eigene Sprache, die nur so klingt wie Englisch. *Insasse* werden sie von den Vollzugsbeamten genannt. *Gefangener* nennen sie sich selbst, *Knacki* ist ein Ausdruck der Ehrerbietung, der Oldies vorbehalten ist. Ein *Knacki* ist weder Lügner noch Zocker, Dieb oder Spitzel. Ein Knacki regelt seine Streitigkeiten wie ein Ehrenmann und singt unter keinen Umständen.

Devlin hat die Papiere gesehen, von allen. Cholley hat an Heiligabend ein Kaufhaus überfallen. Offill war schon drei Mal wegen aller möglichen Straftaten im Knast, – jetzt sitzt er, weil er unter Meth-Einfluss in einem Streit einen Mann erschossen hat. Der letzte Richter, der wohl schlauer war als die meisten, gab ihm zwanzig Jahre.

Ein *Psycho* ist einer, der nicht ganz richtig im Kopf ist, ein Insasse, der verrückte Sachen macht. Verrückt sind sie alle, aber die meisten kriegen es in den Griff, wenn's sein muss. Die Psychos nicht.

Hops wurde wegen bewaffneten Überfalls auf einen Supermarkt in Montgomery County eingebuchtet. Als ein Streifenpolizist ihn entdeckte, ging Hops stiften, worauf er sich eine Kugel in der Hüfte einhandelte – und damit auch für immer sein charakteristisches Hinken.

Mit ihren Ausrastern können Psychos im Psycho-Trakt landen.

Wanda war auf dem Pennsylvania Turnpike angehalten worden, in einem aufgemotzten Pontiac Sunbird, der auf den Namen André Tibbs zugelassen war. »Mein Freund«, erklärte sie dem Polizeibeamten – der, nachdem ein Alkoholtest bei ihr positiv ausgefallen war, über einen hinreichenden Verdacht verfügte, den Kofferraum aufzumachen.

André Tibbs war ein großer Mann. Nach Aussage des Gerichtsmediziners war er im Schlaf erschlagen worden – über einhundertzehn Kilo, als Wanda ihn in den Kofferraum zwängte.

Ich stecke in der Bredouille. Vierhundert zornige Männer, eingesperrt in Käfige, und genau ein Paar Brüste in Sicht. Ja, Wanda: Du steckst in der Bredouille.

Vor langer Zeit erschien ihm der Job noch aufregend, ein Teil des größeren Ganzen. Wenn man genug ferngesehen hatte; wenn man seine Jugend, bäuchlings auf einem Velours-Teppich ausgestreckt, im Hobbykeller verbracht und TV-Serien mit Polizisten und Privatdetektiven verschlungen hatte – Kojak und Columbo, Rockford und McMillan, ruppige, charmante Männer, von denen man nur die Familiennamen kannte. Wenn man in dieser Zeit die grundlegende Lektion aufgesogen hatte: dass das Verbrechen die wesentliche, zwingendste und bedeutsamste menschliche Erfahrung ist. Und dass bei der Verbrechensbekämpfung Helden entstehen.

So wird ein Mensch Gefängniswärter.

Um 7.50 Uhr krächzt der Lautsprecher: Zehn Minuten Bewegung. Die Psychos schlurfen die Treppe hinunter zur Medikamentenausgabe.

Das eigentliche Rätsel besteht in der Frage, woher Mulraney die Pillen überhaupt hat. Seiner Frau geklaut, witzeln die Kollegen, und vielleicht stimmt das sogar. Steph Mulraney ist zum fünften Mal schwanger. Früher oder später, heißt es, werde sie schon rauskriegen, warum.

Nach der Bewegung überwacht Devlin das Duschen. Angeblich eine vorübergehende Maßnahme, die nach einer Reihe von Zwischenfällen ergriffen wurde. Im Wesentlichen wohl ein Erfolg, obwohl die Vollzugsbeamten nach wie vor darüber schimpfen.

(Was denn noch? Halten wir ihnen demnächst beim Pinkeln den Schwanz?) Die Beschwerden sind vorprogrammiert, gänzlich vorhersagbar – im Deer Run löst jede neue Bestimmung unter Garantie einen Sturm der Entrüstung aus. Und das unabhängig davon, wie unkompliziert, wie offensichtlich notwendig, wie geringfügig die Veränderung ist.

Heute stehen die Hälfte seiner Insassen auf der Duschliste An jeder Zelle funkt er den Kontrollraum an; dann entriegelt Gary Rizzo mit einem Summton die Tür; und Devlin begleitet den Typen zur Dusche. Abspülen, wiederholen, abspülen, wiederholen. So ist das, man wächst mit Rockford oder Columbo als Vorbild auf und begleitet am Ende Männer zum Klo.

Die Psychos stehen für ihre Psychokekse an.

Wanda macht Blowjobs. Da ist sich Devlin sicher, obwohl er es nie mit eigenen Augen gesehen hat.

Ihr Wachteln seid fein raus, sagte Hops einmal zu ihm. *Welcher Depp kommt denn mit Absicht in den Bau?*

Solange er es nicht mit eigenen Augen sieht, muss er nichts unternehmen.

Zu spät begreift er, dass das Bewachen von Gefangenen keine Verbrechensbekämpfung ist. Es ist das Reinemachen nach dem Verbrechen. Die Vollzugsbeamten sind Hausmeister des Systems, Verwalter seines Abfalls.

Es ist ja nicht für immer. Sagt man sich. Wie Wanda hat er jetzt zehn Jahre auf dem Buckel.

Er hat es nie mit eigenen Augen gesehen, und nur das zählt. Als Allerererstes muss der Vollzugsbeamte lernen, zu unterscheiden zwischen dem, wovon er weiß, dass es passiert, und dem, was er tatsächlich sieht. Mindestens ein Mal pro Schicht warnt Devlin jemanden: *Tu's nicht vor meinen Augen*. Die Insassen verstehen, dass das eine Frage des Respekts ist.

Sie sind die schlausten Leute, die er je kennengelernt hat, und die dümmsten. Von ein oder zwei Ausnahmen abgesehen sind sie unbedacht, impulsiv, anfällig für Wutausbrüche und für Akte von grandioser Dummheit: Faustkämpfe, verbale Drohungen, Psycho-

Attacken. Allerdings sind sie auch auf eine Weise erfinderisch, die normale Bürger sich nie ausmalen würden, eine schleichende Intelligenz, die ihn immer noch zu beeindrucken vermag, eine verdrehte Art von Genialität. Bevor Mulraney ihm das Handwerk legte, betrieb Cholley aus seiner Zelle heraus eine heimliche Snackbar mit einer Spezialität, die er *chi chi* nannte: Nachos aus dem Automaten, zerkleinert und mit Wasser vermengt. Das ganze Gemisch direkt in der Tüte gekocht, auf einem dampfenden Heizkörper – ein salziger, orangefarbener Pfannkuchen mit dem charakteristischen Doritos-Geschmack, *eine pikante Mischung aus Gewürzen und Käse*. Draußen wäre er ein Starkoch mit eigener Fernsehshow gewesen.

Sie arbeiten in der Küche oder in der Wäscherei, heben Gewichte, sehen fern. Sie gehen zu AA-Treffen und lernen für die mittlere Reife. Machen Leute draußen mit ihrer Freiheit mehr? Nein, sie machen weniger. Devlin denkt an Booby Marstellar und Nick Blick, seine besten Kindheitsfreunde: der eine wegen Phantomrückenschmerzen auf Dauer erwerbsunfähig, der andere vierzig Jahre alt, noch bei seinen Eltern, immer noch Gitarrist in einer Band. Devlins Bruder hat sich über Jahre in den Slums von Baltimore Heroin gespritzt, wie lange genau, weiß keiner. Alle drei hätten es nach Devlins Meinung im Gefängnis besser.

Vor zehn Jahren war er in einer ähnlichen Situation, ein nicht eingesperrter Gefangener – zum Mindestlohn lieferte er für Miners Medical mit dem Lastwagen Sauerstoffflaschen an alte Knacker aus, die langsam an ihrer Staublunge erstickten. Die Tage waren von einem Geräusch durchsetzt, das er nicht vergessen konnte, dem Röcheln und Schnaufen der alten Bergleute. Wie das elende Tropfen eines undichten Wasserhahns war es eine beharrliche Erinnerung an die Vergänglichkeit seines eigenen Lebens. Seine Jugend, die Tropfen für Tropfen verrann, eine bewusste, unaufhaltsame Verschwendung.

Als das Gefängnis aufgemacht wurde, hatte halb Bakerton auf die Anzeige in der Zeitung reagiert, fünfhundert Bewerber auf die sechzig Vollzeitstellen. Ein Justizvollzugsbeamter wurde nach

Gewerkschaftstarif entlohnt, der bestbezahlte Job weit und breit. Von den sechzig eingestellten Männern waren sechsundfünfzig Veteranen: Männer, die bereits an lange Arbeitszeiten, willkürliche Regeln und Vorschriften, die greifbare, allgegenwärtige Gefahr gewöhnt waren. Vielleicht nicht die schlausten Kerle, aber war das von Bedeutung? Mathematische Gleichungen löste im Deer Run niemand.

Nachmittags um fünf vor vier kommt Schrey, um ihn abzulösen. Er ist ein bulliger Typ mit kahl rasiertem Kopf und einem rötlichen Kinnbart, der von Weitem wie eine mit Schorf überzogene Wunde aussieht, so als wäre er aufs Gesicht gefallen.

»Alles ruhig, Alter?« Schreys Vorliebe für dieses Wort ist, ebenso wie der Kinnbart, ein Punkt gegen ihn.

»Ja. Keine besonderen Vorkommnisse.« Hops Masche mit dem Betttuch oder Wandas Pillen erwähnt Devlin nicht. Wozu auch?

Tut es nicht vor meinen Augen (Drogenkonsum, Schlägereien, Lippenstiftschmuggel). Nie (Schwanzlutschen, Messerstechereien, das Kochen von kleinen Snacks). Tut, was ihr tun müsst, Arschlöcher. Nur nicht vor meinen Augen.

Es ist ja nicht für immer. Man hat eine Ausstiegsstrategie, einen Plan für die Zukunft. Sagt man sich jedenfalls.

Devlins Lösung fiel nicht vom Himmel, ganz im Gegenteil. Sie wird sehr bald aus dem Boden aufsteigen.

An diesem Abend hilft er, wie an den meisten Abenden, seinem Vater, der die Bar im Commercial Hotel betreibt. Freitagabend, der Beginn des langen Wochenendes: jeder Stuhl besetzt, Männer in drei Reihen am Tresen. Obwohl Rich den Bohrarbeitern den Rücken zukehrt, kann er nicht anders, als sie reden zu hören, denn die Wichtigtuer mit ihrer gedehnten Sprache brüllen über die Musik hinweg. Genau diese Truppe hat er schon mal gesehen – einer mit fettigem Pferdeschwanz, ein dicker Mexikaner, ein untersetztes Muskelpaket und ein pockennarbiger Skinhead, dessen Nacken und Arme von Tattoos bedeckt sind.

Der mit dem Pferdeschwanz ist rotgesichtig und hat schon einen in der Krone. »Wir liegen also splitternackt da –«

»Interessiert mich das überhaupt?«, sagt der Mexikaner.

Wie ein Lehrer hebt der Pferdeschwanz den Finger: »Splitternackt da, und sie sagt: ›Du kannst nicht hierbleiben. Ich hab 'nen Hund.‹«

»Außer dir«, sagt das Muskelpaket.

»Außer mir«, sagt der Pferdeschwanz.

Vor einem Jahr hatten sie Aufmerksamkeit erregt, mit ihrem Akzent, ihren horrenden Getränkerechnungen, ihren brandneuen Pick-ups, die zu jeder Tages- und Nachtzeit durch die Gegend rasten, und mehr Fällen von Trunkenheit am Steuer, als der örtliche Polizeiposten bearbeiten konnte. Vor Kurzem hat die Landespolizei sich eingeschaltet und einen Alkoholkontrollpunkt am Colonel Drake Highway, einer stark von Tankwagen befahrenen Straße, eingerichtet.

Der mit dem Pferdeschwanz sagt: »Ich hab einen großen Hund, und der mag Männer nicht.«

Rich greift unter den Tresen und dreht die Musik lauter, Gregg Allman singt gerade: *Now she's with one of my good time buddies. They're drinkin' in some cross town bar.*

Sein Vater kommt mit einer unbekannten Flasche aus dem Vorratsraum. »Gieß den Burschen da ein paar Gläschen ein, ja?«

Rich mustert das Etikett. »Seit wann führst du *Cognac?*«

In der Küche klingelt das Telefon.

»Wenn es jemand verlangen würde, hätte ich auch Frostschutzmittel auf Lager.« Unter Schonung seines linken Beins mit dem kaputten Knie, einem Souvenir von seinen Jahren unter Tage, hinkt Dick in die Küche. Er ist seit 10 Uhr hier. Im vergangenen Jahr hat sich die Zahl der Mittagsgäste verdoppelt, Ingenieure und Firmenangehörige mit Spesenkonten.

»Ein großer Scheißkerl. Ein Dobermann«, sagt der Pferdeschwanz.

Ein sich hochschraubendes Gitarrenkreischen, als der Song einem Höhepunkt entgegenstrebt: *Sometimes I feel like I've been tied to the whipping post.* Der jugendliche Gregg stöhnt wie ein fünfzigjähriger Bluesmusiker, betrunken und unglücklich, vom Leben geschlagen. Selbst noch ein Kind, als er den Song entdeckte, hatte Rich den Text anfangs nicht ganz verstanden. Sein und Boobys und Nicks Held war der andere Allman, Duane, gewesen, und so verkrochen die drei sich mit ihren Gitarren in Marstellars Garage. Sie nannten ihre Band Sportster, nach Duane Allmans Motorrad: drei Gitarren, kein Bass, kein Schlagzeug. Jeder wollte Duane sein.

»Normalerweise ist das ja ein gutes Zeichen.« Der mit dem Pferdeschwanz brüllt über die Musik weg. »Das heißt, sie ist mit männlichem Verhalten vertraut.«

»Das heißt, sie wird dicke Scheißhaufen wegräumen«, sagt das Muskelpaket.

Die drei Duanes: So hätten sie sich nennen sollen. Sie übten vielleicht ein oder zwei Jahre lang, obwohl nur Nick tatsächlich Talent bewies. Was ihn nicht besonders weit gebracht hat oder je bringen wird.

Sometimes I feel like I've been tied to the whipping post.

Rich zapft ein Iron City und lässt es auf dem Tresen zu seinem Nachbarn Peachy Rouse gleiten – der, bucklig und verschlafen, Tabak in eine Styroportasse spuckt. »Hey, Peach. Na, wie sieht's aus?«

»Nicht so berühmt, Richard. Bei uns draußen war ziemlich was los.« Wieder spuckt Peachy, ein ruhiges, eingeübtes Räuspern und Ausspucken. »Ein junger Bursche ist in die Scheune eingebrochen und hat meinen Dünger geklaut. So ein verdammter Junkie.«

»Ach du je«, sagt Rich.

»Der Ammoniak ist mir egal, der kostet mich einen Vierteldollar der Liter. Aber jetzt hab ich ein kaputtes Ventil und zwei aufgeschlitzte Schläuche. Ich muss den ganzen verdammten Tank ersetzen.«

Rich nickt schweigend – einen Moment lang froh, dass sein Großvater davon nichts mehr mitbekommt, Pap, der fünfzig Jahre ohne Schloss an der Haustür auf seiner Farm gelebt hat. »Haben sie den Kerl geschnappt?«

»Diesmal nicht.« Peachy senkt die Stimme. »Im April war schon mal einer da. Hat meinen Tankwagen angezapft. Ich hab's nicht angezeigt, weil ich selbst schuld war. Hätte ihn nicht über Nacht draußen stehen lassen dürfen.«

Dick kommt mit einem Tablett voll scharf gewürzter Hähnchenflügel aus der Küche. »Das war Shelby am Telefon. Hab gesagt, du rufst später zurück.«

»Was ist denn jetzt schon wieder los?« In der Hoffnung auf ein paar Stunden Ruhe hatte Rich sein Handy im Wagen gelassen. »Ich hab ihr gesagt, sie soll nicht hier anrufen.«

»Warum haust du heute nicht einfach früher ab? Gia schwirrt hier irgendwo rum. Sie kann mir zumachen helfen.«

Gia schwirrt immer irgendwo rum, eine Weltklasse-Kellnerin, wenn sie dran denkt, zur Arbeit zu erscheinen. Wie andere einheimische Mädchen bei den Bohrtrupps beliebt, scheint sie ihr ganzes Leben in oder nahe einer Bar zu verbringen.

»Sie hat heute Abend frei«, sagt Rich.

»Das wird ihr nichts ausmachen.« Mit ein paar raschen Schritten am Tresen entlang sammelt Dick die Fünf- und Ein-Dollar-Scheine und stopft sie Rich in die Brusttasche. »Das hast du dir verdient, Junge. Jetzt mach, dass du fortkommst, bevor ich's mir anders überlege.«

Rich schnappt sich seine Schlüssel und schlüpft zur Hintertür hinaus. Die ganze Baker Street entlang ist jede Parklücke besetzt, Pick-ups mit Kennzeichen aus anderen Bundesstaaten und vereinzelten Autoaufklebern: LEG DICH NICHT MIT TEXAS AN. BOHRARBEITER WISSEN, WIE MAN EIN LOCH BEHANDELT. Ein halbes Dutzend von ihnen haben sich auf den kleinen Parkplatz hinter dem Commercial gezwängt, trotz des Schilds, das Rich dort aufgehängt hat: PARKEN NUR FÜR ANGESTELLTE. (*Was für Angestellte?*, protestierte Dick. *Die Hälfte der Zeit steht nur mein Auto da. Sei kein Arsch, Richard.*)

Rich steuert auf seinen Pick-up zu, den er ganz am Ende des

Parkplatzes abgestellt hat. Direkt gegenüber davon steht in einem Abstand von drei Metern ein roter Mazda – Auge in Auge, Kühlergrill zu Kühlergrill mit Richs Wagen. Obwohl die Fenster geschlossen sind, hört er Hip-Hop aus dem Radio dröhnen. Der tätowierte Skinhead liegt ausgestreckt, mit geschlossenen Augen an die Kopfstütze gelehnt, hinter dem Steuerrad und schläft seinen Rausch aus.

Rich steigt in seinen Pick-up und schaltet das Licht an. Eine Sekunde später kommt unter dem Armaturenbrett des Mazdas ein Kopf hervor. Das Haar zerzaust, die Bluse offen, blinzelt Gia Bernardi in die Scheinwerfer.

Mit quietschenden Reifen fährt Rich vom Parkplatz auf die Straße.

Um die Betrunkenen auf dem Drake Highway zu meiden, nimmt er den Umweg nach Hause. Die längere Fahrt stört ihn nicht – sie tut sogar gut, nach sechzehn Stunden auf den Beinen. Zweiundvierzig, denkt er. So fühlt es sich also an, zweiundvierzig zu sein. Wenn er mit zweiundvierzig schon so geschafft ist, wie muss sein Vater sich erst fühlen? Dick, der in einem Alter ist, wo man ihn, wenn er ein Auto wäre, verschrotten würde, bevor der Keilriemen reißt.

Nach fünf Minuten sind die Lichter der Stadt nicht mehr zu sehen. Rich fährt und denkt an Gia Bernardi, die es auf dem Parkplatz des Commercials fremden Männern besorgt. Die Lieblingskellnerin seines Vaters, geliebt wie eine Tochter. Wenn Dick das je rausbekäme, würde es ihm das Herz brechen.

Zweiundvierzig fühlt sich an wie die Hälfte von etwas. Sein Vater wird nächsten Monat sechsundsiebzig. Duane Allman war mit vierundzwanzig hinüber, nachdem sein Sportster von einem Tieflader zerquetscht worden war.

Die Number Twelve Road ist höher gelegen und verschlungen, unbeleuchtet, und in der Ferne taucht wie ein Dinosaurierskelett undeutlich die verrostete Zechenanlage auf, alles, was von der alten Baker Zwölf noch übrig ist. Jenseits davon liegt ein dicht bewaldetes Tal, das immer noch Swedetown heißt, obwohl das Bergarbeiterlager längst weg ist und seit hundert Jahren kein Schwede mehr hier gelebt hat. Heute gehört das Tal den Prines und Thibodeaux, Clans, die durch Heirat miteinander verbunden, sich aber spinnefeind sind, jeder zurückgezogen auf seinem eigenen verwahrlosten Gelände mit Schrottautos, baufälligen Schuppen und feststehenden Wohnwagen, das ganze Durcheinander umzäunt von Stacheldraht und bewacht von Rottweilern, so als wollte irgendjemand mit Gewalt hineingelangen. Die Familien sind stadtbekannt und leicht zu erkennen: das durch die Generationen hindurch mit verblüffender Genauigkeit reproduzierte lange Thibodeaux-Gesicht; die blassen, hellblonden Prines. Während seiner Grundschulzeit kannte Rich Kinder aus beiden Sippen, eine marodierende Bande von Cousins und Cousinen, die mit Geschrei barfuß durch den Wald stromerten, bis sie so wurden wie ihre Eltern, impulsiv, halbgebildet, sexuell frühreif und schwer bewaffnet.

Er fährt schnell um die Kurven. In seinem peripheren Gesichtsfeld ein aufflackerndes Licht: Die Prines oder Thibodeaux brennen Feuerwerkskörper ab. Der Wald hallt wider vom aufgeregten Gebell der Hunde.

Noch ein Aufflackern.

Schließlich beschreibt die Straße einen Bogen ostwärts durch bewirtschaftetes Farmland. Als Devlin rund fünfzig Meter an Peachy Rouses Haus vorbei ist, sieht er am Straßenrand das Auto eines County Sheriffs mit einem uniformierten Deputy hinterm Steuer stehen. Auf dem Beifahrersitz befindet sich Chief Carnicella, der Ortspolizist, meilenweit außerhalb seines Reviers. In Erinnerung an den geklauten Dünger winkt Rich ihm zu.

Er biegt in seine Auffahrt, wo Kies knirscht und er über Schlaglöcher hüpft, die er längst hat auffüllen wollen. In der Küche brennt ein Licht. Drinnen findet er Shelby am Küchentisch, den Blick starr auf ihren Laptop gerichtet. Sie hat eine verwaschene graue Jogginghose und ein altes Flanellhemd an.

»Olivia war nach dem Abendessen schlecht«, erzählt sie ihm.

»Sie hat sich zwei Mal übergeben. Ich hab's so satt, ich weiß nicht, was ich noch machen soll.«

Er beugt sich zu einem Kuss hinunter und bekommt ihre Stirn geboten. »Schon wieder?«

»Sie hat einen nervösen Magen.«

»Was macht sie denn nervös?« Er öffnet den Kühlschrank, findet einen übrig gebliebenen Hühnerschenkel und wickelt ihn aus.

»Ich hole dir einen Teller.«

»Nö, geht auch so.« Er isst im Stehen über dem Spülbecken.

»Die Bank hat angerufen. Ich hab's dir aufgeschrieben, es muss hier irgendwo sein.« Shelby durchwühlt den Kram auf dem Tisch – Werbesendungen, ausgeschnittene Coupons – und reicht ihm ein gelbes Post-it.

Rich nimmt es, ohne einen Blick darauf zu werfen, und steckt es in die Tasche.

»Du bist erschöpft«, sagt Shelby. »So kannst du nicht weitermachen.«

»Dad braucht die Hilfe.« Sein Vater ist im Großen und Ganzen gesund, auch wenn er immer mehr Zeit beim Arzt verbringt – das Knie, eine hartnäckige Erkältung, wiederkehrende Termine für das, was sein Arzt *ein Blutbild* nennt (was genau er in Dicks Blut zu finden hofft, weiß Rich allerdings nicht). Das Commercial ist zu viel für einen Mann seines Alters, und trotzdem wird er es nie aufgeben. Dick Devlin ist das, wovon es in Bakerton so wenige gibt, eine Erfolgsgeschichte: ein angesehener Geschäftsmann, Vorsitzender des Gemeinderats. Seine alten Gewerkschaftskumpels wursteln sich mit ihrer Staublungenrente durch und treffen sich im Legionsheim, wo der Alkohol ihnen hilft, den Tag herumzubringen.

»Er muss jemanden einstellen«, sagt Shelby.

»Sollte er nicht müssen. Es ist ein Familienunternehmen. Darren könnte das machen.«

Diese Unterhaltung ist nicht neu. Im Gegensatz zu seinen Schwestern, die vor langer Zeit in Ehe und Mutterschaft entschwanden, hat Richs kleiner Bruder – ein ewiger Junggeselle, der für einen Hungerlohn als Drogentherapeut in Baltimore arbeitet – nichts Besseres zu tun. Er würde mehr Geld verdienen und günstiger und besser leben, wenn er Dick beim Betrieb der Bar helfen würde. Es ist das Geringste, was er in Richs Augen tun kann, Darren, der seinen Eltern mehr Kummer gemacht hat als die anderen drei Kinder zusammen.

»Da wird er nie wieder hinziehen«, sagt Shelby.

»Warum denn nicht?«

»Keine Knochen in den Müllschlucker, Liebling. Denk ans letzte Mal.«

Er wirft den Hühnerknochen in den Abfalleimer.

»Du bist früh zu Hause«, sagt Shelby. »Das ist wenigstens gut.«

Er nimmt sich das letzte Bier aus dem Kühlschrank. »Wie man's nimmt. Gia hilft Dad beim Zumachen. Angeblich. Es ist ihr freier Abend.« Allein ihren Namen auszusprechen hat eine unmittelbare Wirkung auf ihn. Fast kann er das Gewicht ihres Kopfes in seinem Schoß spüren, obwohl er so etwas, einen warmen Mund in einem geparkten Auto, in Wirklichkeit nie erlebt hat. Shelby ist in dieser Hinsicht ebenso wenig abenteuerlustig wie in irgendeiner anderen.

»Warum hängt sie dann da rum?« Shelby wendet sich wieder dem Bildschirm zu. »Sie hat mir gesagt, sie hört mit dem Trinken auf.«

»Ich habe sie nicht trinken sehen. Geht mich ja auch nichts an, was in ihrem Mund landet.«

Shelby blickt verständnislos drein.

»Sie hat sich mit diesen Bohrarbeitern unterhalten. Einfach um unter Leuten zu sein.« Seine Frau runzelt die Stirn, als sei diese Vorstellung ihr völlig fremd. Als hätten sie nicht – vor einer halben Ewigkeit, ehe sie verheiratet waren – gemeinsam bis zur Sperrstunde in Bars gesessen: Rich und Shelby, Gia und der Drecksack, mit dem sie da zufällig gerade zusammen war. Damals, als Shelby und Gia noch zu jung waren, um sich selbst einen Drink zu bestellen, hatte Rich – gerade aus der Navy entlassen, frisch geschieden – für sie beide bezahlt und den Eindruck genossen, den das machte. Anfangs waren sie wie zwei Versionen derselben Sache erschienen, die eine brünett, die andere blond. Irgendwann musste er sich zwischen ihnen entscheiden. Shelby war ihm als die sicherere Wahl erschienen, ein ruhiges, hübsches Mädchen, dem man vertrauen konnte.

»Ich mache mir Sorgen um sie«, sagt Shelby. »Sie wird noch genauso enden wie meine Mutter.« Shelbys Mutter arbeitet zurzeit als Betreuerin für einen knausrigen querschnittsgelähmten Mann. Sie wohnt in seinem Haus, füttert ihn, zieht ihn an und hilft ihm auf die Toilette, Aufgaben, die dadurch erschwert werden, dass beide meistens sternhagelvoll sind.

Rich steht hinter Shelbys Stuhl und reibt ihr fest den Rücken. Sie gibt einen leisen Wonneseufzer von sich.

»Oh, das fühlt sich gut an. Ich setze bei Olivia die Milchprodukte ab. Ich glaube, dass sie allergisch ist, so wie ich. Hier steht –«

»Müssen wir jetzt darüber sprechen?«

Sie wendet ihm das Gesicht zu, die Stirn unattraktiv in Falten gelegt. Als sie sich zum ersten Mal begegneten, hatte ihr herzförmiges Gesicht eine feierliche Ausstrahlung, entzückend symmetrisch, das zarte Profil auf einer Kameebrosche. Im Laufe der Jahre hat sie sich eine Sammlung von Grimassen, schiefen Blicken und unschönen Stirnfalten zugelegt. Die Gesichtsausdrücke sind unansehnlich, aber beredt, die stille Sprache eines schüchternen Mädchens. Die vorherrschenden Emotionen seiner Frau – Verärgerung, Resignation, große Enttäuschung – sind ihr deutlich ins Gesicht geschrieben.

»Oh, entschuldige. Deiner Tochter ging es die ganze Nacht schlecht. Ich dachte, das würde dich vielleicht interessieren. Und du weißt, dass ich mich nicht wohlfühle.«

Er holt tief Luft. »Shelby, ihr fehlt nichts. Sie hat ihr ganzes Leben lang Milch getrunken. Alle Kinder tun das.«

»Aber hier steht –«

Rich reckt die Arme in die Luft. »Weißt du was? Ich geb's auf. Du machst einen Invaliden aus ihr. Sie ist *sieben Jahre alt.*«

Er nimmt sein Bier mit durch die Hintertür nach draußen und steht eine ganze Weile, den Blick in den Himmel gerichtet, auf der Terrasse. *Du weißt, dass ich mich nicht wohlfühle.* Und ob er das weiß: die Migränen und Allergien, die Menstruationskrämpfe. Fünf Tage pro Monat liegt Shelby auf der Couch, Olivia wie eine Puppe in ihrem Arm. *Mein kleines Mädchen ist so sensibel,* hat er Shelby zu ihrer Mutter sagen hören. *Wenn ich krank bin, fühlt sie, was ich fühle.*

Die Nacht ist still, der Mond leuchtet kaum wahrnehmbar durch den Nebel. Behutsam streckt er den unteren Rücken. Immer noch kann er das Gefängnis an sich riechen. Normalerweise verschwindet das beim Duschen, aber nicht immer. Der Geruch haftet in seinen Nasengängen. Nach zehn Jahren ist der Ort in ihn eingesickert, in Haut und Haare, Blut und Knochen.

Er atmet tief. Die Terrasse hat er letzten Sommer selbst gebaut, ein stabiles Podest aus Holz – der einzige reizvolle Bestandteil des nicht besonders solide gebauten Hauses; mehr als es verdient. Als er den Blick über das Land seines Großvaters schweifen lässt, sechzig Morgen Felder und sanft ansteigende Wiesen, fühlt er sich sofort sauberer. Den besten Teil seiner Kinderjahre hat er hier verbracht, beim Angeln am Fluss, auf Paps Motorschlitten. Als Pap starb und der Hof unter den vier Enkeln aufgeteilt wurde, hing Rich als Einziger so an ihm, dass er ihn behielt. Er stellte sich vor, mit seiner neuen Frau und seinen zukünftigen Kindern – vier oder sogar fünf, was bei Shelby allerdings noch einiger Überzeugungsarbeit bedurfte – in dem alten Bauernhaus zu wohnen. Als Familie würden sie das Ding schon wieder zum Laufen bringen – Milchkühe halten, so wie Pap.

Man hat eine Ausstiegsstrategie, einen Plan für die Zukunft. Sagt man sich jedenfalls.

Er lieh sich genug, um seine Schwestern auszuzahlen, die fortzogen und Familien zu versorgen hatten und das Geld nötiger brauchten als das Land. Auch sein Bruder wollte unbedingt verkaufen. Als bis dahin weitaus intelligentester Devlin hatte Darren ein halbes Stipendium für die Johns Hopkins Universität bekommen, war allerdings nicht intelligent genug, sich zu überlegen, womit er die andere Hälfte bezahlen sollte.

Zahl ihn aus, Herrschaftszeiten!, drängte Richs Mutter. Darren, das Baby, war immer ihr Liebling gewesen. *Er braucht das Geld fürs Studium.*

Er braucht das Geld für irgendwas. Rich wusste es nicht mit Sicherheit, vermutete aber, dass Darren teure Gewohnheiten hatte. (Auf welch schnelle und gefährliche Weise er sechzigtausend Dollar durchbringen konnte. Und wie oft man mit so viel Geld auf den Trip gehen konnte.) Doch am Ende gab Rich nach; Darren bekam sein Geld, flog von der Uni und meldete sich zwei Jahre lang nicht zu Hause. In der Zwischenzeit starb ihre Mutter, und es war Dick, der – nicht nur ein, sondern zwei Mal – für Darrens Entzug in der Klinik zahlte, in der er immer noch arbeitet.

Es wäre für alle – besonders für Darren – besser gewesen, wenn er Rich das Land einfach *gegeben* hätte.

Eine Ausstiegsstrategie, ein Plan für die Zukunft. Noch nicht, aber bald.

Er ist von Natur aus geduldig, was Stärke und Schwäche zugleich ist. Als Junge studierte er schon Wochen vor Weihnachten den Sears-Katalog und stellte umfassende Listen der Spielsachen zusammen, auf die er versessen war: die Evel-Knievel-Actionfigur mit ihrer Sammlung von Motorrädern, exakten Nachbildungen der Maschinen, die Evel im richtigen Leben fuhr. In genau dieser Haltung durchforstet er heute Internetforen. Seine Suche richtet sich dabei ausschließlich auf die Honiger 4000, eine hochmoderne Melkanlage – für sein Erwachsenen-Ich das Pendant zu Evel Knievels Chopper. Weniger hochwertige Anlagen würden enorme Reparaturkosten und einen tagelangen Melkausfall mit sich bringen, aber die Honiger ist ein Wunderwerk schweizerischer Technik, zuverlässig wie die Sonne. Eine funkelnagelneue, fertig installierte Anlage liegt bei hunderttausend; doch mit etwas Recherche findet man auch gebrauchte Teile. Genau in diesem Moment steht ein Milchbauer in Somerset County kurz vor der Rente. Er möchte seine erst acht Jahre alte Honiger verkaufen.

Rich kann genau wie jeder andere einen Schraubenschlüssel schwingen, und sein Vater kennt einen Klempner, der für wenig Geld arbeiten würde. Tiere nicht mitgerechnet, wäre er mit fünfzig Riesen dabei. Für jemanden in seiner Gehaltsklasse immer noch eine Stange Geld; aber das alles kann sich innerhalb kürzester Zeit ändern. Kann und wird, wenn seine Gasbrunnen erst einmal produzieren.

Als er vorletzten Sommer einmal an einem Montagmorgen von der Arbeit nach Hause gefahren war, todmüde nach einem nächtlichen Generaleinschluss, hatte ein fremder Pick-up in seiner Einfahrt gestanden. Sein erster Gedanke sollte ihn später beschämen: Seine Frau, die die ganze Nacht allein gewesen war, hatte einen Besucher gehabt, einen anderen Mann in seinem Bett. Von Adrenalin geflutet, ging er um den Wagen herum. Das Kennzeichen aus einem anderen Bundesstaat erschien damals noch exotisch. In der Navy hatte er Texaner gekannt. Aber nie einen in Bakerton getroffen.

Er stürzte ins Haus und fand Shelby in ihrem Bademantel vor, wie sie mit zwei Fremden Orangensaft trank. Sie wirkte nicht schuldbewusst oder gar nervös; eher aufgeregt, so als hätte ihr jemand eine Überraschung bereitet. Der Typ nahm Rich gleich für sich ein – die kumpelhafte, gedehnte Sprechweise vielleicht, oder die Art, wie er angezogen war: Khakihose, ein Jeanshemd mit bis zu den Ellbogen aufgerollten Ärmeln. Er sah aus wie einer, der anpacken kann.

Überwältigt von seinem Glück, unterzeichnete Rich den Vertrag auf der Stelle. Mit einem Mal schien alles möglich. Er rief bei Saxon Savings an, um seine Hypothek umzufinanzieren. Das hatte einen unmittelbaren Effekt: anderthalb Jahre lang niedrigere Zahlungen. Bis zur Fälligkeit der hohen Abschlussrate würden seine Brunnen sprudeln, und er würde Geld übrig haben.

Mit der Warterei hatte er nicht gerechnet. In dieser Zeit hatte er ein paar Dinge gelernt. Das Angebot der Gasfirma, das einfach und großzügig gewirkt hatte, war weder das eine noch das andere. Er war dumm gewesen, auf ihr Eröffnungsmanöver hereinzufallen – fünfundzwanzig Dollar pro Morgen plus 12,5 Prozent der Gewinne, das vom Gesetz erlaubte Minimum. *Sie haben mich reingelegt,* sagte er im Geiste zu Bobby Frame, dem gewieften Vertreter, der seine Unwissenheit ausgenutzt hatte. Aber Bobby Frame war längst über alle Berge.

Dann, vor vier Monaten, war Richs hohe Schlussrate fällig geworden, und seine monatliche Rechnung hatte sich fast verdoppelt. Da ihm keine andere Möglichkeit blieb, lieh er sich zehn Riesen von seinem Vater – der endlich, nachdem er Lieferanten jahrelang mit seinen eigenen Staublungen-Schecks bezahlt hatte, etwas Geld erübrigen konnte.

Ich werde es dir zurückzahlen, versprach Rich. *Ich habe einen Gaspachtvertrag unterzeichnet.* Das war alles, was ihm zu seiner Rechtfertigung einfiel. Die Scham machte ihn nahezu stumm.

Jetzt holt er das Post-it aus der Tasche. *Beth von Saxon Savings. Ruf sie so bald wie möglich zurück.* Mit seiner aktuellen Zahlung ist er drei Wochen im Rückstand. Und der Scheck von seinem Vater wird erst in zwei Tagen freigegeben.

Heute Nacht wird er vom Graben träumen.

Als Junge war er von der Geschichte des Einsturzes von Nummer Zwölf verfolgt worden, bei dem nach einer gewaltigen Methanexplosion acht Bergarbeiter zerquetscht wurden. Einen ganzen Sommer lang führte Rich Devlin im Traum die Suchmannschaft an, während sie sich durch die Trümmer grub, einen Körper nach dem anderen freilegte – einen abgetrennten Fuß, eine schreckliche greifende Hand. Jetzt träumt er auch wieder vom Graben. Sein Traum-Ich gräbt ein Loch und füllt es mit Bargeld, Bündeln von Fünfzigern und Hundertern, die geradewegs in die Erde wandern.

Hinter ihm geht die Küchentür auf. In dem gesteppten Bademantel, den er hasst, steht Shelby im Türrahmen. »Ich bin erschöpft, ich gehe ins Bett.«

Überraschung!

»Am Sonntag nehme ich Braden mit«, sagt er zu ihr. »Dad will angeln gehen.«

Sie wirft ihm einen gequälten Blick zu. »Was ist mit der Kirche?«

Nach zehn Jahren Ehe gibt es keine neuen Gespräche. Rich hätte das hier auch mit sich selbst führen können.

»Es ist doch nur ein Sonntag. Im Übrigen hab ich Brady schon gesagt, dass er mitkommen kann.«

Sie zieht den Bademantel fester um sich. »Na toll. Das hast du ja großartig hingekriegt. Er hat bereits beschlossen, dass die Kirche nur was für Mädchen ist.«

»Woher er das wohl hat.«

Ihr Gesicht verzerrt sich zu einer Miene, die er schon kennt, eine, die ihn besonders erschreckt: linkes Auge zugedrückt, Mund nach links gezogen, so als hätte sie einen Schlaganfall erlitten.

»Entschuldige, aber es kommt mir einfach seltsam vor. Eine Pastorin. In meiner Kindheit kannte ich so was nicht.«

Shelby sagt: »Keiner kannte das.«

»Schau mal, Dad möchte mit seinem Enkelsohn angeln gehen. Was hätte ich denn sagen sollen? Er wird ja nicht jünger.« Rich starrt in den Himmel. Ihm scheint, dass Shelby, die vaterlos aufgewachsen ist, den Sinn eines Vaters nicht versteht. »Wer weiß, wie viele Angelausflüge ihm noch bleiben?«

Das ist, wie erwartet, das Ende der Diskussion. Hinter ihm fällt die Tür ins Schloss.

Shelby bürstet Olivia die Haare und zählt dabei ihre Striche. Das Haus ist still, keine Zeichentrickfilme, keine Computerspiele oder Braden-Geräusche sind zu hören. Ihr Sohn gehört zu den Jungen, die fast ununterbrochen Schall absondern, so wie der nervigste Radiosender der Welt: Maschinengewehrsalven, guttural und plosiv; schallende Trickfilmpupse; Affengekreisch. Sie muss an eine populäre Hip-Hop-Gruppe aus ihrer Teenagerzeit denken, deren Frontmann The Human Beat Box genannt wurde. Nur mithilfe seines Mundes erzeugte The Box pulsierende Basslinien und rhythmisches Trommeln. Wäre er ehrgeiziger gewesen, hätte The Box ganze Orchester arbeitslos machen können. Jetzt, wo Shelby einen Sohn großzieht, wird ihr klar, dass The Human Beat Box gar nichts Besonderes war. Er machte einfach nur, was Jungen machen.

Achtzehn, neunzehn, zwanzig. Eine Mutter wird nach dem Aussehen ihres Kindes beurteilt. Das ist eine Tatsache.

Normalerweise beklagt sich Olivia über das Bürsten. Heute nimmt sie es kaum wahr, so absorbiert ist sie von ihrem Traum, der, während sie ihn erzählt, zu einer Begebenheit wird, die sich tatsächlich zugetragen hat. Zu seiner verwickelten Handlung gehören Hexen, mehrere Mädchen aus ihrer ersten Klasse, der Nachbarhund und seine neugeborenen Welpen. Im Zentrum der Geschichte steht Olivia selbst, zu Traumzwecken verwandelt in Ariel, die kleine Meerjungfrau.

»Und die Hexe –«, sagt Olivia.

»Und der schwarze Welpe –«

»Und ich –«

Ihre leise, klare Stimme zittert vor Gewissheit. Sie ist schrecklich und irgendwie auch wunderbar, die Überzeugung, mit der eine Siebenjährige lügen kann. Weiß Olivia überhaupt, dass sie lügt? Shelby glaubt schon. Aus ihrer eigenen Kindheit erinnert sie sich an dieses rauschhafte Gefühl, wenn man haarsträubend flunkerte und damit auch noch durchkam. *Im Ernst?*, sagte ihre Mutter, und das war's dann. Auf Wahrhaftigkeit hatte Roxanne nie viel gegeben.

»Neunundzwanzig«, sagt Shelby. »Dreißig.« Mit ihren beiden sorgfältig frisierten Kindern in die Kirche zu marschieren ist für sie der Höhepunkt der Woche. Einer Woche, die von Höhepunkten ansonsten auffallend frei ist. Vor Jahren, als sie im Saxon Manor arbeitete, gab es noch allmorgendlich das ausgeklügelte Ritual, sich ihre Kleidung auszusuchen, den Lockenstab aufzuheizen, Make-up aufzutragen. Danach ging es mit ihrem Tag im Saxon Manor bergab.

Einunddreißig, zweiunddreißig. Eine Tatsache, die allgemein bekannt ist, nur ihrer eigenen Mutter nicht. Shelby und ihre Schwester waren sich in ihrem Viertel selbst überlassen gewesen, wilde Mädchen, ungebürstet und ohne Zöpfe. Einmal kam eine Nachbarin mit einem feuchten Waschlappen aus ihrem Haus, um Shelby das schmutzige Gesicht zu wischen.

»Neunundvierzig, fünfzig«, zählt sie laut und führt eine letzte schwungvolle Bewegung aus. Hundert Striche wurden erwartet, hundert waren der Standard. Doch bei Olivias Babyhaar, so fein wie Spinnweben, kämen ihr hundert Bürstenstriche wie eine Strafe vor. Fünfzig sind mehr als genug.

Sie teilt Olivias Haare und fängt an zu flechten.

»Nicht zu fest«, sagt Olivia.

Mit leiser, bebender Stimme singt sie eine Zeile eines Lieds, das sie heute in der Schule gelernt hat: *Who built the park? Noah! Noah!* Sie hat die Angewohnheit, Liedtexte falsch zu hören, was Shelby anfangs Sorgen gemacht hat. Doch Dr. Stusick hat ihr Gehör getestet und schwört, dass Olivias Ohren in Ordnung sind.

»Da riecht was«, sagt Olivia.

Shelby schnuppert. »Daddy hat die Kaffeemaschine angelassen.« Sonntags ist Rich meistens schon vor Sonnenaufgang weg. Zu Beginn des Winters geht er auf die Jagd, Rehe, Hirsche, Hasen. Später ist dann der Motorschlitten dran. Das restliche Jahr fährt er nach Norden zum Yellow Creek, um zu fangen und freizulassen, was immer die Saison hergibt: Regenbogenforellen im Frühjahr, Amerikanischen Zander im Sommer, Stahlkopfforelle im Herbst.

Ihr Vorgesetzter im Saxon Manor, ein Mann namens Larry Stransky, hatte ihr Komplimente wegen ihres Aussehens gemacht. Nichts Bedeutendes, aber es hatte ihr den Tag versüßt.

Olivia wird hibbelig, windet sich auf ihrem Stuhl. »Warum darf Braden angeln gehen?«

»Wenn es dir besser geht, darfst du nächstes Mal gehen. Heute ist Kirche.«

Kirche ist für Mädchen. Wie erwartet, hatte Rich Bradens Bemerkung lustig gefunden. Die Erinnerung daran überkommt Shelby wie eine Übelkeit.

»Autsch.«

»Tut mir leid, Baby.«

»Deine Hände zittern.«

Shelby reibt sie aneinander, als wollte sie sie wärmen. Das Zittern kommt und geht ohne Vorankündigung. Außer Olivia ist das noch nie jemandem aufgefallen. Sie ist ein feinfühliges Kind, unheimlich sensibel für die Symptome ihrer Mutter – eine Eigenschaft, die ihrem Vater und Bruder und sogar dem Hausarzt der Familie eindeutig abgeht. Eines Tages wird Olivia eine wundervolle Ärztin sein. Dessen ist sich ihre Mutter sicher.

Nach ihrer Hochzeit verspürte sie von Larry Stransky eher Ablehnung.

Shelby bindet die Zöpfe mit blauen Bändern ab. »Fertig. Kannst du einen Moment still sitzen bleiben, bis Mommy angezogen ist? Und keinen Saft mehr, Liebes. Wir wollen doch nicht, dass du dich vollspuckst.«

Diese Idee hat er von dir, hätte sie sagen können, hat sie aber nicht. *Wenn du nur ein Mal mit uns kämst, wenigstens an Weihnachten. Irgendwann, wenigstens ein Mal.*

In der Küche schaltet sie die Kaffeemaschine aus. Der Kaffee ist dick wie Motorenöl, und trotzdem gießt sie sich eine Tasse ein. Das wird sie zumindest in der Kirche wach halten. Ebenso wie der verbrannte Kaffee ist ihre Erschöpfung Richs Schuld. Stundenlang lag sie wach, bis er ins Bett kam. Sie konnte sich nicht entspannen, solange er im Haus unterwegs war.

Sie konnte nicht einschlafen, weil sie Angst hatte, er würde sie wecken.

Außer hin und wieder bei einer Hochzeit oder Beerdigung setzt er nie den Fuß in irgendeine Kirche. Die Welt, das weiß Shelby, ist voll mit solchen Leuten, für die eine persönliche Beziehung zu Jesus Christus keinen genügenden Anreiz darstellt. Rich sitzt lieber herum und wartet auf einen Fisch, den er dann nicht mal isst.

Als er ins Bett kam, hielt sie ganz still, atmete flach und regelmäßig. Jede Abweichung in der Atmung wäre aufgefallen. Doch er ließ sie in Ruhe.

So war es nicht immer gewesen. Am Anfang fühlte sie sich entflammt durch das Wissen, dass er sie begehrte, und durch die Kraft seines Begehrens wie jäh zum Leben erweckt. Doch es bestand ein Unterschied zwischen Begehren und Erwarten. Wenn er nun auf sie steigt, fühlt sie das schreckliche Gewicht der Verpflichtung. Ihn sie berühren zu lassen, löst nichts. Ihn sie berühren zu lassen, heißt, mit Kleingeld eine Schuld tilgen zu wollen, die so groß ist, dass sie nie beglichen werden kann.

Hin und wieder lädt er sie ein, in der Bar vorbeizukommen, während er dort arbeitet, so als wäre das Bedienen in einer Bar ein Film oder ein Sportwettkampf, den sie sich vielleicht gerne anschauen würde.

Für ein Paar ihres Alters sind drei Mal Sex pro Woche normal. Das hat sie in einer Zeitschrift gelesen.

Mit Larry Stransky hat sie nichts gemacht. Er machte alles selbst. Vor Jahren, vor ihrer Hochzeit, tat sie selbst nichts anderes, als sich in der Mittagspause mit ihm in seinem Auto zu treffen. *Lass mich dich anschauen*, sagte er, während er sich selbst befriedigte. Zehn Minuten später war sie wieder bei der Arbeit.

Er machte alles selbst.

Sie steigen in den Van. Olivia hinten. Auf dem Beifahrersitz liegt ein Gesteck aus gelben Nelken, einer Allzweckblume.

Living Waters befindet sich im Stadtzentrum, in einer alten Ladenfront. *Das ist doch keine Kirche*, pflegt Rich zu sagen, und es stimmt, das Gebäude sieht verlassen aus, die Schaufenster sind mit Papier beklebt. Das Schild draußen am Eingang wurde vor langer Zeit abmontiert, aber der Geist der Wörter ist noch sichtbar, die altmodische Schreibschrift: *Möbel-Friedman*.

Köpfe drehen sich, als sie die Kirche betreten. Olivia in ihrem weißen Kleid ist ein Engel, und das allein zählt. Shelby hatte keine Zeit, sich selbst zu frisieren oder ihre Kontaktlinsen einzusetzen, aber sie ist ja nur die Mutter. Sie schaut niemand an.

Eine Mutter wird nach dem Aussehen ihres Kindes beurteilt. Das ist eine Tatsache.

Die Kirche ist nicht voller als sonst, obwohl Pastorin Jess, stets hoffnungsvoll, ein paar zusätzliche Stühle aufstellt. Shelby legt Jacke und Handtasche auf ihren gewohnten Platz in der ersten Reihe. Sie hat gerne einen freien Blick auf die Pastorin, die in ihrem eleganten Hosenanzug immer hübsch angezogen ist. Das hat Shelby anfangs erstaunt, denn sie selbst hatte zur Kirche immer Kleider getragen. Jetzt sieht sie den Sinn dahinter. Eine Pastorin sollte sich keine Gedanken über eine Laufmasche in den Strümpfen oder einen hervorblitzenden Slip machen müssen. Um sich Höherem zu öffnen, sollte sie sich in ihren Kleidern genauso natürlich bewegen können wie Männer.

Sie führt Olivia nach unten zum Kindergottesdienst mit Liedern, Bibellesen und einem Gespräch über die Lesung des Tages. Später bekommen die Kinder Milch und Kekse, während sich die Erwachsenen oben an ihrem Kaffee erfreuen. Ein halbes Dutzend Kinder sind schon da, im Schneidersitz auf bunten Teppichquadraten. Die Wände sind dekoriert mit ihren Zeichnungen, die man an der Tatsache, dass alle Männer Bärte haben, als Szenen aus der Bibel erkennt.

Oben nimmt Shelby ihren Platz ein und schließt dankbar die Augen. Jahrelang war ihr eigenes Gebet zu kurz gekommen; zwischen Braden und Olivia sitzend, hatte sie, um die beiden vom Stören abzuhalten, die Stunde damit verbracht, Spielsachen zu verteilen und im Flüsterton zu schimpfen. Jetzt spürt sie jeden Sonntag, wie sich ihre Seele öffnet – fühlt sich auf eine neue Weise bewegt, an Stellen berührt, an denen sie noch nie berührt wurde. Es ist etwas, das einem männlichen Geistlichen nie in den Sinn käme, nämlich, dass eine Frau dem Gottesdienst wirklich folgen könnte, wenn ihre Kinder woanders sicher beschäftigt wären. Wenn sie, für eine gesegnete Stunde in der Woche, in Ruhe gelassen würde.

Nicht einmal Pastor Wes – Gott hab ihn selig – hatte sich darüber Gedanken gemacht.

Nachdem Braden mit dem Loch im Herzen zur Welt gekommen war, war es Pastor Wes, der zusammen mit Shelby im Krankenhaus saß. Der während der Operation im Wartezimmer ihre Hand hielt, mit ihr den Kopf zum Gebet senkte. Es war die wichtigste Begebenheit ihres Erwachsenenlebens, und dennoch erinnerte sich niemand daran. Nicht Rich, der so tat, als hätte sie sich nie zugetragen; und natürlich nicht Braden, der sich über Nacht von einem kränklichen Säugling in ein hyperaktives Kleinkind verwandelte, das nichts als Flausen im Kopf hatte. Nur Pastor Wes war ein echter Zeuge ihres Leidens, des Wartens und Bangens, der Phasen von Panik und Schrecken gewesen. Überzeugt davon, dass ihr Baby im Sterben lag, hätte sie nie gedacht, dass ein paar Jahre später Pastor Wes selbst tot sein würde, gestorben an einem Jungmännerkrebs, von dem niemand wusste, dass er ihn hatte.

Der einzige echte Zeuge ihres Leidens. Und Pastor Wes ist tot, tot.

Das Eingangslied ist ein altes, an das Shelby sich erinnert. Keins, das sie besonders mag, und dennoch merkt sie, dass die Worte sie berühren, während sie sie singt.

Soll doch trotz Kreuz und Pein
dies meine Losung sein:
Näher, mein Gott, zu dir

Als Pastorin Jess zur Lesung aufsteht, beugt sich Shelby auf ihrem Sitz vor. Die Pfarrerin spricht die versammelte Gemeinde Mitglied für Mitglied an, lässt die Augen von einem Gesicht zum anderen wandern, so als nähme sie alles von einem wahr: ob du innerlich ruhig oder besorgt bist; ob du gut geschlafen oder die halbe Nacht bei einem kranken Kind gesessen hast; ob dein Ehemann mit dir Sex hatte oder auf dem Sofa eingeschlafen ist. Was immer davon zutreffen mag, in ihrem Blick liegt Mitgefühl und tiefes Verständnis, so als wären die schlimmsten Verfehlungen bereits vergeben, als wäre Barmherzigkeit etwas, das man wirklich verdient hat.

Nach dem Gottesdienst hilft Shelby Lois Fetterson am Tisch mit den Getränken und Snacks. Das gesellige Beisammensein geht von zehn bis elf – für sie eine unangenehme Stunde. Sie nimmt sich Kaffee, macht jedoch einen Bogen um die Donuts. In der Öffentlichkeit zu kauen macht sie nervös.

»Sieht Olivia nicht süß aus?«, sagt Lois mit vollem Mund. »Wo ist denn dein Junge heute Morgen?«

»Rich hat ihn zum Angeln mitgenommen.« Shelbys Ton lässt keine weiteren Fragen zu. Lois Fetterson ist eine notorische Klatschbase. Zwar bietet Shelbys Leben nicht den geringsten Anlass für Klatsch, und doch verspürt sie einen starken Drang, Dinge vor Lois zu verbergen, einfach um des Vergnügens willen, sie ihr vorzuenthalten.

»Wally hat Rich gestern Abend im Commercial gesehen. Er ist ein guter Sohn, dass er Dick so hilft.«

Shelby ignoriert die Bemerkung. Typisch Lois, sie daran zu erinnern, dass ihr Mann Barkeeper ist. Mal ganz abgesehen von der stadtbekannten Tatsache, dass Wally Fetterson jeden Abend in irgendeiner Wirtschaft verbringt. Rich hat wenigstens seinem Vater geholfen. Lois' Mann hat keine Entschuldigung.

Wie an jedem Sonntag wird Pastorin Jess auch an diesem von einer kleinen Menschenmenge umringt. Shelby nähert sich mit dem Nelkengesteck. »Für Pastor Wes. Ich dachte, wir könnten zusammen hingehen.«

Pastorin Jess sieht verwirrt aus. »Ach, der *Friedhof*«, sagt sie schließlich. »Zum Gedenktag.«

Verlegen steht Shelby da mit dem Blumengesteck, das sie während des Gottesdienstes im Wagen gelassen hatte. Von der Hitze sieht es schon ein wenig mitgenommen aus.

»Das ist nett von Ihnen, Shelby, aber ich kann hier noch nicht weg. Gehen Sie doch schon ohne mich. Ich will Sie auf keinen Fall warten lassen.«

Darauf Shelby: »Das macht mir nichts aus.«

Um Pastor Wes zu erklären, muss man ganz vorne anfangen. Zu Beginn arbeitete Shelbys Mutter im Moose. In Bakerton ist ein Moose kein Elch, sondern eine verrauchte Kneipe, wo Männer im Hinterzimmer Poolbillard oder Karten spielen oder auf den Fernseher über dem Tresen starren.

Für den größten Teil ihrer Kindheit wohnte Shelby mit Mutter und Schwester in der Wohnung darüber, Roxannes Lösung für das Babysitter-Problem: Shelby und Crystal konnten, zumindest theoretisch, im Notfall zu ihr runterkommen. Natürlich taten sie das nie. Denn was hätte für Roxanne schon einen Notfall dargestellt? Albträume und aufgeschrammte Knie hatten nie dazugehört. Im Falle eines Brandes oder eines maskierten Eindringlings hätte Shelby die Polizei gerufen.

Roxanne war kein Name für eine Mutter. Schon als Kind wusste Shelby das, ebenso wie die Tatsache, dass die Arbeit in der Kneipe eigentlich nichts für Frauen war.

Das verborgene Leben der Kneipe, sein täglicher Rhythmus. Morgens standen draußen Lastwagen im Leerlauf, bemalt mit vertrauten Logos: Pabst Blue Ribbon, Iron City, Stroh's. Bei offen gehaltener Tür ließ das Moose seinen sauren Bier-Atem entweichen, der noch verschärft wurde durch den Tannenduftreiniger, mit dem Roxanne immer den Boden wischte.

Nachmittags spielte die Jukebox traurige Männer, George Jones und Merle Haggard, bis hinauf in die Wohnung deutlich zu hören, das langsame Schlagen des Basses wie ein Herzschlag im

Fußboden. Der Fernseher der Bar war immer auf irgendein Sportereignis eingestellt. In einem weit entfernten Stadion jubelte eine Menge. Ein Sprecher kommentierte den Spielverlauf in tadelndem Ton, forderte unbedingte Aufmerksamkeit.

Als es dunkel wurde, veränderte sich die Musik, Gitarren kreischten und heulten. Zwischen den Songs hörte Shelby Gesprächsfetzen, Billardkugeln, die mit einem trockenen Knall aneinanderstießen. Ein beruhigendes Geräusch, während sie, auf den Schlaf wartend, neben ihrer Schwester auf einer Ausklappcouch im Wohnzimmer lag.

Ihre Mutter kam weit nach Mitternacht nach Hause und schlich auf Zehenspitzen um die Möbel herum. Sie war so leise, dass Shelby womöglich weitergeschlafen hätte, wäre der Gestank – Zigarettenrauch, Frittierfett – nicht gewesen, den Roxanne wie ein Parfüm an sich hatte. Es war eine konzentriertere Version des Geruchs, der sowieso schon in der Wohnung hing, da er von unten durch die Holzdielen drang.

Der Gestank klebte an Shelby und ihrer Schwester, an ihren Haaren und Kleidern. Das erfuhr sie, als sie eines Tages im Schulbus neben Patti Wojick saß, die sich zu Shelbys Entsetzen zu ihr herüberbeugte, um an ihr zu schnuppern, und sagte: »Du stinkst nach Fritten.«

Jetzt kommt Rich nach Hause und stinkt ganz genauso.

Shelby weiß, dass er eigentlich kein Barkeeper ist, dass er nur seinem Vater hilft. Trotzdem möchte sie ihm nicht unbedingt dabei zusehen.

Sie waren clevere Mädchen, einfallsreich, unabhängig. An Sommernachmittagen machten sie das städtische Freibad unsicher. Später streiften sie – sonnenverbrannt und nach Chlor riechend – durch die Gegend und schlossen rasch Freundschaft. Die neuen Freundinnen hatten Hausarrest und Taschengeld, Rasenflächen und Fahrräder. Sie hatten nette Mütter, die manchmal etwas Besonderes kochten, köstliche Aufläufe und Hackbraten, auf zusammenpassenden Tellern am Tisch serviert.

Stämmige Mädchen, pragmatisch, hart im Nehmen. Mädchen,

die nicht klagten, denn Klagen brachte sie nicht weiter. Roxanne war unnachgiebig, der reinste Granit. Kleine Unpässlichkeiten beeindruckten sie nicht. Ihre Reaktion bei Erkältungen und Bauchweh war voraussehbar: *Geh in die Schule, dann wird's dir besser gehen*. Die Mädchen gingen mit Mumps, Angina, Bindehautentzündung zur Schule. Shelby steckte ihre ganze zweite Klasse mit Windpocken an.

Deshalb ist es auch schwer zu sagen, wann Crystals Krankheit letztlich ausbrach. Sie war ein gelehriges, gutmütiges Kind; ein blondes Mädchen, bei dem Sonnenbrände zu Hautausschlag und die Fingerspitzen bei Kälte blau wurden. Als sie mit elf oder zwölf plötzlich und dauerhaft müde, von Schmerzen geplagt und antriebslos wurde, ging sie zwar zur Schule, aber trotzdem ging es ihr nicht besser. Shelby wurde nachts von Crystals Fieberschüben wach, bei denen die Hitze in Wellen von dem Mädchen aufstieg.

Nach Crystals Tod studierte Shelby die Klassenfotos, die immer in der ersten Woche des neuen Schuljahrs von einem professionellen Fotografen gemacht wurden. In der fünften Klasse sah Crystal noch gesund und sonnengebräunt aus. Ein Jahr später waren überall auf ihren Wangen die roten Flecken sichtbar. Das Schmetterlingserythem war das charakteristische Symptom des Lupus. Eine verantwortungsbewusste Mutter hätte es bemerkt. Doch als Roxanne sie zu einem Arzt brachte, waren ihre Füße geschwollen und die Nieren versagten. Über Nacht wurde alles anders. Drei Mal die Woche fuhr Buzz Wenturine Crystal zum gut dreißig Kilometer entfernten Kreiskrankenhaus, das über eine Dialysemaschine verfügte.

Buzz Wenturine war Roxannes Freund, ein großer, glatzköpfiger Mann mit einem Schnauzbart. Wie die meisten Männer war er Bergarbeiter gewesen. Irgendwann fuhr er dann den gelben Bus, mit dem Shelby und Crystal zur Middle School kamen. Damals hatte Roxanne einen anderen Freund, sodass die Mädchen den namenlosen Busfahrer, einen ruppigen Typ, der immer dieselben Sachen trug, kaum beachteten.

Als Roxanne ihn drei oder vier Jahre später mit nach Hause brachte, hatte er genau dasselbe grün karierte Hemd an.

Buzz Wenturines Auto roch nach Aftershave und Minzdragees. Die erste Woche saß Roxanne noch neben ihm auf dem Beifahrersitz. Dann wurde die Behandlung auf den späten Nachmittag verlegt, nach Schulschluss, sodass Shelby an ihrer Stelle mitfahren konnte. In seiner Tarnjacke schweigend über das Lenkrad gebeugt, hörte sich Buzz im Radio die Übertragung eines Spiels an. Die Schwestern saßen zusammen auf der Rückbank und sprachen im Flüsterton und taten so, als wäre er nicht da.

Der Behandlungsraum war durch einen Plastikvorhang abgeschirmt. Shelby saß in dem Sessel neben Crystals Bett. Eine Behandlung dauerte vier Stunden. Während ihre Schwester schlief, sah Shelby auf dem winzigen, an die Decke geschraubten Bildschirm fern: *Schatten der Leidenschaft* und *Jung und leidenschaftlich – Wie das Leben so spielt.*

Crystal wurde im Krankenhaus mit Freundlichkeiten überschüttet. Der Frauenhilfsdienst brachte selbst gebackene Kekse. Freiwillige Helferinnen verteilten von einem Handwagen kleine Geschenke – Lippenbalsam und Schokoladenriegel, ein Taschenbuch mit Kreuzworträtseln.

Jeden Freitag, wenn Crystal nach der Behandlung noch beim Arzt war, machte Shelby in einem Wartezimmer am Ende des Gangs ihre Hausaufgaben. Oft war der Raum überfüllt. Sie sah Kinder und sogar Erwachsene weinen, als wäre etwas Tragisches geschehen. Mit der Zeit erkannte sie manche Gesichter wieder. Ein besonders kleiner schlanker Mann in einer Strickjacke war oft da. Er saß mit gesenktem Kopf und sprach mit leiser Stimme. Wochen vergingen, ehe Shelby begriff, dass er betete. So etwas hatte sie noch nie gesehen.

Es kümmerte ihn nicht, ob sein Gegenüber Mann, Frau oder Kind war. Er senkte den Kopf und nahm dessen Hand.

Eines Freitags sprach er sie an. »Was schreibst du da?«

Das Wartezimmer war voll, und er hatte sich neben sie gesetzt, sodass ihre Schultern sich fast berührten. Er war blass und gut aussehend, und seine Wimpern waren so lang wie die eines Mädchens.

»Ein Referat. In Geschichte von Pennsylvania.« An solche Fragen nicht gewöhnt, überlegte sie, wie ausführlich die Antwort wohl sein sollte. »Über Colonel Drake. Den Ölrausch, Sie wissen schon.«

Er beugte sich zu ihr und las aus dem Schulheft auf ihrem Schoß: »*Als genau hier in West-Pennsylvania die erste Ölsonde der Welt in den Boden gebohrt wurde, erntete Colonel Edwin Drake die ganze Anerkennung dafür.* Das ist sehr gut«, sagte er lächelnd. »Wie geht es deiner Schwester?«

Sie wurde verlegen. »Woher wissen Sie, dass sie meine Schwester ist?«

»Ihr seht euch so ähnlich.«

Das gefiel ihr über die Maßen. Shelby war nicht gerade hässlich, aber Crystal war eine Schönheit. Alle Welt sagte das, und Shelby akzeptierte es als eine Tatsache.

»Die Dialyse ist aufreibend. Sie kann von Glück reden, dass du bei ihr bist.« Seine Stimme war sanft und melodisch, nicht weit vom Singen entfernt.

»Sie hat einen Lupus.«

»Das ist eine schreckliche Krankheit.«

Eine ganze Weile saßen sie da und starrten auf den Fernseher, in dem ein lokaler Sender Werbung brachte. TRAKTORZIEHEN BEIM SAXON-COUNTY-MARKT. FEUERWEHRFEST MIT FASS-WETTKAMPF.

»Ich würde gerne mit dir beten«, sagte Reverend Wesley Peacock.

Und fügte hinzu: »Es muss sehr schwierig für dich sein.«

Er machte sich keine Vorstellung. Die Kekse und Kreuzworträtsel, die gurrenden Freiwilligen, die Crystals Haar glatt strichen und sie *ihr Schätzchen* nannten. Shelby war ein hungriges Kind, das gezwungen war, jemand anderem beim Schlemmen zuzuschauen.

Wie sie es ihn mit allen anderen Leuten hatte machen sehen, senkte er den Kopf und nahm ihre Hand.

Ihre Mutter schlief sonntagmorgens lang, und so war es ein Leichtes, sich in dem einen hübschen Kleid, aus dem sie noch nicht herausgewachsen war, aus der Wohnung zu schleichen. Vierzehn und noch im Wachstum, eine Spätentwicklerin; in ihren Bluejeans konnte Roxanne sie kaum noch gehen lassen. Shelbys alte Sachen wurden an Crystal weitervererbt, die sie nie tragen würde. Crystal, die die ihr verbleibenden Tage im kurzen Schlafanzug unter einer Häkeldecke auf dem Sofa verbringen würde.

An diesem ersten Sonntag entschied sich Shelby für einen unauffälligen Platz in einer mittleren Reihe. Die Kirche war voller Familien, voller Eltern und Kinder, die zusammen beteten. Sie schienen nicht genau zu wissen, was sie mit ihr anfangen sollten, einem jungen Mädchen, das allein dasaß.

Von der Kanzel sprach Pastor Wes sie direkt an. »Ich möchte all jene willkommen heißen, die neu in unserer Gemeinde sind. Wir freuen uns, dass ihr hier seid.«

Nach dem Gottesdienst hatte er im Vorraum für jeden ein Lächeln und ein persönliches Wort. Shelby betrachtete sie von Weitem, Pastor Wes und die Frau an seiner Seite. Seine Schwester, dachte Shelby zuerst. Sie hatte dasselbe glänzende schwarze Haar, die sanften braunen Augen.

Pastor Wes schien erfreut, sie zu sehen. »Jess, das ist Shelby, das Mädchen, von dem ich dir erzählt habe. Meine Frau, Jessie.«

Er war ein erwachsener Mann, ein Pfarrer mit seiner eigenen Kirche. Natürlich war er alt genug, eine Frau zu haben.

»Wir haben jetzt ein kleines geselliges Beisammensein«, sagte er zu Shelby. »Da kannst du ein paar von den anderen jungen Leuten kennenlernen.«

»Ich muss nach Hause«, stammelte sie. »Zu meiner Schwester.« Das stimmte nicht, nicht im Entferntesten: Crystal verbrachte den Tag mit Schlafen und Fernsehen, ob Shelby da war oder nicht. Doch Pastor Wes bedachte sie mit einem Blick von so ergreifender Güte, dass sie froh war, es gesagt zu haben.

»Crystal muss an die Dialyse«, erklärte er seiner Frau. »Shelby ist die ganze Zeit bei ihr. Eine hingebungsvollere Schwester hast du bestimmt noch nicht gesehen.«

Zu Hause wechselte Shelby ihre Kirchenkleider wieder gegen andere. Ihre Mutter, die immer noch schlief, hatte nicht einmal gemerkt, dass sie weg gewesen war. Sie zu täuschen kostete so wenig Mühe, dass Shelby es immer weiter hätte machen können, wäre da nicht die Begebenheit in der Apotheke gewesen.

Da nur ein Erwachsener Crystals Neuverordnungen unterschreiben konnte, gingen Shelby und Roxanne zusammen zu Rite Aid. Wie sie es – in Kaufhäusern, in der Bank, im Postamt – immer tat, zeigte Shelby auf das Schild RAUCHEN VERBOTEN.

Und wie sie es immer tat, zündete sich Roxanne eine Virginia Slim an.

Einen Augenblick später sah Shelby ihn. Sie gingen nebeneinander durch die automatischen Schiebetüren, Shelby und ihre Mutter durch den Ein-, Pastor Wes durch den Ausgang. Bei Shelbys Anblick grinste er und winkte.

»Wer ist das?«, fragte Roxanne.

Einen Moment lang standen sie unschlüssig auf der Schwelle, sodass ihr Gewicht auf der Gummimatte die Tür weit aufhielt. Schließlich gingen sie in den Laden, machten verlegen kehrt und kamen wieder heraus.

Im frisch gebügelten Hemd mit Krawatte unter der Strickjacke wartete Pastor Wes auf dem Gehweg auf sie. »Ist das deine Mutter, Shelby?«

»Wer will das wissen?«, sagte Roxanne – in abgeschnittenen Shorts, ohne BH, eine Zigarette im Mundwinkel.

Shelby machte einen unbeholfenen Versuch, die beiden einander vorzustellen. Roxanne nahm einen letzten Zug von ihrer Zigarette und zerdrückte sie dann unter ihrem Absatz.

»Ich mag ihn nicht«, sagte sie später, als sie am Apothekentresen warteten, zu Shelby. »Er sieht aus wie ein Prediger.«

»Er *ist* ein Prediger.«

»Er ist ein erwachsener Mann. Was will er von dir?«

»Er bringt mir das Bibellesen bei.«

Diese Erklärung schien Roxanne zu enttäuschen. Zu spät wünschte sich Shelby, sie hätte sich eine bessere Story ausgedacht.

»Er hilft mir bei den Hausaufgaben. Meinem Colonel-Drake-Referat. Aber er hat sowieso eine Frau.«

»Sie haben alle Frauen.«

Danach brauchte sie nicht mehr zu schleichen, auch wenn Roxanne sie hin und wieder aufzog: *Triffst du dich wieder mit deinem Schätzchen?* Als er jedoch einige Monate später seine Kirche für Crystals Beerdigung anbot, änderte Roxanne den Ton und erklärte ihn für *ungefährlich* – als wäre das eine persönliche Schwäche, ein bleibender Charakterfehler.

Musste ein Mann gefährlich sein? Abgesehen von dem stillen Buzz Wenturine kannte Shelby keine Männer. Ihr ganzes Leben hatte sie in einer Zweizimmerwohnung verbracht, in der man bei offener Tür duschen konnte, es spielte keine Rolle, sie waren ja alle Mädchen.

Sogar Roxanne musste zugeben, dass der Gottesdienst wunderschön war. Pastor Wes' Trauerrede war voller persönlicher Anekdoten, so als hätte er Crystal ihr ganzes Leben über gekannt. Dabei war er ihr nie begegnet. Er erinnerte sich einfach an das, was Shelby ihm erzählt hatte.

Buzz Wenturine hinterließ manchmal blaue Flecken an ihrer Mutter.

Pastor Wes erinnerte sich an alles, was Shelby ihm erzählte, und hatte nie einen blauen Fleck an irgendjemandem hinterlassen. Das wusste sie ohne jeden Zweifel.

Natürlich war er Crystal nie begegnet. Shelbys Schwester war Fremden gegenüber ausgesprochen ängstlich und schüchtern. Durch die Behandlungen war sie zu schwach für Besuch Diese und andere Entschuldigungen nahm Pastor Wes fraglos hin und gehörte weiterhin Shelby allein.

Gelbe Nelken, eine Allzweckblume. Sie legt die Blumen auf sein Grab.

2.

Es gibt keine Zufälle. Nichts geschieht ohne Grund. Solche Gemeinplätze gibt Richs Frau andauernd von sich. *Schwachsinn*, sagt er zu ihr, wünschte allerdings, er hätte unrecht. Hat er ja vielleicht auch: Als er nämlich eines Nachmittags aus dem Vorratsraum im Commercial kommt, entdeckt er Bobby Frame, der allein in einer Ecknische sitzt und eine SMS in sein Handy tippt.

»Hey«, ruft Rich.

Erschrocken blickt Frame auf. Vor ihm stehen die Überreste seines Mittagessens, leere Salzcracker-Verpackungen, eine zerknüllte Papierserviette, eine halb aufgegessene Essiggurke.

»Sie erinnern sich nicht mehr an mich, stimmt's? Rich Devlin. Sie waren in meinem Haus. Ich habe einen Gaspachtvertrag unterzeichnet.«

»Klar erinnere ich mich«, sagt er glatt. »Schön, Sie zu sehen.«

Rich ignoriert die höfliche Floskel. »Ich würde verstehen, wenn Sie es nicht täten. Im August vor einem Jahr. Bald zwei.«

»Das könnte stimmen.« Frame lächelt freundlich, doch in seinen Augen liegt Panik, als wäre er von einem Verrückten angesprochen worden. Wurde er ja in gewisser Weise auch.

»Ich bin überrascht, Sie hier zu sehen«, sagt Rich. »Ich dachte, Sie wären längst weg.«

»War ich auch. Ich bin zurückgekommen, um in einer Gerichtsverhandlung auszusagen. Nichts Großartiges, vergessen Sie's«, fügt Frame hastig hinzu. Mit Bedauern betrachtet er die Essiggurke, dann klappt er seine Brieftasche auf und legt einen Geldschein auf den Tisch. »Machen Sie's gut, Mr. Devlin. Und grüßen Sie Ihre Frau von mir.«

»Langsam, warten Sie mal.« Fast hätte Rich die Hände gegen den Mann erhoben – nicht, um ihn zu verletzen, sondern um ihn am Weggehen zu hindern. Er hat Mühe, sich zu artikulieren. »Wegen meinem Pachtvertrag. Wieso der Stillstand? Bei meinem Nachbarn Wally Fetterson wurde schon vor einem Jahr gebohrt.«

»Setzen Sie sich, Mr. Devlin. Das dauert einen Moment.« Frame streckt die Hand zum Nachbartisch aus und holt sich eine frische Serviette. »Sie haben, na was, sechzig Morgen, wenn ich mich recht entsinne?«

Er zieht einen Stift aus seiner Brusttasche und skizziert grob eine Landkarte. »Das sind also Sie.« Er zeichnet ein Quadrat, das er mit dem Buchstaben *D* markiert. »Und das, südlich davon, ist Ihr Nachbar, Mr. Neugebauer. Mr. Kipler liegt ein ganzes Stück weiter im Westen. Sie haben alle drei Pachtverträge unterschrieben, was sehr erfreulich ist. Was wir nun gerne machen würden – was wir machen müssen – ist, Sie alle vom selben Bohrplatz aus erschließen.«

»Okay«, sagt Rich.

»Allerdings haben wir ein Problem.« Frame zeichnet ein weiteres Quadrat, das er kreuzweise schraffiert. »Das hier ist Friend-Lea Acres. Im Besitz Ihrer Nachbarn, der Mackeys. Deren Hof liegt mitten in dem Bereich, wo wir diesen Bohrplatz einrichten müssten. Und die Mackeys weigern sich zu unterschreiben.«

Das ist die große, ernüchternde Lektion in Richs Erwachsenenleben: Nichts, aber auch gar nichts ist einfach. »Versteh ich nicht. Können Sie den Bohrplatz nicht einfach auf meinem Land einrichten?«

»Das würde ich ja gerne, Mr. Devlin. Nichts lieber als das. Für lediglich sechzig Morgen ist es aber nicht rentabel. Mr. Kipler hier drüben« – er zeichnet ein langes Rechteck – »hat vierhundert Morgen. Wenn es unbedingt sein müsste, könnten wir einen Bohrturm nur für ihn aufstellen. Die kleineren Grundstücke dagegen – Ihres und Mr. Neugebauers – müssen wir irgendwie bündeln.« Er zeichnet noch ein Quadrat an den Rand der Serviette. »Das hier ist Ihr Nachbar, Mr. Krug. Wenn wir ihn an Bord bekommen könnten – Devlin, Neugebauer und Krug –, wäre das ein ordentliches Stück. Das könnte sich für uns lohnen.«

Rich ist plötzlich müde. Es passt genau – ist so typisch für ihn –, dass der Deal von Cob Krug abhängt, bekanntermaßen ein Spinner, ein wütender Sonderling, der kleine Kinder erschreckt, ein notorischer Einsiedler und Hamsterer. Ein Mann mit komplizierten Ansichten, paranoiden Theorien, die in *Open Mike*, der Anruf-Sendung im Lokalsender, vieler Erklärungen bedürfen. Cob ist die Art von Exzentriker, die mit dem Alter noch seltsamer wird, und alt ist er, solange Rich sich erinnern kann.

Ausgerechnet Cob Krug hat den Schlüssel für seine Zukunft.

»Lassen Sie mich raten. Cob hat nicht unterschrieben.«

»Hat Nein gesagt und es auch so gemeint. Hätte mir um ein Haar den Schädel weggepustet. Ich bezweifle, dass er je seine Meinung ändert.«

»Womit nur noch die Mackeys übrig bleiben.« Mack und Rena – die lesbischen Milchfarmerinnen, die Friend-Lea Acres betreiben – sind lokale Berühmtheiten, obwohl sie in der Stadt eigentlich niemand kennt. Als ländliche Nachbarinnen sieht Rich sie nur von Weitem, wenn sie in ihrem verbeulten Pick-up die Number Nine Road entlangdüsen. Alles, was er über sie weiß, sind die örtlichen Gerüchte.

»Bingo. Und sie sind – tja, ich habe nur die eine kennengelernt. Sie ist eine ziemlich starrköpfige Dame. Glauben Sie mir, ich hab's versucht.« Bobby steht auf. »Sie sind nicht der Einzige, wenn Sie das tröstet. Ihre Nachbarn sitzen alle im selben Boot.«

»Ich kann also gar nichts tun?« Die Ungerechtigkeit macht ihn fassungslos: Seine ganze Zukunft – die Zukunft seiner Kinder – ausgewischt von der Laune einer Nachbarin.

Bobby Frame betrachtet ihn mitleidig. »Hören Sie, ich verstehe Sie. Wenn ich in Ihrer Haut steckte, wäre ich auch genervt.« Er klopft Rich auf die Schulter. »Wissen Sie, was ich machen würde? Zu den Mackeys gehen und mit ihnen reden. Ich habe mein Bestes getan, aber ich bin nur ein Typ aus Texas. Wenn es von Ihnen kommt, wird es mehr Gewicht haben.«

Bis zu den Knöcheln im kalten Wasser, schlämmt Mack gerade den Bach, als der Pick-up unten in ihre Zufahrt einbiegt. Es ist ein alter Chevy mit runden Scheinwerfern und einem breiten lächelnden Kühlergrill, wie das Gesicht eines freundlichen Hundes. Am Steuer sitzt ihr Nachbar Carl Neugebauer. Neben ihm ein junger Mann, den sie zuerst nicht erkennt: Hank Beckers Enkel, ihr Nachbar im Süden.

Die drei sitzen auf der Veranda und trinken kaltes Bier aus der Dose. Mack ist barfuß, ihre Stiefel stehen auf der Steintreppe am Hauseingang, wo sie in der Sonne trocknen. Sie ist froh über das Bier, die Gesellschaft, das einfache animalische Vergnügen trockener Füße. Der Nachmittag ist heiß und still.

Carl Neugebauer ist gealtert, seine faltige Kehle ähnelt dem Hautlappen eines Truthahns. Er ist näher an achtzig als an siebzig. Mack hat ihn zwei Jahre lang nicht gesehen. Bis auf seltene Abstecher in die Stadt – Amway, Friseur, Haushalts- und Eisenwarengeschäft – ist sie ein häuslicher Mensch, freut sich aber immer, wenn sie zufällig einem Nachbarn aus ihren Kindertagen begegnet, jener schwindenden Gruppe von Oldies, die ihren Pop noch kannten. Sie war immer lieber in Gesellschaft von Männern.

Carl nimmt ein Döschen Schnupftabak aus der Tasche und bietet ihr eine Prise an. »Wie geht's dir denn so, Susan? Ich seh dich nie in der Stadt.«

Das ist ein Name, mit dem niemand sie anspricht, ein Name, den sie immer gehasst hat. Aber Carl war einer von Pops Freunden. Er darf sie nennen, wie er will.

Hanks Enkel heißt Devlin. Das hat Mack auf seinem Briefkasten gesehen.

»Viel zu tun«, sagt sie. »Heute war den ganzen Vormittag der Tierarzt da. Schon zum zweiten Mal diese Woche.«

Das ist alles, was jeder von ihnen an Small Talk zustande bringt. Nachdem also die Höflichkeiten ausgetauscht sind, kommt Carl direkt auf den Punkt. »Wegen dieser Bohrgeschichte hast du doch sicher eine Entscheidung getroffen.«

»So gut wie.« Mack holt den Spucknapf unter ihrem Stuhl hervor und stellt ihn, gleich weit von ihnen beiden entfernt, auf den Tisch. Devlin kaut nicht, stellt sie fest.

Carl nickt mit ernster Miene. »Ich frage mich, was dein Pop dazu sagen würde. Er war nicht gerade ein Geschäftsmann, aber so viel Geld hätte er bestimmt nicht auf dem Tisch liegen lassen.«

Stellvertretend für Pop gekränkt, zuckt Mack zusammen. Und doch weiß sie, dass es stimmt: Er hat ihr Friend-Lea Acres in einer heiklen finanziellen Lage hinterlassen. Hätte er fünf Jahre länger gelebt, hätte er den Hof an die Wand gefahren.

»Sie zahlen dir fünfzehn Prozent, solange der Brunnen produziert«, sagt Carl. »Wenn man es schlau anstellt, auch mehr. Ich vermute, Wally Fetterson hat schon eine Million verdient. Eine Million Dollar, ohne einen Finger zu krümmen.«

Für Mack ist die Summe unvorstellbar. Gegen so viel Geld lässt sich nichts sagen – obwohl Rena es versuchen würde, wenn sie da wäre.

»Wir verlangen von niemandem, unserer Meinung zu sein«, sagt sie. »Haben wir nie getan.«

»Das ist wohl wahr«, sagt Carl.

Gut, dass Rena nicht da ist. Selbst wenn sie (was unwahrscheinlich ist) den Mund halten könnte, würde allein ihre Anwesenheit Mack Unbehagen bereiten. In Gegenwart von Nachbarn Seite an Seite in ihrer Hollywoodschaukel zu sitzen würde zu viel von ihnen preisgeben.

»Scheint, als wärt ihr diejenigen, die versuchen, *uns* zu etwas zu überreden.« Mack greift nach dem Spucknapf. »Wir wollen dasselbe wie alle anderen auch. Unseren Hof in Ruhe bewirtschaften.«

Darüber scheint Carl nachzudenken.

»Ihr Mädels führt hier einen sauberen Betrieb. Das respektiere ich. Und wenn ihr euch eine Gelegenheit entgehen lassen wollt, ist das wohl eure Sache. Wenn ihr aber anfangt, mir Geld aus der Tasche zu ziehen, hab ich auch ein Wörtchen mitzureden.« Mit Bedacht spuckt er aus. »Euer Land liegt mitten in dem Gebiet, wo sie die Bohrungen durchführen müssen. Ich kriege Gasbrunnen, Richard hier kriegt welche. Sogar Jim Norton mit dem kleinen Stück, das er hat, kriegt Brunnen. Solange ihr aber dieses Papier nicht unterzeichnet, sieht keiner von uns einen einzigen Dollar.«

Mack blickt gen Himmel. Die Sonne geht unter, das unverkennbare, schräg einfallende Sonnenlicht des späten Nachmittags. Jeden Moment kommt Rena nach Hause, in ihrer Montagslaune. Montagabends ist alles möglich, Rena weinerlich, wütend oder grüblerisch, nach ihrem Besuch im Gefängnis, dieser quälenden Stunde, die sie mit ihrem Sohn verbringt.

Mack schlüpft in ihre Stiefel, die innen warm sind, und steht auf. »Tja, ich sollte mal weitermachen. Danke fürs Vorbeikommen.«

Sie bringt die Männer zu ihrem Pick-up. Devlin, der nicht ein Wort gesagt hat, schüttelt ihr die Hand.

»Denkst du denn wenigstens drüber nach?«, sagt Carl.

»Klar«, sagt Mack. »Klar tu ich das.«

Der alte Pick-up wirbelt Staub auf, als er die Zufahrt entlangholpert.

In der Woche vor dem Zwischenfall gab es Warnungen. Nichts so Dramatisches wie eine lodernde Tüte mit Scheiße auf ihrer Eingangsstufe, aber deutliche Zeichen, dass etwas nicht stimmte. Das erklärt Rena Chief Carnicella, dem Ortspolizisten. Sie sitzen im Polizeirevier, einem quadratischen, holzverschalten Raum im Untergeschoss von Saxon Savings and Loan, gerade groß genug für einen Schreibtisch und zwei Stühle.

»Zeichen.« Der Beamte kritzelt auf einem gelben Notizblock herum. Seine Wurstfinger umklammern den Stift wie einen Hammer oder Schraubenzieher. Aufgeschrieben hat er bis jetzt nichts. »Was für Zeichen?« Wie an lebensgroßen Puppen demonstriert ihre Kleidung, wer sie sind und was sie tun. Seine dunkelblaue Hose und das Uniformhemd, das zwischen den Knöpfen aufklafft. Ihr sackartiger Kittel und die ausgeblichene, frisch gewaschene OP-Hose, eine leere Leinwand für alles, was die Notaufnahme für sie bereithält – Blut, Urin, Erbrochenes, Tränen.

Chief Carnicella hört stirnrunzelnd zu. Seine Haare beziehungsweise die Überbleibsel davon sind dunkler, als sie sein dürften, ziemlich lang und strähnig, über die kahle Stelle auf seinem Kopf gekämmt und dort angeklatscht. Auf der Highschool war er ein Ringer-Star, einer von denen, die älter wirkten als alle anderen – wie so viele der jungen Italiener das Opfer einer aufsehenerregend frühen Pubertät. Auf dem Mannschaftsfoto im Jahrbuch ist er der einzige Neuntklässler mit Brusthaaren. Zum Schulabschluss hatte er Geheimratsecken und Bartstoppeln wie anderer Leute Väter.

Hinter Rena schnappt die Tür auf. Die Sekretärin steckt den Kopf herein. »Ich mache Mittag, Chief. Soll ich was mitbringen?«

Chief. Ganz Bakerton nennt ihn so, ohne jede Ironie. Dabei ist er das Polizeirevier, sein einziger Angestellter. Niemand außer Rena scheint das komisch zu finden.

»Nee, nicht nötig. Entschuldigen Sie«, sagt der Polizist zu Rena. »Fahren Sie fort.«

Das erste Zeichen kam letzten Montag, der Besuch der Nachbarn. »Sie waren höflich«, sagt Rena, »aber glücklich waren sie nicht. ›Solange ihr dieses Papier nicht unterzeichnet, sieht keiner von uns einen einzigen Dollar.‹ Das hat er wörtlich gesagt.«

Der Beamte runzelt die Stirn. »Trifft das zu?«

Rena nickt.

»Klingt irgendwie nicht richtig.«

»Darum geht es gar nicht.« Sie sieht schon, dass das Gespräch nirgendwohin führt, was nicht weiter erstaunt. Anzeige bei der Polizei zu erstatten war Macks Idee, Mack, die an Recht und Ordnung glaubt. Rena dagegen hat kein Vertrauen zur Polizei.

Der zweite Vorfall ereignete sich vergangenen Dienstag. Spät dran für ihre Schicht im Krankenhaus, war sie die Zufahrt schon zur Hälfte rückwärts hinuntergerollt, als ihr auffiel, dass ihre Vorderreifen zerstochen waren.

Endlich schreibt der Polizist etwas auf. »Wie hoch war der Gesamtschaden am Auto? Ich würde mal sagen zweihundert pro Reifen.«

»Sicher. Was weiß ich«, sagt Rena.

Der dritte Vorfall war das Feuer auf ihrer Eingangsstufe. Mack hatte es unter Fluchen ausgetreten und zu spät gemerkt, was in der lodernden Tüte war. Es konnte von der Kuh eines Nachbarn stammen oder sogar von einer ihrer eigenen. Ein Fremder konnte über ihren Zaun geklettert sein und eine Tüte damit gefüllt haben. In diesem Teil von Saxon County gibt es ein halbes Dutzend Milchbetriebe. Kuhdung ist also im Überfluss vorhanden.

»Das ist Schikane«, sagt Rena.

Der Polizist wirkt unbeeindruckt. »Sie sagen, dass da eine Verbindung besteht. Immer derselbe Täter.«

»Na ja, nein. Es könnten verschiedene Personen sein. Aber sie schicken alle dieselbe Botschaft.«

»Nämlich?«

»Habe ich doch schon erklärt. Sie wollen, dass wir den Pachtvertrag unterschreiben.« Plötzlich verspürt sie den starken Drang, ihm die gegelten Haare zu zerzausen. »Ich meine, was könnte es denn sonst sein?«

»Aus polizeilicher Sicht bin ich persönlich der Meinung, dass sich da ein paar gelangweilte Jugendliche einen Scherz erlauben.« Er macht eine bedeutungsschwere Pause. »Wie geht's Ihrem Jungen?«

»Gut.«

»Behandeln sie ihn gut da oben?«

»Ja.«

Dann herrscht Schweigen. Schließlich steht der Polizeibeamte auf.

»Tut mir leid, Rena. Ich wünschte, ich könnte Ihnen helfen. Über das Auto kann ich einen Bericht abfassen. Aus jetziger Sicht scheint es sich aber um ein paar unzusammenhängende Fälle von Vandalismus zu handeln. Nichts, wobei ich Ihnen groß helfen könnte.«

Also gut. Du hast eine Position bezogen, die nicht beliebt war. Keine neue Situation, erinnerten sich Mack und Rena gegenseitig.

Als könnten sie das vergessen.

Sie leben auf dem Hof wie auf einer Insel. In regelmäßigen Abständen rudert eine von ihnen – normalerweise Rena – zum Einkaufen an Land. Auf dem Hof ist Mack diejenige, die wirklich unabkömmlich ist. Renas wertvollster Beitrag geschieht woanders. Es ist Rena, die das regelmäßige Gehalt nach Hause bringt, die wieder einmal eine Vollzeitstelle im Miners' Hospital hat. Was es erforderlich macht, dass sie an fünf Tagen die Woche an Land rudert.

Fünf Tage ist eine neuere Entwicklung. Bis letzten Sommer hatte sie Teilzeit gearbeitet. Bis dahin waren sie, gerade so, mit ihrem kleineren Gehalt zurechtgekommen. Im Oktober verdoppelten sich dann ihre Heizkosten.

»*Verdoppelt?* Wie ist das möglich?« Trotz jahrelanger Routine wird Mack von schlechten Neuigkeiten immer überrascht. Rena ist nie überrascht. Sie ist es, die sich Monat für Monat mit den trostlosen Zahlen herumschlägt und am Ende einer unhaltbaren Gleichung gegenübersteht: der volatile Milchmarkt auf der einen, die hundert kleinen und größeren Ausgaben, die sich ständig verändern, auf der anderen Seite.

»So können wir nicht weitermachen«, sagte sie immer und immer wieder, bis Mack es endlich wahrnahm. »Ich muss auf Vollzeit gehen. Das macht mir nichts aus.« Was nur zur Hälfte stimmte. Das Krankenhaus machte ihr etwas aus, schrecklich viel sogar; Vollzeit würde aber nicht schlimmer sein, als es Teilzeit gewesen war. Jetzt ist sie eine Springerin, die immer auf der Station arbeitet, die gerade unterbesetzt ist: der Chirurgischen, der Inneren, der Notaufnahme. Die zweite Schicht – 15 Uhr bis 23 Uhr – hält ihr die Vormittage frei, sodass sie Mack beim Melken helfen kann. Wenn sie dann zum Krankenhaus fährt, sind die täglichen Pflichten erledigt.

Ihren freien Tag gestern hat Rena in Pittsburgh verbracht. Ihr erster Halt war Verdant, wo sie sich mit Natalie Lavender in deren Büro über dem Restaurant traf – einem luftigen, sonnendurchfluteten Raum mit hellem Holzboden und voller Grünpflanzen. Herrliche Düfte waberten durch die Bodendielen herauf: Speck, glasierte Zwiebeln. Eine kühle Brise wehte durch die offenen Fenster, das Summen städtischen Verkehrs.

»Tut mir leid, Rena. Nehmen Sie's nicht persönlich. Friend-Lea erzeugt ein wunderbares Produkt.«

Natalie hatte etwas von einer alternden Filmschauspielerin: groß, schlank, die Haare von einem Silberblond, das man in der Natur nicht fand. Rena studierte ihr Gesicht in doppelter Ausführung. Die reale Natalie an ihrem makellosen Schreibtisch, besonnen und gefasst in einem blassen Leinenkleid; und an der Wand hinter ihr, auf dem Titelblatt einer der jüngsten Ausgaben der Zeitschrift *Three Rivers*, Natalie in ihrer weißen Köchinnen-Jacke unter einer fett gedruckten Schlagzeile: VOM FELD AUF DEN TISCH *STARKÖCHIN BRINGT ESSEN AUS REGIONALEN PRODUKTEN IN DIE STADT.*

»Haben wir irgendwas falsch gemacht?« Wie immer in Natalies Gegenwart fühlte sie sich ungepflegt, eine Bäuerin ohne jeden Schick, in abgetragenen Sandalen und einem selbst genähten Baumwollhemd, bei dem das Blumenmuster an den Nähten nicht zusammenpasste.

»Unsere Gäste lesen Zeitung. Sie wissen, was in eurem Teil der Welt vor sich geht.« Natalie sprach mit australischem oder neuseeländischem Akzent; Rena vergaß immer wieder, welcher es war.

»Verstehe ich nicht.« Bei Tagesanbruch aufgestanden, um beim Melken zu helfen; dann wie betäubt durch stundenlanges Fahren auf der Schnellstraße, ganz durcheinander von der Parkplatzsuche, mit einem flauen Gefühl im Magen von dem starken Kaffee, den Natalies Assistentin ihr serviert hatte. In Bestform war Rena nicht gerade.

»Was die Herkunft seiner Ausgangsprodukte angeht, legt Verdant größten Wert auf Transparenz.« Natalie reichte ihr ein Blatt Papier. »Das ist die Abendkarte von heute.«

Rena las laut vor. »*Angusfilet mit Micro-Gemüse aus lokaler Erzeugung, 30. Grasgefüttertes Rind: Diamond Farms, Lorain County, Ohio.* Das ist ja eine Menge Information.«

»Unsere Gäste wollen ganz genau wissen, was sie essen und woher es kommt.«

Rena überflog die Seite. Ein Punkt auf der Dessertkarte sprang ihr ins Auge. »*Profiteroles mit Beeren der Saison, 10. Potter-County-Erdbeeren: Hillsdale Farm, Eastfield, PA. Saxon-County-Sahne: Friend-Lea-Milchfarm, Bakerton, PA.* Was sind Profitrollen?«

»Sahnewindbeutel«, sagte Natalie.

»Wer kann denn zehn davon essen?«

»Nein, das ist der Preis. Zehn Dollar.«

»Für Sahnewindbeutel.«

»Für Pittsburgh ist das ein gewagter Preis, aber unsere Gäste sind bereit, ihn zu zahlen.« Ein entschuldigendes Lächeln. »Und genau das ist Teil des Problems. Wenn sie zweihundert Dollar für ein Abendessen ausgeben, fühlen sie sich berechtigt, dem Bauern ein paar Fragen zu stellen. Wie zum Beispiel, woher sein Wasser kommt.«

Renas Gesicht wurde heiß – in den letzten Monaten ein regelmäßig wiederkehrendes Phänomen, das durch Stress nur noch schlimmer wurde. »Wir haben einen Brunnen.«

»Aus Grundwasser gespeist. Das sich unter Ihrem Hof und allen umliegenden Grundstücken befindet.« Natalie machte eine bedeutungsvolle Pause. »Wie viele Ihrer Nachbarn haben einen Gaspachtvertrag unterzeichnet?«

»Ein paar.«

»Ja. Und können Sie garantieren, dass keine dieser Chemikalien in das Wasser sickert, das Ihre Tiere trinken?«

»Gut, aber was können wir machen? Sollten wir das Wasser testen lassen?«

»Ich an Ihrer Stelle würde es tun. Und trotzdem.« Natalie

drehte die Innenseite ihrer hübschen Hände nach oben. »*Mein* Problem wäre damit nicht gelöst. Wenn Gäste Saxon County auf der Karte lesen, denken sie an Fracking. Sicher nicht alle. Aber diejenigen, die es tun, lassen sich lautstark darüber aus. Und ich weiß nicht mal, ob sie unrecht haben.«

»Unser Land ist sauber.« Die Röte breitete sich über Renas Brust aus, über ihre Kehle. »Seit zwei Jahren klopfen die Gas-Typen nun schon bei uns an. Ich kann Ihnen gar nicht sagen, wie viele. Ich lasse sie nicht mal ins Haus kommen.«

»Aber Ihre Nachbarn schon.«

Dagegen konnte sie nichts einwenden.

»Tut mir leid, Rena. Friend-Lea-Milch ist die beste weit und breit. Einen Ersatz zu finden war ganz schön schwierig.« Natalie streckte ihr die Hand hin. »Viel Glück.«

Rena verließ das Restaurant durch die Hintertür, wobei sie die mitleidigen Blicke des Küchenpersonals auf sich spürte oder zu spüren glaubte. Sie fuhr um den Block auf den Parkplatz eines kleinen Gemischtwarenladens und wählte Macks Mobilnummer. Das Handy lag in einem Korb auf dem Küchentisch, einem Sammelplatz für Macks persönlichen Kram: Schnupftabakdosen, verschwitzte Halstücher, gelegentlich auch eine Dose Melkfett. Rena stellte sich vor, wie es in dem leeren Haus klingelte.

»Verdant hat uns fallen lassen«, erzählte sie der Mailbox. »Erkläre ich später. Ist ein bisschen kompliziert.«

Was nützte einem ein Handy, wenn man es nie bei sich hatte?

Irgendwo hinter ihr ging eine Autoalarmanlage an.

Die Idee, auf Bio umzustellen, hatte sich ganz allein Rena ausgedacht. Solange Macks Vater noch am Leben war, wäre so etwas undenkbar gewesen: Pete hatte von allen Dingen starre Vorstellungen, und Mack, die ihn vergötterte, hatte seine blinden Flecken geerbt. Bis zu seinem Tod und noch lange Zeit darüber hinaus betrachtete sie jede Art von Veränderung als Verrat an seinem Andenken. *Du willst* was *machen?*

Bio, sagte Rena mit einem Gefühl der Verwegenheit. Sie selbst kam gar nicht aus der Landwirtschaft. Als Tochter eines Bergmanns hatte sie ihre Kindheit in einem Hinterhof von der Größe eines Sandkastens verbracht, hinter einem einfachen Holzhaus auf dem Polenhügel. Als junger Mensch hatte sie sich eine vollkommen andere Zukunft ausgemalt – ein großstädtisches Leben, wie das der Leute im Fernsehen.

Das änderte sich wie alles andere, als sie sich in Mack verliebte.

Wie andere Paare teilten sie die Alltagspflichten nach ihren Fähigkeiten und Interessen auf. Macks Abneigung gegen alles Geschäftliche – eine Gleichgültigkeit, die an Feindschaft grenzte – hatte zur Folge, dass es Rena war, die *Landwirtschaft aktuell* und *Der Milchbauer* und *Weidegang* las; die die Anträge auf staatliche Ausgleichszahlungen für Milcherzeuger stellte; die Buch führte, Geldeingang, Geldausgang. Was ihr in diesem speziellen Streit einen deutlichen Vorteil verschaffte. Während Mack sich wie ein zappeliger Schuljunge wand, ließ Rena harte Zahlen für die Bio-Landwirtschaft sprechen: den höheren Grundpreis für Milch, die niedrigeren Betriebskosten des Rotationsweidegangs, die Einsparungen bei Fracht- und Tierarztkosten.

Damit hatte sie nicht unrecht. Neun Jahre lang hatte ihr Plan funktioniert. Und Mack zufolge sogar mehr als das: Er hatte dafür gesorgt, dass die Landwirtschaft wieder Spaß machte. Ihre Entscheidungen wurden nicht mehr von Futter- und Düngemittelvertretern getroffen. Zu Petes Holstein-Kreuzungen nahm Mack reinrassige Jerseys und Jerseys aus Kreuzungszucht hinzu. Um ihre Grünfutterfläche zu erweitern, pachteten sie noch zusätzlich Land von Peachy Rouse. Innerhalb von drei Jahren war Friend-Lea Acres bio-zertifiziert. Ihr Erzeugerpreis stieg nahezu auf das Doppelte. Es gab kein Zurück, so schien es jedenfalls.

Rena fuhr, ganz in Gedanken. Verdant war eine große Nummer für sie gewesen. Völlig ohne eigenes Zutun hatten sie es als Kunden gewonnen, hatten nicht einmal von dem Restaurant gehört, bis Natalie Lavender *zu ihnen* kam. Im Village Greengrocer, einem kleinen Naturkostladen im Viertel, hatte sie Friend-Lea-Milch gekauft und war es irgendwann leid gewesen, die Handelsspanne mitzubezahlen. Außerdem war sie noch an anderen Erzeugnissen interessiert: Schlagsahne, Sauerrahm. Als sie auf dem Hof anrief – damals hatten sie noch keine eigene Nummer fürs Geschäft – war Mack skeptisch; Rena dagegen sah eine seltene Gelegenheit. Wenn sich Natalie Lavender – Autorin eines beliebten Kochbuchs und häufiger Gast in TV-Kochshows – für Sahne und Milch von Friend-Lea entschied, würden andere Restaurants folgen. Im Übrigen, sagte Rena zu Mack, lieferten sie ja bereits nach Pittsburgh. Ein weiterer Halt bei Verdant würde sie nichts kosten.

Und genau wie sie vorhergesagt hatte, folgten weitere Kunden: ein Feinkostgeschäft mit Imbiss, eine Konditorei; ein neues französisches Restaurant, wahnsinnig beliebt, sodass sämtliche Tische bis Weihnachten ausgebucht waren. Zweihundert Liter die Woche, dreihundert. Wie lange würde es dauern, bis diese Kunden ebenfalls abgeschreckt sein würden?

Wie vieles andere brachte auch dieser Gedanke Rena ins Schwitzen. Sie fummelte an der Klimaanlage des Pick-ups herum, deren Kältemittel mal wieder aufgefüllt werden musste. Das Gebläse erzeugte einen schwachen lauwarmen Luftstrom. In der Gastronomie war Reputation das A und O. Ob ihre anderen Kunden wussten, dass Friend-Lea Acres von Gasbohrungen umgeben war? Was genau erzählten sich die Leute?

Ronny Zimmermann würde es wissen.

Sein Geschäft, der Village Greengrocer, war ihr erster Kunde in Pittsburgh gewesen. Damals hatte Rena ihm seine Milch höchstpersönlich geliefert, in Kühlboxen auf dem Rücksitz ihres Kombis. Von all ihren Kunden war er der Einzige, den sie einen Freund nennen würde.

Sie bugsierte ihr Auto auf den winzigen Parkplatz hinter dem Laden und ging durch die Hintertür hinein. Drinnen suchte ein einzelner Kunde die Regale mit Nahrungsergängzungsmitteln und Homöopathika, Tees, getrockneten Kräutern und seltsam riechenden Seifen ab. Ein kleines Kühlregal war mit Friend-Lea-Milch und -Joghurt bestückt. Trotz seines Namens verkaufte der Laden ansonsten keine richtigen Lebensmittel.

Sie traf Ronny über eine Zeitung gebeugt an der Kasse an, in einem alten Konzert-T-Shirt und den für ihn typischen Regenbogenhosenträgern – haargenau so gekleidet wie 1978, womöglich sogar in denselben Klamotten. Der Laden war ebenso veränderungsresistent wie sein Besitzer: die Nag-Champa-Räucherstäbchen, die er zum Überdecken des Haschischgeruchs verbrannte; die Wände voll mit selbst gestalteten Flugblättern, auf denen für Gitarrenstunden, veganes Abendessen in der Gruppe, Hebammen für Hausgeburten geworben wurde. Verblasste tibetische Gebetsfahnen ließen diesen Raum so marode erscheinen wie den Hof eines Gebrauchtwarenhändlers nach Geschäftsaufgabe.

Ronny blickte von seiner Zeitung auf. »Rena! Was führt dich in mein bescheidenes Reich?«

»Ich hatte einen Termin in der Stadt. Ich muss mit dir reden.«

»Du siehst aus, als könntest du eine erleuchtende Aufmunterung gebrauchen.« Er griff unter den Tresen nach seinem Zigarettenpapier. In dem Moment ging die Tür auf. »Hey!«, rief er über Renas Schulter hinweg. »Rena, kennst du schon meinen Kumpel Lorne?«

Sie drehte sich um.

Der Mann war in ihrem Alter, schlank und drahtig, mit seinen langen Haaren irgendwie gut aussehend. Er hatte einen Stapel grünes Papier in der Hand. Später würde sie versuchen, diesen Moment, als sie ihn zum ersten Mal sah, noch einmal nachzuvollziehen – die dunklen wachsamen Augen, die lässige Anmut seines Gangs. Zuerst bemerkte sie nichts davon; sie ärgerte sich einfach nur über die Störung. Ronnys Hippie-Freunde konnten sich stundenlang über Lokalpolitik, die schädlichen Folgen von künstlichen Süßstoffen, die Nährstoffarmut von Schulspeisungen unterhalten, Tiraden, die ineinanderflossen, während der Joint herumging.

»Lorne Trexler«, sagte er und streckte ihr die Hand hin.

»Rena ist meine Farmer-Freundin. Die Dame von der Friend-Lea-Milchfarm. Zeig mal her!« Ronny schnappte sich eins der grünen Blätter von Lornes Stapel. »Hey, nicht schlecht! ›FRACK

LASS NACH – SCHLUSS MIT FRACKING IN PENNSYLVANIA.‹ Hab ich mir auch schon ausgedacht. Schlau, was?«

»Du bist ein Genie, Ronny.« Trexler gab Rena einen Flyer. »Entschuldigen Sie die Störung. Aber als Grundbesitzerin interessiert Sie das vielleicht.«

Sagt dem Gouverneur, dass es uns reicht!, las sie. *Gaskonzerne raus aus* UNSEREM GARTEN*!*

»Nächsten Monat findet in Harrisburg eine Demo statt«, sagte Trexler. »Wenn sich genug Leute melden, mieten wir einen Bus. Sind Sie dabei?«

»Nein. Vielleicht. Ich hab nicht viel Ahnung davon.« Mit einem von Macks Halstüchern, das sie zu diesem Zweck in ihrer Handtasche versteckt hatte, tupfte sie sich die Stirn.

»Du hast Glück, Rena. Lorne ist ein Experte. Vielleicht die größte lebende Autorität in Sachen Fracking, Wasserverschmutzung, die ganze Scheiße.«

»Du übertreibst.« Trexler lächelte entwaffnend. »Ich bin nur Geologe. Und so etwas wie ein Community-Organizer, was aber eher eine neuere Entwicklung ist. Wo liegt Ihr Hof?«

»Saxon County.«

Er betrachtete sie mit neuem Interesse. »Jede Menge Bohrungen da oben, und es wird noch schlimmer. Der halbe Kreis ist bereits verpachtet.«

»Tatsächlich? Das hast du mir nie erzählt.« Ronny musterte sie argwöhnisch, Misstrauen und heraufziehende Zweifel über die Reinheit der Friend-Lea-Milch im Blick. Noch ein Kunde, den sie wohl verlieren würden.

»Na, *so* schlimm ist es nicht. Einige Leute haben tatsächlich Pachtverträge unterschrieben.« Rena dachte an die Nachbarn, die ihnen einen Besuch abgestattet hatten, Macks seit Kurzem vorhandene Ambivalenz: *Es ist gutes Geld, Rena. Wir könnten es brauchen.* »Aber nicht alle. Wir nicht.«

»Wenn die Gemeinschaft geteilt ist, ist das der perfekte Moment, um sich zu organisieren.«

»Ich bin nicht sehr politisch«, sagte Rena.

»Das ist keiner, bis es zu spät ist.« Trexler schien sie eingehend zu betrachten, was befremdlich war. Sie konnte sich nicht erinnern, wann ein Mann sie das letzte Mal angeschaut hatte.

»Hier können Sie mich finden, falls Sie Ihre Meinung ändern.« Er reichte ihr eine Visitenkarte, die er aus der Tasche gezogen hatte: *LORNE TREXLER, PROFESSOR, INSTITUT FÜR GEOLOGIE, STIRLING COLLEGE.* Rena war noch nie einem Professor begegnet. Ihre Krankenpflege-Ausbilder am Community College – alle aus der Gegend, alle Frauen – zählten irgendwie nicht.

Ronny pinnte den Flyer an sein Schwarzes Brett. »Erzähl's ihr, Lorne. Draußen im Westen gibt es Leute, die können ihr Leitungswasser in Brand stecken.«

»Das gibt's nicht«, sagte Rena.

»Ach ja? Dann passen Sie mal auf.« Lorne Trexler hatte ein seltsames Lächeln. Bis zur vollen Entfaltung brauchte es drei Sekunden. Später stoppte Rena es einmal, dieses allmähliche Lächeln, das sie immer mit ihm in Verbindung bringen würde.

»Erinnern Sie sich an Love Canal? In ein paar Jahren wird einem das wie eine Nachbarschaftsstreitigkeit vorkommen. Gefrackt wird dagegen in zwanzig Bundesstaaten. Das ist eine Umweltkatastrophe großen Ausmaßes.«

»Love was?«

Ronny starrte sie an. »Love Canal? Giftmüll? Dioxin? *Nicht in meinem Garten?*«

Rena liefen Schweißperlen den Rücken hinunter. »Das hab ich wohl nicht mitgekriegt.«

»Nimm's ihr nicht übel, Lorne.« Ronnys Hände waren unter dem Tresen eifrig damit beschäftigt, heimlich einen Joint zu drehen. »Die Kurzversion geht so: Sie haben den Kanal leer gepumpt und in eine Mülldeponie verwandelt. Anschließend zwanzigtausend Tonnen Chemieabfälle darin versenkt. Und dann? Dann haben sie eine Schule drauf gebaut.«

»Wie machst du das, ohne hinzugucken?«, sagte Rena.

»Die Bäume sind gestorben. Das Gras auch. Schwarzer Schlamm bei den Leuten im Keller. War das deiner?«

Alle starrten sie auf Renas Bauch. Wieder gab ihr Magen ein knarrendes Geräusch von sich, wie wenn ein Scheunentor aufging. Ronny zündete den Joint an.

»Ich sollte mal was zu Mittag essen«, sagte sie, während sie sich in Richtung Tür schob. Mack, die das Haschischrauchen ablehnte, würde es womöglich an ihren Kleidern riechen.

»Krebs«, sagte Ronny. »Epilepsie. Asthma. Geburtsfehler.«

»Moment mal. Das war Giftmüll. Meinst du etwa, dass Fracking dieselben Probleme verursacht?«

Ronny inhalierte tief. »Ich meine, es ist möglich. Ich meine, wer zum Teufel weiß das schon? Ich meine, wir sollten es besser herausfinden, bevor wir den ganzen Staat in ein Gasfeld verwandeln.«

»Ich gehe jetzt. Nett, Sie kennengelernt zu haben.« Mit einer Handbewegung lehnte sie den Joint ab, den Ronny ihr anbot. »Wenn ich so was rauche, finde ich nie mehr nach Hause.«

Am Rand von Oakland legte sie noch einen Halt ein: Whole Harvest, der riesige Naturkostladen, den Ronny in typischer Selbstüberschätzung als Konkurrenz betrachtete. Sie drehte zwei Runden um den Parkplatz, ehe sie eine freie Parklücke fand. Zu dieser – wie zu jeder anderen – Zeit war der Laden voll: Frauen im Kostüm, im Sportdress, in Birkenstocksandalen; eine große Anzahl vierzigjähriger Mütter mit Baby im Tragetuch. Rena schlenderte durch die Gänge und sah sich die Warenbestände an. Die Auswahl war überwältigend. Viele der Produkte (Bonito-Flocken?) konnte sie nicht einmal identifizieren. Normalerweise ging sie in den Bakerton Food Giant, der für welkes Obst und Gemüse und eine große Auswahl an fertigen Jell-O-Salaten bekannt war und hinter dessen Feinkosttheke freundliche Frauen von Holzfällerstatur mit gewaltigen Stücken Aufschnittwurst hantierten. Renas Mutter war auch eine von ihnen gewesen – zwanzig Jahre lang hatte sie, in Kittel und Haarnetz, Fleischwurst und Fleischkäse in Scheiben geschnitten.

(Woraus bestand noch mal Fleischkäse? Rena war versucht, den Jungen mit den Dreadlocks zu fragen, der für die Feinkosttheke im Whole Harvest zuständig war, es aber höchstwahrscheinlich nicht wissen würde.)

Am Kühlregal sinnierte sie über die Angebote. Biomilch zu verschiedenen Preisen, zwischen zwei und drei Dollar der Liter. Doch selbst zu diesen Preisen kauften die Leute. Sie sah zu, wie eine schwangere Frau sich mit Biojoghurt eindeckte. Ein dürrer Mann in Laufshorts entschied sich für zwei Liter Magermilch. Keiner von beiden sah für Rena besonders wohlhabend aus (als hätte sie gewusst, wie Wohlstand aussah). Trotzdem zahlten sie den Mehrpreis für Bio, genau das Doppelte wie für konventionelle Milch im Supermarkt. In Bakerton war so etwas unvorstellbar: Friend-Lea war durch seine Preispolitik auf dem lokalen Markt gar nicht mehr wettbewerbsfähig. Praktisch seine gesamte Milch wurde nach Pittsburgh, Altoona, State College gekarrt. Vielleicht würden die Kunden in Bakerton sogar Biomilch kaufen, aber nicht zum doppelten Preis.

Sie beobachtete zwei Mädchen, vielleicht Studentinnen im ersten Semester, die Hand in Hand auf das Kühlregal mit den Milchprodukten zusteuerten. Sie waren gleich angezogen, beide in Stiefeln und aufgekrempelten Jeans, die strähnigen Haare in einer Ponyfrisur. Lesbische Frauen, die in der Öffentlichkeit Händchen hielten – noch etwas, das man in Bakerton nicht sehen würde, etwas ebenso Fremdartiges wie Bonito-Flocken.

Sie kaufte sich ein Sandwich und aß es an einem der Tische im vorderen Teil des Ladens, während sie die anderen Kunden beobachtete: einen Schwarzen mit extravaganten Zöpfen; eine chinesische Mutter mit ihren kleinen Zwillingstöchtern; zwei muslimische Frauen mit Kopftüchern, die mit Handys telefonierten. In Bakerton, wo alle mehr oder weniger gleich aussahen, würden sie exotisch wirken.

Die beiden Lesben am Milchkühlregal waren weder feminin noch maskulin. Sie waren einfach Mädchen. Rena überlegte, wie Mack die beiden wohl sehen würde, Mack, die selbst nie ein Mädchen gewesen war.

Leicht deprimiert fuhr sie nach Hause. Im Gegensatz zu Mack, die Städte hasste, genoss sie ihre Ausflüge nach Pittsburgh. Trotzdem hinterließen sie bei ihr eine gedrückte Stimmung. In Städten boten sich einem zu viele Möglichkeiten, Andeutungen der vielen Leben, die man nie würde führen können.

Jahrein, jahraus ein Zusammenstürzen und langsames Zurückgleiten, wie bei Wellen in der Brandung.

Vierundfünfzig, das war älter, als sie sich je vorgestellt hatte, einmal zu sein, Jahrzehnte verloren in einem Nebel aus Kindgroßziehen und der Arbeit auf dem Hof, Rena und Mack wie dicht nebeneinander gepflanzte Bäume, deren Wurzeln so eng miteinander verflochten waren, dass es kein Entwirren gab. Wie und warum sie zusammengekommen waren, dieser lange zurückliegende Moment, in dem sie sich füreinander entschieden hatten, erschien ihr jetzt ebenso fern wie unwirklich, einem Traum gleich, an den man sich erinnert. Jede hatte ein schwer erziehbares Kind in ihre Beziehung mitgebracht: Mack ihren Hof. Rena ihren Sohn. In der fiebrigen Gewissheit der Jugend wurden die beiden schnell und vorbehaltlos ein Paar. Ohne dass sie damals und noch lange Zeit danach begriffen, dass es keine absolute Verschmelzung gab, dass die Vollkommenheit ihrer Verbindung eine Illusion war.

Dass Friend-Lea Acres nie Renas Hof sein würde.

Dass Calvin nie Macks Sohn sein würde.

Als sie zu Hause ankam, trat ihr Mack – rotgesichtig und wild dreinblickend – an der Tür mit einer Schrotflinte entgegen.

»Um Gottes willen!«, schrie Rena. »Was ist denn mit dir los?«

Mack ließ das Gewehr sinken. »Tut mir leid, Baby. Ich dachte, sie wären es wieder.«

»*Was?* Wer?«

Und Mack deutete auf die Überreste der Tüte voll Scheiße, der stinkenden Schweinerei an ihrer Hintertür.

Vom Polizeirevier aus geht Rena direkt ins Krankenhaus. In der Notaufnahme ist es still, im Wartezimmer sitzt nur eine Frau mit Kind. Eine schwangere Krankenschwester namens Steph Mulraney ist dabei, Patientendaten zu erfassen. Sie reicht Rena ein Klemmbrett.

»Akute Bauchschmerzen. Notaufnahmen-Übelkeit.« Solche Dinge machen Steph regelmäßig grantig, Bakertons Arme und nicht Versicherte, die die Notaufnahme als ihre persönliche Hausarztpraxis betrachten. Und es stimmt natürlich: Auf jeden Herzinfarkt kommen hier ein Dutzend Erkältungen und Ohrenschmerzen.

Rena wirft einen kurzen Blick auf die Papiere. Der Bauchschmerz ist ungewöhnlicherweise krankenversichert. Ihr Vater arbeitet für die Strafvollzugsbehörde, hat also einen erstklassigen, vom Staat finanzierten Vertrag. Das nimmt Rena interessiert zur Kenntnis. Dann fällt ihr der Name des Kindes ins Auge.

»Olivia Devlin. Das ist die Tochter von meinen Nachbarn.«

»Stimmt. Sie ist Stammkundin.« Die Hände vor dem Bauch gefaltet, lehnt Steph sich auf ihrem Stuhl zurück, eine Frau, die so oft schwanger war, dass das ihr natürlicher Zustand zu sein scheint. »Die Mutter hat ziemlich einen an der Erbse. Wir nennen sie Chicken Little. Du weißt schon: Der Himmel stürzt ein.«

Im Wartezimmer ruft Rena Olivias Namen. »Ich wohne von Ihnen aus ein Stück die Straße rauf«, erklärt sie Mrs. Devlin, die ihr völlig unbekannt vorkommt. Und eigentlich auch zu jung, um die Mutter von irgendjemandem zu sein, aber das ist in Bakerton nichts Ungewöhnliches. Ihre Kleidung – Rock und hochhackige Schuhe, sorgfältiges Make-up – lässt sie noch jünger erscheinen, wie ein Kind, das Verkleiden spielt. Olivia ist ein hübsches kleines Mädchen mit hellblonden Haaren. Ihre blasse Haut wirkt fast transparent. An der Schläfe scheint eine blaue Ader durch.

Rena führt die beiden in ein Untersuchungszimmer. »Wie geht's dir, Olivia?«

»Heute Morgen hat sie sich zwei Mal erbrochen«, sagt Mrs. Devlin.

Rena misst Größe und Gewicht des Kindes. Größe: eins dreiundzwanzig. Gewicht: zweiundzwanzig Kilo. »Klein für sieben Jahre.«

»Ihr Perzentilwert liegt bei dreiunddreißig. Ich war genauso. Da gerät sie wohl nach mir.« Mrs. Devlin rattert Olivias Symptome herunter: tägliche Bauchschmerzen, häufige Übelkeit. »Ich weiß definitiv, dass sie Lebensmittelallergien hat. Milchprodukte, Paprika, Tomaten und mit Sicherheit Weizen. Dazu womöglich Eier und Mais. Sie braucht eine gründliche Untersuchung des Magen-Darm-Trakts.«

»Donnerwetter«, sagt Rena. »Sind Sie Krankenschwester?«

»Ach, nein.« Mrs. Devlin errötet heftig, scheint sich jedoch über die Frage zu freuen. »Ich habe früher im Saxon Manor gearbeitet, in der Krankenaktenverwaltung. Jetzt bin ich einfach nur Mom.«

»Gut, Mom. Der Doktor ist gleich bei Ihnen.« Rena steht auf. »Dr. Stusick ist diese Woche außer Haus. Heute hat Dr. Finney Dienst.«

»Ich weiß. Ich hatte schon angerufen.« Mrs. Devlin übergibt Rena ein gefaltetes Blatt Papier, ein Informationsblatt, das sie von einer Website ausgedruckt hat. »Ich habe ein bisschen recherchiert. Das hier ist genau das, was sie braucht.«

»Reglan? Das ist für eine Siebenjährige aber ein ganz schöner Hammer!« Rena zählt die häufigsten Nebenwirkungen auf: Durchfall, Verstopfung, Schläfrigkeit. »Das ist im Grunde eins der letzten Mittel.«

»Dr. Stusick hat das gesagt.« Mrs. Devlin streicht Olivia übers Haar. »Ich habe ihre Ernährung aber schon umgestellt. Ich weiß nicht, was ich noch ausprobieren soll.«

»Schauen wir mal, was Dr. Finney dazu sagt.« Rena gibt ihr das Blatt zurück. »Hat er Olivia schon gesehen?«

»Nein, aber ich kenne ihn noch vom Saxon Manor.« In vertraulicher Manier beugt sich Mrs. Devlin vor. »Ich hatte immer vorgehabt, noch die Ausbildung zur examinierten Krankenschwester zu machen. Dann kamen die Kinder und, Sie wissen ja.«

»Ich weiß«, sagt Rena.

An der Anmeldung isst Steph gerade einen Schokoladenriegel. »Wie lief's mit Chicken Little?«

Rena zögert. Vor Jahren, als Calvin noch klein war, war sie selbst ein Chicken Little gewesen – so wie jede Krankenschwester in der Ausbildung mit einem kleinen Kind immer auf der Hut vor verdächtigen Symptomen, schrecklich informiert über alles, was schiefgehen konnte. Steph dagegen, mit ihrem Fünften schwanger, ist zwangsläufig eine ganz andere Mutter. Würde sie bei jedem Bauchschmerz zum Arzt rennen, würde sie gar nichts anderes mehr tun.

»Sie ist ein bisschen – intensiv. Aber Olivia ist sehr klein, vermutlich untererernährt. Was folgerichtig erscheint, wenn sie ihre Nahrung nicht bei sich behalten kann. Ganz ehrlich, ich würde mir auch Sorgen machen.«

Rena lässt sich an der Anmeldung nieder. Wie so oft am Nachmittag ist es ruhig in der Notaufnahme, und sie ertappt sich dabei, Patienten herbeizusehnen – nichts allzu Ernstes oder Beängstigendes; eine Verstauchung oder einen Splitter, vielleicht einen Knochenbruch. Ihre Schicht dehnt sich endlos. Zu Hause auf dem Hof warten hundert Aufgaben auf sie. Es ist mehr als lächerlich – es ist eine Art Folter –, stundenlang hier zu sitzen, ohne etwas zu tun zu haben.

Steph reicht ihr einen Anmeldebogen. »War das dein Patient? Montagnachmittag.«

Rena gibt ihn zurück. »Meiner nicht. Ich hab mich um meine Reifen gekümmert.« Sie hatte einen kostbaren Krankheitstag vollständig darauf verwendet, in einem Reifengeschäft in Altoona herumzusitzen. »Ich brauchte vier neue.«

»Konnten sie sie nicht flicken?«

»Das wollte ich nicht riskieren. Das fehlte mir gerade noch, auf dem Weg nach Pittsburgh einen Platten kriegen.«

»Ich kann kaum glauben, dass du da hinfährst. Dieser Verkehr macht mir eine Heidenangst.«

Genau dasselbe sagt Mack auch, hätte Rena antworten können, tut es aber nicht. Auf diese Weise unterhalten sich die Leute normalerweise, aber dazu ist sie nicht in der Lage.

Stunden vergehen. Steph geht abendessen. Mrs. Devlin und

Olivia verlassen die Notaufnahme mit einem Rezept für Reglan. Rena nimmt einen Dachdecker auf, der von einer Leiter gefallen ist und sich die Schulter ausgerenkt hat; einen Fall von nässendem Hautausschlag; einen vierjährigen Jungen mit mehrfachen Bienenstichen, der wie eine Luftschutzsirene heult. Gegen einundzwanzig Uhr wird sich die Wandlung vollziehen: wenn Menschen zu ihrem nächtlichen Ich werden, die Erkältungen und Bauchschmerzen anderen Arten der Beeinträchtigung weichen. Die Autounfälle und Kneipenschlägereien; die Ehefrauen mit frischen Hämatomen und fragwürdigen Geschichten. So gut wie jeder erscheint einem dann betrunken und desorientiert. Am deutlichsten wird diese Wandlung am Wochenende, obwohl sich neuerdings der Donnerstag nicht mehr wesentlich vom Freitag unterscheidet. Immer häufiger behandeln die Leute ihn genau so, gerade als hätten sie nach vier Tagen Arbeit einen Anspruch darauf, zu feiern. Der Donnerstag ist nun der Start ins Wochenende, mitsamt der ganzen vorsätzlichen Dummheit, die damit einhergeht.

Sie sieht auf die Uhr. Steph kehrt mit einem Schokoladen-Cupcake auf einem Teller aus der Cafeteria zurück. »Für später«, sagt sie.

Rena nimmt ihre Handtasche und ihren Pullover. Die Cafeteria ist notorisch kalt, der einzige Teil des Krankenhauses, in dem die Klimaanlage zu gut funktioniert.

»Die Lasagne würde ich an deiner Stelle auslassen«, sagt Steph. »Ich bereue es jetzt schon.«

In dem Moment stürzen zwei Männer durch die automatischen Schiebetüren herein. Rena riecht sie, noch bevor sie die beiden sieht – ein chemischer Geruch, ausgesprochen süß und gar nicht mal unangenehm. Er ruft ihr eindringlich die inzwischen stillgelegte alte Süßwarenfabrik Cambria Confection ins Gedächtnis, deren Spezialität, ein von Erdnüssen umhüllter Marshmallow-Riegel, zu den Lieblingssüßigkeiten ihres Sohnes gehörte. Vor Jahren fuhr sie jeden Abend auf dem Weg zum Community College an dem Betrieb vorbei. Selbst bei geschlossenem Fenster war der Marshmallow-Geruch in ihr Auto gedrungen.

Die Männer kommen auf den Empfangstresen zu. »Mein Kollege braucht einen Arzt«, sagt der Ältere, ein kleiner, muskelbepackter Typ mit einem tonnenförmigen Thorax.

Der Jüngere – dicklich, dunkelhäutig – sieht klatschnass aus.

Seth stellt ihren Cupcake ab. »Geh du. Ich übernehm das.«

Später wird Rena diesen Moment hundert Mal wieder durchspielen und denken: *Ich hätte das machen sollen.* Doch es war Steph, die den Patienten in ein Untersuchungszimmer brachte, ihm die durchnässten Kleider auszog und sie in Plastiktüten stopfte.

Zu diesem Zeitpunkt weiß Rena nichts von alldem. Als sie aber zwanzig Minuten später aus der Cafeteria zurückkommt, ist Stephs Stuhl leer. Der Schokoladen-Cupcake auf dem Tresen ist noch unberührt.

3.

Das Camp liegt, von der Schnellstraße aus deutlich zu sehen, trostlos am Stadtrand, eine Ansammlung niedriger Baracken hinter einem Maschendrahtzaun. Der Boden ist geschottert. Am Tor sind bewaffnete Sicherheitsleute postiert. Innerhalb der Umzäunung befinden sich zwei große Wohnheime; in einem dritten Gebäude sind Münzwaschsalon, Cafeteria und Fitnessraum untergebracht. Aus der Ferne kommt einem das Gelände wie ein Hochsicherheitstrakt-Community-College vor – eine aufgeklärte Institution für Leprakranke oder verurteilte Mörder, Männer, die sich eines tödlichen Übels schuldig gemacht oder sich damit infiziert haben.

Denny Tilsit ist der Campverwalter, ein Job, den er niemandem wünschen würde, obwohl er selbst ihn schon zwei Mal gemacht hat, in Wyoming und Dakota. Mit *Willkommen im Niemandsland* empfängt er Neuankömmlinge und rattert die Regeln herunter. Keine Drogen oder Alkohol, keine Schusswaffen, keine Frauen auf dem Gelände. Letzteres halten sie für einen Scherz, bis sie sich zum ersten Mal umsehen und begreifen, dass diese Regel überflüssig ist. Keine zehn Pferde würden eine Frau hierher bringen.

Jedes Wohnheim bietet Platz für zweihundert Männer. Die Schlafräume von der Größe eines Tankstellenklos sind mit einem an die Decke geschraubten Kabelfernseher, einem schmalen Bett und einem Schreibtisch ausgestattet. Jeweils zwei Zimmer verbindet ein gemeinsames Bad – ein so genanntes *Jack und Jill*-Durchgangsbad, das in einem nur von Männern bewohnten Camp aber wohl eher *Jack und Jack* heißen müsste, ein Witz, den Denny sich inzwischen verkneift. Hier macht man sich nicht mal über Jacks lustig, die es sich gegenseitig besorgen. Mit solchen Dingen sind die Männer empfindlich.

Man könnte meinen, dass es in einem mit zweihundert Männern vollgestopften Wohnheim übel riecht. Das tut es auch, aber nicht so, wie man es erwartet. Die Korridore stinken nach Pestiziden und Neuheit, dem industriell erzeugten Geruch von Müllsäcken, billigen Gartenmöbeln, Tupperware, Ballons. Sollte jemand fragen, würde Denny erklären, dass die Wände aus Kunststoff hergestellt sind, einem speziellen Polymer, das nicht schimmelt und sich nicht verzieht. Der Pestizidgeruch erklärt sich von allein. Aber es fragt niemand.

Ein Name, DAYBREAK, steht auf Handtüchern und Laken, Bettdecke und Kopfkissenbezug. Zweifle nicht daran, wem diese Badematte gehört. Vergiss nie, wo du bist und wem du gehörst.

In den Korridoren ist es Tag und Nacht still. Irgendjemand schläft immer. Die Männer haben exotische Arbeitszeiten. Die Schichten beginnen mittags, um Mitternacht, um 16 Uhr, im Morgengrauen. In der Cafeteria, die nie geschlossen hat, kann man zu jeder Tages- und Nachtzeit Schinkenspeck mit Eiern bekommen. Für irgendjemanden ist immer Frühstückszeit.

Daybreak LLC ist ein Tochterunternehmen von Darco Energy. Das Firmenlogo, ein stilisierter Sonnenaufgang, prangt auf Servietten und Tellern.

Im Gang vor der Cafeteria stehen vier öffentliche Computer, für die mittelalten und die älteren Männer. Die Jüngeren bringen alle ihren eigenen mit. Die allgemein zugänglichen Geräte werden für Video-Chats mit Ehefrauen und Kindern, den Wetterbericht und Sportergebnisse oder akute Anfälle von Online-Poker benutzt. Zum Pornoschauen sind sie dagegen nicht besonders geeignet; man müsste sich dann auf dem Zimmer einen runterholen.

In der Cafeteria riecht es tagaus, tagein vierundzwanzig Stunden nach Chicken Nuggets. Es gibt auch andere Sachen, Hamburger und Pizza, aber der Nugget-Geruch überwiegt. Abluftventilatoren blasen ihn in den asphaltierten Hof; Ansaugventilatoren saugen ihn in die Schlafzimmer. Die Geräte laufen ununterbrochen, ein tosender Luftschwall, gleichsam das Wetter des Camps, sein Schirokko und Mistral. Der Wind transportiert den chronischen Mundgeruch des Camps: Kunststoff und Pestizide, Chicken Nuggets und Zigaretten.

Ein Mädchen in Kalifornien tanzt vor einer Webcam herum, zumindest behauptet sie, es sei Kalifornien. Es könnte auch Saskatoon oder Gary, Indiana, sein, irgendein Ort mit Sonnenbänken.

Keine Jills im Camp, überhaupt keine. Eine Sekretärin hilft Denny im Büro, eine Frau aus dem Ort namens Brenda Hoff. Sie ist fünfzig und kompakt wie eine Spülmaschine; ihre Augen treten froschartig hervor. Brenda Hoff ist nicht sexy, beim besten Willen nicht. Und trotzdem finden die Männer Ausreden, um im Büro vorbeizuschauen, eine Lektion in Anthropologie, so als wäre Brenda Hoff buchstäblich die letzte Frau auf der Welt.

Es könnte Riga oder Bangkok oder Mexiko sein. Irgendein Ort mit von der Ärztekammer zugelassenen Schönheitschirurgen oder ihren nicht zugelassenen Entsprechungen.

Das Spielzimmer hat einen Billardtisch, Sofas und einen weiteren Fernseher für den Fall, dass man es leid ist, allein fernzusehen. Männer sitzen da, unterhalten sich und rauchen. Die Neuankömmlinge schauen Baseball; die Altgedienten haben dafür nichts mehr übrig. Sie würden lieber schlafen, diese an Schlaflosigkeit Leidenden, die sich von ihren Schichten entspannen.

Die Mittelalten und Älteren holen sich auf dem Zimmer einen runter.

Im Münzwaschsalon riecht es nach Chicken Nuggets und Waschmittel, dem Seifenpulver aus den Zehn-Kilo-Packungen, die das Camp zur Verfügung stellt.

In der Stadt gibt es Getuschel, unselige Gerüchte: Die Leute vom Sicherheitsdienst sprechen mit südlichem Akzent. Die Lieferwagen haben Kennzeichen aus anderen Bundesstaaten.

Das Camp sei voll mit illegalen Mexikanern, Deserteuren, afghanischen Terroristen aus Guantanamo. Bewaffnete Polizisten eskortierten die Gefangenen zur Arbeit. Der Maschendrahtzaun summte vom Starkstrom. Die Wachmänner hätten Order, bei Sichtkontakt zu schießen.

Das Camp sei eine Brutstätte für Drogenhandel und Prostitution. Einheimische Mädchen würden zu diesem Zweck von Brenda Hoff ausgespäht, rekrutiert und angeheuert. In einen Mercedes gezwängt, träfen sie zu jeder Tages- und Nachtzeit halbdutzendweise ein: ein Sechserpack aufreizend gekleideter Prostituierter.

Die Männer seien weiße Separatisten, Söldner, Paramilitärs. Das Camp werde von seiner eigenen Miliz bewacht, der Zaun diene dazu, die Welt draußen zu halten. Die Bedürfnisse der Männer würden von speziell dazu befugten Lieferanten erfüllt, deren Fahrzeuge kommen und gehen. Der Müll des Camps werde zu einer geheimen Verbrennungsanlage gekarrt. Selbst seine Scheiße sei firmeneigen: Der Toiletteninhalt laufe in ein privates Abwassersystem irgendwo auf dem Gelände.

Die Prostituierten würden in einem Bunker unter dem Gebäude gehalten. Das erkläre, warum man sie nie sehe.

Es ist ein Knochenjob, eine Strafe für den Körper. Leichte Arbeiten gibt es auf einer Gasförderanlage nicht. Ein Spülungsmotor wiegt über zweihundertsiebzig Kilo. Das Hebewerk arbeitet mit Stahlseil. Die Männer reißen, zerren, stoßen und ziehen. Zwölf Stunden am Tag schleppen und wuchten sie. Manche arbeiten, durch Schmerzmittel betäubt, auch mit Verletzungen weiter. Nach zwölf Stunden wollen sie lieber schlafen als trinken oder essen oder sich mit ihren Familien unterhalten. Und mit Ausnahme von ein paar jugendlichen Exemplaren auch lieber schlafen als vögeln.

Natürlich werden sie gut bezahlt. Ein Schulabbrecher kann, wenn er kräftig und willig ist, im sechsstelligen Bereich verdienen. Wenn nicht irgendetwas völlig schiefläuft.

Mit dem Schlafen ist jetzt die Bravo-Truppe dran – die erste Schicht, jedenfalls die meisten davon: Mickey Phipps, der Bohrmeister, Vince Legrand, der Turmsteiger, die Bohrarbeiter Brando und Jorge. Ihr Anlagenleiter, der mehr Geld verdient, ist ins Days Inn umgezogen. Monatelang war Herc ein leidenschaftlicher

Nörgler – die dünnen Handtücher und der bittere Kaffee, der Nugget-Geruch. Die öffentlichen Informationen und Warnungen an jeder ebenen Fläche, eingerahmte Poster von Bohranlagen, der Firmenslogan: S.I.C.H.E.R. (SEI IMMER COOPERATIV, HELLWACH, EFFIZIENT UND RUHIG) BOHREN.

Was ist denn das für eine Sprache?, grummelt er.

Niemand sonst beschwert sich über die Poster. Die Männer schimpfen über das Essen, ihre Knie, den Rücken. Außer Mickey Phipps, der Christ ist, klagen sie über den Mangel an Frauen – sogar Brando, der dieses Problem bekanntermaßen gelöst hat. Für ihn, für sie alle ist das Wort Geilheit ein Gesprächsaufhänger, ein neutrales Thema wie Baseball. Mit Arbeit verbringen sie die Hälfte ihrer Zeit, genau die Hälfte: sieben Tage die Woche, Zwölfstundenschichten. Wenn ihre Schicht endet, kommt der nächste Trupp, um sie abzulösen. Das Bohren endet buchstäblich nie.

Wer hat da schon Zeit für Baseball, mit seiner langen Saison? Für den Zuschauer ist es ein zeitaufwendiger Sport.

Sie arbeiten zwei Wochen am Stück, dann packen sie ihre Sachen. Andere Männer brauchen die Betten, denn das Camp ist nur für Arbeiter im Dienst gedacht. Die Firma betreibt einen kostenlosen Shuttle zum Flughafen Pittsburgh, wo Mickey Phipps eine Maschine nach Houston nimmt. Die anderen halten die örtlichen Barkeeper auf Trab und finden irgendwo ein Plätzchen, um ihren Rausch auszuschlafen – wenn sie Glück haben, im Bett einer Frau, wenn nicht, bei Herc im Days Inn auf dem Fußboden.

Brando hat immer Glück.

Im Camp wacht Denny Tilsit über den Zeitplan. Es ist sein persönlicher Albtraum, zusammengefasst in einer detaillierten Tabelle: Zimmernummern, Ankunft- und Abreisedaten, Putzkolonne rein, Putzkolonne raus. Wenn die Männer wiederkommen, werden andere in ihren Betten geschlafen, auf ihre Fernsehbildschirme gestarrt, sich an ihren Waschbecken rasiert haben. Für Herc, ihren Anlagenleiter, ist das ein weiteres Argument für das Days Inn.

Was will er denn?, sagt Jorge. *Sie putzen das Zimmer so gut, dass ich gar keinen Unterschied erkenne.*

Es ist halb fünf in der Frühe, und die Männer stellen sich in der Speisekammer hinter der Küche ihre Lunchpakete zusammen. Dafür hält das Lager Brot und Aufschnitt bereit, dazu Großpackungen Senf und Mayonnaise.

Im Ernst, Mann. Sie wechseln das Bettzeug und alles. Was will er denn noch?

Jorge ist zweiundzwanzig und koffeinsüchtig, ihn stört es nicht, im Dunkeln wach zu liegen. Die anderen sind still und nervös. Brando zündet sich eine Zigarette an. Vince Legrand schluckt Motrin für seinen Rücken.

Mickey Phipps, der Christ, äußert sich gar nicht. Die Wahrheit ist, wie er weiß, härter und simpler: Herc will Pennsylvania nicht alle zwei Wochen verlassen, will nicht zu seiner Frau nach Texas zurückfliegen. Er ist glücklich, wo er ist. Oder auch nicht. Jedenfalls will er nicht nach Hause.

Der Morgen ist trüb und mondlos. Die erste Schicht beginnt um fünf. Ein Pick-up-Konvoi rollt die Number Nine Road hinunter, vorbei an ein paar verstreuten, um diese Zeit noch dunklen Häusern. Überall in der Dutch Road fangen Hunde an zu bellen.

Die Bohrstelle, Fetterson2H, strahlt in der Ferne, erleuchtet wie ein Stadion bei Nacht. Hercs Firmen-Pick-up steht bereits hinter dem Container des Betreibers; ein Magnetschild – STREAM SOLUTIONS – prangt an der Fahrertür. Er sitzt auf der Motorhaube und trinkt Kaffee aus einer Days-Inn-Tasse. Jorge und Legrand parken links und rechts neben ihm.

In dem Container rüsten sie sich aus – Sicherheitsbrille, Schutzhelm – und klettern dann die mehr als hundert Stufen zur Arbeitsbühne hinauf. Das ist eine Plattform, die sich in der Höhe eines dreistöckigen Gebäudes am Bohrturm befindet. Wie jeden Morgen liest Jorge laut vor: VORSICHT HOCHSPANNUNG. ACHTUNG HOHER LÄRMPEGEL, GEHÖRSCHUTZ ERFORDERLICH.

Die Schilder sind Hercs Lieblingsärgernis, was seinen Leuten nicht verborgen geblieben ist. Schilder hängen an den Geländern, am Steg, an der Rampenöffnung; ebenso in den Containern, der Hundehütte, dem Klo.

ACHTUNG ZUTRITT FÜR UNBEFUGTE VERBOTEN

AVISO SOLAMENTE PERSONAL AUTORIZADO

Es ist eine kleinliche Beschwerde; Herc weiß das. Ihm ist klar, dass sein Ärger in keinem Verhältnis steht, aber er kann einfach nicht anders. Die Schilder stellen für ihn eine persönliche Beleidigung dar: die leuchtenden Farben, die Großbuchstaben. Die Wiederholung auf Spanisch, wie im Schulfernsehen, vor dem seine Kinder früher immer saßen.

Um sechs steht die Sonne am Himmel, es wird warm. Die Bravo-Mannschaft ist dabei, das Bohrgestänge zu ziehen. Offiziell sind fünf Männer erforderlich, um einen Bohrmeißel auszuwechseln, fünf Männer, um den Bohrstrang aus- und wieder einzubauen. Die Wirklichkeit sieht jedoch etwas anders aus. Drei miteinander verbundene Bohrstangen, ein sogenannter Zug, wiegen mehr als ein Kleinlaster, und trotzdem erledigen die Bohrarbeiter Brando und Jorge die ganze Heberei allein. Dasselbe gilt für das Ablegen der Bohrstangen und für das meiste andere auch. Eine Bohranlage ist wie alles auf der Welt hierarchisch aufgebaut.

Das Ziehen verläuft glatt, jedenfalls aus Sicht der einzigen Beobachter, der dahinschießenden Rauchschwalben, der unzähligen, in Schwärmen aufsteigenden Mücken. Von oben betrachtet sind die Männer größer als Vögel und Insekten, aber nur ein bisschen. Eine Bohranlage ist nicht für Menschen dimensioniert. Wie ein Matrose auf einem Flugzeugträger hat ein Bohrarbeiter auf dem Steg etwas von einer Blattlaus.

Legrand, auf der Affenbühne, beugt sich vor und wirft ein Seil um die Bohrstange.

Die Bohrarbeiter sind beide stark: Brando groß und drahtig, Jorge gedrungen und schwer. Sie müssen ihre ganze gemeinsame Kraft aufwenden, um die Kellystange über das Rathole zu schwenken und den Bügel des Spülkopfs aus dem Haken auszuhängen.

Sie befestigen den Greifer an der Bohrstange und treten, keuchend wie Boxer beim Läuten der Glocke, einen Schritt zurück.

Während sie erst einmal durchatmen, begibt sich Mickey in die Kabine und greift nach dem Joystick. Das Hebewerk springt an und zieht das Bohrgestänge aus dem Loch. Eine, zwei, drei Bohrstangen kommen zum Vorschein. Dann erneut hektische Betriebsamkeit, als Brando und Jorge die Abfangkeile setzen. Mit Zangen und einer Drehkralle schrauben sie einen Zug vom Bohrstrang los. Dessen oberes Ende führt Legrand dreißig Meter über ihren Köpfen in die Fingerbühne. Ein befriedigendes Klirren, als sie den Zug im Mast abstellen.

Als der Ziehdurchgang beendet ist, ruft Herc zur Kaffeepause. Den Männern ist nach Plaudern zumute. Wie Frauen in einem Schönheitssalon stehen sie herum und quatschen. Brando ignoriert ihr Gerede, langweiliges Zeug über Mickeys Kinder und irgendein Ding, in das Legrand und eine Kellnerin aus der übernächsten Stadt verwickelt sind. Eine Kellnerin in der übernächsten Stadt spielt immer eine Rolle. Vermutlich Ausgeburten von Legrands trunkener Fantasie, dieses Heer von Kellnerinnen, die kein Mensch je gesehen hat.

Es gibt zehn Mal mehr Schilder als früher, wobei nur Herc lange genug dabei ist, um den Unterschied zu bemerken. Diese brandneue Bohranlage ist besonders reich an Lesestoff. Neue Vorschriften der OSHA, der Agentur für Sicherheit und Gesundheitsschutz am Arbeitsplatz? Ein saftiges Strafverfahren, das teurer ist als die bisherigen?

ACHTUNG, ZUTRITT NUR UNTER AUFSICHT

VORSICHT QUETSCHGEFAHR

Herc wartet immer noch auf ein Schild, das die schlichte Wahrheit sagt: Von allen Unfällen, die auf einer Bohranlage passieren können, ist der Absturz der wahrscheinlichste. Die einfachste Art, sich umzubringen, besteht darin, eine Stufe zu verpassen. Er hat aus nächster Nähe gesehen, was ein Sturz aus drei Stockwerken Höhe mit einem Körper machen kann. Er würde alles tun, um dieses Bild aus seinem Kopf zu wischen.

GEFAHR
AVISO
PELIGRO

Es ist eine Wahrheit, die die meisten Menschen nie erfahren müssen, nämlich, dass der menschliche Körper nichts als ein Beutel Blut ist.

Sie beschließen den Tag am lauten Ende der Bar, mit einigen Gläsern Iron City. Nach zehn Monaten in Pennsylvania sind sie auf den Geschmack gekommen. Herc, der den Abend mit Jorge in der Notaufnahme verbracht hat, bestellt einen Kurzen, um mit den anderen gleichzuziehen. Für einen Dienstag ist das Commercial sehr voll, jeder Platz besetzt. In drei Reihen stehen die Männer um den Tresen und warten auf ihren Drink. Brando funkelt den Barkeeper an, der so tut, als sähe er ihn nicht. »Wie, hier keine US-Währung?«

Der Typ zapft ein Iron City, dann noch eins und schiebt sie auf dem Tresen zu den Ortsansässigen hinüber, zwei Mexikanern mit Baseballkappe, die auf den Fernseher starren.

»Wer ist dieser Scheißer?«, sagt Brando, so laut, dass der Barkeeper es hört.

»Ach, der ist in Ordnung«, sagt Herc, obwohl seine Haltung nicht zu übersehen ist. »Er kennt uns nicht, das ist alles.« Der Eigentümer, ein griesgrämiger Alter, ist kein bisschen freundlicher – nie ein Lächeln oder ein *Hey, wie geht's?* –, aber immerhin schneller mit dem Einschenken.

»Er ist der Sohn von dem alten Kauz«, sagt Legrand, der auch mal eine Dusche brauchen könnte. Selbst in dem schummrigen Licht sieht sein Zopf strähnig und fettig aus, sein Gesicht vom Sonnenbrand und dem Alkohol einer ganzen Woche gerötet. »Ich glaube, er ist so eine Art Bulle.«

Herc mustert den Barkeeper, größer und jünger als er, aber vermutlich nicht so stark. Das tut er seit seiner Kindheit, die Angewohnheit des Kümmerlings, seine Peiniger zu taxieren, auch wenn er selbst inzwischen ganz aus Rücken- und Deltamuskulatur besteht und ihm seit Jahren keiner mehr Ärger gemacht hat.

»Er ist Gefängniswärter«, sagt Jorge, der als Opfer eines Gefahrgutunfalls, das demnächst die Hauptrolle in seinem eigenen OSHA-Bericht spielen wird, alles in allem recht gut dasteht. »Ich habe ihn in seiner Uniform gesehen.«

In dem Augenblick klingelt ein Handy in Brandos Tasche. Vielmehr bellt es, tief und nachhallend wie ein Deutscher Schäferhund.

»Was zum Teufel ist das denn?«, sagt Legrand.

»Niemand.« Brando schaltet das Handy, das seit dem Mittagessen immer wieder bellt, aus. Den ganzen Tag über gibt es seltsame Geräusche von sich, Piepstöne und Glockengeläut und ein paar Takte Musik. Einmal hat es sogar gefurzt, der donnernde, zerreißende Furz eines magenkranken alten Mannes. »Hey, Wachtmeister. Noch einen Kurzen hierher.«

»Auf *Law and Order*«, sagt Herc und hebt sein Schnapsglas – ein Seitenhieb auf Mickey Phipps, der als Christ jeden Abend allein in seinem Zimmer vor dem Fernseher verbringt. Seit Monaten haben sie ihn heute zum ersten Mal dazu überreden können, auf einen Drink mitzugehen. »Du musst inzwischen jede Folge gesehen haben.«

»Schon möglich«, erwidert Mickey grinsend. Er ist der Solideste von allen, gutmütig und unkompliziert. Die übrigen haben sich alle schon irgendetwas geleistet, vor allem Brando und Legrand: Kneipenschlägereien, Alkoholexzesse, Frauen. Nach zehn Jahren Arbeit auf Bohranlagen hat Herc alles schon erlebt. Man muss einen Mann nur tausendsechshundert Kilometer von zu Hause fortschicken, ihn zwei Wochen am Stück wie einen Maulesel schuften und dann mit Geld in der Tasche losziehen lassen. Nur ein Heiliger wie Mickey Phipps wird es schaffen, sich nicht zum Narren zu machen. Morgen um diese Zeit wird er im Flugzeug heim nach Houston sitzen, Gingerale trinken und in seiner Taschenbibel lesen, ein Mann, der nichts anderes vom Leben will, als jede freie Minute mit seiner Frau und seinen Kindern zu verbringen.

Mickey tut so, als nippte er an seinem Bierglas, das nach einer halben Stunde immer noch voll ist. »Wie sieht's bei euch aus? Irgendwelche Pläne fürs Wochenende?«

Nur Mickey kann eine solche Frage stellen und auch noch eine Antwort erwarten.

»Bis jetzt nicht. Könnte mal zum Canoe Creek rauffahren.«

»Hast du einen Angelschein?«

»Noch nicht.«

Legrand brüllt. »Wen verarschst du denn jetzt? Du wirst dir wie üblich im Days Inn einen hinter die Binde kippen, und ich werde dir dabei Gesellschaft leisten.« Er prostet Herc zu. »Angeln, dass ich nicht lache!«

Im vollen Bewusstsein, dass er es morgen früh bereuen wird, kippt Herc seinen Kurzen runter. Mit Legrand zu trinken hat ihn bereits Jahre seines Lebens gekostet. Diese Wirkung hat Vince auf alle, die ihn kennen, die verschiedenen Ex-Ehefrauen, den eineiigen Zwillingsbruder, der durch einen schrecklichen, besonders tragischen Unfall unter Beteiligung von Alkohol, schweren Gerätschaften und Gott weiß was ums Leben gekommen ist. Vermutlich kann man mathematisch ausdrücken, welchen Einfluss die Freundschaft mit ihm auf die eigene Lebenserwartung hat. Versicherungsgesellschaften haben Formeln dafür.

Eine junge Frau bahnt sich ihren Weg durchs Gedränge. *Bella Ital-ia* nennen die Bohrarbeiter sie. Normalerweise steht sie hinter dem Tresen, ein atemberaubendes Mädchen mit dunklen Augen und langem, lockigem Haar.

Brando entdeckt sie als Erster. »Heilige Scheiße!«

Mickey zuckt sichtbar zusammen. Herc, der zwischen den beiden sitzt, würde ihnen am liebsten beiden eine verpassen: dem Turbo-Gläubigen mit seiner damenhaften Empfindlichkeit, dem arroganten Punk, der ununterbrochen quasselt.

Brando fährt sich mit einer Hand über den Stoppelschnitt. Seit einem Jahr draußen, trägt er die Haare immer noch militärisch kurz. »Eigentlich sollte es ihr freier Abend sein. Ich komme einfach nicht weg von dieser Tusse. Was will sie von mir?«

»Das sollte dein Daddy dir eigentlich erklärt haben«, sagt Legrand.

»Hey, Jungs. Wo warst du?«, fragt Gia Brando. »Ich hab dich eben angerufen. Und dir den ganzen Tag SMS geschickt.«

Für Hercs Geschmack ist sie ein bisschen dürr – er mag Frauen mit üppigen Rundungen –, aber trotzdem ein hübsches Mädchen.

»Ich hab mein Handy vergessen«, sagt Brando.

Gia runzelt die Stirn. »Du gehst doch nicht aus dem Haus ohne das Ding.«

»Der Akku ist leer.« Er lügt mühelos, ohne zu blinzeln oder nervös herumzunesteln, so als wäre es ihm egal, ob ihm jemand glaubt oder nicht. Herc beobachtet seine Vorstellung mit einer gewissen Bewunderung. Er hat den Burschen gegen besseres Wissen eingestellt – selbst im Bewerbungsgespräch bestand er nur aus Tattoos und Pose. Allerdings hatte er einen Einsatz im Irak und einen in Afghanistan, was man auch berücksichtigen muss. Dachte Herc jedenfalls damals.

»Ich muss mit dir sprechen«, sagt Gia. »Können wir rausgehen?«

»Jetzt?«

»Es ist wichtig.«

Brando trinkt den Rest seines Biers auf ex, ein halbes Glas in ein paar Schlucken. Er wirft einen zerknitterten Fünfer auf den Tresen. »Bin gleich wieder da.«

»Das bezweifle ich«, sagt Jorge, während er ihm nachschaut.

»Kann nicht behaupten, dass er mir besonders leidtut.« Legrand leert sein Glas. »Seine Probleme möcht ich haben.«

Um Mitternacht schmeißen Jorge und Legrand eine weitere Runde. Herc entschuldigt sich, um pinkeln zu gehen.

»Amateur«, sagt Legrand, bekannt dafür, nie aufs Klo zu müssen – für einen Turmsteiger eine so wertvolle Fähigkeit, dass man einen Bewerber schon beim Vorstellungsgespräch neben Drogen auch gleich darauf testen sollte. In dieser Hinsicht ist Legrand ein vollendeter Profi. Nicht ein einziges Mal musste Herc das ganze

Ding abschalten, damit Vince den dreißig Meter hohen Mast runtersteigen und pinkeln gehen konnte.

»Zeit, deinen Pisser mal untersuchen zu lassen«, sagt Legrand. »Du brauchst wohl ein paar Stream Solutions.«

»Komm mir bloß nicht damit«, sagt Herc. »Ich weiß, dass du da oben eine leere Colaflasche hast.«

»Damit rührst du an meiner Ehre«, sagt Legrand.

Von der Herrentoilette aus geht Herc zur Hintertür hinaus auf den rückwärtigen Parkplatz. In seinem Pick-up wählt er seine Nummer zu Hause. Nach dem ersten Klingeln ist Colleen schon dran. Wahrscheinlich sitzt sie mit einem Weinkühler vor sich an ihrem gewohnten Platz auf der Couchgarnitur und schaut einen Film auf Lifetime, noch so ein rührseliges Melodram über edle Frauen und die Männer, die sie missbrauchen. *Der Prügelnde-Ehemänner-Kanal* nennt sie den Sender. Sie scheint ein grenzenloses Verlangen nach solchen Geschichten zu haben. Mittlerweile fragt er sich nicht mehr, warum.

»Ich bin's, mein Schatz.«

Stille.

»Ich wollte den Jungs Hallo sagen.«

»Es ist elf Uhr.«

Mist. Selbst mit dem Zeitunterschied liegen seine Kinder schon seit Stunden im Bett. Und doch war die Verspätung notwendig. Er ist ein besserer Lügner, wenn er ein paar Drinks intus hat.

»Das heißt wohl, dass du nicht kommst.« Colleen klingt sauer, erschöpft. »Wann wolltest du es mir denn sagen?«

Genau diese Unterhaltung führen sie, mit leichten Abwandlungen, seit letztem Sommer, den Herbst und auch den endlosen Winter hindurch. In diesen Monaten hat Herc seine Familie genau drei Mal gesehen. Colleen erinnert ihn immer wieder daran, dass er ihr etwas anderes versprochen hat. Mickey Phipps verbringt zwei Wochen pro Monat in Texas. Wenn Herc wollte, könnte er das auch tun.

Wenn.

»Ich sage es dir jetzt. Ich muss nächste Woche arbeiten.«

»Ach ja? Wie kommt denn das, Marshall?« Genauso angepisst, wie er es vorausgesehen hat. Dann benutzt sie immer seinen vollen Namen.

Herc hält einen Atemzug lang inne, vor seinem inneren Auge Brando – mit unbewegter Miene, völlig entspannt – an der Bar. »Wir sind hier ziemlich überlastet. Da kann ich auch nichts machen. Meine Jungs sind nicht gerade glücklich, das kann ich dir sagen.«

»Ach *wirklich?* Ich hab heute beim Einkaufen nämlich zufällig Didi Phipps getroffen. Sie sagt, Mickey kommt nach Hause.«

Mist, Mist, Mist.

»Mickey arbeitet nicht«, sagt er, zurückrudernd. »Ich habe hier einen anderen Bohrmeister gekriegt, der das machen kann. Wer fehlt, ist der Anlagenleiter. Und sonst ist niemand da, der die Mannschaft führen kann.«

»Was hat er denn?«

Herc denkt fieberhaft nach. Lebensmittelvergiftung? Hexenschuss?

»Ich weiß es nicht«, sagt er gereizt. »Ist mir auch egal, was er hat. Ich muss arbeiten, das ist entscheidend. Am Ende sind das zweiundvierzig Tage ohne Pause. Saublöd, Colleen. Glaubst du vielleicht, ich find das toll?«

Seine Gereiztheit scheint sie zu überzeugen. In der letzten Zeit war er ihr gegenüber kurz angebunden; inzwischen erwartet sie es schon nicht mehr anders. Wieder denkt er an Brando: Wenn alle Stricke reißen, sei einfach ein Arschloch.

Er kennt Colleen nun genau zwei Drittel seines Lebens, seit sie fünfzehn waren. Sie kennt ihn besser, als irgendjemand sonst ihn je gekannt hat oder kennen wird, und darin liegt ein gewisser Trost. Aber auch Langeweile, Verbitterung, Enttäuschung und Scham. Nach so vielen Jahren weiß sie, was er ist und was nicht; sie kennt die Grenzen seiner Fähigkeiten, seines Charakters, ja, sogar seiner Liebe.

»Oh, tut mir leid, Baby«, sagt sie leise. »Du fehlst mir einfach so.«

Herc schließt die Augen. »Du mir auch.«
»Womit vertreibt ihr Jungs euch denn so die Zeit?«
»Im Fernsehen läuft *Law and Order.*«
Von Colleen kommt ein kehliges Lachen. »Das läuft doch immer. Du musst mal aus diesem Zimmer rauskommen. Vielleicht geht ja einer der Jungs mal mit dir ein Bier trinken.«
»Das ist eine gute Idee. Morgen Abend, vielleicht.«
»Also gut. Bei mir ist allmählich die Luft raus. Ich bin seit sechs auf.« Sie macht ein Kussgeräusch ins Telefon. »Ruf mich morgen an, ja?«
»Mach ich«, sagt Herc.

Zehn Monate arbeitet er jetzt schon in Pennsylvania: lange genug, um eine gewisse Zuneigung zu der Gegend zu entwickeln, nicht lange genug, als dass sie auch nur die geringste Notiz von ihm nähme. Anfangs war die Stadt einladend, sein Autokennzeichen von Texas ein guter Gesprächsaufhänger: *Das ist ein Arbeits-Pick-up. Wir führen hier oben Bohrungen durch.* Als die Blätter fielen, veränderte sich mit dem Wetter die Stimmung in der Stadt und wurde kalt und unangenehm. Die Leute schimpften über die Umleitungen und Baustellen, den Lastwagenverkehr. Dasselbe war auch in Shreveport passiert, aber in Louisiana fühlte er sich nicht wie ein Fremder. Seit der Luftwaffe, seinem Jahr in Okinawa, hat er sich nicht mehr so fern von zu Hause gefühlt.
Zu Hause bedeutet allerdings eine ganz eigene Art von Kummer. Nach zwei Wochen auf der Bohranlage vergisst er, wie man mit Leuten redet, vor allem mit seiner Frau. Wenn Colleen ihn am Flughafen abholt, macht sie einen erschöpften Eindruck, ausgelaugt von den Kindern und, so scheint es Herc, einer langen Liste von Missständen: alles, was er in den letzten zwei Wochen versäumt hat, jede unerlässliche Pflicht, der er nicht nachgekommen ist. Nur seine Jungs scheinen sich riesig über seine Ankunft zu freuen. Die Jungs sind der gute Teil – ihre natürliche und unvoreingenommene Begeisterung, ihre authentische, unkomplizierte Freude.

Er schob den Kauf des Tickets immer weiter hinaus, bis das Unausweichliche geschah: An Thanksgiving, dem letztmöglichen Zeitpunkt, waren alle Flüge ausgebucht. Er kriegte von Colleen sein Fett weg, nahm sich dann ein Zimmer im Days Inn und verbrachte den Feiertag mit einem Besäufnis in Gesellschaft von Vince Legrand, der von seiner letzten Frau endgültig vor die Tür gesetzt worden war. Am nächsten Tag schlief er seinen Kater aus, sah fern und genoss die Mittelmäßigkeit seines Hotelzimmers, dessen saubere, anonyme Ruhe. Das war eine neue Version seiner selbst oder vielleicht eine alte, die er vergessen hatte. Als Junge war er auf dem Pferderücken, fern von allen anderen, am glücklichsten gewesen.

Seine zwei Wochen Freiheit dehnten sich vor ihm aus, ereignislose Tage. Unabhängig von seiner Verfassung stand er früh auf, ging für zwei Stunden in die sogenannte Fitness Suite des Days Inn, einen fensterlosen Kellerraum mit Laufband und Hantelbank, beides gleichermaßen ramponiert. Schon seit der Highschool hatte er Gewichte gehoben, die Rettung des klein gewachsenen Mannes (auf Zehenspitzen misst er eins fünfundsechzig). Diese eine Disziplin bewirkte, dass es ihm in allem besser ging, so als würde durch sie jeder Blödsinn, den er sich in der Nacht zuvor geleistet hatte, wieder aufgehoben. Nachmittags machte er lange Ausflüge mit dem Auto oder wanderte durch die Gänge im Walmart. Das war kein angenehmer Aufenthaltsort; aber immerhin ein auf vertraute Weise unangenehmer. In den vergangenen Jahren hatte er sich in Walmarts in Shreveport, in Fayetteville, in Casper, Wyoming, herumgetrieben. Alle hatten dasselbe Warenangebot, dieselben Werbeschilder, dieselbe Art von freundlichen alten Menschen, die einen am Eingang begrüßten. Auch die Kundschaft war dieselbe: einsame Frauen, ältere Paare, junge Mütter mit Kindern, die angeschnallt im Einkaufswagen saßen und lautstark nach Süßigkeiten oder Spielsachen verlangten. Das ganz normale Leben also, das jemand mit seinem Beruf gar nicht mehr mitbekommt. Wie er sie so beobachtete, wurde Herc sich der Perversität bewusst, mit der er im Walmart andere normale

Familien bespitzelte, während seine eigene normale Familie in Houston auf ihn wartete.

Die Gleichheit der Tage. Eigenartigerweise war diese Monotonie erholsam. Er konnte nicht sagen, warum, aber zwei Wochen allein waren genau das, was er gebraucht hatte. Zum ersten Mal seit Jahren entsann er sich seiner Bibel: *Am siebenten Tage ruhte er.* Als Junge hatte er beschlossen, dass das pure menschliche Erfindung war, dass Gott, weil er ja Gott war, keine Pause nötig hatte. Der Sabbat war ein Fantasiegebilde des Mannes, der die Feder führte, jenes ungenannten Israeliten, der sich die Schöpfungsgeschichte hatte einfallen lassen. Völlig ermattet durch wochenlanges Fischen auf dem See Genezareth oder den Weizenanbau in der Wüste schmückte er diese kunstvolle Fantasie aus, diese Mutter aller Vorwände, um einfach nur einen Tag freizubekommen.

Das musste man ihm lassen.

In der Full-Gospel-Sonntagsschule hörte man solche Erkenntnisse nicht gerne. Im Alter von zwölf Jahren wurde Gott Herc schlagkräftig ausgetrieben; sein Vater, der Prediger, besorgte das Schlagen höchstpersönlich. An einem Haken in der Werkstatt im Keller des Pastors hing ein hölzernes Paddel, das er den Gnadenstock nannte, ein sechzig Zentimeter langes Stück poliertes Eichenholz, in das er diese Worte eingraviert hatte. Dabei war Gnade doch das Geschenk Gottes, etwas, das man sich eigentlich wünschen sollte.

Herc konnte sich nicht vorstellen, aus irgendeinem Grund seine Kinder zu schlagen. Das schien das Gegenteil von Gnade zu sein.

Vielleicht hätte er nie wieder eine Kirche betreten, wäre da nicht Mickey Phipps gewesen. Vor sieben Wochen schloss der Flughafen von Pittsburgh wegen eines unerwarteten Schneesturms, und Mickey schlief bei Herc im Days Inn auf dem Fußboden. Am Sonntagmorgen fragte er dann an der Rezeption nach einer Kirche. *Nicht katholisch, nicht lutherisch. Einfach nur christlich,* sagte Mickey. *Genau das bin ich.* Von der dumpfen

Verzweiflung eines schweren Katers übermannt, willigte Herc ein, mitzugehen.

Anfangs fragten sie sich, ob sie sich in der Richtung getäuscht hatten. Susquehanna Avenue Nummer zweihundert war eine leere Ladenfront. Dann entdeckte Mickey an der Spiegelglastür einen Zettel, den jemand bei sich zu Hause ausgedruckt hatte:

Living Waters, eine Bibelgemeinschaft.
Rev. Jess Peacock

Drinnen wartete eine kleine Ansammlung von Einheimischen auf Klappstühlen. Der Altar aus Sperrholz war mit einem weißen Tuch überzogen. Keine Orgel, kein Chor: Die Musik kam aus einem Ghettoblaster auf dem Boden. Die ganze Angelegenheit wirkte ein bisschen improvisiert, wie wenn Kinder Theater spielen. Herc musste daran denken, wie er selbst mit fünf oder sechs Jahren auf dem Heuboden Prediger spielte. Er hatte mehrere Spielkameraden vor der ewigen Verdammnis gerettet, indem er sie feierlich in dem Bach hinter der Scheune taufte.

Als eine hübsche dunkelhaarige Dame auf die Kanzel stieg, brauchte er eine Minute, um zu begreifen, was er da sah. Reverend Jess Peacock war eine Frau.

Sie hatte einen grauen Hosenanzug an, die Art von Kleidung, die Hillary Clinton im Wahlkampf zu tragen pflegte. Seine Frau, die Hillary Clinton hasste, hatte die Hosenanzüge grässlich gefunden, aber Herc hatte sie insgeheim gemocht. Seine Erziehung, vermutlich: Er sah gerne dezent gekleidete Frauen. Colleen trug immer noch die kurzen Röcke aus ihrer Highschool-Zeit. Irgendwann hatte sie den Eindruck gewonnen, dass sie ihm gefielen. Vielleicht hatte er ihr einmal deswegen ein Kompliment gemacht, um ihr eine Freude zu bereiten; und vielleicht hatte er es damals sogar so gemeint.

Eine Ehe im mittleren Alter: ein Leben in einem Haus aus der Scheiße, die man über die Jahre gesagt hat.

Der tatsächliche Inhalt des Gottesdienstes, die Gebete und Bibellesungen verblassen in seinem Gedächtnis. Er erinnert sich nur noch an die Pastorin selbst, größer als Colleen und wohlproportioniert – Schneewittchen aus dem Disney-Cartoon, als Realversion.

»Horche auf die Versprechungen Gottes und zähle auf sie.« Eins der Wörter buchstabierte sie, wobei ihre Stimme vor Aufrichtigkeit bebte: »Z-Ä-H-L-E. Und damit meine ich etwas ganz Bestimmtes. Ich meine: Zerstreue Ängste, Hass, Lügen und Eifersucht.«

Unwillkürlich dachte Herc *Sei Immer Cooperativ, Hellwach, Effizient und Ruhig BOHREN.*

Als die Pastorin zum Schlusslied aufstand, war er erneut beeindruckt von ihrer Größe. Tatsächlich war sie gar nicht ungewöhnlich groß, aber er hatte immer auf kleine Frauen gestanden. Ein hochaufgeschossenes Supermodel, wie attraktiv es auch sein mochte, würde er keines weiteren Blickes würdigen. Wozu auch?

Als die Musik zu Ende war, lächelte sie hoffnungsvoll. »Bitte bleiben Sie nach dem Gottesdienst noch zu Kaffee und einem geselligen Beisammensein.«

Nun denn, dachte Herc. Ein bisschen Geselligkeit hätte ihm durchaus gutgetan; doch Mickey Phipps war bereits auf dem Weg zur Tür. Herc folgte ihm zögernd, ohne dabei die Pastorin anzusehen. Er kam sich vor wie ein Schuft, weil er sich verdrückte. Es erschien ihm herzlos, sie zu enttäuschen – ein süßes, ernstes Kind, das Prediger spielte –, indem er sich weigerte mitzuspielen.

Sie fuhren zurück zum Days Inn, Mickey am Steuer. »An ihrer Predigt ist nichts verkehrt. Mir kommt es nur einfach nicht richtig vor.« Er lächelte verkniffen. Zehn Monate lang hatten sie zusammen gearbeitet und Erschöpfung, waagerecht tobende Schneestürme, einen kaputten Spülungsmotor, eine schlimme Bronchitis, die sie beinahe beide umgebracht hätte, durchgestanden. Das war nun das erste Mal, dass Herc ihn verärgert erlebt hatte.

»Reverend Jess Peacock«, sagte Mickey. »Das klingt doch nach einem Mann. Gibt einem irgendwie zu denken.«

»Inwiefern?«

»Sie könnte sich den Namen mit Absicht ausgesucht haben.« Wieder das verkniffene Lächeln. Er war wirklich richtig sauer.

»Vielleicht«, sagte Herc. »Aber weißt du, vielleicht ist es auch einfach ihr Name.«

S.I.C.H.E.R. BOHREN.

Für Papierkram ist Herc nicht geschaffen. Das ist ganz bestimmt der von ihm am wenigsten geliebte Teil seines Jobs. Wenn er ihn nicht weiter aufschieben kann, kocht er sich eine Kanne Kaffee, verkriecht sich im Bürocontainer und studiert OSHA-Berichte. Seine eigene Sicherheitsakte ist ordentlich, solange man nicht allzu weit zurückgeht.

Der abgelenkte Mitarbeiter birgt eine latente Unfallgefahr. Die Kellnerin in der übernächsten Stadt, die schwanger sein könnte (sagt sie). Die Ehefrau, die einfach nicht aufhören will anzurufen. Der schlimmste aller Kater: der pochende Kopfschmerz, der revoltierende Magen, der Dünnpfiff.

Er studiert OSHA-Berichte, während er mit Colleen telefoniert, die fernsieht. Es drängt sich der Schluss auf, dass sie beide Besseres zu tun haben. Sein Handy ist heiß in seiner Hand, als würde es von seinem Ärger erwärmt. Sie stört es, dass er nie Postkarten schickt.

Berichts-ID: 0419921
Verletzung beim Sandstrahlen des Bohrturms

Angestellter Nr. 1 war dabei, den Bohrturm zu sandstrahlen. Durch eine unerwartete Bewegung seines Strahlmittelschlauchs verlor er das Gleichgewicht. Während er sich wieder fing, geriet die Düse in die Stulpe seines Handschuhs, wobei Sand und Luft unter hohem Druck in seinen linken Unterarm drangen.

Verletzungsart: Einstich
Grad: Verletzung mit Krankenhauseinweisung
Schlüsselwörter: Sandstrahlen, Handschuh, Schlauch, Arm, Bohrturm

Colleen selbst verschickt zu jeder Gelegenheit Karten – Geburtstage, Ferien, Hochzeit, Krankheit und Tod. Sie hat ein verblüffendes Talent – dessen sie sich auch rühmt –, die perfekte Karte auszuwählen.

Zu ihrem Geburtstag, der heute war, schickte er ihr Blumen, dazu einen in jedem Chili's-Restaurant einlösbaren Gutschein und ein Paar Ohrringe, die er mit Bella Ital-Gias Hilfe aus einem Katalog ausgewählt hatte. Er fand, dass er es ganz gut gemacht hatte, bis er Mickey Phipps, dem Christen, die Geschenke beschrieb. *Es ist ja der Gedanke, der zählt,* sagte Mickey.

Berichts-ID: 0422920
Angestellter von ungesichertem Ausgleichsgewicht getroffen und getötet

Berichts-ID: 0499337
Angestellter zwischen Kellystange und Mast eingeklemmt

Er zahlte den Aufpreis für die Verpackung der Ohrringe als Geschenk. Die Mühe hätte er sich sparen können. Laut Colleen zählt das nicht, außer er hätte das Geschenk selbst eingepackt.

Er ist über zweitausend Kilometer entfernt, auf einer Bohranlage.

Das Handy an seinem Ohr löst wahrscheinlich einen Gehirntumor aus.

»Tut mir leid, Baby«, sagt er, weil das, verdammt noch mal, einfacher ist. »Ich hätte dir eine Karte schicken sollen.«

In Houston zufriedenes Schweigen. Ihre besten Gespräche haben sie immer, wenn Herc zugegeben hat, ein mieser Kerl zu sein.

»Dann sehen wir dich also nächstes Wochenende?«

Da fällt es ihm wieder ein: Nächsten Sonntag ist Vatertag, ein Feiertag, den er hasst. Er versucht erst gar nicht mehr, zu erklären, warum. Schon die Vorstellung deprimiert ihn, die reine Liebe seiner Kinder durch Werbung manipuliert, die Jungs moralisch dazu verpflichtet, ihr bisschen Taschengeld auszugeben, um ihm ihre Zuneigung zu beweisen. Nur der Muttertag ist noch übler, hauptsächlich wegen der höheren Preise, der zynischen Machenschaften von Juwelieren und Floristen.

»Klar«, sagt er, in die Enge getrieben. »Bis dann.«

Im Walmart herrscht ein Mordstheater. Ein halbes Dutzend Kunden drängen sich im vorderen Eingangsbereich, in der Nähe der Kaugummiautomaten. Sie scheinen etwas zu beobachten. Als Herc den Hals reckt, sieht er einen uniformierten Polizisten, der mit einer dürren Wasserstoffblondine spricht, nicht jung, in abgeschnittenen Shorts und einem schulterfreien engen Top. Ein Wrack von einer Frau, aber wenn man auf eine bestimmte Weise blinzelt, kann man eine Spur vergangener sexueller Attraktivität erkennen, einen gespenstischen Überrest der Sexbombe, die sie gewesen sein muss, bevor ein hartes Leben ihr die Schönheit nahm.

Der Polizist legt ihr eine Hand auf den Rücken. »Na schön, Roxanne. Kommen Sie bitte mit.«

»Fassen Sie mich nicht an.«

Die Menge teilt sich, um sie durchzulassen. Herc sieht ihnen nach, wie sie auf das Büro im vorderen Bereich des Geschäfts zusteuern. »Was ist passiert?«, fragt er niemanden Bestimmtes.

Köpfe drehen sich zu ihm um, doch niemand antwortet. Es ist, als spräche er eine Fremdsprache. Mit rotem Kopf betritt er das Geschäft.

»Willkommen im Walmart«, sagt der Grüßaugust, ein alter Kauz, den er schon einmal gesehen hat.

Normalerweise hat Herc in solchen Fällen keine Antwort parat. Diesmal fragt er: »Was ist denn das für eine Aufregung hier?«

Der Alte zuckt die Schultern. »Ladendiebe, scheint's. Manchmal haben wir welche hier.«

»Blöd«, sagt Herc.

Drinnen wandert er durch die Gänge. Er hatte die vage Idee, sich das Angelzubehör mal anzuschauen, findet aber gar keins. Und während er noch in der Abteilung Haus & Garten herumstöbert, entdeckt er die Predigerin, die einen Einkaufswagen in die Lebensmittelabteilung schiebt. Sie trägt einen anderen Hosenanzug, cremefarben. Er folgt ihr im Abstand von ein paar Schritten.

Sie steuert geradewegs auf die Backwaren zu und nimmt zwei große Packungen Kekse aus dem Regal. Herc sieht aus diskreter Entfernung zu.

Unvermittelt dreht sie sich um. »Verfolgen Sie mich?«

»Nein, Ma'am«, stammelt er – und entdeckt zu spät sein Spiegelbild in dem runden Überwachungsspiegel über dem Keksregal.

Sie lächelt entwaffnend, wie eine Lehrerin, die einen eigentlich tadeln will, sich aber anders besinnt. »Ich erkenne Sie. Sie waren in meinem Sonntagsgottesdienst.«

Ein Moment heißer Verwirrung: Sie hatte ihn bemerkt. »Ihre Predigt hat mir sehr gut gefallen.«

»Herc«, wiederholt sie, nachdem er sich vorgestellt hat. »Wie schreibt man das?«

Er buchstabiert es. »Das ist ein Spitzname. Von Hercules. Ziemlich dämlich. Eigentlich heiße ich Marshall.«

»Marshall.« Sie scheint ihn zu mustern. »Sie sind nicht aus der Gegend. Arbeiten Sie für eine der Gasfirmen?«

»Stream Solutions. Das ist Dark Elephant«, fügt er, wie ein Idiot, hinzu. »Was wiederum Darco ist.«

»Arbeiten Sie für die alle?«

»Könnte man so sagen.«

Und irgendwie fühlt es sich völlig normal an, ihr zur Schnellkasse zu folgen, um seine Fünf-Pfund-Dose Fierce-Cut-Eiweißpulver zu bezahlen.

»Sie sind ganz schön weit von zu Hause weg«, sagt sie. »Das ist bestimmt nicht einfach.«

»Ich bin's gewohnt. Letzten Sommer war ich in Arkansas. Davor in Louisiana.«

So alltägliche Antworten, und dennoch scheinen sie sie zu faszinieren. Jede Frage zieht zwei weitere nach sich. Ihren Einkaufswagen zwischen sich, stehen die beiden auf dem Bürgersteig vor dem Geschäft.

»Ich würde mich gerne noch weiter unterhalten, aber ich bin auf dem Weg zur Bibelstunde. Dafür sind auch die Kekse. Hätten Sie Lust mitzukommen?«

»Heute Abend nicht. Ich hab schon was vor.« Was eine glatte Lüge ist: Er hat nichts, aber auch gar nichts zu tun. Herc hat nur keine Übung mehr darin, sich mit einer Frau zu unterhalten, der Versuch macht ihn ganz nervös. Lieber aufhören, bevor er sich blamiert.

Ihr Blick richtet sich auf die Plastikdose unter seinem Arm. »Was machen Sie denn mit diesem Zeug?«

»Mit Wasser vermischen. Schmeckt nicht schlecht.« Er grinst. »Doch, tut es. Es schmeckt widerlich. Eine Gottesfrau kann ich nicht belügen.«

Da lacht sie, ein erfrischender Klang. Etwas, das er vergessen hatte, die schlichte Freude, eine Frau zum Lachen zu bringen.

Ihre nächsten Worte verblüffen ihn vollends.

»Möchten Sie am Freitag mit mir zu Abend essen? Ich nehme an, Ihr letztes hausgemachtes Essen liegt schon eine Weile zurück.« Sie greift in ihre Handtasche und reicht ihm eine Visitenkarte. »Das ist meine Privatadresse. Kommen Sie um sieben.«

Er nimmt die Karte an sich.

»Mom, was machst du denn hier?«

Roxannes Tochter wirkt überrascht, sie zu sehen. Nein: Überrascht ist eine Untertreibung. Shelby scheint völlig entsetzt zu sein. Fast springen ihr die Augen aus dem Kopf.

»Ich war in der Nachbarschaft«, lügt Roxanne. Es gibt keine Nachbarschaft. Shelby und Rich leben am Arsch der Welt, meilenweit von allem entfernt. »Ich dachte, ich könnte meine Enkelchen mal wieder sehen.«

»Braden ist beim Training. Und Olivia hält Mittagsschlaf.«

»In ihrem Alter?« Es ist besser, keine genaue Zahl zu nennen. Olivia ist sechs oder vielleicht auch acht oder zehn.

»Ihr geht es nicht gut.«

»Willst du mich denn nicht hereinbitten?«

»Ich bin gewissermaßen gerade dabei, das Abendessen zu machen.« Shelbys Haare sind zu einem Pferdeschwanz zurückgekämmt, so fest, dass ihre Stirn gestrafft erscheint. Wie üblich trägt sie kein Make-up. Ihr Gesicht sieht wie geschrubbt aus, ernst und sehr jung.

»Um drei Uhr nachmittags?«, sagt Roxanne.

»Ich mache es im Voraus. Später habe ich Bibelstunde.«

Roxanne sagt: »Ich kann dir helfen.«

Shelby runzelt auf groteske Weise die Stirn.

»Shelby Elizabeth, wenn du damit nicht aufhörst, bleibt dein Gesicht so stehen.« Das ist nur eine leichte Übertreibung. Noch keine dreißig, hat sie schon ein paar irre Ausdrucksfalten, und zwar mitten im Gesicht.

Shelby tritt zur Seite, um sie hereinzulassen. Einladend ist das nicht gerade, aber irgendwo muss man ja hin. Roxanne muss erst einmal zu sich kommen, ehe sie wieder zu Peanut geht. Die Sache im Walmart hat sie durcheinandergebracht, die Bloßstellung in aller Öffentlichkeit, auch wenn der Polizist sie am Ende hat gehen lassen. Zittrig vor Erleichterung fuhr sie los. Ein weiterer Gerichtstermin ist das Letzte, was sie gebrauchen kann.

»Wie geht's Peanut?«, fragt Shelby.

»Gut.« Was nicht so ganz stimmt. Peanut geht es nicht gerade gut. Aus unerfindlichen Gründen ist seine Arbeitsunfähigkeitsrente seit zwei Tagen überfällig. Das ist schon mal passiert, letzten Winter. Roxanne wünschte, die Regierung käme endlich in die Puschen.

Das Zusammenleben mit Peanut unterscheidet sich, so weit sie sich erinnert, nicht wesentlich von einer Ehe, wobei ihre Erfahrung mit dieser Institution lange zurückliegt und nur kurz war. Wenn sie Peanuts Rentenzahlung abhebt, behält sie die Hälfte des Geldes für sich. Sie verdient sich ihren Anteil, indem sie tut, was zu tun ist: Wäsche waschen, Aschenbecher leeren, Fertiggerichte in der Mikrowelle erhitzen. Morgens fährt sie mit seinem Lieferwagen durch die Gegend und macht Besorgungen. *Das Lebensnotwendige,* sagte er damals bei ihrer Einstellung. *Lebensmittel, Medikamente und Drogerieartikel von Rite Aid, solche Sachen.* Das war – vor zwei Jahren? Drei? In dieser Zeit ist ihre Stellenbeschreibung konkreter geworden. Die Definition des *Lebensnotwendigen* ist konkreter geworden.

Was sie jetzt hauptsächlich tut, ist Meth kaufen.

Peanut war nie verheiratet – hat, soweit Roxanne weiß, nicht einmal eine Freundin gehabt. Bis er fünfzig war, lebte er mit seiner Mutter zusammen. Als sie starb, bekam Peanut MS. *Er muss schwul sein,* sagt Roxannes Schwester, aber mal im Ernst, spielt das eine Rolle? Es ist schwer (und unerfreulich dazu), sich vorzustellen, wie Peanut mit irgendjemandem Sex hat. Schwer, sich vorzustellen, dass er irgendetwas anderes tut als fernsehen, Zigaretten rauchen und high werden.

»Was ist denn da draußen auf der Dutch Road los?«, fragt Roxanne. »Da fahren überall Lastwagen rum.«

»Sie bohren nach Gas.«

Verfluchte Sauerei, denkt Roxanne, sagt es aber nicht. Shelby schimpft sie immer wegen ihrer Ausdrucksweise, selbst wenn keins der Kinder im Raum ist.

Shelby mustert sie. »Was ist mit deinem Zahn passiert?«

»Ist in einem Apfel stecken geblieben.«

»Warst du damit beim Zahnarzt?«

Shelby löchert sie immer mit solchen Sachen: Grippeimpfung, Cholesterin. Letztes Jahr hat Roxanne von ihr eine Packung Nikotinpflaster zu Weihnachten bekommen. Shelbys Geschenke sind alle so. Sie sagen einem, was mit einem nicht stimmt.

Roxanne sitzt am Küchentisch und sieht zu, wie Shelby eine Dose Pilzsuppe von irgendeiner Handelsmarke aufmacht. Sie hat eine kleine grazile Figur, was man allerdings so, wie sie sich kleidet, gar nicht sieht. Ihr ausgeleiertes T-Shirt hängt ihr fast bis zu den Knien. »Wo ist dein gut aussehender Mann?«

»Er hilft Dick im Commercial. In zwei Stunden ist er wieder da.«

Alles in allem eine enttäuschende Nachricht. Rich würde ihr nämlich, wenn er da wäre, wenigstens ein Bier anbieten.

Mit zugekniffenen Augen liest Shelby auf der Dose: *»Ein halber Teelöffel Zwiebelpulver.«* Ist es nicht merkwürdig, dass sie Roxanne an ihre eigene Mutter erinnert? Louise, die Strickerin, die Kirchgängerin, die Coupon-Sammlerin. Kurzsichtig von dreißig Jahren Textilfabrik, kniff sie auf genau dieselbe Weise die Augen zusammen.

Roxanne entschuldigt sich und geht ins Bad. Wie zufällig öffnet sie den Arzneischrank. Ihr Schwiegersohn – hatte sie das im Kopf? – leidet unter Rückenschmerzen. Mit etwas Glück nimmt er Vicodin oder wenigstens Percocet.

Shelbys Arzneischrank ähnelt einem Drogerieregal. Er enthält eine Auswahl an Cremes und Salben, einen Kasten mit Pflastern in verschiedenen Größen. Dazu Kautabletten gegen Sodbrennen, Halsbonbons und Vitamindragees; Flaschen mit Robitussin, Tylenol für Kinder. Pepto-Bismol und Ipecacuanha-Sirup. Mit anderen Worten, nichts von Interesse. Wieder denkt Roxanne an ihre Mutter mit ihren unangenehmen, altmodischen Heilmitteln: Magnesiamilch, Mercurochrom, Rizinusöl, Doans-Pillen.

Sie schließt den Arzneischrank.

Da es keinen Grund gibt, es nicht zu tun, schlendert sie in Shelbys Schlafzimmer. Das ordentlich gemachte Bett ist mit einer gesteppten Tagesdecke versehen. Auf der Kommode stehen gerahmte Fotos von den Kindern und eins von Shelbys Hochzeit. Neunzehn Jahre alt und glücklich. Sie war eine wunderschöne Braut.

Roxanne bleibt ganz still stehen, lauscht. Aus der Küche hört sie Bratgeräusche, wie Regen auf einem Blechdach. Da es keinen Grund gibt, es nicht zu tun, zieht sie die oberste Kommodenschublade auf.

Die Unterwäsche ihrer Tochter deprimiert sie – die biederen weißen Unterhosen, die hässlichen Büstenhalter mit dicken

Gummibandträgern, mehr Halt, als Shelby tatsächlich braucht. (Üppig war sie nie.) Was für eine Verschwendung, denkt Roxanne, während sie die Schublade durchsucht.

Roxanne selbst bewahrt in ihrer Wäscheschublade einen Umschlag mit Bargeld auf, alte Barkeeper-Gewohnheit. Fast ihr ganzes Leben lang war Trinkgeld ihre wichtigste Einnahmequelle.

Verschwendung einer grazilen Figur, eines gut aussehenden Ehemannes. Am liebsten würde sie Shelby an den Schultern packen und schütteln. Um ihr begreiflich zu machen, wie schnell diese Dinge vorbei sind, Roxanne, die nicht mehr jung ist.

Sie tastet umher, findet aber keinen Umschlag. Gerade als sie die Schublade voller trauriger Unterwäsche zumacht, geht quietschend die Schlafzimmertür auf.

»Mommy?« Die leise Stimme, das kleine blonde Mädchen in einem geblümten Nachthemd: Für eine Sekunde, wirklich nur eine Sekunde, ist sie ihre Crystal, in dem gelben Nachthemd, das sie anhatte, als sie starb.

Roxanne ist den Tränen nah.

»Nein, Schätzchen«, sagt sie und fängt sich wieder. »Es ist bloß deine Granny Rox.«

»Was machst du da?«

»Ich räume Wäsche weg, um deiner Mommy ein bisschen zu helfen. Geh jetzt wieder ins Bett.«

»Okay.«

Olivia macht die Tür hinter sich zu. Da erst bemerkt Roxanne Shelbys Handtasche, die am Knauf hängt.

4.

Der Wald ist hundert Jahre alt, ein Laubmischwald, Stämme so dick wie Regentonnen – Turngeräte für vier Kindergenerationen, ideales Terrain für Baumhäuser und Reifenschaukeln. Der Wald hallt wider von Kriegsgeschrei, gellendem Gelächter, *Eins, zwei, drei, vier, Eckstein*. Und ohne Ende *Der Kaiser schickt Soldaten aus*; stundenlanges Versteckspiel mit extra dazu eingeladenen Kindern. Es gab kindliche Heldentaten, Überraschungsangriffe auf Baumhäuser, todesmutige Klettereien. Es ist ein Kinderterritorium, ein Ort, an den Erwachsene sich nicht vorwagen – die Kaffeetrinker und Zeitungsleser, die Steuerzahler und Versicherungskäufer, die Lippenstiftträgerinnen und Schlipsträger. Ein Königreich, regiert mithilfe von alten, durch die Jahrhunderte hindurch überlieferten Gesetzen, *Meins!* und *Eins, zwei, drei, vorbei* und *Du bist!*

Aus der umliegenden Nachbarschaft kommen – zur Mittagszeit, bei Anbruch der Dunkelheit – die entfernten Rufe der Eltern. Unter den Kindern herrscht ein unausgesprochener Verhaltenskodex: Die ersten beiden Rufe sind zu ignorieren.

Endlose Sommertage.

Abgesägt wird der Wald mit einer Chisholm 600, Industriestandard. Aus der Ferne ähnelt sie dem Exzenterschleifer eines Riesen. Mit einem Sägeblatt von der Größe eines Karussells schneidet sie jeden Stamm knapp über dem Boden ab.

Oberhalb des Blatts packen mechanische Greifarme das abgeschnittene Holz und werfen es auf die Seite.

Als Nächstes kommen die Bagger, um ein Auffangbecken auszuschachten – über zweitausend Quadratmeter groß und fast drei Meter tief, größer als das städtische Schwimmbad. Zum Schluss heben sie ein Areal von der Größe eines Einkaufszentrums aus. Die kahle Fläche wartet geduldig, wie ein Thron auf einen Würdenträger. Dort wird die Bohranlage stehen.

Der Bohrplatz wird geebnet und mit Kies ausgelegt. Dann geht es an die Bohrung.

Sie beginnt mit dem Bohrkeller, einem etwa zwei Meter tiefen Loch. Vom Keller aus wird ein tieferes Loch gebohrt. Jemandem, der diesen Vorgang schon mehr als hundert Mal gesehen hat, mag er normal, alltäglich erscheinen. Wer ihn noch keine hundert Mal gesehen hat, wird finden, dass er obszön aussieht und obszön klingt. Das leise Heulen des Erdbohrers, seine heisere mechanische Lust. Der riesige gefurchte Phallus, der sich dreißig Meter in die Erde bohrt.

In das Loch kommt dann ein Standrohr.

Zum Abstellen von Gestänge werden zwei weitere Löcher gebohrt. Das Rathole nimmt die Kellystange auf, während im Mousehole der nächste Zug bereitsteht.

Für das Bohrklein wird eine Grube ausgehoben. Bohrklein besteht aus Erdklumpen, Dreckbrocken, die herumfliegen. Bohrklein ist alles, was, sobald die eigentliche Bohrung begonnen hat, aus dem Loch ausgespuckt wird.

Die Schlammgrube ist halb so groß wie ein Footballfeld – olympische Ausmaße, wenn es eine olympische Disziplin gäbe, bei der Schlamm eine Rolle spielt.

Vollzugsbeamter Devlin ist gerade am Ende seiner Runde angekommen, als Gary Rizzo ihn über Funk anruft. »Tut mir leid, Mann. Sie sagt, es ist ein Notfall.«

Vorne im Büro nimmt er den Hörer auf.

»Wo warst du?«, jammert Shelby. »Ich hab's die ganze Zeit auf deinem Handy probiert.«

»Es liegt in meinem Handschuhfach. Wo es immer liegt. Was ist denn los, um Himmels willen? Ist was mit den Kindern?«

»Den Kindern geht's gut.« Sie holt tief Luft, ein feuchtes, rotziges Geräusch. »Die Lastwagen sind hier. Es ist – oh Gott, ich kann's nicht beschreiben. Der Krach ist unerträglich. Sie hauen die ganzen Bäume ab.«

Sein Herz rast.

Seit Wochen trägt er nun schon ein Stück Papier in der Brieftasche herum, auf dem in seiner eigenen krakeligen Handschrift steht: *Honiger 8 J. alt 40K*. Darunter die Telefonnummer des Milchbauern in Somerset County, eine Nummer, die er auswendig kann.

Devlins Ausstiegsstrategie, sein Plan für die Zukunft. Falls die Honiger noch zu haben ist. Falls es nicht schon zu spät ist.

Wie das alles kam, ist eine durchaus berechtigte Frage. An einem regnerischen Morgen kurz bevor die Sonne aufging, hörte Rena Koval Sirenen. Sie stürzte gerade noch rechtzeitig aus dem Melkstand, um einen Krankenwagen die Number Nine Road hinunterrasen zu sehen. Er bog um die Kurve auf die Dutch Road, in die Richtung von Cob Krugs Wohnwagen.

Sie fand Mack im Stall, mit dem Klauenbad beschäftigt. Ein paar von den Mädchen leiden chronisch an der Erdbeerkrankheit. »Drüben bei Cob passiert irgendwas«, sagte Rena. »Nichts Gutes.«

Er war erst seit ein paar Stunden tot. Dass seine Leiche so schnell – ja, dass sie überhaupt – gefunden wurde, ist schon jetzt eine berühmte Geschichte, die man sich an der Bar im Commercial Hotel noch auf Jahre hinaus erzählen wird. Die Entdeckung wird Cobs Hunden, zwei räudigen Deutschen Schäferhunden, zugeschrieben. In späteren Versionen der Geschichte werden sie zum Haus eines Nachbarn rennen und, wie Lassie im Fernsehen, eindringlich bellen, doch das ist nicht belegt. Tatsächlich sah man sie einfach durch Jim Nortons Wald stromern. Jims Frau wusste – wie alle anderen auch –, dass Cob seine Hunde wie Kinder liebte. Nichts Gutes ahnend, wählte sie die 911.

Cobs Tod – ein Herzinfarkt, es hätte aber auch sonst was sein können – überraschte niemanden. Überraschend war allerdings das plötzliche Wiederauftauchen seiner Ehefrau, die er dreißig Jahre zuvor weggejagt hatte. Die beiden hatten jung geheiratet und sich bald wieder getrennt, vor so langer Zeit, dass die Stadt ihren Namen vergessen hatte. Und nun stand er da, auf dem Kaufvertrag für Cobs Wohnwagen und seine achtzehn Hektar: *Lynette Jean Krug.* Sie waren nie dazu gekommen, sich scheiden zu lassen. Bei seiner Beerdigung fuhr sie in Rocco Bernardis Leichenwagen mit. Am Grab gab Dick Devlin ihr eine gefaltete Fahne.

Die Beerdigung war erstaunlich gut besucht. Männer in Anzügen sprachen der Witwe ihr Beileid aus. Etliche baten sie um ein Gespräch unter vier Augen, doch Bobby Frame war ihnen – morgens im Days Inn, wo auch Lynette übernachtete – zuvorgekommen.

Die Predigerin lebt in einem normalen Haus, einem Terrassen- oder Stufenhaus – Herc kann sich den Unterschied nicht merken, falls es überhaupt einen gibt –, mit einer Verkleidung aus Aluminium und dem Wohnzimmer über einer Doppelgarage. Ihm fällt der perfekt gepflegte Garten auf, der neuartige Briefkasten in Form einer altertümlichen Scheune, auf der ihr Name steht, PEACOCK, der Pfau, gerade so als lebte eine Miniaturausgabe dieses Vogels darin.

Seine neue Sportjacke spannt etwas an den Schultern. Er klingelt und wartet, in der Hand eine gelbe Schachtel. Über ihm brummt ein Flugzeug. In seiner schuldbewussten Vorstellung fliegt es nach Westen und Süden, mit einem leeren Fensterplatz, das nicht erstattungsfähige Ticket nach Houston, das er bezahlt, aber nicht benutzt hat.

Er betrachtet die Schachtel in seiner Hand. *Kein Wunder, dass unsere Whitman's Choice® Amerikas bevorzugte Pralinenschachtel ist. Eine besondere Leckerei für jede Gelegenheit!* Schon als Kind hatte er gelernt, dass man nie mit leeren Händen kommt, aber einer Pastorin konnte man ja keine Flasche Wein mitbringen. Auch Blumen waren ihm riskant erschienen, bei allem, was die verschiedenen Farben angeblich bedeuteten. Ausschlaggebend war für Herc aber etwas anderes: Einer Frau Blumen gleich welcher Farbe mitzubringen, bedeutet, dass man sich etwas von ihr erhofft, es sei denn, die Frau liegt im Krankenhaus oder auf dem Friedhof. Jedenfalls galt das damals, als er noch

Junggeselle war und eine gewisse Kenntnis auf diesem Gebiet besaß. Nach vierzehn Jahren Ehe sind seine diesbezüglichen Instinkte mangels Anwendung verkümmert. Ein Beispiel: Die Pastorin hat ihm angeboten, für ihn zu kochen. In seiner Junggesellenzeit hätte das nur eins geheißen.

Bewegung im Haus, ein schimmernder Vorhang. Die Tür geht auf. Die Pastorin ist erhitzt, ein wenig atemlos – barfuß, in Jeans und Trägerhemd. So ist seine Frau angezogen, wenn sie Hausputz macht.

»Willkommen! Oh, wie reizend«, sagt sie und nimmt ihm die Schachtel ab.

»Ich hab mich zu schick gemacht«, sagt er und kommt sich wie ein Idiot vor.

»Überhaupt nicht. Sie sehen super aus. Kommen Sie doch rein.«

Er folgt ihr eine kurze Treppe hinauf, verwundert über die eigenartige Vertrautheit der Situation. (Ihre Schuhe stehen aufgereiht am Rand der Stufen – ausgelatschte Flip-Flops, ein Paar Turnschuhe, in die sie zusammengerollte Sportsocken gesteckt hat.) Noch etwas verunsichert ihn: Sie ist größer, als er sie in Erinnerung hat. Sie stehen sich auf Augenhöhe gegenüber, obwohl sie barfuß ist und er Cowboystiefel trägt.

»Das ist ein schönes Haus«, sagt er, wenngleich *schön* nicht das richtige Wort ist. Gemütlich, vielleicht. Das Wohnzimmer ist von Bücherregalen gesäumt. Fotos und eingerahmte Zeugnisse – Hambley Bible College, Calvary Theological Seminary – zieren die Wände. Diese ganzen Nippsachen und persönlichen Erinnerungsstücke machen ihn leicht klaustrophobisch, wobei vermutlich sein Blickwinkel verzerrt ist. Er arbeitet im Freien, schläft in Motelbetten, isst in Restaurants. Er weiß nicht mehr, wann er das letzte Mal das Haus eines anderen Menschen betreten hat.

»Einen Rundgang bekommen Sie nach dem Essen. Das Untergeschoss ist voll ausgebaut. Da unten gebe ich seelsorgerische Beratung.«

»Das ist bestimmt … interessant.« Vor Jahren hatte Colleen

ihn einmal zu einer Eheberatung mitgeschleppt. Er hatte die meiste Zeit schweigend dagesessen, einsilbig geantwortet. Bei diesem einen Termin war es geblieben.

»Manchmal.« Sie räumt Bücher, Papiere, eine Brille vom Sofa weg. »Ich habe gerade an meiner Vatertagspredigt gesessen. Sie haben nicht zufällig irgendwelche Ideen zu dem Thema?«

»Ich glaube, was ich darüber denke, würde Ihrer Gemeinde nicht gefallen.« Das sagt er, ohne zu überlegen, sein letztes Gespräch mit Colleen noch deutlich im Kopf.

Macht mir nichts aus, dass du den Vatertag hasst. Den Jungs auch nicht. Aber dass du nicht da bist, das macht ihnen was aus.

Die Pastorin lächelt breit. »Ich weiß schon. Ich bin natürlich keine Mutter, aber ich fand schon immer, dass das ein erfundener Feiertag ist. Ich hoffe, Sie mögen Fisch. Ich habe Lachs gemacht.«

»Ja, Ma'am. Ich mag alles.« Er nimmt ihre nackten Schultern wahr, einen hervorlugenden BH-Träger. Er hatte nicht erwartet, so viel von ihr zu sehen. Verwirrt wendet er sich dem Bücherregal zu. *Der historische Jesus. Die Heilige Schrift in der modernen Welt.* »Sie haben ja viele Bücher.«

»Mein persönlicher Stapel ist im Gästezimmer. Das hier sind hauptsächlich Fachbücher, die Sie bei jedem anderen Pastor auch finden.«

»Da muss ich Ihnen widersprechen. Mein Daddy war Pastor. Außer der Bibel hatten wir, glaube ich, kein einziges Buch im Haus.«

Das scheint ihr zu gefallen. »Sie sind ein Pfarrerskind? Darauf hätte ich eigentlich kommen müssen.«

»Wie das?« Sein Hemdkragen ist sehr eng, schneidet ihm fast die Luft ab. Herc spürt, wie ihm die Röte in die Wangen steigt.

»Sie sind sehr … höflich.«

»Ich wurde dazu erzogen, Respekt vor der Geistlichkeit zu zeigen. Daddy war der Pastor. So nannte ihn meine Mutter. *Der Pastor ist sehr enttäuscht von dir, Marshall. Darüber musst du mit dem Pastor reden.* Deshalb weiß ich nicht einmal, wie ich Sie ansprechen soll.«

»Wie wär's mit ›Jess‹?«

»Na ja. Ich weiß nicht, ob sich das gehört.« Er beugt sich vor, um ein eingerahmtes Foto zu betrachten: eine viel jüngere Jess, Arm in Arm mit einem blassen dunkelhaarigen Jungen. Sie tragen genau die gleichen grauen Pullover mit der dunkelblauen Aufschrift HAMBLEY. »Ihr Bruder?«

»Mein Mann.«

Hercs Gesicht muss etwas verraten haben, Scham oder Schrecken oder tiefstes Bedauern, denn sie fügt rasch hinzu: »Ich bin Witwe. Das da wurde aufgenommen, als wir im College waren. Er ist vor sieben Jahren gestorben.«

Betretenes Schweigen.

»Das tut mir leid«, sagt Herc. »Ich weiß nicht, warum ich dachte, er sei Ihr Bruder.«

»Das haben viele gedacht. Ich glaube einfach, dass wir uns ähnlich sahen. Wes und Jess.«

Er betrachtet das Foto. Tatsächlich ist die Ähnlichkeit fast unheimlich: dasselbe alberne Grinsen, dieselben warmen braunen Augen. In den Pullovern hätten sie zweieiige Zwillinge sein können, aufgezogen von einer hingebungsvollen Mutter, die Wert darauf legte, sie gleich anzuziehen.

»Schilddrüsenkrebs«, sagt sie.

»Wie bitte?«

»Die Leute wollen es wissen, fragen aber nie. Wes hatte Schilddrüsenkrebs. Er war – wir beide waren – vierunddreißig.«

»Oh Gott. Das ist zu jung, um Witwe zu sein.«

»Das war es. Damals habe ich das Wort immer vermieden. Heute –« Sie zuckt die Achseln. »Ich bin nun mal genau das.«

Der Tisch ist bereits gedeckt, Salat und Kartoffeln und, zu seiner Erleichterung, eine schwitzende Weinflasche. Jess öffnet sie mühelos, dreht mit eingeübter Leichtigkeit den Korkenzieher.

»Monatelang habe ich gehofft, dass ein paar von euch Männern in meine Kirche spazieren. Sie und Ihr Freund waren die ersten Interessenten. Er ist allerdings nicht mehr wiedergekommen.«

»Er war ein bisschen … überrascht. Eine Pastorin, verstehen Sie.«

»Das sind viele Leute. Setzen Sie sich doch.« Sie kommt mit einer Platte Lachs aus der Küche zurück. »Ich übrigens auch. Ich bin da gewissermaßen hineingeraten, wenn Sie die Wahrheit wissen wollen. Ich war vollauf zufrieden damit, die Frau eines Pastors zu sein, bis Wes krank wurde.« Sie füllt ihre Weingläser. »Er wollte seine Kirche nicht aufgeben, und so tat ich, was ich konnte, um ihm zu helfen. Am Ende schrieb ich ihm die Predigten. Nach seinem Tod ging ich wieder zur Schule. Ich brauchte etwas. Für mich war es das Normalste von der Welt.«

Herc trinkt einen großen Schluck, entspannt sich etwas. »Und dann haben Sie mit der Kirche angefangen?«

»Nein, nicht sofort. Niemand stellte einen weiblichen Pfarrer ein, also fing ich mit einem Bibelkreis an. Zuerst waren es nur Frauen. Am Ende wurden ein paar Ehemänner mitgeschleppt.« Und einer dieser Ehemänner war es, erklärt sie, der sie davon überzeugte, das Friedmansche Möbelgeschäft zu mieten und, vor Kurzem, eine richtige Kirche zu kaufen. In Bakerton waren solche Gebäude billig und zahlreich, denn die örtliche katholische Diözese hatte ein halbes Dutzend kleine Pfarreien aufgegeben. Bei einer Versteigerung hatte Living Waters für fast nichts die alte St. Kasimir gekauft, ein Schnäppchen, trotz ihres absackenden Fundaments und des undichten Dachs.

»Im Moment sammeln wir Geld für die Renovierung. Mit Autowaschen und Kuchenbasaren.« Sie grinst. »Als Pfarrerskind wissen Sie ja über all diese Sachen Bescheid.«

»Allerdings«, sagt Herc, der sich an die alljährlichen Spendenbasare der Jugendgruppe erinnert: mit Zeitschriften und Kochtöpfen, Lotterielosen und Teppichknüpf-Sets, Schokoriegeln, Duftkerzen, Weihnachtsdekoration und Käselaiben. »Es gab noch mehr Dinge, die ich vergessen habe, aber das waren die wichtigsten. Direkt ein Wunder, dass ich nicht Kaufmann geworden bin.«

Sie lädt ihm Lachs und Kartoffeln auf den Teller. »Waren Sie schon immer – wie nennt sich das doch gleich?«

»Anlagenleiter. Ich hab mich wohl hochgearbeitet. Bohrarbeiter war ich schon ganz früh.« Angefangen hatte er mit dreiundzwanzig, jünger als Brando oder Jorge. Der Gedanke, wie lange das schon her ist, macht ihn müde und irgendwie traurig.

»Dann müssen Sie es ja gerne machen.«

»Es ist ganz in Ordnung. Aber es gibt doch noch mehr im Leben.« Fast hätte er ihr erzählt, dass sein Bruder Dinky ihm vor ein paar Jahren vorschlug, sich zusammen mit ihm selbstständig zu machen und geführte Angeltouren auf dem Brazos anzubieten. Die Einstiegskosten seien minimal: Ausrüstung, ein paar Reparaturen an Dinkys Boot. Herc verdiente bereits gut bei Stream Solutions, aber das ständige Unterwegssein machte ihm zu schaffen: Seine Jungs wuchsen ohne ihn auf, sein ganzes Leben raste vorbei wie eine Landschaft, der verschwommene Blick aus einem Hochgeschwindigkeitszug. Er war schon drauf und dran, sein Pensionskonto zu plündern, als Colleen sich querstellte. *Dink kann einen Fisch angeln, aber das heißt nicht, dass er ein Geschäft führen kann. Ihr Bonner-Jungs! Keiner von euch beiden hat auch nur einen Funken Verstand.* Am Ende machte Dinky es ohne ihn, und Colleen behielt recht, denn er verlor alles Geld, das er sich geliehen hatte, und noch mehr. Dennoch wird Herc das Gefühl nicht los, dass alles anders hätte laufen können; dass er, wenn seine Frau ein wenig an ihn glaubte, zu mehr fähig sein könnte, als eine Bohrmannschaft zu leiten. Als junger Mann war er voller Ideen gewesen. Diese Vorstellung von sich selbst hat er nun schon jahrelang nicht mehr gehabt.

Er hebt das Glas an die Lippen und stellt fest, dass es leer ist. »Erzählen Sie mir von der neuen Kirche«, sagt er, in der Hoffnung, dass sie es nicht bemerkt hat.

Jess füllt sein Glas nach. »Wir stehen kurz vor dem Einzug. Das Letzte ist jetzt noch das Dach. Ich kann es kaum erwarten, aus diesem Möbelgeschäft rauszukommen.«

»Tja, das war auch eine Überraschung.«

Sie legt die Hand auf die Augen. »Es ist grässlich, ich weiß. Dieser Teppich!«

»Der Teppich ist mir gar nicht aufgefallen.«

»Sie lügen. Er ist widerlich. Ich wundere mich, dass überhaupt jemand wiederkommt.«

»Ich bin wiedergekommen.«

Sie bedenkt ihn mit einem breiten, umwerfenden Lächeln. »Ja, das sind Sie. Aber erst nach zwei Wochen.«

»Ich musste arbeiten.«

»Am Sonntagmorgen?«

»Die erste Tour beginnt um fünf.«

»Was ist denn eine Tour?«

»Eine Schicht. Entschuldigen Sie. Eine Bohranlage hat ihre eigene Sprache. So ähnlich wie das Militär. Man verlernt es, normal zu sprechen.«

Sie kaut nachdenklich. »Sie sind jetzt wie lange in Bakerton, ein Jahr?«

»Zehn Monate.«

»Zehn Monate. Und wie viele richtige Gespräche hatten Sie mit Leuten aus der Stadt?«

»Eins. Mit Ihnen, im Walmart. Heute Abend dürfte das zweite sein.«

»Genau das meine ich. Wenn Sie schon hier sind, könnten Sie genauso gut Teil der Gemeinschaft sein.«

»Das halte ich für eine Minderheitsmeinung. Die meisten Leute wollen, dass wir von hier verschwinden.« Herc nimmt sich noch einmal von dem Fisch. »Die mit einem Pachtvertrag wollen möglichst bald ihr Geld sehen. Aber haben wir dann erst einmal ihr Grundstück aufgerissen, wollen auch sie, dass wir verschwinden.«

Nachdenklich hebt sie ihr Glas. »Es ist kompliziert, Marshall. Veränderung ist schwer, vor allem, wenn man sie nicht selbst gewählt hat. Wie die meisten hier. Und die Stadt hat sich definitiv verändert.«

Herc erinnert sich an seinen ersten Eindruck von Bakerton, die leeren Schaufensterfronten. Was genau vermissen die Leute denn? In weiteren zehn Jahren wäre es eine Geisterstadt geworden.

»Ein paar Menschen verdienen eine Menge Geld«, sagt sie. »Gut für sie, aber alle anderen müssen darunter leiden. Der Lärm, der Straßenbau. Kürzlich hätte ich schwören können, dass ich ein Erdbeben gespürt habe.«

»Das denken die Leute immer. Das sind nur seismische Messungen, nichts Beunruhigendes.«

Sie sieht nicht überzeugt aus.

»Und was ist mit dem Trinkwasser? Darüber habe ich was gelesen. Weiter im Westen gibt es Leute, die können ihr Leitungswasser anzünden.«

»Dem Wasser passiert nichts. Vertrauen Sie mir. Das ist ein Haufen – Propaganda.« Herc verkneift sich gerade noch das Wort *Schwachsinn*. »Ökospinner, die versuchen, Ihnen Angst zu machen. Greenpeace oder wer auch immer.«

Es gibt noch mehr, was er gerne sagen würde. *Auch mir liegen diese Fragen am Herzen. Niemand will das Wasser verschmutzen.* Leidvolle Erfahrung hat ihn jedoch gelehrt, lieber den Mund zu halten. Umweltschützer sind keine vernunftgesteuerten Menschen. Für Herc sind sie pingelige Haushälterinnen wie seine Schwiegermutter, die in einer so ordentlichen Senioren-Wohnung lebt, dass ein Besuch ihn jedes Mal Überwindung kostet: Schonbezüge auf dem Sofa, in Plastik eingeschlagene Lampenschirme.

Es herrscht Schweigen.

»Sie glauben mir nicht«, sagt er.

»Was ich glaube, spielt keine Rolle. Ich habe nicht so viel Land, dass irgendjemand hier bohren könnte. Aber wenn ich es hätte? Ich würde auf gar keinen Fall einen Pachtvertrag abschließen.«

»Ich werde nicht versuchen, Sie umzustimmen. Aber so schlimm ist es wirklich nicht.« Er leert sein Glas. »Gut, es ist schlimm, aber nur für kurze Zeit. Ein paar Monate, alles in allem.«

»Aus Ihrer Perspektive mag das ja stimmen. Aber die Stadt unterliegt einer *permanenten* Veränderung. Um ehrlich zu sein, bringt sie manche Leute dazu, sich von ihrer schlechtesten Seite zu zeigen.« Jess gießt ihnen beiden Wein nach. »Die Schließung der Kohlegruben war ein schwerer Schlag für Bakerton. Manche dieser Männer arbeiten immer noch nicht wieder. Stellen Sie sich vor, Sie sind seit Monaten oder Jahren arbeitslos, und dann sehen Sie, wie Arbeiter von Texas oder sonst woher angekarrt werden.«

»Daran habe ich nie gedacht.« Herc denkt an das missgelaunte Zimmermädchen im Days Inn, die mürrischen Einheimischen im Commercial, die Haltung des Barkeepers. »Nichts für ungut, aber die freundlichste Stadt ist das nicht gerade.«

»Finden Sie das so erstaunlich? Die Leute haben das Gefühl, dass man über sie hinweggeht. Sie nehmen ihnen die Arbeitsplätze weg. Und wenn Sie zufällig ein Schwarzer oder Latino sind, kann es unangenehm werden. Ich habe Kommentare gehört, die ich nicht wiederholen möchte, von Leuten, die es eigentlich besser wissen müssten: *Ich bin ja kein Rassist, aber …*« Sie trinkt einen Schluck Wein. »Vor ein paar Jahren gab es einen Fall, vielleicht achtzig Kilometer von hier entfernt. Vier Spieler einer Highschool-Footballmannschaft schlugen einen Mexikaner tot. Anscheinend wurden sie sauer, als er sich auf Spanisch an sie wandte. Das Gericht sprach sie frei. Zur Begründung hieß es, hier sei ein Straßenkampf außer Kontrolle geraten.«

Herc fällt die schwangere Krankenschwester in der Notaufnahme ein, die Jorge von oben bis unten musterte und ihn fragte, ob er US-Bürger sei. Was, wenn er es nicht gewesen wäre? Hätte sie ihn wieder weggeschickt?

»Die Ironie ist, dass Bakerton einmal eine Einwandererstadt war. Polen, Italiener, Ungarn. Diese Leute sprachen auch kein Englisch. Jetzt sind es ihre Kinder und Enkelkinder, die sich über die Einwanderung aufregen.« Jess rutscht ein wenig auf ihrem Stuhl. »Ich will überhaupt nicht alle über einen Kamm scheren. Die meisten Menschen hier sind reizend. Aber die, die es nicht sind, neigen dazu, am lautesten zu schreien.«

»Wie überall«, sagt Herc.

»Dann gibt es noch logistische Probleme. Wir haben ein winzig kleines Krankenhaus, eine freiwillige Feuerwehr. Wussten Sie, dass es für ganz Bakerton nur einen Polizeibeamten gibt? Hier schließt keiner seine Haustür ab. Und unsere Verbrechensrate liegt bei null, bis jetzt.«

»Sind Sie sich dessen sicher? Ich wohne drüben im Days Inn. Ich kann Ihnen nicht sagen, wie oft auf dem Parkplatz schon in einen Schweißwerkstattwagen eingebrochen wurde. Schweißstromleitungen sind aus Kupfer«, erklärt er. »Drogenabhängige klauen sie und verkaufen sie als Schrott.«

»Drogenabhängige? *In Bakerton?*« Sie sieht entgeistert aus und noch etwas anderes – verletzt, enttäuscht, aber vielleicht liest er auch zu viel hinein. Er erinnert sich an den Sonntag, als er und Mickey, statt noch zum geselligen Beisammensein dazubleiben, ihre Kirche verließen. Wieder kommt er sich wie ein Schuft vor.

»Es ist eine nette Stadt«, sagt er rasch. »Ich mag sie. Aber jeder Ort hat seine Probleme. Der Fisch ist köstlich.« In Wirklichkeit ist er etwas trocken; nur ihr zu Gefallen hat er noch einmal davon genommen.

Er beäugt die inzwischen fast leere Weinflasche.

»Dann bin ich beruhigt. Ich wollte etwas Genießbares machen. In der Küche bin ich ein bisschen eingerostet. Man wird faul, wenn man allein lebt. Als Wes krank war, erschien das nicht wichtig. Die meiste Zeit hatte er keinen Appetit.«

»Mein Großvater hatte Magenkrebs«, sagt Herc. »Er sagte immer, die Behandlung ist schlimmer als die Krankheit.«

»Ja, richtig. Aber nicht nur das.« Sie schweigt lange genug, um ihn nervös zu machen. »Der Krebs veränderte ihn. Er verändert vermutlich jeden, aber Wes wurde ein bisschen verrückt. Er wollte unbedingt wissen, warum das passierte. Was natürlich eine vernünftige Frage ist. Er war so jung.«

Ihre Hand liegt mit der Handfläche nach oben auf dem Tisch. Erst jetzt bemerkt Herc, dass sie immer noch einen Ring trägt. Er denkt an seinen eigenen Ehering, den er vor Jahren auf einer Anlage in Arkansas verloren und nie ersetzt hat.

»Ich komme mir etwas komisch vor, wenn ich Ihnen das jetzt erzähle. So als würde ich einen Vertrauensbruch begehen. Was lächerlich ist, nach so langer Zeit.«

Wie konnte er das übersehen haben? Seit sieben Jahren verwitwet und immer noch ein Ring.

»Das geht mich nichts an«, sagt er rasch. »Wir müssen nicht darüber reden.«

»Nein, aber ich möchte es gerne. Das ist vernünftig, oder?« Sie hebt ihr Glas und merkt, dass es leer ist. »Ich trinke zu viel.«

»Oder nicht genug.« Er gießt den letzten Spritzer Wein in ihr Glas. »Auf Wes.«

Ihre Augen sind plötzlich feucht. »Oh, wie liebenswürdig von Ihnen. Ja. Auf Wes.«

Sie stoßen an.

»Also gut. Er hatte gewisse Theorien.« Sie nimmt einen kräftigen Schluck. »Erinnern Sie sich an Three Mile Island?«

»Das Atomkraftwerk?«

»Ja. Er wuchs – ebenso wie ich – dort ganz in der Nähe auf. Ich meine, *ganz nah*. Von ihrem Hinterhof aus konnte man den Meiler sehen.«

»Großer Gott.«

»Die Peacocks waren unsere Nachbarn. Meine Mutter war schwanger, sodass wir unser Haus verlassen mussten; Wes' Eltern dagegen blieben. Sie dachten wohl, es würde schon wieder werden. Zumindest sein Vater. Wer weiß, was seine Mutter dachte. So eine Art Ehe war das.«

Herc denkt an seine Mutter, die jede Woche ein Taschengeld bekam, genau wie ihre Kinder, Fünf- und Zehn-Dollar-Scheine, die sie in einer alten Blechdose – SAYRES GEKOCHTE ERDNÜSSE – zusammen mit einem kleinen Notizblock oben auf dem Kühlschrank aufbewahrte. Bei der Haushaltsauflösung nach ihrem Tod hatte er den Block durchgeblättert, kleine Haushaltsausgaben über Jahre genau aufgezeichnet – Milchmann 3 Dollar – in der sorgfältigen Handschrift seiner Mutter.

»Auf jeden Fall brauchte er, als er krank wurde, nicht mehr als fünf Sekunden, um zu entscheiden, dass das der Grund war.«

Herc runzelt die Stirn.

»Die Radioaktivität«, sagt sie.

»Ach so. Klar. Und, war sie es?«

Sie zuckt übertrieben die Achseln. »Sein Arzt meinte, nein, sie hätte es nicht sein können. Aber Wes war davon überzeugt. Er las alles, was er in die Finger kriegte. Am Ende hatte er Aktenschränke voller Artikel. Medizinische Untersuchungen und so. Doch niemand glaubte ihm.«

»Und Sie?«

Eine lange Pause.

»Ich glaube, er glaubte es.« Sie steht auf, um den Tisch abzuräumen, und stellt die leeren Teller aufeinander. »Huch, ich bin ein bisschen beschwipst.«

Herc steht auf, um ihr zu helfen. Später wird er versuchen, genau zu rekonstruieren, wie es passierte. Er muss ihr die Schüssel aus der Hand genommen haben, bevor er sie in seine Arme zog.

NORMALE UNFÄLLE

1979

Es ist ein geniales Werk, lebendig wie ein menschlicher Körper, der Traum eines Wissenschaftlers mit dem Verstand Gottes. Doch der Wissenschaftler hat es nicht entworfen. Die Ingenieure, die es entwarfen, haben es nie betrieben. Das Bedienungspersonal kann es nicht selbst warten. Die Mitglieder der Wartungsmannschaft haben keine Ahnung, was sie da warten. Sie führen Maßnahmen nach Vorgaben des Handbuchs durch, das jemand anderes geschrieben hat. Sie halten sich an den Ablaufplan, arbeiten die Checkliste ab und hängen das gelbe Schild an.

Das Wunder steht auf einer Insel in einer Biegung des Flusses, von der Stadt aus rund zehn Kilometer flussabwärts. Vor einer Generation standen hier noch Ferienhäuschen. Farmer bauten Mais und Tomaten an und schickten die Ernte per Frachtkahn in die Hauptstadt. Block I ging vor fünf Jahren ans Netz, eine gute Zeit für ein Wunder: Autos, die stundenlang an der Tankstelle Schlange standen, der Präsident aus dem Weißen Haus geworfen, Patty Hearst mit ihrer Kommunistenmütze auf dem Kopf und einem MG im Anschlag.

Block I ist heute zum Austausch von Brennelementen heruntergefahren. Block II hängt erst seit drei Monaten am Netz. Fünf Wochen ist er bei voller Leistung gelaufen, hat Schulen und Krankenhäuser, Fabriken und Flughäfen mit Strom versorgt, sodass der Nutzen die Investition wettgemacht hat. Block II kostete siebenhundert Millionen Dollar. Wunder gibt es nicht umsonst.

Das Kernkraftwerk hat unzählige bewegliche Teile, das Uhrwerk Gottes: quadratkilometerweise Tanks und Maschinen und Pumpen und Kammern, die erhitzen oder kühlen, brummen oder sich drehen, alle für ihre eine Aufgabe ausgelegt, für die spezifische und äußerst präzise umrissene Aktion, die Schritt-Drehung-Folge beim Tanzen. Kilometerweise Rohrleitungen, eine kleine Stadt aus sich öffnenden und schließenden Ventilen. Tausend bewegliche Teile für jedes Symbol in der Gleichung, ein Aussagesatz in einer wortlosen Sprache, die im Grunde niemand versteht.

Im Sicherheitsbehälter befindet sich der *Babcock & Wilcox*-Reaktor, ein massiver Zylinder aus Spezialstahl, gut zwölf Meter hoch und viereinhalb Meter im Durchmesser. Der Reaktor ist die Bundeslade, ein Behälter mit einem höheren Sinn. In seinem Inneren befindet sich der Reaktorkern. Der Kern enthält hundert Tonnen schwere Brennstäbe: sechsunddreißigtausend Röhren mit einer Verkleidung aus Zirkalloy, jede mit radioaktiven Tabletten gefüllt. Der Kern erzeugt eine irrsinnige Hitze. Wasser, das permanent durch ihn hindurchfließt, verwandelt sich in Wasserdampf und wird über einen Generator zu einer Turbine geleitet.

Die wiederum treibt einen Generator an, der einen Transformator speist, der mit dem Stromnetz verbunden ist.

Das Stromnetz versorgt Fernseher in drei Staaten. Achtspurbänder und Rasentrimmer. Den *Wear-Ever*-Popcornautomaten. Die *Atari 5600*-Spielkonsole.

Die Anlage ist selbstregulierend, vollkommen unabhängig. Während der Nachtschicht, die um 23 Uhr beginnt und um 7 Uhr endet, sitzen zwei Reaktorfahrer an den Bedienpulten. Die Leitwarte von der Größe eines Hörsaals ist hell wie ein OP-Raum. Zusätzliches Licht kommt von den Kontrolltafeln: rote Lämpchen, blaue Lämpchen, weiße, grüne, goldene. Sie bedecken drei Wände, vom Fußboden bis zur Decke. Insgesamt gibt es über neun Quadratmeter Knöpfe und Schalter und Skalen und Anzeigen, die jedes Zittern im System verfolgen. Alles im Dienst der Gleichung, des wortlosen Satzes, des numerischen Koans in der Geheimsprache Gottes.

Von den sechstausend Anzeigen auf der Kontrolltafel sind siebenhundertfünfzig Alarmanzeigen.

Eine Stunde vor Sonnenaufgang trinken die beiden Reaktorfahrer der Nachtschicht Kaffee und unterhalten sich über den Film. Einer hat ihn gesehen, der andere nicht.

»Völliger Schwachsinn«, sagt der erste. »Wirkt aber echt. Die

Instrumente und alles.« Der Film über eine Katastrophe in einem Kernkraftwerk ist vor zwölf Tagen im Kino angelaufen. Er hat ihn sich mit seiner Frau zusammen angeschaut, die sich in andächtiger, gespannter Faszination an seinen Arm klammerte. *Ist es wirklich so?* Und sich damit zum ersten Mal seit Jahren für seine Arbeit interessierte, für ihn, Punkt. Den vertrauten Ehemann, der sich in etwas Größeres verwandelt hatte, als er es morgens noch gewesen war, der chronische Schnarcher im schmutzigen Unterhemd, der unverbesserliche Stehpinkler.

Ja, so in etwa. Er verspürte eine plötzliche Anwandlung von Mannesstolz, als hätte er sie auf eine Spritztour in einem Sportwagen mitgenommen.

»Ich frage mich, wo sie das gefilmt haben«, sagt der zweite Mann. »Welches Kraftwerk würde das erlauben?«

Die Warnlämpchen erstrecken sich über den oberen Teil der hinteren Kontrolltafel, siebenhundertfünfzig kleine Glasfenster, jedes siebeneinhalb auf zwölfeinhalb Zentimeter. Wenn ein solches Fenster aufleuchtet, wird eine Meldung sichtbar: DRUCKHALTER NIEDRIG. VIBRATION KÜHLMITTELPUMPE HOCH. Die Fenster sind mit Großbuchstaben beschriftet, so wie Traubenzuckerherzen zum Valentinstag.

Nach Auslösung eines Alarms beginnt das Warnlämpchen zu blinken, bis das Signal bestätigt wird. Dann geht es in Dauerlicht über, bis das Problem behoben ist.

Die Anlage ist selbstregulierend, vollkommen unabhängig. Diese wunderbare Autonomie stellt die zentrale Lehre des Betriebshandbuchs dar. Die Wartungsmannschaft weiß es besser, die sechzehn Männer, die ständig auf Achse sind. An diesem Mittwochmorgen wartet ein Techniker im Turbinenraum einen Kondensat-Reiniger, der Verschmutzungen aus dem Speisewasser entfernen soll. Das Speisewasser-System kühlt den Reaktor. Ihm gehört auch seine Seele. Für das Speisewasser-System ist er eine Hure gegen monatlichen Vorschuss. Ohne Bevorzugung wartet er jeden Tank und jede Pumpe, gewissenhaft, insgeheim feindselig, ein Sklave des kollektiven Bedürfnisses.

Der Turbinenraum ist dunkel und laut, von Rohrleitungen durchzogen. Sein derzeitiger Freier ist Kondensat-Reiniger 4 (alias Entsalzungsanlage, alias Ionen-Austauschtank; dieses Arschloch hat Decknamen wie ein Meisterverbrecher, der in allen fünfzig Bundesstaaten gesucht wird). Es gibt acht solche Kondensat-Reiniger, jeder mit Harzgranulat zum Herausfiltern von Verunreinigungen gefüllt. Wie im Handbuch vorgeschrieben, werden die Granulatperlen immer nach exakt achtundzwanzig Tagen ausgewechselt.

Das Betriebshandbuch wiegt neuneinhalb Pfund.

Die Gleichung ist Vision und Halluzination, erdacht von Genies, die unfähig sind, einen Reifen zu wechseln. Er würde einiges dafür geben, sie zu beobachten, wie sie einen Kondensat-Reiniger wieder freimachen, ein gewaltiges Stück Schrott, das regelmäßig verstopft, geradezu im Menstruationszyklus; das verfluchte Ding, das vermutlich mehr wert ist als sein Auto, wenn das mal reicht.

Die Perlen auszuwechseln ist ein mühseliges Geschäft. Irgendwann ist jeder der Kondensat-Reiniger mal verstopft. Gemäß Handbuch durchspült der Wartungstechniker sie mit Wasser und Druckluft. Das funktioniert nur manchmal. Um 4 Uhr kommt der Schichtleiter zum Helfen herunter. Er klettert auf ein Rohr und späht durch ein Sichtglas.

Für so was ist er langsam zu alt. Einen kurzen Moment lang bebt das Rohr unter ihm. Instinktiv weicht er zurück, gerade rechtzeitig. Das Rohr springt aus seiner Halterung. Der Lärm ist ohrenbetäubend, wie eine massive Fehlzündung. In Maschinengewehrsalven rauscht Wasser durch die Druckluftleitung.

Die Speisewasserventile werden pneumatisch gesteuert. Eine Sekunde später sperren alle Ventile im System.

Oben wackelt die Leitwarte wie ein Flugzeug, das in Turbulenzen geraten ist. Die beiden Reaktorfahrer der Nachtschicht werden von ihren Sitzen geschüttelt. Es ist siebenunddreißig Sekunden nach vier. Eine Sirene heult wie eine in Brand gesetzte Katze. Auf der ganzen hinteren Schalttafel blinken weiße Lichter.

Die Reaktorfahrer sind erschrocken, aber nicht beunruhigt. Es gibt ja Systeme für genau solche Fälle. Für alle Fälle. In jeder denkbaren Situation weiß das Kraftwerk selbst, was zu tun ist.

Tausend bewegliche Teile für jedes Symbol in der Gleichung, ein Aussagesatz in einer wortlosen Sprache, die niemand verstehen muss.

Innerhalb von Sekunden wird die Anlage selbst aktiv. Zuerst schaltet sich die Turbine ab. Die Bypass-Ventile öffnen sich, lassen Dampf in den Kondensator ab und umgehen damit die Turbine. Diese Abfolge von Ereignissen wird im Handbuch beschrieben, ein Glaubensgrundsatz.

Dann schaltet sich – aus unerfindlichen Gründen – der Reaktor selbst ab.

Ungläubig sehen die Reaktorfahrer zu.

Um sie herum blinken die Schalttafeln wie ein Feuerwerk: rote Lämpchen, blaue Lämpchen, weiße, grüne, goldene. Bei Probeübungen fällt immer nur eins der Systeme aus, sodass sich nie die Frage stellt, worauf man sich konzentrieren soll. Jetzt jedoch hat sich die Turbine ausgeschaltet. Der Reaktor hat sich ausgeschaltet. Das Speisewasser-System ist komplett heruntergefahren. Temperatur und Druck steigen. Die Reaktorfahrer sind von blinkenden Lichtern umgeben, über und unter und hinter sich.

Der Schichtleiter macht, wie im Handbuch vorgeschrieben, eine Durchsage über Lautsprecher. *Block II, Turbine Notabschaltung, Reaktor Notabschaltung.* Vor Jahren in der Marine war er für den Kernreaktor eines Atom-U-Boots zuständig. Zur Sicherheit wiederholt er die Durchsage zwei Mal, die Stimme kräftig und selbstbewusst, militärisch schroff.

Eins nach dem anderen schalten sich die Sicherheitssysteme ein. Sicherheitsventil. Notspeisewasserpumpen. Diese Geräte springen automatisch an, exakt im richtigen Moment. So sieht es das Handbuch vor.

In einem Umkreis von anderthalb Kilometern um das Kernkraftwerk leben fünfzehntausend Menschen. Sie haben das Wunder nur aus der Ferne gesehen – die vier Betonkühltürme, massiv und glockenförmig, die Dampf ausstoßen.

Für die fünfzehntausend ist die Sache noch nicht passiert. Es wird geduscht, gefrühstückt. (Der Remington-Elektrorasierer. Die *Amana Touch*-Mikrowelle.)

Ein Futtermittelhändler ist, das Kraftwerk im Rückspiegel, auf dem Weg zur Arbeit. Ohne weiter darüber nachzudenken, bemerkt er, dass aus den Kühltürmen kein Dampf aufsteigt. Dann schnäuzt er sich und nimmt eine Dristan. Sein Sohn hat eine Erkältung mitgebracht – woher, ist ihm schleierhaft. Der Junge wird zu Hause unterrichtet, geht den Nachbarkindern aus dem Weg. Sich selbst überlassen würde er nie aus dem Haus gehen.

An diesem Morgen ist es nicht anders. Im Schlafanzug sitzt der Junge namens Wesley Peacock im Schneidersitz auf dem Boden des Wohnzimmers und spielt ein Brettspiel. Dabei geht es darum, eine komplizierte Mausefalle nach Art einer Rube-Goldberg-Maschine zu bauen. Es gibt dreiundzwanzig Plastikteile in Rot, Blau, Grün und Gold. Er würfelt und landet auf einem weißen Feld, worauf er die Plastikkurbel an der Falle befestigt.

In der Spielanleitung steht ZWEI BIS VIER SPIELER, aber solche Angaben lernt das kluge Einzelkind zu ignorieren. Wesley würfelt für die blaue Maus, dann für die grüne. Er ist es gewohnt, gegen sich selbst zu spielen.

Es macht Spaß, dieses komische Wunder zu bauen, aber wehe der Maus, die darunter gefangen wird! ALTER: 8 – 14 Jahre, steht auf der Schachtel.

In der Leitwarte gehen verschiedene Dinge vor sich, alle unmöglich.

Die Pumpen des Notkühlsystems sind angesprungen, trotzdem steigt die Temperatur weiter.

Die Temperatur steigt weiter, trotzdem blinkt ein weißes Lämpchen: DRUCKHALTER NIEDRIG.

Der Druck sinkt, trotzdem blinkt ein weißes Lämpchen: FÜLLSTAND IM DRUCKHALTER HOCH.

Dem Betriebshandbuch zufolge können diese Dinge nicht passieren. Entweder lügen die Instrumente, oder im Handbuch steht lauter Scheiße.

Im benachbarten Versorgungsgebäude starrt ein Anlagenfahrer auf einen Ablauf im Boden. Eine Sekunde später hört er klatschende Schritte, der Strahlenschutztechniker rennt den Gang hinunter. *»Nichts wie raus hier! Nehmt eure Sachen und haut ab!«*

Das Wasser läuft immer weiter, quillt aus dem Ablauf im Boden hervor.

Männer drängen Schulter an Schulter in die Leitwarte, Aftershave und Kaffee-Atem und scharfer apokriner Schweiß, der ganz eigene Geruch jedes Einzelnen. Was in Erinnerung bleibt. Die Grundfunktionen des limbischen Systems, die immer mitlaufende Black Box, schmecken tasten riechen hören, die Substanz gefühlten Lebens. Später, wenn die Ereignisse des Tages einmal dekonstruiert und debattiert und auf eine Bildunterschrift reduziert sind, werden diese Daten in der Akte fehlen, die menschliche Textur, die die Fotos nicht vermitteln.

Quer über die Kontrolltafel blinken Lämpchen in allen Farben. Unheilvolle Tatsachen werden deutlich. Dampf hat den Abblasetank überlaufen lassen. Der Sicherheitsbehälter füllt sich mit Reaktorwasser. Im Deckel des Reaktors steigen die Strahlenwerte sprungartig an. Durch die Abflüsse im Boden läuft radioaktives Wasser in das Versorgungsgebäude.

Aus dem Büro des Schichtleiters werden gemäß Betriebshandbuch Anrufe getätigt. Der wichtigste zuerst: die amerikanische Kernreaktor-Versicherungsgemeinschaft. Als Nächstes die Staatspolizei, der Zivil- und Katastrophenschutz des Countys, das Amt für Strahlenschutz des Staates Pennsylvania.

Der letzte Anruf gilt der Reaktor-Kontrollkommission, deren Regionalbüro in einem Vorort von Philadelphia. Das Telefon klingelt und klingelt. Schließlich hinterlässt der Schichtleiter eine Nachricht auf dem Anrufbeantworter. Niemand ist da, um ans Telefon zu gehen.

Der Frau des Futtermittelhändlers ist schlecht, eine Tatsache, an die sie sich später erinnern wird. Sie hat nie einen empfindlichen Magen gehabt, war überhaupt nie empfindlich. Sie ist die erstgeborene Tochter einer großen Familie, aufgewachsen mit der Arbeit auf dem Hof.

Sie trocknet die Bratpfanne ab und isst einen salzigen Keks für ihren Magen. Wesley ist Gott sei Dank still, er spielt nämlich im Wohnzimmer vor dem Fernseher ein Spiel. Ihr Mann hält nichts vom Fernsehen und schimpft sie hin und wieder – *du kennst meine Haltung dazu, Bernadette.* Doch für sie ist der Fernseher hilfreich und bequem, etwas, wofür sie sich auch schämt. Ihre Eltern sind Mennoniten und haben nie einen besessen. Ihre Mutter zog acht Kinder ohne *Sesamstraße* oder *Die Muppet Show* groß, ohne Babysitter oder Wegwerfwindeln. Bernadette hat all das irgendwann einmal genutzt, hat sich jeder Stütze bedient, derer sie habhaft werden konnte, um ihren einen artigen Jungen großzuziehen.

Mister Rogers ist ein Pastor, was einen Unterschied ausmacht. Sie ist froh, noch einen Erwachsenen im Haus zu haben. Mister Rogers steht jeden Morgen für eine halbe Stunde zur Verfügung, um den Jungen zu beschäftigen, während Bernadette duscht oder Brotteig knetet oder den Küchenboden wischt, Dinge, die ihre Mutter ohne jede Hilfe bewältigt hatte, weil ihre Mutter keinen Wesley hatte. Der Junge hängt ihr ständig am Rockzipfel, gierig nach Gesellschaft, Unterhaltung, Trost. Bernadette ist klar, dass sie sich ein klammerndes Kind herangezogen hat. Dafür kann sie niemand anderem als sich selbst die Schuld geben.

An manchen Tagen – das hat sie Gene nie erzählt – erlaubt sie Wesley morgens, bevor sie mit dem Unterricht beginnt, eine Extra-Sendung zu schauen, eine Spielshow wie *Die Pyramide*. Diese Shows sind laut und derb, aber besser als die morgendlichen Seifenopern mit heißen Küssen, vollbusigen Frauen und Dialogen, die ihr die Röte ins Gesicht treiben.

Die Stirn in Falten gelegt, kommt Wesley in die Küche. »Die Show läuft nicht mehr.«

Sie folgt ihm ins Wohnzimmer. Ein Mann im Anzug spricht direkt in die Kamera. »Das sind nur die Nachrichten, mein Schatz. Wir gehen einfach auf einen anderen Kanal.«

»Das kommt auf allen Kanälen«, sagt der Junge Wesley Peacock.

Auf Three Mile Island wurde der allgemeine Notstand erklärt. Es sind geringe Mengen Radioaktivität freigesetzt worden. Alle Sicherheitseinrichtungen arbeiten zur vollen Zufriedenheit.

Bernadettes Magen zieht sich zusammen. Sie sitzt auf der Couch und schaut es sich an.

Knapp zwanzig Kilometer entfernt, in der Hauptstadt des Bundesstaates, stehen sechs Männer vor einem hellblauen Vorhang. Auf dem Podium ist der Vize-Gouverneur, gut aussehend wie ein Filmschauspieler, der jüngste in der Geschichte des Commonwealth. Er liest eine vorbereitete Erklärung vor. »Der Unfall ist auf eine Störung im Turbinenkreislauf zurückzuführen. Es sind geringe Mengen Radioaktivität freigesetzt worden. Alle Sicherheitseinrichtungen arbeiten zur vollen Zufriedenheit.«

Man hört Stimmengewirr, sieht viele Hände. Die Reporter sind eifrig wie Schulkinder. Er deutet auf eine hübsche junge Frau im hinteren Teil des Raums.

»Was ist eine geringe Menge?«

Der Vize-Gouverneur findet diese Frage beunruhigend. Sein Oberlippenbart und der modische Haarschnitt kamen bei den jungen Wählern gut an. Seit zweieinhalb Monaten ist er nun im Amt. »Wir können nicht genau sagen, wie viel Radioaktivität freigesetzt wurde.«

»Woher wissen Sie dann, dass es eine geringe Menge war?«

Zur Beantwortung solcher Fragen hat das Umweltministerium einen Nuklear-Ingenieur abgestellt, einen milchgesichtigen Mann in einem senffarbenen Rollkragenpulli. Er hat auffällige Koteletten, einen Hundeblick. »Die Betreibergesellschaft schickte Messtrupps über den Fluss, also in die Richtung, in die der Wind wehte, um Daten zu erheben. Sie registrierten eine geringe Menge Jod 131 am Boden.«

»Was ist denn das?«, ruft ein Reporter.

»Radioaktives Jod!«, dröhnt es aus der ersten Reihe. Es ist die gereizte Stimme eines Mannes, der es gewohnt ist zu brüllen; seine Frau ist schwerhörig. »Er meint radioaktives Jod.«

Der Ingenieur fährt fort. »Ständige Messungen an beiden Standorten haben ergeben, dass die Belastungen bei weniger als einem Millirem pro Stunde liegen.«

Es entsteht allgemeine Unruhe. »Einem *was* pro Stunde?«

Der Ingenieur wird aufgefordert, das Wort zu buchstabieren. Der gereizte Mann wiederholt es noch einmal: *M-i-l-l-i-r-e-m*.

»Pro was?«, bellt die gereizte Stimme.

»Pro Stunde.«

»Pro Stunde«, wiederholt der Gereizte. »Gut, und was bedeutet das?«

Der Ingenieur liefert die Definition von *Millirem*.

Ein bärtiger Reporter unterbricht ihn. »In der Erklärung ist die Rede von einer Störung im Turbinenkreislauf. Was für eine Störung?«

»Der Reaktorblock lief mit hundert Prozent Leistung, und ein Fehler im – im nicht sicherheitsrelevanten System, der Turbinenanlage, hatte zur Folge, dass die Turbine sich abschaltete.« Der Ingenieur merkt, dass seine Stimme zittert. Vor einer Stunde flog er noch in einem Helikopter der Nationalgarde, vom Reaktor aus anderthalb Kilometer in Windrichtung. »Das ist eine normale, vorhersehbare Transiente.«

Der gereizte Mann zerlegt das Wort in seine Silben: *Tran-si-en-te*.

Eine Reporterin springt auf, die beherzte, die den Vize-Gouverneur in Schrecken versetzt hatte. »Wie hat der Betreiber denn das Problem erkannt? Gibt es so etwas wie ein Warnsystem?«

Diese Frage macht dem Ingenieur sichtlich zu schaffen. Er denkt an die sechstausend Kontrollleuchten in der Leitwarte, die siebenhundertfünfzig Alarmanzeigen. Ihm ist ebenso zum Lachen wie zum Weinen zumute.

»Sie haben es an ihren Instrumenten gesehen.« Die Absurdität seiner eigenen Worte bringt ihn fast um. Er versucht es erneut. »Also, der Reaktor ist dafür ausgelegt, diese spezielle Transiente zu überstehen.«

Hinten im Raum – da ist er sich sicher – fangen Reporter an zu lachen.

Reporter: »Klingt, als würden Sie sich sehr auf die Instrumente und Berichte der Betreibergesellschaft verlassen. Gibt es irgendeinen Grund, warum wir an deren Glaubhaftigkeit zweifeln sollten?«

Der Ingenieur räumt ein, dass niemand die Daten des Betreibers überprüft hat.

»Sie nehmen also einfach, was die Ihnen erzählen?«, sagt die beherzte Frau.

»Ja.«

In der ersten Reihe zündet sich der gereizte Mann eine Pfeife an. Er zieht heftig an ihr, um das Ding anzukriegen, drei kräftige Rauchwölkchen. Im Raum wird es immer lauter. Ein paar Reporter rufen immer noch Fragen, aber die meisten haben das Interesse an dem Ingenieur verloren, der jetzt durch eine Rauchwolke hindurchspricht. Er erklärt noch einmal, was die Turbine macht, was das Überdruckventil macht, aber niemand hört zu. Er wünschte, jemand würde ihn bewusstlos schlagen.

Schließlich stellt ein Reporter ihm eine Frage, die er beantworten kann.

»Nein, den Film habe ich nicht gesehen«, sagt er.

Den ganzen Tag über fahren Pick-ups vom Zivilschutz durchs Viertel. Die Fahrzeuge sind beeindruckend, Armeestandard. Sie scheinen für irgendeinen strategischen Zweck gebaut zu sein: Angriff oder Rettung, die Verteilung von lebensnotwendigen Gütern oder Waffen. Heute machen sie lediglich Durchsagen: Auf Three Mile Island wurde der allgemeine Notstand erklärt. Bitte bleiben Sie im Haus und lassen Sie die Fenster geschlossen. Für den Jungen Wesley Peacock ist das eine unverbindliche Aufforderung. »Warum können wir die Fenster nicht aufmachen?«

»Luftverschmutzung«, ruft seine Mutter zurück. Sie sitzt mit ihrer Nachbarin Audrey Hershberger am Küchentisch. Im Wohnzimmer spielt Wesley mit Audreys Tochter Fang die Maus. Wesley ist die grüne Maus. Jessie die rote.

»Wasserstoff ist leicht entflammbar«, sagt Audrey. »Wenn die Blase weiter wächst, könnte es eine Explosion geben.«

Bernadette schneidet zwei weitere Scheiben Zimtkuchen ab. Jede von ihnen hat bereits eine gegessen, während sie sich über die Blase unterhalten haben. Es war ein Kampf, Wesley vom Fernsehen abzuhalten. Sie war erleichtert, als Audrey und Jessie vor der Tür standen.

»Wir haben den Film gesehen«, sagt Audrey. »Bist du nicht neugierig, Bern?«

»Ein bisschen schon«, gibt sie zu. »Aber Gene wollte nicht. Er meint, alle sollten sich mal wieder abregen.«

Audrey nimmt das kleinere Kuchenstück. »Wie ich das brauche! Ned sagt, ich bin dick wie ein Bus. Ach ja, rat mal, wer noch in anderen Umständen ist. Bonnie Hoover.«

Schon wieder?, denkt Bernadette.

»Schwanger«, sagt sie leise. »Bist du sicher?« Ganz ehrlich, wie ist denn das möglich? Bernadette ist unglaublich dankbar für ihr eines Kind. Bonnie Hoover ist so alt wie sie und schon bei Nummer vier.

»Die Fenster geschlossen halten«, sagt Audrey. »Wozu soll das gut sein?«

Ralph und Bonnie Hoover müssen es unaufhörlich miteinander treiben.

Im Wohnzimmer lässt Wesley den Würfel rollen. Er und Jessie sind mitten im Spiel, die Falle ist zur Hälfte fertig. Er lässt die Rinne an ihrem Platz einrasten.

»Das ist keine Verschmutzung«, sagt Jessie. »Es ist Radioaktivität. Das haben sie uns in der Schule erzählt.«

Sie ist ein stilles, hübsches Mädchen, dunkelhaarig. Sie und Wesley sind Sommerfreunde. Vom Memorial Day bis zum Labor Day sind sie unzertrennlich. Danach, im September, verschwindet

Jessie in die Schule und den Ballettunterricht, zu Pyjamapartys am Wochenende mit Freundinnen, die Wesley nicht kennenlernen möchte. Mädchen in Gruppen machen ihn nervös. Am glücklichsten – sogar vollkommen glücklich – ist er mit Jessie allein.

In der Küche trinken die Mütter ihren Kaffee aus. »Sind die Fenster aus Blei?«, fragt Audrey. »Blei ist nämlich das Einzige, was Radioaktivität abhält. Wir müssen nach Hause und fertig packen. Ned will um 4 Uhr losfahren.«

Als die Gäste weg sind, setzt sich Wesley mit seiner Phonics-Lesefibel an den Küchentisch. Bernadette holt Schweinekoteletts aus dem Tiefkühlfach. Jemand pocht wie verrückt an die Haustür.

Bernadette geht hin und macht auf. Mit wildem Blick und hochrotem Gesicht steht ihr Nachbar Digger Farrell vor ihr. Sie kann den Alkohol in seinem Atem riechen.

»Was machst du denn hier?«, ruft Digger. »Ich war mir sicher, dass Gene euch schon weggebracht hat.«

»Ach so, nein. Hier ist alles in Ordnung.«

»Was meinst du damit? Hast du's nicht gehört? Vorschulkinder.«

Bernadette errötet. Wesley ist klein für sein Alter, aber so klein auch nicht. »Ach so. Wesley ist im Schulalter.«

»Und wieso geht er dann nicht in die Schule?« Zu ihrer Erleichterung erwartet Digger gar keine Antwort. »Wir laden gerade den Wagen voll. Für euch beide ist noch Platz. Wir fahren runter nach Kentucky zu Marlas Eltern.«

Bernadette senkt die Stimme und hofft, dass Digger das auch tut. »Digger, das ist nett von euch. Wir bleiben erst mal hier. Wenn es sein muss, können wir ja immer noch fahren.«

Digger sieht völlig perplex aus. »Und wenn ihr dann nicht mehr auf die Autobahn kommt? Wenn sie die Auffahrten sperren? Ich hab Gewehre und eine Kettensäge, ich komm im Notfall schon durch. Aber was wollt ihr denn machen?«

»Das ist lieb von dir, aber wir warten erst mal ab«, sagt sie, fast flüsternd. »Und danke, dass du dich kümmerst.«

Mit Nachdruck schließt sie die Tür.

Der A&P liegt gespenstisch verlassen da. Bernadette schiebt ihren Einkaufswagen durch die Gänge. Es ist wie Einkaufen in Kriegszeiten, gähnende Leere in den Regalen bei Brot, Zucker, Kerzen, Erbsen- und Maiskonserven. Maxwell House ist aus, deshalb entscheidet sie sich für eine Dose Folgers. Den Anweisungen im Radio folgend sucht sie Waren, die weder gekocht noch tiefgekühlt werden müssen, und hat schließlich eine merkwürdige Mischung im Wagen: Trockenfleisch, eine Schachtel Donuts, Sauerkraut und Rote Bete im Glas.

Gene findet, dass Folgers-Kaffee verbrannt schmeckt.

An diesem Abend isst die Familie schweigend, Messer und Gabeln klirren laut auf den Tellern. »Meinst du nicht, sie würden's uns sagen?«, fragt Gene.

»Das tun sie ja. Auf allen Radiosendern.«

»Sie sagen Vorschulkinder. Er ist kein Vorschulkind. Vorschulkinder und Schwangere.«

Bernadette wird – wieder einmal – dafür bestraft, dass sie nicht schwanger ist.

»Verstehst du das denn? Wieso ist das schlecht für sie und nicht für uns?«

Wesley ignoriert sein Schweinekotelett, isst aber als Zugeständnis die grünen Bohnen. Ohne große Begeisterung bittet er darum, aufstehen zu dürfen. Er soll abends nach dem Essen noch ein bisschen draußen spielen. Mit einem Ausdruck müder Resignation, wie ein Bergmann, der unter Tage fährt, nimmt er seine Jacke vom Haken neben der Tür.

»Heute nicht, mein Schatz«, sagt seine Mutter. »Geh in dein Zimmer und spiel dein Spiel.«

Letztes Jahr zu seinem Geburtstag ließ seine Mutter ihn einen Film im Fernsehen sehen: *The Boy in the Plastic Bubble.* Der Junge, gespielt von John Travolta, hatte kein Immunsystem. In einer Welt voller Keime konnte er nicht leben, also hielt er sich ständig unter einem Sauerstoffzelt aus Plastik in seinem Zimmer auf. Für Wesley das großartigste Leben, das er sich vorstellen kann.

Er würfelt für Grün und steckt die Treppe zusammen.

In der Blase gab es einen Fernseher und eine Stereoanlage, so als wäre sie die eigene schicke Wohnung des Jungen. Darin trug er witzige Hüte, züchtete Hamster und tanzte sogar (Disko-Schritte, die John Travolta später in *Saturday Night Fever* berühmt machten, einem Film, den Wesley sich nicht anschauen durfte).

Wissen Sie, sagte der Blasen-Junge zu seinem Arzt, *ich bin hier drin nicht so unglücklich, wie Sie alle glauben.*

Für Wesley war das ein aufregender Gedanke. Die Worte klangen wie ein Manifest in seinen Ohren, eine klingende Bestätigung, dass er nicht völlig falschlag.

Die blaue Maus landet auf dem Feld mit der Aufschrift GEH ZUM KÄSE – eine verpasste Gelegenheit, denn die Falle ist erst zur Hälfte aufgebaut. Er würfelt für Grün und befestigt den Schuh am Laternenpfahl. Dann würfelt er für Blau. Laut Jessies Lehrer ist Radioaktivität schlimmer, wenn der Wind sie auf einen zubläst. Die Leute, die in Windrichtung wohnen, sterben innerhalb von Wochen. Alle anderen kriegen Krebs, was eine Weile dauert.

Er fragt sich, warum alle in die Schule gehen wollen.

In der Stadt treffen immer mehr Reporter ein, Teams aus Frankreich, England, Japan, Westdeutschland. Es ist eine Art Katastrophen-Olympiade. Unterkunft finden sie in Motels entlang der Straße.

Demonstranten reisen busweise an. Es ist Donnerstagmorgen, ein Arbeitstag; dennoch haben Hunderte langhaariger Leute nichts Besseres zu tun. »Das ist der Beweis«, sagt der Futtermittelhändler zu seinen Kunden. »Müßiggang ist aller Laster Anfang.« Auf dem Bürgersteig vor dem Ramschladen halten ihm Studentinnen ohne BH Autoaufkleber hin. Ein Mann mit Zöpfen verteilt Flugblätter aus seinem Pick-up heraus. NIE WIEDER ATOMKRAFT! Der Futterhändler sieht, dass die Welt ausgeflippt ist, seine Frau eingeschlossen. Bernadette ist ein hochnervöser Mensch, der zu Verstimmungen neigt. Er ist dankbar, bei der Arbeit zu sein.

Der Händler selbst ist ein Ausbund an Emsigkeit. Er fängt früh an und verkneift sich die Mittagspause, isst nur ein Sandwich, während er im Auto Radio hört. Nachdem das radioaktive Jod in Goldsboro entdeckt worden war, gab der landwirtschaftliche Beratungsdienst des Countys eine Direktive aus, die in den Mittelwellensendern alle halbe Stunde wiederholt wird: *Der gesamte Viehbestand sollte bis auf Weiteres mit Lagerfutter gefüttert werden.*

An diesem Tag verkauft er mehr Futtermittel als in den vergangenen sechs Monaten zusammen.

SPIEL- UND BAUANLEITUNG FÜR DAS **FANG DIE MAUS**-SPIEL

Spieler betätigt Kurbel Ⓐ, die Zahnrad Ⓑ dreht, wodurch Hebel Ⓒ sich bewegt und Stoppschild gegen Schuh Ⓓ drückt. Schuh tritt Eimer mit Metallkugel Ⓔ um. Kugel rollt geschwungene Treppe Ⓕ hinunter und in Regenrinne Ⓖ, an deren Ende sie an Stange mit Hand Ⓗ stößt. Darauf fällt Bowlingkugel Ⓘ von Hand hinunter durch Rutsche Ⓙ und Badewanne Ⓚ, um auf Sprungbrett Ⓛ zu landen. Gewicht von Bowlingkugel katapultiert Taucher Ⓜ direkt in Waschzuber Ⓝ, worauf Käfig Ⓞ von oberem Mastende Ⓟ fällt und ahnungslose Maus fängt.

Am Freitag geht die Sonne auf, als wäre nichts Besonderes geschehen. Der Aktienkurs von Columbia Pictures steigt um acht Prozent. Alle paar Stunden hält jemand eine Pressekonferenz.

Der Reaktorkern lag zu keiner Zeit frei. Dauphin County wird nicht evakuiert.

Kinder müssen im Haus bleiben.

Der Kern lag für mehrere Minuten frei. Für mehrere Stunden. Für eine unbestimmte Zeit. Menschen jeden Alters sollten bis Mitternacht im Haus bleiben. Ein Viertel der Brennstäbe ist geschmolzen, aber das ist kein Grund zur Sorge.

Die Strahlung war auf das Reaktorgebäude beschränkt. Nur auf Block II. Die Strahlung blieb auf die Insel beschränkt. Über hundertfünfzigtausend Liter radioaktiv verseuchtes Wasser gelangten in den Fluss, eine Gefahr für die Gesundheit der Bevölkerung besteht jedoch nicht.

Im Reaktor wurde eine kleine Wasserstoffansammlung entdeckt, eine harmlose Blase. Eine Evakuierung ist zurzeit nicht notwendig.

Sechzig Prozent der Brennstäbe sind beschädigt. Schulen sind bis auf weiteres geschlossen. Schwangere und Vorschulkinder sollten die Gegend verlassen. Bitte beachten Sie, dass das keine Evakuierung ist. Es gibt kein China-Syndrom.

Die Wasserstoffblase scheint zu wachsen.

Anwohner werden gebeten, ruhig zu bleiben.

Im Dairy Queen laufen zwei Radios. Das eine vorne ist für die Gäste, eine gedämpfte männliche Stimme, die Mack erkennt: *A warm wind's blowing, the stars are out, and I'd really love to see you tonight.* Wenn man am Tresen steht, kann man auch das zweite Radio – oder ist es ein Fernseher? – hören, das in der Küche läuft. Die Worte eines Nachrichtensprechers, eine ernste männliche Stimme: *Vertreter der Atomaufsichtsbehörde fuhren heute nach Harrisburg, um sich vom aktuellen Stand der Dinge im Three Mile Island zu überzeugen.*

»Da sind Sie ja wieder«, sagt die junge Frau hinterm Tresen. Sie trägt eine rote Uniform mit Schirmmütze und einem Plastiknamensschild: WAS DARF'S SEIN? RENA. »Mein erster Gast heute morgen.«

»Ich kriege früh Hunger. Kann ich nichts dran machen.« Errötend, stotternd bestellt Mack dasselbe Mittagessen wie letztes Mal: Zwei Doppelburger mit Schinkenspeck, eine große Portion Pommes, ein Vanille-Milchshake. Rena schreibt die Bestellung auf einen Block. Ihre Schrift ist gestochen, ihre Hand klein wie die eines Kindes.

Laut einem Bericht der Katastrophenschutzbehörde von Pennsylvania hat es erneut eine unkontrollierte Freisetzung von Radioaktivität gegeben.

Rena steht ganz still, lauscht.

»Sie machen sich doch keine Sorgen deswegen, oder?«, sagt Mack.

»Es gibt eine Blase.« Rena reißt das Blatt von ihrem Bestellblock und klemmt es an ein Metallkarussell hinter sich auf dem Tresen. »Wir wohnen in Windrichtung. Na ja, vielleicht. Hängt davon ab, in welche Richtung der Wind weht. Kam in den Nachrichten.«

Wieder ist die Stimme im Radio zu hören. *In einer Pressekon-*

ferenz drängte der Gouverneur heute die Bewohner, Ruhe zu bewahren.

Rena schnaubt. »Super, sehr hilfreich. Gott sei Dank haben wir den Gouverneur. Woher wüssten wir sonst, was wir bei einer Kernschmelze tun müssen? Ruhe bewahren.« Rena hämmert Zahlen in die Kasse. »Ruhe, am Arsch.«

Ihr Arsch ist geschwungen und unglaublich kompakt, wie zwei Hälften einer Cantaloupe-Melone. Ein Anblick, bei dem Mack sich fragt, wie wohl der Rest von ihr aussieht, Knie Schultern Oberschenkel Brüste, die Passteile klein und abgerundet und perfekt geformt.

Mack reicht ihr fünf Dollar. »Ich erinnere mich aus der Highschool an Sie. Ich war zwei Jahre unter Ihnen. Sie hatten einen Freund, Ted oder Fred oder so was.«

Rena gibt ihr zwei Zehncent-Stücke heraus und sagt: »Freddy Weems.«

»Ich hatte damals längere Haare. Und hab Basketball gespielt«, fügt Mack törichterweise hinzu, so als hingen die beiden Aussagen zusammen. »Es macht nichts, wenn Sie sich nicht erinnern. Sie sehen gerade nicht allzu beschäftigt aus. Setzen Sie sich doch einen Moment zu mir, während ich esse.«

»Das sollen wir eigentlich nicht tun.« Rena wirft einen Blick über ihre Schulter. »Nur eine Minute vielleicht.«

Sie entscheiden sich für eine der beiden Nischen. Die Sitzmöglichkeiten im Inneren sind erst vor Kurzem dazugekommen. Angefangen hat das Dairy Queen als Eisbude im Sommer, ein Cremeeis-Stand am Straßenrand mit einer Terrasse und ein paar Picknicktischen. Mack packt die Burger aus und stellt die Pommes in die Mitte des Tisches. »Nehmen Sie sich welche.«

»Wenn ich so Sachen essen würde, wär ich dick wie ein Fass.«

»Ich verbrenne das«, sagt Mack, die dick ist, aber nicht wie ein Fass, und im Übrigen nie den Wunsch hatte, zierlich zu sein. »Ich arbeite schon seit fünf Uhr. Nehmen Sie sich doch welche.«

»Fünf Uhr *morgens*? Ach du liebes bisschen! Wo arbeiten Sie denn?«

»Bei meinem Vater auf dem Hof. Im Moment«, fügt Mack hastig hinzu. »Ich bin vom College zu Hause. Gerade sind Frühlingsferien.«

Rena schüttelt einen Klecks Ketchup aus der Flasche. »College. Gefällt es Ihnen?«

Eine Pause, in der Mack überlegt, was sie über das College sagen soll. Die Wahrheit erscheint ihr zu kompliziert: dass das College einen zerdrückt und dann neu macht. Da beginnt das Leben dann erst richtig.

Rena wartet die Antwort nicht ab. »Ich wäre fast hingegangen. Das Geld und alles hatte ich zusammen. Aber mit einem Kind ist es schwierig.«

»Sie haben ein Kind?«

Rena schüttelt noch einen Klecks Ketchup aus der Flasche. Schon hat sie deutliche Schneisen in den Pommeshaufen geschlagen. »Er ist jetzt vier. Ich bedaure es nicht, aber man kann eben nicht alles machen.«

Ein plötzlicher Luftzug, als ein Gast zur Tür hereinkommt – Rocco Bernardi, der Beerdigungsunternehmer der Stadt. Das DQ ist nicht mal einen Kilometer vom Friedhof entfernt. Rocco kommt ein paar Mal die Woche zum Mittagessen her.

»Ich muss gehen. Ich hab einen Gast.«

»Alles klar.« Mack schiebt das Papierschiffchen über den Tisch. »Das ist Ihre.«

»Ich kann Ihnen doch nicht die Letzte wegessen.«

»Ich wette, Sie können.«

Rena steckt sich rasch die Pommes in den Mund.

Mack nimmt den langen Weg aus der Stadt hinaus, von der Susquehanna Avenue über den Drake Highway zur Dutch Road, dem geschwungenen Kuhpfad, der zur Farm führt. Die Fahrbahn ist schmutzig, glitschig vom Frühjahrsschlamm. Sie hält an, um nach der Post zu schauen, aber der Briefkasten ist leer. Vor acht Monaten hat sie einen Brief von Liz Harvey bekommen, einer Frau mit schöner Handschrift. Als Mack klar wurde, wer die Absenderin war, zerriss sie den Brief und warf ihn in den Papierkorb. Später bedauerte sie das. Jetzt schaut sie jeden Tag im Briefkasten nach, aber ein zweiter Brief ist nie gekommen.

Solange Mack sie kannte, hieß ihre Mutter Betty. Den Namen des Mannes, mit dem sie durchbrannte, hat Mack nie gehört. Er fuhr einen zitronengelben Chevy, stattlich wie ein Ozeandampfer, ein Straßenkreuzer mit einer extravaganten Heckflosse. Mack erinnert sich, wie sie ihn von der Hollywoodschaukel aus in Augenschein nahm. Gemessen an der Chronologie der Ereignisse muss sie da fünf Jahre alt gewesen sein.

Als sie und ihre Mutter in das Auto einstiegen, sah der Mann verärgert aus. *Wozu hast du sie mitgebracht?* Er trug ein steifes neues Hemd, frisch aus der Verpackung, das Haar mit einer parfümierten Pomade nach hinten gekämmt. Er sah aus wie ein Cowboy, der sich für die Kirche fein gemacht hatte.

Was hätte ich denn sonst mit ihr machen sollen?

Bei heruntergekurbelten Fenstern fuhren sie die kurvenreiche Straße zum Garman Lake hinauf, wo Mack aufgefordert wurde, auszusteigen und zu spielen. Die Erwachsenen saßen derweil im Auto und sahen ihr zu, wie im Autokino. Als sie wieder einstieg, hatte ihre Mutter geweint. Ende des Sommers – es könnte eine Woche später gewesen sein, oder einen Monat – war ihre Mutter weg.

Mack klappt den leeren Briefkasten zu und fährt weiter die Zufahrt hinauf. Pop kommt gerade aus der Scheune, sein linkes Bein schonend, der Schritt schwer und taumelnd – trotz seiner gebeugten Haltung immer noch ein großer Mann.

»Susan!«, ruft er. »Hab dich gesucht.«

Niemand anders nennt sie so.

Mack kurbelt das Fenster herunter. »Tut mir leid, Pop. Ich hab unterwegs noch was zu Mittag gegessen.«

»Mein Arbeitslicht streikt. Ich kann die Birne nicht auswechseln, weil ich da nicht raufkomm.« Ihm tut es weh, das zu sagen, seiner Tochter tut es weh, es zu hören. Ihre ganze glückliche Kindheit beruhte auf dem Mythos seiner Allmacht.

Sie folgt ihm in die Scheune, wo schon eine Leiter wartet. Unter der Arbeitslampe liegt, in Einzelteile zerlegt, ein kleiner Motor. Mühelos steigt sie auf die Leiter und ersetzt die defekte Glühbirne.

Ihre Kindheit war glücklich. Pete wusste nicht, wie man ein Mädchen großzieht, schließlich war er nie eins gewesen und verstand oder mochte sie auch nicht besonders, und so erzog er seine Tochter als Jungen. Er wollte einen Sohn haben, und wie durch eine glückliche Fügung wollte Susan einer sein.

Als sie die Leiter heruntersteigt, beugt er sich schon wieder über den Motor. Mit den Händen ist er immer noch geschickt. Er bedankt sich nicht bei ihr, und sie erwartet es nicht von ihm. Es war nur eine Glühbirne.

»Bis später, Pop.«

Froh, wieder seiner Aufgabe nachzugehen, grummelt er irgendetwas Zustimmendes. Das Leben ist zusehends von diesen beschissenen Frustrationen geprägt. Er ist immer ein tüchtiger Mann gewesen, ungeduldig gegenüber denen mit weniger brillanten Fähigkeiten, eine Kategorie, in die früher jeder gehörte, den er kannte. Doch mit dem Alter hat er abgebaut, sechzig Jahre Landwirtschaft, Arthritis in Knien, Hüfte und Rücken. Dass der große Pete Mackey keine Glühbirne mehr wechseln kann, ist eine Wahrheit, die auszusprechen zu sehr schmerzt. Ein Lohnarbeiter – ein jüngerer, kräftigerer Mann, der Zeuge seines Versagens würde – ist eine Demütigung, die er nicht tolerieren wird. Nur seine Tochter kann ihm auf eine Weise helfen, die ihn nicht beschämt. Sie errät seine Wünsche, ohne darum gebeten zu werden.

Er bietet ihr eine Prise Schnupftabak an.

Susan braucht keine Anweisungen, akzeptiert kein Geld, erwartet keine Dankbarkeit. Sie lässt ihm die Illusion, dass er es alles selbst gemacht hat.

Die Farm ruft sie, die Farm braucht sie. Pop ist froh, sie wieder dazuhaben. Damit hätte die Sache eigentlich erledigt sein müssen und ist es im Wesentlichen auch. Nur selten erinnert sich Mack ans College, eine Zeitspanne in ihrem Leben, die ihr jetzt unwirklich erscheint, wie etwas, das sie irgendwann einmal geträumt hatte.

Vor einem Jahr hat sie Penn State verlassen. Was sie der jungen Frau im Dairy Queen erzählt hat, stimmte ein bisschen, dieser Teil davon jedenfalls: Ihr Weggang fiel mit den Frühlingsferien zusammen. Das Timing schockierte ihren Trainer, ihre Mannschaftskameradinnen. Leichtathletik war ein Frühlingssport, und ihre Saison fing gerade erst an.

Fünfzig Jahre lang hatte die Leichtathletik der Frauen hinter den Mauern der Universität ein stilles, von niemandem beachtetes Dasein gefristet. Dann kam Title IX, eine Flut von Bundesmitteln, und plötzlich waren sie eine Unimannschaft. Trainer, die vom Männersport geholt wurden, sollten das Unmögliche möglich machen. Weibliche Körper waren nicht zum Speerwerfen vorgesehen, darin waren die Trainer sich einig. Weibliche Körper waren für einen Zweck vorgesehen, den sie nicht äußerten, wohl aber immer im Kopf hatten.

Mack war die persönliche Entdeckung ihres Trainers. Er hatte sie eines Morgens in der Sporthalle gesehen, eine aufsteigende Studienanfängerin im Basketball-Sommercamp. Dieser Sport, erzählte sie ihm, interessierte sie nicht. Ihre Wahl wäre auf Football gefallen. In der Mittelschule war sie ein unaufhaltsamer Runningback gewesen, das erste und letzte Mädchen in der Geschichte Bakertons, das in einer Jungenmannschaft spielte. Mit neunzehn war sie, trotz ihrer Größe, immer noch schnell. In Strümpfen war sie so groß wie der Trainer. Ihr Morgengewicht betrug neunzig Kilo. Wäre sie ein Junge gewesen, hätte irgendjemand erkannt, dass sie ein geborener Werfer war: die titanischen Oberschenkel und Schultern, der instinktive Rhythmus und die Anmut. Der Trainer ließ sie sämtliche Würfe ausprobieren, doch ihre Bestimmung offenbarte sich bereits in dem Moment, als sie die Kugel in die Hand nahm.

Natürlich hatte sie Bruce Jenners Sieg im Zehnkampf gesehen.

Das hatte jeder. Nun war das Undenkbare denkbar geworden, und Mack dachte es: *Das könnte ich sein.*

Die Leichtathletinnen wohnten zusammen, aßen zusammen, trainierten zusammen. An Wochenenden tranken sie zusammen. Und Alkohol war der Grund für die Katastrophe, die eine Reihe von Vorfällen auslöste.

Es gab ein Problem mit einem Mädchen.

Am nächsten Tag saß Mack in einem Bus nach Bakerton. Inzwischen hat sie schon über ein Jahr die Kugel nicht mehr in der Hand gehabt, obwohl sie sie fast jede Nacht im Traum stößt.

Auf einer Farm vergeht ein Jahr schnell. Von Sonnenaufgang bis zum Abendessen sind Macks Tage voll mit Pflichten. Der Winter hat den Zäunen zugesetzt. Den ganzen Samstag über wickelt Pop Maschendraht von der Rolle ab. In Gedanken bei der Frau im Dairy Queen, hämmert Mack, während die Mittagszeit kommt und geht, die Pfosten ein.

Sonntags ist das DQ geschlossen.

Am Montag wartet sie um 10.50 Uhr auf dem Parkplatz. Den ganzen Vormittag war sie hungrig, wurde schon hungrig wach, so als hätte sie seit Tagen nichts gegessen.

Um elf geht die Neonanzeige an: GEÖFFNET. Mack steigt aus ihrem Pick-up. Drinnen ist es, abgesehen von einem kleinen blonden Jungen, leer. Über ein Bilderbuch gebeugt, sitzt er in einer der beiden Nischen.

»Hallo«, sagt Mack.

Der Junge antwortet nicht, was in Ordnung ist. Mack behandelt Kinder wie lebende Granaten. Als sie fünfzehn und noch leicht zu verletzen war, hatte eine entfernte Cousine sie einmal zu Weihnachten mit ihrer kleinen Tochter auf dem Hof besucht. Das Kind hatte Mack ungeniert gemustert und dabei fast ungehalten gewirkt. *Bist du ein Junge oder ein Mädchen?*

Daran muss Mack denken, als Rena aus der Küche kommt. »Sie sind ja immer noch da. Ich dachte, Sie wären jetzt wieder zurück auf dem College.«

Mack sucht nach Worten. Sie erwägt und verwirft: *Was ist mit Ihrem Auge passiert?* Renas Auge kann nämlich nur eins passiert sein.

»Ist bei Ihnen alles in Ordnung?«, sagt sie stattdessen.

Rena führt ihre Hand zum Auge und senkt sie gleich wieder, so als dürfe sie es nicht berühren. »Es ist nichts.«

Der Bluterguss ist durch ihr Make-up hindurch deutlich zu sehen – neu, aber nicht brandneu. Er hat schon etwas Zeit gehabt zu erblühen, bestimmt einen Tag, und sein tiefes Violett zu entfalten.

»Ist das Ihr Junge?«, fragt Mack.

»Ich musste ihn mitbringen. Das soll ich eigentlich nicht. Normalerweise geht er zu seiner Oma. Aber unter diesen Umständen.«

»Ihre Mutter?«

»Seine andere Oma. Freddys Mom. Ziemlich heikel also.« Wieder berührt ihre Hand das Auge. Schließlich zieht sie den Bestellblock aus der Tasche. »Zwei Doppelte mit Schinkenspeck, große Portion Pommes, großer Milchshake?«

»Genau.« Mack schaut auf die Uhr an der Wand – 11.02 Uhr – und liest die Werbeschilder: DILLY AM STIEL, EIN GENUSS! *VOM GRILL – SCHARF UND SAFTIG.* Sie studiert den Fliesenboden, die Softeismaschine hinterm Tresen, die drei Stapel Pappbecher, klein mittel groß. Als sie nichts mehr zum Anschauen findet, gestattet sie sich noch einen Blick auf Renas Auge.

»Setzen Sie sich doch«, sagt Rena. »Ich bringe es Ihnen her.«

Da es von ihr erwartet wird, setzt Mack sich dem Jungen gegenüber, der gerade mit einem grünen Stift in sein Buch schreibt. »Wie heißt du?«, fragt sie.

Der Junge antwortet nicht. Er legt den grünen Stift hin und nimmt einen blauen. Mack fragt sich, ob er schwerhörig ist.

Rena kommt mit einer Papiertüte an den Tisch, Macks Mittagessen, fertig zum Mitnehmen. Vorsichtig setzt sie sich hin, worauf Mack sich fragt, was wohl mit dem Rest ihres Körpers passiert ist. Das blaue Auge ist die einzige Verletzung, die man sehen kann.

»Calvin«, sagt Rena zu ihrem Sohn. »Du sollst nicht in das Buch schreiben.«

Der Junge zuckt mit den Achseln. Abgesehen von seinen Haaren, die dünn und blond sind, ist er das Abbild seiner Mutter: das spitze Kinn, der Mund mit dem ausgeprägten Oberlippenbogen.

Mack sieht sich genötigt, etwas zu sagen. »Was liest du denn da?«

Rena beugt sich über die Schulter des Jungen und fährt mit dem Finger unter den Wörtern entlang. Mit einer klaren, kindlichen Stimme liest Calvin: *»Das ist der Hund, der die Katze erschreckte, die die Ratte jagte, die das Malz fraß, das in dem Haus lag, das Jack baute.«*

»Sie sollten essen«, sagt Rena. »Kalt schmeckt es nicht.«

Unter den aufmerksamen Blicken des Jungen packt Mack ihre Hamburger aus. »Darf er ein paar Pommes haben?«

Calvin sieht zu Rena auf.

»Geh, wasch dir die Hände«, sagt sie und rutscht hinüber, damit der Junge sich aus der Nische winden kann. »Fremden gegenüber ist er schüchtern.«

»Wer hat Ihnen das angetan?«

Rena übergeht die Frage. »Calvin war im Bett in seinem Zimmer, als es passiert ist. Aber niemand hätte währenddessen schlafen können.« Sie nimmt den blauen Stift und malt in das Buch des Jungen, einen detailgetreuen Schmetterling. »Und das Verrückte daran ist: Er tut so, als bemerkte er es nicht. Er wacht auf, seine Mom hat ein blaues Auge, und er fragt nicht einmal.«

»Haben Sie die Polizei gerufen?«

»Die machen doch nichts.«

Machen, nicht *hätten gemacht*. Als wäre das ganz gewöhnlich, etwas, das sich von Zeit zu Zeit ereignete.

Sie sehen zu, wie der Junge von der Toilette zurückkommt.

»Ich hab mit dem College aufgehört«, sagt Mack unvermittelt. »Vor einem Jahr. Ich lebe jetzt hier.«

»Ich dachte, Sie hätten Frühlingsferien.«

»Hatte ich auch. Vor einem Jahr.«

»Irgendwie sind Sie ein komischer Mensch«, sagt Rena.

»Sie machen sich gar keine Vorstellung«, sagt Mack.

Sie alle sind Arschlöcher. Das ist das Erste, was sie an dem Wochenende lernen.

»Du bist heute hier, weil dein Leben nicht funktioniert. Du bist ein Arschloch, weil du so tust, als ob es funktionierte.« Mit lautlosen Schritten geht der Meister auf der provisorisch aufgebauten Bühne auf und ab. Eine junge Frau wartet am Bühnenrand, um sein Wasserglas nachzufüllen. In jeder Ecke des Raums steht ein Sicherheitsmann.

Der Ballsaal des Hotels ist fensterlos, sehr unangenehm klimatisiert. Draußen könnten es 37 Grad Celsius sein, oder minus 25; es könnte Mittag oder Mitternacht oder irgendeine Zeit dazwischen sein. Tatsächlich ist es ein Samstagnachmittag im Vorfrühling, die San Francisco Bay im Nebel verloren. In der vierten Reihe windet sich ein junger Surfer in seiner Bundfaltenhose aus Polyester, die ihm Juckreiz verursacht.

»Dein Leben funktioniert nicht und DU. BIST. DAFÜR. VERANTWORTLICH.« Der Meister ist schlank und außergewöhnlich gut aussehend – eine echte Berühmtheit, ein regelmäßiger Gast im Talkshow-Reigen, ein Mann, dem bei Preisverleihungen gedankt wird. »In diesem Training wirst du mitkriegen, dass du nicht zufällig auf den Schienen lagst, als der Zug kam. Du bist das Arschloch, das dich dorthin gelegt hat.«

Die Arschlöcher rutschen auf ihren Stühlen mit gerader Rückenlehne – zweckmäßig, stapelbar – herum und warten auf weitere Erkenntnisse.

Sie haben ihre dreihundert Dollar bezahlt und gewisse Vereinbarungen getroffen. Während des Trainings dürfen keine Tonbandaufnahmen gemacht und keine Mitschriften angefertigt, es darf weder gegessen noch getrunken oder aufs Klo gegangen werden. Die Vereinbarungen sind berühmt. Sie sind Teil der Mythologie, ebenso wie die Obszönität, die Abkanzelung: die Behauptungen, die mit unangreifbarer Autorität aufgestellt werden, die pauschale Ablehnung all dessen, was sie sind und was sie tun.

»Die meisten Leute stehen ihr Leben lang an der Autobahn und winken den Verkehr in die entgegengesetzte Richtung.« Er spricht in einem nachdenklichen Plauderton – als wären seine Worte genau für diese Arschlöcher, und nur für sie, gewählt worden. »Tja, da habe ich Neuigkeiten für euch. Der Verkehr läuft dahin, wohin er läuft. Ihm ist scheißegal, wie ihr das findet, und dem Leben auch.«

Ein Mann in der ersten Reihe hebt die Hand. Er trägt eine Hornbrille wie Henry Kissinger. Auf seinem Namensschild steht HAROLD. »Ich bin Arzt«, fängt er an. »Und ich *schätze* zwar diese Vorstellung von persönlicher Verantwortung –«

»Harold SCHÄTZT sie.« Die Stimme des Meisters strotzt vor Sarkasmus. »Also, Harold möchte euch alle wissen lassen, dass er Medizin studiert hat, mehr Geld verdient als ihr und seine Meinung mehr zählt als irgendeine sonst hier im Raum. Gut, Harold. Wir haben's mitgekriegt. Du kannst weitermachen.«

Harold blinzelt hektisch hinter seiner Brille. »Kann ich meine Frage stellen?«

»Bitte.«

Harold räuspert sich. »Wie kann irgendetwas davon zutreffen, wenn man sich anschaut, was gerade in der Welt passiert? Persönliche Verantwortung ist ja schön und gut, aber was ist mit diesen Leuten in Pennsylvania? Wenn sie an Strahlenvergiftung sterben, wo liegt da ihre Verantwortung?«

Der Meister runzelt die Stirn, als hätte er die Frage nicht verstanden.

»Es gibt eine Blase«, sagt Harold.

Der Meister tut das mit einer Handbewegung ab. »Erzähl mir nichts von Blasen. Diese Arschlöcher in Pennsylvania –«

Der Raum holt tief Luft. Der Schock ist regelrecht hörbar.

»Moment mal«, sagt Harold. »Das sind auch Arschlöcher?«

Der Meister lächelt geheimnisvoll.

»Versteh ich das richtig?« Harold wirkt wie vor den Kopf geschlagen. »Diese Leute, die in Windrichtung wohnen und qualvoll sterben könnten, falls der Kern schmilzt, die sollen für das, was ihnen widerfährt, verantwortlich sein?«

»Wenn du das so verstanden hast.«

Der junge Surfer ist überwältigt. Er ist neunzehn und neigt zu unangebrachtem Mitgefühl. Wie sehr ihn das zum Opfer und zum Idioten gemacht hat, wird ihm erst allmählich klar. Ereignisse der jüngsten Zeit haben seine angeborene Leichtgläubigkeit, seine Anfälligkeit für Manipulationen bestätigt. *Wenn du das glaubst, dann hast du einen Sprung in der Schüssel.* Das ist das, was seine Mutter ihm ständig predigt, auch wenn in der Regel sie diejenige ist, die manipuliert. Das ist die grundlegende Schwäche seines Charakters, schwerwiegend, womöglich todbringend. Bettler auf der Straße riechen ihn schon von Weitem, den Gestank der Naivität, den er verströmt, Gutgläubigkeit gepaart mit Verlegenheit: ein reicher Junge, der sich für seine Privatschul-Weichheit, für die Großzügigkeit seines Stiefvaters schämt.

In der ersten Reihe hebt ein dicker Mann die Hand. »Um ehrlich zu sein, ich bin nicht begeistert davon, dreihundert Kröten zu zahlen, um mich dann Arschloch nennen zu lassen.«

Der Meister schlürft sein Wasser. »Prima«, sagt er, eine Allzweckantwort. Für den Fall, dass man ihn einen Hurensohn nennt, hält er vier mögliche Antworten parat: *Das krieg ich mit. Ich hab dich verstanden. Danke. Prima.*

»Und außerdem: Warum dürfen Sie Wasser trinken?«

»Ich darf Wasser trinken, weil ich keine Vereinbarung getroffen habe, es nicht zu tun.« Die Art, wie er das Wort Wasser ausspricht, verrät immer noch das Straßenkind aus Philly, trotz seines Einhundert-Dollar-Haarschnitts.

Hast du ein wiederkehrendes, quälendes Problem? Hast du so viele, dass du sie nicht zählen kannst? Dann wähl eins aus. Körperliche Empfindungen sind gut. Migräne, Schlaflosigkeit, Rückenschmerzen. Du fürchtest dich vor dem Fliegen oder dem Sprechen in der Öffentlichkeit. Die Genitalien deiner Frau verursachen dir Übelkeit. Wenn du aus dem Haus gehst, bekommst du Panikattacken.

Wähle eine davon, Arschloch. Deine Schachtel Zigaretten am Tag, deinen Ladendiebstahl. Dein Nägelkauen oder Koksrauchen. Such dir ein Symptom oder ein beunruhigendes Gefühl aus. Ein zerstörerisches Verhalten, das du anscheinend nicht ablegen kannst.

Wähl eins aus, und nenn es deinen Gegenstand. Mitteilen ist erwünscht. Schließ dich den anderen Arschlöchern an, die sich am Mikro ablösen. Paolos Gegenstand ist Verrat. (Seine Frau hat ihn mit Herpes angesteckt). Julie hat Angst vor dem Verlassenwerden. (Sie täuscht Orgasmen vor.) Arschlöcher, erinnert euch an eure Vereinbarungen: Jede Mitteilung muss mit Applaus anerkannt werden.

Die Arschlöcher hören gar nicht mehr auf, sich mitzuteilen. Über Stunden lösen sie einander am Mikro ab. Die Zeit steht still in dem Ballsaal. Zivilisationen ziehen auf und gehen unter. Lebzeiten vergehen.

Gilbert klaut seiner Mutter das Schmerzmittel. Jerry träumt intensiv davon, seine Schwägerin zu vögeln. Kays Mann zieht gerne ihre Sachen an.

Das ist, alles in allem, ein todsicheres Gegenmittel zu übertriebenem Mitgefühl. Nach sechzig Stunden in diesem Raum wird man jeden einzelnen dieser Menschen hassen. Der jugendliche Surfer, der in seinem Leben noch nicht einmal vor Wut die Faust geballt hat, ist bereit, sie alle bewusstlos zu schlagen.

Der Meister befragt jedes Arschloch mit rabbinischer Geduld. Kannst du die Empfindung in deinem Körper lokalisieren? Ihre Form und Farbe beschreiben, ihren Ursprung? Die Mutter, die dich in einen begehbaren Kleiderschrank gesperrt hat; der geile Babysitter. Kindheit ist offenbar ein Minenfeld. Niemand geht unversehrt daraus hervor.

Der Surfer betrachtet ihn wie gebannt. Mit einem Mal springt er auf. Ein Assistent läuft mit einem Mikro zu ihm. »Mein Gegenstand ist Wut«, beginnt er, für sich selbst überraschend. Er ist bekannt für seine sonnige Veranlagung, seine unerschütterliche Gutmütigkeit.

Der Meister unterbricht ihn. »Wo ist dein Namensschild?«

Beinahe unmerklich nähern sich die Sicherheitsmänner.

»Ich hab kein Namensschild bekommen«, sagt der junge Mann, sein eigenes texanisches Näseln im Ohr.

Der Meister lässt sein berühmtes Lächeln aufblitzen. »Er hat kein Namensschild bekommen.«

Eine Assistentin – blond und umwerfend schön – stürzt mit einem Edding herbei. »Wie heißt du?«, flüstert sie, ihr Atem kitzelt ihn am Ohr.

»Kip«, flüstert er zurück.

Sie schreibt seinen Namen in Blockbuchstaben, so groß, dass er von der Bühne aus zu sehen ist, und drückt ihm das Namensschild auf die Brust. Ganz bestimmt fühlt sie sein Herz durch das Hemd klopfen.

»Ja, also …« Kip zögert. Er würde nichts lieber tun, als sich wieder hinsetzen, aber das blonde Mädchen hat ihn im Blick. Er spürt den Geist ihrer Hand in der Nähe seines Herzens.

»Letztes Jahr hab ich einen Platz in West Point bekommen. Dort wäre ich jetzt auch, wenn meine Freundin nicht schwanger geworden wäre. Ich hab ihr angeboten, sie zu heiraten. Für das Baby, verstehen Sie? Es schien mir der richtige Schritt zu sein.« Sein Gesicht fühlt sich sehr heiß an. Er ist kurz davor, zu kotzen oder ohnmächtig zu werden oder beides.

»Also hab ich den Platz abgelehnt. Ich bin in Houston geblieben und hab angefangen, für meinen Stiefvater zu arbeiten, was ich eigentlich nie hatte tun wollen.« Plötzlich fühlt er sich hundemüde, schwach vor Hunger, erschöpft von der Anstrengung, sich auszudrücken. »Vergessen Sie den Teil. Das ist eine völlig andere Geschichte. Der Punkt ist, letzten Herbst krieg ich raus, dass sie mit diesem anderen Typ zusammen ist. Das Baby ist nicht mal von mir.«

Ausdruckslos starrt der Meister ihn an. »Und weshalb bist du nun wütend?«

»Wie meinen Sie das, weshalb bin ich wütend? Sie hat mich angelogen. Sie hat mein Leben ruiniert.«

»*Ahhh*. Das krieg ich mit.« Die Stimme des Meisters senkt sich zu einem Bühnengeflüster. »Das ist ein Haufen Scheiße.«

Kip hat ein lautes Klingeln im Ohr, so als bräche eine ohrenbetäubende Welle über seinem Kopf zusammen.

»Wenn dein Leben ruiniert ist, hast du es ruiniert. Du bist ein Versager, und du bist sauer auf das Mädchen, weil sie dir deine Ausrede geklaut hat.« Sein Blick ist bohrend. Einen Moment lang ist Kip das einzige Arschloch im Raum.

»Sie hat dir die Chance versaut, ein Held zu sein. Aus reiner Herzensgüte hast du ihr *angeboten*, sie zu heiraten. Was, sie sollte dankbar sein? Natürlich vögelt sie einen anderen Kerl. Gut für sie.« Mit einer wischenden Handbewegung tut er den Betrug und Verrat des Mädchens ab.

Kip sinkt auf seinen Stuhl zurück.

»Steh auf, ich bin noch nicht fertig mit dir. Wie lange wolltest du schon nach West Point?«

Kip steht auf. »Mein ganzes Leben.« Seine Augen brennen, die größte denkbare Schmach. Er würde sich eher in die Hose machen als in der Öffentlichkeit weinen.

»Blödsinn. Wenn du gewollt hättest, wärst du gegangen.«

Kips Magen flattert. Sein einziger Besuch in der Akademie löste wiederkehrende Albträume aus, eine Wahrheit, die er bisher niemandem anvertraut hat. Die düsteren Gänge, die verbissenen Jung-Kadetten in ihren grauen Uniformen, der strenge Befrager, der seinem Vater so ähnlich war. Die ruppigen, streitlustigen Kadetten im letzten Jahr, Jungs mit stumpfem Blick, die einmal menschlich waren. Huh! Innerhalb eines einzigen Jahres, so ihr Versprechen, würde Kip dieselbe Verwandlung durchgemacht haben.

Der volle Ballsaal wartet auf seine nächsten Worte. Das Mikrofon wackelt in seiner zitternden Hand.

»Mein ganzes Leben lang hatte ich von diesem Ort gehört«, erzählt er den zweihundertfünfzig Fremden im Raum. »Mein Vater war dort gewesen. Etwas Besseres hätte ihm nicht passieren können.« Sein Vater, der Colonel, ruft ihn zweimal im Jahr an, zu Weihnachten und zu Kips Geburtstag, wobei er sich normalerweise im Datum irrt: einen Monat zu früh, zwei Tage zu spät. Letzte Weihnachten dauerte ihr Gespräch neun Minuten, von denen acht sich um West Point drehten. Dieses Jahr zu Weihnachten rief der Colonel gar nicht an.

»Scheiß doch auf ihn«, sagt der Meister. »Warum solltest du nach West Point gehen, nur weil er dort war?«

Kips Herz schwillt an von einem ungewohnten Gefühl. Dafür gibt es keinen anderen Namen – wie er erst später feststellt – als Liebe.

Werner Erhard hat sein Leben bereits verändert.

Acht Monate später in Houston staut sich der Verkehr über Kilometer. Ohnehin schon spät dran zu einem Meeting, drückt Kip Oliphant auf die Hupe.

Er kann sein Ziel sehen, einen spiegelverglasten Büroturm, der das Sonnenlicht reflektiert und ihn fast blendet: der weltweite Hauptsitz von Darco Energy, der Firma seines Stiefvaters. Er kann es sehen, aber nicht hinkommen. Dämpfe steigen vom Asphalt auf, eine schwindelerregende Welle von Auspuffgasen. Als sich in San Francisco letzten Sommer die Schlangen an den Zapfsäulen um den ganzen Block herumzogen, schalteten die Fahrer den Motor aus, um Benzin zu sparen. Hier stehen in jeder Spur Cadillacs und Pick-ups mit laufendem Motor, heiß schnaufend, eine Kette aus roten Bremslichtern, so weit das Auge reicht.

Schließlich fährt er auf einen Parkplatz und geht zu Fuß weiter, wobei er neugierige Blicke auf sich zieht: ein adretter junger Mann mit cremefarbenem Texashut, Jackett über dem Arm, sein City-Look. Den Zopf hat er mit Rücksicht auf die örtlichen Gepflogenheiten abgeschnitten. Seine Haare sind aber immer noch um einiges länger als die anderer Männer, reichen über den Kragen und sind an den Spitzen ausgebleicht – die letzten Spuren seines alten Lebens als bekiffter Surf-Freak, der endlosen Monate in Sorglosigkeit.

Es ist ein strahlender Morgen, warm für November. In gemächlichem Tempo geht er schwingenden Schrittes dahin, überholt die Autos, die im Stau feststecken. In der Jefferson Street sieht er den Grund für den ganzen Aufruhr, eine Menschenmenge, die sich auf dem betonierten Platz vor dem Dresser Tower versammelt hat. »Was ist denn hier los?«, fragt er einen Mann, der aus einem Donut-Laden kommt.

»Das ist das iranische Konsulat«, antwortet der Mann, während er weiter seinen Donut kaut. »Die sind schon die ganze Woche hier draußen.«

Das was?, denkt Kip. Für einen Moment überlegt er, was es über ihn und über Houston sagt, dass er zwanzig Jahre lang hier gelebt hat, ohne zu wissen, dass die Stadt so etwas hat.

Die Autos kriechen die Jefferson Street entlang.

Vor einer Tankstelle entdeckt er eine Telefonzelle. Er gräbt ein Zehncent-Stück aus der Tasche und ruft im Büro an. Sein Stiefvater Darby Butters ist nicht erreichbar; wie vermutet, ist sein direkter Anschluss besetzt. Sechs ganze Monate hängt er nun schon am Telefon. Hochkonjunktur in Houston, ein Jahr der Rekordgewinne; und das Debakel im Iran wird die Preise nur noch weiter in die Höhe treiben. Präsident Carters Embargo ist gut für Darco. Über iranische Güter wurde ein sofortiger Importstopp verhängt.

»Sagen Sie ihm, ich stecke im Verkehr fest«, bittet Kip Dars Sekretärin. »Irgendeine Demonstration, glaube ich.«

Er legt auf und geht weiter die Jefferson Street hinunter auf den Platz zu. Die Demonstranten sind überwiegend jung, überwiegend männlich. Ein paar von ihnen tragen selbst gemachte Schilder. AMERIKANISCHE AUTOS FAHREN BESSER MIT AMERIKANISCHEM ÖL. DAS NEUE SPIEL: COWBOYS UND IRANER! Das Bild dazu in breiten Cartoonstrichen, ein dunkelhäutiger Mann mit Turban, an einem Baum erhängt.

Plötzlich bricht die Menge in Beifall aus. Vorbeikommende Motorradfahrer hupen.

»Was ist passiert?«, fragt Kip niemanden Bestimmtes. Zwei alte Männer mit breitkrempigen Cowboyhüten, womöglich Brüder, stehen da und schauen, die Daumen auf genau dieselbe Weise in ihren Gürtelschlaufen eingehakt. Daneben mehrere Frauen in weißer Tracht, Krankenschwestern in der Mittagspause. Das St. Joseph Hospital liegt nur ein paar Blocks entfernt.

Kip bahnt sich einen Weg durch die Menge. Am Ende sieht er schließlich den Anlass für die Begeisterung: eine rot-weiß-grüne Fahne brennt lichterloh, als wäre sie mit Feuerzeugbenzin getränkt.

Hinter ihm johlen und schreien ein Junge und ein Mädchen. Sie sind gleich angezogen, Jeans und Westernhemd, und alt genug, dass sie eigentlich in der Schule sein müssten. Jeder an einem Ende halten sie ein Schild in die Höhe. Seltsamerweise ist darauf das Konterfei von John Wayne zu sehen, auf Überlebensgröße aufgebläht.

»Ist das der Duke?«, fragt Kip.

Die beiden Kinder schauen ihn an, als wäre er bescheuert. »Na klar«, sagt der Junge.

Um ihn herum werden überall Schilder wie Waffen geschwungen.

VERRÄTER JETZT DEPORTIEREN

FAHRT ZUR HÖLLE MITSAMT EUREM ÖL

BEHALTEN WIR DEN SCHAH UND SCHICKEN IHNEN CARTER

An der Spitze der Menge fangen die Krankenschwestern an zu singen, zuerst nur ein schwacher Versuch, ein piepsendes Trällern. Die alten Männer nehmen ihre Texashüte ab und fallen mit ihrem tiefen Brummbariton in den Refrain ein: *America, America, God shed his grace on thee.*

»So was hast du noch nicht gesehen«, sagt Kip später zu Dar. Sie sitzen im Ingenieursraum, einem vollgestopften Kämmerchen sechsunddreißig Stockwerke über den Straßen der Innenstadt, die Wände mit leicht verblichenen topografischen Karten tapeziert. Dar hält sich die meiste Zeit hier auf, viel lieber als in seinem Büro, einer glänzenden Ecksuite mit eindrucksvoller Aussicht zu beiden Seiten. Das Durcheinander beruhigt ihn, die Papierstapel, die halb leeren Kaffeetassen der Ingenieure. Es hat etwas von den gemieteten Räumen über einer Lagerhalle, wo ein viel jüngerer Darby Butters einst sein Firmenschild aufgehängt hatte. Das Unternehmen gehörte ihm ganz allein, und er benannte es, wie es damals dort üblich war, nach sich selbst.

»Mir ist es egal, ob sie Araber sind. Ich halte nichts davon, die Fahne von irgendjemandem zu verbrennen.« Dar trommelt mit seinen dicken Fingern auf den Schreibtisch, ein Zeichen, dass er kribbelig wird. Er ist ein gedrungener, unattraktiver Mann mit den Hängebacken und dem Unterbiss einer Englischen Bulldogge, kahlköpfig wie ein Schneeball und reich genug, um das wettzumachen, was wiederum eine hinreichende Erklärung für seine Ehe mit Kips Mutter darstellt.

Der Name Darco war so gut wie jeder andere. Die Alternative, Buttco, wäre keine brauchbare Lösung gewesen; seinen Arsch wollte er schließlich nicht im Firmennamen haben.

»Ein Kurs, den sie vor unseren Augen eingeschlagen haben«, sagt Dar, »und Carter hat sie gewähren lassen.«

Kip hört kaum zu. Er sucht die Regale der Ingenieure nach einem Atlas ab. Der dynamische Punkt liegt acht Zeitzonen entfernt, in einem Land, das er wirklich mal auf einer Landkarte suchen sollte. In den Straßen von Houston geht das Gehupe weiter.

»Andererseits«, fügt Dar hinzu und gibt damit eine Binsenweisheit von sich, »ist es gut fürs Geschäft.«

Der Presseattaché trägt ein gestreiftes Anzughemd, unter dem der Rand des Unterhemds sichtbar ist. Man kann sich vorstellen, wie er sich vier Tage zuvor, vom Kaffee gestärkt, zur Arbeit anzog, das Hemd vom Bügel nahm und seine To-do-Liste durchging, die Aktenvermerke und Meetings und Anrufe, ein normaler Tagesablauf.

Nun wird er hinaus vor die Kameras gebracht, immer noch in diesem Hemd. Zwei seiner Geiselnehmer – schmuddelige junge Männer, vermutlich Studenten – halten ihn an den Ellbogen fest. Seine Kollegen in der amerikanischen Botschaft sind noch am Leben. Mit verbundenen Augen spürt er, wie die Menschenmenge sich sammelt und ihre Wut anschwillt wie eine Wolkenfront, aus der es Beschimpfungen in Farsi und Englisch regnet.

Auf der Taleghani Street boomt das Geschäft. Händler verhökern Kappen und T-Shirts, Wasser in Flaschen und gekochte Zuckerrüben. Von einem Karren herunter verkaufen ein Junge und sein Vater Videos von der Invasion am Sonntag, der Horde von Studenten, die die Botschaftsmauer erklommen.

In den Staaten ist es noch gestern. Der Presseattaché wird von Sofalandschaften und Fernsehsesseln aus beäugt, aus den Wohnzimmern des typischen Amerika: Flauschteppich und Leuchtschienen, Stereoanlage, tropische Fische im Aquarium. In Manhattan und dessen Vororten wird sein Name ungläubig wiederholt. *Barry Rosen.* Der Name sagt Enkel und Neffe, großzügig mit Privatlehrern und kieferorthopädischen Maßnahmen versorgt und Mittelpunkt einer liebevoll ausgerichteten Bar-Mizwa-Feier, die Hoffnung einer Familie. Es gibt Anteilnahme mit seinen Eltern, den armen Rosens, die jetzt nicht mehr stolz und glücklich sind. *(Mein Sohn ist Diplomat. Im Außenministerium, stellen Sie sich vor.)* Unwillkürlich hält man inne und denkt nach. Man wird dankbar für seine eigenen, nicht so erfolgreichen Sprösslinge, die

Direktionsassistenten. Den faulen Jungen und das schüchterne Mädchen, die rasch älter werden und immer noch im Einzelhandel arbeiten. Man denkt an die armen Rosens und spricht ein stilles Dankgebet.

Ein ungeheuerlicher Akt, ein schockierender Rechtsbruch. Der Presseattaché spricht nicht. Er wird vorgeführt wie ein braves Kind, der wohlerzogene Junge, der er einmal war. Barry Rosen wird gesehen und nicht gehört, weggebracht, Abgang links.

Ein ungeheuerlicher Akt, aber nicht beispiellos. Neun Monate vorher füllte eine Sekretärin – am Valentinstag in derselben Botschaft – eine Glasschale mit süßen Herzen. Eine Stunde später wurde die Botschaft angegriffen, der Botschafter als Geisel genommen.

SEI MEIN STERN. ICH HAB DICH GERN.

Panik im Außenministerium, eine Einsatzbesprechung nach der anderen. Im Pentagon beratschlagten Männer hinter verschlossenen Türen. Am Abend wurde der Botschafter zur allgemeinen Überraschung wieder freigelassen. Washington schlief tief, stand früh auf und ergriff vorsichtige Maßnahmen: Der Botschafter wurde nach Washington zurückbeordert, das Botschaftspersonal in Teheran bis auf eine Rumpfbesetzung von sechzig Personen reduziert. Die vorderen Fenster des Gebäudes wurden mit kugelsicherem Glas ausgestattet.

Neun Monate später ist das kugelsichere Glas nutzlos. Eine wütende Menge umringt das Botschaftsgebäude. Mit einer Metallsäge, die sie unter ihrem Tschador verborgen hatte, schneidet eine junge Frau die Ketten am Tor zur Taleghani Street durch.

Wie eine Parade von Arbeitsameisen ergießen sich die Studenten über die Mauer.

Nacht um Nacht sieht Amerika von seinen Sofas aus zu. Alle drei Fernsehgesellschaften bringen dasselbe Filmmaterial, das Gesicht des Imams auf riesigen Transparenten, sein Bart und Turban, seine finstere schwarze Augenbraue. Unübersehbare Massen jubeln ihm zu: Wie beim Superbowl, bedrohlich fremd. Bärtige

Männer, Frauen in Stoff eingehüllt. Manche tragen selbst gemachte Plakate, in dieser teuflischen sich kringelnden Schreibschrift, die niemand lesen kann.

Der UN-Sicherheitsrat beruft eine nicht öffentliche Sitzung ein.

In Teheran gibt der Imam eine Erklärung ab: Über das Schicksal der Geiseln werde das iranische Parlament entscheiden.

Das iranische Parlament ist noch gar nicht gewählt.

In Oregon und Kalifornien und Michigan und Ohio demonstrieren muslimische Studenten. SCHICKT IHN ZURÜCK! DER SCHAH MUSS VOR GERICHT. In Minnesota werden sie mit Schneebällen beworfen. In Massachusetts mit Steinen bombardiert. In Cleveland zündet ein Sportreporter vor laufender Kamera eine rot-weiß-grüne Fahne an. Der Sender bekommt sechshundert Anrufe von Zuschauern. Nur einer ist eine Beschwerde.

In New York hält ein Boxchampion eine Pressekonferenz. Als berühmter Muslim bietet er sich selbst im Tausch gegen die Geiseln an.

Alle drei Fernsehgesellschaften senden die Pressekonferenz. Ein Junge in Pennsylvania hört kaum zu. Er würfelt und lässt die Maus über das Brett ziehen.

NICHT IN MEINEM GARTEN

JULI 2012

5.

Im Wellways gibt es einen neuen Mitarbeiter. Das erkennt Darren Devlin am Geruch seiner Kacke. Auf dem Personalklo hat an drei aufeinanderfolgenden Tagen eine ähnlich riechende Darmentleerung stattgefunden. Nicht als Folge von schlechtem Sushi oder mexikanischem Essen, kein Magendarmvirus. Es steht zweifelsfrei fest: Ein neuer Kacker ist zum Team dazugestoßen.

Es ist die Superkraft eines Abhängigen, sein Bewusstsein für Kacke, keine übersinnliche Wahrnehmung, sondern genau das Gegenteil, zutiefst sinnlich, eine animalische Intuition. Eine Begabung, die moderne Toiletten hinfällig gemacht haben; ein rudimentärer sechster Sinn, der den meisten Menschen abhandengekommen ist. So gesehen ist der Drogenabhängige eine besondere Kategorie Mensch.

In den Tiefen von Darrens eigener Abhängigkeit war das Kacken über Jahre hinweg eine so schwache, so entfernte Erinnerung, dass sie genauso gut aus einem anderen Leben hätte stammen können. Er hatte Monate, womöglich sogar Jahre verbracht, ohne je auf einer Toilette gesessen zu haben – was in der entwickelten Welt mit Ausnahme der Drogenabhängigen nur wenige von sich behaupten können. Seine Morgengruppe hat definitiv bewiesen, dass es unmöglich ist, an Verstopfung zu sterben. Andernfalls wären Darren und die meisten seiner Klienten bereits tot.

Während des Entzugs passierte natürlich genau das Gegenteil: ein tsunamiartiger Durchfall, Fäkalien, die über zwei, fünf oder zehn Jahre zusammengepresst worden waren und sich nun mit unbeschreiblicher Wucht Bahn brachen, eine wesentliche (wenn auch keineswegs die einzige) körperliche Demütigung des Heroinentzugs. Als er das letzte Mal runterkam, hatte Darren sich über die schiere Menge gewundert. Woher kam sie bloß? Jahrelang hatte er kaum etwas gegessen. Seine täglichen Mahlzeiten – süß, ohne Nährwert – stammten aus dem Laden um die Ecke: Eis am Stiel und Limonade, Schokoriegel und eingeschweißte Rice-Krispies-Ecken.

Vor Kurzem fand er zufällig die Aufnahmepapiere seines ersten Aufenthalts im Wellways. Größe: eins achtzig. Gewicht: neunundfünfzig Kilo.

Die Mitglieder seiner Morgengruppe sind großzügig mit solchen Geschichten – den körperlichen Katastrophen, den Krankheiten. Nur die Neuankömmlinge sind zurückhaltend, denn ihnen ist noch nicht klar, dass die öffentliche Herabwürdigung hier als Währung dient.

Er ist auf dem Weg zur Morgengruppe, als Patricia, die Direktorin, ihn im Gang aufhält. »Ich hab dich überall gesucht.« Ihre Hand legt sich auf seine Schulter. Sie ist eine stämmige kleine Frau über fünfzig mit den Unterarmen einer Feldköchin. Wie alle Frauen, die mit ihm flirten, ist sie alt genug, um seine Mutter zu sein. »Wir haben ein Problem. Es geht um deinen Urlaub.«

»Ich hab doch gar keinen genommen.«

»Genau das ist ja das Problem. Ist dir bewusst, dass du innerhalb von vier Jahren nicht einen einzigen Tag Urlaub genommen hast?«

»War mir nicht«, sagt er. »Bewusst, meine ich.«

»Im Augenblick schulden wir dir acht Wochen bezahlten Urlaub. Die Reliance verlangt, dass du ihn noch vor deinem Geburtstag nimmst. Vor dem zwanzigsten August.«

Verlangt?

»Was passiert, wenn ich ihn nicht nehme?«

»Zwangsurlaub.«

»Moment mal, *was*?« Das Wort beschwört Bilder aus Kriegszeiten herauf: Soldaten in grobem grauem Wollstoff eine Woche vor Gettysburg auf dem Weg nach Hause zu ihren Liebchen. Ein zärtliches Intermezzo, dann Tod durch Bajonett.

»Das ist ganz einfach, Schätzchen. Du musst acht Wochen bezahlten Urlaub nehmen. Oder, wenn dir das lieber ist, acht Wochen unbezahlten. Dieser Teil hängt von dir ab.«

»Das ergibt doch keinen Sinn.«

»Stimmt.« Patricia setzt ihre Happy-Zombie-Miene auf – glasiger Blick, gespenstisches eingefrorenes Lächeln. Letzten Winter wurde Wellways von Reliance Healthcare übernommen, einem riesigen multinationalen Konzern, der in zwanzig Staaten und im District of Columbia Kliniken und kleine Krankenhäuser betreibt. Die seitdem in Kraft gesetzten neuen Richtlinien erläutert Patricia in ihren wöchentlichen Rundschreiben, die bei Darren postwendend in der Wertstofftonne landen. Wenn Patricia gezwungen ist, über die neuen Maßnahmen zu sprechen, enthält sie sich jeden Kommentars. Ihre Empörung spricht jedoch aus der Happy-Zombie-Miene.

»Du kannst deine acht Wochen alle auf einmal nehmen oder häppchenweise. Dein Gehalt wird jeden zweiten Freitag planmäßig überwiesen. Es sei denn, du entscheidest dich für die Zwangsbeurlaubung. In diesem Fall wird nichts überwiesen.« Wieder das Zombie-Lächeln.

Fassungslos starrt er sie an. »Du sagst also, dass ich nicht mehr zur Arbeit kommen kann.«

»Genau das sage ich.«

»Aber wer übernimmt dann meine Gruppen? Der Neue?«

»Woher weißt du, dass wir einen Neuen haben?«

Die Antwort bleibt er ihr schuldig.

»Lass mal die Sau raus, Darren. Fahr in die Sonne oder so was.« Ein neckischer Schlag auf seine Schulter. »Leb mal ein bisschen, was ist denn dabei?«

Er lächelt schwach, obwohl ihm die Schulter wehtut. Für eine kleine Frau langt Patricia ganz schön zu.

»Ich bin Darren, der leitende Therapeut dieser Abteilung. Und ich bin abhängig.«

Wie Erstklässler mit ihren rauen Stimmen antworten zwanzig Männer im Chor: »Hi, Darren.« Der Jüngste, ein Skateboarder aus Catonsville, ist fünfzehn. Der Älteste, ein von Vicodin abhängiger katholischer Priester, vierundsiebzig.

Er beginnt mit der Begrüßung von zwei Neuzugängen. Tony ist ein verhutzelter Opa, Latino oder Italiener. Alvin ähnelt einem pensionierten NBA-Spieler, ein korpulenter Schwarzer mit traurigem Blick und glänzender Glatze. Untypisch ist, dass sie beide Alkoholiker sind. Die Aufnahme schickt ihm nur selten Trinker. Im Wesentlichen bekommt er das, was der medizinische Direktor als schwere Fälle einstuft – in Baltimore also Opiatabhängige. Unter den Drogentherapeuten ist Darren als Einziger selbst Absolvent des Programms, was ihm nach allgemeiner Einschätzung bei den Klienten mehr Glaubwürdigkeit verleiht.

Dass er es zweimal absolvierte, fällt unter den Tisch.

Er lädt die Neuen ein, ihre Geschichte zu erzählen. Alvin muss ein wenig gedrängt werden. Tony, ein eher typischer Alkoholiker, hat das gegenteilige Problem: Ihn kann man einfach nicht bremsen. Vor die Wahl gestellt, würde Darren immer den Junkie nehmen, obwohl er sich hütet, eine Vorliebe zum Ausdruck zu bringen. Einer der unumstößlichen Grundsätze im Wellways lautet: Zwischen Abhängigen gibt es mehr Ähnlichkeiten als Unterschiede. Für alle gelten dieselben Modalitäten (kognitive Verhaltenstherapie, Gruppenarbeit in zwölf Schritten, ggf. medizinische Intervention).

Wie alles andere in der Entziehungskur sind die Geschichten endlos. Die Männer können kaum die Augen aufhalten. Der junge Skater sieht katatonisch aus. Die Lippen des Priesters bewegen sich stumm.

Endlos.

Wenn man aussteigt, lernt man, wie lang ein Tag ist. Über Jahre hatte Darren außerhalb der Zeit gelebt, seine Tage waren mit zielgerichteten Tätigkeiten voll gewesen: Geld schnorren, Stoff besorgen, sich einen Schuss setzen. Und wenn das alles erledigt war, in diesen gesegneten Zustand gleiten, wo die Zeit überhaupt keine Bedeutung hat. Im Vergleich dazu waren nüchterne Tage hohl. Das sind sie sechs Jahre später immer noch.

Anfangs füllte er sie mit Meetings, zwei, manchmal sogar drei am Tag, alles Mögliche, nur nicht in seiner leeren Wohnung sein, die in seinem Kopf auf immer mit den schmutzigen Freuden seines alten Lebens verbunden war. Die Wohnung in Charles Village, ein paar Blocks vom Hopkins-Campus entfernt, wo er sich wieder und wieder und wieder hatte verführen lassen, der ganze Jahrmarkt aus heftigem Verlangen, Glückseligkeit und Verzweiflung.

Was machten die Leute den ganzen Tag, wenn sie keine Drogen nahmen?

Abstinenz war einfach – und bedeutungslos –, wenn man nie high gewesen war.

In den Anfängen seiner Entwöhnung hatte er Projekte gefunden. Es war, als wäre er aus einem langen Mittagsschlaf erwacht, blinzelnd und desorientiert, und hätte sich in einem baufälligen Schuppen wiedergefunden: die Fensterscheiben zerbrochen, das Dach undicht, die Wände bröckelnd. Das stimmte im übertragenen, wenn auch nicht im wörtlichen Sinne (obwohl seine Haushaltsführung tatsächlich nachgelassen hatte). Seine Krankheit hatte sein Leben in Trümmer gelegt, das Erwachsenenleben, von dessen Beginn er gar nichts mitbekommen hatte. Ohne Medikamente sah er sich mit den schwelenden Überresten seiner akademischen Karriere, seiner Kreditwürdigkeit, seiner Gesundheit konfrontiert. Den Menschen, die er gemieden, angelogen, bestohlen, betrogen hatte. Dem Zimmergenossen, den er im Stich gelassen hatte, einem Mädchen, das ihn liebte. Seinem Studienberater. Seinem Laborpartner. Seinem Dad.

Seit der neunten Klasse war er nicht mehr nüchtern gewesen, ein Alter, in dem Nüchternheit keine Entscheidung, sondern, ebenso wie Jungfräulichkeit, einen Zustand darstellte, mit dem man gestraft war. Darren mit vierzehn: ein dürrer Trottel, der auf Schach und Kreuzworträtsel stand und, unpassenderweise, auf die Musik von Public Enemy. In seiner nur von Weißen bewohnten Heimatstadt war Rap automatisch verdächtig, aufgegriffen nur von ein paar schamlosen Angebern. Darren hörte ihn heimlich, über Kopfhörer, und fühlte sich wiederbelebt. Die treibenden Rhythmen, die wütenden Texte waren die Testosteronspritze, die sein junges Ich so dringend brauchte. Dann fühlte er sich, flüchtig aber intensiv, wie ein Mann.

Die eine Hälfte seines nüchternen Ichs hätte am liebsten nie damit angefangen: Hätte man nie dieses erste Glas getrunken, den ersten Trip eingeworfen, hätte man für immer clean bleiben können, ohne diesen ganzen Schweiß. Stattdessen wurde es zur Lebensaufgabe. Sechs Jahre später ist Darren schmerzlich bewusst, was die Entwöhnung ihn gekostet hat: seine Zeit und das Geld anderer, die nahezu übermenschliche Anstrengung. Die erdrückenden, praktisch unberechenbaren Kosten der Genesung.

Hätte er nicht mit den Drogen angefangen, könnte er mittlerweile Krebs heilen.

Nach erfolgreichem Entzug begann er mit einer umfangreichen Rettungsaktion. Eine neue Wohnung, Abendunterricht am Community College (eine demütigende Erfahrung, wenn man sich die Möglichkeit zum Studium an der Johns Hopkins selbst verbaut hatte). Er arbeitete in einem Imbiss im Baltimore Convention Center, wo er so viele Schichten übernahm, wie er kriegen konnte, und Handelsvertretern aus Cleveland oder Wichita überteuerte Sandwichs verkaufte. Er verzichtete auf rotes Fleisch, er verzichtete überhaupt auf Fleisch. Bezahlte seine alten Strafzettel, eröffnete ein Konto, ging zum Zahnarzt. Schluckte Vitamine und wurde Mitglied in einem Fitnesscenter. Sonntags rief er seinen Vater an, der sich an den Kosten seiner Behandlung beteiligt hatte. Der trotz überwältigender gegenteiliger Beweise fest daran geglaubt hatte, dass Darren eines Tages clean werden würde.

Tony holt zu seinem großen Finale aus. »Dreiundachtzig Jahre alt. Sie benutzt eine Gehhilfe, versteht ihr? Sie ruft den offiziellen Behindertenfahrdienst, und sie kommen und holen sie ab. So sehr will sie von mir weg.«

Acht Wochen bezahlter Urlaub. Acht Wochen sind sechsundfünfzig Tage.

Seine andere nüchterne Hälfte hätte am liebsten nie aufgehört. Der Job im Wellways kommt Darrens übergeordnetem Bedürfnis entgegen: Er lässt sich ausdehnen, um den verfügbaren Raum zu füllen. Darren kann den Tag in der Klinik verbringen und dann, wenn er sich langweilt oder einsam fühlt, nachts oder am Wochenende auch hereinschauen. Er wurde – von Kollegen, von Patricia selbst – als Workaholic bezeichnet, eine absurde Idee, wie er findet. Sie sind doch Suchtberater: Können sie in seinem Verhalten nicht das sehen, was es ist? Der Süchtige, der in dem verzweifelten Versuch, seinen leeren Tag zu füllen, eine Droge gegen eine andere austauscht.

Er hat das Fleischessen aufgegeben, denn was bedeutete es ihm schon?

Natürlich hat er nie Urlaub genommen. Wozu auch? Wozu sollte man das tun, ohne einen Schuss Heroin?

»Sechzig Jahre Ehe«, sagt Tony. »Am Ende hatte sie wohl die Nase voll.«

Wie sonst konnte ein Mensch sechsundfünfzig leere Tage füllen? Sechs Jahre nach seiner letzten Spritze kann Darren sich keine andere Art vorstellen.

Er verlässt Baltimore am Freitagnachmittag und reiht sich in die langsame Parade von Flüchtlingen ein, die die Stadt für das Sommerwochenende verlassen, auf der Route 70 ein Rückstau bis nach Fredneck. Neben sich auf dem Beifahrersitz hat er seinen Laptop, seine Reisetasche und den *Basic Text* der *Narcotics Anonymous,* dessen blaues Cover verblichen und abgegriffen ist. An der Grenze zu Pennsylvania verlässt er die Autobahn. Der Tag ist klar und hell, der Ausblick berückend. Ein regnerisches Frühjahr hatte seine Zauberkraft entfaltet und dem Tal ein saftiges Grün verliehen. *Mein Besuch ist wohl überfällig,* hatte er zu seinem Vater gesagt, eine lächerliche Untertreibung. Seit Jahren hat er sich in Bakerton nicht blicken lassen.

Und trotzdem ist ihm die Strecke zutiefst vertraut, die Mauthäuschen und Fernfahrerkneipen, Schlaglöcher da, wo sie immer waren. Die Tatsache, dass alles unverändert ist, erlaubt ihm, für ein Weilchen so zu tun, als wäre die Zeit stehen geblieben. Als befände er sich immer noch, wie vor dreizehn Jahren, auf seiner allerersten Fahrt zur Hopkins: hingefläzt auf dem Rücksitz des Crown Vic seiner Eltern, seine wenigen Habseligkeiten (das Schachspiel, die Public-Enemy-CDs) in Plastikkisten neben sich, seine Wasserpfeife und die Blättchen in einer Reisetasche versteckt. Achtzehn Jahre alt und komplett zugedröhnt, anders hätte er sich drei Stunden mit seinen Eltern im Auto gar nicht vorstellen können.

Jetzt würde er ein Jahr – und mehr – seines Lebens geben, um erneut in diesem Auto zu sitzen.

Seine Mutter noch am Leben, seine Sucht noch vor sich. Noch Zeit, sie zu umschiffen. Einen anderen Weg einzuschlagen.

Die Rastplätze und Cracker-Barrel-Restaurants, die leuchtenden Reklametafeln für Benzin und Fast Food, Outlet-Shopping, amische Quilts. Dass er alles unverändert vorfindet, ist aber nicht nur verwirrend. Irgendwie ergibt es auch keinen Sinn, bedeutet eine persönliche Kränkung für ihn. Er fühlt sich beleidigt durch die Realitätsverleugnung der Welt, ihre hartnäckige Weigerung, anzuerkennen, was alles zerbrochen, vernichtet, verschwendet, verloren ist. Als er nun auf einer Hügelkuppe, diesseits und jenseits des Drake Highways, zwei ihm unbekannte Werbetafeln entdeckt, hält er unwillkürlich an, um sie näher in Augenschein zu nehmen – endlich ein konkreter Beweis dafür, dass doch Zeit vergangen ist.

Er schaltet den Warnblinker ein und steigt aus. Die Werbetafeln sind genau gleich groß. Die eine zeigt ein ländliches Motiv, eine saftige grüne Wiese. Quer darüber prangt ein fett gedruckter Slogan: SAUBERE ENERGIE FÜR AMERIKAS ZUKUNFT. Mitten auf der Wiese steht ein unauffälliger Metallkanister, mannshoch, grün angestrichen.

Auf der anderen Straßenseite zeigt die zweite Werbetafel das überdimensionale Gesicht eines dunkelhäutigen Mannes, der die Autofahrer unendlich traurig anblickt, so als hätten sie ihn zutiefst enttäuscht. EIN FRACKING-ALBTRAUM? KONTAKTIEREN SIE PAUL ZACHARIAS, RECHTSANWALT.

Er steigt wieder ins Auto.

Fracking. Das Wort klingt unterschwellig obszön, ein vornehmer Euphemismus für *fucking*. Darren erinnert sich vage an einen kurzen Radiobeitrag, den er einmal auf dem Weg zur Arbeit gehört hat. Fracking kontaminiere das Trinkwasser oder löse Erdbeben aus oder möglicherweise Krebs. Tötete es auch Wildtiere? Irgendwie sei Dick Cheney daran schuld.

Wie weit sich doch die Welt entfernt hat, ihre Probleme – immer – seiner eigenen Störung nachgeordnet. Seine ganze Aufmerksamkeit – ständig – auf den Nicht-Konsum von Drogen gerichtet.

Seine alte Stammtankstelle ist ein Sheetz-Minimarkt am Rand von Bakerton, das billigste Benzin weit und breit. Hier reicht sein Kleingeld, um den winzigen Tank zu füllen. Der Parkplatz ist voll, Autos und Pick-ups und, etwas abseits an der Dieselzapfsäule, zwei riesige Lastwagen. Darren tankt und geht in den Laden, um zu bezahlen, wobei er fast einen Aufsteller mit Flaschenöffnern umstößt, die das Logo der Pittsburgh Steelers tragen. An der Kasse hängt, mit Klebeband befestigt, ein von Hand beschriftetes Schild:

ABGABE VON SUDAFED 2 PRO KUNDE OHNE AUSNAHME.

Hinter der Theke stehen in roten Sheetz-Kitteln ein Mann und eine Frau, die er vage wiedererkennt – MARTY und ALYSSA, ihren Namensschildchen zufolge. Einer von ihnen oder beide könnten Klassenkameraden von ihm gewesen sein, obwohl sie auf Darren älter wirken. Wie alle in der Stadt sind sie wahrscheinlich jünger, als sie aussehen.

Alyssa starrt aus dem Fenster. »Was ist denn das für ein Auto?«

»Ein Smart.«

Marty lacht schallend los. »Und wo ist der Rest davon?«

»Er ist sparsam im Verbrauch.«

»Na, das will ich hoffen!«

Darren reicht sein Geld über den Tresen. »Ich hab's hier noch nie so voll erlebt.«

»So ist es immer.«

Mit einem Blick über die Schulter sieht Darren eine lange Schlange von Männern in Arbeitsstiefeln, die essen wollen. Er nimmt die längere Strecke durch die Stadt, vorbei an der Bekleidungsfabrik, die jetzt geschlossen ist, und dem schon vor fünfzig Jahren stillgelegten alten Güterbahnhof. Darüber steht immer noch das berühmte Schild, dessen vertraute Worte inzwischen fast unleserlich geworden sind: KOHLE AUS BAKERTON ERHELLT DIE WELT. Jedes Mal, wenn er heimkommt, vollzieht er dasselbe Ritual: Wie ein Arzt bei der Visite zählt er die neu hinzugekommenen leeren Schaufensterfronten, um den Gesundheitszustand der Stadt oder besser die Geschwindigkeit ihres Verfalls zu ermessen. Und kommt immer zu demselben Schluss: Bakerton ist ein Sterbepatient, der gerade noch durchhält.

Die Stadt zu durchqueren sollte eigentlich nicht länger als fünf Minuten dauern – sechs mit den Vororten, wenn zufällig alle vier Ampeln rot sind. Heute ist der Verkehr jedoch aus unerfindlichen Gründen zum Stillstand gekommen. Vor ihm steht ein Ford-Pick-up im Leerlauf, davor ein noch größerer Laster. Als er den Hals reckt, sieht Darren die Ursache des Staus: ein orangefarbenes UMLEITUNG-Schild an der Kreuzung, die Baker Street mit Sägeböcken abgesperrt.

Eine *Umleitung* in Bakerton?

Darren biegt in eine Seitenstraße ein und fährt dann geradewegs nach Süden, die Richtung, in der das Haus seines Vaters steht. Dabei geht ihm durch den Kopf, dass eine Umleitung zwei Dinge voraussetzt: Verkehr und dessen Bedürfnis, zu einer bestimmten Stelle zu gelangen. In Bakerton trifft normalerweise keine dieser Bedingungen zu.

Das Haus seiner Eltern ist als Stufenhaus gebaut, gelber Klinker, gepflegt. Darren steht einen Moment mit laufendem Motor in der Einfahrt. Das Haus kommt ihm fremd vor. Kurz darauf ist ihm klar, warum: Die Blumen sind alle weg.

Seine Mutter war verrückt nach Blumen gewesen. Hängekörbe mit Petunien und Fleißigen Lieschen, Betonpflanzkübel voller

Geranien und Ringelblumen, Beete mit Tulpen und Osterglocken, die sie in der festen Überzeugung, der Frühling werde kommen, im Herbst pflanzte. Sein Vater ist nicht der Typ, der sich viel aus Blumen macht. Er hält den Rasen kurz. Auf der Veranda besteht die einzige Dekoration aus einer amerikanischen Flagge.

Darren bleibt noch einen Augenblick mit laufendem Motor in der Einfahrt stehen. Die Fenster des Hauses sind dunkel, Dicks Auto ist weg. Darren, der keinen Hausschlüssel hat, fährt rückwärts aus der Einfahrt hinaus und macht sich auf den Weg zurück in die Stadt.

Vor Jahren, als seine Mutter noch lebte, wechselten sie die Schlösser aus, eine Sicherheitsmaßnahme ihm gegenüber, die damals notwendig war.

In der Stadt parkt er vor dem Commercial und schaltet den Motor aus. Es ist noch früh, ein blendender Spätnachmittag im Hochsommer. Mit etwas Glück wird es hier noch leer sein. Er wird sich Dicks Hausschlüssel borgen und in fünf Minuten wieder draußen sein.

Die Bar drinnen ist kühl und düster. Es riecht nach Bier und Bohnerwachs und Messingreiniger, ein Geruch aus Darrens später Kindheit. Er war dreizehn, als sein Vater und sein Onkel, gut ausgestattet mit dem Geld aus Onkel Pats Vergleich, das Lokal kauften. Hinterm Tresen steht ein bulliger Mann, der abwechselnd Pommes isst und mit einem schmutzigen Tuch Bierflecken abtrocknet.

»Ist mein Dad hier? Ich bin Darren.«

Der Barkeeper beäugt ihn ausdruckslos.

»Devlin«, fügt er hinzu. »Der andere Sohn.«

»Oh. Klar.« Der Typ isst eine Pommes und wischt sich die Hände an der Hose ab. »Dick ist im Beerdigungsinstitut. Er müsste aber jeden Moment wieder da sein, wenn Sie warten wollen.«

Dann fällt es Darren wieder ein: die AmVets. Jedes Mal wenn ein Veteran stirbt, werden zwei von den alten Burschen zur Totenwache geschickt. Flaggen spielen dabei eine Rolle. Was genau mit ihnen gemacht wird, weiß Darren nicht.

Er setzt sich ans Ende des Tresens, gegenüber einem riesigen Fernsehbildschirm.

»Ich wusste gar nicht, dass es noch einen Sohn gibt. Tut mir leid, Kumpel.« Der Barkeeper gießt ein Iron City ein und stellt es neben Darrens Ellbogen. »Geht aufs Haus.«

Ich bin kein Biertrinker, hätte er sagen können, wenn er die Situation noch etwas unangenehmer hätte machen wollen. »Danke«, sagt er stattdessen.

Ein Werbespot flimmert über den Bildschirm: eine animatronische Eidechse, die auf den Hinterbeinen steht und mit einem australischen Akzent spricht. *Zahlen Sie zu viel für Ihre Kfz-Versicherung?* Darren, dem Eidechsen oder Australier oder Versicherungen völlig egal sind, starrt wie gebannt hin. Er kann den Blick nicht abwenden. Der durchschnittliche Amerikaner verbringt unchristlich viel Zeit vor dem Fernseher, vier bis sechs Stunden täglich, eine Gewohnheit, die Darren völlig versteht. Wenn er ein Fernsehgerät hätte, würde er sein ganzes Leben in diesem hypnotisierten Zustand verbringen und stumm Werbespots anschauen.

Auf einem winzigen Motorrad fährt die Eidechse davon.

Eine deutsche Limousine rast eine Gebirgsstraße entlang, flitzt um Kurven. *Die Mercedes-E-Klasse,* intoniert ein Mann mit dem Ernst eines Priesters.

Ein tief betrübter Mann spricht direkt in die Kamera. *Vierzig Jahre lang habe ich mich für den kleinen Mann starkgemacht.* Die schläfrigen Augen sind ihm unheimlich vertraut. Ein ungewöhnlicher Name, irgendwie biblisch, huscht über den Bildschirm: *Paul Zacharias, RA.*

»Wer ist der Typ?«, fragt Darren den Barkeeper. »Ich hab ihn schon mal irgendwo gesehen.«

»Sie und alle anderen. Diese Werbespots da laufen Tag und Nacht.«

Wenn Sie und Ihre Familie in einem Fracking-Albtraum stecken, haben Sie aussichtsreiche Möglichkeiten, zu klagen.

Der Barkeeper schnaubt. »Sie unterschreiben einen Pachtvertrag, Sie nutzen Ihre Chancen, so seh ich das. Wenn ich Land hätte, ich würde es sofort so machen. Wo zum Teufel ist Gia?«, ruft er in die Küche.

»Gia Bernardi?« Ein Name, den Darren viele Jahre lang nicht ausgesprochen hat. »Sie arbeitet hier?«

»Angeblich. Wen mögen Sie denn am liebsten?«, fragt der Barkeeper und deutet mit dem Kopf auf den Bildschirm.

Darren braucht einen Moment, bis er die Frage verstanden hat. Eine Mannschaft trägt rote Kappen, die andere blaue. Die Dinge, mit denen die Menschen ihr Leben füllen. Vor einer Ewigkeit, im College, las er Romane auf Französisch. *Ça meuble la vie.* An Autoren oder Titel, Personen oder Situationen kann er sich nicht erinnern; er kann kaum noch einen Satz in dieser Sprache formulieren, aber diese eine Wendung ist ihm über all die Jahre im Gedächtnis haften geblieben. *Meubler*, möblieren. Ein Leben so füllen, wie ein Sofa einen Raum füllt.

»Ich bin immer für die Außenseiter«, sagt Darren.

»Beachte ihn nicht, Budd. Er hat keine Ahnung, wovon er spricht.« Eine parfümierte Brise im Schlepptau, stürzt Gia Bernardi durch die Hintertür herein. Kurzer Jeansrock, die glatten sonnengebräunten Beine einer Highschool-Cheerleaderin. Sie ist hübscher als in seiner Erinnerung. Das Bild, das er immer noch im Kopf hat, zeigt die achtzehnjährige Gia: das Gesicht runder, die Augen mit schwarzem Kajal umrandet, eine Frisur, die breiter ist als ihre Schultern. Die erwachsene Gia ist schlank und sehnig. Sie sieht strahlend aus, wie frisch geschrubbt, ihr Haar zu einem Pferdeschwanz gebunden, als käme sie gerade aus dem Fitnessstudio.

»Wow, Gia.« Er springt auf. »Du siehst toll aus.«

Sie umarmen sich kurz, ihre Haut warm von draußen. Sie riecht nach Gia, Zigaretten und Kokossonnenmilch. Ihr Kopf – das hatte er vergessen – passt genau in seine Schulterbeuge.

Von irgendwoher aus der Nähe seines Hüftknochens kommt eine helle elektronische Melodie mit einem eingängigen Backbeat. »Was zum Teufel ist denn das?«

»Mein Klingelton.« Sie nimmt ein Handy aus ihrer Handtasche, wirft einen kurzen Blick darauf und verstaut es hinter dem

Tresen. »Ich kann nicht glauben, dass du es bist! Wo sind denn deine verdammten Haare geblieben?«

Darren fährt sich mit einer Hand über den Kopf. Schon zur Collegezeit hatten sich bei ihm Geheimratsecken gebildet. Ein paar Jahre später, während seines ersten Aufenthalts im Wellways, bemerkte er auf dem Oberkopf eine kahle Stelle von der Größe einer Kippa. Möglicherweise war sie schon eine ganze Weile da gewesen. Während seines zweiten Aufenthalts dort gab er auf und rasierte sich den Kopf.

»Muss sie wohl irgendwo vergessen haben.«

»Mir gefällt's so«, sagt Gia.

Sie macht sich hinter dem Tresen zu schaffen. Ohne das Bierglas neben seinem Ellbogen zu beachten, fragt Darren höflich nach Leuten, an die er sich kaum erinnert, Gias vielen Brüdern, ihrem alten Vater. »Merk dir den Gedanken«, sagt sie immer wieder mal und stürmt los, um einen Gast zu bedienen. Die Unterbrechungen stören ihn nicht. Er genießt das Schauspiel. Gia, die hinterm Tresen hin und her wuselt, Bier zapft, mit Stammgästen flirtet, Trinkgeld einsteckt. Wenn er eine Videokamera dahätte, hätte er es aufgenommen. Das wäre ein Grund, einen Fernseher zu kaufen: Gia Bernardi in der Dauerschleife, Gias nackte sonnengebräunte Beine unter dem kurzen Jeansrock.

Das Bier zu ignorieren ist nicht schwer. Er war nie ein Biertrinker. Nie ein Trinker, punkt.

Eine strahlende Frau im Negligé liegt auf etwas, das wie ein Krankenhausbett aussieht. *Ein Bett zum Verlieben,* sagt sie ekstatisch.

Unter dem Tresen klingelt Gias Handy.

Vier Stunden am Tag. Darren ist Single, hat weder Hobbys noch Haustiere, keine Freundin, nicht einmal einen Rasen zum Mähen. Und trotzdem gibt es selbst in seinem leeren Leben keinen Raum für eine so zeitraubende Gewohnheit. Fernsehen ist wie der Ohrring, den er als Schüler trug: Hatte man ihn dauerhaft abgenommen, wuchs das Loch einfach wieder zu.

»Puh, ich bin vielleicht erschossen.« Gia nimmt Darrens Zigaretten aus seiner Brusttasche und steckt sich eine hinters Ohr, eine Geste, an die er sich mit einem jähen schmerzhaften Stich erinnert. Es wäre gelogen, wenn er behaupten würde, er habe in den letzten sechs Jahren an sie gedacht. Selbst nüchtern – vor allem nüchtern – ist er ein Meister darin, nicht an die Vergangenheit zu denken.

»Ich bin ja schon vom Zuschauen müde. Das Geschäft läuft, vermute ich.« Darren mustert das Porträt über der Theke, sein Vater und sein Onkel Arm in Arm, Pats Augen eingefallen und unnatürlich hell, die schreckliche Gier einer Krankheit im Endstadium. Seine Vergleichszahlung traf im April ein. Das Mesotheliom tötete ihn am Tag vor Weihnachten. In diesem Sommer gaben die Brüder ein Kaufgebot für das alte Commercial Hotel ab, womit sie sich einen Lebenstraum erfüllten.

»Die letzten sechs Monate waren verrückt. Gastypen, hauptsächlich.«

Darren blickt sich im Raum um. Keins der Gesichter ist ihm vertraut. »In Bakerton? Sie machen hier, wie nennt ihr das, Fracking? *Hier?*«

Sie starrt ihn an, als hätte er auf einem anderen Stern gelebt. Was er ja tatsächlich getan hat. »Im Ernst? Mensch, Devlin. Frag mal deinen Bruder. Er hat einen Pachtvertrag unterschrieben.«

»*Rich?*«

»Hat er dir das nicht erzählt?«

»Äh, nein.« Die Brüder hatten zu Weihnachten vor ein paar Jahren zuletzt miteinander gesprochen. Mit zehn Jahren Altersunterschied und zwei Schwestern dazwischen hatten sie nie ein enges Verhältnis gehabt. »Er wird sie *auf der Farm* bohren lassen?«

»Klar. Warum denn nicht?«

Keine kurze Antwort auf diese Frage, und Gia hat keine Zeit für die lange – nicht, dass er sie nicht hätte formulieren können. (Krebs? Erdbeben? Dick Cheney?) Am anderen Ende des Tresens hält ein Mann sein leeres Glas hoch. Darren greift nach seiner Brieftasche.

»Du gehst jetzt *nicht!*«, kreischt Gia.

Er merkt, dass er wie ein Idiot grinst. »Nee. Will mich nur für diesen ausgezeichneten Service erkenntlich zeigen.« Als er einen Fünfer auf den Tresen legt, fällt ihm wieder ein, dass er es sich in Bakerton sogar leisten kann, sich zu betrinken. Ein gefährlicher Gedanke.

»Deine Schwester war zu Besuch, vor zwei Wochen«, sagt Gia. »Mit dem Baby. Ich hab sie im Walmart gesehen. Hat sie dir sicher erzählt.«

Merkwürdig, das hatte sie nicht.

»Sie sagte, du hast eine Freundin.«

»Hab ich nicht.« Darren spürt, wie sein Gesicht heiß wird. Er hatte zu viel von der Rezeptionistin bei der Arbeit erzählt, sodass es sich nach mehr anhörte, als es war – ein Teil seiner fortwährenden Bemühungen, Kate zu versichern, dass er so etwas Ähnliches wie ein normales Leben hinbekam. »Da war diese Frau, aber es war nichts. Ich bin erstaunt, dass sie es erwähnt hat.«

»Ich habe sie gefragt.«

Uhrzeiger ändern die Richtung. Die Erde hält, für einen Moment verwirrt, in ihrer Umlaufbahn inne. Dort hängt sie wochen- oder monatelang herum, während Darren eine Erwiderung formuliert.

Warum, Gia? Warum willst du das wissen?

Doch bevor er die Worte aussprechen kann, verlagert sich ihre Aufmerksamkeit merklich. Wie ein Sonnenanbeter unter einer vorbeiziehenden Wolke verspürt er plötzlich ein Frösteln. Darren blickt über die Schulter hinter sich. In der Türöffnung steht ein Mann und inspiziert den Raum. Stoppelhaare, langes hässliches Gesicht, zwei dicke goldene Ketten um den Hals. Für Bakerton ist das ein exotischer Anblick, im Wellways dagegen würde er gar nicht auffallen – ein gewöhnlicher Ganove aus Baltimore, der in der Lobby herumhängt und auf seinen Saft wartet.

Mit großen Schritten kommt der Typ auf sie zu, setzt sich auf den leeren Hocker neben Darren. »Hey, Baby«, sagt er zu Gia. »Was geht ab?«

»Brando, das ist Darren. Mein alter Freund aus der Highschool.«

»Hey.« Brando trägt Shorts und ein schwarzes ausgefranstes T-Shirt, von dem die Ärmel abgeschnitten sind. Er ist schlank und sehnig – so wie Darren mit etwas ausgeprägteren Muskeln aussehen könnte. Es ist schwer, ja, unmöglich, das nicht zu bemerken, denn der größte Teil seiner sichtbaren Haut ist mit Tattoos bedeckt: ein Motorrad, ein Sonnenrad, die detaillierte Darstellung eines Skorpions.

Neben Brandos Arm stellt Gia ein Gläschen Whisky, das er gar nicht bestellt hat. Offensichtlich weiß sie, was er mag. Sie saust ans andere Ende des Tresens, um dort einen Gast zu bedienen. Darren und Brando sitzen da und schweigen.

»Nettes Tattoo«, sagt Darren schließlich, ein Satz, den er bei mürrischen Klienten verwendet. Über ihre Tattoos redeten die Leute gerne.

Brando grummelt, sagt aber nichts, sodass Darren es noch einmal probiert: »Kriegen Sie die hier irgendwo?«

»Nö, überall. Hauptsächlich Texas.«

»Wie viele haben Sie?«

»Elf, wenn Sie das hier mitzählen. Es ist verdammt klein.« Brando streckt einen behaarten Fuß aus, nackt bis auf einen Flip-Flop. Auf dem Spann befindet sich die Nachbildung einer Erkennungsmarke, Originalgröße. »Das habe ich vor meiner Stationierung bekommen. Da ist meine Hundemarke drauf, für den Fall des Verlusts.«

»Der Hundemarke?

»Des Fußes.« Brando kippt seinen Whisky und ruft Gia zu: »Ich hab dein Starterkabel draußen im Auto.«

Starterkabel? Darren ist sofort argwöhnisch. Das ist ein Satz, auf den er selbst nie gekommen ist. Ich muss mal für kleine Jungs. Eine Zigarette rauchen. Telefonieren. Alles Entschuldigungen, die man gebrauchte, um einen Joint rauchen zu gehen.

»Ich hab gleich eine Zigarettenpause.« Gia blickt sich nach Budd um, der in einer Ecke sitzt und das Spiel anschaut. Sie gibt ihm ein Zeichen, als hielte sie ein Taxi an, etwas, das sie höchstwahrscheinlich nie gemacht hat.

»Stationierung«, sagt Darren. »Sie waren in Afghanistan?«

»Davor im Irak.«

Mir egal, denkt Darren. Erzähl mir von Afghanistan.

»Bin gleich wieder da«, sagt Gia zu Darren und berührt kurz seine Hand.

Brando folgt ihr zur Tür hinaus. Darren schaut stumm zu, seine Hand brennt da, wo sie sie berührt hat.

In dem Raum ist es lauter geworden. Jeder Hocker ist besetzt, alle anderen Gäste drängen in den Speiseraum. Von ihrem Platz über der Bar blicken sein Vater und Onkel Pat strahlend auf die Szene herab.

Anscheinend hatten sie seit ihrer Kindheit davon geträumt, ein eigenes Lokal zu besitzen.

Pat arbeitete zwanzig Jahre lang an einem Fließband in Cleveland, in der Fertigung von Isolierfenstern. Im Untergeschoss der Firma wurden an einem anderen Fließband feuerfeste Türen hergestellt. Sein Fall war deshalb kompliziert, weil nur die Türen Asbest enthalten hatten. Am Ende zahlte die Firma – für Pat gerade noch rechtzeitig.

Das Bier steht neben Darrens Ellbogen, leicht schwitzend, wie bei einem Bier üblich. Er starrt geistesabwesend auf den Fernsehbildschirm. Eine dunkeläugige Frau, vermutlich fremder Abstammung, lächelt aufmunternd in die Kamera. *Unterrichten Sie Ihre Kinder zu Hause? Dann machen Sie sie süchtig nach der Phonics-Leselernmethode!*

Selbst nach dem Austausch der Schlösser hatte seine Mutter versucht ihm zu helfen, notfalls auch hinter Dicks Rücken. Alle paar Monate schickte sie Carepakete mit Kleidung und Lebensmitteln, bis Darren umzog, ohne ihr Bescheid zu sagen.

Für die meisten Amerikaner – das weiß er – bedeutet Afghanistan etwas anderes als ein reichliches Angebot an billigem Heroin.

Kurz darauf kommt Gia zurück. »Hey, tut mir leid. Seine Batterie hat neulich abends ihren Geist aufgegeben. Ich hab ihm gesagt, er soll das Kabel ein oder zwei Tage behalten, nur für den Fall.« Sie senkt die Stimme. »Welcher Volltrottel fährt denn ohne Starterkabel durch die Gegend?«

»Ich.«

»Sag ich doch.«

Darren betrachtet sie argwöhnisch. Sie ist eine versierte Lügnerin, war es jedenfalls; aber diese Geschichte hört sich glaubhaft an. Er erinnert sich, wie sie ihm vor Jahren einmal einen Reifen wechselte und ihn dabei die ganze Zeit aufzog: *Du bist so ein Mädchen, Devlin.*

Sie waren nie zusammen gewesen. In der Highschool hatten sie nicht miteinander gesprochen; ihm war sie einfach aufgefallen, wie allen Jungs. Richtig kennen lernten sie sich erst, als sie beide nach ihrem Schulabschluss für das KeystoneCorps arbeiteten – ein staatlich finanziertes Programm, das Sommerjobs für unterbeschäftigte Jugendliche anbot, und das waren sie in Bakerton so ziemlich alle. Die Aufgabenverteilung war von vornherein klar und unverhohlen sexistisch: Die Jungen arbeiteten im Straßenbau, die Mädchen als Putzfrauen oder Küchensklavinnen. Die wenigen Jungen, die ein Studium anstrebten, ordnete man den Mädchen zu. Darren und Gia kamen in das kreiseigene Pflegeheim Saxon Manor, einen düsteren Bau, in dem die mittellosen Alten zusammengepfercht waren.

Sie arbeiteten in der Waschküche, einem stickigen Kellerraum mit lärmenden Trocknern. Bei der Einführung lernten sie, die riesigen Maschinen zu bedienen. Sie erfuhren, mit welchen Lösungen man Blut oder Stuhl oder Wackelpudding – die Bewohner aßen enorme Mengen Wackelpudding – aus verschmutzten Laken entfernte. Bei jeder neuen Anweisung wurden Gias Schultern von einem heftigen Schütteln erfasst. In Darrens fragilem Zustand – auf dem Weg zur Arbeit hatte er einen Joint geraucht – war ihr Lachen ansteckend. Gegen Mittag tat ihm die Seite weh.

Wie in Kleinstädten üblich, war er über ihre Familie im Bild.

Über drei Generationen hatte ein Bernardi die verstorbenen Katholiken in Bakerton einbalsamiert. Gia kam jeden Morgen mit dem ausrangierten Leichenwagen ihres Vaters zur Arbeit. Auf dem Parkplatz hinter dem Saxon Manor rollte Darren ihnen einen eleganten Joint, sogar mit einem Filter aus dünner Pappe versehen – die einzige Tätigkeit, bei der er je handwerkliches Geschick bewiesen hatte. Mit siebzehn war er noch eine schüchterne Jungfrau. Sie mit Drogen anzutörnen schien für ihn die einzige Möglichkeit zu sein, ihr zu imponieren, seine einzige Chance, ihr etwas zu sagen, was sie nicht schon wusste.

Manchmal fuhren sie abends mit dem Leichenwagen ins Starlight-Autokino. Um sie herum küssten und fummelten junge Paare in den Autos ihrer Eltern. Darren und Gia dagegen berührten sich nicht. Sie lachten über Horrorfilme, die zum dritten Mal liefen, sie tranken und rauchten.

Sie hatte einen Freund, ein paar Jahre älter – der Leadsänger von The Vipers, einer lokalen Heavy-Metal-Band. Darren hatte ihn ganz deutlich aus den Highschool-Gängen in Erinnerung gehabt, der großspurig stolzierende Gang, die blond gefärbte Vokuhila-Frisur wie aus einem Musikvideo. The Vipers waren in diesem Sommer auf Tour, spielten Kneipengigs an der Küste von New Jersey. Als Darren und Gia einmal nach der Arbeit am Haus von Gias Eltern vorfuhren, sahen sie einen VW-Bus am Straßenrand stehen. Der Freund wartete auf der Veranda, das Haar schon von Weitem zu erkennen. Kreischend vor Freude, stürzte Gia aus dem Auto. Darren wartete mit laufendem Motor in der Einfahrt, ein flaues Gefühl im Magen, während die beiden sich beinahe gegenseitig verschlangen.

Daran erinnert er sich jetzt wieder. »Wie hast du diesen Typen kennengelernt? Brando.« Allein diesen Namen auszusprechen nervt ihn schon. »Ist das wirklich sein Name?«

»Sein Familienname ist Brandon. Er gehört zu einem der Bohrtrupps. Sie sind immer hier.«

»Und er kommt aus – Texas?«

»Er war in Fort Hood stationiert.« Anbetung in ihrer Stimme, eine Art dümmliche Ehrfurcht, Gia in einem patriotischen Moment, wie es scheint. Davon dürfte es noch andere gegeben haben, Gia, die auf dem Rücken liegend vor der Flagge salutiert. »Sonst noch Fragen, Devlin?«

»Nö, das war's erst mal. Eigentlich muss ich auch abhauen.« Im wahrsten Sinne des Wortes: Er verspürt einen plötzlichen, starken Drang die Flucht zu ergreifen.

Sie sieht ehrlich enttäuscht aus. »Versprich, dass ich dich wiedersehe. Ich bin so gut wie jeden Abend hier.« Sie senkt die Stimme und beugt sich nah an sein Ohr. »Komm wieder, ja?«

Als er geht, hat er das Gefühl, von allen beobachtet zu werden: zwanzig eifersüchtige Augenpaare, die sich in seinen Rücken bohren. Jeder will sie, immer noch und ständig. Für ihn war das immer ihr besonderer Reiz. Es dämmert. Eine nach der anderen gehen die Straßenlaternen an, wie Kerzen auf einem Geburtstagskuchen.

Er hat immer noch keinen Hausschlüssel.

Auf der Straße parkt Gias zerbeulter Kombi – dieselben Sitzbezüge aus Ziegenfell, dasselbe Duftbäumchen, das über dem Armaturenbrett baumelt. Hinten liegt ein Starterkabel auf dem Boden.

Dick Devlin wird diesen Sonntag sechsundsiebzig. Um das zu feiern, lädt Rich zu einem Geburtstagsbarbecue auf seiner Terrasse ein. In früheren Jahren war dieses Barbecue eine wilde Angelegenheit, Burger und reichlich Bier und illegales Feuerwerk, eine Horde von Kindern, die im Garten Baseball spielten. Jetzt, wo seine Mutter tot ist und seine Schwestern und Cousins nicht mehr in der Nähe wohnen, passen die Devlins mühelos an einen einzigen Tisch, ein deprimierender Gedanke.

Gerade kratzt er den Grill mit einer Drahtbürste aus, als sein Handy klingelt.

»Sag Shelby, sie soll für eine Person mehr decken«, sagt sein Vater. »Dein Bruder ist zu Hause.«

Diese Mitteilung erwischt ihn eiskalt. »Das ist nicht dein

Ernst.« Es gibt noch mehr, viel mehr, was er sagen könnte, aber ihm fehlen die Worte.

»Es ist lange her, Richard. Sein Besuch ist längst überfällig.«

»Gut«, sagt Rich. »Und was isst der Herr?«

»Er hat ein paar von diesen Tofu-Würstchen mitgebracht. Schmecken gar nicht mal so schlecht.«

»Das ist nicht dein Ernst«, sagt Rich noch einmal.

Genau um 12 Uhr klingelt es: Dick und, wie ein schmollender Teenager halb versteckt hinter ihm, Darren mit einem Päckchen Tofu-Würstchen. Er sieht ganz ordentlich aus, ein bisschen dünn: eingefallene Brust, seine blassen Arme mager wie die eines Mädchens. Zu diesem Sommerbarbecue trägt er schwarze Jeans und ein schwarzes T-Shirt.

»Willkommen«, sagt Rich in seinem besten Gastgeberton.

Darren schüttelt ihm schlaff die Hand.

»Darren!«, schreit Shelby und fällt ihm um den Hals.

»Ich hol dir ein Bier«, sagt Rich.

Darren fährt sich mit Hand über den glänzenden Kopf – glatt wie ein Ei, klein und vollendet geformt. Der Kopf lässt ihn wie ein außerirdisches Wesen aussehen, einen Botschafter aus einer zukünftigen Zeit, in der Menschen keine Haare mehr brauchen – einen gespensterhaften Wissenschaftler oder Philosophen, empfindlich und auf merkwürdige Weise entwickelt. »Habt ihr Selterswasser?«

»Wir haben Sprite.«

»Sprite geht auch.«

Verlegen stehen sie herum, während Shelby sich hektisch ums Essen kümmert. Kartoffelsalat, Baked Beans, ein gestürzter Ananaskuchen nach einem Rezept seiner Mutter, der aber irgendwie etwas anders schmeckt.

Darren nimmt eine Dose Limo an und sieht sich blinzelnd um. »Wow, ich hatte ja keine Ahnung. Ich dachte, ihr wohnt noch in der alten Farm.«

»Haben wir. Das Haus war abbruchreif.«

»Ihr konntet es nicht renovieren?«

»Wir haben's uns genau angeschaut.« Das ist schon mehr an Erklärung, als er Darren schuldet. »Am Ende war es günstiger, von Grund auf neu zu bauen.«

Shelby unterbricht ihn. »So *ganz* von Grund auf haben wir nicht gebaut. Es ist ein Fertighaus. Es wird in zwei Modulen angeliefert, und die schrauben sie einfach zusammen. Hast du bestimmt schon mal auf der Autobahn gesehen. Du weißt schon, SCHWERTRANSPORT.«

Bitte sei still, denkt Rich.

»Ah. Ja genau«, sagt Darren.

Doch Shelby ist so richtig in Fahrt gekommen. »Wir haben versucht, im alten Farmhaus zu leben. *Ich* hab's versucht. Aber ich habe schreckliche Allergien.«

»Oh. Verstehe.« Darren nickt heftig.

Das scheint Shelby als Ermunterung aufzufassen. Sie rattert eine Liste herunter, die jedes Mal, wenn Rich sie hört, länger ist: Hausstaubmilben, Schalenfrüchte, drei Arten von Pollen, Katzenhaare, Meeresfrüchte. »Und vielleicht Weizengluten. Wobei das genau genommen keine Allergie, sondern eine Intoleranz ist. Bei der Farm war das Hauptproblem der Schimmel.«

Rich entschuldigt sich und geht hinaus auf die Terrasse, um den Grill anzuwerfen. Die Morgensonne ist verschwunden, der Wind hat gedreht. Ein Geruch von Regen liegt in der Luft.

Durch das offene Fenster hört er Stimmen, hauptsächlich die von Shelby. Er schließt die Augen und lässt die Wörter in den Hintergrund treten. Das ist ein Trick, den er bei der Marine gelernt hat, eine Möglichkeit, Sprache auszusperren – ein spezieller Schalter in seinem Gehirn, der, wenn er umgelegt wird, alle Wörter klingen lässt wie Persisch oder Arabisch oder was sie dort sprachen. Dass sein Vater von Shelbys Neurosen weiß, ist schon unangenehm genug. Löblicherweise hat Dick nie ein kritisches Wort über Shelby verloren, obwohl er sich ja fragen muss, was für eine Spinnerin sein Sohn geheiratet hat. Diese Frage stellt Rich sich mittlerweile selbst. Früher glaubte er, die Liebe würde sie heilen: Ehe, Kinder, ein normales Leben. Stattdessen haben sich ihre merkwürdigen Obsessionen vervielfacht. Dass Darren das nun mitkriegt, ist unerträglich.

Hinter ihm geht eine Tür auf, die Familie kommt auf die Terrasse. Rich studiert ihre Gesichter, als sie über den Garten hinausblicken.

»Was zum Teufel ist denn das?«, fragt Dick.

Taktgefühl ist kein typischer Devlin-Zug.

»Eine Zufahrtsstraße«, sagt Rich.

»Ihr solltet mal sehen, was auf der anderen Seite des Hügels los ist«, sagt Shelby, die es selbst noch nicht gesehen hat. *Ich halte es nicht aus, hinzuschauen,* hat sie zu Rich gesagt, und soweit er weiß, hat sie es immer noch nicht getan. Den ganzen Tag mit den Kindern zu Hause, ist sie noch nicht ein Mal auf den Hügel gestiegen, um zu sehen, was hinten in ihrem eigenen Garten passiert.

»Kommt«, sagt Dick und stürmt die Stufen hinunter. »Lasst uns doch mal gucken.«

Zusammen durchqueren sie den Garten, allen voran Dick, Rich und Braden, gefolgt von Darren, Shelby und Olivia. Sie steigen auf die Anhöhe und schauen hinunter. Fünf Morgen Weideland sind zerstört und planiert, gekiest und mit Maschendraht eingezäunt worden. Ein Dutzend Fahrzeuge parken dort wild durcheinander: zwei Container, ein Bagger, ein Kipper, Pickups.

»Ach du Schreck!«, sagt Darren.

»Das ist schon was«, sagt Dick mit dem ihm eigenen Understatement. »Schade um die Bäume.« Das Ausmaß der Arbeiten ist schockierend, aber nicht überraschend. Rich wusste, worauf er sich einließ, denn er hatte gesehen, was sie bei Wally Fetterson weiter unten an der Straße gemacht hatten. Die eigentliche Überraschung ist das Verblassen seiner Erinnerung. Er kann sich die Farm, wie sie vorher war, kaum noch vorstellen. Die Reihe Hybridpappeln, die Pap als Windschutz gepflanzt hatte; die ausgewachsenen Pflaumen- und Kirschbäume, die sogar letzten Sommer noch Früchte getragen hatten. Das hügelige Grasland war ihm so vertraut wie sein eigener Körper. Als Junge war er auf Paps Motorschlitten darübergesaust, er kannte jede Erhebung und jede Bodenfalte. Sprühnebel aus frischem Pulverschnee, kalter Sternenstaub, der seine Wangen zum Glühen brachte.

»Gia meinte, du hättest einen Pachtvertrag unterschrieben«, sagt Darren. »Ich hatte ja keine Ahnung.«

»Gia nimmt ihren Mund zu voll.« *Und zwar in vielerlei Hinsicht,* fügt Rich nicht hinzu.

»Wann fangen sie an zu bohren?«

»Woher soll ich das wissen? Sie geben uns überhaupt keine Auskunft. Ich hab einen Bärenhunger«, sagt Rich ganz unvermittelt. »Kommt, wir gehen ein paar Burger essen.« Er dreht sich um und geht zum Haus zurück, wissend, dass die anderen folgen werden. Was sie kurz darauf tun.

Auf der Terrasse versammeln sie sich um den Tisch. Rich nimmt die Platte, die Shelby ihm reicht, und legt Hamburger und Brötchen und die Tofu-Würstchen aus, die wie feuchter pinkfarbener Styropor am heißen Grill kleben.

In der Ferne ein schwaches Grollen. »Ist das Donner?«, fragt Darren.

»Auch das noch!«, sagt Shelby. »Wie schrecklich.«

»Das wird vorbeiziehen«, sagt Rich.

Er legt die Burger auf Pappteller und gibt sie Olivia, der es Spaß macht, den Tisch zu decken. Sie beobachtet Darren mit stummer Faszination. In Gegenwart von Fremden ist sie schüchtern, und Darren, ihr einziger Onkel, fällt eindeutig in diese Kategorie.

»Wie viele von diesen, äh, Dingern kann ich dir servieren?«, fragt Rich ihn.

»Eins reicht.«

»Ich hab zwei gemacht.«

»Dann eben zwei.«

»Kann ich eins haben?«, fragt Braden.

Rich lacht. »Glaub mir, Kumpel. Du wirst es nicht mögen.«

Ein Tofu-Würstchen fällt durch den Rost in die Glut.

»Soldat gefallen«, sagt Rich. »Ich hab eins von deinen Würstchen verloren, Mann.«

»Macht nichts. Ich esse nie mehr als eins.«

Rich betrachtet Darrens Schultern, die knochigen Höcker, die man durch sein T-Shirt hindurch erkennen kann, und denkt: Solltest du aber vielleicht.

»Isst du denn gar nichts?«, fragt Darren Olivia.

»Nein«, sagt sie. »Bedauerlicherweise.« Das ist eins der ersten Wörter, die sie gelernt hat, nach *Mommy* und *Daddy* und *Keks*. Damals hatte es komisch gewirkt, all diese Silben aus dem Mund einer Zweijährigen.

»Ihr geht es nicht gut«, sagt Shelby.

»Kann ich fernsehen?«, fragt Olivia.

Darren wirkt angespannt, nervös. Nachdem er sein Würstchen gegessen hat, greift er nach seinen Zigaretten.

»Du *rauchst*?«, sagt Shelby.

»Seit 1998 ein treuer R.-J.-Reynolds-Kunde.«

»Aber das ist gar nicht gut für dich!«

Darauf folgt eine lange, peinliche Stille, in der – wie denn auch? – niemand Darrens lebenslange Gleichgültigkeit solchen Dingen gegenüber anspricht. Dass Tabak das geringste seiner Laster ist oder war.

Er steckt das Päckchen wieder in die Tasche. »Macht nichts, ich kann warten.«

»Danke.« Shelby wirft ihm einen so dankbaren Blick zu, dass Rich fast seinen Pfannenwender fallen lässt. Warum ist es für andere Leute so leicht, sich bei ihr lieb Kind zu machen?

»Dein Bruder hat eine längere Urlaubszeit vor sich«, sagt Dick.

»Acht Wochen«, sagt Darren.

»Acht *Wochen*?« Zwei Monate Urlaub sind für Rich unvorstellbar. Seit zehn Jahren kratzt er sämtliche Überstunden zusammen, die er kriegen kann.

»Du solltest eine Reise machen«, sagt Shelby. »Eine Kreuzfahrt oder so was.« In ihren Augen ist eine Kreuzfahrt durch die Karibik der Gipfel des Luxus. Jahrelang hat sie Rich damit in den Ohren gelegen.

Darren greift erneut nach seinen Zigaretten, besinnt sich dann aber. »Vielleicht. Ich habe in vier Jahren nicht einen einzigen Tag freigenommen. Eine Auszeit könnte ich also schon gebrauchen.«

Eine Auszeit wovon?, denkt Rich. *Du arbeitest doch sowieso kaum.* Von seiner Schwester Kate – dem einzigen Familienmitglied, das in einer gewissen Regelmäßigkeit mit Darren spricht – hat er eine vage Vorstellung von dem, was in einer Entzugsklinik passiert: das Händchenhalten, die rührseligen Geschichten, die Ausgabe von Methadon.

Bis die Burger verspeist sind, hat der Himmel sich zugezogen. Rich räumt leere Bierdosen und mit Senf und Ketchup beschmierte Pappteller zusammen. Drinnen liegt Olivia auf der Wohnzimmercouch und starrt lustlos auf einen Zeichentrickfilm. Er streicht ihr spielerisch über die Haare.

»Was ist los, Kätzchen? Du hast deinen Burger kaum angerührt.«

»Mir geht's nicht gut«, sagt Olivia.

In der Küche schöpft Shelby Wackelpudding in ein Schälchen. »Für Olivia«, sagt sie.

»Sie hat kaum was gegessen, und jetzt bekommt sie Nachtisch?« Rich wird von einem fürchterlichen Brummen draußen unterbrochen. »Was zum Teufel ist das?«

Er stürzt hinaus auf die Terrasse. Ein gewaltiger Lastwagen, größer als alle, die er bisher gesehen hat, fährt die Zufahrt hoch oder versucht es zumindest. Das Ding bewegt sich, eingehüllt in eine Wolke aus Dieselabgasen, mit der Geschwindigkeit eines Kreuzfahrtschiffs.

»Was zum Teufel ist das?«, blafft sein Vater.

»Die Bohranlage«, ruft Rich. »Ein Teil davon jedenfalls.«

Darren hält sich die Ohren zu. »An einem Sonntagnachmittag?«

Sprachlos vor Verwunderung sehen sie zu, wie das wuchtige

Gefährt Meter um Meter die Steigung erklimmt. Dass es sich überhaupt bewegt, ist schon ein wahres Wunder. Es ist, als wäre hinten in Richs Garten ein Flugzeugträger auf Grund gelaufen.

»Es ist so *laut*«, ruft Darren. »Vielleicht sollten wir reingehen.«

»Geht ihr voraus«, sagt Rich. »Ich rede mit ihnen.«

Er läuft die Stufen hinunter und folgt der Zufahrtsstraße auf die Anhöhe hinauf, atmet Dieselabgase ein, überholt mühelos den gewaltigen Transporter. »Hey!«, ruft er, die Arme schwenkend.

Der Fahrer scheint ihn nicht zu hören, was kein Wunder ist. Er kann sich ja selbst nicht hören.

Von der Anhöhe aus entdeckt er ein anderes Fahrzeug, das am Rand der Kiesfläche steht, ein weißer Dodge Ram Pick-up mit einem Schriftzug – STREAM SOLUTIONS – auf der Fahrertür. Ein Mann mit Lärmschutzkopfhörern lehnt an seiner Motorhaube und beobachtet den langsamen Fortschritt der Anlage. Rich erkennt ihn sofort, der abgesägte Muskelprotz, den er, viel zu häufig, im Commercial sieht. Über seinem Herzen steht in Kursivschrift *Herc*.

»Was zum Henker ist denn hier los?«, ruft Rich.

Herc nimmt seinen Kopfhörer ab.

Rich wiederholt: »Was zum Henker ist hier los?«

»Genau das, wonach es aussieht. Die Bohranlage wird angeliefert.«

»An einem Sonntag? Ich habe gerade ein Barbecue mit meiner Familie.« Der Motorenlärm lässt Richs ganzen Körper vibrieren. Sie stehen gerade mal einen halben Meter auseinander und müssen trotzdem brüllen, um sich verständlich zu machen. »Sie und Ihre Leute waren gestern schon den ganzen Tag da. Können Sie uns nicht heute eine Pause gönnen?«

»Das waren nicht wir. Das war der Bautrupp.« Herc macht Anstalten, seinen Lärmschutz wieder aufzusetzen. »Keine Sorge, wir kommen Ihnen nicht in die Quere.«

»Sie machen Witze, oder?«

Herc zuckt die Achseln. »Tut mir leid, Mann. Ich kann Ihnen nicht helfen.«

»Und das kann nicht bis morgen warten?«

»Im Ablaufplan steht, dass wir diese Woche bei Ihnen bohren. Devlin H1. Sie sind Mr. Devlin?«

Rich nickt.

»Mr. Devlin, ich bedaure die Unannehmlichkeiten, aber die Show muss weitergehen.«

Ein krachender Donner. Regen prasselt plötzlich herunter, ein Geräusch wie Artilleriefeuer. Gelegentliche Böen rütteln an den Fensterscheiben. Der Regen schlägt horizontal gegen die Aluminiumtür.

Die Brüder stehen in der Garage, damit Darren rauchen kann. Draußen geht der Motorenlärm weiter. Darren ist dankbar für den Lärm, der wenigstens die Gesprächslücken füllt. Den ganzen Tag ist er herumgesprungen, um Rich allein zu erwischen – warum genau, weiß er jetzt nicht mehr. Um sich zu rechtfertigen? Um Vergebung zu erlangen oder zumindest zuzugeben, dass Vergebung in seinem Fall nicht möglich ist? Um sich für sein ganzes Leben zu entschuldigen?

Sie stehen in entgegengesetzten Ecken der Garage, die mit Richs Sachen vollgestopft ist, von denen Darren einige identifizieren kann: einen Rasentraktor, eine Schneefräse und ein Gerät, das eine Tischsäge sein könnte. Gegenstände, die für Rich sicher normal sind, die Art von Dingen, die Männer besitzen.

Darren versucht, Konversation zu machen. »Es ist schon seltsam, die Farm wiederzusehen. Nicht, was ich erwartet habe. Ich dachte, ihr hättet Kühe und so was.« War das nicht der Zweck der Übung gewesen, der eigentliche Grund, warum Rich ihn ausbezahlt hatte? Stattdessen lebt sein Bruder nun in einem Haus von der Größe eines Wohncontainers in einer Reihensiedlung, und Paps sechzig Morgen liegen ungenutzt da.

»Bald«, sagt Rich knapp. »Wenn das Gasgeld anfängt zu sprudeln.«

»Genau.« Darren tritt eine Zigarette aus und zündet sich eine neue an. »Erklär's mir noch mal, ich hab nämlich irgendwas nicht mitbekommen. Deine Kinder werden also neben einem Gasbrunnen spielen. Und für dich ist das in Ordnung.«

»Rauchst du immer so viel?« Wieder ein krachender Donner.

»Außerdem: Seit wann kümmerst du dich um meine Kinder oder die von irgendjemand anderem? Du bist doch selbst noch ein Kind.« Rich stopft sich die Hände zu Fäusten geballt tief in die Taschen. »Herr im Himmel, sie sind doch keine Orchideen. Als ich noch ein Kind war –«

»Ja, ja, ich weiß. Du hast in den Abbaugruben gespielt.« Das ist ein Wort, an das Darren jahrelang nicht gedacht hatte. In den Sechzigern und Siebzigern war Saxon County eine Hochburg des Kohletagebaus gewesen. Rich Devlin und seine Freunde tobten sich in der zerstörten Landschaft aus, fuhren mit Fahrrädern und Motorrädern durch die klaffenden menschengemachten Schluchten, tückische Abhänge aus losem schwarzem Dreck. Als Darren dazukam, waren die Restlöcher bereits notdürftig aufgefüllt und mit Gras zugedeckt worden; doch über die alten Abbaugruben wurde immer noch erzählt, Geschichten, die mythische Dimensionen annahmen. Daraus besteht die Essenz einer Kindheit in Bakerton: aus der von vornherein feststehenden Tatsache, dass alles Interessante bereits passiert ist. Die Stadt ist eine einzige Nachwirkung.

»Dieser Ort, Mann. Ich bin immer schwarz vor Kohlenstaub nach Hause gekommen.« Rich fährt sich mit einer Hand durch die immer noch auffallend dichten und welligen Haare. »Mom wollte mich gar nicht ins Haus lassen. Ich musste mich unten im Keller sauber machen«, fügt er hinzu, so als hätte Darren dieses Detail womöglich vergessen. Als hätte es sein junges Ich nicht mit Neid erfüllt: Von den vier Devlin-Kindern hatte nur Rich Zutritt zu der Dusche im feuchtkalten Keller, die ihr Vater benutzte, wenn er von der Arbeit in der Kohlegrube nach Hause kam.

Das mit den Haaren ärgert ihn, ehrlich gesagt, ein bisschen.

Sein Bruder ist über vierzig. Müsste er nicht wenigstens ein paar graue haben?

»Und das ist etwas Gutes«, sagt Darren. »Etwas, das wiederholt werden sollte.«

»Kann nicht wiederholt werden. So etwas wird es nie wieder geben. Darum geht es gar nicht.«

»Sondern?«

»Es hat uns nicht umgebracht. Kinder sind nicht so zerbrechlich. Was willst du denn machen, sie im Haus einschließen?«

Das war möglicherweise eine versteckte Spitze gegen Darrens Kindheit. Die tatsächlich ausschließlich vor dem Fernseher stattfand.

»Shelby meint, sie wären aus Glas. Ich weigere mich, so ein Vater zu sein.«

»Ach ja, apropos.« Darren lässt seine Zigarettenkippe in eine leere Spritedose fallen. »Was ist mit Olivia los?«

»Magen, angeblich. Und morgen was anderes.« Rich zerdrückt eine Bierdose und macht mit einem Zischen eine neue auf. »Es ist immer irgendwas. Wenn du die Wahrheit wissen willst, ich glaube, sie imitiert einfach ihre Mutter. Meine Frau ist eine verdammte Hypochonderin.«

Moment mal, *was*? Räumt Rich Devlin etwa so eine Art Unzulänglichkeit ein, einen Aspekt seines Lebens, den er nicht vollkommen unter Kontrolle hat?

Darren zündet sich eine weitere Zigarette an. Dass sein Bruder Shelby heiratete, hat ihn schon immer erstaunt. In der Schule war sie zwei Jahre unter Darren gewesen, still, farblos, auffallend christlich. In einer normal großen Highschool hätte er sie überhaupt nicht bemerkt. Als seine Mutter ihm ein paar Jahre später erzählte, Rich sei mit Shelby Vance verlobt, überlegte er, ob sie sich wohl vertan hatte.

»Es ist verdammt noch mal meine eigene Schuld, dass ich ihr nachgegeben habe. Die alte Farm abreißen, Himmel noch mal. Was für ein Fehler.« Ein Muskel pulsiert in Richs Kiefer. »Umweltverschmutzung löst bei ihr Migräne aus. Lebensmittelzusatzstoffe. Hochspannungsleitungen, was auch immer. Sie braucht einen eigenen Planeten, Herrgott noch mal. Schimmel, ist das zu fassen?«

»Das ist sogar eine ziemlich verbreitete Allergie.«

Rich wirft ihm einen warnenden Blick zu.

»Gut – ein funkelnagelneues Haus. Kein Schimmel. Okay, verstehe.« Darren zögert. »Auch wenn es eine naheliegende Frage ist: Sie stört sich am Schimmel im Haus, aber nicht an einem Gasbrunnen in ihrem Garten?«

»Aha, jetzt geht's los«, sagt Rich.

»Ich meine nur, du weißt nicht, was sie alles in den Boden pumpen. Ich hab ein bisschen recherchiert.« Im Haus seines Vaters unruhig geworden, hatte Darren den Samstagnachmittag an einem Computer in der Bakerton Public Library verbracht. »Das ist ein richtig giftiges Scheißzeug.«

»Giftig«, wiederholt Rich.

Das Wort hängt in der Luft, die unterschwellige Botschaft ist nicht zu überhören: *Und das von einem Typen, der sich Giftstoffe injiziert. Der Jahre damit zugebracht hat, sich Heroin zu spritzen, oder eine beliebige Substanz, die auf den Straßen von Baltimore als Heroin verkauft wird.*

Darren macht einen Lungenzug. »Es gibt ungefähr zweihundert verschiedene Chemikalien in der Frackingflüssigkeit.«

»Genau zweihundert.«

»Gut, die Zahl hatte ich erfunden. Und dabei ist mir die richtige rausgerutscht.«

Rich lacht lauthals. »Erzähl mir nichts von Chemikalien. Das ist ein Begriff ohne Bedeutung. Alles besteht aus Chemikalien. Wenn du einen Apfel isst. Wenn es im Periodensystem der Elemente steht, ist es eine Chemikalie.«

»Sauerstoff, zum Beispiel.«

»Sauerstoff ist eine Chemikalie.«

Darren bewundert seine Bestimmtheit. Das ist eine Konversationsfähigkeit, die er selbst nie erlangen wird: der Ton, der keine Widerrede zulässt.

»Nichts ist perfekt. Worauf es ankommt, ist doch, dass es eine Gelegenheit darstellt. Ich sitze nicht rum und warte darauf, dass die Bergwerke zurückkommen. Wie manche andere Leute.«

»Im Ernst?«, sagt Darren. »Das ist der Traum?«

»Es waren gute Jobs«, sagt Rich.

»Was heißt hier *gut*.«

Ein langes angespanntes Schweigen, das aus kürzeren Schweigeeinheiten zu bestehen scheint. Darren sucht nach einem neuen Thema. Er wünschte, er würde sich für einen Sport interessieren. *Was machen diese Pirates/Steelers/wie immer die Hockeymannschaft heißt?* Um die Pausen zu füllen, wie Männer das tun.

Regen trommelt aufs Dach.

»Was macht die Arbeit?«, fragt Darren.

»Wir sind um zwanzig Prozent überbelegt – hauptsächlich Festnahmen wegen Meth. Abschaum der Gesellschaft. Man könnte also wohl sagen, dass das Geschäft boomt.«

Abschaum der Gesellschaft. Ganz sicher würde er dieselben Wörter benutzen, um Darrens Klienten im Wellways zu beschreiben. Dass sogar Darren eine Zeit lang zum Abschaum der Gesellschaft geworden war, erwähnt keiner von beiden.

»Dann gibt's also eine Menge Meth in der Gegend?«

»In Bakerton? Nie und nimmer, Mann. Diese Typen kommen alle aus Philly oder Pittsburgh.«

»Bekommen sie da irgendeine Behandlung?«

»Es gibt Gruppen.«

»Keine Einzeltherapie? Kognitive Verhaltens–«

»Es gibt Gruppen.«

Noch ein Donnerschlag.

»Du hast also jetzt Urlaub«, sagt Rich. »Du kannst bleiben und Dad helfen. Ich könnte eine Auszeit brauchen.«

»Ja, apropos.« Darren sucht nach einem Weg, es zu erklären. Jedem anderen wäre völlig klar, warum er nicht in einer Kneipe arbeiten sollte. »Ich bin abhängig, Rich.«

»Wieder?«

Rich sieht wirklich erschrocken aus, und Darren spürt für einen grässlichen Moment das Gewicht der Besorgnis seines Bruders. Vermutlich nur ein blasser Schatten der Sorge, die er über die Jahre ausgelöst hat, und doch genug, um ihn vor Schuld zu lähmen.

»Nicht das«, sagt er rasch. »Damit geht es mir gut. Es ist nur – ich werde immer ein Abhängiger sein, verstehst du? Das ist eine lebenslange Krankheit.«

»Das ist mir schon klar. Aber ein Trinker warst du doch eigentlich nie.«

»Das stimmt.« Eine erst kürzlich bestätigte Tatsache: Über eine Stunde hat er ohne einen Drink im Commercial gesessen und Gia Bernardi zugeschaut.

»Wo liegt dann das Problem?«

Darren überlegt. Die Arbeit als Barkeeper wäre zwar nicht ideal, erscheint ihm aber für seine Abstinenz nicht besonders gefährlich. Bestimmt sicherer als zwei Monate Untätigkeit in Baltimore, wo genau der Rausch, nach dem er sich immer noch sehnt, nur einen Anruf entfernt ist.

Außerdem: Gia Bernardi.

»Stimmt«, sagt er schließlich. »Ich könnte ein Weilchen bleiben. Für Dad, weißt du.«

Rich lächelt so breit, dass es schon ein bisschen peinlich ist. Er klopft Darren kräftig auf die Schulter. »Gut, Mann. Das ist super.«

Ein Klicken hinter ihnen, die Seitentür geht auf. Shelbys Kopf erscheint in der Tür. »Igitt«, sagt sie, den Rauch fortwedelnd. »Darren, was soll ich bloß mit dir machen?«

»Ich bin eine verlorene Seele.«

»Komm, iss ein Stück Kuchen. Normal oder koffeinfrei?«

»Normal.«

Die Tür geht mit einem Klicken zu. Kein Wort zu ihrem Mann, fällt Darren auf; nicht mal ein Lächeln. Rich starrt auf den Boden.

»Ist es gerade kalt geworden hier drin?«

Rich zuckt die Achseln. »Sie ist auf deiner Seite, Kumpel. Total sauer auf mich wegen dieser Gasgeschichte. Sie war dafür – für das Geld sowieso –, bis sie bei Wally Fetterson die Bohranlage sah. Hat wohl gedacht, sie würden es aus dem Boden herauszaubern.«

»Schade, dass sie es nicht können«, sagt Darren.

»Ja, schade. Aber in Wirklichkeit muss es ja irgendwoher kommen. Scheiß drauf«, sagt Rich und greift nach Darrens Zigaretten.

»Oho.«

»Halt die Klappe. Die Frage ist doch: Was wäre die Alternative? Noch mehr Jungs an den Golf schicken, so wie mich damals? Wir könnten aber auch mehr Atomkraftwerke bauen. Obwohl – lass mich raten – die magst du auch nicht.« Er inhaliert, dann hustet er. »Herrgott, Menthol?«

»Atomkraft ist problematisch«, gibt Darren zu. »Aber was ist mit erneuerbarer Energie? Wind, Sonne, Wasserkraft?«

»Wieso hab ich gewusst, dass du das sagen würdest?« Rich atmet einen Schwall Rauch aus. »Ja, super, erneuerbare Energie. Lasst uns ein paar Windräder bauen und im Dunkeln rumsitzen.«

LKW-Lärm, Verkehr, Straßenbau, Kontamination ...

HABEN WIR GENUG DAVON?
HABEN WIR EINEN RIESIGEN FEHLER GEMACHT?

• Wenn Sie einen **Gaspachtvertrag** unterzeichnet haben (oder darüber nachdenken),
• wenn Sie sich um Ihr Trinkwasser **sorgen**,
• wenn Sie es **gründlich satthaben**, in einem Gasbohrfeld zu leben,

... SIND SIE NICHT ALLEIN!

Treffen Sie sich mit Ihren Freunden und Nachbarn
zur Diskussion
mit einem besonderen Gast,

Dr. Lorne Trexler
von der Keystone Waterways Coalition.
Die Zukunft unserer Gemeinde liegt in unseren Händen.

6.

Montags ist die Besucherschlange am kürzesten. Wie jeden Montag zieht Rena sich mit Bedacht an: keinen Schmuck, keine Haarspangen, unter ihrer Schwesternkleidung einen Baumwoll-Sport-BH (Bügel-BHs lösen den Metalldetektor aus). Anstelle einer Handtasche nimmt sie einen Ziploc-Beutel mit Geld für den Automaten, Münzen und Eindollarscheine, um für Calvin Kartoffelchips und Snickers zu kaufen, das ungesunde Knabberzeug, das er als Kind nur selten von ihr bekam. Jetzt versorgt sie ihn damit, weil es sonst nichts gibt, was sie ihm mitbringen könnte.

Calvin braucht einen Haarschnitt. Unrasiert sieht er müde und abwesend aus. An seinem Kinn sprießt ein Zweitagebart

Der Besuch zieht sich hin. Wie jedes Mal. Rena fragt, was er gerade liest. Sie diskutieren über die bevorstehende Präsidentschaftswahl und sehen fern – auf dem Bildschirm, der an der Decke festgeschraubt ist, läuft immer eine Gerichtssendung, in der eine aufbrausende Richterin von ihrer Bank aus Kläger beschimpft.

Die Menschen sind REAL! Die Fälle sind REAL! Die Urteile sind ENDGÜLTIG!

Wer wählt das Programm aus? Vermutlich die Wärter. Wenn Rena im Gefängnis säße, wäre das das Letzte, was sie sich ansehen wollte.

»Morgen Abend habe ich meine Versammlung«, sagt sie zu Calvin. »Wegen der Gasbohrung. Ich bin etwas nervös.« Sie hatte gezögert, Professor Trexler anzurufen, womöglich würde er sich ja gar nicht an ihre Begegnung in Ronnys Laden erinnern. (Tat er doch.) Nervös bei dem Gedanken, dass vielleicht niemand zu der Versammlung kommt oder dass alle kommen, ein Raum voller Fremder, die zu viel über sie wissen – die Realität des Kleinstadtlebens.

So etwas habe ich noch nie gemacht, hatte sie zu ihm gesagt, als wäre das nicht offensichtlich.

Keine Sorge. Ich schon.

Sie telefonierten fast jeden Tag, und Professor Trexler sprach die Organisation Schritt für Schritt mit ihr durch: Raum reservieren, Plakate drucken, Lokalzeitung einladen. *Das ist richtig viel Arbeit,* schwärmte Rena Ronny Zimmermann vor. Nachdem er selbst es über Jahre hinweg nicht geschafft hatte, sie für seine verschiedenen Anliegen zu gewinnen – Antikriegsdemos, Hanf-Paraden –, schien er nun verblüfft über ihre plötzliche Bekehrung. Dennoch heftete er sich das Verdienst dafür ans eigene Revers, so als hätte er sie höchstpersönlich getauft.

Mack war womöglich noch erstaunter. *Was* willst du machen? Abend für Abend hatte sie mehr oder weniger geduldig zugehört, wenn Rena aus dem Krankenhaus kam und wie ein Rohrspatz schimpfte. Steph Mulraneys plötzliche, heftige Krankheit; und schließlich ihre Fehlgeburt. Die Verunsicherung der Ärzte; deren hektische – und letztlich erfolglose – Versuche, genau zu bestimmen, was ihre Gesundheit gefährdet hatte. Rena selbst hatte Stunden mit schlüpfrigen PR-Fuzzis am Telefon verbracht: bei Stream Solutions, der Bohrfirma; dann bei Dark Elephant, der sie gehörte; dann bei Darco, der wiederum *sie* gehörte. Am Ende hatte sie einen Assistenten des wissenschaftlichen Direktors bei Bentonics Chemical, dem Hersteller von Flow-Z, am Apparat.

Der ihr im Wesentlichen sagte, sie solle sich zum Teufel scheren.

Das erläutert Rena Calvin ziemlich ausführlich, froh darüber, ein Gesprächsthema zu haben. An seinem Gesicht kann sie ablesen, dass es ihn herzlich wenig interessiert. »Wünsch mir Glück«, schließt sie lahm.

»Viel Glück«, sagt er, den Blick auf den Fernsehbildschirm gerichtet. »Wie geht's Mack?«

»Fang nicht schon wieder damit an.«

Minuten verrinnen. Der Kläger verklagt seine von ihm getrennt lebende Frau auf vierhundert Dollar, den Preis für ein Tattoo, mit dem sie seine Kreditkarte belastet hatte. Die Besuche ziehen sich hin, weil Calvin sich weigert, irgendetwas von Belang zu besprechen. Dennoch versucht Rena es.

»Hast du über November nachgedacht?« Er wird eine Arbeit brauchen, eine Bleibe. Auf der Farm zu wohnen ist nach dem letzten Mal keine Option mehr: zwölfhundert Dollar weniger im Safe; das rätselhafte Verschwinden von einem von Macks Gewehren.

Er neigt den Kopf nach vorne und blickt unter grimmigen Augenbrauen zu ihr auf. Das macht er schon sein ganzes Leben lang, seit frühester Kindheit. Mack und Rena haben einen Namen dafür: *Calvins Stinkeblick.*

»November«, wiederholt er.

Er hatte erst spät zu sprechen angefangen. Im ersten Schuljahr fiel seinem Lehrer auf, dass er nur selten in ganzen Sätzen sprach. *Ich kann das*, erklärte er Rena. *Ich will es aber nicht.* Der Stinkeblick sprach für ihn. Wenn er ungehalten war, konnte man das nicht übersehen.

»Ich glaube, dass er wiedergewählt wird«, sagt Calvin.

»Das meine ich gar nicht.«

»An manchen Stellen muss er sein Kabinett umbilden.«

»Ich spreche von deiner Zukunft«, sagt Rena.

Es klopft an der Tür, der Wärter kommt zurück, um ihren Sohn zu holen. Beschämenderweise ist sie erleichtert.

Calvin steht auf. »Justizminister wäre meine erste Wahl, aber den werden sie mir vermutlich nicht anbieten. Ich würde mich auch mit dem Außenministerposten zufriedengeben.«

»Bis nächste Woche«, sagt Rena.

»Er hat nach dir gefragt. Tut er immer.«

Mack und Rena liegen im Bett: Rena strickt, und Mack schaut mit halbem Auge eine Angelshow im »Feld und Bach«-Kanal.

Mack reagiert nicht. Sie pendelt zwischen Schlafen und Wachen hin und her. Zwei Dinge gleichzeitig zu machen versetzt sie in schlechte Laune.

»Hallo?«, sagt Rena. »Jemand zu Hause?«

Unter der Decke greift Mack nach ihrer Hand. »Ja, ich bin da. Wie geht's ihm?«, fragt sie wie jeden Montag pflichtbewusst. Zu ihrer Erleichterung bittet Rena sie inzwischen nicht mehr, mitzukommen. Macks Verhalten Calvin gegenüber kommt nicht gut an. Rena zufolge ist Macks Dickköpfigkeit das Problem.

»Mehr oder minder wie immer. Ich hab versucht, ihn dazu zu bringen, dass er über November spricht, aber ohne Erfolg. Er muss sich unbedingt einen Plan machen.«

Hierher kann er nicht kommen. Das weißt du. Mack braucht es gar nicht zu sagen. Das haben sie alles schon durchexerziert. Wenn Calvin drogenabhängig wäre, könnte sie sogar noch Mitgefühl aufbringen. Aber er ist nur Geschäftsmann.

Das Problem ist nicht Macks Dickköpfigkeit. Das Problem ist, dass Calvin seinem Vater nachschlägt. Mack glaubt an Züchtung, so wie sie ans Wetter und an Renas Herzensgüte glaubt. Sie glaubt an diese Dinge, weil sie sie jeden Tag sieht. Eine gute Milchkuh wird gute Milchkühe gebären. Ein Bulle, der aggressiv oder launisch ist, wird diese Züge weitervererben.

Freddy Weems war ein aggressiver Bulle.

Freddy Weems war ein Stück Scheiße.

Mack hat keine Launen, keine inneren Wetterlagen, die sich aus unsichtbaren Gründen plötzlich und dramatisch ändern. Wenn sie traurig oder wütend oder frustriert ist, dann als Reaktion auf äußere Umstände: ein krankes Tier, ein undichtes Dach, eine Störung in der Melkanlage. Abgesehen davon ist sie immer dieselbe.

Äußere Umstände wie Drohungen, Einschüchterung, obszöne Anrufe. Wie ein nächtlicher Besuch ohne Vorwarnung, bei dem ein zorniger Betrunkener heftig an die Tür klopfte und Mack und Rena aus dem Schlaf riss.

Wie das Nicht-Zahlen des Kindesunterhalts.

Schüsse in ihre Weide.

Klopfen an der Tür und Brüllen von Obszönitäten, die kein Kind hören sollte.

Rena von der Arbeit nach Hause verfolgen.

Den Werkzeugschuppen in Brand setzen.

Der rätselhafte Tod von Macks Hund.

Mehrere Jahre lang – Calvins ganze Kindheit hindurch – hatte Mack eine .44er-Pistole im Nachttisch, außer wenn Freddy im Gefängnis war. Rena, die Waffen hasste, verstand, dass das notwendig war. Waffen waren für Männer wie Freddy Weems gedacht.

Staatsgefängnis in Ohio und West Virginia – wegen fahrlässiger Tötung einer Frau beim Fahren unter Alkoholeinfluss, wegen Diebstahl eines Motorrads, wegen bewaffneten Überfalls.

Mack hatte eine Pistole im Nachttisch, bis Freddy von einem Polizisten in Morgantown getötet wurde. Calvin war damals vierzehn, alt genug, als dass man ihm erzählen konnte, wie sein Vater gestorben war. Wie sie es genau formulierten, weiß Mack nicht mehr. Woran sie sich erinnert, ist die Reaktion des Jungen. Er drehte sich zu Rena um und blickte durch seine Augenbrauen hindurch finster zu ihr auf: Calvins Stinkeblick. *Jetzt freust du dich wohl.*

Jedem anderen, der so mit Rena sprach, hätte Mack eine reingehauen.

Mit siebzehn beging Calvin seine erste Straftat. In dem Sommer entdeckte Mack in einer entlegenen Ecke ihres Weidelandes drei Dutzend gesunde Marihuanapflanzen, versteckt hinter einem kleinen Wäldchen. Drei oder vier Straftaten sollten folgen.

Ihm kann sie keine reinhauen, weil er Renas Sohn ist.

Wir hätten ins Gefängnis wandern können. Und die Farm verlieren, sagte sie zu Rena.

Ist aber nicht passiert, erwiderte Rena.

Entschuldigt hat sie sich nie für Calvin, der auf Friend-Lea Acres Drogen produziert und vertrieben hatte, auf einem Hof, der über sechs Generationen hinweg von den Mackeys bewirtschaftet worden war.

Seine erste Straftat. Zumindest die erste, von der sie wussten.

Eine Marihuana-Anpflanzung auf Pops Farm, ein Gedanke, der Mack mit Scham erfüllt.

Zum ersten Mal seit einer verdammten Ewigkeit hat Darren wieder einen Schlüssel zum Haus.

Sein Vater gab ihm den Schlüssel ohne großes Aufhebens, so als ginge es dabei nur um seine eigene Bequemlichkeit: *Ich kann ja nicht die ganze Zeit hier sein, um dich reinzulassen.* Womit er beiden – Darren erkannte das und war ihm dankbar – die Qual eines Gesprächs ersparte, das sie Jahre zuvor hätten führen müssen, dessen Bedeutung jedoch mit seiner Mutter gestorben war. Ein Gespräch, dessen Zeit vorbei war.

Was Dick nicht sagte (Darren aber sehr wohl hörte): *Du gehörst hierher. Ich vertraue dir. Du bist immer noch mein Sohn.*

Jetzt schläft er in seinem ehemaligen Kinderzimmer, raucht seine Zigaretten auf der hinteren Veranda, duscht im Familienbadezimmer – avocadofarben, seit 1972 unverändert. Das Haus ist in jeder Hinsicht noch dasselbe und wirkt dennoch, ohne seine Mutter, fremd und kalt. Zum Teil erklärt Darren sich das mit dem Fehlen von Essensgerüchen. Die Küche ist vollkommen ungenutzt. Seine Mahlzeiten nimmt Dick im Commercial ein, den Morgenkaffee kauft er sich im Sheetz. Im Kühlschrank bewahrt er Batterien, Angelköder, Eisbeutel für sein Knie auf. Das unterscheidet sich nicht so sehr von der Art, wie Darren in Baltimore lebt, der Mülleimer voll mit Take-away-Verpackungen und Starbucks-Bechern. Nur in dieser Hinsicht ist er ganz genau wie sein Vater.

Sein Vater bewegt sich durchs Haus wie ein Schatten, ein Vorläufer des Geistes, der er in ein paar Jahren werden wird. Dicks jüngeres Ich – ruppig und aufbrausend, Befehle blaffend – scheint ganz und gar diesem humpelnden alten Mann gewichen zu sein, der sich vor der Zukunft fürchtet. Für Darren ist er kaum wiederzuerkennen, wobei der Sohn eine wesentliche Übergangsphase, die mildernden Jahre dazwischen, nicht mitbekommen hat. Dass er den Geist lieber mag, ist irgendwie beschämend – als hätte er seinem Vater dieses Schicksal gewünscht, die schleichende Hinfälligkeit, die verrinnenden Jahre.

Die traurige Wahrheit ist, dass er seinen Vater vor allem in dessen Abwesenheit liebt. Ihre Interaktionen sind höflich, ein wenig angespannt. Erst danach, allein im Haus, wird Darren von Gefühlen übermannt, wenn die Artefakte von Dicks fortgeschrittenem Alter – die auf dem Küchentresen vergessene Lesebrille, der Prothesenbehälter aus Plastik am Rand des Badezimmerwaschbeckens – ihn mit einer schrecklichen Zärtlichkeit erfüllen.

Überraschenderweise ist es das Commercial, das sich für ihn wie ein Zuhause anfühlt. Jahrelang hat er in seiner Gruppe mitbekommen, wie Alkoholiker sich nach ihrer Lieblingskneipe verzehrten. Mehr als einer ist dabei in Tränen ausgebrochen. Jetzt endlich versteht er das. An einem Tresen ist Sucht normalisiert, zu einem scheinbar normalen Teil des Lebens gemacht worden: das warme Licht und vertraute Gesichter, Freundschaft oder die Illusion davon. Süchtige sind einsame Kreaturen. Seine eigene Sucht war eine verstohlene, zutiefst einzelgängerische Angelegenheit – Verzückung hinter verschlossenen Türen, heimliche Scham, einsames Glücksgefühl. Die Isolation verstärkte seine Krankheit noch. Wenn er auf den Straßen von Baltimore Heroin kaufte, hatte er jedes Mal eine Heidenangst; später dagegen, in der luxuriösen Einsamkeit eines Herointraums, konnte er sich selbst als eine Art Desperado, einen romantischen Outlaw betrachten. Niemand war da, der dieser Version der Dinge hätte widersprechen können. Im Drogenrausch war Darren, wer immer er sein wollte.

Illusionen, ohne die eine Sucht nicht möglich wäre. Geschichten, die wir uns selbst erzählen.

Abend für Abend schließen er und Gia gemeinsam das Lokal. Er genießt die Gleichförmigkeit dieser Abende, die angenehme Regelmäßigkeit der banalen Aufgaben, Gia, die um ihn herumwuselt und Eiswürfelbehälter ausleert, Tassen und Gläser wieder in die Regale stellt, Theken und Böden wischt.

Herrgott, wozu die Eile?, zieht er sie manchmal auf. *Alle sind weg.* Ich *werde dir kein Trinkgeld geben.*

Ich will hier raus, verdammt noch mal, sagt sie dann und gibt ihm einen Schubs. *Wie auch immer, was kümmert's dich? Hast du weniger zu tun.*

Wie auch immer. Das sagen alle in Bakerton, aber für Darren ist dieser Ausdruck Gia pur. Für einen Moment fühlt er sich von ihr erfüllt.

Ihm ist klar, dass er mit dem Servieren von Drinks im Commercial Sucht ermöglicht. Wenn wenig los ist, beobachtet er die Gäste – hauptsächlich Männer, manche auf raue Art gesellig, andere stumm auf den Bildschirm starrend. Ganz bestimmt sind einige von ihnen süchtig. Und dennoch – verglichen mit einem Schuss Heroin, kommt ihm das Trinken zunehmend harmlos vor. Irgendwie weiß er, dass das eine verdrehte Denkweise ist, sein inneres Süchtigen-Geschwätz. Dass er schon viel zu lange in Bakerton ist.

Jeden Morgen, wenn Dick zum Commercial aufgebrochen ist, wandert Darren quer durch die Stadt zur städtischen Bibliothek und stöpselt dort seinen Laptop ein. Zu Hause in Baltimore ist er nie ausgestöpselt. Und steht auch nie auf seinem Schoß. Er steht, *en permanence*, auf einem nicht besonders stabilen IKEA-Schreibtisch, Berg oder Borg oder so ähnlich, seine Tragbarkeit vollkommen nutzlos. Darren hat sich nie zu den Kaffee trinkenden Massen im nächstgelegenen Starbucks gesellt, die sich täglich dort versammeln, um einander völlig zu ignorieren – Menschen aller Art und jeden Alters, die, durch Kopfhörer taub gemacht, stumm auf ihren leuchtenden Bildschirm starren. Jeden Morgen betrachtet Darren sie eingehend, wenn er für einen doppelten Espresso Schlange steht. Dann bestellt er seinen Kaffee, süßt ihn großzügig und geht wieder.

In Wahrheit bewegt er seinen Laptop nicht gerne. In seiner kahlen Wohnung summt er ununterbrochen. Abends, am Wochenende verbringt er die meiste Zeit davor. Ungewöhnlich geschickt bedient er die Maus mit der linken Hand und isst mit der rechten.

Im Haus seines Vaters ist das nicht möglich. Dort gibt es kein drahtloses Signal, überhaupt nichts Drahtloses. Darren war nicht darauf vorbereitet, wie sehr ihn das beeinträchtigen würde. Ohne Zugang zum Internet fühlt er sich unsichtbar, immateriell, als hätte er aufgehört zu existieren.

An diesem Morgen ist die Bibliothek wie üblich leer. Wie die meisten Gebäude in der Stadt war sie einmal etwas anderes. In diesem Fall ein Restaurant: Keener's Diner, ein typisches Teenagerlokal, wo seine Mutter früher als Kellnerin gearbeitet hatte. Die junge Sally Becker, die sich selbst das Collegestudium finanzierte, hatte eines Tages einem gewissen Dick Devlin das Mittagessen serviert, einem Matrosen, der auf Heimaturlaub war, oder wie immer es bei der Marine heißt, wenn sie einem freigeben.

Mit einem plötzlichen Schmerz erinnert sich Darren an diese Geschichte. Im Gegensatz zu Dick neigte seine Mutter dazu, in Erinnerungen zu schwelgen. Andernfalls hätte er nie etwas über seine Eltern erfahren.

Während sein Laptop hochfährt, studiert er die Anzeigen am Schwarzen Brett, die überraschend häufig wechseln. Gebrauchte Schneefräse zu verkaufen, gebrauchtes Baumaterial, gebrauchte Pick-up-Teile. Ganz Bakerton, so scheint es, verkauft sich selbst als Schrott.

Heute erregt ein neuer Flyer seine Aufmerksamkeit.

LKW-Lärm, Verkehr, Straßenbau, Kontamination ...

HABEN WIR GENUG DAVON?
HABEN WIR EINEN RIESIGEN FEHLER GEMACHT?

»Darren Devlin?«

Er dreht sich um.

»Ich dachte mir, dass du's bist. Die Haare haben mich etwas verwirrt.«

»Mr. Radulski.« Darren fährt sich mit einer Hand über den Kopf. »Wie schön, Sie zu sehen.« Das meint er auch so. Mr. Radulski war sein Biologielehrer auf der Highschool gewesen. Mehr als ein Lehrer: Er war der Vater, den der halbwüchsige Darren sich ausgesucht hätte, wenn man ihn hätte wählen lassen.

»Das ist lange her, mein Junge. Was treibst du denn so? Das Letzte, was ich gehört habe, war, dass du auf der Johns Hopkins warst.«

»Gutes Gedächtnis.« Darren grinst, denn ihm ist wieder eingefallen, dass Mr. Radulski ihm damals eine Empfehlung geschrieben hatte. Nach der Zusage der Hopkins organisierte Mr. Radulski ein Festessen, einen Kuchen mit Darrens Namen drauf. Das scheint schon so lange her zu sein.

»Wie könnte ich das vergessen? In all den Jahren habe ich genau einen Schüler auf die Johns Hopkins bekommen. Penn State, klar. Pitt, mit ein bisschen Glück. Aber du hast mir die Statistik verdorben.«

Darren steht da, grinsend wie ein Idiot, und fürchtet die nächste Frage.

»Und was machst du jetzt? Wenn ich mich recht entsinne, sprachst du damals davon, Medizin zu studieren.«

Es ist schlimmer, als Darren es sich vorgestellt hat: die Freundlichkeit und das Wohlwollen, die greifbare Bewunderung und der Stolz. »Also, ich habe ganz die Richtung gewechselt.«

»Daran ist ja nichts verkehrt. In der Forschung steckt mehr Geld, würde ich sagen. Entwicklung von Medikamenten. Aber da kenne ich mich überhaupt nicht aus«, sagt er bescheiden, in der Hoffnung, aufgeklärt zu werden.

Darren schluckt. »Genau genommen habe ich das Studienfach gewechselt. Ich habe einen Abschluss« – er sagt nicht am *Community College* –»in Soziologie gemacht.«

Mr. Radulskis Lächeln verwackelt. Er hat die Art von Gesicht, die nichts verbirgt. Es ist schrecklich anzusehen; diese Enttäuschung und Fassungslosigkeit.

»Ich bin Drogentherapeut.«

In den Augen des Mannes ein Moment des Begreifens. Dann Betretenheit, Mitleid, Sorge. »Nun denn. Das muss eine interessante Arbeit sein.«

»Allerdings«, sagt Darren mit verzweifelter Heiterkeit. »Es ist natürlich keine Wissenschaft, aber ich finde es interessant. Und –« Er hält inne, unschlüssig, wie er diesen Gedanken zu Ende bringen soll. »Es ist ein Job.«

»Das stimmt«, pflichtet Mr. Radulski ihm von Herzen bei. »Es gibt weiß Gott noch mehr im Leben als Arbeit. Wie sieht's denn anderweitig aus? Verheiratet? Kinder?«

»Noch Single.«

»Na, ist ja auch noch Zeit für das alles. Viel Zeit.« Mr. Radulski blickt demonstrativ auf die Uhr. »Darren, ich muss los. Großer Tag heute. Meine Tochter heiratet. Du erinnerst dich an Leah.«

Tut er. Leah war eine Klasse unter ihm gewesen, ein braves, gesundes, von Haus aus fröhliches Mädchen, das sich aus unerfindlichen Gründen in den Kopf gesetzt hatte, ihn zu ihrem festen Freund zu machen. Obwohl er sie schrecklich angepasst fand, hatte Darren sie ermutigt, weil Leah seine Eintrittskarte in die Familie Radulski war. Zahllose Abende hatte er bei ihnen verbracht, Filme geschaut, am Esszimmertisch herumgehangen. Dann gab er Leah einen züchtigen Gutenachtkuss und ging nach Hause, um einen Joint zu rauchen, allein in seinem Zimmer.

»Oh, wow.« Er hätte selbst auf die Idee kommen müssen, nach Leah zu fragen. »Das ist ja – kaum zu glauben.« Zu spät wird ihm die Taktlosigkeit seiner Bemerkung bewusst. »Ich meine, das ist ja eine tolle Nachricht.«

Mr. Radulski gibt Darren einen Klaps auf die Schulter. »Wir freuen uns für sie. Er ist ein netter Kerl. Lehrer, wie ihr Vater.«

»Wow«, sagt Darren erneut. »Bitte grüßen Sie sie herzlich von mir.«

»Riech mal da dran.« Shelby steht am Waschbecken und spült das Frühstücksgeschirr. »Es riecht komisch.«

Rich isst den letzten Bissen Rührei und bringt seinen Teller zum Waschbecken. Er ist noch in Uniform – seit gestern auf den Beinen, eine Doppelschicht über Nacht. Hartnäckiger Regen klopft an die Küchenfenster. Das ist die Art grauer Morgen, auf die er nach jeder Nachtschicht hofft; ideal zum Schlafen.

»Komisch«, wiederholt er. »Komisch wie?«

»Nach Chemikalien. Woher soll ich das wissen, Rich? Es riecht einfach – nicht sauber.«

Draußen setzt der Lärm wieder ein, ein rhythmisches Klirren.

Rich beugt sich übers Waschbecken, lässt Wasser laufen und schnuppert. »Ich rieche nichts.«

»Du riechst nie was.«

Das stimmt allerdings: Sie beschwert sich dauernd über Gerüche, die er nicht wahrnimmt. Er ist mit einer Spürhündin verheiratet.

»Das kommt vom Bohren. Ganz bestimmt. Vorher war unser Wasser doch gut.« Sie dreht den Hahn auf und atmet tief ein. »Du musst mit diesen Typen reden.«

»Und was sagen? Meine Frau riecht etwas Komisches?«

Dabei denkt er natürlich – unausweichlich – an die alte Farm. *Es riecht modrig,* klagte Shelby immer und immer wieder, bis er schließlich nachgab. Jetzt zieht er seine Kinder in einer vorgefertigten Streichholzschachtel, eine Stufe über dem Wohnwagen, groß. Zehn Jahre lang hat er sich von Shelbys Nase vorführen lassen.

»Das Wasser ist in Ordnung«, sagt er.

»Du willst bloß nicht nachgeben.« Shelby spült seinen Teller ab und stellt ihn in die Spülmaschine. »Vergiss nicht, dass du heute Abend Braden abholst. Sein Training geht bis halb acht.«

»Heute Abend?« Rich tastet nach dem Stück Papier in seiner Tasche. *Honiger 8 J. alt 40K.* »Ich wollte mich mit diesem Typen in Somerset treffen. Mal einen Blick auf seine Honiger werfen. Die Kinder könnte ich sicher mitnehmen.«

Damit ist Shelby nicht einverstanden. »Für Olivia ist das eine lange Fahrt.«

»Ach so. Stimmt.« Seiner Tochter wird beim Fahren meistens schlecht. Von dem einen Mal, als sie sich ausgiebig auf Boden, Sitz und Beifahrertür erbrach, riecht sein Pick-up heute noch schwach nach Grapefruitbonbons. »Kannst *du* sie nicht mitnehmen? Wenigstens Olivia.«

»Zu meiner Beratungsstunde?« Shelby zieht ihre unverkennbare Grimasse. Sie hat etwas von einem alten, gar nicht komischen Komiker, an dessen Namen Rich sich nicht mehr erinnert. Ein hässlicher kleiner Mann mit einem Topfhaarschnitt, der oft in den Fernsehspielshows seiner Kindheit zu Gast war.

»Vergiss es«, sagt er. »Ich kann auch morgen nach Somerset fahren.«

Der Komiker war ihm immer angeheitert, wenn nicht leicht zurückgeblieben vorgekommen. Wie hieß er bloß? Seine Schwester würde es wissen. Shelby ist natürlich zu jung, um sich daran zu erinnern, etwas, das er vor seiner Heirat mit einem zwölf Jahre jüngeren Mädchen nicht bedacht hatte.

»Buddy Hackett«, sagt er laut.

»Wovon redest du?«

»Nichts.« Buddy Hackett ist nicht wichtig; Buddy Hackett spielt überhaupt keine Rolle. Und doch fühlt sich Rich auf eine Weise, die er sich nicht erklären kann, mit einem Mal allein. Es ist, als hätte seine Kindheit nie stattgefunden, weil Shelby sie nicht mitbekommen hat.

»Pastorin Jess sagt, ich muss mir Zeit für mich selbst nehmen.«

Rich hält seinen Mund, denn er weiß mittlerweile, dass Pastorin Jess ein Thema ist, das man besser vermeidet. Shelby zufolge hat sie angeregt, dass Rich zu einer Sitzung mitkommt, eine Qual, der er bis jetzt entrinnen konnte. Schon der Gedanke an eine Paarberatung macht ihn nervös. Worüber Shelby im Einzelnen jede Woche eine geschlagene Stunde lang redet, welche Geheimnisse ihrer Ehe sie der Predigerin anvertraut hat, will er wirklich nicht wissen. Und trotzdem kann er nichts dagegen sagen, denn die Beratung ist kostenlos, und Shelby hat die Kinder jeden Tag von morgens bis abends. Er kann sich nicht darüber beschweren, einen Abend in der Woche für die Kinder zuständig zu sein, ohne wie ein Arschloch dazustehen.

Wieder die Grimasse: Seine Frau ist Buddy Hackett mit blonder Perücke. »Hörst du mir überhaupt zu?«, sagt Shelby.

»Ja, gut. Ich hole Braden ab.« Er steht auf. »Ich muss ein bisschen schlafen.«

»Versuch's mit den Ohrstöpseln.«

»Ich brauche keine verdammten Ohrstöpsel.«

Das Elternschlafzimmer ist auch tagsüber dunkel, ein Nordzimmer. Als Rich sich dafür entschied, hatte er Nachtschichten im

Kopf. Womit er nicht rechnete, war eine Gasbohranlage keine zweihundert Meter entfernt, die Tag und Nacht mit starken Scheinwerfern erleuchtet ist. Selbst mit zugezogenen Vorhängen ist der Raum erschreckend hell.

Er macht die Augen zu und denkt bewusst an nichts.

Draußen fängt etwas fürchterlich zu brummen an.

Er war immer ein begnadeter Schläfer, eine Gabe, die ihm bei der Marine zugutekam: die Fähigkeit, jederzeit und überall zu schlafen, die größte Überlebensfertigkeit des Seemanns. Doch das zivile Leben hat ihn weich gemacht. Er drückt die Augen zu und befiehlt sich: *Schlaf, verdammt noch mal. Schlaf.*

Der Lärm von draußen wird stärker, ein mechanisches Tosen wie von einem tropischen Sturm.

Er steckt sich die Stöpsel in die Ohren. Das fühlt sich an, als stopfte er sich Kaugummi hinein. Shelby benutzt sie jede Nacht, damit sie sein Schnarchen ertragen kann. Wie hält sie das aus?

Er nimmt die Ohrstöpsel wieder heraus.

Genervt wandert er auf der Suche nach einem Platz zum Schlafen eine halbe Stunde lang durchs Haus. Die Kinderzimmer haben dasselbe Problem: den Maschinenlärm, das blendende Licht. Schließlich fällt er erschöpft auf Paps altes Sofa, das Shelby wegen Hausstaubmilben in den Keller verbannt hatte. Er schläft vielleicht zehn Minuten lang. Dann geht das Scheppern wieder los. Er gibt auf und geht hinaus auf die Terrasse. Es hat aufgehört zu regnen. Dass der Lärm draußen auch nicht lauter ist, bestätigt auf traurige Weise die schlechte Qualität des Hauses.

Er blickt über den hinteren Garten, das, was davon noch übrig ist. Seit der Wald weg ist, wirkt sein Land kleiner als sechzig Morgen, nackt und geschrumpft wie ein Hund in der Badewanne. Hinter dem Haus hat die Bohrmannschaft einen einzigen Flecken Gras stehen lassen, sechsunddreißig Quadratmeter. Jenseits davon liegt eine große Fläche blanker Erde, trocken und kakaofarben, umschlossen von einem Maschendrahtzaun. Ein trostloser Anblick, aber nicht halb so schlimm wie das, was auf der anderen Seite der Anhöhe liegt.

Das Scheppern wird langsamer und tiefer.

Auf der anderen Seite der Anhöhe, gnädigerweise außerhalb ihrer Sicht, befinden sich das Auffangbecken und der betonierte Bohrplatz – umgeben, je nach Tag, von einem Dutzend oder mehr Pick-ups. Dauerhaft stehen zwei Baucontainer und ein oder zwei Tanklastwagen dort.

Jetzt wird der Lärm stärker. Unter dem hohen Heulton liegt jetzt noch ein tiefer klingendes Knirschen, wie bei einer nicht geschmierten mechanischen Rotation.

Ein Sonnenstrahl bricht durch die Wolken. Die neue Zufahrtsstraße zerschneidet das Feld wie eine Operationsnarbe.

Mittags herrscht in einem Teil des Commercials Trubel. Im Speiseraum ist jeder Tisch besetzt, die Leute von der Gasbohrfirma werden gerade mit ihrem Essen fertig. Der Thekenraum ist bis auf ein paar Einheimische leer. Richs Nachbar Wally Fetterson schaut sich im Fernsehen die Höhepunkte eines Stockcarrennens an. Nick Blick und Booby Marstellar kreiden lässig ihre Billardqueues ein, zwei mittelalte *Duanes*, die nichts Besseres zu tun haben.

»Devlin«, ruft Booby. »Wie geht's, Mann?«

»Alles klar, Boob.« Rich setzt sich neben Wally und sieht zu, wie Darren ein Iron City zapft. Es verwirrt ihn immer noch, seinen Bruder hinter dem Tresen zu sehen.

Darren winkt ihm zu. »Was machst du denn hier? Solltest du nicht zu Hause sein und schlafen?«

»Hör mir bloß damit auf. Wo ist Dad?«

»Im Beerdigungsinstitut«, sagt Darren. »Irgend so ein Veteranending.«

Etwas in der Art, wie er das sagt, eine gewisse Geringschätzigkeit, weckt in Rich das Bedürfnis, ihm eine reinzuhauen. Nicht, dass er ein begeisterter Fahnenschwenker wäre. Sein Einsatz im Golfkrieg war so kurz, so ereignislos, dass er normalerweise auf die jährliche Parade am Memorial Day verzichtet; neben den jungen Männern, die aus Afghanistan oder Irak zurück sind, fühlt er sich wie ein Hochstapler. Ab 2003 wurde die Zeremonie am Kriegerdenkmal zu einer besonderen Demütigung, wenn er strammstand, während sich auf dem Podium die Veteranen ablösten: Zweiter Weltkrieg, Korea, Vietnam. Davor war Rich selbst einmal aufs Podium gestiegen, um einen einzigen Satz zu lesen – *Der persische Golfkrieg hat keine zivilen Opfer gefordert.* Eine Ehrenrunde, die Prahlerei einer Generation: Bei deren Einsatz war die amerikanische Kriegsführung perfektioniert worden, der Luftangriff so präzise gezielt, so teuflisch effizient, dass kein Blut vergossen worden war. Inzwischen ist Richs Krieg – offiziell zum Ersten Golfkrieg umbenannt – so gut wie vergessen. Wenn Rich junge Veteranen trifft, die gerade von ihrem Einsatz zurückkommen, verspürt er eine seltsame Mischung von Gefühlen: Erleichterung, dass er zum damaligen Zeitpunkt ausgeschieden ist; Bedauern, aus demselben Grund. Mehr als irgendetwas anderes: eine nachhaltige und quälende Scham.

Billardkugeln knallen aneinander, ein schnelles Break – Nicks Markenzeichen. Booby lässt einen Brüller los. Darrens Blick wandert in den hinteren Teil des Raums. »Mensch, Leute, macht mal halblang. Wer sind denn diese Polterer?«

»Ach, das sind nur Nick und Booby. Du erinnerst dich bestimmt.« Aber dann: *Vielleicht erinnert er sich nicht.* Im Sommer der *Drei Duanes* noch ein Kleinkind, hat Darren vielleicht keine Erinnerung an Richs kurze Schwärmerei für die Gitarre. Wie so oft in Anwesenheit seines Bruders spürt Rich sein Alter.

Hinter ihm kommt Gia Bernardi mit einem Teller aus der Küche gerannt und erzeugt dabei einen richtigen Luftzug. Sie rennt immer um den Tresen herum, so als wäre das Kellnern eine sportliche Disziplin. Als sie einen Hamburger vor Wally Fetterson stellt, rutscht ihr hinten an den Schenkeln der Rock hoch.

»Sieht gut aus«, sagt Wally, den Blick nicht auf den Hamburger gerichtet.

»Benimm dich.« Gia kehrt Wally den Rücken und gibt Darren einen Schubs, wie eine freche kleine Schwester. »*Das Dorf der Verdammten.* Das war der Titel.«

»Scheiße, ja, du hast recht. Ich schulde dir ein Sixpack.« Darren grinst wie ein Idiot. Gia gibt ihm noch einen Schubs, lässt ihre Hand dann kurz auf seiner Brust liegen.

Es ist lange her, bestimmt Jahre, dass Rich seinen Bruder hat lächeln sehen. Eigentlich sollte er sich für Darren freuen, und doch geht ihm das Lachen der beiden auf die Nerven. Vögel sie doch und bring's hinter dich, denkt er. Wie alle anderen auch.

Er nickt Wally Fetterson zu. »Wie geht's, Mann?«

»Kann nicht klagen.« Wally beißt herzhaft in seinen Burger. Die Fettersons gehören zu den neuen Millionären der Stadt, jedenfalls glauben das alle. Nachdem sein Brunnen begonnen hatte, Gas zu produzieren, ließ sich Wally aus dem Postdienst in den vorzeitigen Ruhestand versetzen. Jetzt braust er in einem brandneuen Humvee kreuz und quer durch die Stadt. Er und Lois sind bekannt für aufwendige Sommerbarbecues – letztes Jahr ein Spanferkel – an ihrem neuen Swimmingpool.

Noch ein Brüller aus dem hinteren Teil des Raums. Nick und Booby bewegen sich um den Billardtisch herum – zu Richs Überraschung inzwischen in Gesellschaft des hässlichen Punks, den er schon zuvor hier gesehen hat: Gias Freund vom Parkplatz, der Skinhead mit den ganzen Tattoos.

»Hab gehört, dass sie jetzt bei euch bohren, endlich. Lois hat Shelby in der Kirche getroffen.« Wally trinkt einen kräftigen Schluck. »Wie haltet ihr das mit dem Lärm aus?«

»Es ist schon ziemlich laut«, sagt Rich.

»Glaub mir, das vergisst du alles, wenn erst einmal das Geld fließt.« Wally hält sich eine gewölbte Hand ans Ohr und lauscht pantomimisch. »Lärm? Was für ein Lärm?« Er hat an Gewicht zugelegt, sein Gesicht ist rund wie eine Frisbeescheibe, Nase und Wangen sind rosig. Erst ein Uhr mittags, und er ist schon ein betrunkener Santa Claus.

»Neulich war ich draußen an der Number Twelve Road«, erzählt er Rich. »Auf dem ATV. Überall in Swedetown stecken orangefarbene Fähnchen. Ich vermute, Randy Thibodeaux ist der Nächste.«

»*Thibodeaux?*«

»Ich hab gehört, er kriegt einen Tausender pro Morgen.«

Sie beäugen einander, während sie schweigend rechnen. Keiner will die Frage stellen, die keiner beantworten möchte. *Wie viel hast du gekriegt?* Die Wahrheit ist unaussprechlich: Ein aus Inzucht hervorgegangener Hinterwäldler wie Randy Thibodeaux bestand auf tausend Dollar pro Morgen. Rich Devlin hatte sich mit fünfundzwanzig zufriedengegeben.

»Ihr müsst unbedingt mal zum Barbecue kommen«, sagt Wally, den Mund voll Hamburger. »Die Kinder können im Pool schwimmen.«

»Gern. Klingt gut.« Rich senkt die Stimme. »Ihr hattet keine Probleme mit dem Wasser, oder?«

Wally erstarrt. »Was soll damit sein? Mein Gott, wir schwimmen doch die ganze Zeit darin.«

»Nicht jetzt«, sagt Rich. »Natürlich ist es jetzt in Ordnung. Aber wie war es damals, als bei euch gebohrt wurde? Shelby findet, dass unseres merkwürdig riecht.«

»Ich würde mir keine allzu großen Sorgen machen«, sagt Wally und leckt sich Ketchup von den Fingern. »Als dein Pap diesen Brunnen gebohrt hat, war ich noch ein Kind. Wahrscheinlich Zeit für einen neuen.«

»Kann sein«, sagt Rich.

Am anderen Ende des Tresens greift Gia in Darrens Brusttasche und holt ein Päckchen Zigaretten heraus. Sie neigt sich zu ihm und flüstert ihm etwas ins Ohr, das ihn zum Lachen bringt, dann verschwindet sie zur Hintertür hinaus. Kurze Zeit später verlässt der Skinhead den Raum durch die Eingangstür. Darren scheint es nicht zu bemerken. Noch immer ein dämliches Grinsen im Gesicht, beugt er sich über die Kasse.

Rich steht auf. »Ich muss los. Hab heute Abend die Kinder.« Er deutet mit dem Kopf auf die Tür. »Mann, Darren. Kennst du diesen Typ?«

Darren blickt auf. »Welchen Typ?«

»Gias Freund.«

»Sie sind nur befreundet«, sagt Darren.

Rich denkt an den Abend, als er die beiden auf dem Parkplatz überraschte, als Gia unter dem Armaturenbrett dieses Typen hervorkam und in die Scheinwerfer blinzelte. Diese Erinnerung hat er schon so oft abgespult, dass sie inzwischen etwas abgenutzt ist.

»Nur befreundet. Sagt wer?«

»Sagt Gia.«

Rich betrachtet ihn mitleidig. Mit den Gia Bernardis dieser Welt kann sein kleiner Bruder es nie und nimmer aufnehmen. In ihren geübten Händen ist er so hilflos wie ein Kind.

Darren beugt sich vertraulich zu ihm. »Was hat es denn mit eurem Wasser auf sich? Entschuldige. Ich hab's einfach mitbekommen.« Die hochgezogene Augenbraue, das selbstgefällige, angedeutete Lächeln. Wieder würde Rich ihm am liebsten eine verpassen.

»Mein Wasser ist in Ordnung«, sagt er.

»Das ist gut. Obwohl ich dir vermutlich sagen sollte, dass es belegte Fälle von Kontamination gibt …«

Rich starrt auf einen Punkt am anderen Ende des Raums, während sein Bruder, auf Persisch oder Arabisch, redet und redet. Kurz darauf kommt Gia durch die Eingangstür zurück, nur wenige Schritte hinter sich den Skinhead, der geradewegs aufs Klo zusteuert.

»Draußen im Westen gibt es Leute, die ihr Leitungswasser in Brand setzen können«, sagt Darren. »Das ist mein voller Ernst.«

Ihren Rock zurechtzupfend, schlüpft Gia hinter den Tresen.

Pass auf, Mann, würde Rich zu jedem anderen außer Darren sagen. Aber sein Bruder weiß, wie immer, alles besser. Er hat es nicht anders verdient.

7.

Sie versammeln sich im Untergeschoss der Bakerton Public Library. Der kleine Raum ist gerammelt voll und laut vom Stimmengewirr. Nachbarn rufen sich Begrüßungen zu. Sie essen Renas Haferkekse und trinken Kaffee aus Styroporbechern.

Du könntest mitkommen, hatte sie zu Mack gesagt, wohl wissend, dass das nie passieren würde, denn besser als irgendjemand sonst kennt sie Macks panische Angst davor, Aufmerksamkeit zu erregen, ihre übergroße Furcht vor Menschenmengen. Über fünfzig Jahre alt und das Selbstbewusstsein eines Teenagers. Sobald mehrere Menschen zusammen sind, erstarrt Mack wie ein Reh.

Um fünf nach sieben stellt Rena sich vorne hin und ergreift das Wort. Lorne Trexler steht einen Schritt hinter ihr und wartet darauf, vorgestellt zu werden. Auf Zehenspitzen spricht sie ins Mikrofon. »Danke, dass ihr alle gekommen seid.« Ihre Knie zittern regelrecht.

»Lauter, Schätzchen«, brüllt jemand.

Rena prüft das Mikrofon und sieht, dass es gar nicht an ist. Sie schaltet es ein.

»Das ist besser. Können mich jetzt alle hören?« Von hinten kommt ein ganzer Chor von Neins. Sie geht näher ans Mikro, was ein brummendes Geräusch erzeugt.

»Zweck dieser Versammlung ist es, über unsere Erfahrungen mit den Gasbohrungen, positive wie negative, zu sprechen.«

Von hinten Gejohle.

»Gut, eher negatvie. Gäbe es positive, wärt ihr wahrscheinlich nicht hier.« Sie ist dabei, alles zu vermasseln; wirklich.

Lorne Trexler greift um sie herum und stellt das Mikrofon ein. »Entspannen Sie sich«, flüstert er. »Das sind nur Ihre Nachbarn.«

Das war genau die richtige Bemerkung. Rena erkennt einen Hausmeister aus dem Krankenhaus, ihren Lehrer aus dem zweiten Schuljahr, Peachy Rouse, der unten am Fuß des Hügels wohnt.

»Wie auch immer, ihr seid ja nicht gekommen, um mich zu hören«, sagt sie, ruhiger. »Dr. Trexler ist Geologe und interessiert sich besonders für den Marcellus-Schiefer. Er ist Co-Vorsitzender des Instituts für Geologie am Stirling College und Gründungsmitglied der Keystone Waterways Coalition. Er ist hier, um mit uns über das zu sprechen, was sie mit unserem Land machen und was wir dagegen tun können.«

Sie setzt sich auf einen Platz in der ersten Reihe, während Trexler das Mikrofon neu einstellt. Eine Locke fällt ihm in die Stirn.

Lorne Trexler – das wird sofort klar – ist besessen vom Wasser. »Fracking ist nicht gut für unser Land. Und – das wissen Sie bereits – für unsere Lebensqualität auch nicht. Was es aber mit unserem Wasser macht, ist wirklich kriminell. Fangen wir also da an.« Pennsylvania, erklärt er, habe überall Wasser, rund hundertdreißigtausend Kilometer Flüsse und Bäche. »Wir haben so viel Wasser, dass wir es als selbstverständlich betrachten. Weiter im Westen – Colorado und Wyoming haben sie schon kaputtgefrackt – achten die Leute auf Wasser, weil sie es müssen. Sie drehen durch, wenn man an ihrem Wasser herumpfuscht.« Er ist ein unverkrampfter Redner, gelassen und charmant. Er spricht so, wie Sprinter sprinten und Tänzer tanzen, ein Spitzensportler. Er spricht, als wäre er zum Sprechen geboren.

Hinter dem Publikum schwingt die Tür auf. »Kommen Sie rein«, ruft er. »Wir fangen gerade erst an.«

Köpfe drehen sich, als die Zuspätkommende, Shelby Devlin, heftig errötend auf Zehenspitzen hereinschleicht. *Entschuldigung*, formt sie mit den Lippen. Sie hat sich fein gemacht: hochhackige Schuhe, Rock und Jackett. Der Rest der Anwesenden trägt geschlechtsneutrale Shorts und T-Shirts, Bluejeans, Flanellhemden.

»Willkommen. Wir freuen uns, dass Sie da sind. Vielleicht besorgt ihr jemand einen Stuhl.«

Arvis Kipler geht leise hinten zur Tür hinaus und kommt mit einem Klappstuhl zurück.

Unbeeindruckt von der Störung erläutert Trexler das Verfahren des Frackings, fast viertausend Kubikmeter Wasser, die unter unvorstellbar hohem Druck –»genug, um den Lack von einem Auto abzulösen« – in den Boden gepumpt werden, um den Fels darunter aufzubrechen.

»Zudem – und das ist wichtig – ist Frackingflüssigkeit nicht einfach nur Wasser. Sie mischen es mit Sand und einem chemischen Cocktail, von dem sie meinen, dass er funktioniert. Welche Chemikalien das genau sind, wissen wir nicht, da die Gasfirmen es uns nicht verraten. Rena, möchten Sie dazu noch etwas sagen?«

Natürlich ist das der eigentliche Grund dafür, dass sie die Versammlung organisiert hat. Sie steht auf, ihr rutscht das Herz in die Hose.

»Vor Kurzem hatten wir in der Notaufnahme im Miners' folgende Situation: Auf einem Bohrgelände war etwas Flüssigkeit ausgelaufen, und ein Arbeiter kam, von Kopf bis Fuß mit diesem Zeug durchtränkt, in die Notaufnahme. Er ist, Gott sei Dank, gesund, aber die Krankenschwester, die ihn behandelt hat, lag am Ende auf der Intensivstation.« Auf die erschreckenden Details der Geschichte – Steph Mulraneys hochschießendes Fieber, ihre plötzlichen Wehen – geht sie gar nicht ein. Das braucht sie nicht. Ganz Bakerton kennt sie bereits. »Wir haben versucht herauszufinden, welches genau die Stoffe sind, denen sie ausgesetzt gewesen war, aber die Unternehmen haben uns nichts gesagt. Sie haben so getan, als ginge uns das nichts an.«

Sie setzt sich wieder auf ihren Platz.

»Die Industrie erklärt sie zu Betriebsgeheimnissen, wie das Rezept für Coca-Cola«, fährt Trexler fort. »Sie sagen, es würde ihrer Wettbewerbsfähigkeit schaden, wenn sie uns sagen, welche Art von Gift sie in unser Land pumpen. Andererseits erwarten sie von Notfallhelfern, dass sie, ohne Fragen zu stellen, ihre verletzten Arbeiter behandeln, wenn es zu einem Unfall kommt. Und das – glauben Sie mir – passiert *ständig*.«

Er spricht über den Rückfluss, die unzähligen Kubikmeter Abwasser, die – in riesigen Tanklastwagen mit der Aufschrift PRODUKTIONSWASSER – zu normalen Kläranlagen gekarrt werden. »Klärwerke verwenden Entkeimungsmittel zur Abtötung von Bakterien. Diese Stoffe reagieren mit den Bromiden im Frackwasser und ergeben bromierte Trihalomethane, die als karzinogen bekannt sind. Sie wissen, was das heißt, oder? Sie sind krebserregend. Und befinden sich in Ihren Flüssen und Bächen.«

Von hinten ist ein Murmeln zu hören.

»Glauben Sie, ich mache Witze? Vor ein paar Jahren wurde in großem Umfang Abwasser in den Monongahela eingeleitet. Von dort bekommt halb Pittsburgh sein Trinkwasser.«

»Ist das *legal*?«, sagt Rena, die für einen Moment vergisst, dass es noch ein Publikum gibt. Es ist, als spräche Lorne Trexler mit ihr allein.

Und einen Moment lang tut er das auch: »Gut, dass Sie fragen, Rena. Im Jahr 2005 verabschiedete der Kongress eine Ausnahmeregelung, die später als Halliburton-Schlupfloch bekannt wurde. Erkennt irgendjemand den Namen wieder? Halliburton?« Er grinst verbissen.

»Wie auch immer. Das Gesetz nimmt die Frackingflüssigkeit vom Clean Water Act aus. Das ist das Hütchenspiel, das sie spielen. Sie haben ja sicher diese Werbetafeln gesehen. SAUBERE ENERGIE FÜR AMERIKAS ZUKUNFT. Die Industrie will Ihnen weismachen, dass Erdgas für die Umwelt besser ist als Kohle oder Öl. Ist es auch, auf dem Papier. Berücksichtigt man aber all die Abgase von Tausenden LKW-Fahrten, das Methan, das aus Gasleitungen abgelassen wird oder entweicht …«

So redet er fast eine Stunde lang weiter. Anfangs schreibt Rena noch gewissenhaft mit: die Namen von Kongressabgeordneten, Senatoren, Gesetzen. Doch nach einer Weile beobachtet sie nur noch Lorne Trexler, sein locker in die Stirn hängendes Haar und die lebhaften dunklen Augen, seine Handgelenke, die sich in den Manschetten seines Jeanshemds drehen. Sie hat noch nie einen Mann so viel reden hören. Sich kurzzufassen ist in Bakerton eine männliche Tugend. Die einheimischen Männer – Farmer, ehemalige Bergleute – scheinen von Geburt an schweigsam zu sein, und Mack ist da nicht anders. Inzwischen macht Rena zum Mittagessen das Radio an – die Anruf-Sendung im Lokalsender –, nur um andere Stimmen zu hören.

In dieser und manch anderer Hinsicht ist Mack viel zu sehr wie ein Mann.

»Fragen?«, sagt Trexler. Sofort gehen ein Dutzend Hände hoch. »Einer nach dem anderen. Jeder kommt dran.«

Die Klagen sind zahlreich und ausführlich, die meisten allerdings nicht direkt umweltbezogen. Das ständige Gedränge ist ein Thema, Schlangen an den Tankstellen, der Mangel an Parkplätzen in der Innenstadt. Der gewaltige Tanklaster, der ohne Sprit auf dem Drake Highway liegen blieb und stundenlang den Verkehr behinderte. Der kleinere Tankwagen, der produziertes Wasser geladen hatte und Marstellars Hund überfuhr.

Ein Mann steht auf – Davis Eickmeier, der Dickeys Dairy betreibt. »Ich würde gerne mal wissen, was das für Explosionen sind, die ich höre. Irgendwo draußen beim Deer Run. Jagen meinen Kühen einen Mordsschrecken ein.«

Dasselbe war auf Friend-Lea Acres passiert. Eine ganze Woche lang war der Melkplan durcheinander gewesen. Mack kam fluchend wie ein Rohrspatz aus dem Stall zurück.

»Das sind seismische Tests. Sie bohren Löcher in den Boden und sprengen sie mit Dynamit auf, um herauszufinden, wo die Lagerstätten sind.« Trexler zeigt auf eine andere erhobene Hand, und Rena fällt wieder ein, dass er ja Lehrer ist.

»Mein Garten hinter dem Haus sieht aus wie der Grand Canyon«, sagt Arvis Kipler. »Die müssen zwei Tonnen Erde weggefahren haben. Ich war unten in Johnstown, meine Tochter besuchen. Dann komm ich zurück, und der halbe Garten ist weg.«

»Nett, was?« Trexler nickt energisch. »Und das ist alles vollkommen legal. Wenn Sie einen Pachtvertrag unterschrieben, aber das Kleingedruckte nicht gelesen haben, kann es sein, dass die Firma das Recht hat, Straßen und Pipelines auf Ihrem Grundstück zu bauen oder Wasser aus Ihrem Brunnen zu nehmen oder

Abwasser in Ihren Teich einzuleiten. Sie brauchen Ihnen nicht einmal zu sagen, dass sie es tun. Und natürlich werden sie Ihnen auch nichts extra dafür bezahlen.« Er deutet auf jemanden hinten im Raum.

Shelby Devlin steht auf. »Ich habe eine Frage.« Ein Zittern in ihrer Stimme, so als würde sie jeden Moment anfangen zu weinen oder in Ohnmacht fallen.

»Lauter sprechen«, brüllt ein Mann von der anderen Seite des Raums.

»Entschuldigung. Ich bin ein bisschen nervös.« Sie holt tief Luft. »Was Sie über das Wasser gesagt haben. Seit sie bei uns gebohrt haben, hat unseres einen komischen Geruch. Mein Mann sagt, es ist nichts, aber ich mache mir Sorgen um mein kleines Mädchen.«

»Was ist denn mit ihr?«, fragt Trexler.

»Ihr Bauch, meistens. Ich dachte, es wären Lebensmittelallergien, aber ihr Arzt sagt, nein.« Erleichtert, sich nun auf vertrautem Terrain zu befinden, rattert Shelby sichtlich entspannter eine Liste von Symptomen herunter. »Ich habe alles probiert. Fragen Sie Rena. Die Ärzte und Schwestern können uns schon nicht mehr sehen.« Chicken Little, denkt Rena. Der Himmel stürzt ein. Darüber hatte Steph an ihrem letzten Tag in der Notaufnahme gelacht.

»Magen-Darm-Probleme sind nicht typisch. Aber ich werde mal recherchieren.« Trexler kritzelt etwas auf einen Notizblock. »Was ist mit Atembeschwerden? In der Regel ist es das, womit wir bei Methankontamination zu tun haben.«

»Sie hat Asthma«, sagt Shelby.

Trexlers Miene hellt sich auf. »Zwischen Asthma und Methanmigration besteht erwiesenermaßen ein Zusammenhang.« Sein Enthusiasmus ist verwirrend. Rena denkt an Steph, die immer noch krankgeschrieben ist, das verlorene kleine Mädchen, für das sie schon einen Namen hatte.

»Ich wusste es!«, sagt Shelby.

»Das könnte hilfreich sein. Gefährdung der Gesundheit. Solchen Dingen schenkt das Umweltministerium Beachtung.« Weiteres Gekritzel. »Sprechen Sie mich nach der Versammlung an. Auf uns wartet eine Menge Arbeit.«

Nach vollen drei Stunden endet die Veranstaltung. Rena und Trexler hocken vorne auf dem Tisch und sehen zu, wie die Menge den Raum verlässt.

»Tut mir leid, dass es so spät geworden ist«, sagt Rena. »So viele Fragen hatte ich gar nicht erwartet. Die ganze lange Liste von Beschwerden. Marstellars Hund.«

»Herrgott, der Hund! Das ist ja wie ein Country-Song mit einem bösen Ende.«

»Das ist meine Schuld. Diese dämlichen Flyer! Ich hab ja darum gebeten.«

»Das muss Ihnen nicht leidtun. Die Leute müssen ihre Erfahrungen austauschen. Das ist der erste Schritt bei der Organisation irgendeiner Art von kollektivem Handelnn. Die Leute müssen begreifen, dass sie nicht allein sind.« Er drückt ihr die Schulter. »Sie haben heute Abend etwas Tolles geleistet.«

Flirtet er mit ihr? Sie kann sich nicht mehr erinnern, wie Männer flirten.

»Ich wünschte, ich könnte Sie klonen. Dann würde ich in jede Fracking-Stadt in Pennsylvania eine Rena Koval schicken.«

Natürlich flirtet er mit ihr. Rena hat ein leichtes Ohrensausen. Sie kann noch seine Hand auf ihrer Schulter spüren. Sie ist enttäuscht, als Shelby Devlin dazukommt, und gleichzeitig erleichtert.

»Da ist ja die Frau der Stunde. Setzen Sie sich doch«, sagt Trexler und zieht einen Stuhl heran. »Danke, dass Sie sich gemeldet haben.«

»Eigentlich wollte ich gar nicht, aber Rena ist meine Nachbarin.« Shelby ist rot geworden, ihre Augen leuchten. »Sie kennt Olivia, und das hat es leichter gemacht.«

»Wie geht es ihr?«, fragt Rena. »Hilft das Reglan?«

»Schwer zu sagen.« Shelby beugt sich auf dem Stuhl vor. »Sie hat immer mal wieder einen guten Tag, aber dann wird ihr von irgendetwas wieder schlecht. Ich werde nicht schlau daraus.«

»Wir müssen Ihr Wasser untersuchen lassen.« Aus seiner Gesäßtasche holt Trexler eine abgenutzte Visitenkarte. »Diese Leute sind vertrauenswürdig. Sie haben ihren Sitz in Pittsburgh, aber vielleicht sind sie ja auch bereit rauszukommen. Falls nicht, geben Sie mir Bescheid, dann überlegen wir uns einen Plan B.« Er kritzelt eine Nummer auf die Rückseite der Karte. »Das ist meine Handynummer. Wenn's irgendwelche Probleme gibt, rufen Sie mich an.«

»Kann ich nicht einfach Rena anrufen?«

»Klar, wenn das einfacher ist.« Trexler macht kaum eine Pause zum Luftholen. »In der Zwischenzeit müssen wir Olivia einem Arzt vorstellen.« Er schreibt noch eine Nummer auf die Karte. »Das ist mein Freund Ravi Ghosh in Pitt. Umweltmedizin ist sein Spezialgebiet. Sagen Sie ihm, ich hätte Sie geschickt.«

»Pittsburgh?« Shelby sieht erschrocken aus. »Wie soll ich sie denn nach *Pittsburgh* bringen?«

»Es ist ja nicht Afghanistan.«

»Ich kann Sie hinfahren«, sagt Rena.

»Das würden Sie tun?« Shelbys Eifer ist beinah komisch, ihre übergroße Dankbarkeit, so als hätte Rena ihr ein Organ zur Transplantation angeboten.

»Na klar«, sagt Rena.

Shelby steht auf. »Also gut. Ich muss jetzt los. Rich passt auf die Kinder auf. Er fragt sich sicher schon, ob mir etwas passiert ist.«

Rena und Trexler sitzen in einer Ecknische im Pick and Shovel, der Speiseraum ist schon geschlossen, das Licht gedämpft. Auf dem Tisch zwischen ihnen die Überreste ihres Abendessens – ein einzelnes Stück Pizza, ein halb leerer Bierkrug. Hank Williams in der Jukebox: *Why don't you mind your own business.* Hank, der hagere Cowboy, der nie jung war und nie alt wurde, der mit neunundzwanzig im Suff starb, aber nicht aufgehört hat zu singen, konserviert wie ein Skarabäus in seinem vorzeitigen mittleren Alter.

»Die Kneipe gefällt mir.« Trexler mustert das alte Zeug, das an der Wand hängt – Grubenhelme und Kopflampen aus verschiedenen Epochen, Henkelmänner aus Blech, richtige Pickel und Schaufeln.

»Die ist schon ewig hier. Mein ganzes Leben jedenfalls. Bei Ihnen in der Stadt gibt es so was wahrscheinlich nicht, oder?«

»Stirling ist eine ziemlich kleine Stadt.«

»Ich dachte, Sie wohnten in Pittsburgh.«

»Nicht offiziell. Aber wenn ich nicht unterrichte, mache ich, dass ich von Stirling wegkomme. Diesen Sommer lebe ich praktisch in meinem Auto.« Sein Knie federt unter dem Tisch auf und ab. Er gehört zu den Menschen, die nicht still sitzen können. »Ich gehe dahin, wo ich gebraucht werde. Überall im Staat entstehen Initiativen. Was Sie heute Abend gemacht haben, diese Art von Basisarbeit, wird das Blatt wenden. Shelby Devlin ist ein Geschenk des Himmels. Das Umweltministerium schert sich nicht um unsere Flüsse, aber ein krankes Kind können selbst diese Idioten nicht ignorieren.«

Gibt es noch andere Männer, die so viel reden?

»Ich war überrascht, sie zu sehen«, sagt Rena. »Ihr Mann war einer der Nachbarn, die uns ständig genervt haben, dass wir doch einen Vertrag unterschreiben sollten. Essen Sie das noch?« Sie nimmt das letzte Stück Pizza. »Wir waren die letzten Verweigerer an der Dutch Road. Wir haben eine Menge Leute vergrätzt. Und es war alles umsonst, weil sie ja sowieso bohren. Wir sind umzingelt. Es passiert so schnell.«

Why don't you mind your own business.

»Das ist kein Zufall«, sagt Trexler. »Das ist genau das, was die Industrie will. Je schneller sie bohren, desto weniger Aufsicht haben sie zu befürchten. Das Umweltministerium ist gnadenlos unterbesetzt, und die Leute, die sie haben, sind nicht besonders kompetent. Die Gasfirmen können sich die Besten und Klügsten leisten. Einige meiner begabtesten Studenten haben auf die dunkle Seite gewechselt. Eine Frau im Besonderen –« Er verstummt. Zum ersten Mal scheinen ihm die Worte zu fehlen.

»Was ist mit ihr passiert?«, fragt Rena.

»Als ich zuletzt von ihr gehört habe, war sie Beraterin. Sie sind alle Berater. Die schmutzige Wahrheit ist, dass es kein Fracking gäbe, wenn Wissenschaftler nicht kooperierten. Sie brauchen Geologen, die ihnen sagen, wo sie bohren sollen.« Er schiebt seinen Teller weg. »Genug davon. Ich fange an, mich runterzuziehen. Erzählen Sie mir von Ihrer Farm. Sind Sie hier aufgewachsen?«

»Mack ja. Die Farm ist seit sechs Generationen im Besitz der Familie. Ich fände es schrecklich, wenn wir diejenigen wären, die sie kaputt machen.«

»Ist Mack Ihr Ehemann?«

Sie zögert nur eine Sekunde. »Ja.«

Die Lüge, die sie nie wieder zurücknehmen kann. Und dennoch scheint es, als wäre das Wort *Ehemann* auch nicht schlechter als andere. Für das, was Mack für sie ist, gibt es im Grunde kein Wort.

»So ein Pech.« Trexler bedenkt sie mit seinem sich langsam entwickelnden Lächeln. »Entschuldigen Sie. Habe ich das laut gesagt?«

Wie sich alles in einem einzigen Moment ändern kann.

Er greift über den Tisch, berührt kurz ihre Hand. »Ich bereite Ihnen Unbehagen.«

»Nein. Na ja, ein bisschen, aber das ist in Ordnung.«

Sie bedauert es, als er seine Hand wegnimmt.

Es ist lange her, Jahre, dass sie sich zu einem Mann hingezogen fühlte, was das Ganze einfacher macht. Wenn sie erst einmal Renas Alter erreicht haben, sind die Männer in Bakerton körperlich unattraktiv; und das Muttersein hat es schwierig – wenn nicht unmöglich – gemacht, auf einen jungen Mann anziehend zu wirken. Lorne Trexler ist in ihrem Alter, vielleicht sogar älter, und immer noch gut aussehend. Er bewegt sich wie ein junger Mann – schlank, ungeduldig, auffallend anmutig.

»Entschuldigen Sie. Ich benehme mich wie ein Teenager. Sie hatten gerade etwas gesagt.« Wieder dieses Lächeln. »Etwas über Ihre Farm?«

Warst du schon immer lesbisch?, hatte Ronny Zimmermann sie vor Jahren einmal gefragt. Das war damals – und wäre heute – eine nicht zu beantwortende Frage. Die Wahrheit ist zugleich einfach und sonderbar: Sie hat sich nie zu einer anderen Frau hingezogen gefühlt. Überhaupt nie zu einer Frau, es sei denn, man zählt Mack dazu, was Rena nicht tut. Mack ist für sie ein Mann und für sich selbst auch.

Als Calvin noch klein war, versuchte sie es zu erklären: *Manchmal begegnet man einfach einem Menschen.* Sie hat nur eine Art zu lieben. Vor Mack hatte sie Männer – hatte sie Freedy Weems – auf genau dieselbe Art geliebt.

»Ja, die Farm. Das ist der reinste Drahtseilakt«, sagt sie und fängt sich wieder. »Ein paar Mal wären wir fast abgestürzt. Damals in den Neunzigern gab es ein schlechtes Jahr. Kälberdurchfall. Nicht beim Essen«, sagt sie, sein Stirnrunzeln bemerkend. »Die Umstellung auf Bio hat uns gerettet. Wobei ich nicht sehe, wie wir das aufrechterhalten können, wenn unsere Kühe auf einem Gasfeld grasen.«

»Das werde ich nicht zulassen.«

Es herrscht Schweigen.

»Bio oder nicht, es ist ein hartes Leben, und wir werden nicht jünger.« Rena kaut nachdenklich. Die kalte Pizza ist etwas fettig, der Käse inzwischen zäh. »Ich meine, was passiert, wenn es keine Mackeys mehr gibt? Wir sind das Ende der Linie.«

Trexler grinst. »Das sieht mir nach schlechter Planung Ihrerseits aus. Ich dachte immer, ihr Farmer hättet ein Dutzend Kinder.«

»Ich habe einen Sohn«, sagt Rena, »aus einer früheren Beziehung. Aber Calvin hat für Landwirtschaft nichts übrig.« Die Worte kommen zögernd heraus. Sie ist es nicht mehr gewohnt, über ihn zu sprechen. Sie und Mack vermeiden das Thema, das voller unaussprechlicher Wahrheiten ist.

Dass Mack ihm nie vergeben wird.

Dass Rena nie damit aufhören wird.

»Geht er zur Schule?«, fragt Trexler.

»Er hat abgebrochen.« Die *Highschool,* fügt sie nicht hinzu. Ihr Gesicht ist heiß vor Scham.

»Na, es muss ja nicht jeder aufs College gehen.«

»Ich hab's nicht getan«, gibt sie zu, »und hab es immer bereut. Die Schwesternschule ist nicht dasselbe.«

Sie redet zu viel.

»Calvin war ein kluges Kind. Er hat gerne gelesen und gezeichnet. Ich wollte, dass er hingeht.« Nachdem sie seinen Namen einmal ausgesprochen hat, kann sie es irgendwie nicht mehr lassen. Es ist, als würde sie eine Séance abhalten, in der ein früherer Calvin heraufbeschworen wird, der kleine Junge, der sie brauchte, der grüblerische Teenager mit seinem ganzen Potenzial. Als würde sie ihn vom Ende der Welt zurückrufen.

»Wollte er nicht?«

»Nein. Und vielleicht hatte er recht. Selbst für gut ausgebildete junge Leute gibt es hier in der Gegend nichts zu tun. Nein, danke.« Eine Hand über ihrem Glas, um ihn am Nachschenken zu hindern. »In meiner Kindheit war das noch anders. Mein Dad arbeitete auf Baker Zwölf – einer riesigen Grube, achthundert Arbeitsplätze, alles Gewerkschafter. Jetzt gibt es nur noch Tagebau. Teilzeit, keine Vergünstigungen. Und pro Schicht sind es vielleicht fünf Leute.«

Da er fragt, spricht sie auch über Calvins Vater. »Ich hab ihn auf dem Feuerwehrfest kennengelernt. Das ist hier ein Riesending. Ich war sechzehn. Er war dreiundzwanzig, und er hatte einen Ausweis. Ich brauchte jemanden, der mir ein Bier kaufte.«

Trexler grinst. »Da ist es dann passiert.«

»Er war bei der freiwilligen Feuerwehr. Er hatte ein Auto und einen Schnurrbart.«

»Ehen wurden schon auf weniger gegründet. Gute Ehen nicht. Was für ein Auto?«

»Selbst damals hätte ich es Ihnen nicht sagen können. Es war die Tatsache, dass er überhaupt eins hatte. Das Erwachsensein.«

»Und dazu der Schnurrbart«, sagt Trexler.

»Sie verstehen mich offensichtlich.«

Sie könnte die ganze Nacht mit ihm reden.

»Und was dann? Er hat Ihnen den Hof gemacht. Ist mit Ihnen tanzen gegangen.«

»Er ist mit mir zur Müllkippe gefahren, damit ich ihm beim Flaschenabschießen zusehe.«

»Um Ihnen zu imponieren«, sagt Trexler.

»Er war ein ziemlich guter Schütze.«

Die Freuden der Beichte, eine Erinnerung aus der Kindheit: der allwissende Priester hinter dem Vorhang, der sie von allem, was sie ist und was sie getan hat, losspricht. Auge in Auge mit einem fast Fremden erzählt Rena eine Geschichte, die sie seit Jahren nicht mehr erzählt hat. In der Mitte der letzten Highschool-Klasse passte ihr die Schuluniform nicht mehr, und sie fand eine alte im Schrank ihrer Schwester, die Kleidergröße 40 trug.

»Ich kannte ein Mädchen, das es so verheimlicht hatte, aber sie war von vornherein dicker als ich. Letztlich konnte ich es nicht verbergen. Ich glaube nicht, dass sich irgendjemand von mir hat täuschen lassen.« Sie ändert ihre Meinung und gießt sich selbst nach. »Zur Abschlussfeier hatte ich ein Umstandskleid an. Ich saß mit meiner Mutter im Publikum, weil sie mich nicht auf die Bühne ließen. Nicht einmal mein Name wurde vorgelesen. Mein Abschlusszeugnis habe ich mit der Post bekommen.«

Trexler fällt in Cartoon-Manier der Kiefer herunter. »Sie *ließen* Sie nicht? Ich bin ziemlich sicher, dass das illegal ist.«

»Für eine staatliche Schule vielleicht. Das war aber *Unsere schmerzensreiche Mutter*.«

»So hieß sie?«

»Aus gutem Grund. Am schmerzlichsten war nämlich, dass ich die ganze Feier da absitzen musste. Ich wurde dazu gezwungen. Heutige Eltern würden das nicht akzeptieren«, betont sie. »Sie würden Himmel und Hölle dagegen in Bewegung setzen.«

»Haben Ihre das nicht getan?«

»Machen Sie Witze? Ich hab meiner Mutter zwar leidgetan,

aber grundsätzlich war sie auf deren Seite. Ich hätte es mir ja schließlich selbst zuzuschreiben.«

»Zu der Abschlussfeier sind Sie also undercover gegangen«, sagt Trexler. »In Zivil, wie man früher sagte. Tragen Polizisten überhaupt noch Zivil?«

»Wie würde es denn aussehen, wenn sechs schwangere Mädchen über die Bühne watscheln, um ihre Zeugnisse von *Unserer schmerzensreichen Mutter* entgegenzunehmen?«

»*Sechs?*«

»In einem Jahrgang von zweihundert. Ergibt einen bemerkenswerten Durchschnitt. Wobei es eigentlich acht hätten sein müssen. Die anderen beiden haben schon vorher die Schule abgebrochen.«

»Von welchem Jahr sprechen wir da?«

»Fünfundsiebzig.«

»Sie hatten also Möglichkeiten.«

Das stimmt natürlich: Sie hätte sich von irgendjemandem Geld borgen, per Anhalter nach Altoona und von dort mit dem Bus nach Pittsburgh fahren können. Das hatte sie nicht einmal in Erwägung gezogen. Für ihr junges Ich war Abtreibung im wahrsten Sinne des Wortes undenkbar gewesen. Einen solchen Gedanken konnte ihr Verstand nicht fassen.

»Hatte ich? Damals sah es nicht so aus.«

Ihre Mutter hätte ihr nie verziehen, die Frau, die am Kragen ihres Wintermantels eine gestickte Rose von der Größe eines Vierteldollars trug. Die Rosen wurden im Kirchenvorraum verkauft, eine Spendensammlung für die Legion Mariens. Jedes Jahr im Januar mieteten sie einen Bus nach Washington, um dort am Marsch für das Leben teilzunehmen.

»Was war mit dem Feuerwehrmann?«, fragt Trexler. »Er kommt in dieser Geschichte seltsamerweise gar nicht vor.«

»Wir hätten heiraten sollen. Die Rechnung ging nicht auf.«

(Die Zeit, als er sie in der Wohnung einsperrte, bis ihr Gesicht verheilt war.)

»Aber er hat sich doch über das Baby gefreut?«

»Klar. Er hat sich immer damit gebrüstet, dass ich gleich bei unserem ersten Sex schwanger geworden wäre. Das stimmte nicht, aber es war eine gute Geschichte.«

Es ist immer noch eine gute Geschichte. Die Geschichte liegt in der Bearbeitung, in dem, was man nicht sagt: dass Renas schwangerer Körper Freddy aus unerfindlichen Gründen wütend machte. Dass er sie Dinge tun ließ, die sie nicht mehr tun wollte und vielleicht nie hatte tun wollen. Er liebte es, an öffentlichen Orten zu bumsen – im Wald, hinter dem Sportplatz. Er liebte es genau deshalb, weil Rena es hasste. Ihre Not erregte ihn – ihre Demütigung und ihr Unbehagen, ihre panische Angst davor, erwischt zu werden.

Er ließ sie Dinge zu ihm sagen. *Sag es. Sag, ich bin eine dreckige kleine Hure.*

Rena sagte: *Ich bin eine dreckige kleine Hure.*

Mit dem Aussprechen dieser Worte schien sie ihm eine Blankovollmacht auszustellen: Da sie bereits so dreckig war, dass sie gar nicht mehr dreckiger gemacht werden konnte, war alles, was er ihr antat, ihre eigene Schuld. Natürlich hat sie das noch nie jemandem erzählt.

Im zweiten Drittel ihrer Schwangerschaft brach er ihr die Nase.

»Wie auch immer, es ist ja gut ausgegangen«, fügt sie hinzu – wie man es von ihr erwartet, wie sie es tun muss, und in gewisser Hinsicht stimmt es ja auch. Sie liebt Calvin mehr als ihr Leben. Ihre Entscheidung war nicht uneigennützig; sie hatte sich für das geringere Leid entschieden. Schon damals in dem Bewusstsein, dass Bedauern unausweichlich war; dass so oder so ein Leben verloren sein würde.

Es gäbe noch viel, viel mehr zu sagen. Dass Freddy, seit dreiundzwanzig Jahren tot, ihr immer noch im Traum erscheint; dass Mack für einen Moment des Rätsels Lösung zu sein schien: Rena brauchte Schutz. Männern, die stark genug waren, sie zu beschützen, konnte man nicht trauen. Mack, Rena und Freddy. Aus jetziger Sicht ist es erschreckend, wie jung sie alle noch waren.

Hinter ihr fängt der Barkeeper an aufzustuhlen.

»Ich glaube, das ist ein Zeichen«, sagt Trexler.

Bis auf ihren Pick-up und seinen Prius ist der Parkplatz leer. Eine trübe Sommernacht, der Duft von frisch gemähtem Gras in der Luft, die Feuchtigkeit vom Regen am Nachmittag. Die Hand an ihrem Rücken, bringt er sie zum Auto. Sie nimmt seine Parameter wahr, seine Körpermaße. Er ist kleiner als Mack, seine Schultern sind schmaler. Renas Augen sind auf einer Höhe mit seinem Kinn.

»Danke, dass Sie extra zu uns rausgekommen sind«, sagt sie, um die Stille zu füllen. »Ich weiß gar nicht, wie ich Ihnen danken kann.«

Trexler starrt über ihre Schulter. »Meine Güte, sehen Sie sich das mal an!«

»Das sind Glühwürmchen.« Sie hätte nicht erwartet, dass einem erwachsenen Mann so etwas auffällt. Früher, als Calvin noch klein war, hatte er stundenlang mit Begeisterung versucht, sie in Marmeladegläsern zu fangen.

»Ich weiß, was das ist. Ich habe nur noch nie so viele auf einmal gesehen. Man könnte eine Kleinstadt damit beleuchten. Hören Sie mal«, sagt er. »Ist das Wasser?«

»Der Carbon Creek fließt hier draußen vorbei.«

Wie es passiert, ist nicht ganz klar, aber kurz darauf überqueren sie den Parkplatz und gehen Hand in Hand in den Wald.

Der Boden ist etwas matschig. Besorgt um ihre Schuhe, macht Rena vorsichtige Schritte. Wind kommt auf, schüttelt die nassen Blätter. Ein Schwall kalter Regentropfen lässt sie an Armen und Nacken erschauern.

Trexler stürmt über eine verrostete, zwischen den Bäumen kaum sichtbare Fußgängerbrücke. Sechs Meter weiter unten am Fuß einer steilen Uferböschung fließt der Carbon Creek eilig dahin, sein Rauschen noch verstärkt durch das Betonrohr, das ihn unter der Straße hindurchführt.

Sie stehen mitten auf der Brücke. Nachtgeräusche: Frösche, Grillen, ein einsames Auto auf der Number Six Road. Der Wald wimmelt vor unregelmäßig aufblinkenden Lichtpünktchen.

»Erstaunlich«, sagt Trexler. »Aber ich nehme an, Sie sehen das die ganze Zeit.«

Eine Mücke surrt um ihr Ohr.

»Ja und nein«, sagt sie und schlägt sie weg. »Irgendwie hört man auf hinzuschauen.« Jeden Tag fährt sie die Number Six Road entlang, und noch nie ist ihr diese Fußgängerbrücke aufgefallen. Es ist das grundlegende Problem eines Lebens an ein- und demselben Ort: Früher oder später wird alles unsichtbar.

Der Himmel flackert vor lauter kleinen Fehlzündungen.

Der Kriminelle, der Terrorist, das Raubtier wird naturgemäß vom Dunkel angezogen.

Siebzig Meter nördlich des Amway-Ladens, gleich hinter der Baumreihe, duckt sich Chief Carnicella. Über seiner Tarnhose und -jacke trägt er eine Defender-IV-Tyvek-Sicherheitsweste und, an seinen Helm montiert, ein Gen-II-Nachtsichtgerät. Sein Sturmgewehr liegt neben ihm.

Die Fähigkeit, im Dunkeln zu sehen, verleiht ein nahezu übermenschliches Gefühl der Unbesiegbarkeit.

Der Amway-Parkplatz ist nur spärlich beleuchtet, eine einzige Birne, die in genau die falsche Richtung strahlt: auf einen riesigen Müllcontainer in der Nähe des Hintereingangs. Etwa zwanzig Meter davon entfernt enthalten zwei Düngemitteltanks genug Ammoniak, um massenweise Amphetamine herzustellen, genug, um ganz Bakerton für einen ganzen Monat high zu machen.

Die Tanks stehen im Dunkeln, unbeschriftet; aber die Meth-Junkies lassen sich nicht täuschen. Vergangene Woche hat er den kleineren Tank mit einem schwarzen Schlauch und Klebeband versehen vorgefunden. Irgendjemand hatte zwischen achtzehn Uhr und Mitternacht fast zwanzig Liter abgesaugt. Wäre er nur ein paar Stunden früher eingetroffen, wäre es womöglich zu einer Festnahme gekommen.

Die Meth-Junkies sind schlauer, als er es ihnen anfangs zugetraut hat. Zunächst war die Herangehensweise des Chiefs eher nachlässig: Er bezog einen Beobachtungsposten in der Behaglichkeit seines Autos. Inzwischen parkt er unauffällig vierhundert Meter weiter unten an der Straße. Er achtet darauf, Tag und Zeit zu variieren; seine momentane häusliche Situation erlaubt ihm höchste Flexibilität. Wäre er noch verheiratet, wären Observierungen über Nacht unmöglich. Terri hatte seinen Beruf nie ernst genommen.

Die Defender-Weste ist ein bisschen eng.

Bisher haben die Observierungen noch zu keiner Festnahme geführt. Dennoch ist seine Zeit damit besser ausgefüllt, als in seinem leeren Wohnwagen in den Fernseher zu starren. Aus diesem Gedanken heraus kündigte er seinen Satellitenempfang. Ohne die Schüssel empfängt er noch zweieinhalb Kanäle, sodass ihn das Fernsehen nicht mehr reizt. Nach dem Abendessen macht er das Radio an, tritt in die Pedalen seines alten Exercycles und studiert Kataloge.

Technologie, die früher dem Militär vorbehalten war, steht nun auch dem Polizeivollzugsdienst oder jedem unbescholtenen US-Bürger zur Verfügung!

Das Geld, das er mit der Schüssel sparte, ging in ein Gen-II-NSG – eine deutliche Verbesserung gegenüber seiner alten Ausrüstung, einem klobigen Starlight Scope aus der Vietnam-Ära, das Cob Krug ihm billig verkauft hatte. Das Gen II hat er selbst bezahlt, zwei Riesen aus eigener Tasche. Die Stadt hat kein Budget für NSGs, kein Budget für irgendwas. Das Budget deckt gerade mal das kümmerliche Gehalt des Chiefs und das der Teilzeitsekretärin, die er sich mit der Abwasserbehörde teilt.

In größeren Städten ist Geld für die Polizei vorhanden. In Allegheny County fingen zwei Polizeibeamte keine fünfhundert Meter von einem Futtermittelgeschäft entfernt einen Dieb mit einer Tauchflasche voll Ammoniak. Die Festnahme schaffte es in die örtlichen Medien, die Polizisten – eigentlich noch Kinder, halb so alt wie der Chief – wurden von einer heißen blonden Reporterin interviewt. Bei dem Anblick wurde der Chief von Sehnsucht, Enttäuschung, Ärger und Entschlossenheit erfüllt.

Die Meth-Junkies sind – wie er weiß – besser ausgerüstet als er selbst. Außer der Tauchflasche beschlagnahmten die Polizisten in Allegheny noch einen Polizeifunk-Scanner aus dem Auto. Ihre Täter trugen Tarnanzüge und NSG – nicht ein beschissenes Gen II wie das des Chiefs, sondern das NightSniper-900-Wärmebildgerät.

Wärmebildtechnologie ist die Zukunft! Seien Sie nie wieder abhängig von verfügbarem Licht.

Das NightSniper erkennt Körperwärme – jedes lebende Ding, Mensch oder Tier, erscheint als gespenstische Silhouette, weiß leuchtend. Mit dem NightSniper kann man in absoluter Dunkelheit sehen. Auch durch Regen, Schnee, Nebel und Rauch hindurch. Sein Farbdisplay zeigt Unterschiede in der Temperatur, was hilfreich ist für das Erkennen einer versteckten Waffe. Das 900 – die absolute Spitze der NightSniper-Linie – kann sogar Restwärme ausmachen: Die Spuren, die zurückbleiben, wenn ein Dealer im Keller eines Best Western Hotels über einen Teppich geht oder ein zugedröhnter Meth-Junkie mit einem Zehnliterkanister in der Hand über ein Maisfeld rennt.

Sie sind der Jäger! Schleudern Sie Ihren Willen über die 1000-Meter-Distanz.

Letztes Frühjahr auf einer Waffenmesse in Pittsburgh hatte er eins in der Hand gehabt. Der Händler führte ihn in einen verdunkelten Raum im Keller des Hotels, der für die Demonstration von NSG reserviert war. Mit dem NightSniper kann man bei völliger Dunkelheit auf hundert Meter Entfernung die Gesichtszüge einer Testperson erkennen. Schon geringe Unterschiede in der Körpertemperatur werden deutlich. Wenn die Testperson schwitzt oder fiebrig ist oder auf Crystal Meth, bekommt das NightSniper es heraus.

Ein NightSniper mit Montagevorrichtung für Schusswaffen beläuft sich auf fünfzehntausend Dollar, das halbe Jahreseinkommen des Chiefs.

Er richtet sich für die Nacht ein. Zwar hat es schon vor Stunden aufgehört zu regnen, aber der Boden ist immer noch feucht. Selbst auf der Armeedecke, die er ausgebreitet hat, fühlt sein Hintern sich klamm an, sind die Beine taub vor Kälte.

Während einer Observierung gehen die Gedanken auf Wanderschaft.

Der Chief stellt sich vor, er wäre in einer anderen Zeit, in einem anderen Land – räucherte im Dschungel des Mekong-Deltas den Vietcong aus, wie sein älterer Bruder es getan hatte.

Er versetzt sich im Geist in sein altes Leben, mit all seinen Annehmlichkeiten: das Haus auf zwei Ebenen, das er gebaut und bezahlt hat, die Doppelgarage, das Wasserbett, das Terri hasste, das sie jedoch, als sie ihn vor die Tür setzte, nicht rausrücken wollte. Ein paar Tage nach seinem Auszug fuhr er an dem Haus vorbei. Donnerstagmorgen, Sperrmülltag. Am Bordstein lag schlaff sein leeres Wasserbett.

Das war ohne Zweifel ein Tiefpunkt: Aus seinem Haus hinausgeworfen, sitzt der Chief auf seinen Scheidungsunterlagen, die er aber nicht unterschreibt, während Terri per SMS und E-Mail an ihm herumnörgelt, seine Frau, die das 21. Jahrhundert als eine schöne neue Ära zum Nörgeln begrüßt hat. Ihr gesamtes Eheleben hindurch hatte sie einen stetigen Strom von Instruktionen abgesondert, darüber, was er essen und anziehen und wie er seine freie Zeit verbringen sollte, die nicht endende Serie von Projekten rund ums Haus. Das gehörte zu seinem Leben wie das Wetter – bis mit einem Mal die Nörgelei aufhörte. Die Stille war befremdlich, vergleichbar einer Fahrt über einen Berg, bei der man plötzlich seinen Radiosender nicht mehr empfangen kann. Ein nervtötender Sender, Talkradio, mit einem Moderator, der einem fürchterlich auf die Nerven ging; aber zumindest beschäftigte er den Geist. Auch wenn man auf die Stimme aus dem Radio fluchte, half sie einem doch über die endlosen Autobahnkilometer hinweg, die schmerzliche Leere.

Es fällt ihm immer noch schwer zu entscheiden, was er essen und anziehen soll.

Er hätte das Wasserbett mitnehmen sollen.

Inzwischen geht es in jeder Hinsicht wieder aufwärts. Vor einem Jahr wanderte noch jeder Cent geradewegs nach Penn State, damit sein Sohn erst aus dem Maschinenbaustudium, dann aus der wirtschaftswissenschaftlichen Fakultät und schließlich ganz von der Universität fliegen konnte. Jetzt, wo das mit dem Rausfliegen vorbei ist, belegt Jason in einem Subway-Imbiss Riesensandwichs – eine Arbeit, die zwar nicht lukrativ, aber wenigstens kostenlos ist.

Damit bleibt dem Chief jetzt etwas mehr Taschengeld. Er hat

seine Observierungen. Zwei Mal hat er die Teilzeitsekretärin gevögelt, die er sich mit der Abwasserbehörde teilt.

Sie ist eine sympathische Frau, gutherzig. *Was ist denn passiert?*, fragte sie ihn einmal. *Mit dir und Terri? Was konnte denn nach über zwanzig Jahren noch schiefgehen?*

Sie hatte die Nase voll vom Verheiratetsein, das ist passiert, sagte der Chief.

Was noch passierte: So langsam, dass es ihm nicht auffiel, verlor Terri fünfzig Kilo. Im Laufe der Jahre hatte sie alle möglichen Diäten ausprobiert, nie mit bleibendem Erfolg. Diesmal jedoch arbeitete sie mit Übungsvideos, die sie sich im Keller anschaute. Sie portionierte ihre Müsliflocken mit einem Messbecher. Sie ging – und geht womöglich immer noch – zu einem wöchentlichen Treffen übergewichtiger Frauen, wo sie auf die Waage stieg und Tadel erntete, wenn sie an Gewicht gewonnen, und Lob, wenn sie an Gewicht verloren hatte.

Genau fünfzig. Das verheimlicht der Chief der Teilzeitsekretärin, die leicht übergewichtig ist. Nicht so dick wie Terri in ihren schlimmsten Zeiten, aber doch um einiges dicker, als Terri jetzt ist.

In Wirklichkeit hat ihr Gewicht ihn nie gestört. Nach einer Weile hatte er es einfach nicht mehr gesehen, so ähnlich, wie er aufgehört hatte, ihr Genörgel zu hören. Dass sie da war, wenn er nachts nach Hause kam, das war alles, was zählte.

Für einen Moment, so scheint es jedenfalls, schließt er die Augen. Als er aufwacht, ist er verwirrt, hat die Armeedecke um sich geschlungen, in einer Kälte, die ihn transpirieren lässt. Die Defender-Weste schneidet ihm die Luft ab. Ein unheimliches Geräusch in der Ferne, der flötenartige Ton einer Eule. Er wirft einen Blick auf die Uhr und stellt erschrocken fest, dass zwei Stunden vergangen sind.

Mit einer unguten Vorahnung nähert er sich dem Tank. Frische Spuren im Matsch, das Gras niedergetrampelt. Er stutzt.

Der Tank ist mit schwarzem Isolierband notdürftig geflickt worden.

8.

Pastorin Jess trägt Parfüm. Shelby riecht es schon beim Eintreten. Die synthetische Blumigkeit verursacht ein Jucken in ihren Augen, aber sie sagt nichts. Obwohl sie es gerne täte, kann sie die Pastorin nicht dafür tadeln, dass sie in ihrem eigenen Haus Parfüm auflegt.

»Entschuldigen Sie die Unordnung«, sagt die Pastorin. »Ich habe Sie nicht vor sieben erwartet.«

Eigentlich ist das Haus gar nicht unordentlich. Bis auf zwei leere Weingläser auf dem Couchtisch sieht Shelby nichts, was nicht an seinem Platz wäre.

»Ach, ich bin ja zu früh! Tut mir leid«, sagt Shelby, obwohl es das nicht tut. In der Hoffnung auf zusätzliche fünfzehn Minuten ist sie mit Absicht zu früh gekommen. Die Stunde vergeht immer so schnell, und diese Woche war besonders ereignisreich. Sie hat Angst, dass ihr die Zeit davonrennt.

Sie gehen nach unten ins Pfarrbüro. Shelby setzt sich auf ihren üblichen Stuhl. Das Handy der Pastorin – das fällt ihr sofort auf – liegt auf dem Tisch zwischen ihnen.

»Ich möchte mich für letzte Woche entschuldigen«, sagt Pastorin Jess. »Ich hasse es, in letzter Minute abzusagen, aber mir ist etwas dazwischengekommen.«

»Was?«, sagt Shelby.

»Wie bitte?«

»Was ist Ihnen dazwischengekommen?«

Pastorin Jess wirkt verlegen. »Ich hatte eine … frühere Verpflichtung. Die war mir vollkommen entfallen.«

Shelby, die jede Woche zur selben Zeit kommt, versteht nicht so recht, wie das sein kann. »Ist schon gut«, sagt sie gnädig, obwohl es das nicht ist. »Wie auch immer, Sie werden nicht glauben, was passiert ist. Erstens bin ich zu der Versammlung gegangen. Fast hätte ich in letzter Minute gekniffen, aber dann bin ich doch hin.«

»Versammlung«, wiederholt Jess.

Kann sie sich wirklich nicht erinnern?

»In der Bibliothek. Sie wissen schon, über die Gasbohrungen. Ich hab ihnen alles erzählt. Über den Dreck und das Wasser. Rich glaubt mir nicht, aber es hat einen schrecklichen Geruch.«

Es ist gar nicht so einfach, einen Geruch zu beschreiben. Das weiß Shelby aus Erfahrung. Immerhin versucht sie es.

»Und sie haben mir geglaubt! Sie sind sich sicher, dass unser Wasser kontaminiert ist!«

»Sicher? Müssen Sie es denn nicht, was weiß ich, untersuchen lassen?«

»Dazu komme ich gleich.« Es ist nicht angenehm, gedrängt zu werden. Zum ersten Mal seit Jahren – seit Bradens Operation – passiert ihr etwas Bedeutsames. Diese Geschichte möchte Shelby genießen, mit all ihren Irrungen und Wirrungen und überraschenden Entwicklungen. Ist das zu viel verlangt?

»Dr. Trexler – er ist der Wissenschaftler – hat mir gesagt, ich soll dieses Labor in Pittsburgh anrufen. Was ich getan habe. *Die* haben allerdings gesagt, dass sie nicht hierherkommen können, also hab ich mich an ein anderes Labor gewandt und –«

Wieder unterbricht die Pastorin sie. »Wie steht Rich denn dazu?«

Von dieser Frage ist Shelby nicht begeistert.

»Ich hab's ihm noch nicht erzählt. Ich warte, bis die Ergebnisse da sind. Dann muss er mir glauben.«

»Sind Sie sicher, dass das eine gute Idee ist?« Pastorin Jess beugt sich auf ihrem Stuhl vor. »Shelby, ich treffe mich nach wie vor gerne mit Ihnen, aber ich glaube wirklich, dass es hilfreicher wäre, wenn wir Rich einbeziehen könnten.«

Was ein vernünftiger Vorschlag wäre, hätte Shelby jemand anderen als Ehemann.

»Wenn die Kinderbetreuung ein Problem ist, könnte ja vielleicht jemand für zwei Stunden auf sie aufpassen.«

»Ein Babysitter?« Shelby fühlt Hitze in ihrem Gesicht aufsteigen. Genau das sagt Rich auch immer: *Sie müssen dich nicht un-*

unterbrochen um sich haben. Alle ein oder zwei Monate nervt er sie damit, sie solle sich eine Arbeit suchen, ohne zu begreifen, dass sie bereits eine hat. Dass die Sorge für ein krankes Kind der schwerste Job auf der Welt ist.

»Eine Freundin oder Verwandte«, sagt die Pastorin, als wäre es so einfach. »Ihre Mutter lebt doch in der Stadt, oder? Kann sie sich nicht für ein oder zwei Stunden um Braden und Olivia kümmern?«

Shelby sucht nach einer Antwort. Ihre Mutter ist ein Thema, das sie tunlichst meidet. Und: Sie ist sich ziemlich sicher, dass Roxanne zwanzig Dollar aus ihrer Handtasche gestohlen hat.

»Sie hat recht viel zu tun. Wie auch immer, es würde mich nervös machen, Olivia bei irgendjemandem zu lassen.«

»Wie geht es ihr? Schlagen die Medikamente an?«

»Ein bisschen schon, glaube ich. Sie lösen aber das eigentliche Problem nicht. Erinnern Sie sich noch, dass ich gedacht hatte, es wäre eine Lebensmittelallergie? Milchprodukte und Getreide? Jetzt weiß ich, dass unser Trinkwasser sie krank macht! Bei der Versammlung –«

Das Handy der Pastorin vibriert, während es wie ein Käfer über den Tisch ruckelt.

»Tut mir sehr leid«, sagt sie und wird rot. »Lassen Sie mich das Ding kurz ausschalten.« Sie greift nach dem Handy und drückt den Anrufer weg, nicht ohne zuvor einen Blick auf das Display zu riskieren. »So – das Wasser. Sie sind sich sicher, dass es das ist? Was sagt denn Ihr Arzt?«

»Na, das ist es ja gerade. Olivia muss zu einem Spezialisten. Es gibt einen Arzt in Pittsburgh, der sich in solchen Sachen auskennt, aber ich habe erst für den achtundzwanzigsten August einen Termin bei ihm bekommen. Ich dachte, Sie könnten vielleicht mitkommen, als moralische Unterstützung.«

»Nach Pittsburgh?« Die Pastorin sieht überrascht aus. »Na ja, klar. Falls der Terminplan es zulässt.«

»Achtundzwanzigster August«, wiederholt Shelby. Wenn sie Pastorin Jess wäre, würde sie sich das Datum aufschreiben. »Wie kommt es, dass Sie keine Kinder haben?«

Pastorin Jess wirkt perplex.

»Wir hatten es geplant, längerfristig. Irgendwie war es nie der richtige Zeitpunkt. Es gab so viel anderes zu tun.«

»Was zum Beispiel?«

Shelby findet – nicht zum ersten Mal –, dass Pastorin Jess egoistisch ist.

»Die Gemeinde aufbauen, vor allem. Als wir es schließlich versuchten, ging es Wes nicht gut. Ein paar Monate später erhielt er die Diagnose.«

Versuchen, denkt Shelby. Ihr Gesicht ist ganz heiß.

»Ich wollte Sie nicht verärgern«, sagt die Pastorin. »Ich weiß, Sie und Wes haben sich nahegestanden.«

Shelby sieht sich in dem Zimmer um, das einmal sein Krankenzimmer war. Nach seinem Tod hatte Pastorin Jess es renoviert und jede Spur von ihm entfernt.

Shelby sagt: »Pastor Wes wäre ein großartiger Vater gewesen.«

Ein kurzes Schweigen tritt ein.

»Sie auch«, schiebt sie rasch hinterher. »Eine großartige Mutter.«

»Danke.« Pastorin Jess lächelt kurz. »Das reicht jetzt aber über mich. Es ist Ihre Zeit, Shelby.«

Ja, denkt Shelby. Das ist es.

Jess blickt dem davonfahrenden Minivan hinterher. An seiner Heckscheibe befindet sich ein rautenförmiger Aufkleber: BABY AN BORD. Ein Relikt aus Olivias Säuglingszeit – kaum noch lesbar, die Buchstaben von der Sonne ausgebleicht.

»Wes, was soll ich bloß mit ihr machen?«

Ihre Ehe ist ein Gespräch, das nicht aufgehört hat, nur einseitig geworden ist. Jess spricht so mit Wes, wie andere Leute mit Gott sprechen, ihre eigene Art von Gebet.

Erschöpft von der Mühe des Zuhörens, gießt sie sich in der Küche ein Glas Wein ein. In zwei Jahren Lebensberatung hat sich der Inhalt von Shelbys Monologen kaum verändert: ihre Ängste und Neurosen und Enttäuschungen, ihre andauernden und dringenden Bedürfnisse. Shelby braucht eine Freundin, eine Mutter, einen Babysitter für ihre Kinder und vielleicht auch für sich selbst. Ein Scheidungsanwalt käme durchaus gelegen, und ein Psychiater könnte nicht schaden. Trotz all ihrer Bemühungen ist Jess nichts von alledem.

»Was genau will sie von mir? Was tue ich nicht?«

Wäre Wes da, wüsste er die Antworten auf diese Fragen. Shelby war eins seiner Projekte gewesen, eine Streunerin, die gerettet werden musste: Jugendgruppe, ein Nachmittagsjob im Pfarrbüro. Im Sommer gab es die Ferien-Bibelschule, deren Teilnahmegebühr der Pastor für Shelby aus eigener Tasche bezahlte.

Sie hat eine Mutter, erinnerte ihn Jess.

Ich habe die Mutter kennengelernt. Vertrau mir, sagte Wes. *Wir sind alles, was sie hat.*

Und sie vertraute ihm. Wäre er eine andere Art Mann gewesen, hätte sie vielleicht seine Absichten hinterfragt, sein aktives Interesse an einem verlorenen Mädchen, das ihn blind liebte. Aber er war Wes, untadelig. An der Reinheit seiner Motive gab es nicht den geringsten Zweifel.

Er hatte nie die Geduld verloren. Das brachte ihm Shelbys lebenslange Dankbarkeit ein, eine leidenschaftliche Loyalität, die schon fast religiös ist. Shelby, die treu ergebene Jüngerin, Bewahrerin seines Andenkens. Ein Mal im Monat stellt sie Blumen auf sein Grab und vergisst nie, es Jess zu erzählen, was sie aber nicht ärgern sollte.

Ein unvollendet gebliebenes Projekt, wie so viele andere. Das unvollendete Leben ihres Mannes.

Shelby verpasst keine einzige Beratungsstunde, selbst wenn sie nichts zu berichten hat. In solchen Zeiten füllt sie wie eine Fernsehmoderatorin in der Sauregurkenzeit die Stunde mit einer Geschichte von allgemein menschlichem Interesse – der Tragödie eines Fremden, je grotesker, desto besser. Die schwangere Frau aus Florida im Koma, die am Herzen zusammengewachsenen siamesischen Zwillinge. Shelby ist immer lebhaft am Leiden fremder Menschen interessiert, an ihrem schmerzlichen moralischen Dilemma. (Wenn die Zwillinge getrennt werden, wird einer auf der Stelle sterben. Wenn nicht, stehen die Überlebenschancen für beide fifty-fifty. *Was würden Sie tun, Pastorin Jess?*)

Möglicherweise hat sie dabei eine unausgesprochene Kritik im Kopf: dass Jess als Pastorin nicht an Pastor Wes heranreicht, dass sie nie die Frau war, die er verdient hätte. Shelby mustert sie mit wissendem Blick, so als hätte sie ein Geheimnis erraten: dass Wes und Jess über sie gestritten hatten; dass ihre Ehe nicht perfekt war. Dass Jess – zu früh mit einem Jungen verheiratet, der sie zu sehr liebte – sich manchmal eine andere Art von Liebe gewünscht hatte.

Die Intimität einer jungen Ehe. Ihre erste Wohnung bestand aus zwei beengten Zimmern über einem Bilderrahmengeschäft: hässliche Tapete, ein lauter Kühlschrank, gluckernde Heizkörper, die dauernd kalt waren. Weil der Waschautomat einen Dollar kostete, wuschen der junge Theologiestudent und seine Frau ihre Wäsche in der Badewanne. Sie duschten zusammen, weil sie es konnten. Sie aßen Seite an Seite, vom selben Teller. So nah wird sie nie wieder einem Menschen sein.

Wenn die Zwillinge getrennt werden, welcher bekommt dann das Herz?

Wesley war der Lebensmittelpunkt seiner Mutter gewesen und erwartete nichts weniger von Jess. Ihre Ehe war in jeder Hinsicht exklusiv. Eine Stunde am Telefon mit ihrer Schwester war eine Stunde, die sie ihm stahl. Er war eben ein Einzelkind.

Sie waren genau gleich groß – eine ziemlich große Frau, ein ziemlich kleiner Mann – und tauschten ihre Jeans und Pullover untereinander. Den größten Teil ihrer gemeinsamen vorehelichen Zeit waren sie beide noch unberührt. Sie warteten volle zwei Jahre, so lange, wie Menschen nur warten konnten. Später hielten sie, weil ihr christliches College es verlangte, die Fassade getrennter Wohnungen aufrecht, verbrachten aber die Nächte, wie Welpen ineinander verschlungen, in Jess' Einzelbett. Sie hatten sich in ihrer Kindheit ineinander verliebt und waren in mancher Hinsicht Kinder geblieben. Unter der Dusche sangen sie zusammen. Er hatte eine schöne Stimme.

Ein Einzelkind. Jess hat andere kennengelernt, natürlich – Einzelkinder von ganz normalem Naturell. Für Wes jedoch war das Einzelnsein entscheidend. Er war das Einzelnste aller Kinder, das einzelnste Kind, das sie je kennengelernt hatte.

Ein Paar konnte in einem Einzelbett schlafen, solange sich keiner bewegte.

Irgendwann musste man sich bewegen.

Irgendwann wollte man seinen eigenen Teller haben.

Jess hat den Eindruck, dass Shelby sie schikaniert, sie dazu herausfordert, die Geduld zu verlieren, als ob das etwas beweisen würde.

Sie nimmt das Handy aus der Tasche und hört die Nachricht ab. *Ich erledige noch ein bisschen Papierkram. Bin um neun da.* Hercs Stimme ist tief und polternd, die Stimme eines gewöhnlichen Mannes. Er ist vollkommen anders als ihr Mann. Für Jess macht gerade das einen Teil seines Reizes aus.

Zu ihrem Geburtstag hatte er ihr Unterwäsche gekauft, etwas, das Wes peinlich gewesen wäre.

»Das darf ich nicht«, sagt Olivia.

Rich hält mitten im Schöpfen inne. Auf dem Heimweg hat er beim Food Giant eine große Portion Schoko-Chips-Eis gekauft, das Lieblingseis der Kinder. Im DVD-Player steckt ein *Batman*-Film. Diese Strategie wendet er jeden Donnerstag an, während Shelby bei ihrer Pastorin Jess ist: derselbe Film Woche für Woche, dasselbe Eis. Er ist dankbar für die verlässliche Begeisterung der Kinder, ihr Bedürfnis nach Gleichförmigkeit, ihre Unempfänglichkeit für Langeweile.

»Letztes Mal ist mir schlecht geworden«, sagt Olivia.

»Das war nur eine Magenverstimmung. Du darfst. Ich erlaube es dir.« Rich füllt ihr Schälchen. »Erzähl es nur nicht Mom.«

Es ist fast dunkel, Braden und Olivia haben es sich mit ihren Eisschälchen vor dem Fernseher gemütlich gemacht, als er ein

Knirschen von Kies hört. Er wirft einen Blick aus dem Küchenfenster. In der Einfahrt steht mit laufendem Motor ein Pick-up – ein verbeulter Ford 150, genau das Modell, das er auch fährt.

Er tritt hinaus auf die Terrasse und geht außen herum vors Haus. Am Steuer sitzt seine Nachbarin Rena Koval.

»Hey, Rich, wie geht's?«, ruft sie aus dem Fenster, so als wären sie alte Freunde. Nachbarn seit neun Jahren, haben sie dennoch, solange er sich erinnern kann, nie miteinander gesprochen. Sie winken sich lediglich zu. Bei seinem einzigen Besuch auf Friend-Lea Acres mit Carl Neugebauer war sie nirgendwo zu sehen.

Sie stellt den Motor ab und steigt aus – ein kleines Ding, vielleicht eins fünfzig groß. Ihm war nie aufgefallen, dass sie so klein ist. *Sitzt sie auf einem Telefonbuch, damit sie über die Motorhaube schauen kann?*

»Rena. Was kann ich für Sie tun?«

»Ist Shelby da?« Sie ist eine hübsche Frau, lockige Haare, verwaschene Jeans und Schnürstiefel. Älter als Rich, vermutlich, obwohl sie jünger aussieht – die Sommersprossen vielleicht, oder einfach die seltsame Jugendlichkeit kleiner Menschen.

»Nein, sie hat eine Verabredung.« Irgendwie bringt er das Wort *Lebensberatung* nicht über die Lippen.

»Ah, gut. Ich wollte fragen, ob sie mit dem Labor mehr Glück hatte. Beim ersten, das sie versucht hat –«

»Das was?«

»Das Labor, das die Wasseruntersuchungen macht. Sie hat es Ihnen nicht erzählt.« Das ist keine Frage. Seinem Gesicht ist anzusehen, dass er nicht die geringste Ahnung hat, wovon sie spricht. »Auf der Versammlung hat sie gesagt, dass –«

»Welche Versammlung? Wann?«

Peinliches Schweigen.

»Wir hatten am Dienstagabend in der Bibliothek eine Versammlung«, sagt Rena. »Wegen der Bohrungen. Sie hat es Ihnen nicht erzählt?«

»Ach so, das«, sagt Rich und wird rot. Shelby hatte ihm erzählt, sie ginge zur Bibelstunde.

Durch die dünnen Wände hört er, aufdringlich vertraut, den *Batman*-Soundtrack. Er hasst die Musik und ertappt sich trotzdem immer wieder dabei, sie zu summen. Der *Batman*-Soundtrack wird ihn noch bis in seine Träume verfolgen.

»Wie auch immer«, sagt Rena, »sie hat von Ihrem Wasser gesprochen, und –«

»Was soll damit sein?« Die Schärfe in seiner Stimme ist ihm bewusst.

»Sie sprach von einem Geruch. Einem chemischen Geruch. Arvis Kipler hat dasselbe Problem. Ich hab ein bisschen recherchiert, und –«

»Mein Wasser ist in Ordnung«, presst er durch die Zähne hindurch. »Shelby ist einfach neurotisch. Ich würde dem keine Beachtung schenken.«

Wieder Schweigen.

Rena fragt: »Wie geht es Olivia?«

Der *Batman*-Soundtrack steigt in der Tonlage.

»Ihr geht's gut.«

Wieder Schweigen.

»Vor einer Weile hatte sie einen Magen-Darm-Virus, aber das war nichts. Sie wissen ja, Kinder.« Schließlich dämmert es ihm. »Moment mal, Sie glauben, mein *Wasser* macht Olivia krank?«

Ungläubig hört er zu, als Rena ihm endlich erklärt, warum sie überhaupt in seiner Einfahrt steht.

»Damit ich es recht verstehe«, sagt er ruhig. »Sie wollen erreichen, dass die Bohrungen beendet werden.« Er spürt regelrecht, wie sein Blutdruck steigt. Es ist, als hörte er seinen Bruder reden: der scheinheilige Ton, die klare Annahme, dass andere Leute nicht verstehen, was gut für sie ist, und wie Kinder vor dem beschützt werden müssen, was sie wollen.

»Sie sind wohl nicht ganz bei Trost, Rena! Diese Stadt ist am Aussterben. Das ist der erste Hoffnungschimmer seit dreißig Jahren!«

»Und die Gasbohrungen retten uns? Sie zerstören mein Geschäft.«

»Ich habe noch niemanden sonst sich beschweren hören.«

»Niemand sonst betreibt biologischen Landbau. Versuchen Sie mal, Biomilch zu verkaufen, wenn Ihre Kühe auf einem Gasfeld grasen. Nicht mehr lange, dann werden wir sie gar nicht mehr los.«

Die *Batman*-Filmmusik kommt zu einem dramatischen Crescendo, die Hollywood-Version des Waterboardings.

»Davon habe ich keine Ahnung«, räumt er ein. »Aber es zwingt Sie ja keiner dazu, oder? Biologischer Landbau.« Aus seinem Mund klingen die Wörter seltsam. »Das ist Ihre eigene Entscheidung.«

Von hinter dem Haus kommt ein knirschendes Geräusch. Rena hält sich die Ohren zu. »Guter Gott. Die hören nie auf, oder?«

Das Knirschen weicht einem maschinellen Kreischen.

»Schauen Sie, Rena. Ich hab's verstanden.« Er muss schreien, um sich verständlich zu machen. »Glauben Sie, mir macht es Spaß, das andauernd zu hören? Ich habe seit Wochen keine Nacht mehr richtig geschlafen. Wenn also Leute zusammenkommen, um darüber zu lamentieren, meinetwegen. Aber lassen Sie mein Kind aus dem Spiel. An meinem Wasser gibt es nichts auszusetzen. Und Olivia geht es gut.«

Das Kreischen lässt Hände und Füße vibrieren.

»Ich weiß, dass es Probleme gibt. Ich schaue zu meinem Küchenfenster raus und denke, was zum Teufel machen die mit meinem Land?« Das hat er noch niemandem gegenüber eingeräumt. »Aber ich versuche, Geduld zu haben. Es könnte eine Menge Gutes daraus entstehen. Schauen Sie sich um, Rena. Die halbe Stadt ist arbeitslos.«

»Nennen Sie mir einen *Einheimischen,* der einen Job auf einer Bohranlage gekriegt hat. Diese Typen kommen alle aus Texas oder sonst woher.«

(Die betrunkenen Typen im Commercial, der Parkplatz voll mit Kennzeichen aus anderen Bundesstaaten.)

»Mag ja sein, aber was ist mit den ganzen Lastwagen auf der Straße? *Irgendjemand* fährt sie doch. Wenn ich auf Arbeitssuche wäre, würde ich mir eine Geschäftslizenz besorgen. Manche Leute in dieser Stadt sind einfach schrecklich faul«, fügt er hinzu und denkt dabei an die Nick Blicks und Booby Marstellars. »Wenn sie keine Arbeit haben, ist es verdammt noch mal vielleicht ihre eigene Schuld.«

Unvermittelt hört der Lärm auf. Die Stille ist irgendwie erschreckend. Blinzelnd starren sie sich an.

Als er ihrem Auto hinterherschaut, erinnert sich Rich an die Abbaugruben.

Die alten, noch nicht wieder aufgefüllten Gruben. Jenseits der rußigen Mondlandschaft lagen Wälder und ein See und verrostete Gleise, eine alte Eisenbahnbrücke, wo sich Jugendliche trafen. Sie hinterließen eine Spur aus Graffiti und gebrauchten Kondomen, Bierdosen und Zigarettenstummeln.

Er erinnert sich an einen Sommerabend kurz vor Einbruch der Dämmerung, als er und Booby Marstellar mit ihren Fahrrädern über die selbst gebauten Rampen sprangen, aus gestohlenen Brettern und von einer Baustelle weggeschleppten Schlackenbausteinen. Rich verdrückte sich in den Wald, um zu pinkeln, und sah Bewegung auf der Eisenbahnbrücke, ein Aufblitzen von Weiß. Er war neun Jahre alt und begriff im ersten Moment nicht, was er da sah. Ein Mann ohne Hemd kauerte auf den Knien, den Hintern entblößt, die Hose an den Knöcheln. Unter ihm eingeklemmt lag ein halb bekleidetes Mädchen. Er hielt es an der Kehle fest.

In Winter zuvor hatte Rich, als er einmal mit Pap auf der Jagd war, sein erstes Reh erlegt. Dieses Mädchen war so reglos wie das Tier in seinem Fadenkreuz. Ihre nackten Füße waren schmutzig. Ihre Arme und Beine weiß. Als sie ihn sah, wandte sie den Kopf ruckartig zur Seite, und er verstand, dass sie ihn aufforderte zu rennen, und er rannte.

Das Mädchen, das an der Kehle festgehalten wurde. Bis heute ist er sich nicht ganz sicher, was er da gesehen hat: geile Teenager, die es miteinander trieben, oder einen sexuellen Übergriff? Er weiß noch, dass er dachte: Wenn sie wollte, könnte sie davonlaufen.

(Ihre Füße schmutzig, als hätte sie es bereits versucht.)

Er erzählte Booby nicht, was er gesehen hatte. Er erzählte es niemandem. Schmutzig und sonnenverbrannt radelten die Jungen über den Schlackenweg entlang der Bahngleise nach Hause – zwei kleine Scheißer auf Fahrrädern, vor langer Zeit.

Es ist schon fast dunkel, als Shelby nach Hause kommt. Das Haus ist, wie vermutet, das reinste Schlachtfeld: eine fettige Bratpfanne, die darauf wartet, von ihr gespült zu werden, im Spülbecken türmen sich Schälchen und Löffel. Im Ernst, wie ist so etwas möglich? Vor zwei Stunden hat sie das Haus vollkommen ordentlich verlassen. Und jetzt herrscht überall Durcheinander: Stapel von Werbebriefen, Spielsachen und kleine Schuhe über den Boden verstreut. Für Shelby, die einen großen Teil ihres Tages damit zubringt, Dinge wieder an ihren Platz zu räumen – Puppen in die Spielzeugkiste, Scheren in die Küchenschublade –, ist dieses Maß an Chaos unfassbar. Sie denkt an Pastorin Jess' ordentliches Haus, die zwei leeren Weingläser auf dem Couchtisch. Was schon als unordentlich gilt, wenn man keine Kinder hat.

Im Wohnzimmer liegen Braden und Olivia auf dem Fußboden vor dem Fernseher.

»Ihr sollt nicht im Dunkeln fernsehen«, sagt sie und macht eine Lampe an. »Das ist schlecht für eure Augen. Wo ist Daddy?«

»Keller«, sagt Braden.

Sie findet Rich auf der alten Couch ausgestreckt, den Blick starr auf seinen Laptop gerichtet.

»Wo warst du?«, sagt er.

»Wo bin ich jeden Donnerstagabend?«

»Das ist die große Frage, Shelby. Ich *glaube,* du bist bei der Lebensberatung. Dann wieder dachte ich, dienstags wärst du in der Bibelstunde.« Schließlich blickt er von seinem Bildschirm auf. »Deine Freundin Rena Koval ist vorbeigekommen, um dich zu sehen. Sie wollte wissen, ob es mit dem Labor geklappt hat.«

Shelby fühlt sich plötzlich der Ohnmacht nahe.

»Ich wollte dir ja davon erzählen. Ich wusste, du würdest sauer sein.« Wie viel hatte Rena ihm erzählt? Sie setzt sich auf die staubige Couch und hält sich den Bauch. »Mir geht's nicht gut.«

»Und ob ich sauer bin. Jetzt glaubt die ganze Stadt, dass mit unserem Wasser etwas nicht stimmt.«

»Mit unserem Wasser *stimmt* etwas nicht.«

»Du«, sagt er ganz langsam, »hast total den Verstand verloren.«

»Ach, wirklich?«, sagt sie. »Das sehen die aber anders. Die haben gesagt, dass das andauernd passiert.«

»Wer hat das gesagt?«

»Dr. Trexler, auf der Versammlung. Er ist Wissenschaftler. Drüben im Westen gibt es Leute, die können ihr Leitungswasser anzünden. Hast du das gewusst?«

»Wenn mir das noch ein Mal jemand erzählt, schlage ich mit der bloßen Faust die Wand ein.«

»Das ist eine wahre Tatsache.« Auf der Couch jucken ihr die Augen.

»Und was soll das mit der Wasseruntersuchung?«

Rena hat ihm alles erzählt.

»Sie waren heute Morgen hier«, sagt Shelby mit klopfendem Herzen. »Aus Pittsburgh. Die Ergebnisse dürften in ein paar Wochen da sein.«

»Und wie viel wird mich das genau kosten?«

Shelby zögert. In der ganzen Aufregung hat sie vergessen, die wichtigste Frage zu stellen. »Ich weiß es nicht genau. Sie schicken uns die Rechnung per Post.«

»Herr im Himmel.«

Noch nie hat sie diese Farbe in Richs Gesicht gesehen. Er sieht aus, als stünde er kurz vor einem Herzinfarkt. »Beruhig dich bitte«, sagt sie. »Du machst mir Angst.«

»Ich will mich nicht beruhigen. Du machst dich lächerlich. Uns beide. Was hast du ihnen über Olivia erzählt?«

»Dasselbe, was ich dir und *allen anderen* erzählt habe.« Shelby ist den Tränen nah. »Rich, ihr *geht es nicht besser*. Irgendetwas stimmt ganz und gar nicht mit ihr.«

»Findet Dr. Stusick nicht.«

»Dr. Stusick hat ja keine Ahnung. Sie braucht einen Spezialisten.« Jetzt, wo sie nichts mehr zu verlieren hat, kann sie ihm auch gleich alles erzählen. »Es gibt einen Arzt in Pittsburgh. Umweltmediziner. Ich habe einen Termin gemacht.«

»Lass mich raten. Noch was, das ich bezahlen soll?«

»Nein, nein«, sagt sie schnell. »Sie akzeptieren unsere Krankenversicherung.« Das ist eine glatte Lüge. In Wahrheit hat Shelby keine Ahnung, ob ihre Krankenversicherung diesen Arztbesuch zahlen wird. Noch eine Frage, die sie vergessen hat zu stellen.

Feierabend im Commercial. Gia wischt die Theke, während Darren die Böden putzt. Im Hinterzimmer füllt er einen Eimer mit heißem Wasser und ein paar Spritzern Allzweckreiniger mit Kiefernölduft. Sein Bruder hat eine Liste mit Anweisungen über das Spülbecken geklebt – knappe Befehle, keine Artikel, alles in Großbuchstaben. BEI SCHLIESSUNG: 1. KÜCHE FEGEN. 2. BODEN PUTZEN. 3. SPÜLMASCHINE AUSRÄUMEN. 4. MÜLLEIMER LEEREN. Etwa so, wie Rich auch im Leben spricht.

Er bringt den Eimer nach vorn. »BODEN PUTZEN«, sagt er zu Gia. »TRESEN ABWISCHEN«, gibt sie zurück. »Dein Bruder ist ein Arschloch.«

Aus Verlegenheit oder Solidarität, irgendeiner seltsamen Loyalität, die aus der Kindheit übrig geblieben ist, schweigt Darren. Was soll er auch sagen? Dass Rich vollkommen in Ordnung ist, solange man genau das tut, was er will?

Gia wischt energisch die Theke. »Warum, glaubst du, geht Shelby zur Lebensberatung? Ich sag dir, warum. Ihr Mann ist ein Arschloch.«

»Moment mal, was? Gibt es Therapeuten in Bakerton?«

»In ihrer Kirchengemeinde. Ich weiß ja nicht, ob's was nützt, aber immerhin verschafft es ihr eine Verschnaufpause von den Kindern. Sonst kommt sie ja gar nicht aus dem Haus.«

»Ich war an Dads Geburtstag bei ihnen«, sagt er und genießt

den Tratsch. »Es liegt eindeutig eine gewisse eheliche Spannung in der Luft. Shelby ist ein bisschen – anstrengend.«

»Shelby ist ein bisschen bescheuert.« Gia ist mit dem Wischen fertig und spült den Lappen kurz aus. »Ich meine ja, sie könnte anorektisch sein, oder das andere da. Das mit dem Kotzen.«

»Bulimie?«

»Die Frau isst wie ein Scheunendrescher. Und nimmt kein Gramm zu.«

»Musst du gerade sagen. Du hattest auch schon ein bisschen mehr Fleisch auf den Knochen«, sagt er, während er sie in den Arm kneift. Ihre gebräunte Haut ist überraschend warm, als wäre sie von der Sonne gesättigt.

»Babyspeck. Erinner mich nicht daran.«

»Im Ernst, Shelby hat Bulimie? Wie kommst du denn darauf?«

»Guck mal in ihren Arzneischrank, wenn du das nächste Mal dort bist.«

»Um was zu suchen?«, fragt er, aber Gia ist bereits in die Küche verschwunden.

Als sie wieder da ist, leeren sie die Eiswürfelbehälter ins Spülbecken. »Erinnerst du dich an Mr. Radulski?«, sagt Darren. »Ich hab ihn neulich in der Bibliothek gesehen.«

»Dieser Schwachkopf?«

»Er war doch ganz nett.«

Gia schnaubt. »Zu den schlauen Kindern vielleicht.«

»Du bist schlau«, sagt Darren.

»Du weißt, was ich meine.«

Darren lässt heißes Wasser laufen. Man hört das befriedigende Knacken von schmelzendem Eis. »Das war ziemlich peinlich. Ich weiß immer nicht, was ich den Leuten erzählen soll.«

»Worüber?«

»Mein vergeudetes Potenzial. Mein vollkommener Verrat an allen, die Hoffnung in mich gesetzt hatten. Die Unterhaltung hat nicht sehr lang gedauert«, fügt er rasch hinzu, als er merkt, dass er zu viel gesagt hat. »Er hatte Besseres zu tun. Seine Tochter hat an dem Tag geheiratet.«

»Leah? War sie nicht mal deine Freundin?«

»Äh, nein. So würde ich das nicht sagen. Wir waren befreundet.«

»Du bist ein schrecklicher Lügner.«

»Sie mochte mich«, gibt er zu. »Mein Ding war das wirklich nicht.«

Gia heult auf. »Du hast es mit ihr getrieben!«

»Nee«, sagt Darren und bekommt ein heißes Gesicht. Vor Kurzem hat er im Keller seines Vaters sein Highschool-Jahrbuch gefunden, auf der Umschlaginnenseite Widmungen in der schwungvollen gerundeten Handschrift – *Freunde für immer! Darren, du bist der Coolste! Viel Spaß auf dem College!* – von Mädchen, die nicht mit ihm schlafen wollten. Nur Leah hatte, aus ihm immer noch unerfindlichen Gründen, eine Ausnahme gebildet. Beim Highschool-Abschluss waren sie beide noch unberührt – trotz eines Beinaheunfalls im Keller der Radulskis, einer unbeholfenen Umklammerung, die von Leahs kleinem Bruder unterbrochen wurde.

Gia hatte sich natürlich nicht in seinem Jahrbuch verewigt. Er hatte sich nicht getraut, sie zu fragen.

»Ich war ein ziemlicher Idiot«, gibt er zu. »Leah war supernett. Meine Mutter hat sie geliebt.« Seine Mutter hatte Gia nie gemocht, obwohl sie das wohlweislich nie gesagt hatte. Als Gia in Roccos ausrangiertem Leichenwagen bei ihnen vorfuhr und Heavy Metal und Zigarettenrauch durch die offenen Fenster strömten, äußerte Sally nur die allermildeste Art von Kritik. *Sie scheint ein wildes Mädchen zu sein.* Sie schien zu verstehen, dass Gia Darren das Herz brechen konnte, wenn sie es nicht schon getan hatte.

»Glaubst du, meinem Dad geht's gut?«, fragt er. »Er macht mir einen einsamen Eindruck.« Das stimmt nicht so ganz. Dick macht gar keinen bestimmten Eindruck, außer Darren liefert den Subtext dazu. In Wirklichkeit meint er nämlich: *Wir sind alle gleichermaßen einsam.* Der einzige Unterschied ist das Alter. Darrens Jugend lässt noch gewisse Illusionen zu, die unausgesprochene Hoffnung, dass das Leben sich ändern könnte.

»Ach, Dick kommt schon klar«, sagt Gia. »Jetzt, wo er dich zum Rumschubsen hat.«

»Wohl wahr.« Es ist ein beunruhigender Gedanke, dass das Wohlbefinden seines Vaters in irgendeiner Weise von seiner eigenen Anwesenheit abhängt. »Aber ich kann ja nicht ewig hierbleiben.«

»Wieso nicht?«

Er hebt an zu erklären, dass es doch eine unnatürliche Situation ist, wenn ein Mensch seines Alters – auch nur vorübergehend – mit einem betagten Elternteil zusammenwohnt. Er verstummt, als ihm bewusst wird, dass das für Gia vollkommen normal ist. Abgesehen von ihrer kurzen Teenager-Ehe mit Steve Yurkovich – *den schlimmsten fünf Minuten meines Lebens* – hat sie, wie es scheint sogar glücklich, immer mit ihrem verwitweten Vater zusammengelebt. Rocco Bernardi ist älter als Dick, sein Gesundheitszustand bedenklich. Wie viel Pflege er braucht, kann Darren nicht einschätzen.

»Hast du nie darüber nachgedacht, auszuziehen?«, fragt er, während sie die Spülmaschine ausräumen.

»Und einen Tausender für irgendeine Bruchbude hinzulegen?«

»In Bakerton?« Die Zahl erscheint ihm unglaublich. In Baltimore zahlt er nur unwesentlich mehr.

»Die Mieten sind durch die Decke gegangen. Diese Gasleute haben eben Geld.« Gia poliert den bereits blitzenden Iron-City-Zapfhahn. »Kannst du dich an meine alte Bude erinnern? Dieses Dreckloch über dem Frisörsalon?«

»Der Herd war kaputt.« Es ist seine einzige Erinnerung an Gias Ehe: wie sie sich in ihrer Küche bekifften und an der einzigen funktionierenden Flamme des Ofens Joints anzündeten, während Steve, der Fernfahrer, auf Achse war.

Gia quiekt. »Gott, weißt du noch, wie meine Haare Feuer fingen?«

Das ist womöglich die lebhafteste Erinnerung seines Lebens: Gia, die sich über den Gasherd beugte, der plötzliche Lichtblitz, das seltsame, zarte Geräusch wie beim Öffnen einer Dose mit Tennisbällen.

»Nein, tut mir leid«, sagt er. »Ich kann mich nicht erinnern.«

Gia kreischt vor Lachen. »Ich hatte keinen blassen Schimmer, was da passierte. Hab nicht verstanden, wieso du mir immer wieder mit einer Zeitschrift auf den Kopf gehauen hast.«

»Ich musste dich löschen.«

Gia lacht tonlos.

»Mit der halben Dose Haarspray im Haar warst du der reinste Molotowcocktail. Wir hätten draufgehen können.«

Gia wischt sich eine Träne aus dem Auge. Sie ist der einzige Mensch, den er kennt, der wirklich lacht, bis er weint. »Mannomann, diese Bude. Ich weiß ganz sicher, dass sie nicht gestrichen worden ist, seit wir dort gewohnt haben. Ich und Steve haben schon vierhundert bezahlt. Jetzt geht sie für zwölf weg. Wahnsinn, was?«

»Unglaublich.« An den meisten Abenden bekommt Gia aus naheliegenden Gründen (ihre flinke Art, der Jeansrock) doppelt so viel Trinkgeld wie er. Aber bei aller Großzügigkeit der Bohrtrupps und dem gelegentlichen Zwanzigdollarschein von Wally Fetterson läge ein Tausender pro Monat doch außerhalb ihrer Reichweite.

»Wie auch immer, ich lebe gerne mit Rocco zusammen. Wenn es meine Mutter noch gäbe, sähe die Sache anders aus. Aber der alte Knacker wäre ohne mich aufgeschmissen. Weißt du, dass er immer noch jeden Morgen Toast und Kaffee für mich macht?« Gia hängt ihr Handtuch auf. »Warum sollte ich ausziehen, wenn ich alles habe, was ich brauche?«

»Aber macht das die Dinge nicht schwierig?« Das ist die Frage, die ihm auf den Nägeln gebrannt hat. »Mit Männern und so was.«

»Mit Männern?«, sagt sie lachend. »Und *so was*? Devlin, du bist so ein Mädchen.«

Sein Gesicht fühlt sich an wie von einem Gasbrenner erhitzt. Gia versetzt ihm einen Schubs. »Ich verarsche dich bloß. Männer haben meistens ein Zimmer. Und wenn nicht, gibt es Wege.«

Erzähl mir was über die Wege, hätte er vielleicht gesagt, wenn er nicht Darren Devlin und stocknüchtern wäre. Wenn sie beide jemand anderes wären als Darren und Gia, mit allem, was dazugehört.

Er macht den Müllbeutel zu und trägt ihn hinaus zum Müllcontainer. Als er zurückkommt, steht sie in der Tür zum Vorratsraum. Hinter ihr das Schwarze Brett, an das Dick eingezogene gefälschte Ausweise pinnt.

»Komm her«, sagt sie.

Was Küsse angeht, ist dieser hier der absolute Hammer, ausgiebig und forschend. Er lehnt sich an den Türrahmen und zieht sie zu sich, im Kopf den Satz *Ich küsse Gia Bernardi.* Ihr Körper fühlt sich irgendwie vertraut an – vermutlich aus dem einfachen Grund, dass er so lange über ihn nachgedacht hat.

Ich musste einfach, wird sie ihm später sagen. *Wenn ich auf dich gewartet hätte, würden wir wahrscheinlich irgendwann im Saxon Manor beim Wackelpudding zusammensitzen.*

Womit sie natürlich vollkommen recht hat.

Dick Devlin zufolge gibt es zwei Arten von Arbeit: die, bei der man vorher, und die, bei der man nachher duscht. Sein älterer Sohn hat immer Letztere gemacht – Dächer decken, als Soldat dienen, Sauerstofftanks für das Miners' Medical befördern. Verglichen mit dem Deer Run erscheinen diese Jobs nun geradezu sauber. Mehr denn je freut sich Rich auf seine Dusche nach der Arbeit, um mit dem heißesten Wasser, das er aushält, das Gefängnis von sich abzuschrubben.

Draußen hört der Bohrlärm unvermittelt auf, ein kleines Wunder. In Windeseile zieht er sich aus und stopft seine Uniform in den Wäschekorb. Mit etwas Glück ist er eingeschlafen, bevor der Krach wieder losgeht. Sonntagsschlaf, der beste der Woche: Die Zeit, wenn Shelby und die Kinder in der Kirche sind, ist die einzige, in der er in seinem gottverdammten Haus mit Sicherheit allein sein kann.

Zwei Arten von Arbeit. Wenn man so alt ist wie sein Dad, ist alles, was man sagt, vertraut. In welchem Alter hört ein Mensch auf, neue Gedanken zu haben? Von Dick ist nun schon Jahre – womöglich Jahrzehnte – lang nichts mehr gekommen, was er nicht schon hundert Mal gesagt hat.

Rich dreht den Hahn auf und ist augenblicklich von dem Geruch erschlagen. Shelby hat recht: Das Wasser riecht nach irgendetwas. Feuerzeugbenzin? Am Spülbecken hatte er nichts bemerkt. Jetzt, wo der Duschstrahl sich auf Kopf und Schultern verteilt, kann er es einfach nicht mehr ignorieren.

Er kürzt seine Dusche ab, atmet durch den Mund. Das Wasser läuft langsam ab – schon länger ein Fall für die Rohrreinigungsspirale –, und er bleibt stehen und sieht zu, wie die Badewanne sich leert. Das Wasser ist trüb. Ein regenbogenfarbener Film haftet auf der Oberfläche, wie verschüttetes Benzin.

Die Bohranlage wird rund um die Uhr von starken Scheinwerfern beleuchtet. Wie ein Fußballstadion bei Nacht verbreitet sie aus der Ferne einen schwefligen Schein. Mehrere Lastwagen stehen mit laut laufendem Motor da. Aus der Nähe ist der Dieselgeruch penetrant. Der Motorenlärm lässt seinen ganzen Körper vibrieren. Er sieht kein Anzeichen menschlicher Präsenz. Es ist, als steuerten sich die riesigen Maschinen selbst.

Er steht unterhalb der Arbeitsbühne, blickt nach oben und entdeckt endlich Arbeiter. Genau fünf Männer zählt er – aus seinem Blickwinkel klein wie Kinder. Angesichts des Umfangs der Operation nicht gerade eine große Truppe.

»Hey!«

Er schwenkt die Arme, um ihre Aufmerksamkeit zu erregen, während sein Körper von Geräuschen vibriert. Der Lärm ist ohrenbetäubend und überraschend komplex, vielschichtig wie Musik: ein tiefes Knirschen, das er in der unteren Wirbelsäule spürt, ein schrilles Heulen wie von der größten Tischkreissäge der Welt. Dann ein metallenes Klopfen, scharf und regelmäßig, und im Hintergrund ein gigantisches Rauschen von Luft.

»Hey!«, ruft er noch einmal und fängt an, die Treppe hinaufzusteigen.

Schließlich bemerkt ihn einer der Männer. Mit der Hand am Geländer steigt er die Treppe hinunter. Es ist derselbe Typ wie beim letzten Mal, die vierschrötige Bulldogge, die Rich schon im Commercial bedient hat.

»Sie können hier nicht raufkommen«, ruft Herc. »In diesem Bereich besteht Schutzhelmpflicht. Wir treffen uns im Container.«

Im Baucontainer ist der Lärm nicht ganz so dramatisch. Die Temperatur beträgt achtunddreißig Grad. Herc nimmt Styroporstöpsel aus den Ohren. Er trägt Arbeitshandschuhe, einen Schutzhelm, einen schmutzigen Overall.

»Mit meinem Wasser stimmt was nicht«, sagt Rich. Er beschreibt den Geruch, die Trübheit, den regenbogenfarbenen Film. Herc hört wortlos zu. Schließlich erklärt er:

»Ich kann Ihnen gleich sagen, dass wir das nicht waren. Ihr Brunnen ist, was, dreißig Meter tief?«

»So ungefähr.«

»Wir sind nicht mal in der Nähe davon. Wir bohren anderthalb Kilometer in die Tiefe.« Für einen Mann seiner Größe ist seine Stimme erstaunlich tief.

»Mein Großvater hat diesen Brunnen gebohrt, und das Wasser war fünfzig Jahre lang gut. Und jetzt kippt es ausgerechnet eine Woche, nachdem Sie mit dem Bohren angefangen haben. Das ist doch ein bemerkenswerter Zufall.«

»Ich weiß nicht, was ich Ihnen sonst sagen soll.«

»Bis jetzt haben Sie mir gar nichts gesagt.«

Die Arme verschränkt, stehen sie fast Fußspitze an Fußspitze.

»Was sind Erfassungskosten?«

Herc runzelt die Stirn.

»Auf meinem Kontoauszug. Sie haben mir tausend Dollar Erfassungskosten berechnet.«

»*Ich?*« Herc lacht. »Ich habe Ihnen gar nichts berechnet. Das müssen Sie mit Dark Elephant klären.«

»Ich dachte, Sie *sind* Dark Elephant.«

»Wir sind Stream Solutions. Wir sind Subunternehmer.«

Nichts, gar nichts ist einfach.

»Was soll's«, murmelt Rich. »Mir ist egal, wer Sie sind. Ich will, dass mein Wasser untersucht wird.«

»Das ist Ihr gutes Recht. Wenn Sie wollen, kann ich Ihnen eine Firma empfehlen.«

»Nein, danke. Ich finde schon selbst eine.«

Herc geht zu einem chaotischen Schreibtisch und durchwühlt eine Schublade. »Wenn Sie Ihre Ergebnisse haben, rufen Sie diesen Mann an.« Er gibt Rich eine Visitenkarte: QUENTIN TANNER, Leiter der Abteilung Unternehmenskommunikation.

»Wer zum Teufel ist das denn?«

»Er bearbeitet Umweltschutzfragen. Aber ich sage Ihnen, Sie verschwenden Ihre Zeit.«

Lorne Trexler ruft immer nach Mitternacht an. Ein bisschen spät für Rena, die seit dem Morgengrauen auf den Beinen ist. Doch dieses Timing hat auch gewisse Vorteile. Um Mitternacht schläft Mack längst, das Haus ist still, und sie kann mit Lornes Stimme allein sein. Auf diese Telefonate bereitet sie sich vor wie früher auf den Chemie- und Biologieunterricht. Fast täglich schickt er ihr Links zu Artikeln – schwebende Verfahren, Bohrunfälle, Regulierungsansätze in Pennsylvania und anderswo. Sie liest sie aufmerksam, denn sie weiß, dass er ihr später Fragen dazu stellen wird. Er geht immer davon aus, dass sie eine Meinung haben wird, etwas, das nie jemand von ihr erwartet hat.

Er ist wie ein Studium für sie.

»Was hältst du von *Der stumme Frühling*?«

Das Buch hatte er ihr gegeben, als er sie zum Auto brachte. *Hast du das hier gelesen? Eine Pflichtlektüre für jeden Umweltaktivisten.*

Ich habe gar nichts gelesen, sagte Rena.

»Ich habe noch nicht damit angefangen«, gibt sie zu. »Aber morgen ganz bestimmt.«

Sie versucht sich vorzustellen, von wo Lorne anruft, aus dem gemieteten Haus ein paar Kilometer vom Campus entfernt. Er lebt allein, was Rena nie getan hat. Wie ihre Brüder und Schwestern und alle, die sie kennt, hat sie bei ihren Eltern gewohnt, bis sie mit Mack verheiratet, oder was auch immer, war.

(Mack. Ist das Ihr Ehemann?)

»Rate mal«, sagt er, als sie ihn fragt, wie sein Haus aussieht.

»Ordentlich. Du bist gut organisiert. Und hast überall Bücher. Viele Bücher.«

»Schuldig, was die Bücher betrifft. Ansonsten muss ich dir sagen, dass du als Hellseherin keine Chance hast. Ich bin ein verdammter Chaot.«

Wenn Rena allein lebte, würde sie lange aufbleiben, die ganze Nacht Filme anschauen und morgens, mittags, abends kalte Cornflakes essen – etwas, das sie nie tun kann, weil Mack einen Riesenappetit hat und unleidlich wird, wenn sie Mahlzeiten auslässt.

Sie hatte nie eine Mutter, die für sie kochte, und legt deshalb übertrieben großen Wert auf solche Dinge.

Lorne fragt Rena nicht, wie ihr Haus aussieht, was ihr durchaus recht ist. In dieser Nacht sitzt sie im unaufgeräumten Wohnzimmer, an dem verschrammten Rollschreibtisch, an dem Pete die Buchführung für die Farm gemacht oder zumindest so getan hat, als ob. Nach seinem Tod fanden sie das staubige Hauptbuch, das er unter Verschluss gehalten hatte. Der jüngste Eintrag war sechs Jahre alt.

Lorne spricht über eine öffentliche Diskussionsveranstaltung in Washington County, einen verheißungsvollen Mailwechsel mit einem Staatssenator, sein bevorstehendes Meeting bei der Umweltschutzbehörde. Voller Bewunderung spricht er über den Gouverneur von New York, der ein vorläufiges Moratorium auf die Gasförderung erlassen hat. Rena hört nur mit halbem Ohr zu. Sie blickt sich im Zimmer um, versucht es mit seinen Augen zu sehen: die verblichene Blümchentapete, der altmodische Diwan, auf dem sich Saatgutkataloge, Werbebriefe, unbezahlte Rechnungen stapeln. Die wenigen Bücher gehören Mack, abgegriffene Taschenbücher *(Die Welt des Bodens, Alternative Behandlungsmethoden für Wiederkäuer)*, schmuddelig vom Dreck auf dem Hof.

Die vielen Leben, die sie nie wird leben können.

Als sie Lorne vom Pick and Shovel wegfahren und die roten Rücklichter allmählich auf der Number Six Road verschwinden sah, dachte Rena: Nimm mich mit.

»Ich bin neulich abends bei Shelby vorbeigefahren. Ich wollte sie etwas fragen, aber sie war nicht zu Hause. Ihr Mann war nicht gerade erfreut, mich zu sehen. Er behauptet, dass mit ihrem Wasser alles in Ordnung ist.«

»Verleugnung. Das ist eine ziemlich typische Reaktion. Und – lass mich raten. Seine Tochter erfreut sich bester Gesundheit.«

Seine Stimme – warm, nachhallend – füllt einen Raum in ihrem Inneren. Sie braucht ihn nicht zu berühren, ja, nicht einmal zu sehen. Seine Stimme genügt. Oft erwähnt er nebenbei die Namen von Frauen – Studentinnen, Kolleginnen, eine Ex-Frau, mit der er noch in freundschaftlichem Kontakt steht. Eine Freundin hat er nie erwähnt. Rena horcht auf Subtext.

»Genau *das* hat er nicht gesagt. Aber dahin zielt meine Frage.« Sie zögert. »Ich habe mir Olivias Krankenakte angesehen. Shelby ist am ersten März und dann noch einmal am dreißigsten Mai mit ihr in die Notaufnahme gekommen. Dieselben Symptome, Übelkeit und Erbrechen. Mit den Bohrarbeiten haben sie bei den Devlins aber erst im Juni angefangen.«

Untypischerweise tritt eine Pause ein. Sonst fängt er immer an zu reden, sobald sie aufgehört hat, so als hätte er nur darauf gewartet.

»Stört dich das?«, fragt er.

»Stört es dich *nicht*?«

»Ideal ist es nicht«, räumt er ein, »aber man könnte ja sagen, dass sie eine Vorerkrankung hatte. Das heißt ja nicht, dass das Wasser *nicht* kontaminiert ist. Ravi wird das besser wissen als ich, aber ist es nicht logisch, dass ein Kind mit einem schwachen Immunsystem von schlechtem Wasser eher angegriffen wird als ein gesunder Erwachsener? Schwangere, ältere Leute, Menschen, die schon krank sind – sie sind immer die Kanarienvögel in den Kohlebergwerken.«

Rena, eine gesunde Erwachsene, denkt wieder an den Tag in der Notaufnahme. Wäre sie mit Flow-Z in Berührung gekommen, hätte sie sich vielleicht einen Tag lang krank gefühlt. Stattdessen hatte sie eine Schwangere den Patienten behandeln lassen. Für den Kanarienvogel hatte das schwerwiegende Folgen.

»Das ist wohl wahr. Sie ist dieses Jahr schon vier Mal in die Notaufnahme gekommen, zwei Mal allein im letzten Monat.«

»Sie kommt also immer häufiger.«

»Genau. Keine stationäre Aufnahme, aber trotzdem. Und dann ihre Laborwerte –« Rena hält inne. Patientenbefunde unterliegen eigentlich der Schweigepflicht. »Nur so viel, sie sind völlig chaotisch. Ich kann mir keinen Reim darauf machen. Ich versuche eine Kopie ihrer Akte zu bekommen, damit wir sie zu Dr. Ghosh mitnehmen können.«

»Apropos«, sagt Lorne. »Wie's aussieht, werdet ihr, du und Shelby, ohne mich hinfahren müssen.«

»Warum?« Der klagende Ton in ihrer Stimme ist ihr peinlich.

»Die Coalition bringt einen Bus voll mit Leuten nach Lincoln County, da muss ich auch vor Ort sein. Die County-Commissioner stimmen demnächst über ein Bohrverbot ab – das, wenn es durchkommt, das gesamte gemeindefreie Land betreffen würde.«

»Toll«, sagt Rena, weil eine Antwort notwendig erscheint. »Das sind ja tolle Neuigkeiten.«

»Möglicherweise. Vor der Abstimmung gibt es eine öffentliche Diskussionsveranstaltung, bei der unsere Leute in großer Zahl anwesend sein werden. Ich wünschte, du könntest kommen, aber es ist wichtiger, Olivia so bald wie möglich Ravi vorzustellen.«

Die Intensität ihrer Enttäuschung ist beschämend. Sie ist vierundfünfzig Jahre alt.

»Du und Shelby, ihr werdet das auch ohne mich schaffen. Und bis dahin habe ich noch einen Vorschlag für dich.«

Sofort hebt sich ihre Stimmung wieder.

»Nächsten Monat gibt's da was in New York. Im Hinterland, auf dem SUNY-Campus. Wir demonstrieren für die Beibehaltung des Moratoriums.«

Ohne nachzudenken sagt sie: »Wer ist wir?« Er könnte in New York State eine andere Rena haben, viele Renas, eine ganze Schar von traurigen Farmersfrauen, die auf seinen Anruf warten.

»Ein Bündnis lokaler Gruppen plus so viele Studenten, wie wir in der ersten Semesterwoche zusammentrommeln können.« Er hält inne. »Es könnte interessant für dich sein, zu sehen, wie das funktioniert. Wir könnten zusammen hochfahren. Was meinst du?«

Mack hat schlecht geschlafen. Sie liegt wach, lauscht dem Ticken der Uhr. Irgendwo klingelt ein Telefon, was nichts Ungewöhnliches ist. In letzter Zeit klingelt Renas Handy mehr oder weniger ständig: zu Essenszeiten, nachts, wenn sie Rechnungen bezahlt oder auf den Computerbildschirm starrt und Mack eigentlich schlafen sollte.

Rena hat ein unruhiges Wesen. Ab und zu kommt ihr eine Idee in den Kopf – Schwesternschule, Biolandbau. Sie und Mack könnten doch Ziegen oder Lamas halten, Schäferhunde züchten, sich mit der Käserei beschäftigen; die County-Verwaltung biete Online-Kurse an. Sie könnten ihren eigenen Joghurt herstellen, in Flaschen füllen und verkaufen. Alles, was sie bräuchten, wäre eine Website und etwas namens Twitter.

Warum nicht, Baby, sagt Mack. *Klingt gut.*

Das Klingeln hört auf. Mack steigt aus dem Bett und steht lauschend oben an der Treppe.

Eine lange Pause entsteht. Für einen Moment glaubt sie, sie hätten aufgelegt. Dann hört sie Renas Lachen, wie einen exotischen Vogelruf.

Mack zieht ihren alten Flanellbademantel an und tappt nach unten. Rena ist im Wohnzimmer, das gleichzeitig als Friend-Lea-Büro dient. Ihr Handy liegt auf dem Schreibtisch neben ihr. Sie sitzt am Computer, die Lesebrille rutscht ihre Nase hinunter.

»Du bist wach?« Rena wirkt überrascht, sie zu sehen. Mack war schon immer eine gesegnete Schläferin. Die beiden haben noch keinen Wecker gefunden, der sie aus dem Schlaf reißen könnte. Egal, wie laut oder schrill das Klingeln ist, sie baut es einfach in ihren Traum ein. Jeden Morgen weckt es Rena, die dann Mack aus dem Bett schubst.

»Ich hab das Telefon gehört.«

»Das war Dr. Trexler«, sagt Rena – unnötigerweise, denn es ist immer Dr. Trexler, oft gegen Mitternacht. Er ist ein Nachtmensch, so wie Rena es auch war und immer noch wäre, hätte Mack sie nicht zum Leben auf dem Hof überredet. Sie war die Art Mensch, die überall hätte hingehen, alles hätte sein können – ganz im Gegensatz zu Mack, die zur Farmerin geboren wurde. Es gab nichts anderes, was sie gerne geworden wäre.

»Wir müssen das Wasser der Devlins untersuchen lassen. Das

Problem ist allerdings, eine Firma zu finden, die von Pittsburgh hier rauskommt. Die Labors in der Gegend haben nicht die richtige Ausstattung, oder so was.«

»Und warum ruft er dann dich an?« Bildet sie sich das ein, oder wird Rena rot?

Renas Blick huscht zum Computerbildschirm.

Sie bildet es sich nicht ein.

»Er sagt, dass Shelby mir vertraut. Was wohl stimmt. Die Bohrung war die Idee ihres Mannes. Ich glaube nicht, dass sie da ein Wörtchen mitzureden hatte.«

Mack kennt das Gefühl. Natürlich ist sie selbst schuld: Als die Nachbarn damals ihre Pachtverträge unterschrieben, hatte sie gerne Rena die Entscheidung überlassen. *Warum nicht, Baby. Klingt gut.* Erst als Carl Neugebauer vorbeikam, fing Mack an, sich zu fragen: Was hätte Pop gemacht?

»Komm ins Bett«, sagt sie.

»Gleich. Ich muss noch eine Mail verschicken.« Erneut huscht Renas Blick zum Bildschirm.

Unruhig.

Oben sind die Laken noch warm. Wie ein Hund, der sich schlafen legt, mummelt sich Mack mit ein paar routinierten Bewegungen auf ihrer Seite ein.

Was hätte Pop gemacht?

Sie erinnert sich an eine Geschichte, die er immer erzählte, von dem einen Mal in seinem Leben, als er ein bisschen zusätzliches Geld hatte. Während des Krieges, lange bevor seine Tochter geboren wurde, hatte der junge Pete Mackey aus dem hintersten Winkel seiner Weiden die Kohle ausgegraben und heimlich verkauft. Männer kamen nach Einbruch der Dunkelheit und transportierten ganze Wagenladungen ab, Leute aus der Stadt, die ihre Lebensmittelmarken aufgebraucht und keine Hausbrandkohle mehr hatten. Das war ein lukrativer Nebenerwerb für einen Farmer – eine *Provinzbank*, wie Pop das nannte. Allen Nachbarn war klar, was er da trieb, und wer konnte, machte es ebenso.

Inzwischen sieht Mack, dass Carl Neugebauer recht hatte: Pop hätte den Pachtvertrag unterschrieben. Er gehörte zu der Sorte Mensch, die tat, was sie tun musste.

Schwerfällig dreht sie sich auf den Bauch und zieht sich das Kissen über den Kopf.

Ihre Schlaflosigkeit ist ein neues Phänomen. Fast ihr ganzes Leben lang ist sie mühelos hinübergedämmert, die Gliedmaßen schwer von der gesunden Müdigkeit eines Tages voll bäuerlicher Pflichten. Die Schlafstörung hat vor einer Woche angefangen, in der Nacht von Renas Versammlung. Nachdem Rena das Haus verlassen hatte, um zur Bücherei zu fahren, schlief Mack vor dem Fernseher ein. Um dreiundzwanzig Uhr schreckte sie hoch. Das Haus war dunkel und still. Rena war noch nicht zurück.

Mack war überrascht, aber nicht besorgt, bis sie sah, dass der Friend-Lea-Lieferwagen in der Einfahrt stand. Rena hatte also den Pick-up genommen, der in letzter Zeit zum Überhitzen neigte. Als Rena nicht an ihr Handy ging, zog Mack sich die Stiefel an und lief zum Auto. Sie schaltete das Fernlicht ein und fuhr langsam los, immer nach dem Pick-up Ausschau haltend. Sie hielt sich auf der Number Six Road, vorbei an der Bibliothek – jetzt geschlossen, die Fenster dunkel – und bis in die Stadt hinein, wo sie mitten auf der leeren Straße kehrtmachte.

Keine Rena.

Hatte sie die Abkürzung nach Hause genommen? Die Number Six Road unterquerte den Drake Highway und war bis vor Kurzem die schnellste Strecke aus der Stadt zur Farm gewesen. Seit es aber jede Woche neue Umleitungen gab, war die Abkürzung nicht mehr ganz so kurz.

Mack nahm sie trotzdem. Die Straße führte über mehrere Kilometer am Carbon Creek entlang, dann unter ihm hindurch. An der Kreuzung lag das Pick and Shovel, ein dunkles kleines Wirtshaus, wo sie und Pop manchmal ein Bier getrunken hatten, sonntagnachmittags, wenn die Steelers spielten. Das Pick and Shovel war gerade dabei, zu schließen. Auf dem Parkplatz standen nur noch eine Handvoll Autos.

Darunter Renas Pick-up.

Träumte sie? Mack wartete auf das ferne Weckerklingeln und Rena, die sie aus dem Bett scheuchte.

Sie fuhr rechts ran. Vom Seitenstreifen aus hatte sie sowohl den Parkplatz als auch den Eingang des Lokals gut im Blick. Sie schaltete den Motor aus und wartete – worauf, wusste sie nicht genau. Eins nach dem anderen rumpelten Autos und Pick-ups von dem Parkplatz, bis nur noch drei übrig waren. Eins war eine alte Corvette, stadtbekannt, der wertvollste Besitz eines örtlichen Automechanikers. Links und rechts davon parkten Renas Pick-up und ein roter Toyota Prius.

Mack wartete und wartete, hellwach, den Kopf leer, bis endlich die Tür aufging. Sie sah die beiden als Silhouette, ein Paar mittleren Alters, das den Parkplatz überquerte. Der Mann – nicht groß, auffallend mager – ging dicht hinter Rena, die er am Ellbogen lenkte, so wie Männer es tun dürfen.

Sie sahen wie ein Paar aus, weil sie ein Mann und eine Frau waren.

So durfte Mack nicht mit Rena gehen.

Sie sah, wie sie neben dem Pick-up stehen blieben. Dann geschah etwas Bemerkenswertes. Der Mann nahm Renas Hand und führte sie in den Wald.

Mack steigt aus dem Bett. Im Bad schluckt sie eine von Renas Schlaftabletten – vor Jahren verschrieben, während Calvins Prozess. Als Rena das erste und letzte Mal eine nahm, schlief sie sechzehn Stunden lang; bei Mack, die zwei Mal so schwer ist, richten die Tabletten jedoch kaum etwas aus. Vielleicht haben sie, nach vier Jahren im Arzneischrank, ihre Wirkung verloren, denn Mack hat nach wie vor Schlafstörungen.

Und viele verrückte Träume.

Sie träumt, sie schwömme mit Lindy Najarian, ihrer Zimmergenossin vom College, in einem Wasser, das der Garman Lake sein könnte, aber nicht muss, Lindy in ihrem normalen Badeanzug, Mack in Stiefeln und Overall, so als hätte sie sich ins Wasser gestürzt, um einen Ertrinkenden zu retten. Sie spielen ein Spiel, bei dem Mack Lindy jagt. Das Ziel dieses Spiels – was genau passiert, wenn Lindy gefangen wird – ist auf spannende Weise unklar. Lindy saust pfeilschnell durchs Wasser, und Mack spürt ihren Nachteil, die schweren Stiefel, die sich mit Wasser füllen. Dann taucht Lindy unter. Blasen umgeben sie: Auf wundersame Weise ist sie in der Lage, unter Wasser zu atmen. Mack folgt ihr, die Luft so lange anhaltend, bis sie nicht mehr kann.

Keuchend wacht sie auf.

Als Rena sich am nächsten Tag auf den Weg zum Krankenhaus gemacht hat, lässt sich Mack vor dem Computer nieder, was sie sonst nur selten tut. Rena hat das Gerät angelassen. Mack liest:

> Lampyridae sind eine Familie von Insekten aus der Ordnung der Coleoptera. Wegen ihrer auffälligen nächtlichen Verwendung der Biolumineszenz zur Anziehung von Sexualpartnern oder Beute werden diese geflügelten Käfer auch Glühwürmchen oder Leuchtkäfer genannt.

Als sie wach lag und sich fragte, was Rena wohl am Computer machte, hätte Mack sich nicht vorstellen können, dass sie sich über Glühwürmchen informierte.

Sie öffnet ein neues Fenster und tippt *Lindy Najarian* ins Suchfeld. Wie viele wird es da wohl geben?

Sie war die beste Langstreckenläuferin der Mannschaft, Macks Trainingspartnerin. Macks Zimmergenossin, beste Freundin und Trinkkumpanin, bis zu dem Freitag, an dem sie sehr spät aus einer Kneipe in der Stadt nach Hause taumelten. Im Suff griff Mack so nach Lindy, wie sie es schon immer gerne getan hätte, und Lindy stieß sie von sich und warf ihr schreckliche Sachen an den Kopf, die zwar nicht alle, aber doch zu einem Großteil zutrafen. Am nächsten Tag, einem Samstag, kam Mack nach Hause und fand ihr Zimmer verschlossen und verriegelt vor. Gelächter dahinter, murmelnde Stimmen. Als sie klopfte, machte niemand auf.

Der Junge selbst war unwichtig. Das spürte sie sogar damals

schon, durch ihre stumme Verletztheit und Demütigung und Wut hindurch. Lindy hatte ihn mehr oder minder zufällig ausgesucht. Sie wollte nur etwas klarstellen.

Mack wartete im Aufenthaltsraum von Block B. Als der Junge um 5 Uhr morgens aus dem Zimmer stolperte, folgte sie ihm über den Campus den Hügel hinauf.

Er wäre unversehrt geblieben, hätte er nicht die Abkürzung genommen.

Während sie ihn verfolgte, dachte Mack daran, wie sie mit ihrem Vater auf die Jagd ging, an den stillen frühmorgendlichen Wald, den feuchten Erdgeruch, den Nachthimmel, der allmählich in Blau überging. Ihr Kopf war seltsam leer. Pops Lieblingsjagdhund war ein Bluetick Coonhound namens King. Was dachte King an solch einem kalten Morgen, während er durchs Unterholz schnüffelte? Nichts. Er tat einfach, was er tat.

Die Abkürzung schlängelte sich um die Bibliothek herum, unbeleuchtet, der Pfad ausgetreten von Tausenden Turnschuhen.

Unbeleuchtet.

Im Handumdrehen lag der Junge auf dem Boden, wie gelähmt und still. Gleich darauf saß Mack auf ihm, sein langer, schmaler Körper zwischen ihren Schenkeln eingeklemmt. Ebenso wie Lindy war er Langstreckenläufer, dünn wie ein Windhund, aerodynamisch. Ein Waisenknabe gegen eine Kugelstoßerin, die gut siebzehn Meter warf.

Für den Rest ihres Lebens würde das Geräusch sie verfolgen, das merkwürdige Knacken. Beim Popcornmachen oder Holzhacken würde sie sich an dieses Gefühl erinnern: die geschmeidige Bewegung ihrer Meisterschulter, die Rippen des Jungen, die wie Zweige brachen.

Im Schatten hinter der Bibliothek sah er so schlank aus wie ein Mädchen.

Es dämmerte, als sie zum Block B zurückkehrte. Lindy war schon in die Sporthalle gegangen. Ihr Bett war abgezogen, die Laken waren in den Wäschekorb gestopft worden, sodass Mack die nackte Matratze sehen konnte, ein boshafter Hinweis auf das, was da in der Nacht passiert war. Mack packte ein paar Kleidungsstücke in ihre Sporttasche und hielt auf dem Weg über den Campus noch kurz an der Leichtathletikhalle an, um dem Trainer eine Nachricht unter der Tür durchzuschieben. In ihrer letzten Nacht in State College schlief sie am Greyhound-Busbahnhof, wo sie auf den einzigen Bus nach Bakerton wartete. Am nächsten Morgen kaufte sie sich eine Ausgabe der Lokalzeitung und entdeckte einen kleinen Artikel unten auf Seite zwei. Ein Penn-State-Student war hinter der Bibliothek von einem unbekannten Angreifer überfallen worden.

Ein unbekannter Angreifer.

An seiner Stelle hätte sie auch gelogen. Mack hätte es auch demütigend gefunden, sich von einem Mädchen fertigmachen zu lassen.

Ihre Suche nach Lindy ergibt einen einzigen Treffer, einen Blog mit dem Titel Marathon-Mütter. Lindy Najarian-Holtzmann ist dort so eine Art Redakteurin.

Wir sind eine Gemeinschaft von Müttern, die sich einer aktiven Elternschaft, dem Gebrauch von Sonnenschutzmitteln, guter Ernährung und dem Erreichen ihrer persönlichen Bestleistung verschrieben haben.

Mack scrollt durch die Seite. Eine Userin, WatertownMom, postet beinahe täglich: Familienfotos, Zeiten und Distanzen, inspirierende Weisheiten zusammen mit Sonnenuntergängen. Als sie sich durch diese Posts hindurchklickt, stößt Mack am Ende auf ein Foto von WatertownMom im kurzen Laufdress. Inzwischen blond, das Gesicht ledern, ist sie nach wie vor sehr klein. Immer noch unverkennbar Lindy. Ihr Körper hat sich in über dreißig Jahren nicht verändert.

Jetzt tippt Mack *Lorne Trexler* in das Suchfeld.

Sofort spuckt die Suchmaschine Hunderte von Treffern aus. Mack ist sprachlos. Die Suche nach irgendjemandem, den sie kennt – sie selbst, Rena, irgendjemandem in Bakerton – würde ergebnislos verlaufen, oder fast. Da wird ihr klar, dass Lorne Trexler ein ganz anderes Kaliber ist, ein Mann mit Einfluss.

Sie klickt auf den ersten Link, die Homepage des Instituts für Geologie am Stirling College. *Dr. Trexlers Lehr- und Forschungsschwerpunkte umfassen Gewässerökologie, Bestimmung und Bewirtschaftung der Einzugsgebiete von Wasserscheiden, Handlungsmodelle für die Organisation von Basisinitiativen, Ressourcenmanagement und Public Policy.*

Mack betrachtet eingehend das Foto auf dem Bildschirm. Er ist älter, als sie erwartet hat, ein Zottelkopf, hager im Gesicht. Und so was findet Rena anziehend, diesen alternden Hippie? Einen dünnen kleinen Mann, der dringend mal zum Frisör müsste? Das kann sie kaum glauben. Aber in Sachen Hengstfleisch ist Mack keine Expertin.

Der zweite Treffer ist ein Link zum *Time Magazine*.

EIN INTERESSENKONFLIKT?

An den Herausgeber:

»The Big Frack« wirft zwingende Fragen nach dem angemessenen Verhältnis zwischen Hochschule und Industrie auf. Dr. Amy Rubin, die in dem Artikel zitierte Geologin, ist in Wirklichkeit eine bezahlte Beraterin für Darco Energy. Dieser Gas- und Ölkonzern hat – rein zufällig? – ein neues geologisches Seminar auf dem SUNY-Campus gestiftet, in dem Dr. Rubin unängst eine Festanstellung bekommen hat. Solche Treuhänderverhältnisse haben verheerende Auswirkungen auf die Integrität wissenschaftlicher Forschung. Dr. Rubins Sponsoren haben ein unmittelbares wirtschaftliches Interesse am Ergebnis ihrer Forschung. Wenn ein Wissenschaftler Geld aus der Industrie annimmt, ist die Frage erlaubt, was die Industrie als Gegenleistung erwartet.

Lorne Trexler, Vorsitzender
Institut für Geologie
Stirling College, Stirling, PA

Links und noch mehr Links. Die Homepage der Keystone Waterways Coalition. Lorne Trexler bei Versammlungen von Bürgerinitiativen, Antifracking-Demos, einer Benefizveranstaltung für einen gewissen Planet Fund. Lorne Trexler in Jackett und Schlips, wie er vor dem Repräsentantenhaus spricht.

Ein Mann mit Einfluss.

DER JUNGE IN DER BLASE

1988

Der Bus rollt, lang und weiß, mit dem großen grünen Schriftzug STIRLING COLLEGE auf beiden Seiten, über die Landstraße Richtung Osten. Unter Missachtung der im Bus ausgehängten Sicherheitsvorschriften steht Lorne Trexler redend und gestikulierend im Gang. Dem Kalender nach ist es bereits Frühjahr, auch wenn sich der Winter in den dunklen Kieselsteinen, die unter den Schneeresten zum Vorschein kommen, dem Salzschleier auf dem Asphalt, dem zinkfarbenen Himmel immer noch hält.

Diese wöchentlichen Exkursionen bilden den Grundstein der Geowissenschaften. TEILNAHME OBLIGATORISCH, ENTSCHULDIGUNG NICHT MÖGLICH, steht fett gedruckt im Vorlesungsverzeichnis. Trotzdem versuchen es seine Studentinnen und Studenten. Familiärer Notfall, Pfeiffersches Drüsenfieber, tote Großmutter, die üblichen Euphemismen für *Kater* und *Faulheit* und *noch betrunken von gestern Nacht*. Klassische, lange erprobte Entschuldigungen. In ihren Tricks und Finten sind sie – wie in allem – Traditionalisten.

Stirling ist eine der Universitäten, an denen man sicher einen Platz bekommt, eine respektable Ausweichlösung für die weniger hellen Sprösslinge wohlhabender Eltern – privilegierte Kinder, die mit dem Fernseher aufgewachsen sind.

Ihre Entschuldigungen sind altehrwürdig, archetypisch, durch die Generationen hindurch tradiert wie die Mythen eines primitiven Stammes.

Trexler bewegt sich den Gang hinunter, um zu sehen, wer wach ist. Leicht zu erkennen ist das nicht. Die Studentinnen und Studenten scheinen kaum etwas mitzubekommen, während sie Zeitschriften durchblättern oder zu irgendwelchem kommerziellen Schund, der aus ihren Kopfhörern tönt, mit dem Kopf nicken.

Die Exkursionen sind thematisch an den Lehrplan der Geowissenschaften gebunden – die Auswahl der Ziele folgt jedoch nie näher beschriebenen Kriterien, obwohl die Studenten ahnen, dass Trexler damit eine Aussage trifft. Bei den Exkursionen besteigt er Hügel, erklimmt mühelos Leitern, und einmal kletterte er über den Sicherheitszaun einer Kraft-Wärme-Kopplungsanlage. Amy Rubins Fotoapparat erwischte ihn mitten in der Bewegung, einen abgetragenen Stiefel in den Maschendraht gezwängt, das harsch formulierte Schild – WIDERRECHTLICHES BETRETEN WIRD STRAFRECHTLICH GEAHNDET – halb von seinem Jeansschenkel verdeckt. Als sie ihm einen Abzug davon gab, klebte er ihn an die Tür seines Büros, eine Tatsache, die wahrgenommen und kommentiert wurde. Nicht Zeitschriften, bemerkt Trexler. Einige der Studentinnen und Studenten – mehr als eine Handvoll – schauen sich Kataloge an.

Amy Rubin und ihre Freundinnen haben die hintere Bank des Busses in Beschlag genommen. Caroline Minturn, eine gertenschlanke Blondine aus Greenwich, Connecticut, ist der Ausreißer. Suki Lee und Amy sind klein und brünett.

»Guckt mal, wer da kommt«, sagt Suki. Geowissenschaft war ihre Idee gewesen, ein bequemer Weg, die Anforderungen der Wissenschaft zu umgehen. Amy, der Tochter eines theoretischen Physikers, erschien diese Idee radikal. *Das gilt als Wissenschaft?*

Sie beobachten, wie Professor Trexler den Mittelgang herunterkommt, locker und wendig, in rhythmischem Schwung eine Rückenlehne nach der anderen ergreifend. Neben seinen langen Haaren ist das sein auffälligstes Merkmal: die offensichtliche Verliebtheit in die Bewegung seines eigenen Körpers, seine kinetische und maskuline Anmut.

Sie sind beste Freundinnen – aus Sicht des Stirling Colleges drei Versionen desselben Mädchens: eines hübschen Mädchens, das zu beschäftigt zum Studieren ist, eines sehr gefragten Partygirls. Da heute Freitag ist, tragen sie mit griechischen Buchstaben bedruckte blaue Pullover. Dem oberflächlichen Beobachter fallen die Unterschiede zwischen ihnen nicht auf: Sukis Jahre an amerikanischen Schulen in Paris und Tokio, die einsame Diplomatentochter; Amy, das spätgeborene Kind von Akademikereltern, verdrießlichen russischen Emigranten voller Argwohn gegen jedes Vergnügen. Die Zimmergenossinnen Suki und Amy haben diese Geschichten sogar voreinander verborgen gehalten. Es bedurfte einer Dritten, um ihre Freundschaft zu festigen, eines dritten Mädchens zum Beneiden und Bewundern. Caroline ist die vollendete Normalität, ihre heitere Kindheit etwas Beneidenswertes: die Sommercamps und unkonventionellen Internate, Pferde und Tennis und Partydrogen. Amy und Suki kopieren ihren Stil und ihre Verhaltensweisen, leihen sich großzügig Pullover aus ihrer riesigen Kollektion aus. Caroline ist das Gegenmittel zu ihrer eigenen fragwürdigen Vergangenheit, ihrer sonderbaren ausländischen Familie, ihrer versteckten, beschämenden Fremdheit.

»Wetten, dass er sich neben Amy setzt«, sagt Caroline.

Trexler verzweifelt an diesen Studentinnen und Studenten, er weint um sie – verwöhnt und vernachlässigt zugleich, aufgewachsen vor dem Fernseher, dessen Programme unvorstellbar schlecht sind, schlechter noch als der Dreck, den er als Kind gesehen hat: die derben Komödien und moralbeladenen Schnulzen; die alten Cowboys, Helden des Genozids, gefangen in der schrecklichen Unsterblichkeit ewiger Wiederholungen in Schwarzweiß. Das heutige Fernsehen ist gleichzeitig dumpfer und perfider. Es gibt viele Sendungen – ein ganzes Genre von TV-Dramen –, in denen es hauptsächlich um Immobilien geht. Die Charaktere, rücksichtslose Baulöwen und ihre hinterhältigen Sprösslinge, sind nebensächlich. Die wahren Protagonisten sind die weitläufigen und pompösen Häuser der Reichen, eine grobe amerikanische Vorstellung von Eleganz.

Ganz Amerika sieht fern, auch die Jungen.

In ihrem Alter hat Lorne Trexler nicht ferngesehen. Er war damals voller Enthusiasmus, ein Kreuzritter gegen die Ungerechtigkeit – in den Augen seines Vaters allerdings nur ein langhaariger Klugscheißer. Seine Mutter war weniger unverblümt und dachte laut darüber nach, warum Lorne sich immer auf die Seite der

Unterdrückten, der dunkelhäutigen Sozialschmarotzer schlug. In ihren Überzeugungen schwankten seine Eltern nie; sie waren unerschütterlich, desinteressiert, immun gegen Zweifel.

Seine Eltern würden sich vielleicht, wenn sie nicht inzwischen verstorben wären, an Serien wie *Lifestyles of the Rich and Famous* erfreuen, Sendungen, die Leute sich allen Ernstes anschauen.

Hinten im Bus kichern und flüstern die Mädchen.

»Ist das hier der Platz, wo die coolen jungen Leute sitzen?« Trexler stößt Amys Fuß leicht mit seinem an. »Was gibt es Neues aus Griechenland?«

Amy errötet. Er lässt keine Gelegenheit aus, sie wegen Theta aufzuziehen: die verlogenen Rituale dieser Studentinnenverbindung, deren halbherzige Sozialprojekte, an denen sie bisher nicht teilgenommen hat. *Ich mache das gar nicht,* sagt sie, wohl wissend, dass das eine schwache Rechtfertigung ist. Dass sie nie ein Kind aus einkommensschwachen Verhältnissen betreut oder erwachsene Analphabeten unterrichtet, dass ihr »Dienst« sich darauf beschränkt hat, an einem einzigen Nachmittag entlang der Landstraße Müll aufzusammeln, lässt sie selbst und Theta umso erbärmlicher erscheinen.

»Was lesen Sie?«, fragt er, nur um sie ein bisschen zu schikanieren. Er sieht etwas in diesem Mädchen, eine Beweglichkeit, das Aufflackern einer tieferen Intelligenz, die es offenbar um jeden Preis verbergen will. Eine Illusion, wahrscheinlich. Er hat sich schon einmal getäuscht.

Er nimmt ihr den Katalog aus der Hand. »Erklären Sie mir bitte etwas. Haben Sie tatsächlich vor, diese« – er deutet mit dem Blick auf die Seite –»ungewöhnlich engen Hundertdollar-Bluejeans mit dem Markenlogo auf der rechten Pobacke da zu *kaufen*?«

»Nein«, sagt sie. »Wahrscheinlich nicht.«

»Das ist also bloß Ihr Lesestoff. Das ist *Unterhaltung*.« Mit zäher Geduld erklärt er ihr den geringen, aber wesentlichen Unterschied zwischen einem Katalog und einer Zeitschrift, die die

Werbeanzeigen wenigstens zwischen Interviews mit Berühmtheiten und Klatschkolumnen versteckt. Ein Katalog macht kein Hehl aus seinem wahren Zweck. Der Unterschied (denkt er, sagt es aber nicht) zwischen einer Stripperin und einer Hure.

»Rutschen Sie rüber, Rubin. Ich möchte Ihnen etwas zeigen.«

Er setzt sich neben sie, nimmt ihre geduckte Haltung ein, sein Körper eine Barriere zwischen ihr und ihren Freundinnen, und zeigt auf die vier Türme in der Ferne, glockenförmig und weiß leuchtend. »Da ist er. Der Tatort. Der eigentlich ein Wunder sein sollte. So billige Energie, dass man die Kosten gar nicht messen kann.«

Er trägt keinen Ehering.

»Das ist es?«, sagt sie. »Ist es immer noch in Betrieb?«

»Erstaunlicherweise ja. Die Hälfte davon jedenfalls. Das da im Vordergrund ist Block eins. Passiert ist es in Block zwei.«

»Können wir hingehen und es uns anschauen?«

Ihm klappt die Kinnlade herunter. »Sie machen Witze, oder? Fünfundsiebzig junge Leute im besten fortpflanzungsfähigen Alter? Sie nehmen ihr kaputtes Sperma, ihre kaputten Eier mit zurück auf den Campus und rammeln wie die Karnickel. Dabei geben Sie Mutationen weiter, die die Wissenschaft noch nicht gesehen hat.«

Amy rutscht tiefer in ihren Sitz.

»Habe ich Sie in Verlegenheit gebracht? Tut mir leid«, sagt er und berührt kurz ihr Bein.

Er trägt keinen Ehering, ist aber bekanntermaßen verheiratet. Einmal hat Amy ihn mit seiner Frau zusammen in der Stadt gesehen. Mrs. Trexler war groß und klapperdürr, mit einem länglichen Pferdegesicht. Sie trug den unvorteilhaften Topfschnitt, der zehn Jahre zuvor modern gewesen war.

»Es ist also immer noch – kontaminiert? Zehn Jahre danach?«

»*Rubin.*« Er klingt wirklich sauer. »Die Halbwertszeit von Plutonium 239 beträgt *vierundzwanzigtausend Jahre*.«

Scham überkommt sie, die tiefsitzende Erinnerung an vergangene Blamagen. In der Junior High hatte sie selbst einmal den

Topfschnitt ausprobiert, ein Stil, der nicht zu lockigen jüdischen Kindern passt. Sie wird blutrot im Gesicht. »Entschuldigung. Ich bin ein Dummkopf.«

»Sind Sie nicht«, sagt er, freundlicher. »Aber dann verhalten Sie sich auch nicht wie einer. Zehn Jahre – genauer gesagt neun – sind nichts. Unter geologischem Gesichtspunkt ist es vor einer Minute passiert.«

»Müssen die das denn nicht in Ordnung bringen?«

»Das kann man nicht. Letztlich. Obwohl sie eine ziemliche Show abziehen. Männer in Schutzausrüstung mit einem Stundenlohn von sechs Dollar. Nicht in der Gewerkschaft, versteht sich.« Die gewerkschaftliche Organisierung der Arbeitnehmer ist eins seiner Lieblingsthemen: die Fluglotsen, Präsident Reagans schamlose Zerschlagung der Gewerkschaften. »Diese armen Teufel haben keine Ahnung, womit sie es da zu tun haben.«

»Und das ist legal?« Manchmal ist Amy seinen Behauptungen gegenüber skeptisch, hat aber nicht die nötigen Gegenargumente. Immer scheint er Insiderinformationen zu haben, ein komplexes Weltverständnis, das sie nie erlangen wird.

»Ja, sicher. Irgendein Anwalt gibt dem Mann eine Liste mit radioaktiven Verbindungen, von denen er noch nie gehört hat, und er unterschreibt ein Papier, das die Firma von jeglicher Haftung freistellt. In zehn Jahren, wenn er Leukämie oder Schilddrüsenkrebs bekommen hat, zieht eine Sekretärin diese Verzichtserklärung aus einem Aktenschrank. Simsalabim: Kein Gerichtsverfahren.«

»Ich war noch ein Kind, als das passiert ist«, sagt Amy. »Ich erinnere mich, dass meine Eltern darüber sprachen. Ich hab nichts verstanden.«

»Das hat niemand. Obwohl der halbe Kern schmolz, gab es nicht einmal eine Evakuierung. Die Leute weiter unten in der Straße haben weiterhin ihren Rasen gemäht. Irgendwann forderte der Gouverneur sie dann auf, ihre Fenster zu schließen. Als ob das einen Unterschied machen würde.« Trexler verlagert ein wenig sein Gewicht. »Das war mein letztes Semester in Rutgers.

Mein Kumpel hatte einen Lieferwagen, und so fuhr eine ganze Gruppe von uns hoch zum Demonstrieren.«

Hingerissen hört Amy zu. Sie war nie auf einer Demonstration, eine Vorstellung, die sie mit der Hippiezeit in Verbindung bringt. In diesem Moment fühlt sie deutlich ihr eigenes Unglück, die Ungerechtigkeit, erst so spät, als die Probleme der Welt bereits gelöst waren, das Licht der Welt erblickt zu haben.

»Es herrschte Chaos. Demonstranten von überallher, hauptsächlich junge Leute. Die Einheimischen haben uns gehasst. Ist das zu fassen? In dem Reaktor befand sich eine Wasserstoffblase, die hätte explodieren können. Diese Leute leben unmittelbar neben einer drohenden Kernschmelze und regen sich über *uns* auf, weil wir ihr Leben stören.« Immer noch ungläubig schüttelt er den Kopf. »Schafe, blöde. Wir sind zwei Tage geblieben und dann zum Benefizkonzert in die Stadt gefahren. Am Ende haben wir auf dem Times Square Leute angehauen und uns das Benzingeld für den Rückweg erbettelt. War's trotzdem wert, allein um Carly Simon zu sehen. Je von ihr gehört, Rubin?«

Amy verdreht die Augen. »Bitte. Ich weiß, wer Carly Simon ist.« Das stimmt so in etwa. Sie weiß, dass es eine Carly und eine Carole, eine Joni und eine Janis gab. In ihrer Vorstellung sind sie alle dieselbe Frau, ernst, mit wolligem Haar.

»Gute Zeiten, Rubin. Das hätte Ihnen gefallen. Obwohl alles dagegen spricht, glaube ich, dass Sie eine Hippie-Seele haben.« Er steht auf.

»Warten Sie. Sie müssen mir noch etwas unterschreiben.« Amy wühlt in ihrem Rucksack und reicht ihm ein Formular in dreifacher Ausführung – ABSICHTSERKLÄRUNG ÜBER DIE AUFNAHME EINES MASTERSTUDIUMS. Sie spürt ein angenehmes Herzrasen.

»Im Ernst, Rubin? Geologie?«

Von der anderen Seite des Gangs kommt ein unterdrücktes Kichern, Caroline oder Suki.

»Was war Ihr bisheriges Masterstudienfach?«

»Noch nicht angegeben«, sagt Amy.

»Sie wissen, was das bedeutet, oder? Jetzt gehören Sie mir.« Er unterschreibt mit einer schwungvollen Bewegung. »Wir sehen uns dann beim Geländepraktikum.«

Es war der Sommer der ebenso zahlreichen wie vielfältigen Überraschungen – das Ende einer Sache (des Unterrichts mit dem endlosen Mitschreiben, der Ansammlung unzusammenhängender Fakten) und der Beginn von mehreren anderen. Ein Sommer außergewöhnlicher Ereignisse, seltener Verschwörungen zwischen Höhe und Wetter, totemistischer Erscheinungen, angefangen bei dem Land selbst, dem Westen in seiner ganzen ausgedehnten Wirklichkeit, seiner ausgedörrten Fremdartigkeit: die sanft geschwungenen Antiklinalen, die rötlichen Mondlandschaften, mit Salbei gewürzt. Für die in Wohnungen aufgewachsene, von Geburt an asthmatische Amy Rubin war es, als taumelte sie durch ein Tor. Jeden Tag von Neuem war sie nichts als sprachloses Staunen, so als hätte sie einen bereits ausgestorbenen Dodo erblickt, eine Kreatur, die moderne Menschen eigentlich gar nicht zu Gesicht bekommen dürften.

Sie kamen aus den Städten und angenehmen Vororten, Rochester und Philadelphia und Montclair, New Jersey; Long Island und Westchester und Dutchess County, New York. An der Gepäckausgabe beäugten sie einander misstrauisch, vier junge Frauen und sechsundzwanzig junge Männer in frisch gewaschenen Bluejeans und T-Shirts. (So sauber würden sie in den nächsten Wochen nicht mehr sein.) Es gab ein paar laute Wiedersehensszenen, Studentinnen und Studenten von einem großen SUNY-Campus, der das Ganze finanziell unterstützte. Die übrigen kamen, wie Amy, aus geisteswissenschaftlich ausgerichteten Universitäten mit sehr kleinen Instituten und keinen eigenen Feldpraktika.

Sie stand ein Stückchen vom Gepäckband entfernt, ihre Reisetaschen vor sich gestapelt. Die Gruppe interessierte sie nicht, die Kaugummi kauenden Studenten unterer Semester in ihren College-Sweatshirts. Ihretwegen war sie nicht hier.

»Amy, stimmt's?«, sagte Dave oder Mike oder irgendeine andere maskuline Silbe, ein Typ, an den sie sich vage aus einem Mineralogiekurs in Stirling erinnern konnte. Dabei war es weniger sein Gesicht, das ihr vertraut vorkam, als vielmehr sein Körper – wohlgeformt, wie kleine Männer es sein können. lange Taille, breite Schultern. Sie hatte Männer immer an ihren Umrissen erkannt.

»Ich dachte mir schon, dass du's bist. Ich wusste nicht, dass du einen Geo-Master machst.« Er musterte sie wie eine seltene Spezies. Tim hieß sie, die maskuline Silbe.

»Amy Rubin!«

Als sie sich umdrehte, sah sie Lorne Trexler auf sich zukommen – unrasiert, strahlend, gebräunt. Unter der Flughafenbeleuchtung hatte sein Gesicht die Farbe von Dosenschinken. Seine Augen sahen hell wie Litschis aus, leuchtend – der entrückte Blick eines Pilgers, der aus Mekka zurückgekehrt ist.

Sie sind's, wollte sie gerade sagen, als er zu sprechen anfing.

»Sagen Sie nicht, dass das alles Ihnen gehört.« Er zeigte auf ihr Gepäck – verächtlich, als hätte sie eine Sauerei auf dem Fußboden veranstaltet. »Zwei Gepäckstücke, hatten wir gesagt. Das sind drei, und dazu noch große.«

»Aber in einem ist ein Zelt«, protestierte sie, Unschuld heuchelnd. In Wirklichkeit hatte sie unter vorsätzlicher Missachtung der Regeln zu viel eingepackt.

»Ein Zelt gilt als ein Gepäckstück. Das haben wir erklärt. Das andere ist für Ihre Kleidung.«

»Für *fünf Wochen*? Das ist unmöglich.« Unmöglich auch, die Kämpfe zu erklären, die sie bereits gewonnen hatte, die hundert kleinen Siege, die es ihr erlaubt hatten, die Wohnung mit nur drei monströsen Reisetaschen zu verlassen. Ihre Mutter war während des Packens immer in ihrer Nähe gewesen und hatte hinter ihrem Rücken einiges eingeschmuggelt: zusätzliche Socken und Unterwäsche, Augen- und Ohrentropfen, ein kleines Sortiment an Salben und Pillen, das dem Inhalt eines Arzneibuchs entsprach.

Du wirst seekrank, protestierte sie, als Amy ihr das Dramamine zurückgab.

Ich gehe in die Wüste, sagte Amy.

»Was soll ich mit Ihnen machen, Rubin?«

»Macht eine Extratasche denn so viel aus?« Die Wucht seiner Verärgerung erschreckte sie. Es schien unter ihrer beider Würde zu sein, um Gepäck zu feilschen.

»Muss ich Ihnen das wirklich erklären? Wenn jeder drei mitgebracht hätte, müssten wir einen zusätzlichen Kleinbus mieten.« Er presste zwei Finger auf seinen Nasenrücken; sie bereitete ihm Kopfschmerzen. »Tut mir leid, aber Sie werden ein paar Sachen hierlassen müssen. Wir nehmen ein Schließfach hier am Flughafen.«

Amy starrte ihn verständnislos an.

»Sehen Sie Ihre Sachen noch mal durch, wenn's sein muss. Packen Sie neu und um. Nur machen Sie schnell.«

»Hier?« Amy beäugte den schmierigen Boden. Ein blaues Kaugummi klebte wie eine plastifizierte Schnecke an der Fliese. »Das ist widerlich.«

»Eine so saubere Fläche werden Sie die nächsten Wochen nicht mehr sehen, Schätzchen.«

Er stand da und sah zu, wie Amy sich hinkniete und eine Reisetasche auf dem Fußboden ausleerte: gefaltete Shorts und T-Shirts, eine Schachtel Tampax, ihr Shampoo, Feuchtigkeitscreme und Haarspray.

»Herrgott, ist das ein Föhn?«

Sie bekam einen roten Kopf.

Eine Stunde später fuhren sie nach Westen in grelles Sonnenlicht, eine langsame Karawane. In jedem Kleinbus saßen zehn Studenten; ein vierter transportierte ihre Rucksäcke. Der letzte, der Verpflegungswagen, wurde vom Koch selbst gefahren. Amy starrte zum Fenster hinaus, während sie sich Straßenschilder einprägte: WILKERSON PASS 2.896 M. Solche Informationen hortete sie wie Wörter einer neuen Sprache. Es bestand ein Interesse an der Höhe von Dingen. LKW-FAHRER: AUFGEPASST! AUF 4 KM

STARKES GEFÄLLE UND KURVIGE STRASSENFÜHRUNG. LKW-FAHRER: DURCHHALTEN! NOCH 1 KM STARKES GEFÄLLE UND KURVIGE STRASSENFÜHRUNG.

Sie fuhren und fuhren. Die Straße ging auf und ab. »Brüllen Sie, wenn Sie einen Boxenstopp brauchen«, sagte Trexler. »Aber nur, wenn's wirklich pressiert. Wir wollen unser Lager aufschlagen, bevor es dunkel wird.«

Die blendende Sonne stand nahezu senkrecht über ihnen. »Es ist … gerade mal ein Uhr«, sagte Amy.

»Stimmt«, sagte Trexler.

BREMSEN AUSGEFALLEN? FAHREN SIE NICHT AB, BLEIBEN SIE AUF DER AUTOBAHN.

Rauf und runter, rauf und runter. Mit Bedauern dachte Amy an das Dramamine. Als sie alle ausstiegen und vor der Raststättentoilette Schlange standen, verlor sie jegliches Interesse an Lorne Trexler. Sie sehnte sich nach einem abgedunkelten Apartment, gedämpftem Straßenlärm, ihrem eigenen vertrauten Bett.

Ihr Lager schlugen sie östlich von Durango auf, nicht weit vom Ute-Reservat entfernt. Sie schulterten ihre Rucksäcke und machten sich an den Aufstieg auf einen steilen Gebirgskamm. Trexler kam hinter ihr hoch. »Alles okay, Rubin? Sie sehen ein bisschen grün aus.«

»Ich habe Kopfschmerzen.« Das schien eine absurde Beschreibung für den pulsierenden Schmerz zu sein, der hinter ihren Augäpfeln saß, ihren Schädel umspannte wie eine Aderpresse.

Er reichte ihr eine Plastikflasche mit Wasser. »Sie müssen immer wieder trinken. Denken Sie daran, Sie kommen von der Höhe des Meeresspiegels. Mit der Höhenkrankheit ist nicht zu spaßen.«

Sie nahm die Flasche und leerte sie in einem Zug.

»Wow, tolle Technik. Beim Ex-Trinken in Studentinnenverbindungen sind Sie sicher spitze.«

Sie fuhr zusammen.

Den Anfang würde sie später vergessen; der würde nicht zählen. In Erinnerung behalten würde sie stattdessen die Hochebenen der Wingate Formation, die in der Mitte erodierte Antiklinale. Die verlassenen Goldminen – die Mayflower, die Old Hundred – mit ihren gespenstischen Namen. Die Kartierung von Horst und Graben in der Nähe von Split Mountain – im Rucksack einen Hammer, eine Stiellupe, einen Brunton-Kompass, alles, was sie möglicherweise brauchen könnte.

Den Regenguss im Salt Lake Valley.

Die Ute-Frau in Moab, die ihr eine Schere lieh.

Den atemberaubend kalten Green River, in den sie ohne Hemd hineinsprang. Als hätte sie eine seltene, ausgestorbene Kreatur erblickt oder wäre selbst eine geworden.

Das Motel am Straßenrand, wo sie unter der Dusche ihren Körper betrachtete: ihre mit Blasen bedeckten Füße brennend heiß, ihre Arme sonnengebräunt. Um den Abfluss herum wirbelte dreckiges Wasser in der Farbe von schwachem Tee. Sie packte eine Motelseife aus und wusch sich, bis es verschwand.

Den Waschsalon, der von einer Ute-Frau betrieben wurde, die dasaß und Artikel aus einer Zeitung ausschnitt. Amy wählte für ihre Jeans den Intensivwaschgang und ließ ihn zwei Mal durchlaufen.

Das Steakhouse an der Landstraße, das auch große Gruppen bewirtete. Auf dem Parkplatz standen Kleinbusse und Touristenbusse. Sie zog sich einen Stuhl heran und aß, als wäre sie am Verhungern, Rocky-Mountain-Austern mit einem Schuss Tabasco dazu, und Lorne Trexler berührte, was von ihrem Haar noch übrig war.

In Moab hörte sie auf zu wünschen, hörte auf zu warten. Sie schnitt sich die Haare ab und aß mit einem Bärenhunger. Das hätte sie schon Wochen vorher tun können, wenn sie es nur gewusst hätte.

Der Anfang spielte keine Rolle. Das Ende behielt sie für immer in Erinnerung, das Motel an der Straße. Wie sie es zu jedem Zeitpunkt hätte tun können, klopfte sie einfach an seine Tür.

1992

Der Penn-State-Campus hat sich rasant ausgedehnt, seine Größe verdoppelt oder verdreifacht. »Wir könnten nach der Richtung fragen«, sagt Rena, als Mack peinlicherweise im Kreis fährt.

»Es ist lange her. Alles sieht anders aus.«

»Macht ja nichts. So kriegt er schon mal einen Eindruck. Stimmt's, mein Schatz?«

Auf dem Rücksitz murmelt Calvin: »Wenn du meinst, Mom.« Der herablassende Ton, das Augenrollen: Mack hätte sich als Kind schon für weniger eine gefangen. Sie mustert ihn im Rückspiegel. *Pokere nicht zu hoch,* rät sie ihm im Stillen. *Ich beobachte dich.*

Sie finden das Gebäude mit der Bewerbungs- und Zulassungsstelle und parken auf einem Besucherparkplatz, zehn Minuten zu spät für die geführte Campus-Tour. Eine andere Familie wartet bereits, eine hübsche Rothaarige und ihre gut gekleideten Eltern. Ihre Führerin ist eine rundliche, redselige junge Frau, die von Kopf bis Fuß in Penn-State-Kleidung steckt: Hut, Halstuch, Jackett, Jogginghose. Sogar ihre winzigen Goldohrringe haben die Form des Löwenlogos. Unsicher blickt sie von Mack zu Rena. »Mrs. Weems?«

»Also, nein. Aber fast«, sagt Rena. »Ich bin Calvins Mutter.«

Sie brechen auf, quer über einen Parkplatz, die Führerin vorneweg, gefolgt von der Rothaarigen und den beiden Müttern. Calvin und der Vater hängen einige Schritte hinterher. Mack geht allein, ziemlich genau zwischen den Frauen und den Männern, wo sie beide Unterhaltungen hören kann, ohne selbst mit jemandem sprechen zu müssen.

Rena studiert einen Campus-Lageplan. Ihre Augen leuchten, im Gesicht ist sie hochrot. »In dem Gebäude da ist die Kunst, mein Schatz«, ruft sie über die Schulter. »Calvin denkt nämlich darüber nach, Kunst im Hauptfach zu studieren. Er ist sehr begabt.«

»Herrgott noch mal, Mom«, murmelt Calvin tonlos.

Der Junge will wohl unbedingt eine gescheuert bekommen.

»Wahnsinn! Sind Sie zum ersten Mal im Happy Valley?«, fragt die Führerin in die Runde.

»Ich ja«, sagt Rena. »Mack hat hier studiert.«

Hat sie das? All die neuen Gebäude verwirren sie, die anonymen Kästen aus Glas und Backsteinen. Einzeln sehen sie alle irgendwie vertraut aus, sogar die noch im Bau befindlichen. Ihrem Gedächtnis ist ganz offensichtlich nicht zu trauen.

»Ach, im Ernst?«, sagt die Führerin. »Welcher Jahrgang?«

»Ich habe keinen Abschluss gemacht«, sagt Mack, deren Atem in der Kälte dampft.

Hinter ihr spricht der Vater der Rothaarigen mit Calvin. »Farma war gut zu mir. Ein Feriendomizil in Hilton Head. Wir haben drei Kinder durch die Schule gebracht, alles dank Farma.«

Wer zum Teufel ist Farma?, fragt sich Mack.

Sie überqueren eine mit Schneeflecken bedeckte quadratische Rasenfläche. Da endlich kommt Mack schlagartig eine Erinnerung: Sie befinden sich schräg gegenüber von Block B. »Das war mein Studentenheim«, sagt sie, den Finger darauf gerichtet, zu Rena. »Da drüben, hinter der Sporthalle.«

»Die neue Sporthalle liegt auf der anderen Seite des Campus«, sagt die Führerin. »Ihre Partnerin meint die alte Halle.« *Partnerin.* Stolz auf ihre Aufgeschlossenheit spricht sie das Wort mit einem breiten Grinsen aus.

Mack läuft dunkelrot an. Sie und Rena nennen sich gegenseitig nur so, wenn sie über ihren Milchbetrieb sprechen. Wenn andere Leute das Wort verwenden – Renas Schwester in Akron, die Calvins Einstellung auf ihre Lebensweise zurückführt –, hat es nie etwas Gutes zu bedeuten.

Sie steigen den Hügel hinauf zur Bibliothek. »Wie geht's dir da hinten?«, ruft Rena über die Schulter hinweg. »Es muss komisch für dich sein. Jede Menge Erinnerungen.«

»Stimmt«, sagt Mack und denkt, hinter diesem Gebäude habe ich einen Mann grün und blau geschlagen. Das hat sie Rena nie erzählt, Rena, die Gewalt verabscheut. Die sich die Augen zuhält, wenn bei einem Actionfilm ein Schauspieler angeblich erschossen wird.

Die Rothaarige erklärt, dass Penn State für sie die sichere Lösung ist.

»Im Moment verdienen wir mit Presslo unseren Lebensunterhalt«, erzählt ihr Vater Calvin. »Gegen Bluthochdruck. In einem Jahr wird es Lumox sein. Sie sind die Ersten, die das hören.«

»Das ist sehr interessant«, sagt Calvin. Einen Moment lang sieht Mack ihn durch die Augen eines Fremden: ein kluger, redegewandter Teenager, selbstbewusst und sicher im Auftreten, bereit, sich mit Erwachsenen zu unterhalten. Das ist eine Version von Calvin, die sie sonst nie zu Gesicht bekommt.

Sie gehen um die Kurve zur Cafeteria. An einem Wintermorgen nach dem Frühstück war Lindy dort auf einem Flecken Eis ausgerutscht und hatte sich dabei den Fuß vertreten. Aus Spaß hatte Mack sie nach Hause zu Block B getragen. Lindy hing an ihren Schultern wie ein schön gestalteter Rucksack mit weichem Inhalt.

Calvin ist bereit, sich mit Erwachsenen zu unterhalten, solange sie nicht Mack und Rena heißen.

»Der Verkauf pharmazeutischer Produkte interessiert mich«, sagt er, gerade laut genug, dass Mack es hört.

Sie hätte ihm eine schmieren können. Es ist schwer, sich daran zu erinnern, was er einmal war: ihr Jagdkumpel, ihr Angelkumpel. Vor langer, langer Zeit.

»Ich wünschte, mein Sohn könnte Sie kennenlernen«, sagt der Vater. »Er hat letztes Frühjahr Examen gemacht und immer noch keinen Job. Ich könnte ihn bei Centex unterbringen, aber er hat sich auf Sportmanagement versteift. Er ist dreiundzwanzig. Und ob Sie's glauben oder nicht, Joe Montana hat noch nicht angerufen.«

Calvin lacht höflich.

Mit vierzehn wandte er sich gegen sie. Wäre es besser gelaufen, wenn sie ein Mann wäre? Rena glaubt, es wäre noch schlimmer gewesen. Sie macht den Hormonansturm der Pubertät verantwortlich, aber die Wahrheit ist dunkler und vielschichtiger. Das Jagen und Angeln hörte auf, als Calvins Vater starb. Irgendwie ergab das keinen Sinn, er schien Mack die Schuld an Freddys Tod zu geben. *Ich habe ihn nicht umgebracht,* hätte Mack gerne gesagt.

Obwohl sie es wohl hätte, hätte sie nur die Möglichkeit dazu gehabt.

Verkauf pharmazeutischer Produkte. Mack hätte nie davon erfahren, wäre sie nicht zufällig beim Frisör ihrem Nachbarn begegnet. Hank Becker war ein alter Freund ihres Vaters, *Susan, ich könnte schwören, dass ich ganz hinten auf eurem Land einen Fuchs gesehen habe. Guck doch vielleicht mal nach. Du willst ja nicht, dass er in deinen Hühnerstall kommt.*

Mack sah nach.

Sie machte kurzen Prozess mit Calvins Pflanzen, indem sie wie ein kräftiger Kosak eine Sichel schwang. Das Schnittgut sah wie bestes Viehfutter aus, aber war es ratsam, Kühe mit Marihuana zu füttern? Mack ging kein Risiko ein. Sie stopfte die Pflanzen in Müllsäcke und fuhr sie zur Deponie.

Auf dem Heimweg hielt sie bei Beckers an. Hank saß vorne auf der Veranda. *Ich hab den Fuchs gesehen. Hab mich drum gekümmert,* rief sie ihm aus ihrem Pick-up zu. *Danke fürs Bescheidsagen.*

Calvin verriet sie nicht, was sie gemacht hatte. Sie ließ es ihn allein herausfinden. Er machte nach dem Mittagessen einen Spaziergang und kam mit Leidensmiene zurück. *Du hast meine verdammten Pflanzen abgemäht.*

Mack sagte nichts. Nur dieses eine Mal ließ sie den Kraftausdruck stecken.

Du schuldest mir den Gewinnausfall, sagte er. *Sechstausend Dollar.*

Spinnst du? Du kannst von Glück reden, dass ich nicht die Polizei gerufen habe.

Das würdest du nicht tun, sagte Calvin, doch Mack konnte in seinen Augen sehen, dass er sich dessen nicht ganz sicher war. *Sagst du es Mom?*

Hängt von dir ab.

Anfangs glaubte sie noch, dass sie mit der Situation fertig werden würde. Dass die Drohung ausreichen würde, um ihn wieder ins Lot zu bringen. Dass er dankbar für seine zweite Chance war und sie am Ende unweigerlich wieder Freunde sein würden. Später sah sie, wie mühelos er sie ausgespielt hatte, nachdem er ihre Schwäche gespürt hatte: ihre armselige Hoffnung, dass er sie wieder gernhaben würde, die Mack sogar vor sich selbst geheim gehalten hatte. *Du wirst es Mom nie erzählen,* sagte er, nachdem ein paar Wochen vergangen waren. *Sie würde dir nie verzeihen, dass du sie anlügst.*

Am Ende der Tour steuern sie wieder auf die Bewerbungs- und Zulassungsstelle zu. Der Pharmavertreter fällt mit Rena in den Gleichschritt. »Da haben Sie ja vielleicht einen Jungen!«

Rena sieht aus, als würde sie ihn am liebsten küssen. »Ich bin sehr stolz auf ihn. Whoa!«

Der Vertreter streckt eine Hand aus, gerade rechtzeitig, um sie zu stützen, als sie auf einer kleinen Eisfläche ausrutscht. Rena scheint nicht zu bemerken, dass seine Hand auf ihrem Rücken liegen bleibt.

Der hat mit dir geflirtet, wird Mack später zu ihr sagen. Das kennt sie schon, Renas Wirkung auf Männer: den bärtigen jungen Tierarztassistenten, den geilen Düngemittelvertreter, der unangekündigt vorbeikommt und den halben Vormittag auf ihrer Veranda herumhängt. Sogar Pop war zum Leben erwacht, als Rena sich über Gebühr um ihn kümmerte. Sie ist ein nettes Mädchen, Susan. Sie wird dir Gesellschaft leisten, wenn ich mal nicht mehr bin. Als Rena einzog, war er gebrechlich und bestimmt ein Jahr lang die Treppe nicht mehr hochgestiegen, und vielleicht hat er nie mitbekommen, dass sie das Schlafzimmer miteinander teilten. Aber selbst wenn er es gewusst hätte, hätte er sich nichts dabei gedacht. Sie waren ja beide Mädchen.

Es dämmert schon fast, als sie wieder auf die Landstraße einbiegen, die frühe November-Dunkelheit. Rena dreht sich nach hinten um. »Und, was hast du für einen Eindruck?«

Auf dem Rücksitz zuckt Calvin die Achseln. »Das spielt keine Rolle. Ich geh nicht hin.«

Rena sieht geschockt aus.

»Selbst wenn ich wollte – was ich nicht tue –, könnte ich mich dieses Jahr nicht mehr bewerben. Ich hab den SAT-Test nicht gemacht.«

»Was soll das heißen, nicht gemacht?«, sagt Rena. »Wieso denn nicht, Herrgott noch mal?«

Es herrscht Schweigen.

»Na ja, es ist ja erst November«, sagt Rena. »Diese Bewerbungsfrist geht bis Januar. Du hast also noch jede Menge Zeit.«

»Hab ich eben nicht.« Calvin lächelt unangenehm. »Sie bieten den Test nur zu bestimmten Terminen an. Der nächste ist erst im Frühjahr.«

Rena wendet sich Mack zu. »Stimmt das?« Als hätten anderthalb Semester Mack zu einer Art Studienexpertin gemacht.

»Ich nehm's an.« Mack meidet Renas Blick. Ihre Enttäuschung ist zu schmerzlich anzusehen.

Während Mack Calvin im Rückspiegel mustert, wird ihr klar, dass ihre Mission sich geändert hat. Jahrelang hatte sie Rena vor Freddy Weems beschützt. Jetzt besteht ihre Aufgabe darin, sie vor Freddys Sohn zu beschützen.

Geschichte von Pennsylvania, Zweite Stunde
1. Oktober 1995

»William A. Smith: Unbesungener Held des Ölbooms von Pennsylvania«
von Shelby Elizabeth Vance

Als genau hier in West-Pennsylvania zum ersten Mal erfolgreich nach Öl gebohrt wurde, heimste Colonel Edwin Drake die ganzen Lorbeeren dafür ein. Die Leute glauben, Colonel Drake (der gar kein Colonel war) hätte die Ärmel hochgekrempelt und selbst gebohrt. Nichts könnte der Wahrheit ferner liegen. Tatsächlich war derjenige, der diese historische Bohrung vornahm, ein gewisser William A. Smith, bekannt als »Onkel Billy«. (Er war nicht mit Colonel Drake verwandt.)

»Onkel Billy« war ausgebildeter Schmied und Salzbohrfachmann. Sein Spezialgebiet war das »Fischen«, d. h. das Bergen von Werkzeugen, die in einem Solebohrloch verloren gegangen oder zerbrochen waren. Als Colonel Drake 1859 nach Pennsylvania kam, hörte er von »Onkel Billys« Ruf und heuerte ihn (für 2.50$ pro Tag!) an, damit er für ihn nach Öl bohrte.

Als »Onkel Billy« es mit der traditionellen Bohrmethode probierte, füllte der Brunnen sich mit Wasser und seine Wände brachen ein. Es wird erzählt, dass Colonel Drake die Idee hatte, innerhalb eines Eisenrohrs zu bohren, das man in den Boden treibt. Dieses hielt das Wasser aus dem Bohrloch fern und bewahrte den Brunnen vor dem Einbrechen. Das »Standrohr«, wie es heute genannt wird, war eine einzigartige Neuerung, die man noch nie zuvor angewandt hatte.

Jahre später behauptete »Onkel Billy«, das Standrohr sei seine Erfindung gewesen, aber die Geschichte schrieb das Verdienst wieder einmal Colonel Drake zu. Wer nun

wirklich auf diese Idee kam, bleibt ein Geheimnis, das die Welt nie ergründen wird.
Colonel Drake hat zwar eine Fernstraße, die nach ihm benannt wurde, aber für mich ist »Onkel Billy« der wahre Held des Ölbooms in Pennsylvania. Er war insgesamt drei Mal verheiratet und hatte neun Kinder (von denen eins starb, während er für Colonel Drake arbeitete, ein weiterer Aspekt seines Lebens, der nur wenig bekannt ist). Trotz seiner persönlichen Tragödie hat »Onkel Billy« weiterhin Brunnen in der Ölregion gebohrt, bis er sich 1870 auf eine Farm in Butler County zurückzog. Seine Arbeit (wie übrigens auch seine Farm) hat ihm nie größere Geldsummen eingebracht.
Die überlebenden Kinder wurden James, William, Samuel, Margaret, Ellen, Adeline, General Grant und General Washington getauft. (»Onkel Billy« diente selbst nicht im Bürgerkrieg, war aber sein Leben lang Patriot.)
Es ist nicht übertrieben, wenn man sagt, dass die Bohrung des ersten Ölbrunnens das Leben in Amerika veränderte. Obwohl es vorwiegend als Quelle von Wärme und Licht bekannt ist, spielt Erdöl auch eine wichtige Rolle bei der Herstellung von Medikamenten, die Leiden mildern und das Leben heute angenehmer machen. Außerdem wird es zur Kunststoffproduktion verwendet. Es ist buchstäblich unmöglich, sich ein modernes Leben ohne Kunststoff vorzustellen.
Letztendlich ist es wichtig, »Onkel Billys« Vermächtnis als eins der »Geheimnisse der Geschichte« in Erinnerung zu behalten. Das Leben ist nicht immer gerecht. Als er 1890 im Sterben lag, verspürte »Onkel Billy« die persönliche Befriedigung, zu wissen, dass er den ersten Ölbrunnen der Welt gebohrt hatte, aber auch den großen Kummer, zu sehen, dass ein anderer Mann den ganzen Ruhm dafür erntete.

2004

Die Tage beginnen um sieben. Betten werden gemacht, es wird geduscht, gefrühstückt. Das ist wohl der nützlichste Teil des Programms, die stupide animalische Normalität eines Lebens, das bei Tag stattfindet, während man nachts schläft. Jahrelang hat Darren ein Junkie-Leben geführt und ist mal morgens um neun, mal mittags und mal in der Abenddämmerung eingenickt.

Nach dem Frühstück ist Medikamentenausgabe. Männer stehen Schlange und betreten einzeln das Schwesterndienstzimmer, wo die magischen Jelly-Shots verteilt werden. In Anbetracht seines letzten spektakulären Misserfolgs ist Darren nicht zur Party eingeladen. Er bekommt Multivitamine und eine Tasse Kräutertee, der nach Socken riecht.

Mit einem gewissen traurigen Stolz betrachtet er das von ihm gemachte Bett.

Der Tee ist mit Mariendistel gemacht, einem ehrgeizigen Kraut, das seine Leber entgiften oder es wenigstens versuchen wird.

Durch Sockentee gestärkt, begibt er sich zu seiner Morgengruppe, die *Stufen* heißt. Das soll sie von der Nachmittagsgruppe unterscheiden, die *Gruppe* heißt.

In Stufen arbeiten zwanzig Männer das Programm durch. Sie geben zu, dass sie den Drogen gegenüber machtlos sind, dass sie ihr Leben nicht mehr meistern können, dass eine Macht, die größer ist als sie selbst, ihnen ihre geistige Gesundheit wiedergeben kann. Sie vertrauen ihr Leben der Sorge ebendieser an.

Das wird einem schwierig vorkommen, wenn man sich je selbst als mächtig empfunden hat. Wenn man aber Darren Devlin ist – was auf ihn ja leider zutrifft –, stellt das kein Problem dar. Die ersten drei Schritte sind recht einfach.

Schritt vier ist die erforschende und furchtlose moralische Inventur, und da fangen die Probleme an.

Dieses Mal hat Darren einen Vorsprung. Bei seinem letzten

Aufenthalt in der Klinik – vor zwei kurzlangen Jahren – schaffte er es bis zu Schritt acht: *Wir machten eine Liste aller Personen, denen wir Schaden zugefügt hatten, und wurden bereit, ihn bei allen wiedergutzumachen.*

An Bereitschaft fehlte es ihm nicht. Er war durchaus bereit. Das Problem war die Liste, die alle Menschen umfasste, mit denen er seit dem Alter von vierzehn Jahren zu tun gehabt hatte. Heerscharen standen auf der Liste. Am Tag, nachdem er die erforschende und furchtlose moralische Inventur gemacht hatte, ging er zur Haustür hinaus, nahm am Fuß des Hügels den Bus der Linie 12, fuhr sechzehn Blocks weiter und wanderte durchs Viertel, bis er zufällig Nelson begegnete.

Im Angesicht einer solchen Liste, einer endlosen Litanei aus Schimpf und Schande, würde sich jeder – jeder – gerne zudröhnen.

Nelson war sein bester Freund, ein alter Junkie. Wie alt genau und ob Nelson sein Vor- oder Nachname war, hat Darren nie erfahren. Mit ein paar bemerkenswerten Unterbrechungen – Krankenhaus, Gefängnis – hatte Nelson seit den Siebzigern, dem goldenen Zeitalter des Baltimore-Heroins, gefixt. Als in den Achtzigern der Nachschub versiegte, war er sogar nach Afghanistan gezogen, wo er seine ungeheure Sucht mit einem Taschengeld befriedigen konnte. Bevor die Terroristen und amerikanischen Soldaten alles zerstört hatten, war Kabul für den Junkie Mekka, Medina und Lourdes in einem gewesen. Eines Tages, wenn keine Kugeln mehr flogen, würden Nelson und Darren zusammen hinfliegen.

Afghanistan war Darrens Ausstiegsstrategie, sein Plan für die Zukunft. Unter Drogeneinfluss war er von seiner eigenen Voraussicht beeindruckt gewesen.

Einen Plan zu haben verlieh einem Macht.

Die Namen von seiner früheren Liste werden wie hohe Schulden übertragen.

In der Abschlussklasse der Highschool hatte der Rotary Club

von Bakerton Darren einen kleinen Zuschuss gewährt, das sogenannte Hoffnungs-Stipendium. Verglichen mit den hohen Studiengebühren an der Johns Hopkins war das zwar besser als nichts, aber nur ein bisschen besser.

Die Rotarier hatten es gerne förmlich. Sie verliehen das Stipendium bei einem besonderen Bankett. Darren wurde auf die Bühne gebeten und bekam eine auf Karton aufgedruckte überdimensionale Nachbildung seines Tausend-Dollar-Schecks überreicht.

Dass es das Hoffnungs-Stipendium gab, verdankte er seinem Vater. Jahre zuvor, als Darren noch in der Mittelschule war, hatte Dick Devlin seine Mit-Rotarier von der Idee überzeugt, ein Stipendium für die Wissenschaft zu finanzieren. *Ich habe schon vorausgedacht,* gab er Darren gegenüber später zu. *Ich dachte, eines Tages könnte es dir zugutekommen.*

Über Jahre hinweg hatte Dick die Grundlagen geschaffen, damit Darren das Hoffnungs-Stipendium bekommen konnte. Der Gedanke ist – nun, ernüchternd.

Arnold Wu war sein erster Laborpartner in Organischer Chemie gewesen – ein schüchterner, ernster junger Mann aus Südkalifornien, der Darrens Mutmaßungen über diesen Ort allesamt zunichtemachte. Bei ihrem ersten Experiment ging es um Kristallisation. Den Bericht hatten sie in einer Nachtsitzung mit Unterstützung von Red Bull und zwei Adderalls, die Darren von einem Mann in seinem Wohnheim gekauft hatte, gemeinsam geschrieben.

Bei dem Experiment in der zweiten Woche ging es um Schmelzpunkte. Darren war zu spät ins Labor gekommen, aber Arnold hatte schon ohne ihn angefangen. Er gab Darren seine Notizen zum Abschreiben, zusammen mit den Berechnungen, die er mit Druckbleistift in seiner sorgfältigen Handschrift aufgeschrieben hatte.

Das Experiment in der dritten Woche ist Darren vollkommen entfallen. Ob er bekifft ins Labor gegangen war oder überhaupt nur in seiner Einbildung, konnte er beim besten Willen nicht mehr sagen.

Org-Chem war ein Aussieb-Fach. Im zweiten Semester war

der Kurs schon um ein Drittel geschrumpft. Dass Darren nicht ausgesiebt wurde, hatte er ausschließlich Arnold Wu zu verdanken. Seine zweite Laborpartnerin in Organischer Chemie war Holly Gillman, und das war viel, viel schlimmer, denn Holly Gillman hatte ihn geliebt.

Sie war kein hübsches Mädchen, so weit das überhaupt eine Rolle spielte. So wie Leah Radulski in der Highschool hatte auch Holly ihre eigenen unerfindlichen Gründe dafür, sich ausgerechnet ihn auszusuchen.

Am Ende seines ersten Jahres wurde er wieder zum Bankett der Rotarier eingeladen, um einen Vortrag über seine Erfahrungen an der Johns Hopkins zu halten. Darren versprach zu kommen. Er hatte die feste Absicht gehabt, hinzugehen. Er hatte sich sogar Hollys Auto ausgeliehen.

Seine wissenschaftliche Betreuerin war zu der Zeit eine Frau namens Greta Schenkel. In dem Sommer bezahlte sie ihn – großzügig – dafür, dass er ihr Haus und ihre Katze hütete, solange sie ihre Eltern in Stuttgart besuchte. Einen ganzen Monat lang genoss er die Stereoanlage und den Projektionsfernseher der Professorin, normalerweise mit völlig Fremden – Leuten, die ihm Dope geschenkt oder verkauft oder es versprochen hatten.

Als er eines Nachts in Greta Schenkels Haus zurückkam, fand er ein eingeschlagenes Fenster vor. Er schaffte es nie, den Einbruch zu melden. In dieser Nacht – in diesem ganzen Sommer – war er nicht in der Verfassung, mit Polizisten umzugehen. Stattdessen rief er Nelson an.

Nachdem er Hollys Auto zu Schrott gefahren hatte, rief er sie in einem Anfall von Panik an. Unfallzeugen gab es keine. Er überredete sie, der Polizei zu sagen, sie selbst sei gefahren, nicht Darren.

Er schlief mit ihr, denn dann war sie leichter zu bearbeiten.

Er schuldet Holly Gillman noch mehrere Tausend Dollar. Wahrscheinlich mehr. Er hat keine Ahnung – hat nie gefragt –, wie teuer die Autoversicherung war.

Er weiß auch nicht ganz genau, wann die Katze fortlief.

Die Geschichten sind zahllos.

Der Zeitplan sieht zwei Stunden zum Telefonieren vor: von elf Uhr bis Mittag für Anrufe nach draußen, von siebzehn bis achtzehn für Anrufe von draußen.

Zwei Mal am Tag postiert sich Darren an einem richtigen Münzfernsprecher, wie sie früher auf der Welt existierten und jetzt nur noch in Entzugskliniken zu finden sind, wo Handys – mit ihren Fundgruben an gespeicherten Nummern, den Kurzwahlen für Lieferanten – nicht erlaubt sind.

Er fängt klein an. Alles in allem hat er kein so schlechtes Gefühl bei Arnold Wu, der einen anderen Laborpartner verlangt und auch bekommen hatte. Arnold zumindest hatte den Mumm gehabt, sich zu retten.

Inzwischen Post-Doc am MIT, erinnert er sich anfangs und womöglich sogar im Weiteren nicht, wer Darren ist.

»Oh, Darren«, sagt er schließlich, in einer Parodie von Erinnerung. »Wie geht's dir, Alter?«

Als würden die Worte *Ich bin auf Heroin-Entzug* diese Frage nicht beantworten.

»Kein Ding, Mann«, sagt er, als Darren den Grund für seinen Anruf erläutert. »Übrigens – das ist schon witzig – meine Laborpartnerin nach dir, erinnerst du dich an Wendy?«

Darren denkt: *Hat Wendy Heroin verkauft? Nein? Sorry, kann mich nicht erinnern.*

»Wir sind jetzt verheiratet. Und ein Baby ist auch unterwegs. Wahrscheinlich müsste ich mich sogar bei dir bedanken.«

Gern geschehen, denkt Darren, als er auflegt. *Ich bin froh, dass meine Abhängigkeit sich für dich gelohnt hat.*

Greta Schenkel unterrichtet nicht mehr an der Johns Hopkins. Vermutlich ist sie nach Deutschland zurückgegangen, sagt der gleichgültige Doktorand am anderen Ende der Leitung.

Gia Bernardis Handynummer ist in seinem Handy gespeichert, das ihm bei der Aufnahme abgenommen wurde. Aus irgendeinem entlegenen Winkel seines Gehirns, der noch nicht von Opiaten zerstört ist, zaubert er die Nummer ihrer Eltern hervor, wo er sie vor einer Ewigkeit einen ganzen Sommer lang jeden Tag anrief.

Rocco ist atemlos, keucht ein wenig. Er klingt sehr alt. »Bleib dran«, sagt er. »Ich hol sie.«

»Hallo?«, sagt Gia. »Hallo?«

Darren hat noch genau vor Augen, wie sie sich das erste Mal bekifften. Ohne ihn hätte sie niemals einen Joint in die Hand genommen. Dessen ist er sich vollkommen sicher.

Er legt auf.

Als er das erste Mal Holly Gillman anruft, legt sie einfach auf. Beim zweiten Mal weint sie. Beim dritten Mal legt sie wieder auf. Nichts davon ist das eigentliche Problem.

Das Problem ist, dass er seine Mutter nicht anrufen kann.

Am nächsten Tag versucht er es erneut. Diesmal ist Gia selbst dran. Seine Reue scheint sie zu amüsieren.

»Wofür denn Reue? Wir hatten doch einen Wahnsinnsspaß in dem Sommer. Wie auch immer«, sagt Gia.

Und dann wechselt sie einfach so das Thema. Zu Darrens achtem Schritt – seinem moralischen Imperativ, Schaden wiedergutzumachen, seiner lähmenden Schuld und Schande – hat sie nichts zu sagen.

»Geht's dir gut?«, fragt sie. »Womit vergnügt ihr euch denn da so?«

»Von Vergnügen wird abgeraten.«

»Es hat mir wirklich leidgetan, das mit deiner Mutter zu hören.«

Die Worte verursachen ihm körperlichen Schmerz.

»Es war ein schöner Gottesdienst. Stoners hat seine Sache gut gemacht. Sogar Rocco hat das gesagt, und der ist kritisch.«

Der Schmerz saß ihm in der Kehle wie etwas, woran er ersticken könnte.

»Sie sah gut aus. Sie war ziemlich lädiert, aber sie haben alles verdeckt.«

Darren schluckt ganz bewusst, gründlich und furchtlos.

»Sie haben alles versucht, um dich zu finden. Dein Dad hat sogar mich angerufen. Er hat gedacht, ich würde wissen, wo du steckst. Ich hab versucht, dich auf dem Handy zu erreichen, aber ich konnte keine Nachricht hinterlassen. Die Mailbox war voll.«

Darren war damals unauffindbar gewesen. Das war kein Zufall. Das war volle Absicht.

Tagelang versuchten sie ihn zu finden. Ein paar Monate später erfuhr er, dass sein Bruder Rich nach Baltimore gekommen war, um ihn ausfindig zu machen. Er wurde gesehen, wie er um die alte Wohnung in Charles Village herumstrich, ein großer blonder Typ, der aussah wie ein Polizist. Darren war zu der Zeit aus seiner Wohnung ausgeschlossen. Er hörte das Gerücht aus dritter Hand von Gary Beasom, der in dem Gebäude wohnte und minderwertiges Gras verkaufte, billige Siebengrammtütchen mit Samen und zerkleinerten Stengeln. *Die haben dich im Visier, Mann,* sagte Gary, eine Schlussfolgerung, die Darren als Kiffer-Paranoia erkannte, ohne dem zu widersprechen. Irgendwie war es ja schmeichelhaft, dass er bedeutend genug war, von Polizisten beobachtet zu werden. Dass sein Bruder seinetwegen herkommen würde, und warum, kam ihm nie in den Sinn.

In jenem Frühling blühten Sallys Osterglocken wie jedes Jahr, schon bevor der Schnee schmolz.

Die Familie schob ihr Begräbnis so lange wie möglich hinaus. Schließlich versenkten sie seine Mutter am Tag vor Weihnachten in die Erde.

2005

W*eil irgendjemand es wirklich tun sollte,* denkt eben Wesley über die Frage des Wassers nach.

Über eins Komma fünf Millionen Liter während des Unfalls ausgelaufen; ungenannte weitere während der Aufräumarbeiten kontaminiert. (Die radioaktive Kruste, die in Unterwasserkanister gefüllt wurde. Das Wasser, mit dem fahrende Roboter die Wände des Untergeschosses besprühten.)

Ungenannt, weil niemand danach fragt. Scheißjournalisten! Wesley ist schockiert über ihre schludrige Arbeitsweise. Sie stellen nie die Fragen, die er gerne von ihnen hören würde.

Das Untergeschoss des Reaktorgebäudes war zu heiß für Menschen. Cäsium 137, ein Nebenprodukt der Kernspaltung, war in Fußboden und Wände eingedrungen. Beim Einsprühen dieser Flächen wurde eine ungenannte Menge Wasser kontaminiert. Und musste natürlich auch irgendwo entsorgt werden.

»Scheiße«, sagt Wesley.

Das ist sein neues Lieblingswort, das immer Anwendung findet, wenn irgendetwas ihn bedrückt: schlampige Berichterstattung, Nachtschweiß oder, wie heute, die Kindersicherung auf seinem Lumox, die selbst mit zwei Erwachsenenhänden kaum zu öffnen ist. Mindestens zwei Mal die Woche macht der Verschluss ihn völlig fertig. Er bricht ihn mit irrer Kraft auf und schleudert dabei einen Regen von (blauen, zehn Milligram) Kapseln durch die Gegend. Erst gestern hat Jessie ihm ein neues Lumox hingestellt. Heute Morgen sind neunzig Kapseln – die Menge für einen ganzen Monat – auf dem Badezimmerboden gelandet.

»Scheiße«, sagt Wesley.

In dem Moment war ihm das Chaos zu viel. Er machte die Badezimmertür zu und ging wieder an seinen Schreibtisch. Die Halbwertszeit von Cäsium 137 beträgt dreiunddreißig Jahre. Irgendwo hat er eine Monografie über dessen weitere Eigenschaften, aber er weiß nicht mehr, wo. Im Gästezimmer stehen vier normal große Aktenschränke, jeder zur Hälfte gefüllt. Auf dem Boden, dem Schreibtisch, dem Nachtschränkchen, dem Bett warten ein Dutzend Dokumentenstapel darauf, abgeheftet zu werden, darunter Zeitungsartikel und Ingenieursberichte. Außerdem Aktenvermerke mit dem Briefkopf der Reaktorkontrollkommission – veröffentlicht unter dem Freedom of Information Act –, die er sich im Laufe von mehreren Besuchen im Staatsarchiv von Pennsylvania in Harrisburg besorgt hat. Dann gibt es noch komplette Ausgaben seiner Lieblingszeitschriften, *Radiation Oncology* und das *Journal for Environmental Medicine*: placebokontrollierte Doppelblindstudien über Behandlungen, die nicht funktionieren, und Bevölkerungs-Langzeitstudien, die genau das bestätigen. Jessie hat angeboten, ihm beim Ordnen seiner Unterlagen zu helfen, aber bis jetzt hat sich Wesley dem widersetzt. Ist etwas einmal abgeheftet, ist es für ihn für immer verloren. Er hat ein Problem mit dem Loslassen.

Er geht wieder ins Bad, um seine Lumoxkapseln aufzusammeln, die er mit spitzen Fingern anfasst. Nach Abzug des Versicherungszuschusses zahlt er immer noch einen Dollar pro Kapsel. Bei seiner neuen Tagesdosis von dreißig Milligramm kann er es sich nicht leisten, sie in den Müll zu werfen. Oder sich darüber Gedanken zu machen, welche Arten von Mikroben auf seinem Badezimmerboden leben.

Der Sicherheitsbehälter mit Reaktorwasser gefüllt – sieben oder vielleicht sogar elf Millionen Liter, hochradioaktiv. Wo zum Teufel ist das alles hingegangen?

Mit dem Fluchen hat er eines Morgens angefangen, als sie vom Krankenhaus abfuhren, an einem Morgen mit schlechten Nachrichten. Jessie saß am Steuer – schon vor seiner Krankheit eine nahezu konstante Größe in ihrer Ehe. Sie war immer die bessere Fahrerin gewesen.

»Scheiße«, sagte Wesley.

Reflexartig trat sie auf die Bremse. »Was hast du da gesagt?«

»Scheiße«, wiederholte er erstaunt. »Ich glaube nicht, dass ich das jemals laut ausgesprochen habe.«

Das war vor sieben Wochen. Er war – ist immer noch – dreiunddreißig Jahre alt.

Inzwischen wundert er sich über seine alte Prüderie, seine lebenslange Vermeidung von Kraftausdrücken. Warum hatte er so lange auf dieses Vergnügen verzichtet? Seine Eltern hatten an eine gottgefällige Sprache geglaubt. Vor allem sein Vater duldete keine Ausrutscher. Darin lag sein Hauptvorwurf gegen das Fernsehen, das seiner Meinung nach durch und durch gotteslästerlich war, weshalb er mit grimmiger Miene den Sender wechselte, sobald ein Schauspieler *zum Teufel* oder *verdammt* sagte.

Dreiunddreißig war das Alter von Jesus bei der Kreuzigung. Die Halbwertszeit von Cäsium 137 ist dreiunddreißig Jahre. Ein ganz normaler Zufall, und dennoch untersucht Wesley ihn aus alter Gewohnheit auf seine Aussagekraft, irgendeine in der Zahl verborgene tiefere Bedeutung. Er erkennt, wie lächerlich dieser Impuls ist. Jahrelanges Bibelstudium hat sein Gehirn in Brei verwandelt.

Der Sicherheitsbehälter enthielt einen Behälter, der weitere Behälter enthielt.

Er flucht nur hinter verschlossenen Türen, aus Respekt vor seiner Gemeinde. Er macht es schlecht, ohne Gefühl für die Nuancen. *Scheiß drauf!*, schäumte er einmal, als ein Kleinbus ihnen beim Krankenhaus einen Parkplatz wegschnappte. Darauf hatte Jessie sich schiefgelacht. Eine lachende Frau zu heiraten war die beste Entscheidung seines Lebens gewesen.

Bedeutung zu liefern, wo es keine gibt, ist eine seltene kognitive Fertigkeit, eine nutzlose, außer in bestimmten Bereichen – in der Wahrsagerei, in der Werbung. Für den Bibelgelehrten ist es eine notwendige Begabung – womöglich die einzige. Nichts darf nur das bedeuten, was es bedeutet. Insbesondere Zahlen sind mit Subtext überfrachtet. (Sieben: Vollendung, Perfektion. Vierzig: die Zeit, die Gott brauchte, bis er handelte.) Wobei der maßgebliche Test für diese Fähigkeit natürlich im Buch der Offenbarung besteht – einer Gutenachtgeschichte für die Fantasten, die Verzweifelten, die Paranoiden, die Wahnsinnigen.

Er füllt sein Lumox wieder in das bernsteinfarbene Plastikfläschchen – WESLEY PEACOCK LUMOX 10 MG 3X TÄGLICH ZUM ESSEN EINNEHMEN – und stellt es aufs Regal. Wann wurde es zu *seinem* Lumox? Es ist ein schrecklicher Gedanke, diese Intimität mit dem Medikament, eine arrangierte Hochzeit, vermittelt von den Pharmariesen. Die Brautwerbung spielt sich in Dreißig-Sekunden-Schritten zwischen Teilen der Abendnachrichten ab, eine grauenhafte Variante des Speeddatings: Der kränkelnde ältere Mensch wird Abend für Abend an eine Reihe von Medikamenten herangeführt, von denen eines *seins* werden könnte. Die Passgenauigkeit hängt von einer bestimmten Konstellation von Faktoren ab: Symptome, Nebenwirkungen. Wie alle Romanzen läuft es letztlich auf Chemie hinaus. *Sprechen Sie mit Ihrem Arzt*, rät die onkelhafte Stimme aus dem Hintergrund.

Zwischen den einzelnen Nachrichten wimmelt es von diesen Werbespots, in denen muntere, aktive Senioren ihre Enkelkinder genießen, ohne an Sodbrennen oder Oberschenkelhalsbruch, Vorhofflimmern oder Schlaganfall zu denken.

Wesley wird nie Enkelkinder haben.

Die unangenehme Wahrheit ist, dass er sie hasst, diese fröhlichen alten Knaben mit ihren medikamentös erzeugten Erektionen. Ihr hartnäckiges Streben nach Gesundheit ist die schlimmste Form der Gier.

»Siebzig oder achtzig Jahre: Genügt dir das noch nicht?«, fragt er den gut aussehenden alten Herrn, der seine Enkeltochter auf einer Schaukel anschubst.

»Stirb schon«, sagt er zum Bildschirm.

Gegenüber dem Klinikpersonal ist er mürrisch, unfreundlich. Nach sechsundzwanzig Bestrahlungen an Kopf und Hals befragt man ihn nach Nebenwirkungen.

»Wie fühlt sich Ihre Haut an?«, wurde er an diesem Morgen von einer hübschen jungen Krankenschwester gefragt, die gerade mal alt genug zum Autofahren schien.

»Sie fühlt sich verbrannt an.«

»Wie ein Sonnenbrand«, sagte sie, während sie etwas in seine Akte schrieb.

Es wird die prägende Erinnerung an seine Behandlungszeit sein, dieses endlose Gerede von Sonnenbränden, das bei seiner ersten Bestrahlung begann. In Woche drei erklärte der Strahlenonkologe, die meisten Patienten bemerkten eine leichte Rötung des behandelten Bereichs. *Wie ein Sonnenbrand,* fügte er mit einer Handbewegung hinzu. Damals schien das ein vernünftiger Vergleich zu sein, wenn auch wenig hilfreich. Wesley hatte sich selten mehr als zehn Minuten am Stück in der Sonne aufgehalten.

An diesem Morgen schließlich hatte er die Nase voll. »Hören Sie endlich auf, das zu sagen.«

Die noch sehr junge Krankenschwester blickte von der Akte auf.

»Ich verstehe, dass es ein nützlicher Vergleich ist. Sie alle sprechen davon, und sicher glauben Sie es auch.« Wesleys Herz arbeitete laut; sein Gesicht fühlte sich heiß an. *Wie ein Sonnenbrand,* dachte er.

»Vielleicht hat es Ihnen ja noch niemand gesagt, vielleicht ist es Ihnen auch egal, aber falls es Sie interessiert, es fühlt sich überhaupt nicht wie ein Sonnenbrand an.« *Und es gibt keinen Santa Claus und keinen Trost und keine Gerechtigkeit. Alles, woran Sie sich klammern, ist falsch.*

Die junge Schwester sah ihn an, als hätte er den Verstand verloren.

In Woche drei beginnt die Haut rot zu werden.

In Woche vier beginnt die Haut zu nässen.

Sein durch Strahlen hervorgerufener Krebs wird mit Strahlen behandelt. Diese Ironie entgeht ihm nicht. Sie ist fast zu viel für ihn.

Er hat gelernt, dass die Sterbenden nicht heilig sind, eine niederschmetternde Erkenntnis. In seinen Jahren als Seelsorger ging er regelmäßig in Kliniken, um den Kranken Trost zu spenden.

Jetzt beschämt ihn die Erinnerung, die Bibelverse, die er nachplapperte, die hohlen Plattitüden, die mit der Selbstgefälligkeit des Gesunden geäußert wurden. Er glaubte damals, was alle gesunden Leute glauben: dass sich die Sterbenden ganz entscheidend und tiefgreifend von ihnen selbst unterscheiden.

Nun, da der Glaube ihn endgültig verlassen hat, begreift er seine wahre Natur.

Am Tag seiner ersten Behandlung hatte ihn eine Krankenschwester an der Aufnahme nach seiner Religionszugehörigkeit gefragt. Er erklärte, dass er zu seiner großen Überraschung nur selten an das Leben nach dem Tod denke. Jetzt, wo sie vor der Tür stehe, übe die Ewigkeit nicht die geringste Faszination auf ihn aus. Die Gegenwart sei es, die nach ihm rufe, die physische Welt, die ihn erst interessiere, seit er im Begriff sei, sie zu verlassen.

Er erklärte, dass Glaube das Kind von Furcht sei, einer allen Tieren gemeinsamen Urangst, dem Grauen vor der eigenen Negation. In dem verzweifelten Bestreben, sich selbst für ewig zu halten, akzeptiere der Mensch die wildesten Märchen: die endgültige Erlösung, das Jüngste Gericht, den Gottessohn, der auf Erden wandelte. Glaube sei im Grunde nichts als ein menschlicher Starrsinn heroischen Ausmaßes – die leidenschaftliche Verleugnung, die absolute und anhaltende Weigerung zu sterben.

»Religionszugehörigkeit?«, wiederholte sie.

»Keine«, sagte Wesley.

Insbesondere Zahlen sind mit Subtext überfrachtet.

Vor sechsundzwanzig Jahren, zur Zeit der Katastrophe auf Three Mile Island, war der Junge Wesley Peacock sieben Jahre alt.

Bei strahlenempfindlichen soliden Tumoren beträgt die durchschnittliche Latenzzeit zwanzig bis dreißig Jahre.

Nicht einmal Jessie versteht den Drang, sein Bedürfnis, zu wissen, was ihn getötet hat. Man beachte die Vergangenheitsform: In jeder maßgeblichen Hinsicht ist Wesley bereits tot. Allerdings ist er, der Technologie sei Dank, ein Leichnam im Besitz einer Überfülle an Information. Und fügt seinem Speicher jeden Tag neue hinzu.

Fast hätte er es eines Abends beim Essen laut ausgesprochen. *Ich bin im Goldenen Zeitalter an einer tödlichen Krankheit gestorben.* Jessies Gesichtsausdruck lässt ihn innehalten, weil er sie wahnsinnig liebt. Weil er, selbst in größter Wut, nicht grausam ist.

Im Frühjahr 1979 setzte Präsident Carter die Kemeny Commission zur Untersuchung des Unfalls ein. Politisch gesehen war der Zeitpunkt heikel. Angesichts der bevorstehenden Wahl wurden die Kommissionsmitglieder sorgfältig ausgesucht. Dabei war das Hauptkriterium ein Mangel an Überzeugung in Bezug auf alles. Carter verlor die Wahl trotzdem.

Vier Tage nach dem Unfall besichtigte er den Schauplatz in gelben Überziehern, um seine Schuhe vor Kontamination zu schützen.

Im Jahr 1979 erstellte die Gesundheitsbehörde von Pennsylvania das Three Mile Island Population Registry, eine Liste aller Menschen, die zur Zeit des Unglücks innerhalb einer Zone von acht Kilometern um das Kraftwerk herum lebten. Diese Liste wird jedes Jahr mit dem amtlichen Verzeichnis der Sterbeurkunden abgeglichen. Von den 32 135 Namen im Population Registry lauten drei Wesley, Eugene und Bernadette Peacock. Wesley Peacock stirbt gerade. Eugene und Bernadette sind bereits tot. Beide Namen wurden auf der Liste durchgestrichen, die Todesursachen ordnungsgemäß eingetragen: Herz-Kreislauf-Stillstand und Ungeklärt. Ihr Tod war nicht auf Three Mile Island zurückzuführen.

Strahlung oberhalb von fünf Millirem verursacht bei hochempfindlichen Fotofilmen eine Trübung.

Wesleys Vater erlitt eine Woche nach seiner Pensionierung einen Herzinfarkt. Der Zeitpunkt ist nicht ungewöhnlich, vor allem bei Männern. Der Tod kommt, wenn ein Mann seine höhere Bestimmung verliert – im Fall von Gene Peacock das Verkaufen von Tierfutter.

Das Register macht keinen Unterschied zwischen Genes Tod und dem seiner Frau, die am 28. März 1979, ohne es zu wissen, schwanger war; die nicht lange genug lebte, um Leukämie oder Brustkrebs zu bekommen, und so dem Register zufolge ebenso wenig ein Opfer des Unglücks war wie Gene. Da Bernadette wegen ihrer Fehlgeburt nicht zum Arzt ging, wurde der ungeschlüpfte Pfau, das verzweifelt ersehnte und schmerzlich verlorene Baby, vom Population Registry nicht erfasst.

Ungeklärt ist womöglich nicht die richtige Bezeichnung. Wesley hat den starken Verdacht – sicher wissen wird er es nie –, dass seine Mutter entschlossen war, zu sterben.

In diesem Sommer gingen Ingenieure von Eastman Kodak im Viertel von Tür zu Tür und sammelten unbelichtete Filme. Bernadette, die ohnehin keinen Fotoapparat besaß, hörte das Klingeln, war aber zu müde, um aufzustehen. Sie war schließlich doch zum Arzt gegangen, der ihr Valium zum Entspannen verschrieb.

Carter verlor die Wahl wegen der Geiselnahme.

Keiner der Filme zeigte eine ungewöhnliche Trübung.

Sie nahm eine Handvoll Valium und dämmerte weg.

Jahre später, als Tschernobyl explodierte, tauchte in Pennsylvania ein Team russischer Wissenschaftler auf, um Leute zu befragen, sowohl per Telefon als auch an der Haustür. Die Russen nahmen Blutproben von neunundzwanzig Menschen und führten eine zytogenetische Analyse durch. Deren Ergebnisse sind nicht bekannt.

(*Scheißjournalisten: warum diese neunundzwanzig Leute? Was waren die Auswahlkriterien? Welches dunkle, unergründliche Sowjet-Wissen lag ihnen zugrunde?*, möchte der tote Wesley wissen.)

In Pennsylvania vier tote Pfauen.

In dem Frühjahr nach Tschernobyl kamen die Stare nicht mehr.

Wie alle richtigen Katastrophen ist Three Mile Island von Akademikern erklärt worden. Die Theorie der normalen Unfälle: eine unvorhergesehene Wechselwirkung zwischen einzelnen Ausfällen in einem komplexen System. Nach Aussage von Leuten, die es wissen, war die Katastrophe unerwartet, unbegreiflich, unkontrollierbar und unvermeidlich.

Hunderte fotokopierter Seiten, Studien von Studien. Die Studien betrachten die Häufigkeit von verschiedenen Krebsarten, Tot- und Fehlgeburten und kommen alle zum selben Schluss: Es gab keine signifikante Zunahme von Krebs, Tot- oder Fehlgeburten. (Alle Berechnungen gehen von einer minimalen Strahlenbelastung aus, eine von den Gerichten gestellte Bedingung.)

Wesley schraubt den kindersicheren Verschluss wieder zu, steht auf und spürt zu spät, wie eine kostbare blaue Gelkapsel unter der Ferse seines Turnschuhs zerdrückt wird. In vier Monaten wird sein Name auf der Liste durchgestrichen sein. Seinen vor sieben Wochen diagnostizierten anaplastischen Schilddrüsenkrebs wird man nicht dem Unfall auf Three Mile Island zuschreiben.

Wenn man von minimaler Strahlenbelastung ausgeht, ist ein statistisch signifikanter Zusammenhang unmöglich. Was die Frage aufwirft –

(*Du machst dich nur verrückt*, sagt Jessie regelmäßig zu ihm.)

Was die Frage aufwirft –

(*Bitte hör auf*, sagt Jessie.)

Was die Frage aufwirft: Wenn das Studiendesign es unmöglich macht, die Nullhypothese zu widerlegen, wozu dann überhaupt die Studie machen?

(Seine Frau ist froh, dass sie jeden Morgen zur Arbeit gehen kann.)

Wozu überhaupt die Studie machen?

Für den toten Wesley liegt die Antwort auf der Hand: um die Studie gemacht zu haben. Um Seiten voller Daten zum Fotokopieren und Abheften zu haben.

Insbesondere Zahlen sind mit Subtext überfrachtet.

Die Zehnjahresüberlebensrate beim papillären Schilddrüsenkarzinom beträgt 93 %.

Die Zehnjahresüberlebensrate beim follikulären Schilddrüsenkarzinom beträgt 85 %.

Die Zehnjahresüberlebensrate beim medullären Schilddrüsenkarzinom beträgt 75 %.

Die Zehnjahresüberlebensrate beim anaplastischen Schilddrüsenkarzinom beträgt (keine Angaben).

Keiner der Filme zeigte eine ungewöhnliche Trübung. Und trotzdem verdreifachte sich in Harrisburg die Sterblichkeitsrate von Säuglingen. Hunderte Menschen berichteten von wunder Haut und Verletzungen, einem metallischen Geschmack im Mund.

Der Schlaf macht einen Bogen um ihn. Er kann nicht genug tun, um müde zu werden. Spät in der Nacht, wenn Jessie im Bett ist, schleicht er nach unten, um fernzusehen. Von den hundertsechsundvierzig Kanälen ist einer so gut wie der andere. Sitcoms und Dauerwerbesendungen, ein Teleshopping-Kanal. Er will nur eine menschliche Stimme hören.

Als er sich eines Nachts durch die Kanäle zappt, stößt er auf einen Film, der bereits läuft – einen Fernsehfilm vermutlich aus den Siebzigern. Das sieht er auf den ersten Blick, ohne zu wissen, warum. Vielleicht die Beleuchtung – wie blasser, wässriger Sonnenschein – oder die verschwommene Auflösung des auf Video aufgezeichneten Bildes. Hat das Fernsehen damals insgesamt so ausgesehen? Wesley erinnert sich vage, dass man immer noch feineinstellen musste. Wenn die Schauspieler ein bisschen grün aussahen, drehte man an dem FARBTON-Knopf herum. Wenn das Bild flackerte, regulierte man die HORIZONTALE FREQUENZ.

Diesen Film erkennt er sofort. *The Boy in the Plastic Bubble* beschwört sofort seine ganze Kindheit herauf. Darum und aus anderen Gründen ist es fast zu schmerzvoll, ihn anzusehen.

Der Film ist weitaus dämlicher, als er es sich hätte vorstellen können, miserabel in jeder Hinsicht: die kitschige Kulisse und langweilige Musik, die peinlich ehrliche Schauspielerei. Die Grundidee des Films – der ohne Immunsystem geborene Junge, der einen sterilen Flügel im vorstädtischen Bungalow seiner Eltern nie verlassen darf – erscheint ihm inzwischen absurd, aber als Kind hatte er sie fraglos akzeptiert. War, genau genommen, davon verfolgt worden: Noch Monate oder sogar Jahre danach waren ihm die Figuren im Traum erschienen.

Was sagte das über den Jungen Wesley Peacock aus?

Jetzt wird er erneut gepackt, aber nicht von dem idiotischen Film, sondern von seinem jungen Ich: einem für Kinderkrankheiten anfälligen kleinen Stubenhocker, der Angst hatte vor der großen Welt, besonders aber vor anderen Kindern. Ein Junge, der nach der ernsthaften Gesellschaft von Erwachsenen lechzte, insbesondere der seiner Mutter. Bernadette war seine beste Freundin und Kinderfrau, ihre Aufmerksamkeit für seine Erkältungen und Ohrenschmerzen war durchaus die Unannehmlichkeit einer laufenden Nase wert gewesen. Krankheit erschien ihm damals als höchster Luxus – der Hustensaft mit dem Kirschgeschmack, die Lutschtabletten. Seine Mutter, die ihm auf einem Tablett das Essen brachte.

Mehr als alles andere hatte er sich gewünscht, krank zu sein, verwöhnt und umsorgt zu werden, eine schreckliche Erkenntnis. Für den toten Wesley ist die Ironie schwer zu verkraften. Sie ist wirklich schier unerträglich.

Er zwingt sich, den Film weiter anzuschauen. Das Problem mit der Darstellung ist, wie er jetzt erkennt, die große Überzeugung der Schauspieler. Sie scheinen nicht zu begreifen, dass die Geschichte absurd ist. Statt ihr Spiel zu verbessern, lässt sie das nur jämmerlich erscheinen, leichtgläubige Schauspieler, die von einem schnell sprechenden Regisseur dazu überredet wurden, sich zum Narren zu machen.

Wissen Sie, sagt der Junge in der Blase zu seinem Arzt, *ich bin hier drin nicht so unglücklich, wie Sie alle glauben.*

Jetzt erinnert er sich, dass *The Boy in the Plastic Bubble* auch eine Liebesgeschichte war. Als Jugendlicher verbringt der Junge in der Blase die meiste Zeit damit, durch ein Fernglas das Mädchen nebenan anzustarren, bis sie ihn schließlich – unglaublich – zu einer Strandparty einlädt. Die Szene ist haargenau so, wie Wesley sie in Erinnerung hat; kein Wunder – als Kind in einer Zeit, bevor es Videorekorder gab, spielte er sie tausend Mal vor seinem inneren Auge durch: Der Junge in der Blase fuhr in einem luftdichten Glaskasten auf einer Rollbahre zum Strand, das Mädchen in seinem Bikini kam auf einem Pferd angeritten. Als Junge hatte ihn das Bild elektrisiert. Das war im Grunde die erste erotische Fantasie, in die er sich begeben hatte: Das Mädchen, das mit hüpfenden Brüsten auf ihn zuritt. Er selbst in der Sicherheit seines Glaskastens, einem riesigen Korsett gleich.

Unheimlich. Mehr als unheimlich.

Noch unheimlicher ist, dass die Szene ihn sogar jetzt noch aufwühlt. Nicht die jugendliche Schauspielerin, die er kaum wiedererkennt. In seiner Fantasie hatte er sie längst durch Jessie, sein eigenes Mädchen von nebenan, ersetzt. Das einzige Mädchen, das er je lieben würde.

Die Strandszene ist, wie sich herausstellt, der Höhepunkt des Films. Der tote Wesley sieht, leicht gelangweilt, wie der Junge in der Blase zur Highschool geht, zuerst per Videoschaltung, dann höchstpersönlich, in einem Polyesterraumanzug mit Batterie auf dem Rücken. Die Szene ist schrecklich anzusehen, der einzige Moment, in dem der Film eine gewisse Ähnlichkeit mit dem wirklichen Leben aufweist. Unfreiwillig erinnert er sich an das Trauma seiner ersten Stunden im Klassenzimmer einer staatlichen Schule, umgeben von Gleichaltrigen – Jungen und Mädchen mitten in der Pubertät, die vor einer ihm unbegreiflichen Energie strotzten.

Er schaltet den Fernseher aus.

Er hat nicht das Bedürfnis, die rührselige Schlussszene des Films noch einmal zu erleben, in der der Junge aus seiner Blase tritt, um mit dem Mädchen davonzureiten (und sie vermutlich zu vögeln, bevor sie aufs College entschwindet, eine Implikation, die Wesley damals in seiner Unschuld noch nicht erfassen konnte). Als Kind hatte er das Ende gehasst, weil es ihm wie Verrat vorkam, ein Affront gegen sämtliche Blasen-Bewohner der Welt. Der tote Wesley empfindet eine andere Art von Empörung.

Er schaltet den Fernseher wieder an.

In Wahrheit ist dieser Ärger erfrischend. In seinen letzten Monaten ist er die einzige Emotion, die ihn lebendig sein lässt. Die lächerliche Schlüsselszene – der fröhliche Auszug des Jungen aus seiner Blase – war eindeutig von einem widerlich jungen und gesunden Menschen geschrieben worden. Wer sonst konnte das Überleben so leicht nehmen? Wer sonst konnte sich vorstellen, für Liebe oder Sex oder Freiheit, für was auch immer, sein einziges kostbares Leben wegzuwerfen?

Jeden Mittag zieht er sich einen Bademantel über den Pyjama und horcht auf ein Auto in der Einfahrt, Shelby Vance, die kommt, um ihm sein Mittagessen zu bringen. Jetzt Shelby Devlin, obwohl Wesley sie sich kaum als verheiratete Frau, als Ehefrau und Mutter, vorstellen kann. Als Erwachsene irgendeiner Art. *Sie kommt mir etwas schlicht vor,* hat Jessie mehr als einmal gesagt, aber das trifft es nicht genau. Shelby ist unbedacht wie ein Kind. Man weiß nie, was als Nächstes aus ihrem Mund kommt.

»Wie fühlen Sie sich?«, fragt sie, als er ihr die Tür aufmacht. Das hat *Hallo* als ihre Standardbegrüßung abgelöst.

»Gut. Ein leichter Sonnenbrand.« Er ist überrascht, sie ohne Olivia zu sehen, die sie normalerweise in einem Babykörbchen mitschleppt, unbeholfen, wie einen Eimer Waschwasser. Anfangs fand Wesley die Anwesenheit des Babys lästig. Er war – ist immer noch – verunsichert von Säuglingen, ihren dauernden Ansprüchen. Heute dagegen ist er enttäuscht, sie nicht zu sehen. Wenn ihnen die Worte ausgehen, betrachten er und Shelby Olivia wie einen Fernseher. Ohne sie wird es noch weniger geben, worüber sie reden können.

»Es ist Richs freier Tag«, sagt Shelby. »Ich habe ihn gebeten babyzusitten.«

Ist es möglich, seine eigenen Kinder babyzusitten? Wesley fragt nicht. Er ist Shelbys Mann ein Mal begegnet und findet, dass sie ein ungleiches Paar sind. Rich Devlin ist in Wesleys Alter, wirkt aber älter, ein ruppiger Mann, der ihn seltsamerweise an seinen eigenen Vater erinnert. Shelby hat sich, so weit er das beurteilen kann, seit ihrem vierzehnten Lebensjahr kaum verändert.

»Wie hungrig sind Sie? Ich kann zwei Sandwichs machen.«

»Eins genügt vollkommen«, sagt Wesley, der schon seit Monaten nicht mehr hungrig ist.

Er sieht ihr zu, wie sie sich in der Küche bewegt, Brot, Butter, Dosensuppe ausfindig macht. Sie kennt die Küche so gut wie Jessie.

»Mit einem von beiden kommt er zurecht, nur nicht mit beiden. Das ist jetzt also eine Art Experiment.« Shelby legt sein Käsesandwich in die Pfanne. »In zwei Wochen ist das natürlich kein Problem mehr. Dann kommt Braden in den Kindergarten.«

»Das wird schön für dich«, sagt Wesley.

»Oh, nein«, sagt sie ernst. »Wenn ich könnte, würde ich ihn ewig bei mir zu Hause behalten.«

»Sei vorsichtig mit deinen Wünschen. Ich bin zu Hause unterrichtet worden. Und habe meine Mutter ziemlich sicher zur Weißglut gebracht.«

Shelby sieht erstaunt aus. »Geht das denn?«

»Natürlich. Viele Leute machen das.« Er ist jedes Mal überrascht, was sie alles nicht weiß. »Hauptsächlich aus religiösen Gründen. Sie sind nicht unbedingt mit dem einverstanden, was in staatlichen Schulen unterrichtet wird.«

»Haben Ihre Eltern es deswegen gemacht?«

»Ich vermute mal.« Seltsamerweise hat er nie darüber nachgedacht. Die Kehrseite von Shelby Devlin: die Frage, die einen aufschrecken lässt. »Wahrscheinlich war es die Idee meines Vaters. Er hatte so seine Vorstellungen.«

»Hat es Ihnen gefallen?«

Wieder muss er an den idiotischen Film denken, den Jungen aus der Blase in seinem lachhaften Raumanzug, von seinen Klassenkameraden schikaniert. Stimmungsschwankungen sind eine häufig auftretende Nebenwirkung von Lumox. Absurderweise ist er den Tränen nah.

»Und wie. Obwohl ich rückblickend nicht ganz sicher bin, ob es so gut für mich war. Du siehst hübsch aus«, sagt er, um das Thema zu wechseln. Anstelle der üblichen Jeans mit Sweatshirt trägt Shelby Rock und Bluse und um die Taille einen breiten roten Ledergürtel. Der Gürtel kommt ihm vor, als gehörte er zu einem Kostüm, zur Verbrechensbekämpfungs-Ausrüstung eines Zeichentrick-Superhelden.

»Es ist ein gutes Gefühl, sich hin und wieder schön anzuziehen. Ich habe gar keine Gelegenheit mehr dazu.«

»Ich auch nicht«, sagt Wesley, aber Shelby lächelt nicht einmal. Sie hat keinen Sinn für Humor, auch nicht für schlechten, eine Eigenschaft, die er leicht exotisch findet.

Sie legt sein gegrilltes Käsesandwich auf einen Teller, den Teller auf ein Tablett. Sie gießt ihm ein Glas Milch und ein Glas Wasser ein und stellt sein Lumox dazu. Ihr Rock ist sehr kurz. An einer anderen Frau sähe das vielleicht sexy aus. Shelby scheint einfach nur ihren Kleidern entwachsen zu sein.

Shelby und wer auch immer bilden ein ungleiches Paar.

Sie stellt Milch und Butter wieder in den Kühlschrank. »Ich freue mich, Sie munter zu sehen. Hätten Sie beim Essen gerne noch ein bisschen Gesellschaft? Ich habe eine ganze Stunde Zeit. Wenn ich länger weg bin, fängt Rich an durchzudrehen. Dann hat er Angst, er müsste die Windel wechseln.«

»Mach dir meinetwegen keine Sorgen«, sagt Wesley. »Sag Rich einen Gruß von mir.«

Er bringt sie zur Tür. Ihre Beine sind lang und dünn; ist das etwas Gutes? Die Schwäche für Frauenbeine hat er nie verstanden.

»Danke, dass du gekommen bist«, sagt er zu ihr. »Das hat geholfen.«

Sie macht einen kleinen Schritt auf ihn zu. »Sind Sie sicher, dass ich nicht bleiben soll?«

Der tote Wesley mustert sie, verwundert. Es ist ein Anzeichen seines Totseins, dass er sie erst einmal missversteht.

Sie macht noch einen Schritt.

Ich habe den Verstand verloren, denkt er, als er zulässt, dass

Shelby ihn küsst. Die Erkenntnis ist weniger beunruhigend, als sie sein sollte. Alles andere hat er ja schon verloren.

Sie küssen sich mit Hingabe, ein Ausdruck, der ihn früher verwirrt hat, ihm jetzt aber völlig einleuchtet. Er gibt Hoffnung, Ehre, die Illusion von Konsequenz hin. Der todgeweihte Junge tritt aus seiner Blase in eine sehr kurze Zukunft.

Sie küssen sich mit Hingabe, wie die Lebenden es tun.

Er führt sie in das Keller-Büro hinunter. Auf dem Futon stapeln sich Unterlagen, die er nie abheften wird. Mit Hingabe wirft er sie auf den Boden.

Er küsst sie mit allem, was von ihm noch übrig ist. Ihre Haut fühlt sich höchst lebendig an, schockierend warm unter ihrer Bluse.

Das Sichentkleiden verläuft bei beiden asynchron. Wesley trägt einen Pyjama, schnell an, schnell aus, wie ein Riesenbaby, bei dem häufig die Windeln gewechselt werden müssen. Shelbys Aufzug ist eine Herausforderung aus komplizierten Verschlüssen: der Wonder-Woman-Gürtel mit seinen zahlreichen Schnallen, der BH und die Nylonstrümpfe mit Strumpfhalter. All das braucht Zeit.

»Was ist los?«, sagt Shelby.

»Nichts. Tut mir leid«, sagt er. »Es ist nicht deine Schuld.«

Sie wird fast dunkelrot. »Habe ich irgendwas falsch gemacht?«

»Ich nehme einen Haufen Medikamente«, murmelt er. »Nichts funktioniert mehr richtig.«

»Das macht nichts. Eigentlich muss ich sowieso los.« Rasch und verstohlen setzt sie ihre komplizierte Rüstung wieder zusammen. Er hat noch nie jemanden sich so schnell anziehen gesehen.

Der tote Wesley bringt sie zur Tür. Als er hundertzweiundzwanzig Tage später mit dem Sterben fertig ist, wird der Moment, in dem es ihm nicht gelang, mit Shelby Devlin zu schlafen, das einzige Geheimnis sein, das er je vor Jessie hatte.

Die Sterbenden sind nicht heilig.

In einer Art Trance sieht er sie davonfahren. Shelby, die bereit – begierig – gewesen war, mit einem Toten ins Bett zu gehen. Und versteht endlich, wie wahrhaft exotisch sie ist.

Eine unvorhergesehene Wechselwirkung zwischen einzelnen Ausfällen in einem komplexen System. Gab es je eine bessere Beschreibung des menschlichen Lebens?

Ausgehend von einer minimalen Strahlenbelastung wurden keine gesundheitsrelevanten Folgen beobachtet.

DAS KOLLEKTIVE BEDÜRFNIS

AUGUST 2012

9.

Haben Sie ein wiederkehrendes, quälendes Problem? Haben Sie so viele, dass Sie sie nicht zählen können?

Landauf, landab treten die schädlichen Auswirkungen des Gasbohrens zutage. Riecht Ihr Leitungswasser faulig? Sieht es trüb oder ölig aus?

Wenn Sie und Ihre Familie in einem Fracking-Albtraum stecken, haben Sie aussichtsreiche Möglichkeiten, zu klagen.

Benommenheit, Schwindel, Durchfall. Hautreizungen treten häufig auf. Haben Sie rätselhafte Abszesse oder Hautausschlag? Schlaflosigkeit oder übermäßige Müdigkeit? Fällt Ihnen das Atmen schwer?

Seit über vierzig Jahren macht sich Rechtsanwalt Paul Zacharias für den kleinen Mann stark. Wir setzen uns für eine größtmögliche finanzielle Entschädigung ein.

Kopfschmerzen, Gedächtnisschwund. Nicht selten treten kognitive Symptome auf. Sind Sie schnell verwirrt?

Unter den Gasbohrarbeitern sind Verletzungen an der Tagesordnung: Stürze, Explosionen, Vergiftungen, Autounfälle. In den Bereichen Körperverletzung, Todesfolge und Produkthaftung (aufgrund schadhafter Anlagen/Ausrüstung) hat Rechtsanwalt Paul Zacharias großzügige Vergleichssummen erstritten.

In welchem Allgemeinzustand befindet sich Ihr Vieh? Sind Ihnen Geburtsfehler oder eine verminderte Fertilität aufgefallen?

Rechtsanwalt Paul Zacharias erhielt »hervorragende 5 von 5 Bewertungspunkten«, die »höchste Stufe fachlicher Kompetenz«. Rufen Sie noch heute an, um einen Termin zur kostenlosen und vertraulichen Einschätzung Ihres Anspruchs zu vereinbaren. Sie können nicht zu uns kommen? Kein Problem! Wir kommen zu Ihnen nach Hause, in Ihre Klinik oder Ihr Gewerkschaftshaus.

Rechtsanwalt Paul Zacharias ist Ihr Verbündeter. Zusammen

können wir die Fracking-Unternehmen haftbar machen. Wir nennen es die *Gas-Abrechnung*™.

Sie sind bereits irritiert?

Jede Mitteilung muss mit Applaus anerkannt werden.

Eine Glocke läutet: zehn Minuten Bewegung. Ein Psycho wird zum Psycho-Trakt begleitet. Vollzugsbeamter Devlin – jetzt wieder in der Tagschicht – dreht seine Runde.

Die Besuchszeit beginnt um 14.00 Uhr, für die meisten Insassen – von Ehefrauen gehasst, von Geliebten verlassen, von Kindern verachtet – eine eher theoretische Aussage. *Die Welt dreht sich ohne dich weiter,* erklärte Hops ihm einmal. *Du bist jetzt schon so lange weg, dass sie vergessen, dass du überhaupt da warst.*

In Devlins Block bekommen nur zwei Insassen Besuch. Zuerst bleibt er vor Wandas Zelle stehen.

»Officer Devlin! Welche Freude. Ich hatte Officer Mulraney erwartet.«

»Er ist krankgeschrieben«, sagt Devlin.

Wandas Gesicht sieht fleckig aus. Kein Wunder. So richtig bemerkt Devlin es aber erst in der zweiten Schicht: Am Nachmittag ist ihr Kinn von einem Bart beschattet. Es heißt, Mulraney habe aufgehört, ihr Antibabypillen zuzustecken. Zurzeit hat er wohl andere Dinge im Kopf: Seine Frau immer noch arbeitsunfähig, von rätselhaften Symptomen geplagt, aus denen die Ärzte nicht schlau werden. Das Baby zu verlieren war nach allgemeiner Auffassung ein Segen. In ihrem augenblicklichen Zustand hätte sie sich nicht um noch ein Kind kümmern können.

Natürlich hat das nie jemand zu Steph gesagt.

Er schließt Wandas Zelle auf. Sie hat eine neue Frisur, einen Pferdeschwanz ganz oben auf dem Kopf, wie die Blätterkrone einer Ananas.

»Officer Devlin. Sie sehen heute Morgen ausgesprochen gut aus.« Sie senkt theatralisch die Stimme. »Ich hoffe, Mrs. Devlin weiß, was sie an Ihnen hat.«

»Das hoffe ich auch.« Das ist das Höchste, was er sich an scherzhaftem Geplänkel erlaubt.

Er führt sie den Gang hinunter zum Besucherraum, wo die Schwester – eine hübsche Jugendliche mit rundem Gesicht, die Wanda Ray Ray nennt – bereits wartet. Sie ist eine kleinere, rundlichere Version von Wanda: dieselben hohen Wangenknochen, derselbe breite geschminkte Mund. Ein Mädchen, das einst einen Bruder und nun eine Schwester hat; ein Mädchen, das die lange Busfahrt von Philadelphia hierher (fünf Stunden, zwei Mal umsteigen) auf sich genommen hat, um Nagellack hereinzuschmuggeln.

Auf der Welt – und insbesondere im Gefängnis – sieht die Liebe seltsam aus.

»Mensch, Mädchen«, sagt Ray Ray. »Was hast du denn mit deinen Haaren gemacht?«

Devlin lässt sie allein, die Tür knallt hinter ihm zu. Er geht zu dem Block zurück und findet Weems in eine Zeitschrift vertieft auf seiner Pritsche liegend.

Im Gefängnis ist ein Tipp eine Clique, eine Bande, eine Gang. Ein Wasserkopf ist ein Ausgestoßener, ein Mann ohne Kumpel. Ein Mann, der nicht eintippen kann oder will.

»Weems, Sie haben Besuch.«

Er schließt die Zelle auf, und sie gehen schweigend den Gang hinunter. Weems ist schmächtig, einen Kopf kleiner als Devlin und zwanzig Kilo leichter. Nicht der Typ Mensch, der im Gefängnis klarkommt, eine Tatsache, die er hätte bedenken sollen, bevor er Mist baute, der ihn hinter Gitter bringen würde. Vor ein paar Jahren, als Darren auf Drogen war, war Devlin zu einem ähnlichen Schluss gekommen. Eingesperrt mit Tieren wie Offill und Cholley wäre sein Bruder ein leichtes Ziel gewesen, Lockfutter für die Haie.

Ein Wildschwein ist ein kampfeslustiger Häftling, der niemals nachgibt.

Wenn ich Weems wäre, denkt Devlin, *würde ich auf jeden Fall eintippen.*

»Also dann. Einen guten Besuch.« Er schließt die Tür auf und sieht durch das Plexiglas seine Nachbarin Rena Koval im Schwesternkittel.

»Hi, Mom«, sagt Weems.

Ende seiner Schicht. Devlin zieht sich um – er hat sich angewöhnt, im Gefängnis zu duschen – und steigt in seinen Pick-up.

Er weiß nichts, rein gar nichts über seine Nachbarinnen.

Vor Jahren war die Welt noch anders. Pap hatte sich mit Pete Mackey, Macks Vater, gut verstanden. Jeden Winter zur Schlachtzeit hatten die Beckers und die Mackeys sich ein Mastrind geteilt, denn es gab mehr Fleisch, als eine Familie allein hätte essen können.

Hatte Pap gewusst, dass Petes Tochter eine Lesbe war? Ist *Lesbe* überhaupt das richtige Wort?

Es fällt schwer, Mack als Frau zu sehen. Letzten Sommer, als Rich die Terrasse baute, sah er sie zwei Mal im Holzlager, eine große, Tabak kauende Frau im Overall. Sie grüßte ihn mit einem kurzen Nicken, wie ein Mann es tun würde.

Vor Jahren waren Nachbarn noch nachbarschaftlich. Davon ist Rich fest überzeugt, obwohl nicht ganz klar ist, woher er diese Überzeugung nimmt. Die Leute packten beim Scheunenbau mit an, liehen einander Werkzeug aus, passten gegenseitig auf Kinder und Vieh auf. (Und aßen eine Menge Fleisch.) Als er auf den Walmart-Parkplatz fährt, fragt er sich, wie oft Rena ihren Sohn besucht. Womöglich ist sie jede Woche im Deer Run, und Rich, der jahrelang hauptsächlich auf Nachtschicht war, hat es nur nicht mitbekommen.

Ohne eine gewisse taktische Denkanstrengung kann er Mack nicht als Frau sehen.

Den alten Kauz, der die Kunden an der Tür begrüßt, ignoriert er.

Im hinteren Teil des Ladens belädt Rich seinen Einkaufswagen. Das Wasser ist in Zwanzig-Liter-Plastikkanistern verpackt. Er bezahlt sein Wasser, und als er es hinaus zu seinem Pick-up rollt, wünscht er, er hätte eine Laderaumwanne. Seiner Rechnung nach müsste jeder Kanister für zwei Tage reichen. Und trotzdem war er – gefühlt – erst gestern hier. Das ist seine dritte Walmart-Fahrt diese Woche.

Rena Koval sieht nicht wie eine Lesbe aus. Und man erwartet ja auch nicht, dass eine Lesbe einen Sohn hat.

Ihm kommt in den Sinn, dass der Walmart Teil des Problems ist. Seine Großmutter kaufte noch Schuhe bei Meyer, Möbel bei Friedman, Stoffe im Billigladen. Pap war regelmäßiger Kunde im Eisenwarengeschäft in der Stadt. Als Kind war Rich manchmal mit ihm hingegangen. Pap, ein umgänglicher Typ, traf immer irgendeinen Bekannten. All diese Läden sind jetzt weg.

Rich selbst ist kein umgänglicher Typ.

Im Walmart trifft man nie Bekannte.

Er fährt vom Parkplatz. Sein Bruder hat einen vagen moralischen Einwand gegen den Walmart. Der wirkliche Grund ist rätselhaft und ändert sich ständig: mal Kinderarbeit, dann vielleicht Ausbeuterbetriebe in China. Wie Darrens Überzeugungen insgesamt löst sich auch diese unter Druck in Wohlgefallen auf. Sie gibt nach wie morsches Holz.

Das Wasser ist nur zum Trinken und Kochen. Und trotzdem sind die Plastikbehälter im Nu leer. Rich musste schon einen zusätzlichen Abfalleimer kaufen, nur um sie darin zu sammeln und zur Mülldeponie zu bringen.

Es sieht Darren ähnlich, dass er sich über die armen Leute in China Gedanken macht, aber nicht über die Armen in Amerika, die den Walmart brauchen, weil sie es sich nicht leisten können, irgendwo anders einzukaufen – ein Club der Verlierer, von dem Rich ständig das Gefühl hat, ihm demnächst beitreten zu müssen, wenn er es nicht schon getan hat. Der finanzielle Ruin ist das Feindbild seines Erwachsenenlebens, der Gegenstand jedes seiner Albträume. Seine Frau hat das nie verstanden, Shelby, die sein Geld ausgibt, als hätte sie es selbst verdient. Im Eifer des Gefechts nannte sie ihn einmal einen Geizkragen. Sie wird nie erfahren – er hat es ihr nie erzählt –, wie tief ihn das verletzt hat, eine Beleidigung, die er nicht vergessen kann.

Er biegt auf die Schnellstraße. Der Vormittag war für die Jahreszeit ungewöhnlich kühl, eher wie September als wie August, aber der Nachmittag ist sommerlich warm, in der Luft ein Hauch von Trauer. Der Himmel ist strahlend blau, wie am Tag, als die Flugzeuge abstürzten.

Wie jeder andere hat er den Tag noch lebhaft in Erinnerung. Damals fuhr er gerade zum Miners' Medical, hörte während seiner Rundgänge die Nachrichten im Radio. Später saßen er und Shelby – damals noch seine Freundin – Schulter an Schulter vor dem Fernseher und starrten immer wieder auf die entsetzlichen Bilder. Die Katastrophe erschien weit weg, bis eins der Flugzeuge in Shanksville abstürzte. Als er das sah, dachte Rich daran, seinen Bruder anzurufen, was jedoch zu der Zeit unmöglich war. Darren hatte sich schon Jahre zuvor von der Familie distanziert. Selbst in einer Krise war er nicht erreichbar.

Ein gewaltiger Tanklastzug überholt ihn kreischend auf der linken Spur. Er trägt einen deutlichen Schriftzug – ABWASSER –, als wäre jemand stolz auf diese Fracht.

Der Tag, an dem die Flugzeuge abstürzten. Auf eine Weise, die zu erklären Rich in Verlegenheit gebracht hätte, änderte der 11. September sein Leben. Bereit, seine Zukunft anzupacken, machte er Shelby im Oktober einen Heiratsantrag. Sie heirateten bald darauf, was allgemein Argwohn erregte, doch Shelby war nicht schwanger. Rich war derjenige, der auf den Gang zum Altar drängte. Er war – und ist immer noch – ein entschlussfreudiger Mensch. Er wusste, was er wollte, und sah keinen Sinn darin, noch länger zu warten.

Damals hätte er sich nicht vorstellen können, auf wie vielfältige Weise sie sich verändern würde, welche Gefahr darin lag, jemanden so Junges zu heiraten. Ein Jahr später, als sie mit Braden schwanger war, hielt Rich beim Ultraschall ihre Hand, den Blick starr auf den Bildschirm gerichtet: auf die unförmige Masse, die sein Sohn werden würde, ein paisleyartiger Wirbel, der in ein paar Monaten in eine menschliche Gestalt übergehen würde.

Er hatte eine unförmige Masse geheiratet, einen paisleyartigen

Wirbel. Man konnte nicht wissen, was aus einem neunzehnjährigen Mädchen einmal werden würde.

Seine Mutter hatte versucht ihn zu warnen – *Sie ist noch ein bisschen jung, findest du nicht?* –, doch Rich hörte nicht auf sie. Sein erster Ehe-Versuch, eine Frau in seinem Alter, war schlecht ausgegangen. Eine Frau, die er kaum gekannt hatte und nie hätte heiraten sollen, eine Frau, der man nicht trauen konnte. Sie lernten sich in einer Kneipe kennen, nicht weit vom Stützpunkt entfernt, und heirateten vier Monate später, ein typischer Soldatenfehler: Man will einfach jemanden am anderen Ende haben, einen Menschen, der auf einen wartet.

Seinen Heiratsantrag machte er Shelby vorne auf der Veranda des Farmhauses. Drei Jahre später wurde das Haus auf ihr Betreiben dem Erdboden gleichgemacht.

Rich biegt in die Einfahrt ein. Im Briefkasten findet er Rechnungen, einen Katalog mit Vitaminpräparaten und einen offiziell aussehenden Umschlag: *Pennsylvania Department of Environmental Protection.*

Re: Gesetz 223 Abschnitt 208 Feststellung

Carbon Township, Saxon County

Sehr geehrter Richard Devlin,
die Behörde hat das Wasser aus Ihrem Anschluss Number Nine Road in Carbon Township auf eine mögliche Verunreinigung untersucht. Unsere Analyse deutet auf das Vorkommen von Erdgas in Ihrem Wasser hin. Unsere Ergebnisse finden Sie anbei für Ihre Akten.
Methan ist Hauptbestandteil des Erdgases. Für Methangas im Trinkwasser gibt es bisher keine offiziellen Grenzwerte. Im Allgemeinen liegt der Methangehalt in Trinkwasserbrunnen unter 5 mg/l. Eine bedenkliche Konzentration beginnt bei über 28 mg/l, dem sogenannten Sättigungsgrad, bei dem das Wasser unter normalem atmosphärischem Druck kein zusätzliches

Methan mehr aufnehmen kann. Ab diesem Wert kann Gas aus dem Wasser entweichen und sich in der Luft Ihres Wohnhauses oder Gebäudes anreichern. Es besteht Brand- oder Explosionsgefahr aufgrund der Migration von Erdgas in Wasserbrunnen oder durch den Erdboden in Häuser hinein, wo es durch Zündquellen, die in den meisten Wohnhäusern/Gebäuden vorhanden sind, entzündet werden kann.
Bitte bedenken Sie, dass der Methangehalt schwanken kann. Selbst bei einem relativ niedrigen Gehalt an Methan sollten Sie auf Veränderungen in Ihrem Wasser achten, die auf eine erhöhte Methankonzentration hindeuten könnten.
Alle Trinkwasserbrunnen sollten mit einer intakten Be- und Entlüftung versehen sein. Das verringert die Möglichkeit einer Konzentration solcher Gase in Bereichen, in denen eine Entzündung eine Gefahr für Leben oder Eigentum darstellen würde. Bitte beachten Sie, dass es nicht möglich ist, allein durch Be- und Entlüftung des Brunnens die Gefahren, die sich aus Erdgas im Trinkwasser ergeben, vollkommen zu eliminieren.
Die Anwesenheit von gelöstem Methan in Ihrem Trinkwasser scheint mit Hintergrundbelastungen zusammenzuhängen. Zum gegenwärtigen Zeitpunkt deutet unsere Untersuchung nicht darauf hin, dass Gasbohrungen Ihr Wasser beeinträchtigt haben. Die Ursache für die Gasmigration ist derzeit unbekannt und bleibt Gegenstand einer Untersuchung durch das DEP.

Ein Laborbericht ist angehängt. Richs Blick gleitet über die Zahlenkolonnen, Werte für Methan, Ethan, Obergrenzen für Sekundärschadstoffe. Er hat keine Ahnung, was er da anschaut. Einen kurzen Moment denkt er an seinen Bruder, der, bevor er aus der Johns Hopkins flog oder ausschied oder einfach wegging, einen halben Abschluss in Chemie gemacht hatte. Ich könnte ihn anrufen, denkt Rich, wissend, dass er es nicht tun wird.

Er liest den Brief noch einmal, dann steckt er ihn in die Tasche.

Drinnen steht Shelby am Spülbecken. Er hätte es nicht geglaubt, hätte er sie nicht auf frischer Tat ertappt. »Was zum Teufel machst du da?«

Sie wendet ihm ihr hochrotes Gesicht zu. »Geschirr spülen.«

»Im *Wasser aus den Kanistern*? Willst du mich verarschen?« Für einen Moment fühlt er sich von seiner Emotion überwältigt. Alles erscheint möglich. Er könnte Shelby schlagen, einen Herzanfall bekommen oder einfach losheulen.

»Nur zum Trinken und Kochen«, presst er zwischen den Zähnen hervor. »Haben wir vereinbart.«

»Hast *du* vereinbart«, sagt Shelby.

Genau so, denkt er sich, *passiert es*. Deer Run ist voll mit Männern, die wegen häuslicher Gewalt verknackt wurden, Männern, die – betrunken oder unter Drogen oder, wie Rich, stocknüchtern – einfach ausgerastet sind.

»Herrgott, Shelby. Ich kann nicht jeden verdammten Tag zum Walmart rennen.«

»Du warst es doch, der den Getränkelieferservice gekündigt hat.«

Was allerdings stimmte: Ihre erste (und letzte) Monatsrechnung hatte ihm ein Stechen in der Brust verursacht.

»Weißt du, was uns das gekostet hat?«

Eine andere Sorte Frau würde die Pflicht verspüren, mitzuhelfen. Eine andere Sorte Frau würde ihren Hintern hochkriegen und sich eine Arbeit suchen, etwas, das Shelby nie tun wird.

»Was soll ich denn machen? Ich kann keine Wäsche mehr waschen, ohne Kopfschmerzen zu bekommen.«

»Du benutzt es zum *Wäschewaschen*?«

»Nur die Sachen von den Kindern«, sagt Shelby.

Wochenlang hat er herumtelefoniert. Jetzt ist niemand mehr zum Anrufen übrig.

Pastorin Jess' Auto steht in der Einfahrt, wie immer, und trotzdem sieht das Haus verlassen aus, die Fenster dunkel. Shelby klingelt und wartet. Später wird sie sich nicht mehr erinnern, dass sie eine Entscheidung traf. Sie wird nur noch wissen, dass der Türknopf sich mühelos in ihrer Hand drehte.

»Hallo?«, ruft sie.

Das Haus ist still innen drin, aber die Stille wirkt trügerisch – so als würden Partygäste sich in den begehbaren Kleiderschränken verstecken, um jeden Moment herauszuspringen und *Überraschung!* zu brüllen.

Sie steigt die kleine Treppe zum Wohnzimmer hinauf und muss prompt niesen. Dabei wird ihr klar, dass das Haus leer ist. Sie erkennt es am Klang ihres Niesens, das in dem stillen Haus erschreckend laut ist.

Shelby war nie allein in diesem Haus, und doch ist ihr das Gefühl vertraut, aus Träumen. In den Träumen ist sie sie selbst, aber jünger – ein Mädchen, immer. Sie lebt hier mit einer Mutter, die bestimmt nicht Roxanne ist, und einem Vater, der Pastor Wes ist und es nicht ist.

Normalerweise mag sie den Geruch in den Häusern anderer Leute nicht.

In ihren Träumen ist Crystal immer am Leben.

Das Wohnzimmer ist sonnendurchflutet und gemütlich, Pflanzen hängen an den Fenstern, auf dem Sofa sind farbenfrohe Kissen verstreut. Die Pflanzen sehen grün und gesund aus, und dennoch herrscht eine Schwere in diesem Raum, als wäre hier etwas Schreckliches passiert. Auf dem Couchtisch steht ein Becher, über dessen Rand ein Faden hängt. Irgendwo tickt eine Uhr. Shelby denkt daran, wie die Israeliten vom Mittagessen weg vor dem Todesengel aus der Stadt fliehen, und niest erneut.

Verglichen mit ihrem eigenen Haus wirkt das Wohnzimmer

kompliziert, versehen mit unzähligen Artefakten. Sie betrachtet die eingerahmten Fotos an der Wand. Pastor Wes und Pastorin Jess auf einer Achterbahn. Zu Pferd. In College-Sweatshirts. In Hochzeitskleidung. Pastor Wes blickt in schweigendem Einverständnis aus jedem Foto, so als sähe er Shelby durch sein früheres Haus wandeln und wäre froh über ihr Kommen.

Sie schiebt die Kissen beiseite und streckt sich auf dem Sofa aus.

Wenn sie in diesem Haus lebte, würde sie sofort ein anderer Typ Mensch werden, eine Wirkung, die sie schon erlebt hat. Im alten Farmhaus fühlte sie sich wie gelähmt durch die Geschmäcker und Meinungen anderer Leute, die unbeugsamen Geister, die die Vorhänge ausgesucht und den Teppich ausgelegt und die Uhr an die Wand gehängt hatten. In dem Haus war jegliche Art von Veränderung unvorstellbar gewesen. Nicht einmal einen Stuhl hatte sie verrücken können.

Drei Mal hintereinander niesen: ein Wunsch, ein Kuss, eine Enttäuschung. Dafür macht sie die Bücher, die sich überall türmen, verantwortlich. Selbst wenn man jede Woche abstaubte, wären Bücher unmöglich sauber zu halten.

Ein funkelnagelneues Haus schien anfangs eine seltene Gelegenheit darzustellen. In dem Versuch, ein Heim vor ihrem inneren Auge entstehen zu lassen, studierte sie Monate, ein ganzes Jahr lang Möbelkataloge und die Angebote von Teleshopping-Kanälen. Die Aufgabe war schwieriger, als sie es sich vorgestellt hatte. Das neue Haus war wie ein leeres Blatt Papier, das darauf wartete, von ihr beschrieben zu werden. Am Ende hatte sie gar nichts zu sagen.

Sie wandert durch das Esszimmer, die Küche. Das Badezimmer riecht nach Shampoo, erst vor Kurzem war geduscht worden. Ein Buch, *In der Prärie zu Hause*, liegt auf dem Spülkasten. Shelby öffnet den Arzneischrank und inspiziert die Flaschen auf den Ablagen, Midol und Kontaktlinsenreiniger und Clairol Natural Effects, was der Beschreibung zufolge Grau sofort überdeckt.

Ausgesprochen überrascht, ja, eigentlich enttäuscht nimmt sie zur Kenntnis, dass Pastorin Jess sich die Haare färbt.

Ein Wunsch, ein Kuss, eine Enttäuschung. Das sagten sie als Kinder, sie und Crystal, wenn eine von ihnen nieste. Was genau bedeutete das?

Als Crystal krank war und dann wieder in den Wochen vor Bradens Operation hatte die ganze Gemeinde für Shelby gebetet. Jeden Sonntagmorgen fühlte sie sich auf ihren Armen hochgehoben, eine Art heiliges Crowdsurfing. Beim geselligen Zusammensein stand sie nicht mehr allein da, verlegen und stumm. Frauen kamen zu ihr und stellten besorgte Fragen. Sie wurde geküsst und umarmt, gelobt und gesegnet.

Ein Wunsch, ein Kuss, eine Enttäuschung.

Sie späht ins Schlafzimmer. Das Bett ist ungemacht. Auf dem Nachttisch stapeln sich weitere Bücher. Einzelne hingeworfene Kleidungsstücke – eine Socke, pinkfarbene Unterhosen – sprenkeln den Fußboden wie Vogelkot.

Bei Crystals Beerdigung erreichte das Loben und Segnen einen glorreichen Höhepunkt. In vielerlei Hinsicht war es der beste Tag in Shelbys Leben. Nicht, weil sie ihrer Schwester den Tod gewünscht hätte. (Hatte sie nicht.) Sondern, weil nun endlich sie an der Reihe war.

Das hat sie noch nie irgendjemandem erzählt.

In der Küche wirft sie einen Blick in den Kühlschrank, Flaschen mit fettarmer Milch, Diät-Cola, Salatdressing und Wein. Lange steht sie bei geöffneter Tür davor, etwas, wofür sie Braden immer tadelt.

Wenn sie in diesem Haus wohnte, würde sie der Typ Mensch werden, der auf der Toilette Bücher liest.

In der Ferne schlägt eine Autotür zu.

Shelby erschrickt, hat aber keine Angst. Draußen Stimmen, Plaudern, Lachen. Sie setzt sich genau in dem Moment an den Esszimmertisch, als die Haustür aufgeht, und denkt: *Überraschung.*

Bei ihrem Anblick wirkt Pastorin Jess schockiert, ihre Hand

fliegt förmlich zum Herzen. »Shelby! Mein Gott, haben Sie mich erschreckt! Was machen Sie denn hier?« Sie trägt Sonnenbrille und ein geblümtes Kleid, die Arme sind nackt. Hinter ihr steht ein kleiner Mann, den Shelby nicht kennt.

Shelby wartet.

Endlich fällt der Groschen. »Hatten wir einen Termin? Oh nein! Es tut mir wirklich leid, Shelby. Das war mir vollkommen entfallen.«

Noch immer wartet Shelby.

»Es ist meine Schuld«, sagt der Mann, die Hand am Rücken der Pastorin. »Ich bin derjenige, der sie entführt hat.«

Shelby denkt: *Wer sind Sie?*

»Das ist mein Freund Marshall«, sagt Pastorin Jess, als hätte sie die Frage gehört. »Das ist Shelby Devlin, von der Gemeinde.«

»Devlin«, sagt der Mann. »Sie wohnen in der Number Nine Road draußen? Dann ist es meine Truppe, die Ihren Gasbrunnen bohrt.«

Die Ihr Wasser kontaminiert, denkt Shelby. *Die Ihre Tochter vergiftet hat. Pastor Jess verkehrt mit dem Feind, die schlimmste Art von Verrat.*

Erneutes Schweigen.

Marshall wirft bewundernde Blicke auf Pastorin Jess – die ja wahrhaftig nicht so schön ist. Er drückt kurz ihre Schulter. »Ich gehe besser. Ich muss morgen früh raus.«

Shelby wurde noch nie von jemandem so angesehen.

»Nein, warte.« Pastorin Jess legt ihm eine Hand auf den Arm. »Shelby, wir können uns doch für einen anderen Abend verabreden – vielleicht morgen?«

Das Ansinnen ist unerhört. Schon ein Dutzend Mal hat Shelby erklärt, dass der Donnerstag Richs dienstfreier Tag ist, der einzige Tag also, an dem sie überhaupt kommen kann. Theoretisch könnte sie jetzt, wo Rich tagsüber arbeitet, auch morgen kommen, aber so leicht lässt sie Pastorin Jess nicht davonkommen. Es geht ums Prinzip.

»Da kann ich nicht«, sagt sie bestimmt.

»Oh. Gut.« Pastorin Jess sieht auf die Uhr. »Es wird langsam spät. Machen wir doch einfach nächsten Donnerstag aus. Ich werd's nicht vergessen, versprochen.« Sie versucht es mit einem versöhnlichen Lächeln. Shelby würde sie am liebsten ohrfeigen.

»Gut«, sagt Shelby.

Wieder berührt Pastorin Jess Marshalls Arm. (So viel Berührung!) »Du wartest hier. Ich bringe Shelby zum Auto.«

Shelby folgt der Pastorin die Treppe hinunter und zur Haustür hinaus, ohne Marshall noch weiter zu beachten. Außer dass er klein ist, hat er auch noch einen kleinen Fleck, vielleicht Ketchup, vorne auf seinem Hemd. Gerade seine Durchschnittlichkeit ist es, die sie beleidigt.

Neid und Eifersucht sind nicht dasselbe.

Pastorin Jess schließt die Tür hinter ihnen. »Shelby, ich muss schon sagen, ich hatte nicht erwartet, Sie an meinem Küchentisch sitzen zu sehen.«

Neid heißt, zu begehren, was jemand anderes hat. Eifersucht ist der Wunsch, jemand anderem vorgezogen zu werden.

»Die Tür war unverschlossen«, sagt Shelby. »Ich hab mir Sorgen gemacht.«

»Warum?« Pastorin Jess sieht verwirrt aus, so als könnte sie sich wirklich nicht erinnern (tut sie vielleicht wirklich nicht), dass es Shelby war, die Pastor Wes an dem Tag, als er starb, allein im Haus vorfand; Shelby, die die 911 anrief und, seine Hand haltend, mit ihm im Krankenwagen fuhr. Wie konnte man so etwas vergessen?

Shelby starrt sie stumm an. Es gibt so viel, was sie gerne sagen würde. Sie denkt an Marshall, der drinnen auf Pastorin Jess wartet. Sie ist auf beide neidisch, auf beide eifersüchtig.

Sie fragt sich, ob er weiß, dass die Pastorin sich die Haare färbt.

»Es tut mir leid wegen heute Abend. Wirklich. Wir können nächste Woche darüber reden«, sagt Pastorin Jess. »Wir sehen uns am Sonntag in der Kirche, Shelby. Fahren Sie vorsichtig.«

Shelby steigt in den Minivan und schließt die Tür.

10.

Die Ärmel bis zu den Ellbogen hochgerollt, die Unterarme rosarot vom Schrubben, beugt sich Mack über das Spülbecken in der Küche. Sie sieht verwundert aus, als Rena in ihrer Schwesternkleidung die Treppe herunterkommt.

»Es ist Freitag«, bemerkt Mack.

»Was du nicht sagst.«

»Du arbeitest freitags nie.«

»Mach ich auch nur, bis Steph wieder da ist. Ich konnte nicht Nein sagen, schließlich bin ich ja die ganze nächste Woche weg.«

»Bist du?« Mack sieht ehrlich überrascht aus, so als wäre ihr das völlig neu. Als hinge Renas Dienstplan nicht gut sichtbar mit einem euterförmigen Magneten fixiert am Kühlschrank.

»Ich habe doch gesagt, dass ich mit Shelby und Olivia nach Pittsburgh fahre. Und dann« – beiläufig, als fiele es ihr gerade ein –»ist da noch diese Demo in New York.«

»Mit Dr. Trexler?«

»Ja«, sagt Rena.

Schweigen.

»Er möchte, dass ich den ganzen Ablauf kennenlerne. Sehe, wie das funktioniert.« Sie bittet nicht direkt um Erlaubnis. Sie rechtfertigt sich bloß.

»Warum?«

Es gibt noch viel, viel mehr, was Mack auf der Zunge liegt. In ihren Augen ist Dr. Trexler nicht besser als ein Politiker, ein Fernsehprediger, die Zeugen Jehovas, die regelmäßig vor der Tür stehen.

»Deine Versammlung in der Bibliothek, das war was anderes«, sagt sie langsam. »Wir leben hier. Haben hier unsere Farm. Wenn aber Leute in New York ihre Schürfrechte verkaufen wollen, was hat das mit Dr. Trexler zu tun? Er lebt ja nicht mal dort « Für Mack war das schon ein richtiger Vortrag.

Rena denkt: *Er lebt in der* Welt. *Er kümmert sich um die* Welt.

Mack denkt: *Verlass mich nicht.*

»Kommt seine Frau auch mit?«

Rena verspürt eine plötzliche Angst, als wäre sie bei einer Untat erwischt worden. Natürlich hat sie gesagt, Lorne sei verheiratet. Solche Notlügen gebraucht sie instinktiv, um mit Macks Ängsten zurechtzukommen. Früher erschienen ihr diese Täuschungen harmlos. Jetzt ist sie sich nicht mehr so sicher. Als Calvin klein war, gewann er einmal auf dem Rummel einen Goldfisch in einem kleinen Glas. Nachdem sie das Glas gegen ein größeres ausgetauscht hatten, wuchs der Fisch, um es auszufüllen. Macks Eifersucht ist zur Größe eines Störs herangewachsen, weil Rena den Platz dafür geschaffen hat.

Rena sagt: »Ich weiß es nicht genau.«

Instinktiv ist sie immer bemüht, Konflikten aus dem Weg zu gehen. Streit lähmt sie, schon der kleinste Hauch von Ärger oder Zwietracht genügt. Notfalls tischt sie den Leuten haarsträubende Lügen auf, nur damit es ihnen gut geht. Das ist eine Eigenschaft, die sie an sich selbst bemängelt, ein Impuls, den Mack nie verstanden hat – Mack, die mutig geboren wurde, im Herzen eine Heldin.

»Die genauen Einzelheiten haben wir noch nicht besprochen.«

Mack beäugt sie argwöhnisch, aber vielleicht bildet Rena sich das auch nur ein. Ausgefragt zu werden beunruhigt sie: Dann wird ihr flau im Magen, in ihren Ohren pocht das Blut. Panik würgt sie wie eine Hand an ihrer Kehle. Mack hat davon natürlich keine Ahnung. Wie sollte sie auch? Es gibt so viel, das Rena ihr nie erzählt hat.

(Ich bin eine dreckige kleine Hure.)

Mack sieht sich nach einem Handtuch um, und da sie keins findet, trocknet sie sich die Hände an ihrem schmutzigen Overall ab. »Aber du hast ihm schon gesagt, dass du mitfährst.« Das ist keine Frage.

»Ja«, sagt Rena.

Sie kommt zu spät zu ihrer Schicht, was noch nie passiert ist. Die Zeit zerrinnt ihr zwischen den Fingern. Von Tagträumen abgelenkt verliert sie Minuten oder Stunden. Sie bewegt sich durch den Tag wie in einem Nebel, einer köstlichen, gemächlichen Schwere, die sie von früher her kennt, aus einer Zeit in ihrem Leben, die ihr inzwischen unwirklich vorkommt: die totale Unwahrscheinlichkeit von Mack in ihrem Bett, Mack, die Frau und Mann in einem war, alles, was sie sich an Geliebten je hatte wünschen können.

Die junge Rena war von ihrer eigenen Kühnheit begeistert gewesen. Etwas Mutigeres, als mit Mack zu schlafen, hatte sie wohl nie zuvor getan. Damals erschien ihr das wie ein revolutionärer Akt. Erst später begriff sie, dass Mack sich gar nicht so sehr von den Grubenarbeitern unterschied, die sie schon ihr Leben lang kannte, eigensinnigen, schweigsamen Männern, deren Frauen sich über sie beklagten oder Entschuldigungen für sie fanden, sie aber im Grunde akzeptierten, weil Männer nun einmal so *waren*. Männer waren nicht annähernd die Helden aus Liebesromanen, den schmuddeligen Taschenbüchern, die ihre Mutter dutzendweise auf dem Flohmarkt kaufte und wie besessen las – nachdem sie die Einbände abgerissen hatte, so als könnte sie irgendjemandem etwas vormachen.

(Ihre Mutter, die Freddy Weems als guten Fang betrachtete. Der nicht aufzufallen schien, dass Rena ungeschickt geworden war – dass sie Treppen hinunterfiel, gegen Türen lief.)

Die jugendliche Rena las dieselben Bücher, verstand aber noch nicht, dass diese Lances und Brads weibliche Erfindungen waren. Sie hatten keine Ähnlichkeit mit leibhaftigen Männern – die mehr oder weniger wie Mack waren.

Einem Mann wie Lorne war sie noch nie begegnet, weder in der Realität noch in ihrer Fantasie.

Sie parkt auf dem Mitarbeiterparkplatz und winkt Jo zu, der Stationsleiterin, die mit Zigarette und Zeitung auf den Stufen bei der Laderampe sitzt.

»Du hast es in den *Herald* geschafft«, ruft Jo.

Mit einer Hand die Augen vor der Sonne schützend, geht Rena auf sie zu. Sie hat sich noch nie auf diesen Stufen aufgehalten, die von den Schwestern die *Raucherlounge* genannt werden. Drei Meter davon entfernt steht ein Lieferwagen mit laufendem Motor; ein Mitarbeiter aus der Cafeteria wirft Abfall in einen riesigen Müllcontainer. Aus einem Lüftungskanal dringen heiße Luft, Küchengeräusche, der Geruch vom Geschirrspülen. Einen unangenehmeren Ort zum Sitzen kann man sich kaum vorstellen.

Jo liest: »›Rena Koval, eine ortsansässige Milchfarmerin und Krankenschwester am Miners' Hospital, rief die Versammlung zur Ordnung.‹«

Mit einem dumpfen metallischen Schlag geht der Deckel des Müllcontainers zu.

»Sieh mal, ich weiß, dass du mit dem, was wir da machen, nicht einverstanden bist«, sagt Rena, »aber nächsten Monat treffen wir uns wieder. Vielleicht solltest du es dir erst mal anhören, bevor du dir eine Meinung bildest.«

»Wieso?« Jo sieht verwirrt aus. »Was soll mir das bringen? Ich habe keinen Gaspachtvertrag.«

»Du gehörst zu dieser Gemeinde. Die gesamte Gemeinde ist betroffen.« Es ist das, was Lorne immer sagt, obwohl die Worte aus ihrem Mund weniger überzeugend klingen.

»Wie auch immer«, sagt sie lahm, »du bist herzlich eingeladen.«

Sie geht in einem Bogen zum Haupteingang und durch die Eingangshalle zu Station A, wo eine Schwester namens Agnes Lubicki an der Anmeldung sitzt. Sie ist älter als Rena, eine nicht sehr attraktive, stämmige Frau, die tiefe Stirnfalten und nie Zeit für ein Schwätzchen hat. Rena kennt keine uncharmantere Frau und kompetentere Krankenschwester.

Ein Patientenruf ertönt.

»Oh, oh. Das ist Chicken Little«, sagt Agnes mit einem seltenen Lächeln.

Sogar Agnes ist eingeweiht.

»Moment mal, *was*? Shelby Devlin ist hier?«

»Die Tochter wurde gestern Abend stationär aufgenommen.

Chicken Little hat sie in die Notaufnahme gebracht. Heute Morgen hat Dr. Stusick sie entlassen. Ich weiß nicht, warum sie immer noch hier sind.«

Rena läuft den Flur hinunter ans andere Ende, wo die Kinder liegen. Sie findet Olivia in einem pinkfarbenen gesteppten Bettjäckchen über einem gerüschten Nachthemd aufrecht im Bett sitzend. Ihr noch feuchtes Haar ist gekämmt. Neben dem Bett sitzt Shelby und liest in einer Gesundheitszeitschrift.

»Rena! Ich dachte, Sie arbeiten in der Notaufnahme.«

»Ich arbeite überall. Was ist denn passiert, Shelby?« Rena zieht Olivias Krankenblatt aus der Halterung am Fußende des Bettes. »Wie geht es dir, Schätzchen? Du siehst vielleicht hübsch aus.«

»Ich hab mein ganzes Frühstück aufgegessen«, sagt Olivia.

»Braves Mädchen. Du gehst ja auch heute nach Hause.«

»Nein, tut sie nicht«, sagt Shelby, ein seltsames Zittern in der Stimme. »Wir bleiben hier, bis uns jemand hilft.«

Rena steckt das Krankenblatt zurück. »Ich gehe mal kurz mit deiner Mutter in den Flur, etwas besprechen. Sie ist gleich wieder da.«

Shelby folgt ihr aus dem Zimmer. »Dr. Stusick hat heute früh nach ihr gesehen. *Sehr* früh. Ich war noch gar nicht da. Ich glaube, er geht mir aus dem Weg.«

»Ich bin sicher, dass er das nicht tut«, sagt Rena, die keineswegs sicher ist.

»Aber ich hatte nicht einmal die Möglichkeit, mit ihm zu *sprechen*! Wie kann er sie nach Hause schicken, wo wir doch immer noch nicht wissen, was los ist?«

»Schauen Sie, ich kann Ihre Frustration verstehen. Aber sie behält ihr Frühstück bei sich. Wir können sie nicht hierbehalten, wenn ihre Symptome verschwunden sind.«

»Aber ich habe Dr. Stusick das mit dem Wasser erklärt. Ich hab's ihm *erklärt*! Ich habe eine Kopie von den Untersuchungsergebnissen und allem gemacht. Methanmigration. Das steht schwarz auf weiß da. Er hat mir aber immer noch nicht geglaubt.«

»Hat er das gesagt?«

»Nicht wortwörtlich, aber ich hab's gemerkt. Vielleicht könnten wir mal zusammen mit ihm reden. Auf Sie wird er hören.«

»Normalerweise kommt er nachmittags vorbei.« Rena wirft einen Blick auf die Uhr. »Eigentlich ist Olivia schon entlassen, aber wenn Sie noch ein Weilchen warten können, wird er sicher gerne mit Ihnen reden. Er ist ein guter Arzt, Shelby. Ich vertraue seinem Urteil.«

»Also, *ich* nicht.« Shelby ist rot angelaufen. »Was weiß er denn? Er hat noch nie mehr als zwei Minuten mit Olivia verbracht. Ich bin ihre Mutter. Ich weiß, dass ihr irgendetwas fehlt.«

Im Schwesternzimmer ist Agnes gerade dabei, einen Salat zu essen, während Jo eine Anzeigenzeitung durchblättert und dann innehält, um eine Fotoserie näher zu betrachten: STARS OHNE MAKE-UP.

»Kann ich Ihnen helfen?«, fragt Rena den alten Mann, der auf die Anmeldung zukommt.

»Ich suche einen Patienten«, sagt er und nennt einen Namen. »Ich habe gehört, dass er vor ein paar Tagen eingeliefert wurde.«

»Er liegt auf Station B. Das hier ist Station A.« Das Krankenhaus erstreckt sich über eine einzige Ebene, seine fünf Flügel – die Notaufnahme, die Intensivstation, die Chirurgie und zwei Stationen für Innere Medizin – sind durch einen Knotenpunkt miteinander verbunden. »Ich kann Sie hinbringen.«

Sie führt den Mann den Flur hinunter. »Sie kommen mir bekannt vor. Sind wir uns schon mal begegnet?«

»Möglich. Ich bin andauernd hier oben.« Er reicht ihr eine Visitenkarte aus einem silbernen Etui. PAUL ZACHARIAS, RECHTSANWALT. »In der Notaufnahme müssen Sie ja ziemlich viele Arbeitsunfälle reinbekommen.« Er nimmt noch mehr Karten aus dem Etui. »Beim nächsten Mal können Sie die hier vielleicht weitergeben.«

»Das dürfen wir nicht«, sagt Rena.

In der Mittagspause geht sie mit ihrem Handy hinaus in die Eingangshalle. Sie hört eine Nachricht von Mack ab, über eine

Viehauktion in Somerset County. Dann ruft sie Lorne Trexler an. Der Anruf geht sofort auf die Mailbox. *Hey, hier ist Lorne. Du weißt, was du zu tun hast.* Obwohl sie diese Begrüßung schon unzählige Male gehört hat, erregt sie seine Stimme.

»Ich bin im Krankenhaus«, erzählt sie seiner Mailbox. »Heute Nacht wurde Olivia aufgenommen. Jetzt scheint es ihr gut zu gehen, aber wenn ich mit dem Arzt gesprochen habe, weiß ich mehr. Rufst du mich heute Abend an?«

Heute Abend. Da Mack bei der Viehauktion ist, können sie den ganzen Abend am Telefon verbringen, etwas, das Rena normalerweise nicht machen würde. Normalerweise würde sie Raum für Macks Eifersucht lassen.

Wieder auf Station A trifft sie auf Shelby, die um das Schwesternzimmer herumschleicht.

»Rena! Ich habe Sie überall gesucht. Dr. Stusick war immer noch nicht da, und ich muss los, meinen Sohn abholen.«

»Kein Problem«, sagt Rena. »Atmen Sie mal tief durch. Ich habe Ihre Handynummer. Sobald er auftaucht, rufe ich Sie an.«

»Das hab ich ihr schon gesagt«, bemerkt Jo. »Aber sie wollte unbedingt mit dir sprechen.«

Shelby packt Rena am Arm. »Meine Pastorin kommt Olivia besuchen. Sie wird jeden Moment hier sein. Können Sie sie bitten, auf mich zu warten? Bitte sagen Sie ihr einfach, dass ich *gleich zurück* bin.«

»Meine Güte!«, sagt Agnes, ihr hinterherblickend. »Kann ihr nicht mal jemand eine Valium verpassen?«

»Sie ist etwas nervös.« Rena erinnert sich noch lebhaft an die Zeit, als Calvin mit zwei Jahren eine Bronchitis hatte, an seine Fieberschübe, an ihre eigene Panik. Kein Leid der Welt ist mit dem vergleichbar, ein krankes Kind zu haben – eine Qual, die Jo und Agnes, beide kinderlos, einfach nicht verstehen.

»Dieser alte Typ im Anzug«, sagt Jo. »Der war schon mal hier.«

»Hast du ihn nicht erkannt? Aus dem Fernsehen?«, sagt Rena. »Du weißt doch: *Vierzig Jahre lang habe ich mich für den kleinen Mann starkgemacht.* Diese Werbetafel am Drake Highway.«

»Super. Rechtsanwälte.« Jo sieht richtig wütend aus. »Bist du jetzt zufrieden?«

»Darum geht es gar nicht. Jemand *muss* einfach –« Sie spürt eine Hand auf der Schulter.

»Rena«, sagt Dr. Stusick. »Kann ich Sie eine Minute entführen?«

Er geht mit ihr in ein Untersuchungszimmer und schließt die Tür hinter ihnen.

»Sie haben gerade Shelby Devlin verpasst«, sagt sie zu ihm. »Sie möchte unbedingt mit Ihnen sprechen.«

»Was hat sie denn jetzt schon wieder? Sie ruft jeden Tag in meiner Praxis an, immer mit einer neuen Theorie oder so was. Jetzt ist es das Trinkwasser.« Er macht eine bedeutsame Pause. »Aber das wissen Sie ja schon.«

Rena läuft augenblicklich rot an.

»Ich habe gehört, dass Sie ihr erzählt haben, das Wasser mache Olivia krank.«

»Genau *das* habe ich nicht gesagt.« Rena schwitzt auf dem Kopf, an der Brust, am unteren Rücken. »Sie leben aber nun mal auf einem Gasbrunnen. Sind Sie in letzter Zeit mal zur Number Nine rausgefahren? Sie können es von der Straße aus sehen. Bis zu ihrem Haus sind es vielleicht fünfzig oder sechzig Meter.«

Dr. Stusick antwortet nicht.

»Ihr Wasser ist von zwei verschiedenen Labors untersucht worden. Hat Shelby Ihnen das erzählt? Beide haben hohe Methankonzentrationen gefunden.«

Immer noch keine Reaktion.

»Ich weiß, sie ist ein bisschen – emotional«, sagt Rena. »Die Devlins sind aber nicht die Einzigen, die Probleme haben. Ihr Nachbar hügelabwärts hat seinen Brunnen untersuchen lassen, da ist es genau dasselbe. Methanmigration. Zwei Wochen nach Beginn der Bohrungen waren beide Brunnen verunreinigt.«

Da bemerkt sie die winzigen roten Spuren an ihrem linken Arm. Schwache Kratzer, halbmondförmig, von Shelbys Fingernägeln.

»Sehen Sie, ich weiß nichts über das Gasbohren«, sagt Dr. Stusick. »Ich habe keine Meinung dazu, weder in die eine noch in die andere Richtung. Was aber dessen Auswirkungen auf die menschliche Gesundheit angeht, fehlen bisher belastbare Daten.«

»Gut, aber irgendetwas macht sie krank. Ist es nicht zumindest möglich, dass das Wasser etwas damit zu tun hat?«

»Alles ist möglich, aber in der Fachliteratur gibt es nichts darüber. Falls irgendein Zusammenhang zwischen Methan im Trinkwasser und akuter Gastritis bei Kindern besteht, hat jedenfalls noch niemand einen Artikel darüber veröffentlicht.«

Rena, die ebenfalls in der medizinischen Literatur recherchiert hat, weiß, dass er recht hat.

»Sie sind eine gute Krankenschwester, Rena. Was Sie in Ihrer Freizeit machen, ist Ihre Angelegenheit. Sobald es aber in die Patientenversorgung hineinreicht, haben wir ein Problem.« Er blickt auf seine Uhr. »Ich muss gehen. Es warten noch ein paar Patienten auf mich. Aber ich möchte, dass Sie mit Mrs. Devlin vorsichtig sind. Sie ist keine vernunftgesteuerte Frau.«

Die Bohrarbeiter rollen im Firmen-Pick-up die Dutch Road entlang, Herc am Steuer, Mickey Phipps auf dem Beifahrersitz. Die Nachmittagssonne steht hoch am Himmel, der einzige Vorteil, wenn man im Morgengrauen anfängt zu arbeiten: Nach Feierabend geht die Sonne noch lange nicht unter. Eine sanft ansteigende Landschaft, in der Ferne grüne Hügel. Mickey telefoniert am Handy mit seiner Tochter. Herc pfeift leise vor sich hin.

»Du bist ja gut gelaunt«, sagt Mickey, nachdem er aufgelegt hat.

»Das bin ich wohl«, sagt Herc.

Sie biegen auf die Number Nine Road, als Herc den grünen Minivan in der Einfahrt der Devlins stehen sieht. Er fährt langsamer, als die Ehefrau aussteigt, gefolgt von einem blonden Jungen im Baseballtrikot. Herc erkennt sie sofort wieder, die eigenartige stille Frau, die an Jess' Küchentisch gesessen und wie ein treuer Hund auf ihre Rückkehr gewartet hatte.

Ich habe sie zwei Jahre lang beraten, erzählte Jess ihm später. *Ich glaube nicht, dass es hilft.*

Ich habe ihren Mann getroffen, als wir da draußen gebohrt haben. Ich verstehe, warum sie Lebensberatung braucht, sagte Herc.

Mit einem Mal hat er das Gefühl, dass er zu viel über diese Stadt weiß. Die Verwobenheit von allen und allem macht ihn klaustrophob. Er ist nicht für das Kleinstadtleben gemacht.

»Netter Junge«, sagt Mickey. »Vielleicht das Alter von deinem Levy. Spielt er immer noch Baseball?«

Mickey versucht immer, ihn zum Reden über seine Jungen zu animieren, so als bräuchte Herc eine Erinnerung (tut er womöglich) an seine Vaterpflichten.

»Diesen Sommer nicht«, sagt Herc, ohne seine Verärgerung zu zeigen. »Vielleicht nächstes Jahr.« Levi ist zehn und verliert gerade aus Gründen, die Colleen nicht versteht, das Interesse an Baseball. Für Herc ist das sonnenklar: Der Junge ist klein für sein Alter und nicht gerade froh darüber, ein Gefühl, an das er sich selbst bestens erinnern kann. Seine geringe Körpergröße ist eine weitere väterliche Schwäche, ein Fluch, den er an seinen Sohn weitergegeben hat.

Wie auf ein Stichwort sagt Mickey: »Ich wette, er vermisst dich.«

Er hätte noch viel Schlimmeres sagen können, das weiß Herc. Trotzdem ist die Selbstgerechtigkeit nervtötend, Mickey, der Modellehemann und -vater.

»Ich vermute, sie haben immer noch Schwierigkeiten mit dem Wasser. Die Devlins«, sagt Herc, um das Thema zu wechseln.

»Nicht unser Problem.«

»Ich weiß«, sagt Herc, aber stimmt das? Er hat Hunderte Gasbrunnen gebohrt, Tausende vielleicht. Kann er sich an irgendeinen davon genau erinnern? Sein Gedächtnis ist wie ein altes Videoband, das vom wiederholten Abspielen verzogen ist. Wieder versucht er sich zu entsinnen: War an Devlin H1 irgendetwas auch nur ein winziges bisschen ungewöhnlich?

»Könnte das Standrohr sein. Hab ich schon mal erlebt. Nicht oft, aber ich hab's erlebt.«

»Das ist der Zement-Trupp«, sagt Mickey. »Das sind nicht mal wir. Zerbrich dir nicht den Kopf anderer Leute.«

Dann erinnert sich Herc: Seine reguläre Zement-Mannschaft war noch bei Neugebauer beschäftigt. Er musste also einen anderen Trupp holen, einen, mit dem er noch nicht zusammengearbeitet hatte. Die eigentliche Zementation hatte er nicht beobachtet.

»Ich bin der Leiter der Anlage«, sagt er zu Mickey. »Ich fühle mich verantwortlich, auch wenn es nicht meine Schuld ist.«

Natürlich hätte er, auch wenn er den Zementationsvorgang beobachtet hätte, nichts gesehen. Das Loch war anderthalb Kilometer tief. Die Ingenieure pumpten Zement zwischen das Standrohr und die Bohrlochwand. Wenn er oben herausspritzte, wurde die Aufgabe für erledigt erklärt. Was tatsächlich unten im Loch passierte, konnte man nur vermuten.

»Wir hätten eine Zwischenrohrtour einbauen können.«

Mickey sagt: »Nicht unsere Entscheidung.« Womit er natürlich recht hat. Das ist eine Lektion, die Herc immer wieder lernen musste, dass nämlich zehn verschiedene Betreiber denselben Gasbrunnen auf zehn verschiedene Arten bohren. Bernie Little, der Firmenvertreter von Dark Elephant, wählte eine billigere und schnellere Lösung, einen Liner, der durch Aufhänger in Position gehalten wurde. Der Leiter der Anlage konnte in dieser Angelegenheit nicht mitreden. Warum sollte er auch, wo doch Dark Elephant die Zeche zahlte?

Eine Weile fahren sie schweigend. Als Hercs Handy klingelt, weiß er auch ohne hinzuschauen, dass es Jessie ist.

»Musst du da drangehen?«, fragt Mickey.

»Nee, schon in Ordnung.« Bei Legrand oder Jorge hätte er nicht gezögert, aber Mickeys grundsätzliche Anständigkeit verunsichert ihn. Nur in seiner Gegenwart empfindet er Scham.

»Bist du sicher? Es könnte ein Notfall sein.«

»Ich bin außer Dienst«, sagt Herc – und merkt zu spät, dass Mickey gar nicht von der Bohranlage spricht. Wieder verspürt er das Gewicht von Mickeys Rechtschaffenheit. Ein verantwortlicher Ehemann und Vater geht immer ans Telefon.

Wider besseres Wissen tut er es.

»Hercules?«, sagt Jess.

Selbst mit Mickey in Hörweite erregt ihn ihre Stimme, warm und klangvoll und irgendwie vertraulich, so als verriete sie ihm ein tiefes Geheimnis.

»Am Apparat.« Er versucht, seine Stimme neutral zu halten.

»Planänderung bei mir. Ich hatte einen langen Tag und mir ist nicht nach Kochen zumute. Treffen wir uns im Pick and Shovel?«

»Jetzt?« Er schielt zu Mickey hinüber. »Ich dachte, du müsstest noch im Krankenhaus vorbei.«

»Im was? Ich hör dich so schlecht.«

»Im Krankenhaus«, wiederholt Herc.

»Auweia, du hast recht! Das hab ich total vergessen!«

»Hast du ›auweia‹ gesagt? Ich glaube, ich hab das noch nie jemanden sagen hören.«

»Ich gehe morgen hin, versprochen. Pick and Shovel in einer halben Stunde?«

»Mit Vergnügen.« Er legt auf und verstaut das Handy in der Tasche. Mickey, der Christ, starrt demonstrativ auf die Straße. Missbilligung steigt wie Dampf von ihm auf.

»Das war eine Bekannte«, sagt Herc.

»Geht mich nichts an«, sagt Mickey.

Die Nacht ist sehr dunkel, neblig, der Mond verborgen. Zwei Fahrzeuge rasen auf einer Landstraße dahin, preschen durch Pfützen. Die Luft ist voller Glühwürmchen. Das erste Auto, ein roter Toyota Prius, saust geschmeidig um die scharfen Kurven. Der Fahrer des zweiten, mit der Straße nicht vertraut, hängt ein paar Autolängen hinterher.

Drei oder vier Autolängen. Für Mack ist das eine unauffällige Entfernung, aber was weiß sie schon? Sie hat noch nie jemanden verfolgt – jedenfalls nicht im Auto. Heimlichkeit liegt ihr nicht.

Doch glücklicherweise ist Lorne Trexler abgelenkt. Er fährt mit einer Hand, während er sich mit der anderen ein Handy ans Ohr hält. Einem aufmerksameren Fahrer wären die Scheinwerfer in seinem Rückspiegel aufgefallen, derselbe weiße Pick-up, der ihm schon quer über den Campus, durch die beschauliche Innenstadt von Stirling und in die ländliche Gegend jenseits davon gefolgt ist. Jetzt ist die Straße – Walnut Creek Bottom, wie vor anderthalb Kilometern auf einem Schild zu lesen war – nahezu ausgestorben. In den vergangenen zehn Minuten haben sie nur ein Auto überholt.

Trexler gibt Gas und jagt eine Steigung hoch. Mack tut es ihm nach, wider Willen beeindruckt von der Beschleunigung des Prius. Für ein kleines Auto – noch dazu einen Hybrid – hat er ganz schön viel Power.

Gegenüber kleinen Autos ist sie ebenso voreingenommen wie gegenüber kleinen Hunden – aus tiefster Überzeugung und ohne sich dafür zu rechtfertigen.

Ist es möglich, dass er den Pick-up, der ihm folgt, nicht bemerkt hat? Mack hat sich sein Nummernschild gemerkt. Sein Gesicht ist von dem bläulichen Licht seines Handys erleuchtet.

Die wesentliche Funktion der Biolumineszenz liegt in der sexuellen Auswahl.

Siebzig Stundenkilometer, achtzig, neunzig. Die Straße ist glitschig vom Regen am Nachmittag. Der Prius geht in eine scharfe Kurve, bei diesen Verhältnissen zu schnell. Mack spürt es in ihrem Körper, ein unbestimmtes Gefühl von Gefahr, als wäre eine Linie überschritten.

Das denkt sie in dem Moment, als der Hirsch mit einem Satz auf die Straße springt.

Der Tag fing mit einer Lüge an und sollte mit einer enden.

Morgens hatte Mack, nachdem Rena zur Arbeit gefahren war, erneut die Website des Stirling College geöffnet. Rasch, ehe der Mut sie verlassen konnte, wählte sie die Telefonnummer auf der Homepage des Instituts.

Institut für Geologie, sagte eine sehr junge weibliche Stimme.

Mack räusperte sich. *Ähm, ist Dr. Trexler da?*

Normalerweise kommt er abends in seinem Büro vorbei. Sind Sie eine Studentin?

Eine ehemalige, sagte Mack, gemäß der Geschichte, die sie einstudiert hatte. *Ich bin heute auf der Durchreise in der Stadt. Da wollte ich kurz vorbeikommen und Hallo sagen.*

Als Nächstes hinterließ sie eine Nachricht auf Renas Handy. *Hab vergessen, es dir zu sagen. Bin vielleicht nicht da, wenn du heimkommst. In Somerset ist eine Auktion.* So weit stimmte es noch. Am Schwarzen Brett bei John Deere hatte sie eine Ankündigung gelesen: MILCHVIEH JEDEN ALTERS, MILCHKÜHE UND ZUCHTVIEH.

Mack sagte ja nicht, dass sie zu der Auktion gehen würde. Streng genommen war es keine Lüge.

Die Fahrt nach Stirling dauerte länger als erwartet. Der winzige Campus sah, als sie ihn endlich gefunden hatte, nicht annähernd wie Penn State aus, dafür aber sehr wie ein College aus dem Film: Alte Gebäude aus entsprechendem grauem Kalkstein, manche von Efeu bedeckt, angeordnet um saftig grüne Rasenflächen. Eine alt aussehende Mauer markierte die Grenze. Selbst die Bäume waren alt.

Mack machte Winger Hall ausfindig und parkte auf einer mit FAKULTÄT markierten Fläche. Sie schaltete den Motor aus und machte es sich bequem, wohl wissend, wie fehl am Platz sie hier erscheinen musste, in ihrem zerbeulten Pick-up, dessen Heck völlig verdreckt und mit Aufklebern verziert war, die in Bakerton üblich waren, aber sicher nicht auf einem Universitäts-Campus. NRA JETZT. COOL COUNTRY FROGGY 101. UNTERSTÜTZT UNSERE TRUPPEN.

Sie wollte ihn nur sehen.

Sie war nicht daran gewöhnt zu lügen. Die Wahrheit zu sagen war ja schon schwer genug. Rena witzelte oft, Macks Naturzustand sei Schweigen, ein Merkmal der Mackeys. Wie ihr Vater und ihr Großvater war sie einfach in freundlichem Geplauder, im Reden um des Redens willen nicht geübt.

Den Blick auf die Tür gerichtet, wühlte sie im Handschuhfach nach ihrem Schnupftabak.

Wäre sie ein anderer Mensch, hätte sie einfach fragen können: *Bist du in Dr. Trexler verliebt?* Wenn sie aber die Frage stellte, würde Rena sie beantworten. Und vielleicht wollte Mack es im Grunde gar nicht wissen.

Sie erkannte das Auto sofort, den roten Prius, den sie beim Pick and Shovel gesehen hatte. Trexler parkte in der übernächsten Reihe und eilte in die Winger Hall. Er trug einen Rucksack und sprach ins Handy.

Mack wartete. Die Zeit verging langsam. Sie wünschte, sie hätte sich eine Kleinigkeit zu essen mitgebracht. Hungrig und mit einem flauen Gefühl von zu viel Schnupftabak behielt sie die Tür fest im Auge.

Da springt der Hirsch mit einem Satz auf die Straße. Bremsen quietschen, dann weicht der Prius ruckartig genau in die falsche Richtung aus.

»Idiot!«, ruft Mack und haut mit der Hand aufs Steuerrad. Wen sie meint – sich selbst oder Trexler –, ist nicht klar.

Den ersten Hirsch verpasst der Prius, erwischt jedoch den zweiten. Mack weiß – tut das nicht jeder? –, dass Wild selten allein unterwegs ist.

Das zweite Tier prallt mit einem entsetzlichen, dumpfen Schlag auf den rechten vorderen Kotflügel. Wieder Bremsenquietschen, der Prius gerät ins Schleudern, schiebt sich in die Leitplanke. Schließlich kommt er so zum Stehen, dass sein hinteres Ende die Straße blockiert.

Mack fährt auf den Randstreifen und steigt aus. »Ist alles in Ordnung mit Ihnen?«, ruft sie.

Die Motorhaube des Prius ist aufgeklappt. Seine Scheinwerfer sind noch an, sein Motor dampft in der feuchten Luft. Lorne Trexler sitzt immer noch hinter dem Steuer, vom Airbag eingeklemmt.

»Verdammtes Viech!«, ruft er, als hätte der Hirsch Schuld. Der Airbag füllt sein Auto wie eine riesige Kaugummiblase. »Können Sie die 911 anrufen?«

Als hätte sich der Hirsch unverantwortlich verhalten.

»Ich habe kein Handy«, sagt Mack.

»Meins ist hier irgendwo. Auf dem Boden, glaube ich. Können Sie es suchen?«

In dem Moment klingelt ein Handy.

»Das ist meine Freundin, die mich zurückruft«, sagt Trexler. »Wir haben telefoniert, als es passiert ist. Sie muss zu Tode erschrocken sein.«

Wieder klingelt das Handy.

Mack kniet sich neben das Auto und tastet auf dem Boden herum, überall, auch zwischen Trexlers Füßen. Grotesker könnte die Situation nicht sein.

Wieder klingelt das Handy.

Endlich findet sie es, noch warm, und gibt es ihm. Er macht eine abwehrende Geste und hält sich die andere Hand vors Gesicht. »Sagen Sie ihr, mir geht's gut. Sie soll die 911 anrufen.«

»Hallo?«, sagt Mack in das Handy. Für eine Sekunde hält sie die Luft an, aber die Stimme am anderen Ende gehört nicht Rena. »Lorne hatte einen Unfall. Es geht ihm gut, aber das Auto sieht übel aus. Können Sie die 911 anrufen?«

»Walnut Creek Bottom!«, ruft Trexler. »Gleich hinter dem Staubecken.«

»Haben Sie gehört?«, sagt Mack.

Nachdem sie aufgelegt hat, mustert Trexler sie mit sonderbarem Blick. »Woher wussten Sie meinen Namen?«

»Sie hat Sie so genannt«, lügt Mack.

Schließlich windet Trexler sich hinter dem Airbag hervor. Zum Glück ist er klein und dünn. Ein Mann von Macks Größe würde festsitzen.

Er rappelt sich hoch. Sein Oberkopf befindet sich auf der Höhe von Macks Ohrläppchen. »Du lieber Himmel. Das dürfte ein Totalschaden sein.«

»Sieht nicht gut aus.« Mack krempelt die Ärmel hoch. »Kommen Sie, wir schieben ihn weg.«

Trexler sieht perplex aus.

»Das ist eine unübersichtliche Kurve«, erklärt sie ihm, als spräche sie mit einem Kind. »Sie wollen doch nicht noch einen Unfall verursachen.«

Der Prius ist erstaunlich leicht. Ein Stück Schrott, denkt Mack, als sie sich mit dem Rücken dagegenstemmt. Zusammen schieben sie das Auto auf den schmalen Randstreifen. Eine große Hilfe ist Trexler nicht. Er ist ein kleiner Mann, dünn und schmalschultrig. Den könnte ich fertigmachen, denkt Mack.

(Als wäre das die Lösung des Problems. Als würde die Tatsache, von einem völlig Fremden, *einem unbekannten Angreifer*, verprügelt zu werden, ihn irgendwie von Rena fernhalten.)

»So ist es besser«, sagt sie. »Er ragt zwar immer noch in die Straße rein, aber man müsste ihm ausweichen können.« *Wenn man nicht fährt wie eine gesengte Sau,* fügt sie für sich hinzu.

Einen Moment lang stehen sie da und schauen sich an. Jetzt kann das Nächste folgen.

Es ist fast Mitternacht, als Mack in den Feldweg zur Farm einbiegt. Der Nebel hat sich gehoben. Im Licht des Halbmonds ist die Scheune deutlich lesbar: KAU MAIL POUCH TABAK GÖNN DIR DAS BESTE. Während der Großen Depression hatte ein Maler aus Ohio, der auf Wanderschaft war, sie in eine Werbetafel verwandelt. Dafür bekam Macks Großvater einen kostenlosen Anstrich und ein paar Dollar pro Jahr.

Außer einem Licht im Schlafzimmer ist das Haus dunkel. In der Küche zieht sie sich die Stiefel aus, wirft einen Blick in den Kühlschrank, trinkt ein Glas Wasser in einem Zug. Auf Strümpfen steigt sie die Treppe hinauf. Rena liegt im Bett, schlafend, aber mit der Brille auf der Nase. Ein Taschenbuch – *Der stumme Frühling* – liegt aufgeschlagen auf ihrer Brust.

Sie schreckt hoch. »Wo warst du? Ich hab mir Sorgen gemacht. Du hast dein Handy vergessen.«

»Tut mir leid«, sagt Mack, die immer ihr Handy vergisst. »Es gab einen Unfall.«

»Bist du verletzt?«

»Ich hab einen Hirsch angefahren. Der Pick-up ist heil geblieben – nicht ein Kratzer – aber mich hat's schon ein bisschen mitgenommen.«

»Mein Schatz.« Rena rutscht zur Seite, und Mack legt sich vollständig bekleidet neben sie ins Bett. Das ist alles, was sie will, alles, was zu wollen sie sich vorstellen kann. Sie erinnert sich, wie sie, als sie Lorne Trexler Auge in Auge gegenüberstand, irgendwo hinter sich ein seltsames Rascheln hörte. Sie stieg über die Leitplanke und kniete sich ins Gestrüpp.

»Er war noch am Leben«, erzählt sie Rena. »Ein Jährling.« Ein junges männliches Tier mit sprießenden Geweihhöckern, das am Kopf blutete und dessen Hinterlauf unkontrolliert zuckte. Ein flatternder Herzschlag war im weißen Fell an seiner Brust sichtbar.

Wohin gehen Sie?, sagte Trexler, als Mack zu ihrem Wagen rannte.

Ich kann es nicht einfach so lassen.

Sie kam mit ihrer Remington zurück und zielte sorgfältig, dem Tier mitten in die Brust.

Der Schuss hallte durch den Wald. Kurz darauf hörte Mack eine Sirene in der Ferne. *Da ist Ihr Krankenwagen,* sagte sie zu Trexler.

Sie stieg in ihren Pick-up und fuhr davon. Als sie sich noch einmal umschaute, hing er an seinem Handy.

Das Starlight-Autokino hat sich seit 1999 nicht verändert. Als Gia am Kartenhäuschen vorfährt, greift Darren nach seiner Brieftasche, aber der junge Mann in dem Häuschen – ein stummer Langhaariger in einem Metallica-T-Shirt – winkt sie hinein. *Ob es Metallica immer noch gibt?,* überlegt Darren. Gia dürfte es wissen, aber er fragt sie nicht. Ihm wird bewusst, dass er durch ein schwarzes Loch gefallen ist, eine Pforte zu seiner verlorenen Jugend. Die Frage zu stellen würde irgendwie den Zauber brechen.

Genau wie früher nehmen sie Gias Auto. Als Darren vorschlug, mit seinem Smart zu fahren, musste sie so heftig lachen, dass ihr die Tränen kamen.

Für einen Samstagabend ist das Publikum nicht sehr zahlreich. Der Mitternachtsfilm hat schon angefangen, der zweite von einer Doppelvorstellung. Insgesamt ist es ein vertrautes Gefühl, mit einem entscheidenden Unterschied allerdings: Gias Hand auf Darrens, ihre Lippen, die warm an seinem Ohr knabbern.

Der Film ist schon alt, Teil einer endlosen Serie aus blutigen Geschichten über eine von Dämonen besessene Mörderpuppe aus Plastik. Darren erkennt die Puppe, weiß aber den Titel der Folge nicht mehr.

Gia ist entsetzt. »Du erinnerst dich nicht an *Chucky und seine Braut*?«

Er kann ihr Parfüm schmecken. »Sollte ich?«

»Wir haben ihn gesehen! In dem Sommer, als wir im Manor gearbeitet haben.«

»Tatsächlich?« Das war durchaus möglich. In dem Sommer

hatten sie jede Menge Horrorfilme gesehen, betrunken von Bier oder Weinschorle und angenehm bekifft.

»Ja. Du und ich, Cowboy. Ich kann nicht glauben, dass du dich nicht erinnerst.«

»Ich kann nicht glauben, dass du es tust.«

Sie greift in ihre Handtasche und holt Blättchen und eine Ziploc-Tüte heraus.

»Gia, komm! Du weißt, dass ich das nicht mehr mache.«

Sie schenkt ihm ein verschmitztes Lächeln. »Ja, ich weiß, gut für dich. Im Ernst. Ich bin stolz auf dich. Aber meine Güte, das ist jetzt zehn Jahre her! Du kriegst doch nicht frei für gutes Benehmen, oder?«

»Acht«, sagt Darren. »Es sind acht.«

»Acht Jahre, da kannst du dich doch mal ein bisschen entspannen, zu einem besonderen Anlass.«

Die Luft zwischen ihnen surrt, die lang erwartete Gelegenheit, der fragile Moment. Er begehrt sie, solange er sich erinnern kann.

»Kein Koks oder Heroin oder so was. Nur ein Joint hier und da. Nicht so was Schlimmes.« Gia bedenkt ihn mit einem leisen Lächeln. »Hör nicht auf mich. Ich bin ein Idiot.«

»Du bist kein Idiot. Sag das nie.« Darren zögert. »Du liegst nämlich gar nicht so verkehrt. Es gibt eine Behandlungsphilosophie – die sogenannte Schadensreduzierung –, die von einer Hierarchie der Abhängigkeiten ausgeht.«

»Hab ich *das* gesagt?«

»Der Gedanke dahinter ist der: Bei einem Menschen, der harte Drogen wie zum Beispiel Heroin konsumiert hat, kann ein gelegentliches Gläschen oder ein Joint oder was immer als Druckventil dienen, ja, ihm sogar helfen, clean zu bleiben. Das ist allerdings nicht unumstritten«, fügt er hinzu, was milde formuliert ist. Wenn auf der Arbeit irgendjemand ihn so reden hörte, wäre er seinen Job schnell los. Schadensreduzierung gilt im Wellways als schlimmste Form der Ketzerei. Obwohl das Wellways-Modell den Stellenwert von Methadon und Buprenorphin durchaus anerkennt. Und das findet offenbar niemand verlogen.

»Meinetwegen«, sagt Gia. »Ist mir egal, ob du rauchst oder nicht. Ich dachte nur, es wäre lustig.«

Er sieht zu, wie sie ein bisschen Gras auf das Blättchen streut. Ihre Technik ist immer noch unbeholfen. Genau wie früher lässt sie in der Mitte des Joints eine Lücke. So wird das Ding nicht vernünftig brennen. Das ist Verschwendung von etwas, das jedenfalls nach richtig gutem Gras riecht.

»Lass mich mal«, sagt Darren.

Geschickt dreht er den Joint fertig und besinnt sich darauf, dass er immer den ersten Zug nahm. *Meine Provision,* nannte er das.

Der erste Zug bewirkt bei ihm nichts, gar nichts. Dasselbe beim zweiten. Der dritte erinnert ihn daran, wie er zum allerersten Mal kiffte, ein kompletter Reinfall, drei nervöse Vierzehnjährige, die im Huffs Bier tranken und vorgaben, stoned zu sein, von schlechtem selbst gezogenem Gras, das sie bei Calvin Weems gekauft hatten.

»Nichts«, sagt er und atmet aus.

Gia lacht tonlos.

»Was ist denn daran witzig?«

»Dass du eine wiedergeborene Jungfrau bist.« Gia inhaliert tief. »Mädchen wissen das. Nach acht Jahren ist sie nachgewachsen. Medizinische Tatsache.«

Das ist viel, viel witziger, als es sein dürfte, was ihn sofort hätte stutzig machen müssen. Er nimmt noch einen Zug und fühlt seine Sinne sich weiten und ist von Dankbarkeit erfüllt.

Verzückt starren sie auf den Bildschirm.

Ooh, Chucky, säuselt die blonde Schauspielerin, während sie dessen Plastikwange streichelt. Was unter keinen Umständen sexy sein dürfte.

Darren ist dankbar, am Leben und stoned zu sein und Gia Bernardi zu küssen.

Er ist dankbar, dass ihm die Unbeholfenheit, die totale Gehemmtheit beim Sex in nüchternem Zustand erspart geblieben ist. Für ihr erstes Mal jedenfalls. Nur für dieses eine Mal.

Gia schnüffelt an seinem Ohr. »Bin gleich wieder da«, flüstert sie. »Ich muss mal ganz dringend für kleine Mädchen.«

In einer Art Benommenheit sieht er ihr nach. Er hatte nicht einmal in Erwägung gezogen, ein Kondom mitzubringen. Das wäre ihm maßlos optimistisch erschienen.

Irgendwo im Auto klingelt Gias Handy. Er versucht, den kitschigen elektronischen Klingelton zu ignorieren, die Anfangstakte eines Songs, den er nicht erkennt.

Das Handy klingelt immer wieder.

Das Klingeln kommt aus dem Inneren des Handschuhfachs. Darren steckt den Kopf zum Fenster hinaus, sieht Gia aber nirgendwo. Wer ruft sie um Mitternacht an?

(Sein Bruder zog die Augenbrauen hoch, als sie sich mit Brando nach draußen verdrückte: *Nur befreundet. Sagt wer?*)

Nachdem es kurz still war, klingelt Gias Handy erneut.

Wider besseres Wissen greift Darren ins Handschuhfach. Er kann nicht anders. Er muss es einfach wissen.

Das Handydisplay zeigt eine Nummer mit einer unbekannten Vorwahl, 210.

Er legt das Handy ins Handschuhfach zurück, das voller Frauenkram ist: Handcreme, eine Haarspange, ein Tampon. Sonnenbrille, eine CD-Hülle, Gias Feuerzeug und Zigaretten. Und unter dem ganzen Stapel eine geschwärzte Glaspfeife, so lang wie seine Hand und an einem Ende bauchig – obszön bauchig, hodenförmig.

Oh Gia.

Die hektische Gia, dünner als früher, die im Commercial herumflitzt, als stünde ihr Haar schon wieder in Flammen.

Was hatte er sonst noch übersehen?

Irgendwie war es ihm nicht in den Sinn gekommen, zu fragen: *Warum hast du in Shelbys Arzneischrank geschaut?* Das ist klassisches Suchtverhalten, eine Wahrheit, die Darren nur zu gut kennt. Genau deshalb war es ihm nicht merkwürdig vorgekommen. Er ist immer noch diese Art Mensch – und wird es immer sein.

Der mysteriöse Brando, der wenigstens ein Mal während ihrer Schicht im Commercial vorbeikam, wenn auch nicht für sehr lang.

Als die Autotür aufgeht, hat er die Pfeife immer noch in der Hand. Gias Gesichtszüge erstarren. »Was suchst du in meinem Handschuhfach?«

Es herrscht eine schreckliche Stille.

»Was?«, sagt Gia. »Ich mache es ja nicht ständig.«

Darren wartet.

»Es ist eine Partydroge, ja? Nicht so was für jeden Tag. Ich hab mal zwei Monate aufgehört. Wenn ich will, kann ich jederzeit aussteigen.«

»Du weißt, dass das jeder sagt.«

(*Es ist kein Heroin,* sagt ein anderer, betrügerischer Teil seines Gehirns.)

Gia schmiegt sich an ihn. »Ich bin doch nicht jeder. Ich weiß, dass du ein Experte bist und so, aber hast du es überhaupt schon mal probiert?«

Für einen langen Moment starren sie einander an. Er nimmt wahr, wie sein Herz arbeitet.

»Nein«, sagt Darren.

Aus seinem alten Kinderbett heraus beobachtet Darren, den *Basic Text* der *Narcotics Anonymous* aufgeschlagen auf der Brust, den Sonnenaufgang. Ein paar Stunden später hört er ein Klopfen an der Tür, forsch, offiziell klingend. »Darren, Kumpel, bist du wach?«

»Ja, Dad, ich bin auf.« In Wahrheit ist er seit vierunddreißig Stunden wach. So wach wie in seinem ganzen Leben noch nicht. Er zieht Jeans und Sweatshirt an, und da ihm auf die Schnelle keine Ausrede einfällt, öffnet er die Tür.

Sein Vater, frisch rasiert und geduscht, mustert ihn unsicher. »Ich dachte, du würdest Bud beim Aufmachen helfen. Ist alles in Ordnung mit dir, Kumpel? Du wirkst ein bisschen –« Er zögert. Die Worte dafür, wie Darren aussieht *(ausgelutscht, fickrig, zugeballert)* hat Dick nicht in seinem Wortschatz.

»Mir war heute Nacht schlecht. Eine Art Magenverstimmung.« Das ist nicht wahr, wird aber als nützliche Tarnung herhalten, als Erklärung für irgendwelche Geräusche, die Dick womöglich gehört hat.

(Mit Gia im Schlepptau die Treppe hinaufschleichend. *Zieh deine Schuhe aus,* flüsterte Darren, und sie tat es.)

Bildet er sich das ein, oder schaut Dick skeptisch drein?

»Also gut. Dann schlaf noch mal eine Runde. Kannst ja später hin, wenn's dir besser geht. Und wenn nicht, kann dein Bruder einspringen. Gia hat heute frei.«

Beim Klang ihres Namens kribbelt es in Darrens Magen. Fröstelnd zieht er das Sweatshirt fester um sich und schließt die Tür.

Die Nacht im Autokino kommt ihm wellenartig zu Bewusstsein. Er kann sich kaum daran erinnern, wie er zum ersten Mal mit Gia schlief. Dreizehn Jahre Verlangen, und dann erinnert er sich kaum daran, an den verstohlenen Geschlechtsakt auf dem Beifahrersitz.

In solchen Momenten sollte er eigentlich seinen Sponsor anrufen. Er hat seinen Sponsor nicht angerufen. Sein Sponsor ist aus dem Programm ausgeschieden.

Sie liebten sich nicht, sie fickten. Und rauchten dann wieder Meth.

Er blättert in seinem *Basic Text.*

In unserem Alltag unterliegen wir emotionalen und spirituellen Versäumnissen, die uns gegenüber dem Rückfall in den Drogengebrauch wehrlos machen.

Das zweite Mal fickten sie in seinem Kinderbett, in dem er schon im Strampler geschlafen hatte.

Ein Segen, dass Dick nachts sein Hörgerät herausnimmt. Wahrscheinlich hat er nichts gehört.

Darrens Sponsor ist nicht mehr im Programm, er ist nämlich tot.

Als Gia sich anzog, war der Himmel schon hell geworden. Vier Uhr morgens, eine Zeit, die Darren seit Jahren nicht wach erlebt hatte.

Es ist wichtig, sich daran zu erinnern, dass das Verlangen nach Drogen vorübergeht. Wir brauchen nie wieder Drogen zu nehmen, egal, wie wir uns fühlen. Alle Gefühle werden letztendlich vorübergehen.

Sein Sponsor hieß David Grady. Wie unter Soldaten nannten sie sich bei ihren Nachnamen. Devlin und Grady. Darren hatte das gefallen, die mannhafte Kameradschaft, die er nie zuvor empfunden hatte. Wenn er bloß in diesem Moment mit Grady reden könnte. *Ich hab's verkackt. Ich bin mit Meth rückfällig geworden.*

Er weiß genau, was Grady ihm raten würde.

Ich kann nicht einfach gehen, würde Darren erwidern. *Wer soll ihr denn sonst helfen? Ich bin verdammt noch mal Drogentherapeut.*

*Du bist verdammt noch mal drogen*süchtig, würde Grady sagen.

Unten werkelt Dick in der Küche herum. Darren hört Wasser laufen, das Kratzen von Besteck. Sein Vater wird den ganzen Tag weg sein, im Veteranenkrankenhaus in Latrobe, wo seinem Kumpel Chuckles irgendwas – ein Knie? Eine Hüfte? – eingesetzt wird.

Als Grady rückfällig wurde, war es Heroin.

Die lange Fahrt nach Baltimore, seine stille Wohnung. In ein paar Stunden wird Darren in einem Meeting sitzen. Er wird Gott, sich selbst und anderen Menschen gegenüber die genaue Art seiner Fehler eingestehen. Das wird er in irgendeinem unbekannten Kirchenkeller draußen im County tun, unter Fremden aus den Vororten. Bei jedem Meeting in der Innenstadt von Baltimore saß jemand, den er therapiert, von dem er Stoff gekauft oder mit dem zusammen er konsumiert hatte. In dieser einen Hinsicht ist Baltimore genau wie Bakerton eine sehr kleine Stadt.

Dieser Trick beunruhigt ihn. Dieser Trick ist ein bisschen dürftig.

Während wir wachsen, lernen wir, unsere Neigung, vor uns selbst und vor unseren Gefühlen fortzulaufen und uns zu verste-

cken, zu überwinden. Wenn wir uns gefangen oder bedrängt fühlen, bedarf es großer spiritueller und emotionaler Kraft, um ehrlich zu sein.

Dieser Trick ist unvermeidlich. Falls irgendjemand im Wellways von seinem Rückfall Wind bekäme, wäre er seine Arbeit im Nu los. Er erlaubt sich diese Vorstellung, Monat um Monat leere Tage. Die Aussage, dass die freie Zeit ihn umbringen könnte, ist keineswegs übertrieben, sondern vollkommen korrekt. Seine Angst vor freier Zeit war der ganze Grund dafür, dass er überhaupt nach Bakerton gekommen war.

Wo er mit Meth rückfällig wurde.

Er stellt sich unter die Dusche, sein Herz rast immer noch. Hat er einen Herzinfarkt? Wie viel Meth haben sie eigentlich genau geraucht? Fünf Hits, zehn, fünfzehn? Sind fünf Hits viel Meth?

Das Gefühl ist nicht angenehm.

Das Gefühl ist ihm irgendwie vertraut, ein entfernter Verwandter der klirrenden Verzweiflung, die er vom Kokainschnupfen noch in Erinnerung hat, einer Droge, die er vor langer Zeit – mit bemerkenswerter Zähigkeit – zu mögen versuchte.

Es liegt nicht an Bakerton. Im *Leben* ist Sucht normal geworden: Es gibt Schokoladensüchtige, Kaufsüchtige. Er hatte einfach die falsche Substanz gewählt. Er wünschte, er wäre süchtig nach der Phonics-Leselernmethode. Oder hätte sich für die Kaufsucht entschieden.

In der Küche zwingt er sich, eine Scheibe Toast zu essen. Er möchte keine Scheibe Toast, die kein Heroin ist. Meth hat ebenso wenig Ähnlichkeit mit Heroin wie Toast. Warum lässt es ihn dann nach Heroin lechzen?

Weil alles ihn nach Heroin lechzen lässt.

Weil er verdammt noch mal drogensüchtig ist.

Er packt seine Sachen und macht sich auf den Weg. Knapp einen halben Kilometer vor dem Haus seines Bruders hört er in der Ferne ein schwaches Scheppern.

Das Scheppern wird lauter.

Als er in Richs Auffahrt einbiegt, ist der Lärm ohrenbetäubend, ein schrilles Maschinenduett, Konzert für Presslufthammer und Zahnarztbohrer. Für jemanden in seinem fragilen Zustand ist es fast unerträglich. Er stellt den Motor ab und steigt aus dem Auto. Kurz darauf geht die Haustür seines Bruders auf. Rich steht auf der Türschwelle, eine Hand schützend über den Augen, und schreit etwas Unverständliches.

»WAS?«, brüllt Darren.

Rich kommt auf ihn zu – ungewöhnlicherweise in gebügelten Hosen, einem Button-down-Hemd und Krawatte. »Darren, Mann. Da hast du ja vielleicht eine Karre.«

»Das ist ein gutes Auto.«

»Für einen Kobold.« Rich späht hinein. Darrens Reisetasche liegt auf dem Beifahrersitz, der *Basic Text* obendrauf. »Fährst du irgendwohin?«

Von dem Krach tun Darren die Zähne weh. »Können wir kurz reingehen? Ich kann mich nicht mal denken hören.«

Sie betreten das Haus durch die vordere Tür. Selbst drinnen lässt der Lärm seine Wirbelsäule vibrieren.

»Achte einfach nicht auf das Durcheinander.« Rich kickt einen Turnschuh in Kindergröße zur Seite. »Shelby ist mit den Kindern in der Kirche.«

»Und du nicht?«

»Soll das ein Witz sein?« Er lockert die Krawatte um seinen Hals. »Das hier ist nicht für die Kirche. Das ist für was anderes. Es ist noch Kaffee da.«

Vielleicht gibt es auf der Welt eine Substanz, die Darren im Moment noch weniger gebrauchen kann als Koffein. Ihm fällt jedenfalls keine ein.

»Für mich nicht. Ein Glas Wasser vielleicht.«

»Wie wär's mit Sprite?«

»Sprite ist auch gut.« Darren streicht sich mit der Hand über den Kopf. »Ich kann nicht lange bleiben. Ich muss mich auf den Weg machen. Ich fahre nach Hause.«

Rich sieht verwirrt aus. »Du *bist* zu Hause.«

»Nein, *du* bist zu Hause.« Sein Bruder, der gute Sohn, der Ehemann und Vater. *Ich bin nicht du,* denkt Darren. *Ich werde nie du sein.*

»Ich muss zurück nach Baltimore«, sagt er. »Zurück zur Arbeit.«

»Hast du nicht noch einen ganzen Monat Urlaub?«

»Zwei Wochen. Aber darum geht's nicht. Es gibt noch andere Überlegungen.« Draußen erreicht das Scheppern einen Höhepunkt. »Ich hätte eigentlich heute Abend im Commercial arbeiten sollen. Könntest du das vielleicht für mich übernehmen?«

Rich seufzt. »Hm. Ja. Klar. Hab ja auch sonst nichts zu tun.«

»Tut mir leid«, sagt Darren.

»Warum die Eile? Hast du eine Freundin da unten?«

Die Frage übergeht er. »Ich war sechs Wochen hier. Das müsste doch jetzt mal was zählen.«

Der Lärm draußen spitzt sich zu einem Kreischen zu.

»Das tut es. Es war toll für Dad. Für mich auch.« Rich runzelt die Stirn. »Ich kapier's nicht. Ihr habt doch ausgesehen, als hättet ihr Spaß zusammen. Du und Gia.«

Gia.

»Wann hast du dich zuletzt rasiert?«, fragt Rich. »Du siehst aus wie ein Penner.«

Ich bin auf Meth, denkt Darren. *Da nützt eine Rasur auch nichts.*

»Donnerstag? Ich weiß es nicht mehr. Ich kann einfach nicht hier *bleiben*. Das wäre für niemanden gut.« Sieht sein Bruder ihn überhaupt? Das ist eine Wahrheit, die jeder Süchtige kennt, eine, die Darren vorübergehend vergessen hatte: Niemand schenkt einem Beachtung. Mach im Interesse der Wissenschaft mal einen Versuch zu Hause. Sei eine Woche lang stoned, zugedröhnt, voll auf Crack. Außer bei einer gewaltigen Katastrophe oder dem schmerzlichen Verlust von Leib und Leben wird das deinen Lieben gar nicht auffallen.

Sein Bruder wirkt erschrocken über die Schärfe in seiner Stimme, was nicht verwundert. Darren ist eher ein Achselzucker als ein Brüller.

»Tut mir leid, dass ich Shelby und die Kinder nicht mehr sehe. Kannst du ihnen für mich Auf Wiedersehen sagen?«

Die Brüder stehen auf.

»Ich entschuldige mich für alles«, sagt Darren.

Alle Gefühle werden letztendlich vorübergehen.

Er nimmt einen Umweg um die Stadt herum zur Autobahn, fragt sich, was Gia jetzt gerade macht. Trotz Sonnenbrille blendet ihn das grelle Licht. Er fährt langsame Kreise, die mäandernden Landstraßen, auf denen sein Vater ihm das Autofahren beigebracht hat.

Dieser Ort, dieser Ort.

Er beschleunigt aus einer Kurve heraus, und da sind sie, die alten Gruben – an den Seiten hoch und schräg, von Maschinen in einem Winkel abgestuft, wie man ihn in der Natur nicht findet. Im grellen Licht sieht das Land noch kränker aus, wieder aufgefüllte Flächen, die sich eigentlich erholen sollten. Sie haben sich nicht erholt. Übrig geblieben ist eine baumlose Weite, leer wie russische Steppe, das trockene Sommergras hellblond in der Morgensonne. Das Gras sieht einigermaßen gesund aus, aber was darunter liegt, ist für immer verändert. Es wird nie wieder so sein, wie es war.

Rich schaut seinem Bruder nach, sieht das lächerliche Spielzeugauto auf der Number Nine Road verschwinden, die zum Drake Highway führt. Der zur Schnellstraße führt, zur Autobahn, zum Baltimore Beltway, zu Darrens unbekanntem Leben.

Auf dem falschen Fuß erwischt, hatte er nicht gesagt, was er gerne gesagt hätte. *Bitte geh nicht.* Wie schon oft im Zusammenhang mit seinem Bruder wünschte er, es gäbe einen zweiten Versuch.

Er geht wieder in die Küche und leert Darrens Limo in den Abfluss. Draußen setzt der Lärm wieder ein. Kein Wunder, dass er das Auto in der Einfahrt nicht hört, dass er aufschreckt, als es an der Tür klingelt.

Sein zweiter Versuch.

Diesmal wird er sagen, was er wirklich meint. *Darren, Mann.*

Ich bin froh, dass du zurückgekommen bist. Es ist gut, dich in der Nähe zu haben. Doch als er die Tür aufmacht, ist der Mann dahinter nicht sein Bruder.

»Mr. Devlin?« Der Mann ist älter, als er im Fernsehen aussieht – die Hände voller Altersflecken, um die Augen tiefe Ringe. Er hält Rich eine Visitenkarte hin. »Ich bin ziemlich früh dran. Mein vorheriger Termin wurde abgesagt. Ich hoffe, das macht Ihnen keine Umstände.«

»Nein, das ist in Ordnung.« Rich mustert die Karte. Paul Zacharias sieht so alt aus, dass er sein Großvater sein könnte. Jetzt kommt er sich wie ein Arschloch vor, dass er einen alten Mann gebeten hat, von Pittsburgh hier rauszufahren. »Entschuldigen Sie, dass ich Sie den ganzen Weg hierher habe fahren lassen.«

»Kein Problem. Es ist ja nicht weit.«

Ist es nicht?, denkt Rich. »Ich fahre nicht viel in die Stadt«, räumt er ein. In Pittsburgh war er vielleicht fünf Mal in seinem Leben.

Am Küchentisch übergibt er einen Stoß Papiere: seinen Vertrag mit Dark Elephant, die beiden Laborberichte, den Brief von der Umweltbehörde. »Wie ich schon am Telefon sagte, es ist zwei Mal untersucht worden. Beide Male wurde der unangenehme Geruch bestätigt.«

Zacharias zieht eine Lesebrille aus der Tasche und überfliegt rasch den Vertrag. Rich hat noch nie jemanden so schnell lesen sehen. Trotz seines Buckels und der Hängelider liegt etwas Jugendliches in seiner Schnelligkeit. Seine hin und her huschenden Augen scheinen dafür prädestiniert zu sein, Verträge zu überfliegen, so als wären sie Teil einer hochmodernen Maschine.

»Sie sind verheiratet?«, fragt er, den Blick auf die Seite mit den Unterschriften gerichtet. »Wird Ihre Frau dazukommen?«

»Sie ist nicht zu Hause. Ich kann ihr später alles erzählen.« Rich zögert. »Sie ist ziemlich sauer über alles. Sie glaubt, es ist alles meine Schuld.«

»Dann war sie gegen den Pachtvertrag?«

»Himmel, nein. Sie war voll und ganz dafür. Wir waren es beide. Ich wollte schon immer die Farm wieder bewirtschaften. Da kam das zusätzliche Geld gerade recht.« Gerne würde er noch mehr, viel mehr erzählen: über seinen Großvater, seinen Bruder, was dieses Land jeden von ihnen gekostet hat, welch hohen Preis sie alles in allem zahlen mussten. Er muss sich richtig anstrengen, bei den Fakten zu bleiben.

»Shelby hat das mit dem Wasser als Erste bemerkt. Ich habe ihr anfangs nicht geglaubt. Dann habe ich es testen lassen. Steht alles hier in dem Bericht.«

Zacharias blättert die Seiten durch. »Wer hat das hier sonst noch gesehen?«

»Dieser Typ. Quentin Tanner.« Rich holt die Visitenkarte aus der Tasche. »Einer der Männer auf der Bohranlage hat mir diese Nummer gegeben. Die haben mir dann gesagt, ich sollte ihnen den Bericht zufaxen. Was ich gemacht habe.« Einen Atemzug lang hält er inne. »Dieser Tanner sagt mir als Allererstes, dass sie ihre eigene Untersuchung machen wollen.«

»Das ist so üblich.«

»Ich war etwas besorgt, aber die Zahlen waren mehr oder weniger dieselben, und deshalb nehme ich an, dass ich auf der sicheren Seite bin. Ziemlich eindeutig, wenn Sie mich fragen: Sie haben mein Trinkwasser verunreinigt, und das müssen sie jetzt in Ordnung bringen.«

»Lassen Sie mich raten. Die sagen jetzt, dass das Wasser von vornherein verschmutzt war.«

»Woher wissen Sie das?«

Zacharias zuckt die Achseln. »Verhandlungtaktik. Dark Elephant war schon oft an diesem Punkt. Ihr Anfangsangebot ist immer dasselbe, nämlich exakt gar nichts. Deshalb sage ich Grundbesitzern immer, sie sollen ihr Wasser untersuchen lassen, *bevor* sie einen Pachtvertrag unterschreiben. Wenn dann etwas schiefgeht, hat man ein paar Grunddaten, auf die man verweisen kann.«

Wieso habe ich daran nicht gedacht? Rich wird – zu spät – der Umfang seines Schadens bewusst. Vor zwei Jahren hatte er kaum einen Blick auf den Vertrag geworfen, der, wie er jetzt sieht, genauso gut in einer Fremdsprache hätte verfasst worden sein können. Letztlich hatte er ihn nur auf Zahlen hin überflogen. Sich einen Anwalt zu nehmen war ihm nie in den Sinn gekommen.

»Das hat mir niemand gesagt.«

»Natürlich nicht. Es liegt in ihrem Interesse, die Grundbesitzer im Dunkeln zu lassen.« Zacharias kritzelt etwas auf einen gelben Block. »In Wahrheit sind solche Wasserkontaminationen keineswegs so selten, wie die Industrie uns weismachen möchte. Ein Gasbohrbrunnen ist mit Zement ausgekleidet. Wenn in der Zementierphase irgendetwas schiefläuft, kann Gas ins Grundwasser migrieren. Darco wird das bestreiten. Die Industrie stellt sich auf den absurden Standpunkt, es habe noch keine dokumentierten Fälle von Gasmigration gegeben. Das ist aber einfach nicht wahr.«

Rich muss, wieder einmal, an den Morgen denken, als er Bobby Frame an seinem Tisch vorfand, genau auf dem Stuhl, auf dem jetzt der alte Mann sitzt. Bobby Frame hatte ihm übel mitgespielt. Er würde alles geben, um Bobby Frame jetzt in die Finger zu bekommen.

»Im Übrigen sehe ich aber auch gar nicht, wie sie das in Ordnung bringen *könnten*. Selbst wenn sie wollten. Ich hatte schon jemanden hier, der mir einen neuen Trinkwasserbrunnen bohren sollte. Er ging gut hundertfünfzig Meter tief. Immer noch dreckig. Meine Frau wollte nicht mal die Wäsche damit waschen.« Rich zögert. »Da ist noch etwas anderes. Ich wollte es erst gar nicht erwähnen, aber meine Tochter – sie ist sieben – hat oft Probleme mit dem Magen. Neulich war sie für eine Nacht im Krankenhaus. Meine Frau glaubt, dass das etwas mit dem Wasser zu tun hat.«

Zacharias macht sich eine Notiz auf seinem Block.

»Sie hat einen Termin bei einem Arzt in Pittsburgh gemacht, einem Spezialisten. Umweltmedizin? Ja, so hat sie es, glaube ich, genannt.«

»Das muss Ravi Ghosh sein. Er ist der Beste auf diesem Gebiet.« Wieder schreibt er sich etwas auf. »Verwenden Sie das Wasser noch?«

»Für manche Sachen. Wäsche, Duschen. Zum Trinken und Kochen holen wir Wasser in Flaschen vom Walmart. Das kostet mich ein Vermögen.«

»Heben Sie Ihre Kassenzettel auf. Wenigstens das sollte Darco Ihnen zurückzahlen. Keine Garantie, aber versuchen können wir es.«

»Das ist sicher gut. Aber mein Problem löst es nicht.« Rich sucht nach den richtigen Worten. »Das war das Land meines Großvaters. Im Moment bewirtschafte ich es nicht, aber ich habe es vor. Dafür habe ich es ja überhaupt gekauft. Und das war der Grund, warum ich den Pachtvertrag unterschrieben habe.« Das hat er bisher noch nie laut ausgesprochen. Jetzt, wo er es einmal gesagt hat, sprudeln die Worte nur so. Er spricht über Paps alten Traktor, den er am Ende zum Laufen gebracht hat; den Farmer in Somerset County mit seiner acht Jahre alten Honiger. Er plappert wie eine Teenagerin.

»Mit den monatlichen Pachteinnahmen kann ich mir gerade mal leisten, meinen Job zu kündigen. Ein paar Tiere zu kaufen. Aber wie soll ich sie ohne sauberes Trinkwasser aufziehen?«

»Das können Sie nicht«, sagt Zacharias.

Die Wahrheit liegt wie ein dicker Scheißhaufen zwischen ihnen.

»Dieses Land nützt mir also im Grunde gar nichts.«

»Im Moment tatsächlich nicht, nein.«

»Verdammter Mist. Dann verkaufe ich es eben.« Meint er das ernst? Bevor er die Worte aus seinem eigenen Mund kommen hörte, hatte er eigentlich nie an einen Verkauf gedacht.

»So einfach ist das nicht. Um zu verkaufen, brauchen Sie Lastenfreiheit. Wenn Sie Ihre Schürfrechte aber erst einmal überschrieben haben, kann die Gasfirma ein Grundpfandrecht gegen Ihren Besitz bestellen. Das haben wir in Washington County erlebt – ich will Ihnen keine Angst machen, Mr. Devlin, aber wir haben es erlebt –, wo das Pfandrecht üblicherweise groß aufgeblasen wird. Oft ist es höher als der Marktwerk des Eigentums. Und dann –« Er macht eine bedeutungsvolle Pause.

»Was?«

»Könnten Sie das Land nicht als Sicherheit verwenden – zum Beispiel, um ein Hypothekendarlehen zu bekommen. Und verkaufen könnten Sie es natürlich auch nicht.«

»Wie ist das möglich? Es ist doch *mein Land.*«

»Ja und nein.« Zacharias durchblättert den Stoß Papier. »Haben Sie den Pachtvertrag mit Darco?«

»Dark Elephant.«

»Dasselbe in Grün. Sie müssen wissen, dass gerade diese Firma keinen guten Leumund hat. Sie finanzieren ihre Bohrtätigkeit, indem sie milliardenschwere Kredite aufnehmen, sodass sie eine enorme Schuldenlast vor sich herschieben.«

Nichts, gar nichts ist einfach.

»Was hat das mit mir zu tun?«

»Wann haben sie angefangen, Ihr Land zu roden? Vor zwei Monaten? Sie wissen es nicht, aber auf Ihrem Land haben verschiedene Subunternehmen gearbeitet. Holzfällertrupps, Straßenbautrupps. Ich würde einiges darauf setzen, dass diese Arbeiter noch kein Geld gesehen haben. Dark Elephant hat in der Branche den Ruf, seine Subunternehmer spät oder gar nicht zu bezahlen.«

»Soll das heißen, dass sie sich weigern zu zahlen?«

»Im Wesentlichen. Wenn ich aber ein Subunternehmer bin, ist es mir egal, wer verantwortlich ist, Hauptsache ich bekomme mein Geld. Falls Dark Elephant nicht voll bezahlt, kann ich ein Mechaniker-Pfandrecht gegen Ihr Eigentum bestellen.«

»Und das ist legal?«

»Absolut.«

Langsam dämmert ihm die Wahrheit. »Ich kann es also nicht bewirtschaften, und ich kann es nicht verkaufen.« In seinem Mund ist Blut: Er hat sich von innen in die Wange gebissen.

»Im Moment tatsächlich nicht, nein.«

Der Anwalt redet weiter, aber Rich hört nicht mehr zu. Er will keinen Anwalt. Er will nicht vor Gericht gehen. Er will seine alte Farm zurück.

Er will doch nur, dass es aufhört.

11.

Gia sitzt am Küchentisch und sieht zu, wie Shelby Wasser in die Kaffeemaschine gießt. »Aus dem Kanister?«

»Vorerst. Bis wir einen neuen Brunnen gebohrt haben.« Shelby, setzt sich, immer noch in ihrem Bademantel. Für Gia sieht er aus wie ein Schlafsack mit Ärmeln. »Rich glaubt mir endlich. Den ganzen Sommer über hab ich ihm erzählt, dass das Wasser schlecht ist, aber er ist so stur.«

Ihre Freundschaft ist eine kuriose Angelegenheit, erstaunlich für beide. Gia freundet sich nicht mit Frauen an. Shelby freundet sich mit niemandem an.

Im Haus ist es still – keine Trickfilm-Musik, keine Braden-Geräusche. »Wo sind die kleinen Monster?«

»Erster Schultag. Donut?«, sagt Shelby, um das Thema zu wechseln. Um die kalte, schreckliche Vorstellung zu vergessen, wie sie am Ende der Einfahrt stand und zusah, wie der gelbe Bus ihre Kinder mitnahm. Als sie ins Haus zurückkam, empfand sie seine Leere als nahezu unerträglich. Sie war froh, als Gia vorbeischaute.

»Hab ich dir erzählt, dass Olivia im Krankenhaus war?« Shelby sucht einen Marmeladendonut aus und legt ihn auf einen Teller. »Sie haben sie über Nacht dabehalten und alles. Aber was ihr fehlt, können sie mir immer noch nicht sagen.«

Die Freundschaft ist ein Relikt aus ihrer Zeit in Saxon Manor – als Shelby für Larry Stransky in der Verwaltung der Krankenakten arbeitete und Gia die Wäscherei managte. Zwei Jahre lang aßen sie zusammen zu Mittag und trafen sich ein Mal die Woche zur Happy Hour im Pick and Shovel, einem Ort, an den Shelby sich allein nie gewagt hätte. Dass sie Rich Devlin im Pick and Shovel kennenlernte und Gia damit ihr ganzes Leben verdankt, ist eine Wahrheit, über die sie lieber nicht nachdenkt.

»Ich fahre mit ihr nach Pittsburgh zu einem Spezialisten. Meine Nachbarin bringt uns hin. Olivia ist nicht glücklich darüber, in der Schule gleich zu fehlen, aber sie weiß, dass es wichtig ist.«

Erwartungsgemäß interessiert das Gia nicht – sie lauert wie immer auf eine Gelegenheit, über sich zu reden. Ihr bewegtes Leben hat etwas von einer billigen Fernsehserie, die Shelby heimlich verschlingt, Braden und Olivia jedoch nicht sehen dürften.

An diesem Morgen scheint Gia aber nichts zu erzählen zu haben. Im Tageslicht sieht sie aus, als hätte sie in ihrem Make-up geschlafen, die Augen von verschmiertem schwarzem Eyeliner umrahmt. In der Highschool war sie eine Art Berühmtheit gewesen, die Rudelführerin von Bakerton High. Jetzt sieht sie älter aus, als sie sollte. Heute Morgen lässt Gia ihr Alter erkennen.

»Ist Darren krank?«, fragt sie. »Er ist gestern nicht zur Arbeit gekommen.«

»Hat er es dir nicht erzählt? Er ist nach Baltimore zurückgefahren.« Shelby zieht den Bademantel enger um sich. »Er ist noch hier vorbeigekommen, aber da war ich in der Kirche. Ich konnte ihm nicht Auf Wiedersehen sagen.«

Gia wirkt fassungslos.

»Das ist ja Wahnsinn. Wann kommt er zurück?«

»Gar nicht. Hat er es dir nicht erzählt?«

Aus unerfindlichem Grund ist Gia plötzlich geschäftig, wühlt in ihrer Handtasche herum. »Vermutlich war sein Urlaub zu Ende.« Sie weiß, dass das nicht stimmt. Er hatte noch zwei Wochen.

»Das ist wirklich schade«, sagt Shelby und kaut an ihrer Nagelhaut. »Rich hatte fest damit gerechnet, dass er wieder hierherzieht. Um Dick zu helfen, verstehst du. Ich hab ihm gesagt, dass das niemals passieren würde.«

»Warum nicht?«

»Kannst du dir Darren auf Dauer hier in Bakerton vorstellen?«

Gia antwortet nicht. Sie kann sich Darren mühelos auf Dauer in Bakerton vorstellen. Und: Er hatte noch zwei Wochen.

»Ich bin froh, dass du da bist. Ich brauche eine zweite Meinung.« Shelby springt von ihrem Stuhl auf und holt eine Einkaufstüte aus dem Besenschrank. »Mein heimliches Versteck. Ich glaube, Rich hat diesen Schrank noch nie aufgemacht.« Aus der Tüte zieht sie ein kariertes Trägerkleid und ein violettes Sweatkleid, beides in Kindergröße. »Für Olivias Arzttermin. Welches gefällt dir besser?«

»Das violette. Eindeutig.«

Shelby hält das Kleid auf Armeslänge vor sich. »So süß! Ich wollte ja eins zurückbringen, aber vielleicht behalte ich sie beide. Die arme Olivia bekommt nie neue Sachen. Rich sagt, die alten passen ihr noch. Womit er wohl recht hat. Aber ich finde es unfair.«

Sie steckt die Kleider wieder in die Tüte und verstaut sie in dem Schrank. Gia trinkt schweigend ihren Kaffee. Die Freundschaft der beiden wird durch die Tatsache ermöglicht, dass keine die andere auch nur im Geringsten beneidet, aber glaubt, von der anderen beneidet zu werden. Gias Leben erscheint Shelby einsam und verzweifelt: die lange Reihe von Ex-und-hopp-Freunden, der traurige Job als Kellnerin. Für Shelby ist das eine vertraute Geschichte, mit einem schlimmen Ende.

Gia findet, dass Shelby ein Arschloch geheiratet hat.

»Wie läuft die Beratung?«, fragt sie.

»Ich hab aufgehört.«

»Warum? Ich dachte, es hätte geholfen.« Gia stellt sich beiläufig vor, wie es sein muss, mit Rich Devlin zu leben. Lässt er Shelby Listen mit Anweisungen da? SPÜLMASCHINE AUSRÄUMEN. MÜLLEIMER LEEREN.

»Hat es. Pastorin Jess – ach, das ist eine lange Geschichte.« Shelby sucht sich einen zweiten Donut aus. Die Komplexität der Situation erschlägt sie. Sie dürstet danach, jemandem – nicht Gia, aber *jemandem* – von der unfassbaren Doppelmoral der Pastorin, ihrem Absturz zu erzählen. Ihrer eigenen Empörung und Enttäuschung, ihrem Gefühl, verraten worden zu sein: Normalerweise würde sie diese Gefühle horten, sie aufsparen, um sie bei ihrer nächsten Sitzung loszuwerden. Weil Pastorin Jess letztlich der einzige Mensch ist, dem sie es erzählen möchte.

»Rich hat gesagt, er würde mit mir hingehen. Er hat's versprochen! Und jetzt verhält er sich wie ein Arsch. Und Pastorin Jess ist von ihrem eigenen Leben völlig in Anspruch genommen. Sie hat nicht mal Olivia im Krankenhaus besucht. Im *Krankenhaus*«, wiederholt sie. »Wie auch immer, wenn Rich nicht mit mir hingehen will, hat es wirklich keinen Sinn. Und wenn er doch mitginge – was er nie tun würde –, wer würde auf die Kinder aufpassen?«

»Dann komme ich und hänge ein bisschen mit ihnen rum. Ich liebe diese kleinen Monster.«

Nicht in einer Million Jahren würde Shelby ihre Kinder Gia überlassen.

»Du kennst doch diese ganzen Gas-Typen, oder?«, sagt sie, das Thema wechselnd. »Aus dem Commercial. Bist du schon mal einem namens Marshall begegnet?«

»Nein«, sagt Gia.

»Bist du sicher? Er war einer von den Leuten, die auf unserem Land gebohrt haben. Ein kleiner Mann, aber irgendwie muskulös. *Sehr* muskulös. Wie ein Gewichtheber.«

»Ach, du meinst Herc.« Gia lacht. »Klar, ich kenne die ganze Truppe, Herc und Vince und Brando. Herc und ich, wir sind so.« Sie kreuzt die Finger.

Shelby findet die Geste verwirrend. »Warst du mit ihm zusammen?«

»Nein, von alten Knackern hab ich die Nase voll.« Zu spät fällt Gia ein, dass Shelbys Mann in diese Kategorie gehört. »Wie auch immer, Herc ist verheiratet. Und hat Kinder! Bei Kindern hört's für mich auf.«

Daraufhin zieht Shelby ein merkwürdiges Gesicht. Etwas Derartiges hat Gia noch nie gesehen, ein epileptischer Anfall des Schreckens und der Fassungslosigkeit. »*Nein!* Bist du sicher?«

»Absolut. Seine Frau heißt Colleen. Ich habe ihm geholfen, Ohrringe zu ihrem Geburtstag auszusuchen.« Gia beugt sich, Klatsch witternd, zu ihr. »Warum? Gefällt er dir?«

»Spinnst du?« Shelby fragt sich für einen Moment, in was für einer Welt Gia lebt. »Ich habe einen Mann, weißt du noch?«

»Ach ja. Stimmt«, sagt Gia.

Auf dem SUNY-Campus herrscht wieder Leben, er ist aus seinem Sommer-Koma erwacht. Noch vor einer Woche stammten die einzigen Geräusche von Rasenmähern. Jetzt sind die Rucksäcke wieder da. Orientierungslose Studenten im ersten Jahr, rüpelhafte im zweiten, abgeklärte im dritten und erschöpfte im vierten. Amerikas junge Leute mit ihren greifbaren Begierden, ihrer Sommerbräune, neuen Frisuren, Vorsätzen, Ängsten, Plänen.

Im Innenhof bemerken sie, abgesehen vom Trubel des Semesterbeginns, Anzeichen fremder Aktivität: eine an einem Ende errichtete Bühne mit Lautsprechern zu beiden Seiten; Reisebusse, die entlang der gewundenen Campus-Straße parken. In Logo-T-Shirts steckende Männer und Frauen aus der Elterngeneration und älter bauen auf dem Rasen Tische auf: die *Empire-State-Nachhaltigkeitskoalition*, die *Gesellschaft für eine grüne Zukunft, Anti-Fracking-Nation New York*.

Die Alten in ihren bequem geschnittenen Jeans, dickbäuchig und birnenförmig, ernst, stämmig, grau. Einem Impresario gleich bewegt sich Lorne Trexler durch diese Menge. Das hier sind seine Leute. Jeder kennt Lorne. Heute kommt er in Begleitung einer Frau, die niemand wiedererkennt, was aber nicht ungewöhnlich ist. In der Aktivistengemeinde herrscht ständige Fluktuation. Ihre Arbeit basiert auf Koalitionen und Bündnissen, Zusammenschlüssen aller Art. Heute zum Beispiel geht *Keystone Wasserwege* mit *Frackless Future* zusammen – einem Ableger von *Fracklash!*, die diese Veranstaltung organisiert haben.

Eine Hand am Rücken der Frau, zeigt Lorne mit der anderen auf die Hauptakteure. *Watershed Watch*, die *Greater Catskill Lebensmittelkooperative*, das *Kollektiv Null Belastung*, das *Viehzüchternetzwerk Hudson Valley*. Dazu gesellen sich heute zum Zeichen der Solidarität diverse andere, die überall anzutreffen sind, wo Menschenmengen zusammenkommen – die Impfgegner, Hanf-Aktivisten, Falun-Gong-Anhänger. Sie sind die sonderbaren Verwandten der Bewegung, die entfernten Cousins. Ihre Verbindungen zum Gasbohren sind strategischer oder metaphysischer oder vielleicht auch vollkommen imaginärer Natur.

Glutenfrei Leben, der Trommelkreis aus Philmont. Die *La Leche League*, Anti-Pelz-Aktivisten, *TransAction*, die *Juden für Jesus*.

Die Zusammenhänge sind nicht leicht zu erklären.

Lorne drückt Renas Schulter. »Und? Wie findest du es?«

Sie findet, dass der Tag viel zu schnell vergeht. Es kommt ihr vor, als hätte sie sich erst vor wenigen Minuten auf dem Parkplatz des Days Inn mit ihm getroffen. Der Moment hatte sich angefühlt wie ein Rendezvous: der neutrale Ort, abseits von ihrer beider Leben, im Augenwinkel das Motel an der Straße mit seiner in Beton gegossenen Verheißung der Sünde. Sie konnte ihn kaum ansehen. Sein Gesicht entsprach nicht ganz ihrer Erinnerung, dem Bild, an dem sie die letzten Wochen wie an einem Rosenkranz herumgenestelt hatte.

Bei ihrer Ankunft saß er wartend in einem unscheinbaren Ford Taunus. *Der Prius ist in der Werkstatt. Ich hatte einen Zusammenstoß mit einem Hirsch.*

Die sind schlimm, dieses Jahr. Mack hatte auch einen.

Die Intimität der gemeinsamen Autofahrt, die erzwungene Nähe. Sie konnte das Zimtkaugummi riechen, das er kaute, die Weichspüler-Frische seines Hemds, als sie über eine Grenze hinweg zu einem Ort fuhren, an dem sie nicht lebte.

»Ich finde es toll«, sagt sie.

»Das wusste ich.« Lorne winkt irgendjemandem auf der anderen Seite des Innenhofs zu. »Ich wollte, dass du siehst, was passieren kann, wenn wir mit der Macht Tacheles reden. Glaub mir, so was wie hier würde in Pennsylvania nie funktionieren.«

»Warum nicht?«

Er zuckt die Achseln, als wäre die Frage nicht zu beantworten oder einfach nicht von Interesse. »Sag du es mir. Mich persönlich macht das wahnsinnig. Der Fatalismus. Der Mangel an, ich weiß nicht« – er sucht nach dem richtigen Wort –»*Empörung*. So als erwarteten sie, dass man ihr Land und Wasser verschmutzt.« Er scheint vergessen zu haben, dass Rena auch zu diesen *sie* gehört. »Als warteten sie nur darauf, beschissen zu werden.«

Sie bahnen sich einen Weg durch die Menge. Der Trommelkreis steckt sich einen Platz in der Nähe der Imbisswagen ab. Ein bärtiger Mann drückt Rena ein Flugblatt in die Hand. **WARTEST DU AUF DEN MESSIAS?**

Auf der improvisierten Bühne geht ein Mann ans Rednerpult, ein Filmschauspieler in einem karierten Hemd.

Ein Beifallssturm, begeisterte Rufe und Pfiffe, das Klappern selbst gemachter Plakate.

KEIN EINZIGES BOHRLOCH

STOPP FRACKING JETZT

GOV. CUOMO: BLEIBEN SIE STANDHAFT!

Der Schauspieler ist jung und auf eine ungepflegte Art gut aussehend. Er könnte Lorne Trexler in der Filmversion seines Lebens spielen. Er hält ein Glas mit einer Flüssigkeit hoch, die wie fettiges Spülwasser aussieht, und sagt: »Deshalb bin ich hier.«

Eine Frau mit einer gestrickten Beaniemütze drückt Rena ein Flugblatt in die Hand. *Impfung und das Autismusspektrum: Was die Pharmariesen dir nicht verraten.*

»Wir befinden uns in einem spirituellen Krieg.« Der Schauspieler ist nicht allgemein bekannt. Er ist in der Indiefilmszene berühmt, was noch besser ist. »Das hier stammt aus dem Trinkwasserbrunnen einer Familie, der von einer Frackingbohrung keine zweihundert Meter von ihrem Haus entfernt vergiftet wurde.«

Schilder in allen Farben, auf Plastikplane, Plakatkarton oder Packpapier.

MOTHERFRACKERS, GO HOME!

ICH SPRECHE FÜR DIE BÄUME

»Welcher Mensch in New York würde auch nur einen Schluck davon trinken?«, fragt der Schauspieler. »Welcher Mensch in New York möchte morgens aufstehen und *in so was* baden? Wenn es keine Probleme mit dem Fracking gibt, warum gibt es dann so viele Probleme mit dem Fracking?«

LIEBER EIN ENDE OHNE FRACKEN ALS EIN FRACKEN OHNE ENDE

MEIN ZUHAUSE IST KEIN INDUSTRIEGEBIET

»Wir befinden uns im Krieg, und ein Krieg produziert Flüchtlinge. Heute tun wir uns mit Flüchtlingen aus Pennsylvania zusammen, dem Staat, der – machen wir uns nichts vor – das Ground Zero des Frackings darstellt. Egal, wie pro-fracking ihr seid, ihr wollt trotzdem, dass euer Wasser und eure Luft sauber bleiben.«

Lorne packt Rena an der Schulter und zeigt auf ein Schild in der Ferne: PENNA. EXPERIMENT DURCHGEFÜHRT. PATIENT GESTORBEN.

»Ich bin heute für meine Kinder und für eure Kinder und für die Kinder von New York City hier. Versteht mich nicht falsch. Ich möchte, dass die Farmer überleben. Ich finde es eine Schande, dass sie in dieser Gesellschaft nicht anständig verdienen können.«

Rena weiß seine Ansicht zu schätzen, obwohl sie noch nie von diesem Schauspieler gehört hat. Eine Asiatin mit einem Bürstenhaarschnitt drückt ihr ein Flugblatt in die Hand. **WAS ES BEDEUTET, TRANSGENDER ZU SEIN.**

»New York ist nicht bereit dafür. *Pennsylvania* war nicht bereit dafür. *Jede einzelne Gemeinde,* in der sie gebohrt haben, ist von Wasserkontamination betroffen. In jeder einzelnen Gemeinde vergiften sie die Flüsse, die Seen, die Luft.«

Die Menge fängt an zu toben.

»Stimmt das?«, fragt Rena, aber Lorne hört sie nicht. Ihre Frage verliert sich im Lärm.

»Auf jede Person hier kommen tausend weitere, die genauso fühlen wie wir. Glaubt ihr, wir wären gern hier hochgefahren?« Der Schauspieler hält inne, als erwartete er eine Antwort. »Ich werde für das hier nicht bezahlt. Mein Land ist nicht an Gasfirmen verpachtet. Warum stecke ich dann meine Nase da rein?«

Rena blinzelt. Das war genau Macks Argument, dieselbe Frage, die sie in Bezug auf Lorne gestellt hatte.

Der Schauspieler breitet die Hände aus. »Ich habe hier keinerlei Eigeninteresse. Ich bin hier, weil es mir nicht egal ist.«

Für Rena birgt dieser Augenblick ein großes Rätsel. Wie kann ein und dieselbe Frage zwei gegensätzliche Antworten haben, die beide unbestreitbar wahr sind?

Der Schauspieler schwingt sich zu seinem großen Finale auf, einem kräftigen Call-and-Response. »Jetzt nehmen wir die Energie –«

Die Menge wiederholt: *Wir nehmen die Energie*

»die wir heute hier erzeugt haben –«

die wir heute hier erzeugt haben

»und bringen sie nach Albany –«

und bringen sie nach Albany

»und bringen sie zu Cuomo –«

und bringen sie zu Cuomo

»und bringen sie zu Präsident Obama –«

und bringen sie zu Präsident Obama

»und sagen ihm: Genug ist genug!«

und sagen ihm: Genug ist genug!

Unter Rufen und Pfiffen und einem kurz aufbrandenden Applaus springt der Schauspieler von der Bühne. Musik strömt aus den Lautsprechern, der leicht galoppierende Rhythmus und die beschwingten Offbeats dessen, was gut der einzige je aufgenommene Reggae-Song sein könnte. *Get up, stand up. Stand up for your rights.*

»Und jetzt?«, ruft Rena über den Lärm hinweg. »Ist es jetzt vorbei?« Auf der anderen Seite des Innenhofs klappen zwei Juden für Jesus ihren Tisch zusammen. Der Trommelkreis drängt sich etwas unorganisiert in einen Dodge Caravan.

»Sieht so aus«, sagt Lorne.

»Vielleicht sollten wir uns auf den Weg machen«, sagt sie, aber nicht, weil sie es so will. Weil Mack, weil ihr ganzes Leben wartet.

»Noch nicht«, sagt er. »Ich muss noch bei jemandem vorbeischauen.«

Die Geowissenschaften sind in einem hohen Gebäude mit Lichtkuppeln untergebracht. Lorne Trexler durchquert die sonnendurchflutete Eingangshalle, um sich an der gegenüberliegenden Wand das alphabetische Namensverzeichnis anzusehen. *Dr. Amy Rubin, außerordentliche Professorin für Geologie.*

In dem Moment öffnen sich Türen auf der anderen Seite der Halle. Auf die Serviette konzentriert, mit der sie an ihrer Bluse reibt, tritt Amy Rubin aus dem Fahrstuhl. Sein Anblick scheint sie sprachlos zu machen, wie vor den Kopf geschlagen: das stumme Bauernmädchen in einem Balkandorf, dem das Gesicht der Jungfrau in einer Wolkenbank erscheint, oder eingebrannt in eine Scheibe Toast.

»Unglaublich. Als hättest du gespürt, dass ich im Haus bin. Als hätte irgendeine unsichtbare Kraft dich in den Fahrstuhl gezwungen und mir wie eine Pizza serviert.« Lorne bedenkt sie mit dem sich langsam entfaltenden Lächeln, das sie einst liebte und später hasste. »Hi, Rubin.«

»Was machst du hier?« Sie braucht einen Moment, um sich zu fangen. Es passiert ja schließlich nicht alle Tage, dass die eigene Vergangenheit einen einholt. Der Zünder, der alles in Gang brachte, die Explosion, die die Welt gebar.

Er ist gealtert, keine Frage. Sein immer noch langes Haar ist eher grau als schwarz. Die Falten um seine Augen sind neu, die tiefen Furchen von der Nase zum Mund. Und dennoch wird Lorne für sie nie alt sein. Sie sieht ihn, wie er einst war, eine unfreiwillige Parallaxe. Das ist alles, was von ihrer jugendlichen Verblendung übrig geblieben ist, diese kleine Störung in ihrer Sicht, eine reflexartige Großzügigkeit, die er nicht verdient.

»Ach ja«, sagt sie. »Die Kundgebung.«

»Hast du sie dir angehört?«

»Eine Sekunde lang.« Der Kaffeefleck über ihrem Brustbein ist ihr peinlich bewusst, die Lesebrille hängt an einer Kette um ihren Hals.

»Ziemlich hohe Beteiligung, für den ersten Vorlesungstag. Wir hatten mindestens tausend Leute.«

»Hast du das organisiert?«

»Das wäre zu viel gesagt. Ich habe den einen oder anderen Rat gegeben.« Lorne legt den Kopf in den Nacken und starrt an die gewölbte Decke. Leise pfeifend mimt er den Bauerntölpel in der Stadt, der sich mit großen Augen alles anschaut. »Ganz nette

Bude hast du hier, Rubin. Du musst großzügige Wohltäter haben.«

»Wenn du das sagst.«

Schweigen.

»Ich habe deinen Brief an den Herausgeber gelesen«, sagt sie, um nicht drum herumzureden. »Wie hast du es formuliert: *Verheerende Auswirkungen auf die Integrität wissenschaftlicher Forschung?*«

»Ein wörtliches Zitat. Ich fühle mich geschmeichelt.«

»Dr. Rubins Sponsoren haben ein unmittelbares wirtschaftliches Interesse am Ergebnis ihrer Forschung.«

»Sag mir, wenn ich falschliege. Unter Berücksichtigung der Tatsache, dass wir uns hier im Oliphant-Zentrum für Geowissenschaften befinden. Ich bin heute mit einer Milchfarmerin aus Saxon County hierhergefahren. Sie wartet in der Studentencafeteria auf mich. Du solltest mitkommen und sie kennenlernen. Ihre Kühe grasen unterhalb eines Trinkwasserbrunnens, der von Dark Elephant kontaminiert wurde. Kleine Welt, was?« Er mustert sie. »Du siehst gut aus, Rubin. Die Unternehmenstrickserei steht dir.«

Die Bemerkung ist Lorne, wie er leibt und lebt: zuerst die Liebkosung und dann der Schlag. Irgendwie hatte Amy das vergessen.

»Du weißt gar nichts über mein Leben.«

»Da bin ich anderer Ansicht. Der erste Artikel über den Marcellus war eine ausgezeichnete Arbeit. Guck nicht so erstaunt. Ich habe deine Karriere verfolgt – zuletzt mit einer Art morbider Faszination.« Er macht einen Schritt auf sie zu. »Ich kann akzeptieren, dass du ein hoffnungsloser Fall bist, aber was sagt das der nachfolgenden Generation? Ich habe heute ein paar von deinen Studenten kennengelernt. Trotz deines wenig inspirierenden Beispiels glauben sie immer noch, dass sie einen Unterschied bewirken können.«

Geh mal zum Frisör, denkt Amy.

»Ach so, das ist es, was du machst! Die nächste Generation formen. Wie du es mit mir gemacht hast.«

»Ich meine mich zu erinnern, dass du selbst auch daran beteiligt warst.«

Das stimmt natürlich. Sie hatte an seine Tür geklopft.

»Ich war neunzehn.«

»Mit neunzehn ziehen Leute in den Krieg, zeugen Babys. Inzwischen ist es modern, sie wie hilflose Kinder zu behandeln, aber das ist ahistorisch. Ich habe dich bei der Kundgebung gesucht«, sagt er. »Hatte gedacht, du würdest sie dir wenigstens ansehen. Warst du nicht mal neugierig?«

»Bitte. Ich habe schon Demonstrationen erlebt. Letzten Herbst hatten wir zweihundert Leute von der Occupy-Bewegung hier, die in Kartons geschlafen haben. Anscheinend sieht Demokratie jetzt so aus.«

»Was ist mit dir passiert? Es heißt, die Sehkraft gehe als Erstes verloren« – dabei wirft er einen bedeutungsvollen Blick auf ihre Lesebrille – »aber ich sage, es ist die Neugier. Kaum erreichen die Leute ein mittleres Alter, hören sie auf, die Dinge zu hinterfragen. Das ist das Altern. Der Anfang vom Ende.«

»*Hinterfragen?* Jetzt mach aber mal halblang. Du hast dir die Welt 1979 zurechtgelegt, wahrscheinlich auf einem Grateful-Dead-Konzert, und seitdem nichts mehr hinterfragt. Demonstrier von mir aus gegen was du willst, wenn es dir ein Gefühl von Rechtschaffenheit verleiht. Aber glaub mir, einen anderen Nutzen hat es nicht.«

»Rubin. Lies doch einfach mal die einschlägigen Artikel. Es gibt eine konzertierte, organisierte Opposition in diesem Staat, und sie ist bemerkenswert erfolgreich. New York hat, so weit ich unterrichtet bin, ein Moratorium für Fracking verhängt.«

»Und Pennsylvania?«

In der hohen gewölbten Eingangshalle des Oliphant-Zentrums für Geowissenschaften tritt eine befriedigende Stille ein.

»Pennsylvania ist ein echtes Rätsel«, gibt er zu. »Aus Pennsylvania werde ich einfach nicht schlau.«

»Na, da kann ich dich gerne aufklären.« Amys Herz rast angenehm; der Moment bereitet ihr Vergnügen. Häufiger, als sie je zugeben würde, hat sie das, was sie jetzt sagt, im Kopf geprobt. »Du bist so sehr damit beschäftigt, recht zu haben, dass du dich weigerst, eine grundlegende Tatsache anzuerkennen, nämlich die: *Die Leute wollen das.*«

»Die Leute sind Idioten«, blafft er.

Aha!, denkt sie. Lorne Trexler, der berühmte Populist, der Streiter für die Arbeiterklasse, bis die es wagt, anderer Meinung zu sein als er.

»Das ist eine herzerwärmende Einstellung. Bevor du aber die gesamte Bevölkerung von Pennsylvania abqualifizierst, zieh doch wenigstens mal die Möglichkeit in Betracht, dass sie etwas wissen, was du nicht weißt.«

»Was du mir jetzt sicher erklären wirst«, sagt Lorne.

»Mein Gott, irgendjemand sollte es tun.« Ihre Stimme hallt in dem riesigen, kahlen Raum wider. »Ist dir mal in den Sinn gekommen, dass praktisch jeder Dollar, der je nach Pennsylvania geflossen ist, ein Energie-Dollar war?«

»Du übertreibst.«

»Ja, aber nicht viel. Selbst Beth Steel hätte sich mit seinem Unternehmen niemals dort niedergelassen, wenn es die Kohle nicht gegeben hätte.«

»Bethlehem Steel? *Das* ist dein Argument? Schau dir doch mal an, wie gut das ausgegangen ist!«

»Aber es lief gut! Bis es eben nicht mehr gut lief. Nichts währt ewig.« Nicht Jugend noch Liebe noch Wunder noch sonst irgendetwas.

Einst, vor langer Zeit, klopfte sie an seine Tür.

»Schau mal, von irgendwoher muss es doch kommen«, sagt sie müde. »Das hast du mir beigebracht. Was ist denn die Alternative? Weiterhin Kohle verbrennen?«

»Das ist ein fadenscheiniges Argument, und das weißt du. Im Marcellus zu bohren kostet Milliarden. Hätten wir nur halb so viel in die Erneuerbaren investiert, hätten wir eine dauerhafte Lösung für diesen Schlamassel, statt die Abhängigkeit von einem fossilen Brennstoff gegen die Abhängigkeit von einem anderen zu tauschen. Gas ist nicht nachhaltiger als Kohle oder Öl. Damit schieben wir bestenfalls das Unausweichliche hinaus.«

»Das *Leben* schiebt das Unausweichliche hinaus.«

Sie starren einander über eine breite Kluft hinweg an, einen zugefrorenen See von unberechenbarer Tiefe, den Schauplatz eines tödlichen Unfalls: des Ertrinkens von Amy Rubin, ihrem jugendlichen Idealismus, der Art, wie sie ihn einst liebte. Ihr junges Ich liegt wahrscheinlich noch immer da unten, gefangen unter dem Eis.

»Lorne, das ist größer als wir alle. Du kannst es nicht aufhalten. Niemand kann das, wenn so viel Geld im Spiel ist.«

»Mein Gott, bist du zynisch.«

»Wenn du es nicht bist, würde ich gerne wissen, in was für einer Welt du lebst.«

Schweigen.

»Es ist keine perfekte Technologie«, räumt sie ein. »Das weiß ich. Alle wissen es.«

»Nicht alle. Ich treffe jeden Tag Leute, die Pachtverträge unterschreiben und keine Ahnung haben, worauf sie sich da einlassen. Dagegen kämpfen wir. Wir werden es nicht hinbekommen, dass alle Leute ihre Meinung ändern, aber wir können sicherstellen, dass sie die Fakten kennen. Das ist meine Mission.« Wieder das bedächtige Lächeln. »Was ist deine Mission, Rubin? Und komm mir bloß nicht mit der Ich-bin-Wissenschaftlerin-Scheiße. So naiv bin ich nicht.«

»Ich habe keine Mission.«

Und da liegt er, der fundamentale Unterschied zwischen ihnen. So wie andere Leute an Allah oder Jesus glauben, glaubt Lorne Trexler an seine eigene Macht, seine Fähigkeit, Ergebnisse zu beeinflussen. Amy hat plötzlich eine Vorstellung von ihm in zwanzig Jahren, ein seniler Hippie, der immer noch Kämpfe ausficht, die längst verloren oder längst gewonnen sind.

Über die Ergebnisse ist schon entschieden worden.

Das Aufeinandertreffen großer Mächte oder deren geheimes Einverständnis. Die Maschine, die man nicht anhalten kann.

Der dynamische Punkt bewegt sich unaufhaltsam weiter. Nur sein Kielwasser, die atmosphärischen Wellen und Wirbel, sind wahrnehmbar. Kip Oliphant lebt inzwischen im Scheidungsapartment, der möblierten Penthouse-Suite des Gulf Vista. Vor zehn Jahren war das die beste Adresse in Houston – ein dreißig glitzernde Stockwerke hoher verspiegelter Büroturm, erbaut in den Jahren des Aufschwungs, als es noch Geld vom Himmel regnete. Heute steht der Gulf Vista nahezu leer, eine düstere Lektion in den Gesetzen des Universums, den unsichtbaren, unerbittlichen Mechanismen des Spiels.

Zeiten des Aufschwungs und des Verfalls.

Im Scheidungsapartment – der Wohnung, die mit dieser speziellen Scheidung verbunden ist – beginnt er jeden Tag, genau wie er es während der Ehe getan hatte, mit dem 24-Hour-News-Network.

Sein Nachrichtenhunger ist reflexhaft, beharrlich. Er wird davon wach wie von einer Morgenerektion. Er liest Zeitung und hört gleichzeitig den Fernseher, eine Angewohnheit, die seine letzte Frau verwirrend fand: *Diese ganzen schlechten Nachrichten morgens als Allererstes! Das ist so deprimierend.* In elf Jahren Ehe hatte Gretchen eine grundlegende Wahrheit nicht begriffen: Schlaf war Kip nicht willkommen. Nach fünf Stunden schreckte er in blinder Panik hoch, als wäre er hinterm Steuer eingenickt. Dann war eine Nachrichteninfusion nötig, die sofortige Aufklärung über alles, was er während dieser bedauerlichen nächtlichen Abschweifung verpasst hatte.

»Dem Pew-Research-Center zufolge hat Amerikas Mittelschicht ihr schlimmstes Jahrzehnt in der neueren Geschichte durchlebt.« Meredith Culver, die Moderatorin des Morgenmagazins, trägt ein maßgeschneidertes Jackett mit einem Trägertop darunter, als käme sie geradewegs aus ihrem Ankleidezimmer.

Der Mund ist ihr auffälligstes Merkmal – blütenförmig, prall wie eine Frucht.

Er ignoriert das Handy, das in seiner Tasche klingelt.

Am unteren Rand läuft die Wettervorhersage über den Bildschirm: sonnig in Kansas City, Tornadowarnungen in Omaha.

Kip macht sich an seinen *Bericht*, dessen Abschnitte er nach Interesse neu ordnet: Geschäftliches, Nationales, alles andere. Er hat die Angewohnheit, die falschen Frauen zu heiraten. Nächstes Mal sucht er sich eine aus, die an der Welt interessiert ist, Typ Meredith Culver. Er legt die Zeitung hin und mustert das Gesicht auf dem Bildschirm – die frische Haut, die leicht schwulstigen Lippen. Das Trägertop ist seidig und weinrot, dieselbe Farbnuance wie ihr Mund. Sie ist ein Produkt des 24-Hour-News-Network, im Studio beheimatet, dort gezeugt und aufgewachsen. Kip stellt sie sich als frühreifes Kind vor, als schwierigen Teenager, als junge Erwachsene, und das alles vor dem kräftig blauen Hintergrund, so klar und leuchtend wie ein Wüstenhimmel im Morgengrauen.

Für Seattle ist Regen angesagt.

Das Textband am unteren Bildschirmrand wechselt von Blau zu Rot. Jetzt kommen seine Technologiewerte ins Bild, sein Intel und Apple. Auf die Zahl wartend, beobachtet er die Laufschrift.

Dieser Mund könnte Lipgloss verkaufen oder Zahnpasta.

Sein Handy klingelt ununterbrochen.

Endlich läuft die Zahl vorbei. Dark Elephant wird mit zweiundzwanzig Dollar pro Anteil gehandelt.

»Verdammte Scheiße!«, sagt Kip laut.

Durch die hohen Fenster des Scheidungsapartments sieht er Unheil herabregnen.

Zeiten des Aufschwungs und des Verfalls. Das Wetter ändert sich ohne große Vorwarnung. Wie ein alttestamentarischer Prophet, der von Weizen träumt, hat Kip gelernt, auf Vorzeichen zu achten.

Die gegenwärtige Zeit begann vor zwei Monaten, auf widerliche Weise. Eine verstopfte Toilette war der Vorbote seines Untergangs.

Mehr als seine Ex-Frau vermisst Kip sein Ex-Badezimmer, den Granit- und Marmortempel, der exakt nach seinen Vorgaben entworfen worden war: Halogenbeleuchtung, geheizte Fußböden und Handtuchhalter; eine von Glas umschlossene Whirlpoolbadewanne mit sechs strategisch ausgerichteten Düsen (eine Vorstellung, die er dem Architekten über Handy beschrieben hatte, während er durch eine automatische Autowaschanlage fuhr). Dem Whirlpool gegenüber stand das Prunkstück des Badezimmers, eine in limitierter Anzahl mit dreijähriger Wartezeit hergestellte eckige Toilette; das signierte Design stammte von einem italienischen Bildhauer namens Enrico Scarpacci, dem Toilettenbauer der Stars. Kips Scarpacci wurde in protzigen Design-Magazinen abgebildet: *Houston Living, Urban Homestead.* Immer wieder baten seine Gäste darum, sie sehen zu dürfen. Wie eine marmorne Heiligenstatue aus der Hochrenaissance stand die Scarpacci majestätisch in einer eingelassenen Nische unter einem speziell angefertigten Bogen, der die Umrisse des Spülkastens widerspiegelte.

Vor zwei Monaten hatte Kip an einem Dienstagmorgen gedankenlos die Spülung betätigt. Im Rückblick ist er von seiner eigenen Unschuld berührt. Er spülte in gutem Glauben, ohne sich im Entferntesten die Serie von verheerenden Ereignissen auszumalen, die er damit auslösen würde.

Und die auf ekelhafte Weise mit der Besudelung seines privaten Allerheiligsten begann. *Klempner!,* rief er niemand Bestimmtem zu. *Ruf doch mal jemand einen Klempner!*

Da er ohnehin schon spät dran war, machte er einfach die Tür hinter sich zu und schlüpfte ins Bad seiner Frau, wo jede Fläche mit Frauenkram übersät war, so als wäre ein Luxusfrisörsalon durch ein Erdbeben verwüstet worden.

Beim Ausspucken der Zahnpasta fiel ihm am Rand des Waschbeckens eine Packung Antibabypillen auf.

Er traf Gretchen im Wintergarten beim Training auf dem Stair-

Master an. Über die Jahre hatte er ihr ein halbes Dutzend neuer Cardio-Trainingsgeräte gekauft, doch sie kehrte immer wieder zu dem StairMaster zurück, der ein unbequemeres und damit effektiveres Trainieren gewährleistete.

»Was ist das hier?«, fragte er.

Seine Frau war rot vor Schuldgefühlen, vielleicht aber auch nur vor Anstrengung. Die Maschine war auf höchste Stufe eingestellt. »Meine Pillen. Was hast du in meinem Bad gemacht?«

»Das spielt jetzt keine Rolle. Warum habe ich mich sterilisieren lassen, wenn du die Pille nimmst?« Er war so wütend, dass er kaum sprechen konnte. Die Prozedur hatte ihn fast umgebracht, seine Eier waren durch eine heftige Infektion bis zu Grapefruitgröße angeschwollen. Zehn Jahre später waren die Qual und die Demütigung immer noch frisch.

»Ich habe damals Allie gestillt. Da konnte ich sie nicht nehmen.«

»Wozu brauchst du sie jetzt?«

Sie erklärte, dass die Pille ihre Haut verbessere. Außerdem vergrößere sie ihre Titten.

»Deine Titten sind Mogelpackungen«, sagte Kip.

Was tatsächlich belegt war: Kip selbst hatte den Chirurgen bezahlt. Das alles ergab keinen rechten Sinn, bis er ein paar Tage später das Filmmaterial von einer verborgenen Kamera sah. Vor Jahren, als Allie noch klein war, hatte der Wintergarten als Spielzimmer für sie gedient. Das vollautomatische Überwachungssystem war auf Gretchens Betreiben installiert worden, damit sie ein Auge auf die häufig wechselnden Kindermädchen haben konnte. Sie hatten sich einfach nie die Mühe gemacht, es auszuschalten.

Der Film war etwas körnig. Zuerst erkannte Kip Gretchens Trainer gar nicht. Mit Mühe und Not konnte er Gretchen ausmachen, nackt bis auf Socken und Turnschuhe, in peinlicher Position rittlings auf einer Hantelbank.

Im Scheidungsapartment klingelt sein Handy, wieder und wieder. Kip schielt aufs Display: sein Börsenmakler, Taffy Campbell.

In New York ist es erst 7 Uhr, was auf eine gewisse Dringlichkeit hindeutet.

Er drückt auf IGNORIEREN.

Zum gegenwärtigen Zeitpunkt ist es weise, innezuhalten und nachzudenken, bevor er ans Telefon geht.

»Verklagt mich«, wiederholt er langsam. »Was meinst du mit: verklagt mich?«

Er sitzt in der Kanzlei Mahenny, Garner und Bunch in der Innenstadt. Sein Anwalt – weltweit bekannt als Piggy – reicht ihm einen Stoß Papier.

»Nicht dich. Dark Elephant.«

»Ich *bin* Dark Elephant.«

»Rechtlich gesehen bist du es nicht, Gott sei Dank. Oder mir sei Dank, wenn dir das lieber ist.«

Kip überfliegt die Papiere, deren Buchstaben vor seinen Augen verschwimmen. »Was sehe ich mir da an, Pig?«

»Kurz und bündig? Diese Gruppe von Aktionären behauptet, du – Dark Elephant – hättest den Wert von einigen Grundstücken in Arkansas überbewertet.«

Kip starrt ihn ungläubig an. »Ich habe diesen Leuten ein Vermögen verschafft.«

»Sie sehen das anders. Sie sehen, dass du mit ihrem Geld Schindluder treibst, das ist das, was sie sehen.«

»MIT MEINEM DOCH AUCH!«, ruft er. »Ich habe nie von irgendjemandem verlangt, etwas zu riskieren, das ich selbst nicht auch riskieren würde.«

»Reg dich nicht so auf.«

»Was wird mich das kosten?«

Piggy holt seine Dose Zitronenbonbons aus der Schreibtischschublade, eine nervöse Angewohnheit. »Nichts, hoffe ich. In deiner gegenwärtigen Situation kannst du dir das nicht leisten. Wie läuft die Scheidung?«

»Besser als die letzte.« Letztes Mal hatte Piggy ihm empfohlen, sich eine Anwältin zu nehmen: *Mit einem weiblichen Rechtsbei-*

stand kommst du besser weg. Als dann alles vorbei war, hatte Kip einen Mercedes, einen Landrover und eins seiner Häuser verloren. Hätte der Richter ihm mit einem männlichen Rechtsbeistand auch noch die Zähne weggenommen?

»Ich trete ja ungern auf jemanden ein, der schon am Boden liegt, aber es gibt noch mehr schlechte Neuigkeiten. Wasserprobleme in Pennsylvania. Außerdem behauptet eine Gruppe von Aktionären, du hättest die firmeneigenen Düsenjets vorschriftswidrig genutzt.«

»Schwachsinn«, sagt Kip.

»Ist das deine offizielle Position? Ich muss dir nämlich sagen, dass das womöglich unhaltbar ist. Sie haben Beweise.«

»Wofür?

»Durch eine Verkettung unglücklicher Umstände liegt noch eine separate Klage vor.«

Kip sinkt tiefer in seinen Sessel. »Raus mit der Sprache, Pig. Spann mich nicht auf die Folter.«

»Der fragliche Vorfall ereignete sich auf einem Flug nach Bermuda. Klägerin ist eine Megan Sowieso. Klingelt's bei dir?«

»Bermuda?« Dann fällt es Kip plötzlich wieder ein: Letztes Frühjahr hatte Gretchen für eine ihrer Freundinnen eine Brautparty ausgerichtet.

»Bei dieser Klage geht's um Körperverletzung. Gesichtsentstellung.«

»*Was?*«

»Laut Anklage hatte diese Dame an Bord des Flugzeugs der Dark Elephant eine Spritze ins Gesicht bekommen. Vermutlich waren sie in Turbulenzen geraten. Du bist Mitangeklagter, neben etwas namens Serenity Day Spa.«

»Gut. Soll sie doch klagen.« Rechtsstreitigkeiten erschüttern ihn nicht. Er ist schon wegen Vertragsbruchs, wegen Nichtzahlung verklagt worden. Er ist von sechs verschiedenen Gemeinden im Staat Texas und wegen Scheidung von vier verschiedenen Ehefrauen vor Gericht gezogen worden.

»Das macht mir auch weniger Sorgen. Da können wir vermutlich einen günstigen Vergleich erwirken. Aber die Aktionäre –« Piggy zögert. »Es ist schlimmer, als du denkst, Kip. Sie haben dich im Prozess namentlich erwähnt. Sie haben es auf dein Privatvermögen abgesehen.«

Kip ist perplex, gekränkt von solcher Undankbarkeit. Männer, die mit seiner Entschlossenheit und harten Arbeit, seinem sicheren Instinkt, seiner Bereitschaft, Risiken auf sich zu nehmen, ein Vermögen verdient hatten. Zwei, fast drei Jahre lang waren sie in Geld geschwommen.

»Du wirst einen Anwalt brauchen«, sagt Piggy. »Streng genommen vertrete ich Dark Elephant. Dich als Privatperson kann ich also nicht vertreten. Das könnte Jill übernehmen.«

Noch eine Anwältin.

»Nein, danke«, sagt Kip.

»Außerdem schleppst du eine Menge Schulden mit dir rum.«

»Ich-ich? Oder Dark-Elephant-ich?«

»Beide«, sagt Piggy. »Ich habe dir davon abgeraten. Diese ganzen neuen Gasbrunnen kosten dich ein Vermögen. Dich-dich.«

»Ich weiß.« Die Columbus-Klausel war Kips eigene Erfindung gewesen, eine in der Branche beispiellose Provision. Piggy hatte gemosert, am Ende aber den entsprechenden Passus in Kips Vertrag geschrieben, eine Klausel, die es ihm erlaubte, einen Anteil von zwei Prozent an jedem Gasbrunnen von Dark Elephant zu kaufen. Die Bedingungen sind einfach, elegant. Zwei Prozent der Betriebskosten kommen aus seiner eigenen Tasche. Im Gegenzug bekommt er zwei Prozent des Ertrags, wenn die Quelle produziert. Sein Instinkt und sein Einfallsreichtum, seine unbeirrbare Entschlossenheit haben anderen Leuten ein Vermögen eingebracht. Da erscheint es nur fair, dass er ein bisschen davon für sich behält.

»Du brauchst Geld, Amigo. Da gibt's kein Vertun.«

Bohranlagen, sie zu unterhalten, Betriebsmittel, die gekauft, Mitarbeiter, die bezahlt werden müssen. Zwei Prozent der Ausgaben klingt nicht nach viel, bis man fünf- oder zehntausend Brunnen bohrt.

Kip sagt: »Ich muss ein paar Anrufe machen.«

Bei der Arbeit geht er auf leisen Sohlen. Das Büro seines Stiefvaters im siebten Stock ist mit einem Hochgeschwindigkeitsaufzug zu erreichen. Kip nimmt die Treppe. Selbst wenn Dar krankgeschrieben ist, erscheint es ihm ratsam, die Vorstandstoilette, die Firmencafeteria und jeden anderen Ort, den sein Stiefvater aufsuchen könnte, zu meiden.

»Sie sind außer Atem.« Kips Sekretärin mustert ihn von Kopf bis Fuß. »Dar sucht Sie.«

In seiner Tasche vibriert sein Handy.

»Ich weiß«, ruft Kip über die Schulter zurück. »Sagen Sie ihm, ich melde mich später.«

Er biegt um die Ecke zu seinem Büro und sieht zu spät Dar an seinem Schreibtisch sitzen.

»Melde dich jetzt.«

Kip bringt ein schwaches Lächeln zustande. »Hey, Fremder. Was machst du denn hier?«

»Altern.«

»Entschuldige. Ich war nur drüben bei Piggy. Du siehst gut aus.«

Dar sieht elend aus. Letzte Woche kippte er auf dem Golfplatz um, was niemanden verwunderte. Die eigentliche Überraschung kam später – zur Erschütterung aller, die ihn kennen, vor allem aber Kips Mutter, gelang es nur durch eine Not-Angioplastie, seinen Tod auf unglaubliche Weise noch einmal hinauszuschieben.

»Das kannst du dir sparen.« Dar hält sich die Seite. Zwischen den Hemdknöpfen blitzt ein Verband durch. Bei der Herz-Lungen-Reanimation hatte ihm der Rettungssanitäter zwei Rippen gebrochen. »In Pennsylvania müssen wir den Stecker ziehen. Jedenfalls fürs Erste. Die Blase ist geplatzt.«

»Das kann doch nicht dein Ernst sein.«

»Lache ich vielleicht? Ich habe dir wirklich lange freie Hand gelassen, mein Lieber.«

»Du sprichst von einem Drittel unserer Geschäftstätigkeit. Das kannst du doch nicht einfach so zerstören.«

»Sieh mich an.« Dar betrachtet ihn ruhig. Sein rechtes Auge

sieht milchig aus, der Anfang des grauen Stars. »Ich hätte es schon vor einer Woche getan, aber da war ich anderweitig beschäftigt.«

»Du hast einen gehörigen Schrecken bekommen.« Kip senkt die Stimme, ein Trick, der bei Pferden manchmal wirkt. »Ich verstehe das. Du musst aufpassen, dass du deswegen nicht die Nerven verlierst.«

»Die Nerven haben damit nichts zu tun. Diese Marcellus-Gasbohrungen bringen mich noch ins Armenhaus. Dafür gebe ich mir selbst die Schuld. Ich hätte dich nicht so voreilig lossprechen lassen dürfen.« Wieder hält sich Dar die Seite. »Zeit, unsere Kräfte zu konzentrieren. Uns auf unser Kerngeschäft zu besinnen.«

Kip sagt: »Öl ist im Keller.«

»Es wird wiederkommen. Tut es immer.«

»Gas wird auch wiederkommen. Ich hab dir eine Menge Geld verschafft, Dar.«

»Mich aber auch viel gekostet.«

Du bist nicht mein Vater, denkt Kip.

Er fährt gerade vom Büro los, als das Handy klingelt.

»So ist die Lage.« Taffy Campbell spricht so schnell wie ein Viehauktionator. »Sie sind hoffnungslos unterkapitalisiert. Dark Elephant wird zurzeit mit zweiundzwanzig gehandelt, und damit ist der Wert Ihrer Anteile nicht hoch genug, um ein Darlehen von dieser Größenordnung abzusichern.«

»Geben Sie mir eine Woche«, sagt Kip. »Eine verdammte Woche. Ich garantiere Ihnen, dass diese Zahl wieder hochgeht.«

»Es gibt keine Wochen mehr. Ich brauche sofort Geld, oder ich bin gezwungen, Ihre Aktien zu verkaufen. Andere Möglichkeiten haben wir nicht mehr.«

Kip schwenkt auf die Überholspur.

»Wir haben schon darüber gesprochen«, sagt Taffy. »Ich habe Sie gewarnt, dass so etwas passieren könnte.«

»Verstanden«, blafft er. »Was können Sie für mich tun?«

Schweigen.

»Ich kann Ihnen nicht helfen, Kip.«

»Wie meinen Sie, *ich kann nicht*? Ich dachte, in diesen Bereichen hätten Sie das Sagen.«

»Nur in der Abteilung Privatvermögen«, sagt Taffy. »Das hier kam von oben.«

Der dynamische Punkt ist ein Konstrukt, das nur nützlich ist, wenn es nützlich ist.

Hoffnungslos unterkapitalisiert.

Gesichtsentstellung.

Die Antibabypillenpackung auf dem Waschbeckenrand.

Mehrere dynamische Punkte, die willkürlich umherschießen und deren verrückte Flugbahnen nur der Schöpfer höchstpersönlich kennt.

Im Auto kommt Kip eine Erkenntnis, die fast sein Gehirn zum Platzen bringt.

Der dynamische Punkt bin ich.

Als Rena am Haus vorfährt, warten sie schon auf der Veranda: Olivia in einem karierten Trägerkleid, Shelby in einem strengen marineblauen Kostüm, wie eine Stewardess der alten Schule. Shelby schnallt Olivia auf dem Rücksitz des Lieferwagens an und steigt dann vorne neben Rena ein. Es liegt eine Kühle in der Luft, eine Andeutung von Herbst.

»Ich dachte, Ihre Pastorin käme mit.«

»Sie hat's nicht geschafft. Lange Geschichte. Oh, können Sie bitte da vorne kurz anhalten? Ich muss das hier noch einwerfen.« Shelby nimmt einen Umschlag aus der Handtasche.

»Was ist mit Rich? Wir haben jede Menge Platz.«

Shelby macht das Fenster auf und lehnt sich hinaus, um den Briefkasten aufzuklappen. »Er ist kein guter Mitfahrer. Wie auch immer, er hat Tagschicht. Oh, warten Sie, ich habe die Fahne vergessen.«

Sie steigt aus und geht hastig zurück zum Briefkasten, um die rote Fahne aufzurichten.

»Wo ist Dr. Trexler?«, fragt sie beim Einsteigen.

»Er hat's nicht geschafft. Irgendwas ist ihm dazwischengekommen.«

»Das sagen die Leute immer.« Shelby greift hinter sich und gibt Olivia ihr Handy. »Sie sehen müde aus.«

»Mir geht's gut.« Objektiv betrachtet stimmt das. Mit Rena ist alles in Ordnung, abgesehen von einer Art moralischem Kater von ihrem Tag mit Lorne – einem schleichenden Schmerz irgendwo in ihrer Muskulatur, als hätte sie sich beim Schneeschippen den Rücken verrenkt.

Der lange und verworrene Tag in seiner ganzen elektrisierenden Fremdheit. Nach der Kundgebung hatte er sie fast eine Stunde lang in der Studentencafeteria sitzen lassen. *Ich muss mit jemandem im geologischen Institut sprechen. Es dauert nicht lange.*

Während Rena in der Cafeteria wartete und wartete, wünschte sie, sie hätte *Der stumme Frühling* mitgenommen. In ihrer Tasche fand sie ein dreifach gefaltetes Flugblatt. Sie hatte die vage Idee, es für Mack aufzuheben.

Geschlechteridentität ist die innere Wahrnehmung eines Menschen von sich selbst als

– Frau
– Mann oder
– Mensch jenseits der Zweigeschlechtlichkeit.

Nicht alle nicht-gender-konformen Menschen bezeichnen sich als Transgender, und nicht alle Transgender sind nicht genderkonform.

Rena dachte: Manchmal begegnet man einfach einem Menschen.

Sie warf das Flugblatt in den Mülleimer.

Lornes Verdrossenheit auf der Heimfahrt, das unerwartete Schweigen war irgendwie völlig anders als bei Mack. Wie war es möglich, dass zwei Menschen auf völlig unterschiedliche Weise nichts sagen konnten? Macks Schweigen war negativer Raum, eine Abwesenheit von irgendetwas. Lornes war reich und kompliziert, voller nicht auszumachender Bedeutungen, ein Topf, dessen Inhalt auf dem Herd köchelt.

Als sie die Grenze überquerten – WILLKOMMEN IN PENNSYLVANIA –, begriff sie das Ausmaß ihrer Dummheit. Sie hatte die Situation vollkommen falsch eingeschätzt. Lorne interessierte sich überhaupt nicht für sie.

Als sie auf den Parkplatz des Days Inn einbogen, schien er sich zu erinnern, dass sie da war.

Ich wünschte, ich könnte morgen mit euch fahren, sagte er. *Zu Ravi. Ich werde an euch denken. Ruf mich an, ja?*

Er beugte sich zu ihr und gab ihr einen Kuss auf die Wange.

Auf dem Rücksitz spielt Olivia jetzt ein Spiel auf dem Handy ihrer Mutter. Völlig vertieft, starrt sie mit begeisterter Miene auf den kleinen Bildschirm. Shelby ist gesprächig, lebhaft, voller Fragen: Ist Rena auf der Farm aufgewachsen? Hat sie noch Geschwister? Wollte sie schon immer Krankenschwester werden? Gehört sie einer Kirche an?

Nein, ja, ja, nein. Rena beantwortet die Fragen ausführlich, mit zahlreichen Details. Warum auch nicht? Sie hat ja nichts anderes zu tun, als zu fahren.

Waren Mack und Rena schon als Kinder beste Freundinnen? Wie heißt Mack richtig, und wie ist sie zu dem Namen Mack gekommen?

Rena antwortet: Nein. Susan. Das weiß keiner mehr.

Shelby fragt: »Waren Sie mal verheiratet?«

Auf diese Frage gibt es eine einfache und eine komplizierte Antwort. Rena entscheidet sich für die einfache. »Nein«, sagt sie.

»Und Mack?«

Rena mustert sie, fasziniert. Im Ernst, wie ist das möglich? Was in Shelbys Kopf vor sich geht, ist ein völliges Rätsel. Manchmal hat man den Eindruck, mit einem frühreifen Kind zu sprechen. Dann wieder mit einem begriffsstutzigen Erwachsenen.

»Nein«, sagt sie.

Shelby nickt weise. »Früher hatte ich immer Angst davor. Ich meine – eine alte Jungfer zu sein oder so was. Nichts für ungut. Aber jetzt glaube ich, so schlecht wäre das gar nicht. Die Ehe ist nicht immer das, was sie verspricht.« Sie starrt zum Fenster hinaus. »Ich glaube, Dr. Trexler mag Sie.«

Rena sagt: »Ich mag ihn auch.«

Im Wartezimmer blättert Rena eine Zeitschrift durch, während sie versucht sich vorzustellen, wo Lorne jetzt gerade ist. Ich bin liebeskrank, denkt sie. Ein altmodisches Wort, das sie schon Jahre nicht mehr gehört hat.

Sie hinterlässt ihm eine Nachricht auf seinem Handy: »Shelby und Olivia sind bei Dr. Ghosh drin. Schon eine ganze Weile.« Seit einer halben Stunde richtet sie immer wieder den Blick auf die

Tür neben dem Empfangstresen. Irgendwo dahinter sitzen Shelby und Olivia in einem Untersuchungszimmer.

In dem Moment geht die Tür auf. Mit hochrotem Gesicht führt Shelby Olivia an der Hand. Hinter ihnen gibt eine Arzthelferin Rena ein Zeichen.

»Ruf mich später an, ja?«, sagt sie noch auf die Mailbox. »Ich muss los.« Sie legt auf und erhebt sich von ihrem Stuhl. »Shelby, was ist passiert? Ist alles in Ordnung?«

Die Augen voller Tränen, schüttelt Shelby stumm den Kopf.

Die Arzthelferin fragt: »Sind Sie Rena Koval? Dr. Ghosh würde Sie gerne sprechen.«

»Setzen Sie sich, Shelby. Ich bin gleich wieder da.«

Die Arzthelferin führt sie einen langen Gang hinunter zu einem Untersuchungszimmer. Dr. Ghosh – ein kleiner, runzliger Mann, ohne Haare, ohne Alter – streckt ihr die Hand hin. »Lorne hat mir viel von Ihnen erzählt. Setzen Sie sich doch bitte. Haben Sie mit Mrs. Devlin gesprochen?«

»Noch nicht. Sie schien mir ganz aufgelöst zu sein. Was ist denn passiert?«

Ghosh schließt die Tür. »Ich habe Olivia untersucht und mir ihre Laborwerte angeschaut, und es tut mir leid, aber ich kann ihr nicht helfen.«

»Sie meinen, es ist nicht das Wasser?«

»Nein.«

»Aber Sie haben die Laborberichte gesehen, oder? Zwei verschiedene Labors haben gesagt, dass es eine Methanmigration gibt.«

»Ich zweifle nicht daran, dass das Trinkwasser kontaminiert ist. Aber wie ich Mrs. Devlin gesagt habe, ist es extrem unwahrscheinlich, dass das irgendetwas mit Olivias Magendarmsymptomatik zu tun hat.«

»Das hatte ich befürchtet«, sagt Rena. »Arme Shelby!«

»Ist sie immer so instabil?«

»Nein. Na ja, schon.« Wie sollte man Shelby Devlin beschreiben? »Es ist halt so, dass sie auf Antworten gehofft hatte. Sie war überzeugt – wie wir alle –, dass es am Wasser liegt. Lorne vor allem. Er war sich absolut sicher.«

»Lorne ist Aktivist, kein Arzt.«

»Das stimmt. Aber *irgendetwas* macht sie doch krank. Und ich mache mir Sorgen um Shelby. Das nimmt sie sehr mit.«

Der Arzt scheint zu zögern. »Wie gut kennen Sie Mrs. Devlin?«

»Nicht sehr. Warum?«

»Mir ist noch ein anderer Gedanke gekommen. Es ist nur eine Theorie. Weniger als eine Theorie; nennen wir es eine Möglichkeit. Ich habe absolut keinen Beweis.«

Es dämmert schon fast, als Rena in Bakerton einfährt. Sie setzt Shelby und Olivia ab und wählt gleich darauf Lornes Nummer.

»Hey, ich bin's, Rena. Kannst du bitte drangehen?«

Dann erst fällt ihr ein, dass er sie gar nicht hören kann: Am anderen Ende ist ein Handy, kein Anrufbeantworter. Hat überhaupt noch jemand so ein Gerät?

Sie versucht es erneut.

»Hallo, hier ist Rena. Ich weiß, du hast zu tun, aber das hier ist *wichtig.*« Sie ist erstaunt über das Zittern in ihrer Stimme. »Ich habe mit Dr. Ghosh gesprochen und –«

Sie findet nicht die richtigen Worte.

»Kannst du mich bitte zurückrufen?«

Unsäglich.

In Melbourne, Australien, war ein Kleinkind mit explosionsartigem Erbrechen, Fieber und Durchfall in die Notaufnahme gebracht worden. Es wog nicht mehr als ein einjähriger Säugling. Bei ihm wurde eine Gedeihstörung diagnostiziert.

Der Begriff »vorgetäuscht« beschreibt Symptome, die nicht das Ergebnis eines natürlichen Prozesses, sondern künstlich herbeigeführt worden sind. Magendarmsymptome können mithilfe von Brechmitteln, Laxanzien und vielen gebräuchlichen Substanzen erzeugt werden.

Der australische Junge wurde auf eine Ausschlussdiät gesetzt. Sechs Wochen lang aß er nur gekochtes Hühnchen.

Die bewusste Erzeugung oder Vortäuschung von Symptomen bei einem anderen Menschen, den die Person in ihrer Obhut hat.

Bei dem australischen Jungen wurde eine Nasensonde gelegt.

Die durchschnittliche Anzahl an Symptomen pro Opfer beträgt 3,25.

Bis zum Zeitpunkt seines Todes im Alter von vier Jahren war der australische Junge fast dreihundert Mal einem Kinderarzt vorgestellt worden. Seine Autopsie zeigte eine erhebliche Schädigung des Herzmuskelgewebes.

»Komm ins Bett«, sagt Mack. »Du sitzt jetzt schon drei Stunden an dem Kasten.«

»Gleich«, sagt Rena.

Die Mutter in North Carolina wurde dabei aufgenommen, wie sie ihrem Sohn intravenös Salzwasser spritzte.

Die britische Mutter, die die Urinprobe ihres Babys mit Tropfen ihres eigenen Blutes verunreinigte.

Die täglichen Katastrophen in der Notaufnahme, die Herzinfarkte und Autounfälle, kommen ihr im Vergleich dazu harmlos vor. Krankenpflege im Informationszeitalter: uneingeschränkte Informationen über einen Katalog von Gräueln.

In dieser Nacht ruft Lorne nicht an. Wieder und wieder versucht Rena es auf seinem Handy.

Hey, hier ist Lorne. Du weißt, was du zu tun hast.

Das ist natürlich Unsinn. Sie hat keine Ahnung, was sie zu tun hat.

Am nächsten Tag kommt sie noch vor Schichtbeginn und passt auf dem Gang Dr. Stusick ab. »Ich muss mit Ihnen über Olivia Devlin sprechen.«

»Ich habe nur eine Minute.«

Als ob das was Neues wäre, denkt Rena.

Sie geht mit ihm in ein Untersuchungszimmer und macht die Tür zu. Manchmal muss man die Dinge einfach klar benennen.

»Glauben Sie, dass sie ihr eigenes Kind vergiftet?« Dr. Stusick starrt sie an, als wäre Rena – nicht Shelby – das Monster. Als wären ihr Klauen und Schuppen gewachsen.

»Das kommt nicht nur von mir. Ich habe sie gestern nach Pittsburgh gefahren, um Olivia Dr. Ghosh vorzustellen.« Renas Herz schlägt laut. »Anfangs habe ich ihm nicht geglaubt. Dann dachte ich an das letzte Mal, als Olivia aufgenommen wurde. Shelby wollte nicht, dass wir sie entlassen. Sie war richtig verärgert darüber. Ich habe sie vielleicht zehn Minuten lang allein gelassen. Kurz nachdem Shelby gegangen war, erbrach sich Olivia wieder.« Sie hält für einen Atemzug inne. »Sie könnte ihr etwas gegeben haben.«

Dr. Stusick runzelt die Stirn. »Selbst wenn sie dazu in der Lage wäre – und ich bin nicht bereit, das zu glauben –, sehe ich nicht, wie das gehen sollte. Bei all den Laboruntersuchungen, die wir gemacht haben, hätte doch etwas Verdächtiges herauskommen müssen.«

»Nicht unbedingt. Nicht, wenn sie ein Brechmittel verwendet hat. Ipecac, vielleicht?«

Dr. Stusick blinzelt, ein Blick, den sie schon kennt: das stumme Erstaunen eines Arztes, der mit dem Beweis konfrontiert ist, dass Krankenschwestern tatsächlich denken können.

»Es gab einen Fall in Australien«, sagt sie. »Ich habe ein bisschen recherchiert.«

Darüber scheint er nachzudenken. »Ipecac ist nicht nachweisbar, soweit ich weiß. Aber selbst wenn es *wahr* wäre –«

»Könnten wir es nicht beweisen. Das hat Dr. Ghosh auch gesagt.«

Schweigen.

»Ich habe von diesen Fällen gelesen«, sagt Dr. Stusick. »Nach allem, was ich verstanden habe, tun Eltern das, um die Aufmerksamkeit des medizinischen Personals zu erlangen. Aber Mrs. Devlin schien sich nie besonders für das zu interessieren, was ich zu sagen hatte.«

»Den Gedanken hatte ich auch«, sagt Rena. »Aber wissen Sie, was ist, wenn es ihr gar nicht um uns geht?«

Irgendwo tickt eine Uhr.

»Dieser Mann in Pittsburgh«, sagt Dr. Stusick. »Ghosh. Hat er sie darauf angesprochen?«

»Nein, er war sich einfach nicht sicher. Ich ja auch nicht«, fügt sie rasch hinzu. Aber wenn ich den Verdacht habe, dass ein Kind verletzt wird, bin ich gesetzlich verpflichtet, das zu melden.« *So wie Sie,* denkt sie, sagt es aber nicht.

Braucht sie auch nicht; Dr. Stusick hat die Botschaft verstanden. »Damit es ganz klar ist, Rena: Das ist Ihr Verdacht, nicht meiner. Falls Sie es dem Kinderschutz melden wollen, werde ich Sie nicht davon abhalten. Es ist Ihre Entscheidung.«

Es klopft an der Tür.

»Noch zwei Sekunden, Agnes! Ich bin gleich da.« Dr. Stusick blickt sie eindringlich an. »Ein plausibler Grund, Rena. Das ist der Maßstab. Haben Sie einen plausiblen Grund, anzunehmen, dass Mrs. Devlin ihrem Kind Schaden zufügt?«

(Dr. Ghosh: *Es ist nur eine Theorie. Weniger als eine Theorie; nennen wir es eine Möglichkeit. Ich habe absolut keinen Beweis.*)

»Nein«, gibt sie zu. »Na ja, vielleicht. Ich weiß es, ehrlich gesagt, nicht.«

»Das klingt nicht gerade vertrauenerweckend.« Er geht ans Waschbecken und dreht das Wasser auf. »Das sind sehr schwere Anschuldigungen. Haben Sie darüber nachgedacht, was passiert, wenn Sie sich irren?«

In den vergangenen vierundzwanzig Stunden hat sie über kaum etwas anderes nachgedacht.

Er wäscht seine Hände in Unschuld, buchstäblich.

Rena ist auf dem Rückweg zur Farm, als endlich ihr Handy klingelt.

Sie blinkt und fährt an die Seite. Mit der Hand auf dem freien Ohr lässt sie Lorne über die Dummköpfe in seinem Einführungskurs, seinen Kleinkrieg mit dem Studentensekretariat, den spritschluckenden Mietwagen, seinen kaputten Prius, der immer noch in der Werkstatt steht, schimpfen. Sie lässt ihn reden, wohl wissend, dass sie es, wenn sie es erst einmal gesagt hat, nicht mehr ungesagt machen kann. Dass nichts je wieder so sein wird, wie es war.

»Noch etwas«, sagt er schließlich. »Ich möchte mich für neulich abends entschuldigen. Mir ging so viel durch den Kopf.«

Sie braucht einen Moment, um sich zu besinnen, wovon er spricht. Die lange, unbehagliche Rückfahrt von New York scheint schon lange zurückzuliegen.

»Erinnerst du dich an diese Frau, von der ich dir erzählt habe? Die wissenschaftliche Beraterin? Bei ihr bin ich gewesen. Und ich muss zugeben, dass mich das ziemlich durcheinandergebracht hat. Ich weiß nicht, ob ich es dir gesagt habe, aber wir waren mal zusammen. Vor sehr, sehr langer Zeit.«

»Das hast du nicht erwähnt.« Noch gestern wäre sie krank vor Eifersucht gewesen. Jetzt perlen seine Worte wie Wassertropfen an ihr ab. Nichts davon spielt mehr eine Rolle.

»Lorne, wir haben ein Problem. Shelby.«

Er hört ihr kommentarlos zu, während sie von dem Jungen in Australien und der Mutter in North Carolina berichtet. »Es gibt einen Namen dafür: ›Münchhausen-Stellvertretersyndrom.‹ Du kannst es googeln.«

Endlich sagt er: »Bist du sicher?«

»Na ja, *nein*. Das ist ja mein Problem. Ipecac, falls es das ist, was sie verwendet, lässt sich nicht nachweisen. Es hat einen merkwürdigen Geruch, nach Grapefruitbonbons, aber den habe ich bei Olivia nie wahrgenommen.«

»Wir können es also nicht beweisen.«

»Nein«, sagt Rena.

Er atmet hörbar aus. »Schön. Es ist also immer noch *möglich*, dass es am Wasser liegt. Für unsere Zwecke ist diese Möglichkeit ausreichend.«

»Versteh ich nicht.« Eine unglaubliche Hitzewallung überkommt sie. Sie kurbelt das Fenster herunter. Die stehende Luft riecht nach Katalysator, ein Zeichen für den bevorstehenden Exitus des Pick-ups.

»Sieh mal, ich bin kein Arzt«, sagt er. »Und, es tut mir leid, meine Liebe, aber du auch nicht. Wir haben es hier mit Wahrnehmungen zu tun. Unsere Aufgabe ist es, Fragen zu stellen, so wie Kassandra Alarm zu schlagen. Das ist alles, was wir *tun* können. Und wenn wir es richtig tun – laut, mit fester Überzeugung – könnte es gerade genügen.«

Die Hitze macht das Denken unmöglich. Rena dreht den Schlüssel im Zündschloss, fummelt verzweifelt an der Belüftung herum. Die defekte Klimaanlage umgibt sie mit lauwarmer Luft.

»Als Fachkraft unterliege ich der Meldepflicht.« Sie hört das Zittern in ihrer Stimme. »Wenn ich den Verdacht habe, dass ein Kind misshandelt wird, bin ich gesetzlich verpflichtet, den Kinderschutz einzuschalten.«

»Natürlich. Das ist aber eine Ermessensentscheidung, stimmt's? Da gibt es eine Grauzone. Wenn sie nicht wäre, hätte Ravi es selbst gemeldet.«

»Aber wir können sie nicht weiterhin *bestärken*! Siehst du das nicht? Wenn sie Olivia wirklich krank macht, ist diese Aufmerksamkeit genau das, was sie sucht.«

»*Wenn*«, sagt Lorne. »Wenn.«

Eine schreckliche Stille, in der Rena begreift: *Es ist ihm egal.*

»Du hast doch selbst gesagt, dass wir es nicht beweisen können«, sagt er ruhig. »Und wenn wir es nicht beweisen können, können sie es auch nicht.«

»Sie?«

»Darco. Die Umweltbehörde. Die ganze verdammte Propagandamaschine, die der Welt erzählt, dass Fracking sicher ist. Glaub mir, Rena. Du hast keine Ahnung, womit wir es da zu tun haben.«

Die Nächte werden kälter. Der Chief fröstelt in seinem leichten Tarnanzug. In einem Monat wird er dickere Sachen tragen müssen, lange Unterhosen. In zwei Monaten wird er sich fragen, ob das überhaupt irgendeinen Sinn hat.

Während einer Observierung gehen die Gedanken auf Wanderschaft. An einem Sonntagabend vor drei Wochen fiel dem Chief ein fremdes Fahrzeug auf, ein Ford Explorer neueren Datums, der vor dem Haus seiner Ex-Frau stand.

Am nächsten Tag versuchte er, während die Teilzeitsekretärin in der Mittagspause war, den Halter herauszufinden, ein Vorgang, der zwei Minuten gedauert hätte, wenn der Chief sich auch nur ein bisschen mit Computern ausgekannt hätte. Er war immer noch dabei, als sie zurückkam. »Was machst du an meinem Schreibtisch?«, fragte sie.

»Einen Autohalter suchen.«

Sie setzte sich neben ihn. »Das ist ganz einfach, wirklich.« Und innerhalb von dreißig Sekunden notierte der Chief einen Namen und eine Adresse in Texas.

»Wer ist Bernard Little?«, fragte sie.

»Das darf ich nicht sagen.«

Die nächsten drei Tage nahm er die Überwachung auf und fuhr zu jeder Tages- und Nachtzeit am Haus seiner Ex-Frau vorbei. Der Explorer bewegte sich nicht von der Stelle, so als hätte er in der Einfahrt Wurzeln geschlagen. Die Fenster des Hauses waren immer dunkel. An Tag vier versuchte er, seinen Schlüssel zu benutzen, und stellte fest, dass Terri die Schlösser ausgewechselt hatte.

Schließlich fuhr er in seiner Mittagspause im Subway vorbei. »Wie geht's denn deiner Mutter gerade? Extra Käse«, sagte er durch die Schutzscheibe hindurch zu Jason.

»Ganz gut, glaube ich.« Sein Sohn, der Plastikhandschuhe trug, legte noch eine Extrascheibe Mozzarella auf das Stammgericht des Chiefs, das größte Hacksteaksandwich. »Sie ist in Hawaii.«

Das war nicht die Antwort, die der Chief erwartet hatte. Er und Terri waren immer häusliche Typen gewesen.

»Ganz allein?«

»Nö. Bernie hat sie mitgenommen. Ihr Freund.«

Durch geschickte Befragung erfuhr der Chief die folgenden Fakten: Bernie Little wohnte im Days Inn und leitete eine Bohranlage. Terri hatte ihn bei den Weight Watchers kennengelernt. Zu ihrem Geburtstag hatte er für sie und sich zusammenpassende Motorräder gekauft.

Der Mittagsbetrieb beendete die Befragung. »Ich muss weiterarbeiten, Dad«, sagte Jason, der ihm den Extrakäse nicht berechnete.

Dass Männer zu den Weight Watchers gingen, hätte er nie für möglich gehalten.

Die Schlösser auszuwechseln war natürlich Terris gutes Recht. Vermutlich hatte sie es schon vor Monaten gemacht. Dem Chief wäre lieber gewesen, er hätte es nicht gewusst.

Bildet er es sich nur ein, oder hat er ein Geräusch gehört? Der Chief hält den Atem an. Blätterrascheln, das Knirschen von trockenem Gras. Aufblitzendes Weiß erregt seine Aufmerksamkeit.

Er schaltet sein Nachtsichtgerät ein. Das Bild ist trüb, die Bewegung jedoch unübersehbar. Zwei weiße Männer in dunkler Kleidung rennen durch sein Sichtfeld. Der große dünne trägt eine Propangasflasche, wie man sie für den Grill benutzt. Der andere, kleiner und schwerer, hat einen Schlauch bei sich.

Einen Moment lang ist der Chief wie gelähmt. Ein Summen in den Ohren, ein leichtes Zittern in Armen und Beinen. Dann gewinnen seine Professionalität und sein Training die Oberhand. Er steht auf.

»Keine Bewegung!« Seine Waffenhand ist etwas zittrig, sein NSG sitzt schief.

Einer der Meth-Junkies greift in seine Tasche.

Der Chief wird später darüber sinnieren, dass an diesem Punkt ein Wärmebildgerät nützlich gewesen wäre. Wie er schon lange vermutet hat, ist seine Gen II den Anforderungen nicht gewachsen. Außerdem braucht er eine stabilere Helmbefestigung, um dieses verdammte Ding an seinem Platz zu halten.

Daran, wie er die Remington an die Schulter gehoben hat, wird er sich nicht erinnern, nur an den berauschenden Rückstoß. Und daran, wie er kurz darauf den Meth-Junkies die eine abgehackte Silbe zurief.

RENNT.

LEBEN NACH DEM TOD

Ein Tonstudio des 24-Hours-News-Network. Am Moderatorenpult steht MEREDITH CULVER, blond. Sie trägt ein Jackett über einem Top, das ein beachtliches Dekolleté zeigt. Neben ihr steht TY SLATER, ein sonnengebräunter Mann mit weißen Zähnen.

MEREDITH: In unserer Serie *Spotlight Energie* werden wir uns heute der Erdgasbranche zuwenden, in der unerwartete Börsenschwankungen die Investoren in Panik versetzt haben. Um zu verstehen, was gerade an der Wall Street los ist, haben wir unseren Energie-Experten Ty Slater eingeladen.

TY: Besten Dank, Meredith. Hallo, da draußen. Energie ist ein Zahlenspiel und wird es immer bleiben. Im Moment funktionieren die Zahlen nicht. Sie funktionieren nicht einmal *annähernd*. In den letzten paar Jahren haben wir einen massiven Bohr-Boom erlebt, und jetzt ertrinken wir in Erdgas. Der Markt ist so gesättigt, dass sie das Zeug praktisch verschenken. Das Problem ist, dass das Bohren nach Gas in diesen Formationen höllisch teuer ist. Bei einem Gaspreis von einem Dollar neunzig können sie ihre Betriebskosten nicht decken.

MEREDITH: Sprechen wir über das, was letzte Woche passiert ist. Ich nenne es mal den dunklen Elefanten im Raum, den angeblich keiner sieht.

Ty *lächelt selbstgefällig.*

MEREDITH: Nach der öffentlich zelebrierten Entlassung seines Gründers und Geschäftsführers Kip Oliphant hat das Unternehmen Folgendes verlauten lassen. *(Liest)* »Der Vorstand möchte Kip für seine langjährige visionäre Führung danken. Wir wünschen ihm alles Gute für seine künftigen Unternehmungen.« Das stammt von Quentin Tanner, dem Kommunikationsmanager von Dark Elephant. Ty, was wird uns da verschwiegen?«

TY *(mit einem Blick auf seine Uhr)*: Wie viel Zeit haben wir?

Meredith *kichert genüsslich.*

TY: Also, erst einmal wird derzeit von der Börsenaufsicht gegen Oliphant ermittelt, wegen Führens eines privaten Hedgefonds aus der Dark-Elephant-Firmenzentrale heraus. Und der – *jetzt kommt's!* – betreibt Gas- und Öltermingeschäfte. Sieht da etwa jemand einen Interessenkonflikt? Außerdem verklagen ihn seine eigenen Anteilseigner –

MEREDITH *(hämisch)*: – wegen vorschriftswidriger Benutzung des Firmenjets!

TY: Schauen Sie, Kip, the Whip, hat diese riskanten Deals über Jahre hinweg gemacht. Als das Gas bei vier fünfzig lag, hat es niemanden interessiert, was er mit dem Jet machte. Aber DE ist unterkapitalisiert und hat sich übernommen. The Whip ist mit persönlichen Darlehen in Höhe von einer Milliarde Dollar verschuldet. Erinnern wir uns: Letztes Jahr verdiente er netto zwanzig Millionen Dollar als Gehalt, Aktien und Boni. Warum muss er sich dann eine Milliarde Dollar leihen? Hat er ein heimliches Drogenproblem?

MEREDITH: Also wirklich, Ty! Unsere Juristen werden sich freuen.

TY: Ich würde sagen, Kip Oliphant ist wirklich süchtig. Nach dem Gasbohren. Sein Vertrag machte ihn zum Miteigentümer jedes einzelnen Brunnens, den das Unternehmen bohrte, solange er seinen Anteil an den Bohrkosten erbrachte. Im Lauf der letzten zwei Jahre hat er so viele Brunnen gebohrt, dass er langsam finanziell ausblutet.

MEREDITH: Er hat also einen *Kredit* aufgenommen?

TY: Und sein DE-Aktienpaket – dreißig Millionen Anteile! – als Sicherheit angeboten. Das Dumme ist nur, dass der Wert dieses Pakets jetzt, wo der Anteilspreis im Keller ist, nicht ausreicht, um eine Milliarde Schulden abzusichern. Er musste also schleunigst bares Geld beibringen und verkaufte deshalb Aktien.

MEREDITH: Und zwar *viele*.

TY: Allerdings, Baby! Neunzig Prozent seines Anteils an der Firma! Am Ende wechselten diese Anteile ihren Besitzer für zehn Dollar das Stück. Wenn Sie Aktionärin sind – und Meredith, ich hoffe inständig, dass Sie es nicht sind –, haben Ihre DE-Anteile innerhalb einer einzigen Woche zwanzig Prozent ihres Wertes verloren. Kein Wunder, dass sie den Kerl gefeuert sehen wollen. (Noch ein *selbstgefälliges Grinsen*) Ich persönlich sehe ihn gar nicht so gerne gehen. In Houston hat jeder eine Oliphant-Geschichte.

MEREDITH: Okay, angebissen. Wie geht Ihre?

TY: Erinnern Sie sich, wie der neue Firmen-Campus gebaut wurde? The Whip wollte Lichtkuppeln in der Cafeteria des Unternehmens. Er hinterließ dem Architekten eine Nachricht und stellte dann seiner eigenen Firma eine Rechnung für Design-Entwürfe.

Von Meredith *schallendes Gelächter*.

MEREDITH: Und was wird nun aus Kip Oliphant?

TY: Bleibt dran, Leute. Ich würde ihn noch nicht abschreiben.

Der Winter kommt früh nach Saxon County. Auf Friend-Lea Acres werden die Kühe auf Heu und Silage umgestellt.

Mack beantragt rechtzeitig vor der Hasenjadgsaison eine Verlängerung ihrer Jagdlizenz. Sie kommt per Post, zusammen mit einem Merkblatt von der staatlichen Wild-Kommission, einer Liste wertvoller Tipps:

- Jagen Sie nicht auf und um Erdgasproduktionsanlagen. Dazu zählen auch Lagertanks.

- Willkürliches Schießen in der Nähe von Bohrplätzen, Verdichterstationen und Pipelines ist gefährlich und gesetzlich verboten.

- Ermitteln Sie Ihr Ziel und dessen Umgebung mit großer Sorgfalt. Das Tragen fluoreszierender Kleidung des Industriepersonals ist nicht unbedingt gewährleistet.

Das Süßigkeitensammeln findet in einem heftigen Schneesturm statt. Die Hexen und Kobolde tragen Schals und Fäustlinge. Braden Devlin teilt grummelnd seine Süßigkeiten mit seiner Schwester, die den Abend in ihrem Prinzessinnenkostüm vor dem Fernseher verbracht hat. Sie bilden zwei Stapel. Ihre Mutter prüft die Etiketten auf gefährliche Zutaten: Weizen, Milch, Erdnüsse, Mais.

Bis die Süßigkeiten aufgeteilt sind, liegt der Schnee dreißig Zentimeter hoch. Laut Kalender ist es mitten im Herbst, aber wer hat das bestimmt? An welchem Ort beginnt der Winter exakt am 21. Dezember?

Inmitten eines waagerechten Schneegestöbers rollen die Bohranlagen aus der Stadt hinaus.

Rena versteht erst gar nicht, was da passiert. Niemand versteht es. Einer nach dem anderen verstummen die Bohrplätze. Im Bau befindliche Straßen bleiben unvollendet. UMLEITUNG-Schilder verschwinden. Bei Sheetz kürzere Schlangen an den Zapfsäulen; auf der Baker Street plötzlich Parkplätze im Überfluss. Diese Beobachtungen lässt sie in eine lange, komplizierte E-Mail an Lorne Trexler mit einfließen, für die sie drei Tage braucht.

Als er nicht antwortet, hinterlässt sie ihm eine Nachricht auf der Mailbox. *Entweder werde ich gerade verrückt, oder sie sind fertig mit uns.*

Spät in dieser Nacht klingelt ihr Handy. Lorne frohlockt. *Glückwunsch, meine Liebe. Wir haben gewonnen.*

Er redet über die Mechanismen der Demokratie, die Rolle einer informierten Bürgerschaft, die beeindruckende Kraft kollektiven Handelns. Er redet und redet.

Über Shelby Devlin sprechen sie nicht.

Wir haben gewonnen, sagt er, aber haben sie das wirklich? Die Bürgerinitiative hatte sich zwei Mal getroffen und eine Homepage erstellt. Ihre E-Mail-Kampagne, die sich an Abgeordnete, den Gouverneur und die Umweltbehörde von Pennsylvania sowie die nationale Umweltschutzbehörde richtete, hatte gerade erst begonnen. Und nun ist der Kampf mit einem Mal vorüber. Dark Elephant hat die Stadt verlassen, und niemand, nicht einmal Lorne Trexler, weiß, warum.

Stattdessen endet das Bohren, wie alles endet, auf unerklärliche Weise. Wie damals, als die Minen schlossen; als Beth Steel sich aus Johnstown zurückzog und Renas Bruder in kurzer Abfolge seine Arbeit, sein Haus, seine Frau und seine Kinder verlor. Niemand sagt einem je, warum.

Im Camp am Colonel Drake Highway packen die Bohrarbeiter ihre Sachen.

»Das ist Schwachsinn, Mann«, sagt Jorge, der vierundzwanzig und mit Koffein vollgepumpt ist und Kindesunterhalt schuldet.

Brando, der immer Geld hat, grunzt zustimmend oder ablehnend.

Die Entlassungen kommen, wie immer, aus heiterem Himmel. Für die Mittelalten und Älteren dauert der Schock genau eine Minute. Die Arbeit auf der Bohranlage war schon immer ein zyklisches Geschäft: bohren, nicht bohren. In einer Woche werden sie College-Football schauen und ihr Arbeitslosengeld abholen. Sie werden unmäßig essen und trinken, wie Sportler, die ihr Training unterbrechen. Sie werden selig verwahrlosen.

Auf dem Parkplatz schütteln sich Jorge und Brando zum Abschied die Hand, eine Reihe komplizierter Gesten. Jorge steigt in Mickey Phipps Pick-up, nachdem er seine Reisetasche auf die Ladefläche geworfen hat. Mickey hängt über dem Steuer und sieht mitgenommen aus. Seine Oberlippe ist geschwollen, sein rechtes Auge geprellt.

»Danke fürs Mitnehmen. Herrgott, was ist denn mit deinem Gesicht passiert?«

Als Christ zuckt Mickey unwillkürlich zusammen. Er sieht keinen Grund, Seinen Namen zu missbrauchen. »Nichts. Lange Geschichte.«

Eine Zeit lang fahren sie schweigend.

»Wie lang willst du hier noch rumhängen?«, fragt Jorge. »Wenn ich fragen darf.«

Darf er nicht. Das geht Jorge verdammt noch mal nichts an.

»Das ist eine komplizierte Situation«, sagt Mickey.

Im Camp am Drake Highway zieht Brenda Hoff, nachdem der letzte Schlüssel übergeben wurde, die Tür des Büros zu. Denny Tilsit schließt ab und aktiviert die Alarmanlage. Bei leichtem Schneefall verabschieden sie sich voneinander. Morgen fängt Brendas neuer Job an der Feinkosttheke im Food Giant an.

»Richte dich da nicht zu häuslich ein«, sagt Denny zu ihr. »Ich vermute mal, dass hier bald wieder aufgemacht wird. Ich werde ihnen sagen, dass sie dich dann anrufen sollen.«

Er steigt in seinen Camper, in dem sich alles befindet, was er besitzt. Die nächsten zwei Tage wird er auf dem Weg nach North Dakota sein, zu einem neuen Logistix-Camp im Bakken-Schiefer.

Das Flugzeug nach Houston ist voll. Beim Start blickt Herc aus dem Fenster auf Pittsburgh, das immer kleiner wird, die mäandernden Flüsse, die kleinen quadratischen Häuser wie Reihen winziger Zähne.

Ich bin pünktlich zum Abendessen zu Hause, hatte er Colleen gesagt.

Das glaube ich erst, wenn ich es sehe, hatte sie geantwortet.

Der Flug dauert genau drei Stunden. Nach zwei Stunden hat er schon ziemlich einen in der Krone. Er reiht die kleinen Flaschen auf seinem Klapptisch auf und klingelt die Stewardess für eine weitere herbei. Seine Hand tut ein bisschen weh, die Fingerknöchel schmerzen da, wo sie mit Mickeys Kiefer zusammenstießen.

Fast eine Woche lang war Jess nicht ans Telefon gegangen. Schließlich hatte er in seiner Verzweiflung am Sonntagmorgen vor der Kirche geparkt und auf sie gewartet.

Sie saßen lange in seinem Pick-up und sahen den Schneeflocken zu.

Wer hat es dir erzählt?

Der Brief war, ohne Unterschrift, im Postfach von Living Waters angekommen. Die Adresse findet man im Gemeindebrief, von dem Jess jeden Sonntag hundert Exemplare auf dem Tisch an der Eingangstür auslegt.

Er dachte sofort an Mickey Phipps. Obwohl die ganze Bravo-Truppe wusste, dass Herc verheiratet war, dürfte das außer Mickey niemanden interessiert haben.

Mein Kollege hat diesen Brief geschrieben. Hundertpro. Der, mit dem ich damals zu dir in die Kirche gekommen bin. Er ist das typische Moral-Majority-Mitglied.

Hättest du mir das je erzählt?

Er saß mit gesenktem Blick da, sein Schweigen die beredte Antwort.

Dann hat dein Kollege mir wohl einen Gefallen getan, und ich sollte ihm dankbar sein.

Die Worte trafen ihn wie ein Schlag.

Ist dir denn danach, ihm dankbar zu sein?

Noch nicht, sagte sie.

Sein Flugzeug landet zehn Minuten zu früh. Am George Bush International Airport herrscht Hochbetrieb, Reisende drängen herein, um Texas Tech über Oaklahoma State siegen zu sehen. Herc kippt einen Bourbon hinunter und macht sich auf den Weg zur Gepäckausgabe, wo Colleen in High Heels und einem knappen Jeansrock wartet. Als er sie auf die Wange küsst, riecht sie den Alkohol an ihm. »Wie ich sehe, hast du schon ein bisschen vorgefeiert.«

Ehe in mittlerem Alter, nächste Folge. Herc stellt sich den Hollywood-Untertitel vor: *Willkommen daheim im Scheißhaus.*

Er folgt ihr zum Parkhaus, immer noch warm und locker von dem Drink.

»Ich glaube, ich fahre mal lieber«, sagt sie.

»Wie du willst.« Seinen Firmen-Pick-up hatte er in Pennsylvania abgegeben. Nach dem Krimskrams zu urteilen, den sie im Aschenbecher aufbewahrt, gehört sein Bronco jetzt Colleen.

Sie setzt sich hinters Lenkrad, wobei ihr Rock ein Stückchen hochrutscht. »Das mit Mickey und Didi ist doch nicht zu glauben, was? Ich kann's immer noch fassen.«

»Wovon redest du?«

Colleen sieht verwundert aus. »Sie trennen sich. Ich dachte, das wüsstest du schon.«

Völlig perplex starrt Herc sie an. Mickey Phipps lässt sich scheiden? Mickey, der Abertausende Dollar für Hin- und Rückflüge nach Houston ausgegeben hatte. Mickey, der eine andere Frau nicht einmal dann ansehen würde, wenn sie in Flammen aufginge.

(Der befriedigende Zusammenprall von Faust und Kiefer. Mickey benommen und blinzelnd, als wüsste er nicht, ob er scheißen oder blind werden sollte.)

Colleen sagt: »Ich hab gehört, Didi hätte jemanden kennengelernt.«

Es ist so eine Gabe, die manche Frauen haben, diese magische Kraft, einen betrunkenen Mann nüchtern zu machen. Nach fünf Minuten mit seiner Frau hat Herc die Röte vom Bourbon vollkommen verloren. So als hätten die kleinen Fläschchen nichts als Wasser enthalten.

Er weiß, dass dies der Moment ist, um ihr alles zu erzählen. *Da gab es eine Frau in Pennsylvania. In die hab ich mich verliebt.* Jüngste Ereignisse haben ihm vor Augen geführt, was es bewirken kann, wenn man die Wahrheit sagt, und welche Grenzen das hat. Wenn er es ihr jetzt nicht erzählt, wird er es nie tun.

Er schaltet das Radio ein und sucht den Sender mit dem Spiel.

Zur Halbzeit führt Texas Tech deutlich. Ihr Vorsprung ist so groß, dass sie nicht mehr einzuholen sind. Beruhigt wendet Kip dem Fernseher den Rücken zu.

»Ich brauche Land«, sagt er zu dem jungen Mann neben sich. »Wie ich höre, sind Sie der Mann, den ich brauche.«

Auf Kips Anregung hin treffen sie sich an einem ebenso öffentlichen wie privaten Ort, in einer leeren Hotelbar in der Nähe des Flughafens. Das war eine strategische Wahl. Seinem neuen Büro – dem weltweiten Hauptsitz von Whiplash Energy – fehlt es nämlich noch an gewissen Annehmlichkeiten. Einer Empfangsdame, zum Beispiel. Er versucht, die Geschäftskosten so gering wie möglich zu halten. Seine Hauptausgabe ist im Moment Amy Rubin. Ihr monatlicher Honorarvorschuss ist eine Investition in die Zukunft. Nur ein Idiot spart an der Wissenschaft, eine Lektion, die er vor langer Zeit gelernt hat.

Wir stehen kurz vor einem neuen Wendepunkt.

Bobby Frame trinkt Sodawasser und betrachtet ihn ruhig, unbeeindruckt. Kip fragt sich, was er wohl mitbekommen hat.

Er erklärt, dass der Marcellus unter dem Landaspekt am Ende ist. Alle lohnenswerten Gebiete sind schon unter Vertrag. Sollen sich doch die anderen um die Krümel streiten. Whiplash schaut nur nach vorn. Der Utica-Schiefer liegt ihnen gewissermaßen zu Füßen, der dynamische Punkt bewegt sich gen Westen.

Der nächste Big Play steht an.

»Ich möchte, dass Sie mein Grundstücksmanagement übernehmen«, schließt er großspurig.

»Sie bieten mir einen Job an?« Frame wirkt skeptisch – als hätte er etwas Besseres zu tun; als hätte Dark Elephant ihn nicht bereits entlassen, zusammen mit seinen ganzen Kollegen im Außendienst. Es ist eine Grundwahrheit, die Dar nie verstanden hat: Das Energiegeschäft ist in Wirklichkeit ein Landgeschäft. Land ist das einzige Gut von bleibendem Wert, der einzige wahre Reichtum.

»Ich weiß, was Sie denken«, sagt Kip. »Gas ist im Keller. Und ich für mein Teil hoffe, dass es da bleibt.« Das stimmt nicht, nicht im Entferntesten. Aber es lässt Frame aufhorchen.

»Solange Gas bei einem Dollar neunzig liegt, kauft kein Mensch Schürfrechte. Wir werden die Einzigen weit und breit sein. Noch Fragen?«

»Nur eine. Können Sie es sich leisten, mich zu bezahlen?«

Kip verzieht keine Miene. »Ich habe eine Milliarde zusammen.« Das ist nur eine kleine Übertreibung: Er hat Zusagen. »Sie wären mein erster Mitarbeiter. Im Moment brauche ich sonst niemanden zu bezahlen. Ich hoffe, Sie können sofort losfahren.«

Zusagen von Taffy Campbell, von der Personal Wealth Group. Von Amy Rubin, die weiß, wo das Gold liegt.

»Ich habe eine Zahnbürste im Wagen«, sagt Bobby Frame.

Thanksgiving-Morgen im Wellways. Da dauert die Gruppe erwartungsgemäß lang: Zusammenbrüche, Feiertagsausgabe.

Darren lässt sich mit einer Tasse Kaffee nieder. Jeder hat seine Thanksgiving-Geschichte: die familiären Handgreiflichkeiten; das falsch getimte Drogennickerchen, mit dem Gesicht voll in der Cranberrysoße. So beginnen die Zeiten der Angst, die Hohen Feiertage der Sucht. In den kommenden Wochen wird das Sichmitteilen in der Gruppe eine immer größere Dringlichkeit annehmen, die Scham wieder auflebender Demütigungen pulsieren: heftige Besäufnisse auf Büropartys, der Sturz auf der Kirchentreppe in betrunkenem Zustand. Weihnachten ist beladen mit Kindheitserinnerungen, schmerzlichen und ungeheuerlichen. Das erzwungene Beisammensein mit ablehnenden Verwandten (den untröstlichen Eltern, den selbstzufriedenen Geschwistern, den verdammten Schwiegereltern). Und all das läuft unweigerlich auf Silvester zu – für den clean werdenden Abhängigen die gefährlichste Nacht des Jahres.

Darrens Handy vibriert in seiner Tasche. Gia, glaubt er, ohne zu wissen, warum.

Er denkt immer mal wieder an sie: gestern absurderweise, als ein Leichenwagen ihn auf der Straße überholte. Auf der Fahrt zur Arbeit hat er angehalten, um Radio zu hören. Fast jeder Song, der in einer bestimmten Zeit herauskam, ist mit irgendeiner Erinnerung an sie verbunden.

Sie wird ihm keine Nachricht hinterlassen. Sie hinterlässt nie eine Nachricht.

Nach dem Ende der Sitzung verweilen seine Klienten noch, verlassen nur ungern die Sicherheit des Raums.

Im Gang läuft er Patricia in die Arme. Sie wirkt überrascht, ihn zu sehen. »Darren, Schätzchen, mach dich jetzt mal lieber auf den Weg. Die Siebzig ist schon verstopft. Hab ich auf Traffic Cam gesehen.«

»Ich fahre nirgendwohin.« Wie jedes Jahr wird er zum Thanksgiving-Essen im Wellways bleiben. Der Koch macht ihm seinen eigenen Tofu-Truthahn, eine feste Masse von der Größe und Form eines Herrenschuhs.

Patricia runzelt die Stirn. »Ach, komisch. Ich weiß nicht, warum ich dachte, du würdest nach Pennsylvania fahren.«

Thanksgiving in Bakerton: das stille Haus seines Vaters, der leere Stuhl seiner Mutter. Selbst ohne Gia Bernardi ist das viel, sehr viel mehr, als er in nüchternem Zustand bewältigen kann.

»Vielleicht nächstes Jahr«, sagt er.

Vor langer Zeit, als Jess Peacock noch die Frau eines Pastors war, wurde jeder Feiertag zu einem Großereignis. Nach dem Thanksgiving-Gottesdienst hatten sie und Wes jedes Jahr zum Dinner im Kirchenkeller eingeladen. In manchen Jahren kam die halbe Gemeinde: Familien, ältere Witwen, verlorene Seelen wie Shelby Devlin, die in keine Jess bekannte Kategorie passten. Seite an Seite mit ihrem gesunden Mann, das Glas mit Grapefruitsaft erhebend, lamentierte Jess über den verkochten Truthahn, den klumpigen Kartoffelbrei. Erst später begriff sie, dass das die besten Thanksgivings ihres Lebens waren.

In diesem Jahr hat sie ihren Thanksgiving-Gottesdienst abgesagt. Falls es jemandem etwas ausmacht, ist es nicht bis zu ihr gedrungen. Sie fühlt sich nicht sonderlich dankbar.

Jetzt wünschte sie, sie hätte den Brief aufgehoben. Und nicht in einem Anfall blinder Wut im Spülbecken verbrannt.

Liebe Frau Pastorin,
ich schreibe im Geist christlicher Freundschaft. In Ihrem Leben gibt es einen Menschen, der nicht das ist, was er vorgibt.

Sie gießt sich Wein nach und wirft einen Blick auf die Uhr. Zu den Devlins zu fahren ist in ihrem gegenwärtigen Zustand keine gute Idee. Hatte sie denn wirklich vorgehabt hinzufahren? Die Devlins werden das Haus voller Leute haben. Da wird ihre Abwesenheit vielleicht gar nicht auffallen. Trotzdem sollte sie wirklich anrufen.

Dieser Mann hat Frau und Kinder in Texas.

Bei den Devlins anzurufen wird allmählich immer schwieriger. Im Kühlschrank liegt eine zweite Flasche. Sie hatte nicht erwartet, sie zu brauchen.

Ich verstehe, dass Sie einsam sind. Witwenschaft in jungem Alter ist ein schweres Kreuz.

Sie braucht sie.

Das ist aber keine Entschuldigung, um dem armen Mann das Mutterschaf zu stehlen.

Würde ein Mann, der auf einer Bohranlage arbeitet, so etwas schreiben? Würde das *überhaupt* jemand tun? Irgendjemand hatte es aber getan.

Herc war völlig anders als Wes. Schon vor seiner Krankheit war ihr Mann schmal gewesen. In seinen Armen hatte sie sich immer gewünscht, kleiner zu sein. Mit Herc fühlte sie sich zart, erlesen, sie selbst in Vollendung. Ihr gefiel seine Stärke. Er hob und drehte sie mühelos, ganz Anmut und Grazie.

Sie sagt Shelby andauernd ab. Was um alles in der Welt kann sie diesmal vorbringen? *Ich schaffe es nun doch nicht. Ich bin etwas angeschlagen.* Das Sch ist problematisch. Ob Shelby merken würde, dass sie lallt?

Sie hatte von Anfang an nicht die Absicht hinzugehen.

Die Geburtstagsunterwäsche, die sie nur ein Mal getragen hatte.

Sie holt die zweite Flasche aus dem Kühlschrank. Sie braucht den Brief nicht. Sie erinnert sich an jedes Wort.

Bei der letzten Zeile ist sie dann in Wut geraten. Und hat das Streichholz angezündet.

`Wäre Ihr Mann noch am Leben, würde er Ihnen ganz genau dasselbe sagen.`

Der tote Wesley schaut zu.

Wie ist so etwas möglich? Die Frage plagt ihn nicht. Das ist der Hauptvorteil des Totseins, ja, im Grunde der einzige. Die Toten sind – zumindest, endlich – nicht mehr geplagt.

Er sieht zu, wie Jessie sich ein Glas Wein eingießt. Sie trinkt zu viel.

In den Monaten nach dem Tod seiner Mutter hatte der Junge Wesley Peacock das starke Gefühl, beobachtet zu werden. Im Klassenzimmer, im gefürchteten Schulbus fühlte er Bernadettes Anwesenheit. Das Gefühl verblasste mit der Zeit, verschwand aber nicht ganz. Sogar als Erwachsener spürte er ganz selten – zum Beispiel am Tag seiner Hochzeit – ihren Blick. Am Anfang seiner Ehe fürchtete er, sie könnte ihn sehen, wie er mit seiner Frau schlief. Jessie hatte ihn ausgelacht, aber jetzt weiß er, dass er recht hatte.

An einem strahlenden Tag, als er noch sehr klein war, ging seine Mutter mit ihm im Schnee spazieren.

Er versteht die Schnittstelle nicht ganz. Der Junge in der Blase ist auf sein Haus beschränkt, wie er es sich einst gewünscht hat. Er kann Jessie und jeden, der hereinkommt, sehen – erwartungsgemäß von oben.

Sie mit einem anderen Mann schlafen zu sehen war nicht schmerzvoll, auch wenn er immer noch imstande ist, Schmerz zu empfinden. Das ist eine der Überraschungen des Lebens nach dem Tod, eine von vielen. Das Leben nach dem Tod ist, ehrlich gesagt, nicht so wie angekündigt. Gott oder jemandem, der IHM ähnelt, ist Wesley bisher nicht begegnet. Und obwohl er es sich sehnlichst wünscht, auch nicht seiner Mutter oder seinem Vater oder sonst jemandem von den Toten.

Nur ein Mal seit seinem Tod hat er Schmerz empfunden: in der Nacht, als Jessie abends beim Essen über ihn sprach. *Am Ende hatte er Aktenschränke voller Artikel. Medizinische Untersuchungen und so. Doch niemand glaubte ihm.*

Und Sie?, fragte der Mann.

Ich glaube, er glaubte es, sagte Jessie.

Sie hatte ihm nie geglaubt. Und dennoch ist Wesley selbst im Tod überzeugt. Selbst im Tod weiß er, dass er recht hatte.

Durch seine umfassende Recherche, die Monate verzweifelten und fieberhaften Studierens hindurch hatte er das Geheimnis nie ganz begriffen. Uran 234, zu vier Prozent angereichert: Er zählte die Ziffern zusammen und kam auf vierzehn, eine Zahl, die nichts bedeutete. Zu dem Zeitpunkt war sein Verstand ein stumpfes Instrument. Die Schuld dafür gab er der Hermeneutik, dem Hausunterricht, der betäubenden Wirkung des Lumox, dem glühenden Schmerz, sie zu verlassen.

Sich die Reaktion vorzustellen war unmöglich. Wie sah ein Elektron aus? Wesleys von Drogen benebeltes Gehirn sah Geleebonbons, Traubenzuckerherzen, die kleinen süßen Schätze, die die Währung der Kindheit, ihren einzigen Reichtum darstellen. Winzige Herzen, die aneinanderstoßen und sich teilen, orange, gelb, kirschrot, sich in der Mitte in zwei gleiche Hälften spalten, eine irre Mischung aus Licht und Glut.

Die Spaltung der Herzen.

Im Leben hatte er keinen Kopf für Abstraktion gehabt. Jetzt hat er natürlich gar keinen Kopf mehr. Körperlos, kopflos, herzlos. Die Toten sind reine Sicht. Ihre einzige Beschäftigung, die einzige ihnen verbliebene Fähigkeit ist die, zu sehen.

Die schreckliche Gabe der klaren Sicht. Hätte man sie als Lebender gehabt, hätte man alles anders gemacht. Hätte man sie als Lebender gehabt, hätte sie einen umgebracht.

Herzen, die sich spalten, so wie Zellen sich teilen, das Kind, das er und Jessie vielleicht gehabt hätten, wenn er es nur gewusst hätte. Aber Wesley war noch ein Junge, würde nie etwas anderes sein als ein Junge. Dass er irgendjemandes Vater sein könnte, war für ihn unvorstellbar, und so hatte er es sich nie vorgestellt.

Seine Mutter ging mit ihm im Schnee spazieren.

Jetzt ist es zu spät, jetzt kann Jessie kein Baby mehr bekommen. Die Jahre, in denen es hätte passieren können, im Grunde ja so wenige, hatte sie damit vergeudet, ihn zu lieben. Ihn zu pflegen, zu begraben und zu betrauern. Zu spät, zu spät.

Ein harter Schnee in strahlendem Sonnenlicht. Die Helligkeit tat ihm in den Augen weh. Die Helligkeit war fremd und schlecht geplant, eine grandiose Verwirrung im Himmel.

Jetzt sieht er nur Jessie, die sich an ihn erinnert.

Sonst ist da nichts.

Im nachmittäglichen Licht sieht das Gebäude harmlos aus. Gedrungen und quadratisch, in städtischer Bauweise. Es könnte ein Labyrinth aus Regierungsbehörden sein, eine Junior Highschool. Weisungsgemäß fährt Rena um das Gebäude herum zum Seiteneingang und wartet.

Heute Morgen gewährte Präsident Obama Cobbler und Gobb-

ler, den offiziellen Truthähnen des Weißen Hauses, die traditionelle Begnadigung.

Sie schaltet das Radio aus. Vier Jahre lang hat sie buchstäblich von diesem Moment geträumt. Nicht jede Nacht, aber mehrmals im Monat beschwört ihr schlafendes Gehirn irgendeine Version dessen, was gleich passieren wird. Und jetzt hat sie absurderweise die Angst gepackt. Sie wünschte, Mack wäre bei ihr, denn manchmal will man keine lebhafte Unterhaltung. Manchmal – wie jetzt, zum Beispiel – ist Macks schweigende, solide Präsenz genau das, was man braucht.

Lorne Trexler schweigt nie. *Berufsrisiko,* scherzt er. Seiner Ex-Frau zufolge, hat er Rena einmal erzählt, hielt er im Schlaf Vorlesungen.

Sie vermisst ihn nicht direkt. Sie vermisst die Vorstellung von ihm.

Wenn sie sich in jüngeren Jahren begegnet wären, in einer anderen Zeit und an einem anderen Ort. Wenn sie nie Freddy Weems begegnet wäre.

Freddy veränderte sie in einer Art und Weise, die nicht umkehrbar ist. *(Ich bin eine dreckige kleine Hure.)* Wenn sie ihm nie begegnet wäre, gäbe es keinen Calvin. Sie hätte sich nie in Mack verliebt. Stattdessen wären andere Dinge passiert – welche, das wird Rena nie erfahren. Zu viel Zeit ist vergangen, zu viele Entscheidungen mit Folgen, die wiederum Folgen hatten, die wiederum Folgen hatten, sodass ihr Weg sich spiralförmig in eine Richtung bewegte, die niemand hätte vorhersagen können. Jetzt ist es unmöglich, das Ganze zurückzuspulen; sich diese anderen Leben vorzustellen, die sie hätte leben können.

Der stumme Frühling liegt ungelesen auf ihrem Nachttisch. Inzwischen ist ihr klar, dass Lorne nur versuchte, sie zu manipulieren, so wie die Hauswirtschaftslehrerin, die, als Mack in der neunten Klasse war, beschloss, mit ihr einen BH kaufen zu gehen. *Du brauchst schon Cup B. Glückwunsch!* Diese Erinnerung trägt Mack wie eine kribbelnde Narbe mit sich: die heiße Qual dieser Einkaufstour, die stille Demütigung. Die Lehrerin, die das Offensichtlichste nicht begriff, nämlich dass Susan Mackey nie Brüste, egal welcher Größe, hatte haben wollen.

Macks Erinnerungen sind Renas Erinnerungen. Sie rühren sie, als hätte sie sie selbst erlebt. Das scheint ihr eine einleuchtende Definition von Liebe zu sein.

Sie leben auf der Farm wie auf einer Insel. Rena muss oft an Macks Mutter denken – Petes zwanzig Jahre jüngere zweite Frau, die einzige leichtfertige Entscheidung, die er in seinem Leben traf. Sie brannte mit einem ebenfalls verheirateten Mann ihres Alters durch, und die Gründe dafür kann Rena leicht nachvollziehen: die Einsamkeit des Farmlebens, Petes bescheidene Gesellschaft. Wenn Mack am Ende des Tages müde ist, entdeckt Rena ihn in der Haltung ihrer Schultern, den alternden einsamen Mann, der liebte und verlassen wurde, der schweigsam war, weil er keine andere Art zu sein kannte. In den Monaten nach seinem Schlaganfall war es Rena, die Pete fütterte und anzog und badete. Er konnte ihr nicht danken. Seine Worte waren vertrocknet, die wenigen, die er hatte. Wie lange hatte ihn schon niemand mehr berührt?

Manchmal, wenn sie ihm die Haare schnitt oder das stoppelige Kinn rasierte, füllten sich seine Augen mit Tränen.

Die zermürbende Anstrengung des Farmlebens, das Aufstehen im Morgengrauen wie ein Mönch, der Buße tut. Mack zu lieben bedeutet, dieses Leben für immer zu leben, etwas, das Rena immer gewusst hat. Sie hat ihr Leben in die Farm einer anderen gesteckt, jahrzehntelange Arbeit, jeden Dollar, den sie je verdient hat. Wenn sie Mack verließe, hätte sie gar nichts, aber das ist nicht der Grund dafür, dass sie bleibt.

Als sie letzte Woche die Dutch Road entlangfuhr, sah Rena in der Einfahrt der Devlins ein flachsblondes Kind, das einen Tennisball von einer Art riesiger Plastikzisterne abprallen ließ. Ein Junge, vermutlich Olivias Bruder. Ein normales, gesundes Kind, das draußen spielte.

Shelby kam in einem pinkfarbenen Bademantel an die Tür.

Ich fuhr gerade hier lang und dachte an Olivia. Wie geht es ihr?

Shelby schien erfreut, sie zu sehen. *Gestern hatte sie einen guten Tag. Sie schläft noch, sonst könnten wir ihr Hallo sagen.*

Ich beobachte dich, hätte Rena gerne gesagt. *Ich weiß, was du deinem Kind antust.*

(Nur, dass sie es eigentlich nicht weiß. Nur, dass es immer noch möglich ist, dass sie sich irrt.)

Jetzt wirft sie einen Blick auf ihre Uhr. Die Sekretärin des Gefängnisdirektors hat ihr gesagt, sie solle um vier kommen. Um Zeit zu sparen, ist sie direkt von der Arbeit hergefahren, noch in ihrer neuen Dienstkleidung. Im Saxon Manor ist das gesamte Pflegepersonal gleich angezogen, hellblauer Kittel und Hose, bedruckt mit winzigen Schmetterlingen. Das Muster erscheint Rena ein bisschen kindisch. Als wären die Bewohner wiedergeborene Kinder, die einen Kindergarten für Hochbetagte besuchen.

Bis auf die Kleidung kommt ihr der neue Job entgegen: keine Nachtdienste, keine Wochenenden. Ihre neuen Patienten sind Erwachsene, die ein langes Leben hinter sich haben. Ihre Krankheiten sind unausweichlich, vorhersehbar. Sie hat nie wieder mit kranken Kindern zu tun.

Ihre Kolleginnen waren sprachlos, als sie kündigte: Jo, Agnes, Steph Mulraney (inzwischen wieder bei der Arbeit, vorübergehend nicht schwanger) und sogar Dr. Stusick, der als Einziger den Grund kannte. Als der Kinderschutzdienst Kopien von Olivias Krankenakte anforderte, gehörte Rena Koval schon nicht mehr zum Pflegepersonal des Miners' Hospital.

Am Ende wurde es ein anonymer Anruf. Es war Mack, die ihr bei der Entscheidung half, Mack, die sie drängte, zum Telefon zu greifen. Vor ewigen Zeiten, als Rena in Gefahr schwebte, war einzig Mack ihr zu Hilfe gekommen. Jetzt macht Macks Unerschrockenheit Rena zu einem besseren Menschen.

Das ist der Grund, weshalb sie bleibt.

In dem Moment hält der Pick-up neben ihr, und Mack steigt aus, noch in ihrer orangefarbenen Weste – als hätte Rena sie kraft ihrer Gedanken soeben herbeigezaubert.

Rena steigt aus dem Lieferwagen. »Du bist gekommen.«

Seite an Seite stehen sie stumm da und blinzeln ins Sonnenlicht. Endlich geht die Seitentür auf. Calvin ist für das Wetter zu dünn angezogen, in einer billigen Windjacke und einer Khakihose. Er hat eine Plastiktüte in der Hand.

Nur für die Feiertage, sagen sie sich. Bis er auf die Beine kommt.

Shelby kämmt Olivia die Haare und zählt dabei die Striche.

»Pastorin Jess kommt jede Minute. Sie wird sich freuen, dich zu sehen. Sie hat sich Sorgen um dich gemacht.« Ihre Hände zittern ein wenig – wahrscheinlich die Nerven. Außer bei Sonntagsgottesdiensten und einer flüchtigen Begegnung im Food Giant hat sie die Pastorin seit Monaten nicht gesehen.

Oliva windet sich. »Kommt Granny Rox? Ich will ihr meine neuen Schuhe zeigen.«

Die Zuneigung des Kindes zu seiner Großmutter ist für Shelby rätselhaft. Roxanne, die Geburtstage vergisst und Weihnachten ignoriert, die unregelmäßig auftaucht und dann nach Zigaretten und Jean Naté stinkt. Sie riecht so gut, sagte Olivia einmal.

»Ich glaube nicht, dass sie es schafft, Liebes.« Shelby scheitelt Olivias Haare und fängt an sie zu flechten. Roxanne einzuladen ist nie mehr als eine Formalität. Jede Minute wird jetzt das Telefon klingeln, und ihre Mutter wird absagen – vorausgesetzt natürlich, sie vergisst nicht anzurufen. »Sie muss sich um Peanut kümmern.«

Olivia lacht fröhlich. Für eine Siebenjährige ist es immer wieder ein Grund zur Heiterkeit, dass ein erwachsener Mann einen solchen Namen haben kann. »Peanut kann doch auch kommen.«

Darauf reagiert Shelby nicht. Sie ist Peanut noch nie richtig begegnet, hat ihn bisher nur aus der Ferne gesehen – immer zurückgelehnt auf dem Beifahrersitz seines Lieferwagens, den Roxanne mit laufendem Motor stehen lässt, während sie rasch in den Spirituosenladen springt. Er ist nicht die Art Mann, die man sich als Gesellschaft für Kinder wünscht.

Sie sagt: »Du kannst Pastorin Jess deine Schuhe zeigen.«

Es gibt so viel, was sie der Pastorin mitteilen will, Monate voller Sorge, Frustration und, ja, Trauma. Wenn Shelby je Lebensberatung gebraucht hatte, dann nach dem Überraschungsbesuch des Kinderschutzdienstes, dem größten Schock ihres Lebens. Wochenlang war es, als stürzte die Welt um sie herum ein: die bedrohlichen Briefe mit offiziellem Briefkopf, die demütigenden Fragen. Olivia wurde zwei Mal befragt. Was die Sozialarbeiterin sie genau fragte, weiß Shelby nicht; sie hatte keinen Zutritt zu dem Raum. Obwohl Shelby sie bat, es nicht zu tun, bestand die Frau darauf, Rich zu befragen. Er wird mich verlassen, dachte Shelby; doch unglaublicherweise geschah das Gegenteil. Zum ersten und einzigen Mal in zehn Jahren Ehe sprang ihr Mann ihr zur Seite.

Sie ist eine hervorragende Mutter. Sie lebt für ihre Kinder. Was wollen Sie eigentlich?

Er ist aufbrausend, keine Frage. Nun richtete sich sein Zorn ausnahmsweise einmal gegen jemand anderen, und es war herrlich anzusehen.

Shelbys Mann glaubte ihr – und am Ende taten es alle anderen auch. Im Oktober kam ein Brief: Die Anschuldigung gegen sie sei als unbegründet fallen gelassen worden. Der Wichtigtuer, der sie angeschwärzt hatte (Dr. Stusick? Der Spezialist in Pittsburgh?), hatte sich einfach getäuscht.

Unbegründet. Das war alles: keine Entschuldigung, kein offizielles Eingeständnis der Ungerechtigkeit, die ihr widerfahren war, der Beschimpfung und Qual und unerträglichen Schande. Rich ging wieder dazu über, Rich zu sein, herrisch und mäkelig. Er machte Überstunden und ging sonntags auf die Jagd, entschlossen, so zu tun, als sei nichts geschehen. War es für ihn auch nicht.

Letzte Woche hatte Shelby dann im Food Giant Pastorin Jess ihren Einkaufswagen an den Kühlregalen entlangschieben sehen. Selbst aus der Ferne sah sie schrecklich aus, tiefe Ringe um die Augen, die Haare am Scheitel ergrauend, und Shelby fiel – vage, wie eine Erinnerung aus einem früheren Leben – wieder ein, dass Pastorin Jess ja auch verletzt worden war.

Es war schwierig, das Leid anderer Leute im Auge zu behalten.

Die Pastorin wirkte überrascht, sie zu sehen. Sie nahm Shelbys Hand in ihre beiden Hände. *Ich hätte sie schon vor Wochen anrufen sollen. Verzeihen Sie mir, Shelby. Sie haben Besseres verdient.*

Die Berührung wärmte sie, aber was zählte, waren die Worte. Die Worte drangen in sie ein wie eine Spritze mit einem lebensrettenden Gegenmittel. In dem Moment wurden die vielen Verfehlungen der Pastorin, die Kränkungen und gedankenlosen Grausamkeiten (die abgesagten Termine, der Krankenhausbesuch, der nie stattfand, die überflüssige und letztlich verheerende Fahrt nach Pittsburgh) einfach ungeschehen. Shelby konnte richtig spüren, wie der Zorn sie verließ, abfloss wie Blut aus einer Wunde.

Ich hatte ein paar persönliche Dinge zu verkraften, sagte die Pastorin. *Aber jetzt kehrt endlich alles zur Normalität zurück.*

Shelby ist ein nachsichtiger Mensch.

Das ist schon in Ordnung, sagte sie wohlwollend. *Ich verstehe das.*

Ein Thanksgiving-Wunder, ein Segen, den sie nie erwartet hätte: Pastorin Jess ist zu ihr zurückgekehrt. In einer Stunde wird sie auf Shelbys Türschwelle stehen. Sie werden sich um den Tisch herum an den Händen halten, während die Pastorin den Segen spricht.

Shelby bindet Olivias Zöpfe mit blauen Bändern ab. Eine Mutter wird nach dem Aussehen ihres Kindes beurteilt. Das ist eine Tatsache.

Im Commercial ist nicht viel los. An Thanksgiving kommt mittags kaum jemand zum Essen. Rich Devlin wischt träge auf dem Tresen herum, während Gia silbernes Lametta aufhängt.

»Was denn, jetzt schon? Kannst du nicht bis nach Thanksgiving warten?«

Sie runzelt die Stirn, als wäre er eine kleinere Störung, ein bellender Hund. »Noch einen Tag? Ganz im Ernst, würde das für dich einen Unterschied ausmachen?«

Er betrachtet sie im Spiegel über dem Tresen. Lange, über Jahre hinweg, war sie seine persönliche Definition von sexy. In letzter Zeit hat sich da jedoch etwas verändert. Er kann nicht genau ausmachen, warum, aber Gia sieht schlecht aus.

Sie fragt: »Was macht Darren an Thanksgiving?«

War sie schon immer so dünn?

»Keinen Schimmer. Ich hab seit Monaten nichts von ihm gehört.« Das Leben seines Bruders in Baltimore ist ein Rätsel. Vor langer Zeit war Rich einmal hingefahren, um ihn zu suchen. Zwei Tage lang ging er durch die Straßen rund um Johns Hopkins und zeigte Passanten ein Bild von Darren. Damals wie heute wollte Darren nicht gefunden werden.

Gia blickt finster drein. Ihre Stirn ist auf eine Weise faltig, die ihm nie aufgefallen ist, zwei diagonale Linien wie Blitze. Sie ist doch zehn Jahre jünger als er; wie kann sie ihm da alt vorkommen? Zu dünn, um Hals und Schultern sogar dürr. Das richtige Wort, denkt er, ist *klapprig*.

Geht's dir gut?, hätte er fast gefragt. Dabei ist das eine Frage, die er normalerweise nicht an Frauen richtet. Das braucht er nicht. Shelby hält ihn ständig auf dem Laufenden über ihre eigenen und Olivias Symptome, diese endlose Serie eingebildeter Leiden. Da besteht nie die Notwendigkeit zu fragen.

Er wirft einen flüchtigen Blick auf den Fernseher, wo die Lokalnachrichten laufen: Andy Carnicella in seiner Ausgehuniform, dem ein Mann im Anzug die Hand schüttelt. In der Laufschrift am unteren Bildrand heißt es: POLIZEICHEF GEEHRT.

Gia kreischt vor Lachen. »Dreh's laut! Das will ich hören.«

Rich tastet unter dem Tresen nach der Fernbedienung.

In unserer Rubrik »Lokalhelden« sprachen die Saxon County Commissioners dem Polizeichef von Bakerton, Andrew Carnicella, für die Rettung von zwei Menschenleben im Dienst öffentlich ihren Dank aus.

»Um Himmels willen.« Rich drückt auf die Stummtaste.

»Nein! Gib das her!« Gia grabscht ihm die Fernbedienung aus der Hand.

Der Chief war auf einem Undercovereinsatz vor diesem Lager für Landwirtschaftsbedarf, als zwei Männer, identifiziert als Nicholas Blick und Robert Marstellar, beide aus Bakerton, angeblich dabei gesehen wurden, wie sie Düngemittel aus einem Außentank absaugten.

Zwei Fahndungsfotos blitzen über den Bildschirm, Richs alte Kumpel, die sich mittlerweile in zwei mittelalte Gauner verwandelt haben. *Das will ich gar nicht sehen,* denkt er.

Die anderen beiden Duanes.

»Können wir das bitte ausmachen?«

»Auf keinen Fall«, sagt Gia.

Der Polizeichef wird dafür gewürdigt, dass er beide Verdächtige in die Notaufnahme des Miners' Hospital brachte, nachdem der Dünegmitteltank während einer Schießerei durchlöchert worden war. Ammoniak ist eine flüchtige Substanz, die schwere Verletzungen verursachen kann, wenn man sie einatmet. Dank der schnellen Reaktion von Chief Carnicella wurde niemand ernsthaft verletzt.

»Noch mal zum Mitschreiben«, sagt Rich. »Dieser Idiot schießt auf einen Düngemitteltank und ist dann ein Held, weil er die Verletzten ins Krankenhaus bringt?«

Gias Schultern beben vor Lachen, ihre Augen tränen richtig. Der Chief strahlt in die Kamera. In diesem Moment ist er der stolzeste Mann der Welt.

Die Sendung wird durch Werbung unterbrochen. *Vierzig Jahre lang habe ich mich für den kleinen Mann starkgemacht.*

Rich studiert das Gesicht des Mannes. Im Fernsehen sieht er besser aus, etwas jünger und gesünder. Der Werbespot könnte zehn Jahre alt sein oder zwanzig. Paul Zacharias folgt schon sehr lange Rettungswagen in die Notaufnahme.

»Ich muss los«, sagt er zu Gia. »Shelby kocht für Thanksgiving. Sie hat eine ganze Liste von Sachen, die ich machen soll.«

»Sag ihr, sie soll mich mal anrufen, ja? Ich hab schon ewig nichts mehr von ihr gehört.«

»Sie hatte viel um die Ohren.«

In dem Moment geht die Eingangstür auf. Der tätowierte Skinhead nimmt einen letzten Zug von seiner Zigarette und wirft sie auf den Gehsteig.

»Hey, Mädchen«, ruft er Gia zu. »Was geht ab?«

Gia sieht plötzlich hellwach aus. »Mensch, endlich. Ich hab dich den ganzen Morgen angerufen.« Sie kommt hinter dem Tresen hervor.

»Wohin gehst du?«, fragt Rich.

»Bin gleich wieder da«, sagt Gia.

Ein Dunst über Swedetown, der zunächst wie Nebel aussieht, sich dann aber als Holzrauch entpuppt. Die Prines oder Thibodeaux haben ein riesiges Feuer gemacht. Es riecht nach brennendem Laub.

Während der Fahrt denkt Rich wieder an die beiden Fahndungsbilder: Booby grau und aufgedunsen, Nick hager und mit leerem Blick, beide offensichtlich (offensichtlich!) high. Vor allem Nick sah vom Meth ausgemergelt aus, schlecht ernährt und nicht ganz bei Verstand. Das letzte Mal, als Rich sie beim Billard im Commercial gesehen hatte, wäre er im Leben nicht auf einen solchen Gedanken gekommen.

Dort, wo er arbeitet, ist das eine Frage des Überlebens: *Tu's nicht vor meinen Augen*. Er denkt an die Soldaten, die von ihrem Einsatz zurückkommen, rund um den Tresen im Commercial ihre besten Geschichten austauschen und den Rest mithilfe des Alkohols vergessen. In dieser einen Hinsicht unterscheidet sich das Gefängnis nicht so sehr von Afghanistan. Wenn man hinschauen würde, wirklich hinschauen, was um einen herum vorgeht, würde man nicht eine einzige Woche durchhalten.

Ein Streifenwagen jagt mit Blaulicht vorbei, die Thibodeaux Lane hinunter.

Rich ist perplex. Kann das sein, Herrgott noch mal? Hat da jemand Randy die Polizei auf den Hals gehetzt, weil er auf seinem eigenen Grund und Boden mitten in der Pampa Laub verbrennt? Für Rich zeigt das nur einmal mehr, dass die Regierung ihre Nase überall reinsteckt. Sein Eindruck verstärkt sich, dass sie die Quelle all seiner Probleme ist. Zuerst hat die Umweltschutzbehörde seine Umwelt nicht geschützt. Dann haben ein paar Bürokraten aus dem County seine Frau angegriffen und einen schrecklichen Moment lang gedroht, seine Familie auseinanderzureißen. Wenn man dringend Hilfe bräuchte, lässt die Regierung einen im Stich. Und wenn nicht, lässt sie einen verdammt noch mal nicht in Ruhe.

Seine Frau ist nicht perfekt: eine überbehütende Mutter, eine Hypochonderin. In praktischen Dingen hat sie nicht mehr Verstand als ein Kind. Ihr Pessimismus macht ihn wahnsinnig. Sie beginnt jeden Tag damit, dass sie sich sämtliche Katastrophen vorsagt, die möglicherweise eintreten könnten, so als würde allein deren Aufzählung sie schon vor den schlimmsten schützen. Aber ihrem Kind würde sie in Millionen Jahren nichts antun.

Sie hatte eine Schwester, die starb. Rich hat das erst vor Kurzem erfahren: Gia Bernardi erwähnte das mal beiläufig. *(Crystal. Sie war jünger. Leukämie, vielleicht?)* Bis zu dem Moment hatte er sie für ein Einzelkind gehalten.

Wenn es auch befremdlich ist, dass sie es ihm nie erzählt hat, so ist das doch eine Art von Befremdlichkeit, die Rich versteht. Es gibt viel, was er ihr nie gesagt hat, die demütigende Weise, in der seine erste Ehe endete, die Frau, die ihn betrog. Das ist ein Thema, das er nicht unbedingt besprechen muss.

Shelby ist nicht perfekt, aber man kann ihr vertrauen.

Er sieht sie jetzt mit anderen Augen. Ihre Ängste und Fehler, ihre Wachsamkeit gegenüber der Katastrophe erscheinen ihm jetzt logisch. Wenn ein Kind sterben konnte, war niemand sicher.

Shelby ist nicht perfekt, aber sie gehört ihm.

Er fährt an seiner Auffahrt vorbei und biegt in die Zufahrtsstraße ein. Ihrer Funktion beraubt, ist sie nun eine Piste ins Nirgendwo, die ihnen allerdings als Parkfläche gelegen kommt. In der Auffahrt ist zwischen Shelbys Minivan und dem Wassertank kein Platz mehr für seinen Pick-up.

Er geht ins Haus. Der Tank – sein Anwalt nennt ihn einen *Wasserbüffel* – fasst beinahe zwanzigtausend Liter. Ein Plastikrohr verbindet ihn durch ein Kellerfenster mit den Wasserleitungen im Haus. Am Ende des Monats wird ein Tanklaster kommen, um ihn wieder aufzufüllen. Der Service kostet zweitausend Dollar pro Monat. Fürs Erste zumindest zahlt Dark Elephant die Rechnung. Der Typ am Telefon, ein Quentin Sowieso, nannte das *eine gute nachbarschaftliche Geste*.

Du bist nicht mein Nachbar, dachte Rich.

Ärgerlicherweise hat das Unternehmen keinerlei Fehlverhalten eingestanden. Die Wasserlieferung bedeutet keine Verantwortung für die Kontamination seiner Quelle. Rich hat ein entsprechendes Papier unterzeichnet, allerdings erst, nachdem er sich bei Paul Zacharias rückversichert hatte.

Es verpflichtet Sie zu gar nichts, hatte sein Anwalt erklärt. Wir können immer noch über einen richtigen Vergleich verhandeln. Aber bis dahin haben Sie Wasser zum Trinken.

In der Küche macht er den Kühlschrank auf und gießt sich ein Glas irgendwas ein. »Was ist das für ein Zeug?«, fragt er Shelby, die am Herd steht und ein Kochbuch studiert.

»Pfefferminztee.«

»Schmeckt wie Zahnpasta.«

Sie legt das Buch hin. »Dein Vater kommt jede Minute. Kannst du die Ausziehplatte in den Tisch einlegen?«

»Brauchen wir die?«

Shelby setzt ihr Buddy-Hackett-Grinsen auf. »Wir plus dein Vater, das macht schon fünf. Meine Mutter wird vermutlich nicht auftauchen, aber man weiß ja nie. Ach, und ich habe Pastorin Jess eingeladen.« Mit einem herausfordernden Blick warnt sie ihn davor, die naheliegende Frage zu stellen.

Er stellt sie trotzdem. »Wozu, zum Teufel?«

»Sie hat sonst niemanden, wo sie hingehen könnte. Und, nun ja, ich habe langsam das Gefühl, dass sie großen Belastungen ausgesetzt ist.« Sie schließt einen Topf mit einem Deckel und wischt sich die Hände an ihrer Jeans ab. »Kannst du das hier ab und zu umrühren?«

»Ich glaube schon. Denk dran, Shel, dass du nichts sagst über –«

»Ich weiß, ich weiß«, sagt Shelby.

Rich geht hinaus in die Garage und kommt mit der Ausziehplatte zurück. Er schämt sich nicht direkt für den Prozess, verspürt aber auch keinen Drang, ihn breitzutreten. Er hat sich nie als Prozesshansel gesehen.

Dark Elephant kontaminierte sein Wasser und stahl ihm seine Zukunft. Keine Frage, er ist nach Strich und Faden betrogen worden. Dennoch wird er das Gefühl nicht los, dass er selbst für seine Zwangslage verantwortlich ist, dass seine Gier und seine Leichtgläubigkeit ihn zu einem wehrlosen Opfer gemacht haben. Niemand hat ihn gezwungen, seine Schürfrechte zu verkaufen. Das war seine eigene verfluchte Entscheidung, motiviert durch Angst vor Armut oder schlichter Gier. Wo das eine endete und das andere anfing, ist unklar.

Damals schien es eine einfache Entscheidung zu sein. Es gab das Bakerton aus der Zeit seines Vaters, eine aufstrebende Stadt, die nach ihren Abraumhalden stank; oder das Bakerton, das seine eigene Generation geerbt und in großer Zahl verlassen hatte, eine vollkommen saubere Geisterstadt.

KOHLE AUS BAKERTON ERHELLT DIE WELT

Während er den Esstisch auf die Seite dreht und die zusätzliche Platte hineinschiebt, denkt er über seinen Vater nach. In Richs Alter war er verloren gewesen, ohne Arbeit, ohne Hoffnung. Compass north – Mine und Minenarbeiter – waren für immer weg. Dicks Generation hatte die Richtung verloren. Und doch hatte er, entgegen allen Erwartungen, etwas aufgebaut, ein Geschäft, das er an seine Kinder würde weitergeben können. Das ist die offizielle Version der Dinge, das Devlinsche Familienevangelium, das Vater und Sohn einander nachsprechen, ohne dabei die andere Figur in der Geschichte zu erwähnen: Richs Onkel Pat, ausgemergelt vom Mesotheliom. Die Vergleichssumme von Erie Door and Window erlaubte ihm auf dem Totenbett den Kauf des Commercials, gerade noch rechtzeitig, um es seinem Bruder zu hinterlassen. Ihr ganzes Leben lang hatten Dick und Pat hart gearbeitet – als Bergarbeiter, als Fabriksklave. Pats Rechtsstreit ist der einzige Grund, weshalb die Familie Devlin jetzt ein Geschäft besitzt. Lange Zeit hatte sich Rich geweigert, bestimmte Schlüsse daraus zu ziehen, die jetzt unbestreitbar erscheinen.

Vorwärtskommen kann man nur, wenn einem schweres Unrecht geschieht.

In seinem Handschuhfach bewahrt er nach wie vor ein schmuddeliges Stück Papier auf: *Honiger 8 J. alt 40K.* Warum er es noch hat, weiß er nicht genau. Er wird nie ein Farmer sein. Wenn seine Vergleichszahlung kommt – *falls* sie kommt –, könnte er theoretisch eine andere Farm kaufen. Er weiß, dass er das nie tun wird. Es ging ja darum, dieses Land zu bearbeiten – Paps Land, das er von seiner eigenen harten Arbeit gekauft und bezahlt hatte, von zehn Jahren Überstunden im Deer Run. Mit dem – ganz und gar selbst verschuldeten – Schmerz und Leid seines ausgesprochen dummen kleinen Bruders.

Wer der größere Dummkopf gewesen war, Rich oder Darren, konnte man nicht sagen.

Mehr als die meisten Gegenden ist Pennsylvania das, was darunter liegt.

Unfälle der Geologie, größer als die Geschichte, älter als die Heilige Schrift: Kontinente, die zusammenstoßen, Meere, die sich ausdehnen und zurückziehen, Torfmoore, die ihre Schätze bebrüten wie ein gewaltiger unterirdischer Brennofen. In der Zeit vor Beginn der Geschichtsschreibung wurde Pennsylvania mit einer versteckten Sprengladung versehen. Macht die Götter für das, was darunter liegt, verantwortlich – die alten heidnischen Götter, die inzwischen in Verruf geraten und leicht anrüchig sind, die ungewaschenen alten Männer, die Hinterzimmergeschäfte abschlossen, bevor Jesus erfunden wurde.

Was darunter liegt.

Rich Devlin erinnert sich oft an eine berühmte Fernsehwerbung aus seiner Kindheit: Der Indianerhäuptling, der über eine von Müll übersäte Landstraße blickt, während ihm eine Träne über die Wange läuft. Eine öffentliche Bekanntgabe, die die Leute dazu anhalten sollte, Müll nicht einfach in die Gegend zu werfen; die Werbung hatte ihn aber nicht zum Umweltschützer gemacht, wozu sie eindeutig gedacht war. Stattdessen löste sie bei ihm eine Faszination für die amerikanischen Indianer aus – die, wie er entdeckte, gar nicht die Bösewichte waren, die die alten Western aus ihnen gemacht hatten. Mit neun Jahren verschlang er zum ersten und letzten Mal in seinem Leben Bücher: Abenteuergeschichten, Enzyklopädien, alles mit Indianern drin. Apachen, Seneca, Cherokee, Chickasaw. Wie er den Klang dieser Namen liebte, die kaskadenartig fallenden Silben. Beim Lesen stellte er sich vor, in einem Tipi oder einem Pueblo zu erwachen, in einer völlig anderen Zeit, in der Jungen nicht gezwungen waren, Rechtschreibtests zu machen oder Zeitungen auszutragen oder den Katechismus zu lernen, die tägliche Herausforderung der Verantwortung, die für ihn damals schon begonnen hatte und nicht enden würde, bis er zu alt zum Jagen oder Fährtenlesen oder Angeln sein würde, zu alt, um irgendetwas anderes zu tun als Fernsehwerbung zu schauen und in seinem Stuhl einzuschlafen.

Wie mochte die Welt wohl zu Indianderzeiten ausgesehen haben: sein eigener Winkel der Welt, vor den Straßen und Brücken, den Kohlesortieranlagen und Stahlwerken, dem ausgedehnten Tagebau, der die Erde wie Holzkohle schwärzte. Als Junge hatte er sich das lebhaft vorgestellt. Als Mann hatte er gelernt, dass es nicht zählte. Ohne die Minen wäre er ein anderer gewesen, an einem anderen Ort. Er hätte nie gewusst, dass dieser Ort hier existierte, und folglich hätte er es für ihn auch nicht getan. Sein Urgroßvater kam auf dieselbe Weise hierher wie alle, in Bakerton angeschwemmt wie Treibgut: ein Mann, der ein einziges Paar Schuhe besaß, ein Mann, der bereit war, im Kohlebergbau zu arbeiten.

Vor langer Zeit bei der Marine hatte Rich Devlin seinen Platz in der Welt, seine elementare und unausweichliche Kleinheit erfahren. Das Soldatenleben lehrte einen diese Wahrheit. An seinem neunzehnten Geburtstag befand er sich an Bord der SS Roosevelt – des Großen Knüppels, wie sie genannt wurde, ein so riesiges Schiff, dass es still zu stehen schien, während es sechstausend Mann, drei Mal die Einwohnerschaft von Bakerton, zum Persischen Golf brachte, einem entfernten und trostlosen Ort, der aus einem einzigen Grund interessant war. Wenn er jetzt daran denkt, stellt er sich vor, wie der Große Knüppel über ein weites Meer aus dem Geld anderer Leute gleitet, ein Gedanke, der ihm damals nicht kam.

Wir sind alle Seeleute.

DANKSAGUNG

Viel ist schon zum Thema Fracking geschrieben worden. Danken möchte ich Seamus McGraw für seine bemerkenswerte Denkschrift *The End of Country*, Gregory Zuckerman für *The Frackers* und Josh Fox für die zweiteilige Dokumentation *Gasland*, die drei sehr unterschiedliche – und für mich entscheidende – Sichtweisen auf das Problem eröffnen.

Licht und Glut ist ein Buch über die Welt. Es zu schreiben erforderte ein vielfältiges Wissen, das kein Romanautor wirklich besitzt. Deshalb schulde ich all denen Dank, die mich unterwiesen haben.

Pamela Twiss von der California University of Pennsylvania und dem Northern Appalachia Network gab mir wertvolle Informationen darüber, was das Fracking für die betroffenen Gemeinden bedeutet. Hätte es unsere Unterhaltung vor einigen Jahren (und seitdem noch weitere) nicht gegeben, wäre dieses Buch nicht geschrieben worden.

Atul Gawande, Lori Wirth und Ben Scheindlin beantworteten mir meine zahllosen medizinischen Fragen. Kenneth Cain und Mike Konior klärten mich über Verbrechen und Bestrafung auf. Liz Diehl gab mir einen Schnellkurs in biologischer Milchwirtschaft. Mike Brennan, Mike Jennings, Andy Rodriguez und Brian Fink ließen mich an ihren Erfahrungen mit der Arbeit auf einer Bohranlage teilhaben. Greg McIsaac half mir, die besondere Geologie von West-Pennsylvania zu verstehen. Carrie und Michael Kline brachten mir bei, auf eine neue und kraftvolle Weise zuzuhören.

Mein Lektor bei Ecco, der große und kluge Daniel Halpern, half mir beim Bau einer besseren Mausefalle. Dan Pope, Sheri Joseph, Dorian Karchmar und Megan Lynch kämpften sich durch die ersten Entwürfe hindurch und halfen mir, sie vom Wildwuchs zu befreien.

Rob Arnold glaubte an die Maschine.

Julian und Patti Adams schenkten mir Truro im Schneesturm, den großartigsten Rückzugsort zum Schreiben, den ich kenne. In der Corporation of Yaddo, der MacDowell Colony, dem Danish Centre for Writers and Translators und der Dora Maar Foundation fand ich optimale Schreibbedingungen und inspirierende Gesellschaft. Es ist ein Wunder, dass ich nicht dortgeblieben bin.

Abschließend gilt mein besonderer Dank meiner Verlagsfamilie bei Harper Collins, vor allem Michael Morrison und Jonathan Burnham, für ihr Verständnis und ihre Unterstützung. Dank schuldet *Licht und Glut* zwei Büchern, die ihm vorausgingen, *Baker Towers* und *News from Heaven*. Keins davon wäre ohne die unermessliche Großzügigkeit von Claire Wachtel bei Harper entstanden. Ihr bin ich unendlich dankbar.